Ordem Vermelha

Ordem Vermelha

CRIANÇAS DO SILÊNCIO

ESCRITO POR
FELIPE CASTILHO

EM COCRIAÇÃO COM
**RODRIGO BASTOS DIDIER
VICTOR HUGO SOUSA**

intrínseca

Copyright © CCXP EVENTOS LTDA.
Ordem Vermelha é um projeto de Felipe Castilho, Rodrigo Bastos Didier e Victor Hugo Sousa, com direção criativa de Erico Borgo e Renan Pizii. Publicado mediante acordo com CCXP Eventos Ltda. Todos os direitos reservados.

ILUSTRAÇÃO E LETTERING DE CAPA
Rodrigo Bastos Didier

MAPA
Ilustração de Rodrigo Bastos Didier, desenvolvido com Felipe Castilho

PROJETO GRÁFICO
Rafael Nobre

PREPARAÇÃO
Ulisses Teixeira

REVISÃO
Theo Araújo
Luíza Côrtes
Victor Almeida

DIAGRAMAÇÃO
Julio Moreira | Equatorium Design

CIP-BRASIL. CATALOGAÇÃO NA PUBLICAÇÃO
SINDICATO NACIONAL DOS EDITORES DE LIVROS, RJ

C348o
    Castilho, Felipe
        Ordem vermelha : crianças do silêncio / Felipe Castilho. - 1. ed. - Rio de Janeiro : Intrínseca, 2023.
           496 p. ; 23 cm.   (Ordem vermelha ; 2)

         Sequência de: Ordem vermelha : filhos da degradação
         ISBN 978-85-510-0921-5

        1. Ficção brasileira. I. Título. II. Série.

23-86595   CDD: 869.3
                                      CDU: 82-3(81)

Gabriela Faray Ferreira Lopes - Bibliotecária - CRB-7/6643

[2023]
Todos os direitos desta edição reservados à
EDITORA INTRÍNSECA LTDA.
Av. das Américas, 500, bloco 12, sala 303
22640-904 — Barra da Tijuca
Rio de Janeiro — RJ
Tel./Fax: (21) 3206-7400
www.intrinseca.com.br

Para os que foram deixados de fora dos muros

A BONDADE DOS SEIS E O PRESENTE DE UNA

No princípio, não havia nada, somente os Seis Deuses. E, em toda a sua bondade, eles teceram o manto dos céus — um lado escuro e cravejado de pedras preciosas, o outro, claro e com um imenso rubi incrustado. Os Deuses o estenderam acima da superfície que abrigaria as águas, os montes e tudo mais que a vasta imaginação dos Seis ousasse materializar.

Diante de tantas maravilhas, os Deuses acharam por bem povoar o mundo com criaturas que pudessem aproveitar todas as dádivas trazidas à existência.

Para as montanhas, criaram os gigantes. Altos e fortes, capazes de morar nos picos enevoados e de contemplar toda a Criação.

Para as cavernas, os anões, pequenos mas resistentes, capazes de encontrar as joias enterradas pelos Deuses e moldar a terra.

Para guardar as águas, foram criados os salobros. Guardiões do sal, capazes de viver sob as ondas dos oceanos, garantindo que fossem sempre potáveis, e controlar as marés e correntezas.

Para os bosques repletos de frutas e flores, os sinfos. Leves como o pólen carregado pelo vento, eles esculpiam o silêncio e davam forma a belas melodias.

Para os terrenos rochosos e as selvas fechadas, os kaorshs. Altivos e esguios, eles dariam matizes ao mundo e aos sonhos, já que os Deuses sonhavam apenas em vermelho e dourado.

Os humanos receberam as planícies e cuidariam da magia do sangue e da magia falada, perpetuando as memórias.

No entanto, o que era paz se tornou guerra.

Os salobros acharam que não eram tão valorizados quanto deveriam, já que todo ser vivo necessitava de água. Ebriz, o sumo sacerdote salobro, ergueu o seu tridente e salgou as águas dos oceanos para que elas não mais saciassem a sede das criaturas. As outras cinco raças conseguiram conter o envenenamento dos rios e lagos antes que eles atingissem as nascentes, mas a magia de Ebriz era muito poderosa e obrigou os Seis Deuses a interferirem.

Justos como eram, acharam que deveriam enfrentar a rebeldia de Ebriz de igual para igual, e assim se reuniram no núcleo do Sol vermelho e se tornaram uma só entidade: Una, a Dourada.

A maior joia dos céus passou a ter a cor do ouro, e, em seu interior, a deusa eclodiu, descendo para negociar com Ebriz, pois, mesmo diante da traição dos salobros, a guerra só seria declarada em última instância.

Ebriz convocou todos para renegar a nova Deusa Dourada, mas apenas os membros da sua raça lhe deram ouvidos. Ele ordenou que as águas tomassem o mundo, e Una resgatou os seres que não eram capazes de respirar dentro d'água ou de beber água salgada.

Os gigantes construíram uma imensa arca, e sacrificaram-se para que as outras quatro raças sobrevivessem até Una conseguir derrotar Ebriz e aplacar o dilúvio que afogava o mundo. Os kaorshs teceram a túnica que a deusa usaria na batalha. Os sinfos criaram um escudo com o único salgueiro-gigante que sobreviveu ao dilúvio. Os humanos doaram o próprio sangue, e, do mar rubro, foi extraído o metal necessário para que os anões forjassem a espada da deusa. A tinta vermelha que conectava corpo e alma também alimentou sua lâmina, para que ela estivesse sempre revestida de fé e sacrifício.

Una enfrentou Ebriz por quarenta dias e quarenta noites, até partir o tridente do salobro ao meio com a espada feita pelos anões. A deusa subjugou aquele que negou sua bondade, e as águas retrocederam — mas o sal queimou todo o solo, criando assim o deserto conhecido como Degradação: o legado dos salobros, a esterilização do mundo.

Em sua bondade, Una enterrou a espada no corpo moribundo de Ebriz. A alma do usurpador das águas sangrou como uma lágrima obscura, e o líquido escuro foi sorvido pelas areias da Degradação.

De lá, a água mais doce e cristalina minou. Ao redor da nova nascente, as cinco raças decidiram recomeçar e erigiram uma cidade dourada em homenagem à deusa que os salvara da morte certa.

Una lhes devolveu a liberdade e lhes disse que, por não terem se unido à revolta dos salobros — agora poucos, escondidos nas profundezas do alto-mar —, eles viveriam para sempre no paraíso, recebendo todas as dádivas dos justos e plácidos até o fim dos tempos, com comida, música e alegrias abundantes.

Una marcou os salobros com uma dívida eterna, proibindo-os de se aproximarem da fonte de água doce e condenando-os a enviarem o fruto do seu trabalho aos devotos da deusa. Garantindo um futuro de alegria sem fim aos *que a amavam, Una retornou aos céus, para aguardar dentro do Sol até que seus fiéis súditos precisassem dela novamente.*

Ao redor daquela fonte abençoada nasceu Untherak, a Cidade Dourada.

Faça a Descida,
deixe para trás a vida cansada.
No túnel esculpido por mãos esquecidas,
ao Portão Vivo, incipiente jornada.

Em silêncio, no corredor em breu,
o Hierofante aguarda, paciente.
Palavras de libertação, segredo só teu,
e a Chave que cresce como semente.

Adentre a Víbora, corajoso;
Vértebra serás, elo nas correntes.
Da Cabeça ao Guizo, veloz e poderoso,
O Corpo avança, areia e sal presentes.

Sê soldado, fiel ao chamado,
à antiga vontade obedeça com ardor.
Ao suceder o irmão tombado,
Banha-te no poço, Mácula de valor.

Torna-te eterno na morada ardente,
da Víbora, Sol e Deserto.
O jejum cessa, a Fome fervente,
quando o Hierofante se mostra uma vez mais perto.

E se por fim a deusa tornar-se mortal,
despede-te das cores do teu olhar.
Liberta a Víbora, em seu Ciclo Vital,
engolindo-se, finalmente, a se completar.

A Descida era ainda mais longa do que tinha imaginado. Mas ele devia ter se dado conta de que as bocas maculadas dos Arautos de Proghon, reproduzindo suas ordens diretas e secretas, não pediriam tarefa ordinária para aquele seleto grupo. Afinal, era um ritual antigo, voltado para poucos. O General não se daria ao trabalho de direcionar a sua atenção, tão necessária na reforma urgente de Untherak, para algo que não fosse essencial aos seus planos.

Rheriion sentia a escadaria irregular sob seus pés descalços, e o frio parecia contar uma história. Não para os seus ouvidos nem para os seus olhos, mas para os seus ossos.

Debaixo do Palácio, os anões cavaram túneis e esculpiram a rocha. Agora ele, um kaorsh orgulhoso, servo de Una independentemente de mentiras e jogos políticos, caminhava por trajetos que tinham como destino o mistério. Ao longo de centenas de anos, quantos pés haviam pisado naqueles degraus com o mesmo intuito? Poucos, Rheriion sabia.

Seu irmão mais velho sempre sonhara em servir como Único até se tornar Altin — um soldado de alta cúpula, exibindo o bracelete dourado por quaisquer setores do Palácio, com acesso total e irrestrito. Eventualmente, seus dias com o General e a Tenente o conduziriam à Descida, um ritual reservado apenas a kaorshs que já fora mais secreto. Aquela cerimônia havia se tornado uma espécie de lenda entre a elite da infantaria. O irmão queria se destacar para ser convidado a desvendar seus segredos.

"Basta uma chance. Uma chance para eu me sobressair diante dos olhos da Tenente Sureyya, e ela contará os meus feitos à Centípede", dissera Yalthori, retirando a pesada cota de malha ao retornar à casa da família nos Campos Exteriores, próxima ao Portão Nordeste. Yalthori já morara na Vila A, mas, após um incidente violento no Anel de Celas que resultara na morte de vários Únicos, fora promovido à Ala Leste e dormia no Palácio durante a semana, voltando para casa apenas em seu Dia de Louvor.

Rheriion havia aguardado ansiosamente o dia sagrado do irmão mais velho para saber sobre a semana de trabalho dele. Também almejava ser um Único — e depois conseguir o bracelete dourado de um Altin —, mas Yalthori havia concentrado em si a Dívida Familiar. Antes que ele terminasse de se despir das vestes militares, mais de mil sonhos de grandeza já haviam surgido na mente do caçula. O mais velho prosseguiu: "O meu nome será tão celebrado no ritual da Descida, que eu direi para lhe buscarem... e um dia nos encontraremos fora daqui. E eu serei batizado. Serei poderoso. E lhe iniciarei nos segredos do subterrâneo."

Essas conversas faziam com que Rheriion orasse para Una em voz alta todos os dias. Ele desejava aquilo fervorosamente. Seu pai e sua mãe já haviam partido, assim como a maioria dos servos de Una de idade avançada. Eles serviram no Tear até suas almas serem clamadas pela deusa. Mas o irmão... ele, sim, levava uma vida gloriosa. Era um exemplo no qual Rheriion gostaria de se espelhar.

Ainda que mudanças bruscas tivessem transformado a realidade de Untherak, a vontade de cumprir o desejo de Yalthori estava mais forte do que nunca. A deusa não se sentava mais no Trono, e, sim, o seu General, que reestruturava a cidade de uma maneira de difícil compreensão, mas tornando-a cada vez mais brutal. Não houve um novo recrutamento para repor os Únicos mortos em combate, e a Vila A foi dissolvida. Agora, eles eram poucos, e guerreiros de uma raça misteriosa pareciam ser os preferidos do novo regente. A Centípede nunca mais foi vista, o que levantava suspeitas e comentários desconfiados sobre o que Proghon havia feito com ela.

E não havia mais a Tenente Sureyya, assim como não havia mais Yalthori.

Rheriion chorou no túnel escuro, temendo que as lágrimas refletissem a luz dos archotes na escadaria.

Lembrou-se de quando recebeu a notícia, diretamente de Väritz, o kaorsh recém-promovido a Tenente: seu irmão e Sureyya haviam sido ceifados pela mesma mão... a de Raazi Tan Nurten, a maior traidora de sua espécie que já existira. A vencedora do Festival da Morte que derramara o sangue de Una. Então, segundo as leis de Untherak, Rheriion herdou a Dívida Familiar e serviria a Proghon em algum posto dentro do Miolo. No entanto, a verdadeira dívida só seria paga pelo sangue. Pela vingança.

Tendo ainda pouca técnica como guerreiro, o kaorsh ingressara como um soldado raso, acompanhando as patrulhas dos Únicos nos Assentamentos. Porém, o que tinha de inexperiência, compensava com agressividade: não havia ralé de qualquer raça que pudesse intimidá-lo durante as rondas. Todo e qualquer sinal de rebeldia ou insubordinação dos moradores da Borda Norte era respondido com brutalidade. No início, preferia usar o cabo da lança, esmagando narizes e dedos.

Optara por uma lança depois que soube, por testemunhas, os detalhes da morte do irmão: na batalha diante do Portão Norte, nas areias da Degradação, Yalthori investira contra a kaorsh traidora, pensando ter visto uma brecha em sua defesa. Raazi, porém, agarrou a lança do soldado pela haste, arrancou-a das suas mãos como se tirasse o brinquedo de uma criança e, por fim, trespassou Yalthori com a própria arma. Um Único obediente e robusto... bravo guerreiro e futuro conhecedor dos segredos sob o Palácio... morto de maneira tão humilhante pela kaorsh profanadora.

Meses haviam se passado desde que o Portão Norte expurgara os traidores rumo à Degradação, onde a assassina do seu irmão seria julgada pelo vazio da incerteza. Rheriion sentia-se consumido pela dúvida. Não sabia o que o deserto faria com ela, mas sabia que nada de bom seria reservado a alguém que deixasse o celeiro do mundo.

Mais lágrimas escorreram pelo seu rosto, e Rheriion não conseguia suprimir o indisfarçável som úmido do nariz. Muco escorria na direção da boca, selada com rigidez pelo ódio.

A fileira de kaorshs que descia e descia parou de repente. O que estava à frente, liderando os dez soldados, parecia ter chegado a uma porta de madeira. Rheriion tocou as pedras antigas nas paredes estreitas, aguardando que o primeiro da fila abrisse a passagem. Um vento forte veio de lá e fez as chamas dos archotes vacilarem. Eles foram em frente, e o recinto seguinte se abria num grande fosso, com uma escadaria que acompanhava as paredes distantes umas das outras. O abismo possuía no meio correntes que se perdiam na neblina abaixo, e os kaorshs tremiam com o ar tubular e uivante.

— Para que servem aquelas correntes? — perguntou Rheriion, mais para si mesmo do que para os companheiros.

O que vinha logo atrás, um kaorsh de não mais que dezessete anos chamado Viktor, especulou uma resposta:

— Me parece algum tipo de... elevador? Mas as correntes são muito grossas.

— Calados! — gritou uma voz feminina e imperiosa no fim da fila. — Lembrem-se: silêncio até chegarmos no Hierofante!

Rheriion e Viktor mantiveram-se calados mesmo com o chacoalhar das correntes ficando cada vez mais alto. Suas suspeitas foram confirmadas quando uma grande plataforma quadrada surgiu.

Toda a fileira de kaorshs se recostou nas pedras. A plataforma desceu, rápida e estável demais para a tecnologia incerta dos elevadores de carga do restante do Miolo.

Ao passar pela altura dos olhos de Rheriion, ele percebeu que a plataforma era equipada com uma grande alavanca acobreada ligada a mecanismos, roldanas e peças dentadas que mastigavam as correntes conforme a carga ia em direção ao fundo do poço. Só podia ser uma tecnologia perdida dos anões, daquelas reservadas às operações mais secretas e antigas de Una, dos tempos da fundação de Untherak.

Duas grandes carroças repousavam lado a lado sobre o piso do elevador sem paredes: uma de madeira escura, com pequenas janelas onde era possível ver o interior, que estava abarrotado de carga, e outra de aço, bem mais pesada, sem janelas, apenas com pequenas aberturas próximas ao teto. Parecia um cofre com rodas. Havia uma espécie de esteira que recobria ambas as carroças, sem adornos, sólida, do tipo que poderia aguentar a queda de uma ribanceira ou mesmo a fúria de um arbopardo preso no seu interior. Deveria conter algo de valor ou perigo inestimável.

As carroças eram acompanhadas por meia dúzia daqueles misteriosos batizados pálidos, quietos e de orelhas pontudas que haviam sido revelados por Proghon durante o fatídico dia do expurgo dos infiéis. Com espadas esguias de lâminas maculadas nas bainhas, mantinham os olhos negros atentos aos kaorshs, que subiram rapidamente no elevador. Travaram breve contato visual, o suficiente para gelar os ossos de Rheriion e entupir os seus ouvidos com uma estranha pressão.

— *Silenciosos* — murmurou ele, pensando no nome que corria à boca pequena entre os soldados.

Havia escutado apenas rumores, já que Proghon nunca fizera pronunciamento algum sobre suas tropas especialmente letais. O General parecia preferir os Silenciosos às infantarias pesadas compostas pelos

Únicos, deixando-os para executar as funções de fora do Palácio que antes ficavam a cargo dos soldados rasos. Rheriion ficou surpreso ao ver Silenciosos ali, cientes do ritual da Descida: eles tinham sido adicionados recentemente às forças de Untherak, e já faziam parte de velhos rituais secretos. Não pôde deixar de sentir inveja da confiança depositada por Proghon naquela nova raça.

O elevador sumiu na neblina abaixo até chegar ao destino dos kaorshs, que não sabiam exatamente quanto tempo havia se passado até pararem no piso firme e plano. Havia um caminho além das duas carruagens, um túnel sem portas. Os Silenciosos se posicionaram de guarda nos dois lados da entrada, indicando que o grupo deveria prosseguir sem eles, levando a carga. Não que os kaorshs não tivessem sido avisados, em uníssono, através da boca dos torturados acorrentados:

*Faça a Descida,
deixe para trás a vida cansada.*

Os dez escolhidos assumiram a movimentação das carroças, dividindo-se entre puxá-las e empurrá-las. Apesar de o início do caminho ser perfeitamente plano, da maneira como só os anões conseguiam nivelar, os kaorshs tropeçaram em formações irregulares semelhantes a raízes, que se estendiam pelo chão e pelas paredes na mesma direção em que prosseguiam.

*No túnel esculpido por mãos esquecidas,
ao Portão Vivo, incipiente jornada.*

Puxando uma das correntes por cima dos ombros enquanto Viktor assumia o lugar logo atrás dele, Rheriion pisou numa das raízes sem querer e sentiu o pé se afundar na substância. Não era dura, como as estirpes de uma árvore. Era algo... esponjoso. Mole. Orgânico.

A raiz atingida se retraiu lentamente sob o seu calcanhar, como uma serpente morosa, abrindo caminho para as rodas passarem sem resistência.

Rheriion hesitou.

Por pouco, conseguiu segurar a própria língua.

Percebendo ou não o movimento das ramificações, os outros kaorshs seguiram com as carruagens em direção ao Portão Vivo.
Em silêncio...

*... no corredor em breu,
o Hierofante aguarda, paciente.*

PARTE 1
RAINHA DA DEGRADAÇÃO

1

As estrelas despencavam do firmamento num espetáculo inesquecível, mas Aelian não dava atenção a elas. Estava focado no buraco à sua frente.

Cavar a terra gelada do monte Ahtul com as próprias mãos lhe causara alguns ferimentos nos dedos e nas unhas, mas o humano pouco se importava. A maior dor estava dentro de si. O maior vazio também. Afinal, não era preciso revolver tanto o solo para enterrar o pequeno e frágil corpo de um sinfo.

Desenrolando-o do tecido que o envolvia, Aelian descobriu que, após a morte, o corpo de Ziggy ganhara o aspecto de gravetos. Nunca havia participado de uma Semeadura, o rito fúnebre daquela raça de vida tão breve. Ele poderia jurar que segurava um arranjo de flores e galhos secos. Depositou-o no buraco com a mesma leveza que o amigo costumava lidar com a vida. Não havia outra maneira de se referir a Ziggy Muzak, que, mesmo na hora da morte, soube deixar Aelian mais leve que o ar. Que mesmo vivendo entre os muros daquela cidade infernal ao sopé da montanha, conseguia invocar sorrisos e semear esperança.

Aelian, de joelhos, reunia coragem para empurrar a terra removida sobre o buraco agora preenchido.

Thrul pateou o chão lentamente, com tristeza. O homem olhou para o betouro, parado próximo ao fogo pálido que tentava resistir aos ventos noturnos. O pobrezinho já estava curado dos ferimentos das flechas que o atingiram meses atrás, naquele dia fatídico. Agora, graças ao seu voo errático e salvador, estavam a uma altura que ultrapassava em dezenas de vezes a cabeça da estátua de Una, até então o lugar mais alto que Aelian já estivera.

A fuga de Untherak havia saído muito diferente do planejado. Num momento, Aelian seguia Raazi para a Degradação, à frente de um imenso expurgo. No outro, estava encurralado, e então Ziggy salvara a sua vida, criando uma rota de fuga inimaginável: para cima. O pôr do sol diferente, visto das alturas muito acima dos muros de Untherak, havia sido a última coisa que os olhos de cores díspares do sinfo testemunharam. E isso dava certo conforto a Aelian.

A música que Ziggy tocara na flauta fizera Thrul usar as suas grandes asas adormecidas, mas o pobre *Coleoptaurus*, que fora alvejado diversas vezes por setas negras infalíveis, havia chegado quase ao seu limite enquanto Aelian o conduzia mais e mais para o alto, para longe dos olhos da estátua e do alcance de Proghon.

Pelo menos, era o que pretendia.

Voltando para o presente, Aelian acariciou a couraça de Thrul.

— Fique parado, descanse um pouco. Seus ferimentos já estão fechados, mas é melhor não forçar. Vou encontrar mais relva que não esteja congelada, tá bom? — avisou ele, pensando se o outro animal que o acompanhava estaria se alimentando de algum raro roedor daquelas paragens ou se descera até onde a grama da encosta ainda tinha uma coloração próxima do verde.

Bicofino não estava nada contente com a nova moradia e, a cada saída para caçar, demorava mais para voltar. Toda vez, Aelian achava que a ave o abandonara. Entenderia completamente se o fizesse.

Mas Bicofino sempre voltava.

E quando passava as noites no monte, dormia perto do humano — o que não era do feitio dos falcões —, aquecendo as penas contra o corpo de sangue quente de Aelian, e deixava um dos seus olhos sempre aberto — isso, sim, era do seu feitio. Aelian, por sua vez, recostava-se em Thrul, zelando pelos ferimentos do betouro enquanto também tomava cuidado com a sua coxa e os seus ombros, que curavam devagar após serem trespassados por flechas negras. Ali, na companhia dos dois animais, a proximidade era uma forma de resistir à solidão fria, tanto figurativa quanto literal. Ali, o afeto se tornava questão de sobrevivência.

Tinha sido justamente o carinho por Ziggy que o fizera esperar cerca de dois meses pelo ritual de despedida definitiva do sinfo, até que a chuva de meteoritos prevista pelas antigas cartas estelares aparecesse nos céus. Aelian queria cumprir sua promessa e fazê-lo *presenciar* o fenômeno. Como que por milagre, a neve dera uma trégua e o céu estava limpo. O humano não sabia exatamente como sinfos enxergavam a vida depois que ela se desprendia do corpo, mas tinha certeza de que Ziggy teria apreciado o seu cuidado.

A terra estava de volta ao lugar. As estrelas cadentes haviam cessado. Uma lágrima caiu no solo, próxima aos seus dedos sujos. Aelian puxou a flauta e tocou a melodia que aprendera com Ziggy. Thrul zumbiu ao seu lado, como se perguntasse: "É para eu abrir as minhas asas?"

— Tranquilo, amigo. Você vai me ouvir tocando essa melodia várias vezes, e nem todas vão exigir tanto de você.

Aelian olhou para o alaúde de Ziggy. Havia pensado em deixá-lo sobre a terra, para marcar o túmulo. Faria sentido, já que o instrumento principal de um sinfo era feito da madeira da árvore da qual ele nascera. Porém, Aelian suspeitava que aquele sinfo em particular gostaria que uma parte sua estivesse sempre com o amigo. Seria difícil descobrir como afinar um instrumento tão delicado, mas talvez, com a noção musical que a flauta lhe dera, ele pudesse fazer algo de bom com o alaúde, em vez de só carregá-lo a tiracolo.

O homem se levantou, sentindo os ferimentos da batalha repuxando a pele que cicatrizava. O frio era bom para aquilo, pelo menos. Reclamou em voz alta, usando a desculpa de que conversava com o betouro. Ele se afastou da beirada da encosta, de onde era possível ver os Grandes Pântanos, o rio Abissal e Untherak — mas não tinha vontade de voltar os olhos para aquela cidade.

— De volta para o nosso canto, garoto.

Subindo um pouco mais pela trilha que começava a se desenhar com o contato diário dos seus pés e das patas do *Coleoptaurus*, Aelian cobriu a cabeça com a capa feita de pele cinza, ajeitando a bainha ao redor do pescoço. O frio nos ossos se tornara algo habitual, mas a capa improvisada ajudava bastante a cortar o vento.

Pensou se duraria muito mais tempo ali, já que sua dieta se resumia a água e uma espécie de castanha dura que nascia rasteira e que, pelo menos a curto prazo, ainda não o havia envenenado. A mesma semente era um banquete para o betouro, que parecia gostar ainda mais das folhas ásperas que nasciam ao redor do fruto. Aelian, que em alguns dias chegava a comer lagartos e outras coisas tão estranhas que tentava não pensar muito a que classe animal ou vegetal pertenciam, descobriu por conta própria que aquelas folhas só eram boas para humanos que quisessem colocar todo o conteúdo do intestino — ou talvez até o intestino em si — para fora.

Mas fome e comida ruim eram coisas perfeitamente cotidianas para um antigo servo do Poleiro — lugar que não existia mais, graças a Aelian. A ração que serviam para os trabalhadores do Miolo era quase sempre insossa, escassa e, muitas vezes, azeda e estragada. Passar fome no monte Ahtul era até mais fácil, pois não vinha acompanhada de castigos e torturas.

No entanto, conforme a temperatura despencava e a neve voltava a cair, o otimismo de Aelian arrefecia.

Com o frio, vinham também os *estraga-sonos*.

Aelian inventara o nome, é claro. A princípio, não sabia direito o que eram aquelas criaturas. Quatro chifres recurvados, pelos grossos acinzentados. Escalavam encostas íngremes e rochas pontiagudas e escorregadias como cabras, e eram até do mesmo tamanho que elas. Porém, seus gritos pareciam vozes humanas, e algumas sílabas desordenadas e caóticas ecoavam pelas encostas quando faziam seu escarcéu.

O humano avistara as primeiras ao longe assim que chegou ao monte Ahtul, e pensou prontamente que as suas peles dariam boas proteções para o frio. Mas as criaturas nunca deixavam a distância entre Aelian e elas diminuir, e ele já havia entendido se tratar de animais ariscos. Sentiu-se culpado em caçar bichos com tanto medo e tirou aquilo da cabeça. Na verdade, depois da traumatizante fuga de Untherak, a mera ideia de *matar* lhe parecia uma abominação ainda maior do que o javali-escorpião que vivia nas masmorras da Arena de Obsidiana.

Até que, durante a primeira noite de neve muito forte, Bicofino o acordou com um grasnar que nunca tinha dado antes. Aelian dormia em uma reentrância nas rochas, tendo que enfrentar a terrível sensação de clausura por motivos de sobrevivência. O barulho estranho de Bicofino logo se transformou em um alvoroço. As criaturas se aproximaram silenciosamente, como arbopardos, casco ante casco. Aelian acordou cercado por estraga-sonos, em formação de ataque como gnolls. Eles nunca haviam se aventurado por aquela área, o que fez Aelian imaginar o que os teria afugentado até ali. À luz esmaecida da fogueira, pôde dar uma boa olhada em suas caras. Foi assim que qualquer compaixão por aqueles animais desapareceu, junto com o sono.

De perto, viu que tinham cascos fendidos. Havia um olho para cada chifre, mas todos eram esbranquiçados, com uma leve membrana leitosa, como se fossem cegos. Suas mandíbulas eram grotescamente grandes, e duas presas saíam de dentro delas, como se as garras de algum animal tentassem escapar das suas goelas à força. No fim das contas, o nome quase engraçado, *estraga-sonos*, não fazia jus à bestialidade daquelas coisas.

Quando o líder do bando percebeu o despertar da presa humana, gritou daquele jeito horrendo que Aelian só conhecia a distância. O zurro, recebido assim, cara a cara, fez todos os seus órgãos tremerem.

Os outros gritaram junto, as bocas monstruosas tão abertas que seus crânios pareciam prestes a se partir. Thrul investiu contra um estraga-sono, que voou para longe, inerte. Os outros atacaram. Aelian sentiu, mais do que nunca, falta do seu punhal kaorsh perdido no dia do expurgo de Untherak. Ele puxou um pedaço de lenha em chamas e riscou o ar à sua frente. Porém, de nada adiantou. Os bichos ou eram mesmo cegos ou então burros a ponto de não temerem o fogo natural e avermelhado. Ainda assim, sabiam identificar quando alguém estava dormindo.

Naquela noite, Thrul e Bicofino — que ficara muito confuso ao tentar bicar os habituais dois olhos por cabeça e encontrar quatro deles — o ajudaram a matar três das sinistras criaturas. O humano aproveitou as peles para usar como capa e fez uma espécie de sela para o betouro, ainda que não soubesse se a espécie passava frio. Já a carne do bicho era amarga e fibrosa. Por um momento, o falcoeiro pensou que, se conseguisse fazer um molho de Mácula para a refeição, a coisa se tornaria mais suportável de ser digerida.

O segundo ataque dos estraga-sonos veio alguns dias depois e contou com reforços. Aelian foi obrigado a fugir do seu esconderijo claustrofóbico, galgando montanha acima no dorso de Thrul com os animais saltando às suas costas, em busca de vingança e alimento. Bicofino não estava por perto na hora, então não era possível contar com as suas investidas para proteger um pouco a retaguarda. O que restou para o homem e o betouro foi uma fuga desembestada.

Chegaram a um platô do monte Ahtul até então inexplorado, cheio de estalagmites e formações rochosas ora pontiagudas, ora recurvadas. Tentando usar os obstáculos para retardar o avanço dos perseguidores, Aelian conduziu Thrul pela correia através das pedras ameaçadoras. Depois de muito tempo sem ouvir o som de cascos fendidos, arriscou uma breve olhada para trás...

... e notou que os estraga-sonos haviam parado em uma linha invisível, sem avançarem um passo sequer para dentro das rochas.

Aelian entendeu que havia acabado de pisar no território de algo ainda mais perigoso, o que quase o fez correr de braços abertos para os estraga-sonos. Foi então que um ruidoso estalar debaixo das suas botas o fez perceber melhor seus arredores. Aquelas formações imensas e pontiagudas não eram rochas.

Eram ossos.

Pareciam esqueletos humanos em escala muito, muito maior. Grork, o gigante bicéfalo que cuidava do Portão Nordeste, provavelmente era subdesenvolvido em comparação àquelas criaturas.

Lembrando-se da Fúria dos Seis, Aelian imaginou como teria sido o massacre daquela espécie, cerca de mil anos atrás.

"No cume, os Deuses combatiam os últimos dos mesquinhos gigantes, que se revoltavam contra os castigos recebidos."

Como havia sido a realidade, aquela que a narrativa fantasiosa dos textos apócrifos transformara em um grande embate final dos Deuses anteriores a Una contra os malvados e titânicos gigantes?

Mesmo após tanto tempo, os crânios fortes e protuberantes, com dentes amarelados e do tamanho de placas de armaduras, ainda inspiravam algum tipo de soberania. Talvez fosse isso que afugentava os estraga-sonos. Aelian encontrou troncos caídos e secos por todo o lugar. Era curioso, já que não havia árvores por perto. Então, ao notar que muitas das mãos ossudas estavam fechadas ao redor dos troncos, percebeu que aquelas eram as clavas dos gigantes. Imaginou os muros de Untherak sob um ataque coordenado daquelas clavas: a chacina dos gigantes — que provavelmente haviam ajudado a erguer as muralhas da cidade — devia ter sido a maneira de Una garantir que os muros não seriam ameaçados caso eles resolvessem se organizar contra a força que os assediava. Aelian sentiu a tristeza pairando junto ao ar frio, e visualizou a si mesmo caminhando por ali séculos atrás, em meio a grandes fogueiras que projetavam sombras ainda maiores que aqueles titãs, jantando ao redor do fogo.

Seriam os estraga-sonos tira-gostos para os gigantes? Ou teriam surgido depois da criação de Untherak? *Eles se parecem muito com uma experiência da Centípede*, pensou Aelian, antes de voltar a si e ver os animais se afastando.

Depois de se certificar de que não corria perigo, Aelian voltou até o esconderijo para buscar alguns dos seus pertences, como a flauta e o alaúde, e também o corpo de Ziggy. Então foi levantar novo acampamento no cemitério de gigantes.

Após a despedida do amigo na cerimônia solitária, era para lá que homem, betouro e falcão voltavam. Mais exatamente, para o abrigo dentro de um esqueleto semienterrado na montanha. Com mais algumas peles de estraga-sonos, Aelian recobrira as costelas calcificadas do gigante que ali tombara, em tempos anteriores à criação das falsas narrativas.

E lá o humano permaneceu, até resolver que não valia mais a pena contabilizar o tempo que se passava. Raazi, Harun e Venoma já estariam longe demais para serem alcançados... ou já teriam encontrado o seu fim nas areias da Degradação. A possibilidade de perdê-los, assim como acontecera com Tom e sua família, o atormentava. Venoma aparecia com uma frequência um pouco maior em seus pensamentos, por conta do que haviam vivido juntos. Mesmo que ela fosse bastante fechada e falasse pouco sobre si, mesmo nos momentos que passavam longe de outros olhos, Aelian sentia falta da intimidade e da conversa. Ele mal havia começado a decifrar seu passado, sua história, suas motivações para se juntar à rebelião de Anna. A ideia de uma pessoa que lhe era tão importante deixar de existir antes que ele pudesse conhecê-la melhor o incomodava tanto quanto o frio de gelar os ossos.

Descer do monte não lhe ofereceria muitas opções além de tomar o rumo dos Grandes Pântanos, que imaginava ser ainda mais cheio de surpresas e criaturas temíveis que a sua morada atual. Pelo menos em seu refúgio gélido os dias eram previsíveis, ainda que cinzentos, frios e penosos. Havia também a marcante vista panorâmica que Aelian evitava, pois olhar para baixo e abarcar Untherak inteira de uma só vez era muito doloroso, mais do que enfrentar o antes desconhecido frio nos ossos e todas as dores físicas negligenciadas pela falta de recursos para tratá-las. O lugar que até então era seu mundo inteiro, agora visto como se fosse uma perfeita miniatura, lhe causava um incômodo grande demais para o corpo e a mente, carregado de muitos sentimentos. Era como olhar para a minúscula Untherak de dentro do Coração da Estátua, repleta de pólvora de ouro, deixada para trás como tantas outras certezas e planos.

E seus sonhos, nas pouquíssimas vezes em que tomavam o lugar da exaustão plena nas noites geladas, eram apenas recordações do curto tempo em que a vida lhe permitiu ter esperanças.

O solavanco foi brusco. Aelian arquejou profundamente ao despertar, a mão agarrada ao pescoço. Sonhou com Proghon, e acordou com a sensação de servir como amplificador para a voz morta do General. Até o cheiro ocre de carvão se fez presente, de tão sinestésico que foi o devaneio. O sol começava a despontar no leste, bloqueado da visão de Aelian pelo próprio Ahtul, mas nuvens tempestuosas se aglomeravam junto aos vapores dos Grandes Pântanos a sudoeste, impedindo a claridade de brilhar com força total.

Thrul zumbia ao seu lado, adormecido, e Bicofino grasnou do alto de um crânio quebradiço de gigante. Os sentidos de Aelian foram voltando ao abrigo aos poucos, mas o cheiro de carvão persistiu.

Era real, e não o resquício de um pesadelo.

— Vem, Bicofino! — chamou ele, pegando um pedaço de osso de gigante que lixara até se tornar uma clava bastante decente.

Aelian olhava para os lados freneticamente, tentando entender de onde vinha aquela reminiscência do que havia de pior em Untherak. *O vento poderia trazer algo assim a toda essa distância?*, pensou, confuso, cogitando se as suas narinas haviam enlouquecido.

No entanto, a origem do cheiro não parecia estar tão longe.

Aelian desceu do platô por um trecho escorregadio, mas felizmente repleto de uma rara vegetação, o que lhe dava a vantagem de se camuflar. Ainda assim, quais as chances de ter mais alguém no monte Ahtul?

Antes que pudesse responder a própria pergunta, viu uma fogueira de chamas azuladas mais abaixo. Ao seu redor, sentados em semicírculo, próximos uns aos outros, haviam quatro homens de capas negras. Por baixo delas, Aelian vislumbrou armaduras de Únicos. Compartilhavam um cachimbo, e baforavam uma fumaça ocre que se mesclava ao ar frio da manhã.

No fornilho do cachimbo compartilhado, havia carvão.

Aelian olhou para o lado e percebeu que Bicofino já havia sumido. Sabendo como a coisa funcionava, o falcão se posicionara em algum ponto acima, caso precisasse ajudar o seu humano. Aelian prendeu a respiração e se aproximou aos poucos, até que a conversa dos Únicos foi se tornando audível.

— ... perda de tempo. Completa perda de tempo! — esbravejou um deles, os dedos ávidos pelo cachimbo ainda na boca do outro companheiro.

Este tragou profundamente antes de contestar:

— Prefiro congelar aqui do que ficar no meio de toda aquela merda. Duvido que um dia vão conseguir fechar os gosmentos de volta na Vila B.

— Rá! É que vocês ainda não foram para as missões nos Assentamentos — falou o terceiro Único, sentado em uma das extremidades do semicírculo. O quarto homem apenas assentia. — Aquele lugar nunca vai parar de feder a sangue.

— Certo, certo — disse o primeiro, irritado, até que o cachimbo enfim chegou às suas mãos. — Mas qual a nossa utilidade aqui? Já faz dois meses. O maldito não pode ter sobrevivido tanto tempo nestas condições deploráveis.

— Não com todas aquelas cabras rondando — concordou o terceiro, esfregando os próprios braços.

O Único mais indignado continuou:

— O General ouviu dizer que o maldito *voou* num betouro nessa direção. Eu nem sabia que aqueles carrapatos crescidos voavam! E isso não significa que ele tenha *parado* aqui. Mas ai de nós se voltarmos de mãos vazias! Vamos ser culpados por ineficiência!

— Não exagere — interveio o segundo, abaixando o capuz da capa por um instante. Aelian reconheceu os traços kaorshs mesmo àquela distância, que agora deveria ser de menos de quinze passos encosta abaixo. — Proghon é extremo, mas pelo menos não nos obriga a passar seis horas de olhos fechados...

— Ei, eu ainda faço isso! — exclamou o primeiro, indignado. — Eu sou fiel à deusa! O trono de Una foi usurpado por rebeldes nojentos.

Por um momento, Aelian imaginou se conseguiria se posicionar bem acima deles, para vomitar sobre as suas cabeças.

— Que seja — disse o segundo. — Eu respeito Una, mas não sei se acredito nessa história de rebeldia... e não vejo sentido em continuar com os rituais depois que Proghon assumiu Untherak.

O quarto homem assentiu mais uma vez em concordância morosa. Foi a vez do terceiro reivindicar o carvão, reclamando que o seu peito já estava congelando de novo. Então disse:

— Ele não nos pede rituais, mas nos obriga a coisas ainda mais... estranhas.

— Hum. Que coisas? — perguntou o primeiro.

O homem com o cachimbo recurvou-se devagar, como se fosse contar um segredo. Felizmente, Aelian já estava muito próximo deles e conseguiu ouvir:

— Não gosto da companhia deles. Quietos demais, e isso não é bom.

— Odeio a sensação que causam nos nossos ouvidos — relatou o primeiro, num raro momento de concordância com os demais. — Nós quatro daríamos conta da busca pelo delinquente do Poleiro sem essa *coisa* nos acompanhando. Não precisávamos vir aqui em cinco.

Aelian congelou, e não foi de frio.

Cinco.

No mesmo instante, seu ouvido esquerdo zuniu, uma versão mais branda da sensação marcante que havia experimentado dois meses antes. Virou-se e, num ato de puro reflexo, bloqueou a lâmina batizada que vinha de encontro ao seu pescoço.

O cabelo liso e oleado para trás das orelhas pontudas. O rosto pálido e lívido. As feições finas e os olhos anormalmente grandes e ameaçadores. As vestes negras e a aljava cheia de flechas da mesma cor. Era um dos Silenciosos que Proghon havia trazido para o seu exército.

Da raça que matara Ziggy.

Aelian nem teve tempo de se surpreender com o fato de que a lasca de um osso de gigante bloqueou o golpe de uma espada batizada. Apenas chutou o quinto homem da patrulha, gritando de raiva e estragando toda a aproximação sorrateira. Então pulou sobre o Silencioso com a clava em riste, direcionando àquele único indivíduo toda a raiva que carregava pela sua espécie.

Porém, o Silencioso era mais rápido e, mesmo caído, conseguiu chutar Aelian.

O humano caiu pela ribanceira, e o quarto Único enfim abriu a boca para gritar:

— Intruso!

E foi só isso que conseguiu dizer antes de Aelian cair sobre ele de forma desajeitada, sem soltar a clava.

Com um atraso que poderia ser explicado tanto pela surpresa quanto pelo entorpecimento causado pelo carvão, o primeiro sacou a espada, mas teve a mão direita esmigalhada por um golpe às cegas de Aelian. O segundo, o kaorsh, um tanto surpreso com a cena, não reagiu quando o falcoeiro se levantou como um animal raivoso e golpeou o rosto do quarto Único, que voltou a ficar quieto de uma maneira um tanto irreversível. A cor vermelha respingou para todos os lados, e o primeiro Único levou a mão quebrada até a testa para fazer o sinal contra o mal e afastar o agouro da cor proibida.

O Silencioso se recompôs e saltou com habilidade até a fogueira. Dois dos Únicos restantes pegaram lanças batizadas do chão. Aelian se viu encurralado pelos soldados, mas não se portou como um acuado, mesmo com os ferimentos recentes. Seu instinto e sua raiva falavam mais alto.

Avançou sobre o de mão quebrada, que estocou à frente com a espada batizada. Aelian deu um tapa na parte plana da lâmina e o desestabilizou. Chutou o seu joelho como se partisse um galho grosso para a fogueira, e o barulho foi o mesmo. Fagulhas azuladas subiram ao ar quando o Único desabou em cima das chamas.

Aelian se voltou contra os dois lanceiros e viu de soslaio que o Silencioso havia se posicionado a distância, encaixando uma flecha de pluma negra no arco, apontando e aguardando por uma mira limpa para derrubar o alvo.

— Se quiser aparecer agora, pode ser uma boa! — gritou Aelian.

Os lanceiros se entreolharam, intrigados, pensando se haveria reforços do outro lado. Eles não viram Bicofino mergulhar e arrancar uma das orelhas do Silencioso... até porque nem assim ele emitiu qualquer som. Era como se a criatura não tivesse percebido a mutilação. Então, as garras do falcão enterraram-se bem ao lado da mão que retesava a corda do arco, o que fez a flecha ser disparada precocemente.

O Único kaorsh foi atingido na parte de trás da perna direita e caiu de joelhos. Aelian aproveitou para golpear o seu crânio. O outro lanceiro atacou, e Aelian gritou ao sentir a ponta da arma batizada afundando na sua carne. Teria afundado muito mais se não fosse a pele do estraga-sono. O humano agarrou a haste com uma das mãos e a empurrou para o lado, usando a clava contra a cintura do último lanceiro, que aguentou o golpe com louvor. Ele recuou a lança para uma nova investida, mas Aelian conseguiu aplicar uma rasteira nele antes do ataque. A clava desceu mais uma vez, com um som que só não era pior do que o do Único que tentava apagar as chamas da própria capa. Porém, ele teria que esperar e espernear mais um pouco.

A criatura pálida e silenciosa tentava esfaquear um ágil Bicofino, que voava ao seu redor. Aelian reparou que ela sangrava Mácula. Sua orelha estava no chão, mas não havia sequer uma careta de dor no seu rosto. *Os soldados perfeitos para os padrões de Proghon*, pensou, enquanto largava a clava de osso e pegava as duas lanças batizadas dos oponentes derrotados.

Será que ele atirou uma das flechas em Ziggy?
Poderia muito bem ter sido ele.
Eles são todos iguais.

Aelian correu em linha reta, com um grito preso na garganta. Talvez fosse culpa da presença dos Silenciosos, ou talvez fosse a raiva lhe restringindo as emoções. Sem se preocupar com a adaga maculada dançando ao redor da criatura pálida, ele enterrou as duas lanças no seu peito com tanta força que caiu por cima do alvo.

O Silencioso cuspiu Mácula, em afronta, mas ainda assim não gritou de dor. Então, a pressão no ouvido de Aelian cessou. O Silencioso estava morto, e a sua influência na atmosfera ao redor também.

Bicofino pousou no ombro de Aelian. Ofegante, o humano voltou-se ao Único que se debatia no chão, ardendo em chamas azuis, e chutou terra e neve sobre ele até o fogo se apagar.

Depois, agarrou o homem pelo colarinho da cota de malha e o ergueu até a altura dos olhos. Examinando-o de perto, a queimadura nem havia sido grave, e a sua carne não parecia tão danificada, comparado ao estardalhaço que fizera.

— Quantos mais estão revirando o Ahtul? — inquiriu Aelian, com raiva.

O Único apenas o encarou com espanto e ódio.

Aelian apertou uma de suas queimaduras recentes, até que a resposta veio:

— Tem duas equipes de busca mais abaixo, e outras virão! P-Proghon não vai descansar, *traidor*!

— Desça e diga para voltarem para dentro dos muros! — ordenou Aelian, entredentes.

Então, lembrou-se de Anna explicando o poder das narrativas, e imaginou o que uma breve história de terror faria com a mente daquele ali. Decidiu usar o fanatismo do sujeito a seu favor.

— Senão vou matá-los um por um... e vou beber o sangue vermelho de vocês ainda quente! — acrescentou.

O Único bateu com o dorso da mão na própria testa três vezes, e então gritou em desafio:

— Ele está aqui! O traidor do Poleiro, o traidor de Una! *Subam, subam!*

Bicofino grasnou alto, incomodado com a gritaria. Aelian revirou os olhos, entendendo que aquele homem de nada lhe seria útil. Cansado dos berros, por fim o empurrou montanha abaixo.

Aos poucos, a adrenalina passou. Aelian se deixou desabar no chão, mas logo em seguida levantou-se apressado, sentindo o vômito inundar sua garganta, tocando o céu da boca. Aelian sabia de onde a força vinha... a luta cotidiana por sobrevivência no Miolo, misturada aos ensinamentos de combate de Anna e a todos os treinos no Coração da Estátua. Ainda assim, não se reconhecia.

Untherak ensinava diariamente que matar era algo fácil. Morrer, então, era ainda mais acessível. Aelian tinha lutado para sobreviver e tirado vidas com muita frequência desde sua fuga do Poleiro. No entanto, após a carnificina promovida por Proghon nos Assentamentos, depois de abandonar a cidade... acreditou que nunca mais precisaria derramar sangue alheio.

Limpando a boca, ele reuniu forças para se levantar antes que outro grupo aparecesse. *Hora de ver o que dá para aproveitar daqui*, pensou. Bicofino voou até onde a orelha do Silencioso estava caída e começou a bicá-la com voracidade. Aelian não conseguiu evitar uma careta, e o vômito só não veio porque ele já tinha botado toda a bile para fora.

A espada batizada do Silencioso era uma arma como nunca havia visto: de lâmina estreita, leve e esguia. Bem diferente das robustas espadas usadas pelos Únicos. As capas de frio e alguns pedaços das armaduras também lhe seriam úteis.

Então, percebeu o cachimbo caído ao lado dos cadáveres. Ainda estava quente, e o carvão dentro do fornilho também o aqueceria por dentro.

— Sim, mas vai corroer sua mente junto, seu idiota — resmungou ele, guardando o cachimbo e as pedras no bolso. Pegou os espólios da sua vitória, prendendo na cintura a espada do Silencioso, e estalou a língua para chamar Bicofino. — Vamos. Acho que o nosso tempo por aqui se esgotou. É hora de partir.

Bicofino circulou o céu algumas vezes ao descer até o pulso do humano. Aelian acompanhou a trajetória do falcão e assim teve um vislumbre dos seus dois destinos possíveis: o bege ofuscante da Degradação, que se estendia ao norte de maneira infinita; e a cortina de neblina e vapores que emanava dos Grandes Pântanos, que impedia a visão de qualquer coisa além daquelas terras úmidas e perigosas.

— Acho que prefiro o mal mais próximo. Não quero caminhar pelo nada até a morte — falou ele, se arrependendo logo em seguida daquelas palavras.

Afinal, Raazi e todos os exilados haviam escolhido a Degradação.

E eu? Teria feito diferente?, pensou. *Levado milhares de pessoas para afundar na lama do pântano? Para morrer devoradas por alguma criatura híbrida jamais vista?*

Respirou fundo. Pensando no quão distante Raazi e os outros estariam agora — se é que ainda tinham recursos para se proteger do sol e não morrer por inanição —, homem e falcão tomaram o rumo de volta para o platô e o cemitério de gigantes pela última vez. Era a hora de levantar acampamento e realizar outra mudança drástica.

2

Caminhar pela Degradação foi como reaprender a andar.

Em comparação aos anões, os kaorshs tinham apenas uma tênue memória dos dias anteriores ao regime de Una, ainda que as tradições sobre o *canväs* e o pós-vida, passadas oralmente, tivessem sobrevivido bem à cauterização cultural de Untherak. No entanto, era sabido que os ancestrais da raça vinham das regiões rochosas, e a transposição de obstáculos era algo natural: pernas compridas, joelhos e cotovelos fortes, além de pulmões grandes que favoreciam subidas e descidas extenuantes por aclives e declives.

Raazi, entretanto, achou todas essas heranças inúteis quando o terreno em si parecia fugir magicamente do toque dos seus pés.

Em alguns trechos, a areia era fina, mas tão fina, que era impossível abrir a boca e não sentir grãos se acumulando nos dentes e na língua. Ao menor indício de vento, a proteção no rosto se fazia necessária para a comitiva inteira, que também não havia antecipado esta dificuldade, entre as tantas outras que se apresentavam naquela jornada sem destino certo.

As carroças afundavam em muitos trechos, e o tempo todo precisavam colocar tábuas sob as rodas para que deslizassem nos terrenos mais fofos. Após a Batalha do Portão Norte, as armas que permaneceram íntegras acabaram sendo utilizadas novamente como alavancas para tirar as rodas dos atolamentos. Já os betouros lidavam bem com o deserto, e haviam ao menos vinte deles sem montadores depois da batalha contra Sureyya. Mesmo assim, os quase quatrocentos sinfos da comitiva muitas vezes cediam gentilmente as montarias para os anões, kaorshs e humanos cansados da caminhada. Mas nem todos arriscavam subir nos *Coleoptaurus*, por mais dóceis que os animais se mostrassem.

Para Raazi, a maior dificuldade em liderar mais de duas mil pessoas era manter a animosidade baixa. Conflitos por questões de raça eram raros entre os trabalhadores do Miolo: os servos conviviam com seres diferentes do momento do nascimento até a hora da morte. O ódio devido à raça era alimentado principalmente por Únicos e Autoridades, que tinham posições privilegiadas dentro da falsa hierarquia do Unificado.

No deserto, porém, as diferenças estavam se tornando obstáculos cada vez maiores.

A comida ao lado de uma tenda sumia. O anão culpava o humano que estava parado ali poucos segundos antes. Outro humano aparecia para defender o sujeito, aí outros anões surgiam para fazer frente, e logo uma turba de anões e kaorshs faziam coro, chamando os humanos de "refugo", que se afastavam para algum ponto distante da caravana ou acampamento.

Raazi já havia se indisposto — e chegado às vias de fato, por mais que evitasse ao máximo — com vários da sua espécie e também com anões por causa disso. Após rápidas pelejas que terminavam com narizes sangrando e olhos roxos, ela, que sempre saía ilesa, esbravejava que não havia lugar na comitiva para quem dissesse absurdos como aquele.

— Lá, dentro daqueles muros, nós tínhamos inimigos! Aqui, somos só nós contra o vento e o calor... Não há espaço para nos comportarmos como Únicos ou Autoridades!

O termo pejorativo vinha de mais uma das mentiras fundamentais de Untherak: a natureza "maligna" dos humanos, que falharam com os Seis Deuses, contida na falsa narrativa da Fúria dos Seis. Mesmo com a verdade exposta — de que tais saberes eram apenas lorotas criadas para controlar o povo —, as histórias se tornavam pretexto para o ódio. Era difícil abandonar velhos costumes. A grande maioria dos exilados ainda se sentia desconfortável diante da cor vermelha, fazendo o sinal contra o mal sempre que a via. Muitos também passavam longas horas do dia de olhos fechados. Seria duro acabar com os dogmas; Raazi sabia que muitos deles funcionavam como apoio para pessoas que não tinham outra fonte de equilíbrio na vida.

Considerando tudo isso, Raazi tentava manter o ânimo dos exilados em algum ponto entre o "não desistam" e o "não matem uns aos outros". E dogmas contrários também existiam, uma vez que muitos estavam dispostos a escutá-la: a campeã do Festival da Morte, a kaorsh que derrotara a nefasta Sureyya e que expusera a podridão de mais de mil anos de falsidade. Alguns atribuíam promessas a Raazi, e juravam que ela havia dito existir algo a apenas mais alguns dias de caminhada pela Degradação. Através de Cora, chegara aos seus ouvidos o boato de que ela era imortal e uma profeta da verdadeira Una — e não a falsa deusa, que havia sido apenas um joguete nas muitas mãos de Proghon e da Centípede.

— Você sabe o que penso, Raazi — dissera a anã, que, assim como Harun, provara-se uma aliada valiosíssima para todos os momentos. Ela era um interessante caso de alguém fiel à ideia de uma Una bondosa, mas não à enganação que oprimira a cidade. Por isso, Cora se tornara uma figura diplomática importante para o diálogo de Raazi com os ex-fervorosos em estado de choque e descrença. — Quando começam essas conversas, vou logo cortando pela raiz.

— Mas é inevitável, você sabe disso — comentava Harun, caminhando à frente da interminável fila ao lado de ambas. O anão, que já sabia demais a respeito da soberana, não compartilhava da fé da esposa, e Raazi notava o seu desconforto toda vez que o assunto seguia na direção de uma possível "Una bondosa". — Eles nunca viram alguém lutar como você. É algo bem próximo do divino.

Em momentos como aquele, era Raazi quem ficava visivelmente incomodada. E ansiosa. Tanto que retomara um hábito da adolescência: rabiscar os próprios antebraços ou pernas, como se os seus dedos fossem carvão numa parede, deixando linhas rebuscadas e arabescos abstratos na pele. Para alguns kaorshs, aquela era uma mania, como os humanos que roíam as unhas ou os anões que comiam cabelo (e depois precisavam tomar chá de orelha-de-sinfo para expelir um nada agradável bezoar). Ainda que menos nocivo, esse costume acalmava Raazi e aplainava o seu desconforto na maioria das situações.

Menos quando recebia conselhos não solicitados de um homem estranhamente presente onde quer que ela estivesse na longa comitiva.

— Eles conhecem apenas a sua brutalidade. Não é de surpreender que adulem você depois de tantas demonstrações de *força* — intrometeu-se Idraz Faca-Cega, pensativo, usando o seu manto marrom e desembaraçando a barba bifurcada com a ponta de uma das suas facas perigosamente afiadas.

Raazi não gostava de suas falas, que sempre saíam sinuosas e venenosas, mesmo quando dizia coisas triviais, como "Vem aí uma tempestade de areia".

— Não quero que me enxerguem assim, Idraz. Por tempo demais, tivemos uma líder que resolvia tudo com força bruta, e vimos no que deu — declarou a kaorsh, apagando os desenhos do antebraço com irritação. — Eles só conhecem a linguagem da violência.

— Sim, de fato. E por quanto tempo vai tentar falar uma linguagem diferente da deles? — provocou o homem, fazendo menção de prosseguir ao ver a expressão da kaorsh. — Só estou dizendo que não desmentiria boatos acerca da sua *divindade*. Não precisaria *mentir*, veja bem. Eles estão acostumados a obedecer a seres superiores, já fizeram isso antes. E a cada dia que caminhamos e não encontramos nada pela frente, precisamos de mais obediência e controle.

Idraz fez um gesto amplo para a caravana. Raazi praguejou mentalmente ao confirmar, com um breve olhar, que havia duas pessoas brigando.

A kaorsh meneou a cabeça.

— Quero fazer isso do jeito certo. Por mais que chegue perto de sujar as mãos apartando confrontos, quero considerar caso a caso.

— Hum... — fez Idraz, se afastando. — Lembre-se de que, de caso em caso, não há tempo para lavar as mãos. Quando precisar de mim, avise.

Raazi bufou, irritada. Por mais que o homem a deixasse desconfortável, era inegável que ele havia sido de grande ajuda durante a Batalha do Portão Norte, lutando com uma ferocidade ímpar. Ela era grata, mas não conseguia confiar plenamente em alguém com discursos tão oblíquos.

No entanto, veneno e confiança nem sempre eram coisas tão opostas. Venoma fazia parte da sua cúpula mais próxima e apoiava Raazi o tempo todo, de longe, mesmo que não tivesse precisado disparar uma seta que fosse após a batalha.

— Não gosto desse Idraz. Mas gosto das facas dele — comentou Venoma.

— Bom, ele oferece ajuda o tempo todo... Mas eu já tenho uma guarda-costas — replicou Raazi, sorrindo para a aliada.

Venoma meneou a cabeça.

— Como se você precisasse.

Raazi não quis se alongar no assunto, então nem comentou que todos os que haviam deixado Untherak estavam literalmente às suas costas. Mas nem toda a comitiva se dividia entre o ódio pela líder que nada encontrava e o arroubo de devoção à sobrevivente da Arena de Obsidiana.

Havia Baeli, cuja amizade remontava aos dias em que a existência de Raazi se sobrepunha à de Yanisha. Havia Pryllan, sinfo de essência guerreira cuja presença era decisiva para aquela legião de exilados ainda estar viva. Os sinfos, como um todo, sempre se doavam para as outras raças: sua ajuda com os betouros e as cargas de mantimentos se somavam à leveza com que encaravam as dificuldades do deserto. Pryllan tivera a ideia de criar duplas de sinfos-batedores para avançar um pouco mais adiante da caravana, a fim de antever imprevistos e obstáculos no terreno e avisar ao grupo sobre possíveis desvios de rota.

Ranakhar era outro aliado que Raazi passara a enxergar como amigo. E não poderia ser diferente. Ainda como Autoridade, o grandalhão demonstrara torcida incondicional pelo sucesso de Raazi, colocando-se em risco para poder alertá-la do perigo das balestras ao redor da Arena de Obsidiana. Ali, no solo movediço da Degradação, havia desertado da tropa comandada por Sureyya e lutado ao lado da kaorsh junto a um destacamento de soldados arrependidos, numa virada impensável da direção dos ventos. Ranakhar era corpulento, mas calmo. Forte, mas delicado na maneira com que falava. Sua figura era uma contradição de tudo que Untherak representava em termos de austeridade, uma quebra de um padrão antigo e belicoso, e esse contraste se resumia num aliado valoroso que ainda utilizava uma espada batizada, apesar do peitoral vermelho-vivo da armadura.

— Espero que essa cor não obrigue os seus soldados a fazerem o sinal contra o Mal Rubro a cada piscar de olhos — disse Raazi a ele, enquanto cavavam um poço de água lamacenta num dos raros oásis moribundos.

Ranakhar olhou para os seus homens, que sempre caminhavam próximos uns dos outros.

— Nenhum de nós manteve qualquer tipo de conexão com essa parte do passado. Combinamos que aqui fora teremos uma nova vida, sem as antigas leis e costumes. — Ele olhou para a espada de lâmina negra. — Ainda que algumas coisas nos lembrem do passado. Mas não podemos esquecer as nossas origens, certo?

— Certo — respondeu Raazi, notando como os soldados de Ranakhar pareciam cansados e curtidos pelo sol. E então se lembrou de algo que gostaria de ter perguntado há dias: — Mas soube por aí que esse não foi o único *combinado* entre vocês, não é?

Ranakhar corou, o que era no mínimo divertido de se ver num sujeito daquele tamanho.

— Você sabe, as pessoas comentaram... e nós adotamos o nome...

Raazi gargalhou como poucas vezes havia feito na vida, muito menos após a fuga de Untherak. Ranakhar e os soldados passaram a ser considerados a "força de elite" de Raazi Tan Nurten. E foram apelidados pelos exilados de *Guarda Vermelha*. Raazi havia pintado partes das suas armaduras de vermelho, para que Ranakhar e os soldados não fossem confundidos com Únicos e guerreiros da Tenente. Mesmo sob certo olhar de censura de outros kaorshs, que condenavam a manipulação de cores fora do próprio *canväs*, Raazi se alegrava em ter feito aqueles aliados.

Entretanto, ninguém esperava que eles precisassem entrar em combate da mesma maneira que na Batalha do Portão Norte. Toda a luta dali em diante era contra a Degradação, suas incertezas e armadilhas.

As batalhas no deserto se davam entre o egoísmo e a entrega ao próximo. Entre a raiva e o diálogo. Entre o desespero e a esperança — e, nessa última, os sinfos eram essenciais. Os seus contos sobre a terra Raiz haviam se espalhado pela caravana, atingindo humanos, kaorshs e anões necessitados de uma palavra de alento.

Raazi não sabia se acreditava que chegariam a algum local seguro, mas não desanimaria os exilados expondo seus receios.

Talvez Idraz esteja certo em não querer desmentir os boatos sobre o meu poder, pensou ela com um calafrio, imaginando que alguns indivíduos realmente necessitavam de alguém que lhes *mandasse* sobreviver. *Pedir* ainda não era algo que todos compreendiam.

No momento, Raazi precisava fazer o que lhe desse mais chances de sobrevivência: desatolar carroças da areia. Fazer a comitiva andar, torná-la capaz de seguir em frente, ainda que o destino fosse uma total incógnita.

Ela adoraria descobrir que estava errada e os sinfos, certos.

A chuva de meteoros aconteceu enquanto dormiam num trecho rochoso da Degradação, repleto de poças de água lamacenta. Vendo que muitos paravam para observar o céu com espanto e admiração — enquanto outros se encolhiam de medo —, Raazi conversou com Harun, e eles decidiram que ali seria um bom ponto para levantar acampamento enquanto a caravana enchia os seus cantis e tonéis.

Aguardar que todos preenchessem os seus recipientes e se refrescassem poderia durar horas, às vezes do zênite ao pôr do sol. Porém, talvez ficassem muitos dias sem encontrar outro "oásis" de água minimamente potável.

Raazi foi prontamente requisitada para apartar uma briga entre humanos na fila, alheios ao espetáculo das estrelas cadentes.

— Ela passou na minha frente! — exclamou o homem, furioso, gesticulando com seus cantis vazios na direção da mulher, que apenas meneava a cabeça.

Raazi colocou-se entre os dois, enfática.

— Nós não vamos partir até que *todos* estejam abastecidos. Não tem por que brigar!

— Mas ele está com um monte de cantis! — acusou a mulher, ignorando a tentativa de conciliação de Raazi. — Se todo mundo encher tudo isso de água, não vai sobrar para quem está no fim da fila!

— Pelos dentes dourados de Proghon, mulher! — gritou o sujeito, exasperado. Raazi fez uma careta involuntária, pois havia anos que não ouvia aquela expressão, mesmo dentro de Untherak. O homem continuou a sua defesa vazia: — Olha o tanto de água nessa poça, não vai simplesmente acabar porque eu enchi quatro garrafas!

— Ei, vocês dois! — berrou uma nova voz, e Raazi suspirou por antecipação. Venoma andava completamente sem paciência. — Que tal apertarem as mãos e encherem logo esses potes antes que eu enfie uma flecha no rabo de cada um?

Harun explodiu numa risada rouca. Parte da fila o acompanhou, mas outra parte murmurou em reprovação à atitude da mercenária.

— Venoma — chamou a kaorsh, passando a mão sobre os olhos. Apontou para uma formação rochosa a cerca de vinte metros das poças. — Vamos conversar um pouco. Harun, você cuida disso aqui?

O anão, ainda rindo, fez sinal de positivo. Venoma acompanhou Raazi, apoiando a besta sobre um dos ombros. Já afastadas, a líder da caravana se deixou desabar sobre uma pedra plana, olhando para as luzes que riscavam o céu. A lua estava na sua fase tímida e quase invisível, o que facilitava a observação das estrelas cadentes. Se pudesse escolher, estaria em silêncio contemplando aquele espetáculo, lembrando-se de Anna e Ziggy. Mas estava ali, tentando evitar que centenas de pessoas se matassem antes de chegar a qualquer lugar.

— Eu entendo que não esteja fácil para ninguém — disse ela, enquanto Venoma se sentava de pernas cruzadas ao seu lado, mexendo na roldana da arma —, mas você não pode resolver as coisas com ameaças.

— Não é uma ameaça se eu estiver falando sério — retrucou Venoma.

Raazi bufou.

— Eu também tenho vontade de esganar dúzias deles. Mas imagine o que seria de nós? Cada briga geraria revanches, represália, vingança... E morreriam mais do que aqueles que a Degradação já está levando aos poucos.

Venoma não retrucou. Ali estava uma verdade: todos os dias vinham notícias de que alguém havia morrido. Idosos, de todas as raças, ou alguém com insolação durante o dia, ou hipotermia durante a noite, ou intoxicação alimentar. Pessoas de luto que se recusavam a abandonar os corpos dos entes queridos. E, a cada pedido de socorro, a caravana parava. Diferentes rituais eram feitos, mas quase todos terminavam com lamentos, lágrimas salgadas, um arremedo de cremação ou um enterro em areias desconhecidas.

E, em seguida, a caravana voltava a andar.

Raazi agradeceu pelo silêncio de Venoma. Se a sua apreciação da chuva de meteoros durasse apenas um instante, ela já ficaria grata. E sabia que Venoma estava fora do seu temperamento soturno habitual, ainda mais considerando as perdas e a separação do grupo com Ziggy e Aelian. Não havia como qualquer ser vivo agir de forma normal durante aquela caminhada sobre o nada.

Então, outra voz quebrou o momento de contemplação:

— Talvez seja de interesse da Alta Cúpula dos Exilados, se me permitem chamá-las assim, saber que parte da caravana não concorda com a liderança atual e pretende agir de maneira... *enfática*.

Raazi se levantou rápido, e Venoma encaixou uma seta na besta em questão de segundos. Então perceberam que Idraz Faca-Cega descansava dentro da pedra ao lado, numa reentrância que quase o camuflava. A kaorsh não acreditou que os seus olhos, naturalmente propensos a esse tipo de análise, não tinham localizado o homem antes.

— Existe algum lugar que eu vá em que você não esteja? — vociferou a kaorsh.

Idraz ergueu as mãos, vazias.

— Eu já estava deitado aqui antes das duas chegarem, Compridona.

— E você achou que seria de bom-tom ficar escutando a nossa conversa? — perguntou Venoma, sem tirar Idraz da mira.

O homem respondeu, calmamente:

— Não estou à altura das suas ameaças, nobre matadora de aluguel. Além do mais, não compartilho da insatisfação. Só escuto o que acontece ao longo de toda a caravana, e estou compartilhando informações úteis. Pode me considerar um agente da *Inteligência*.

— Ou seja, um enxerido com a língua tão bifurcada quanto a barba — rebateu Venoma, enquanto Raazi abaixava a besta dela gentilmente.

Idraz riu com sinceridade.

— Gosto demais do seu senso de humor. Fique tranquila, não trarei mais informações não solicitadas. — Ele se levantou de sua pedra, puxou o capuz sobre a cabeça e apontou para a fila diante das poças. — Agora, vou pegar o meu lugar na distribuição de lama potável. Com licença.

Raazi olhou para Venoma, respirando fundo. Ambas estavam irritadas.

— Espere, Idraz! — chamou Raazi, antes que se arrependesse. O homem deu meia-volta com uma curiosidade exagerada no olhar, como se não soubesse o que ela perguntaria a seguir. A kaorsh ignorou o seu sarcasmo. — Pode me dizer exatamente o que escutou e viu?

— Com prazer — respondeu Idraz, sentando-se diante das duas.

Por reflexo, Venoma levou uma das mãos à adaga, mas parou ao ver o olhar de reprovação de Raazi.

Idraz começou a falar sobre o passado de diversos indivíduos que estavam ali. Que fizeram parte de guildas e cartéis de contrabando dentro de Untherak. Muitos estavam na caravana não por acreditarem num ideal de liberdade, mas por temerem os seus destinos na nova regência de Proghon, que provavelmente não toleraria as "atividades paralelas" que aconteciam no Unificado.

— E qual é a novidade nisso? — ralhou Venoma.

— Nenhuma — respondeu Idraz. — O que vocês não sabem é que o tráfico de carvão continua a toda na caravana.

Nem Raazi, nem Venoma conseguiram disfarçar a surpresa.

— Quem? — indagou a kaorsh.

— A pergunta certa é: *quantos?* — corrigiu Idraz, o olhar se perdendo nas filas para pegar água por um momento. — Conheço várias dessas figuras. Matadores de aluguel, traficantes, contrabandistas, cafetões. Pessoas do meu convívio. Eles não mudaram de índole por causa da ausência de muros, e estão tentando lucrar aqui fora... ainda que ouro não mate a sede.

— Imagino que eles já saibam que eu não concordaria em fazer vista grossa a isso — disse Raazi, especulando como poderia desmantelar uma rede de tráfico de carvão que se movia junto à caravana, completamente imprevisível.

— Perspicaz. Eles acham que o seu "senso de justiça" interfere nos assuntos alheios. Nas brigas pessoais. Nas disputas por comida. — Idraz fez uma breve pausa e desembaraçou fios da barba dividida. — Os traficantes estão "ampliando a clientela", por assim dizer, e sabem que, em algum momento, isso vai chegar ao seu conhecimento. Logo, como medida cautelar, querem se livrar de você.

— Boa sorte para quem tentar — comentou Venoma, sem conseguir conter o riso.

Idraz lançou um olhar sério para ela.

— Eu não subestimaria um bando de vermes gananciosos sem nada a perder. Covardes agem em bando, como gnolls quando encontram carniça.

— Nós também agimos em bando do lado de cá. E nem somos covardes, veja só — retaliou Venoma.

Raazi a interrompeu antes que mais provocações viessem do outro lado.

— Infelizmente, ele tem razão, Venoma. É melhor não dar chance ao azar. De que maneira vão tentar me atingir, Idraz?

— Bom, hoje mais cedo tentaram me contratar para matá-la. É questão de tempo até algum idiota aceitar o valor que estão oferecendo.

Raazi encarou os próprios pés. Calejados, cheios de bolhas. Não muito diferente de todos os outros ali. Ela não imaginava que esta parte corrupta de Untherak a seguiria tão para dentro do desconhecido, onde já haviam perdido qualquer noção de caminho percorrido.

— E por que não aceitou o trabalho? — perguntou a kaorsh, voltando à conversa e deixando de lado questionamentos infrutíferos.

Idraz deu de ombros.

— É bem simples: a Degradação não aceita *altins*. Acho que ganho bem mais protegendo as suas costas do que tentando apunhalá-la.

Raazi até riria, se tivesse ânimo para tal. Limitou-se a balançar a cabeça. Talvez, no fim das contas, fosse bom ter olhos observando toda a caravana.

— Obrigada, Idraz. Não se esqueça de encher os seus cantis antes de partirmos. Levantaremos acampamento na primeira luz da manhã.

O ex-rufião fez um sinal displicente enquanto se levantava.

— Se tem uma coisa que jamais vou esquecer nessa Degradação é de estocar água sempre que tiver chance. Até mais ver, Compridona.

Assim que Idraz Faca-Cega se afastou, Venoma olhou para Raazi, incrédula que a sua companheira de luta estivesse caindo naquela conversa.

— Então resolveu dar ouvidos ao sujeito com os piores conselhos?

— Conselhos, não. Informações — corrigiu Raazi, categórica.

Uma eternidade atrás, fora daquele jeito que ela conseguira ingressar no Festival da Morte: indo atrás de informantes, chantageando e perguntando.

E veja só que maravilha isso desencadeou, pensou consigo mesma. Se o plano tivesse saído como o planejado, ela nem estaria ali. *Não teria mais o meu* canväs*, mas estaria com Yanisha*. Com esse pensamento, imediatamente foi tomada por aquela dor que se tingia das cores mais brilhantes possíveis dentro de si.

O cansaço da jornada pareceu desabar de uma só vez sobre os ombros, as pernas e os músculos de Raazi. No entanto, precisaria agir, se não quisesse deixar o *canväs* de maneira não planejada.

— Preciso que chame Harun e Baeli — pediu a líder para Venoma. — Tenho que combinar os próximos passos com eles.

A assassina assentiu e se afastou sem dizer mais nada. Raazi percebeu que as estrelas haviam parado de cair.

Se até o céu resolveu descansar, então eu também posso.

Passaria os próximos dias — ou meses? Ou anos? — esperando uma punhalada nas costas, mas decidiu brincar com a sorte pela última vez antes de encarar o problema trazido à tona por Idraz. Dormiria ali, ao relento e sobre uma pedra, como os kaorshs de um passado esquecido. Que Harun a acordasse quando chegasse.

O arriscado sono de Raazi seria rápido, mas o suficiente para sonhar com uma fogueira, música, *kaita* e risadas.

3

No Miolo de Untherak, ainda que a crueldade se assomasse a todos, como a efígie rochosa que lá se erguia, as noites nunca eram totalmente escuras: sempre havia a luz de um archote ou uma fogueira — nunca vermelha, nunca uma brasa natural —, como um lembrete de que não existia lugar que Una não pudesse ver.

E ainda havia o luar, emprestando o seu tom único de prata azulada aos contornos da estátua titânica da deusa e às construções grotescas do Unificado.

Aelian, durante a descida do Ahtul, não arriscou produzir a menor das centelhas. Sabia que Proghon devia ter espalhado mais tropas pela montanha e que o simples ato de riscar duas pederneiras seria o suficiente para atrair uma flecha de pluma negra para a sua cabeça.

Com uma lua que insistia na quase ausência, o restante da fuga na direção dos Grandes Pântanos foi feita em plenas trevas, o que era possível graças a uma habilidade no mínimo curiosa de Aelian: desde que vira a linha preta no teto dos túneis secretos debaixo de Untherak, ele enxergava perfeitamente no escuro. Dali em diante, todo breu se tornara diferente. Era como se, por trás da sua visão comum, dentro da sua mente nublada pela Mácula, existissem sombras ainda mais escuras que as trevas naturais. Havia uma forma espessa e volumosa de medo. Raiva. Mágoa. Dor. Seu corpo já havia experimentado todas aquelas sensações antes, mas nada se comparava a ter a mente invadida por Proghon.

Desde então, nenhuma sombra era profunda demais para os seus olhos.

O vento sudoeste havia soprado a névoa dos pântanos para o sopé do monte Ahtul, trazendo um cheiro ocre que turvava a mente. De vez em quando, o sul de Untherak era invadido por aquela neblina gordurosa, mas, ainda assim, Aelian nunca a vira tão espessa, o que o fez indagar se a alta muralha da cidade filtrava parte da bruma.

Bicofino havia decidido ficar sobre o ombro direito do humano, coisa rara de acontecer. Talvez o animal soubesse que aqueles olhos envenenados pela Mácula tinham uma noção melhor de relevo e obstáculos do que a sua visão de ave de rapina.

Já Thrul, o pobre betouro, assustava-se a cada galho partido ou pedra que rolava ribanceira abaixo. Sempre que isso acontecia, Aelian fazia um carinho tranquilizador na sua carapaça. Com essa técnica, conseguiu mantê-lo calmo mesmo ao verem um leão-das-rochas a uma distância não muito segura. O majestoso predador, que há tempos não era visto nos Festivais da Morte, parecia ser um desgarrado, assim como o homem e o betouro. O encontro não passou de uma troca de olhares frios e respeitosos.

— Logo estaremos atolados nos charcos ao sul, meu amigo. E você vai poder comer todo o musgo que encontrar — disse Aelian para Thrul, após o leão-das-rochas lhes dar as costas e sumir na neblina, sem saber ao certo se betouros comiam musgo.

Mas certamente haverá juncos! Até eu comeria juncos com a fome que estou, pensou o homem.

Como ratos guiando-se junto às paredes, Aelian e seus dois companheiros seguiram a extensão da muralha rumo aos Grandes Pântanos, num longo trecho onde a vegetação era úmida, porém rasteira — o que tornava a jornada morosa e muito mais lenta do que seria em terreno firme. Se Proghon tivesse colocado algumas daquelas criaturas silenciosas em cima da muralha, com certeza seriam capazes de enxergar um homem, um falcão e um betouro caminhando pelo início dos charcos.

Talvez os Silenciosos também enxerguem no escuro, pensou Aelian, com um calafrio. Amaldiçoou o próprio pessimismo, mas sabia que aquilo era provável: afinal, os híbridos haviam sido forjados nas profundezas do Palácio, através de uma tenebrosa experiência da Centípede usando mulheres kaorshs como meros receptáculos, sinfos como bolsões de sangue e muita Mácula. Eram criaturas nascidas da sordidez, duplamente acostumadas às sombras.

Mesmo assim, Aelian montou acampamento improvisado ao relento e decidiu prosseguir apenas durante a noite. Talvez a escuridão não servisse de camuflagem, mas resolveu dar o benefício da dúvida.

Ao final da segunda noite de lenta jornada, alcançou a grande saída do esgoto de Untherak. O rio Abissal entrava pelo Portão Oeste, recebia toda a imundície da cidade — especialmente do Miolo — e tornava-se o caudaloso córrego pútrido que desaguava na Degradação.

Ainda colado à muralha, Aelian não via como atravessar aquele rio profundo e asqueroso. Thrul se recusava a se aproximar da margem, então usar o animal para a travessia estava fora de cogitação. Como carregava muita coisa sobre o casco, usá-lo para sobrevoar o rio também não seria possível.

— Não quer me emprestar essas asas aí? — perguntou Aelian para Bicofino, que piou ofendido e decolou para um voo não muito distante.

Seguindo a margem, Aelian percebeu que, quanto mais se afastava da cidade, mais estreito o rio ficava. Algumas horas de caminhada o levaram até um ponto onde o Abissal se bifurcava em dois obstáculos a serem superados — porém, dois obstáculos menos caudalosos e de mais fácil transposição.

O primeiro foi superado com um grande tronco de madeira que serviu de ponte improvisada e aguentou até o peso do betouro. Já o segundo curso d'água, apesar de mais raso, era mais extenso. Aelian estava disposto a se atolar até a cintura para acabar com aquilo de uma vez — afinal, sua vida no Miolo fora cheia de serviços sujos. Contudo, não forçaria Thrul a fazer o mesmo.

— Eu sei, eu sei — disse ele, fazendo carinho no bicho, que estava arisco por se ver cercado por dois córregos. — Ziggy jamais obrigaria você a entrar nesse caldo de Mácula e merda. Se ele não faria isso, não sou eu que vou tentar.

A oportunidade para a travessia veio apenas horas mais tarde, num ponto muito mais a leste. O sol já surgia por cima da bruma no horizonte, à sua esquerda. Por causa dos Grandes Pântanos, a água parecia mais límpida, provavelmente filtrada pela vegetação dos charcos. Num certo momento, Aelian conseguiu caminhar com a água na altura dos joelhos, e Thrul não pareceu fazer objeção alguma a isso. Então, avançaram, seguros de que ali, mesmo à luz do dia, não seriam vistos por nenhum guarda sobre as muralhas, seja lá de qual raça fosse.

Entretanto, Aelian não contava com indivíduos sem precedentes, que não precisavam de olhos para ver além do mundo material.

Uma grande árvore nodosa, perdida entre tantas outras de formas irregulares, seria a morada provisória do trio depois do longo avanço. Thrul permaneceu encostado ao tronco, enquanto Aelian subiu por alguns galhos e encontrou um bom lugar para se recostar e se cobrir com a pele de estraga-sono. Bicofino permaneceu ao seu lado por um tempo, até que a fome o levou a voar para a copa da árvore, a fim de avistar uma refeição noturna dali de cima. O humano reparou num brilho fugaz na superfície de uma lagoa próxima e percebeu que o luar perfurava o bloqueio de nuvens e a grossa camada de vapores dos pântanos.

Se não fosse loucura entrar num lago no escuro, pensou, *eu até tomaria o meu primeiro banho em meses*. Mas a falta de luz e o desconhecimento do terreno o tornariam uma presa fácil para qualquer criatura dos charcos. Ele já tinha deixado de sentir o próprio cheiro havia semanas, mas sabia que isso não significava que estivesse asseado. Sua insensibilidade com a própria higiene vinha em parte da sua estadia num lugar nevado e em parte da pura apatia pelo próprio bem-estar.

Quando era um escravo no Miolo, seus banhos eram controlados e frequentemente negados após seis dias consecutivos de trabalho. Lembrou-se que, nessas ocasiões, a ida para o Pâncreas de Grifo no seu Dia de Louvor começava com Tom ou Taönma atirando-lhe uma toalha e exigindo que fosse se lavar nos fundos da taverna, antes mesmo de servirem qualquer caneco de cerveja de boas-vindas.

Aelian sorriu pela primeira vez em tempos.

Aquelas lembranças costumavam entristecê-lo profundamente. Pensar na família que o acolhera desde antes daquela linha de escravidão ser traçada no seu rosto. Lembrar-se do Pequeno Tom, da sensação de pertencimento em meio a três pessoas que não compartilhavam do seu sangue. Eram laços invisíveis, mas impossíveis de serem desatados na vida ou na morte. Também se estendiam a Raazi, Ziggy, Anna, Venoma... e até mesmo a Harun. Depois de começar a vida já perdendo — como todo ser vivo de Untherak —, Aelian não imaginava que era possível ganhar qualquer coisa. Ainda mais depois de perder Aenoch, Pan, os poucos mentores e amigos que fizera no Poleiro.

Pensou por muito tempo naqueles rostos, todos distantes, alguns de maneira irremediável, enquanto sua visão percorria a escuridão. A expectativa do possível banho à primeira luz do dia lhe permitiu apreciar o momento.

Sem o menor indício de ondulação na água, o reflexo da lua era uma cópia exata da original acima. A lagoa era um espelho dos céus, capturando toda a atenção de Aelian. O sono veio, junto com uma sensação de entorpecimento.

Um formigar nas costas, nas pernas, nos braços...

... e na garganta.

Aelian arregalou os olhos. Não era assim que o sono devia ser.

A noite ficou mais densa. O que antes era visível aos olhos perdeu os contornos e se transfigurou numa massa de escuridão constritora ao redor de Aelian.

Não existia mundo, apenas Mácula.

A lua sumiu na água. A água tornou-se piche.

Aelian agarrou o próprio pescoço, tentando usar a lógica para afastar a sensação claustrofóbica.

Estou fora de Untherak. Ao ar livre, fora dos muros.

Mas o coração acelerado do rapaz não parecia entender a mente, e os seus olhos se recusavam a enxergar a noite. O formigamento aumentou, e sua boca foi tomada pela sensação imunda de ser desempossado da própria voz.

— *Você está por perto, não é?* — perguntou Proghon, e Aelian sentiu uma vontade incontrolável de se enforcar e acabar logo com aquilo. Tentava resistir às palavras, fechar a garganta... mas, sílaba a sílaba, a voz do General escapava da sua boca. — *Não há para onde correr, homem do Poleiro. Vou encontrá-lo, cedo ou tarde.*

Aelian se desequilibrou e desabou do galho. Caiu de mau jeito em cima de uma raiz, mas mal registrou o incômodo nas costas. Ter parte do corpo usurpada era mais insuportável do que qualquer dor.

A escuridão continuava sufocante, como se as sombras fossem sólidas. Aelian ouvia movimento ao redor, mas não conseguia enxergar *o que era*. No fundo, sabia que Thrul estava por ali, mas não era capaz de vê-lo no meio da confusão mental.

— S-saia da minha cabeça — falou Aelian com esforço, como se espremesse a voz por uma pequena passagem.

Mas ele mesmo respondeu:

— *Tenho muito a aprender com você, humano... e é por isso que vou estudá-lo. Não entendo como resiste à Mácula a ponto de conseguir ecoar a minha voz. Não devia tê-lo subestimado antes.*

Aelian se arrastou na terra úmida e fria, sabendo que devia estar próximo à margem da lagoa. Talvez, se apenas *começasse* a se afogar, Proghon deixaria a sua mente, com medo de sentir a asfixia, e ele ainda teria tempo de se salvar.

— *Má ideia* — articulou a boca de Aelian, como se o General tivesse acesso aos seus pensamentos.

Porém, o homem conseguiu notar algo na própria voz.

Medo.

Mas não era *seu* medo.

Aelian sorriu alucinadamente e continuou a se arrastar na direção do lago, agora tão próximo que já sentia a água gelada na ponta dos dedos. Por um instante, sentiu um vazio na mente, como uma trégua. Um corredor estreito para os seus pensamentos passarem, permitindo que falasse por si:

— Por acaso o grande General de Untherak tem medo de água?

A resposta não veio com palavras. O corredor na sua mente colapsou, e Aelian sentiu a dor inédita de ser apunhalado por um pensamento.

Ele gritou, e as trevas se estreitaram ao redor. Proghon não tomou a sua voz, mas era evidente que continuava ali, sentindo o mesmo que Aelian, tingindo a sua visão de escuridão.

O humano conseguiu abrir os olhos. A lagoa estava muito perto. De dentro dela, uma cabeça emergiu aos poucos, vindo na direção da margem. Em alguns instantes, Aelian percebeu duas coisas: que, seja quem estivesse saindo de lá de dentro, caminhava de costas.

E que se tratava de uma criança.

Ela chorava, e cada pedaço seu queria chorar junto. Aelian a acompanhou, sem perceber. A criança continuava andando de costas para fora da água... que não era mais água. Era um tanque enorme com um caldo preto e grosso. Idêntico ao que abrigara a poça primordial de Mácula nos aposentos de Una, centenas de anos atrás.

Aelian não sabia mais onde estava: nos Grandes Pântanos, dentro de uma memória, como a que visitara durante a leitura dos pergaminhos proibidos no interior da estátua... ou se simplesmente partilhava emoções com Proghon.

— É-é o s-seu filho, não é? — balbuciou Aelian, vendo as costas do menino naquela releitura lúgubre de uma lembrança. — O escriba, o Homem Marcado... seguiu Una até a morte, e a c-criança seguiu o escriba... você... para dentro da Mácula...

A punhalada veio novamente. A criança enfim se virou para Aelian, mas o seu rosto era descarnado. Seus ossos expostos, feitos de ouro, derretiam...

Ela abriu a mandíbula, e o queixo de Aelian despencou. Uma força invisível o forçou a ecoar as palavras:

— *Saia daqui, AGORA!*

O contato foi quebrado de forma repentina, e Aelian se viu caído na terra escura, arfando pesadamente. Sentia-se como uma corda velha, esticada até o limite e prestes a romper.

Thrul havia se aproximado, agitado, mas mantinha uma distância segura para não pisotear o humano. Bicofino estava pousado ao lado da sua cabeça e puxava fios da barba de Aelian. Havia notado que o dono estava fora de si e buscava uma reação dele.

Ele levantou a mão trêmula para os animais, sem conseguir verbalizar que estava bem. O que de nada adiantaria, pois era visível que não estava.

Após o turbilhão de imagens e sensações delirantes, o charco ao seu redor parecia diferente. Aelian se sentou, abraçando os próprios joelhos e pensando que não aguentaria passar por aquilo de novo sem perder o que restava da própria sanidade.

Tenho que me afastar daqui, raciocinou, lembrando que Proghon pressentia a sua proximidade. *Ou preciso fechar a minha mente*, ponderou. Daria tudo por uma dose do rum mais forte de Untherak. Forte o suficiente para manter Proghon afastado.

Então, lembrou-se de algo.

Rastejou de volta para onde sua bagagem havia sido depositada, ao lado da árvore nodosa, e começou a revirá-la. Sair da área de influência mental de Proghon levaria tempo, com um passo de cada vez. Mas havia uma maneira mais fácil de confundir quem tentasse espiar os seus pensamentos e usurpar a sua voz.

Pegou o cachimbo e as pedras que havia tomado dos Únicos mortos antes de fugir do Ahtul. Estranhamente, não sentiu nenhuma culpa, apenas uma urgência de prevenir-se contra outra invasão.

Ali, no escuro e sob o julgamento silencioso de Thrul e Bicofino, Aelian usou carvão pela primeira vez.

4

Quem visse Harun ali, observando a lenha arder e a carne-seca fumegando, poderia pensar que o anão cobiçava a comida dos homens. A verdade é que ele cobiçava o fogo e tudo que aquele elemento podia fazer em contato com outras substâncias.

Era a primeira pausa após cerca de quatro horas de caminhada desde a saída do oásis. A informação que percorreu toda a caravana era de que aquele seria um breve descanso, pois ainda faltavam cerca de duas horas para o sol estar no zênite — era quando a caminhada se tornava insuportável e uma parada se tornava obrigatória; todos tentavam se encolher nas sombras das carroças, das lonas, dos betouros e de alguma formação rochosa que pudesse fornecer qualquer alívio da luz inescapável.

Porém, o grupo de homens que Harun acompanhava resolveu acender uma fogueira para assar carne, o que provavelmente atrasaria toda a caravana.

— Era só esperarem mais duas horas, malditos — resmungou em voz alta.

Sempre sentia calafrios ao perceber que estava fazendo aquilo. Por muito tempo, o ato de falar sozinho era um convite para receber respostas que só ele conseguiria ouvir. Mas a companhia do espectro de seu avô era algo do passado, assim como Untherak.

Não estou acompanhado pelos mortos de outrora, e sim pelos mortos de um futuro próximo, pensou, fazendo um esforço muito grande para manter as palavras pessimistas apenas na sua cabeça. Falar sozinho não o ajudaria a realizar a tarefa que Raazi havia lhe incumbido.

— Olha só, o anão de estimação está de olho na nossa carne — disse uma voz esganiçada, seguida por muitas risadas.

Aquilo arrancou Harun dos devaneios e o fez focar não no fogo, mas em quem estava ao redor dele.

Eram dez sujeitos, todos muito próximos da fogueira. Havia apenas uma mulher: uma humana de dentes escurecidos pelo carvão, que ria abertamente. A maioria era de humanos, exceto por um anão e dois kaorshs. Todos encaravam Harun com escárnio.

— *Anão de estimação* — repetiu Harun, se esforçando para manter a calma. No fundo, sabia que aquele apelido era ofensivo, mas achou que valia a pena tentar entendê-lo melhor antes de tomar qualquer atitude. — Posso saber por que me chamaram assim?

Mais risadas, mais um esforço imenso de Harun para se manter calmo. Pouco tempo atrás não teria se contido, mas agora a vida era outra, e Raazi lhe pedira um favor. Não podia falhar com a amiga.

Um dos homens se levantou, limpando a mão engordurada nas vestes. Estava sendo observado pelos companheiros ao redor da fogueira com certo divertimento, como se esperassem para ver a sua resposta. Era um humano atarracado, bronzeado, com uma linha de servidão já bem apagada abaixo dos olhos. Demonstrava a aparência maltratada comum a todos na caravana, mas os dentes eram brancos.

Sem traços de uso de carvão, pensou o anão, que sabia que os maiores traficantes da substância, aqueles que realmente lucravam com aquilo, evitavam consumi-la. Os infelizes que usavam e revendiam carvão eram desimportantes dentro dos grandes esquemas.

— Eu entendo você, de verdade. Harun, não é? — perguntou ele, aproximando-se e olhando para baixo como se achasse tudo aquilo divertido. O anão assentiu, e o sujeito continuou: — Pois é. Já tinha ouvido falar de você. Da sua época como Autoridade... você serviu o General por bastante tempo. E o traiu.

— Depois de tudo que aconteceu, você teria permanecido ao lado dele? — indagou Harun, curto e grosso.

O homem sorriu.

— Eu fugi, não? Untherak ia virar um grande estuário de Mácula daquele desvairado sem língua. Mas a questão não é essa, Harun.

— E qual seria? — perguntou o anão, mantendo a calma a muito custo.

— A questão é que você sempre obedeceu. Primeiro, a Proghon. E agora, à kaorsh que "nos lidera" pela Degradação. Trocam-se os donos, e você continua lá, não? Um gnollzinho na coleira.

O homem fez um beiço particularmente irritante, puxando uma coleira invisível no ar. Harun estreitou os olhos. Os viciados em carvão riram, e a mulher pôs as mãos em concha em volta da boca.

— Dê um pouco de carne pro cachorrinho, Strid! Jogue uns miúdos! *Auuuu!* — provocou ela.

Os indivíduos ao redor da fogueira explodiram em gargalhadas. Agora sabendo o nome do distribuidor de carvão, Harun também sorriu. Mas não pelo mesmo motivo. Era ódio canalizado na região inferior da face, que fazia os seus músculos se retesarem. Mas ia deixar que Strid pensasse que era uma risada.

— Ah, ele gostou de ser chamado assim! Você quer carne, cãozinho? Ou quem sabe um pedacinho de carvão? Faço um preço especial por ser a primeira vez que compra comigo.

Mais risadas.

É por Raazi, pensou Harun, a boca seca de tanta raiva. *Fique calmo. Foi um pedido dela. É importante.*

O anão respirou fundo.

— Não quero carne nem carvão. Mas me contaram que você está oferecendo... uma oportunidade.

Ao escutar isso, um dos viciados raquíticos se levantou da fogueira, sacudindo a areia dos fundilhos e resmungando:

— Strid, eu já disse que de anão cobro mais caro, hein!

Harun ergueu as sobrancelhas.

— Seja lá o que estiver pensando, se seu amigo der mais um passo, arranco a cabeça dele fora.

O líder pareceu irritado, e gesticulou com raiva para que o outro se afastasse. Contrariado, o sujeito se sentou de volta no mesmo lugar, perguntando para um homem ruivo e barbado que amolava uma faca o que tinha feito de errado. Strid deu um riso sem graça e abaixou o tom de voz, tentando voltar ao assunto.

— Como pode ver, ofereço muitos tipos de "oportunidade". Então me pergunto o que ouviu por aí...

— Que você quer dar cabo de alguém que está atrapalhando os seus negócios — retrucou Harun, indo direto ao ponto e emendando uma cusparada involuntária para o lado. Era uma reação do seu corpo a ter que voltar a fazer e falar coisas que não o agradavam. — Sei que muitos negaram. Esta é a sua chance de ter um Autoridade resolvendo a situação.

— *Ex*-Autoridade. Aqui fora somos todos iguais, não? Como a nossa destemida líder... e a sua atual chefe... não cansa de dizer.

— Ela não é merda nenhuma minha! E eu só me importo com a minha família! — Arfando, Harun hesitou.

Não era verdade que Raazi não significava nada para ele. Depois de tudo que passaram, ela era praticamente sua família. Não como Ônix e Cora, mas parte da sua família mesmo assim. Então, acrescentou resmungando:

— Preciso garantir o futuro deles quando finalmente chegarmos a algum lugar.

Strid olhou para os lados, pensativo. Considerou as palavras de Harun, sopesando os benefícios e os riscos.

— Vamos supor que a gente realmente precise de alguém assim. O que me garante que você vai cumprir a sua palavra? Que não vai trair a gente, assim como traiu Proghon e como pretende traí-la, aceitando o serviço?

Falou "a gente", Harun registrou mentalmente. *Deve ter mais traficantes nessa.*

— Você não terá garantia nenhuma — respondeu o anão, incisivo. — Você não me conhece, eu não conheço você. Eu faço o serviço, você me paga. Simples assim.

— Escute bem... não cheguei onde estou sem garantias.

— E veja só onde está! — disparou Harun, fazendo um gesto abrangente para a escória ao redor da fogueira.

— Ei! Vai tomar no seu cu! — gritou a mulher de dentes podres, ofendida.

Strid abaixou a voz.

— Você mencionou que tem família. Uma esposa, não é mesmo? Deixe-a aqui até cumprir o serviço. Você volta, pega o seu dinheiro e leva ela embora.

— Nada feito — falou Harun sem hesitar.

— Se está buscando acumular riquezas, eu ainda poderia dar alguma utilidade a ela. Como já disse, ofereço muitas oportunidades... *hehe*.

Harun respirou fundo. Era melhor não pensar muito no que o sujeito acabara de falar. Não mesmo. *Mas ele ofendeu a minha esposa.* Harun decidiu que nada de bom sairia dali — fosse dos próprios pensamentos ou da boca imunda de Strid. Sentia que já havia obtido a informação que precisava. Agora, contaria o ocorrido para Raazi e tudo seguiria conforme o planejado...

Deu as costas e se afastou enquanto ouvia risos vindos da fogueira. Strid, voltando ao seu lugar para ver se a carne já havia assado o suficiente, elevou a voz para provocá-lo:

— Deem adeus para o cãozinho de Raazi!

As imitações de uivos e latidos recomeçaram. Harun estacou, de costas para eles. Dez otários enfraquecidos pelo deserto, a maioria viciada em carvão. Sim, ele daria conta. Poderia fazer cada um deles engolir aquelas imitações de cães.

O grupo já havia deixado de prestar atenção no anão. O contrário, no entanto, não havia acontecido. A raiva fazia com que o ouvido de Harun zumbisse, e ele escutava perfeitamente a conversa fiada ao redor da fogueira.

— Vai negociar com o anão, chefe? — perguntou alguém.

— Até parece... — respondeu Strid, pegando uma tira de carne de perto do fogo. — Eu lá vou negociar com um sujeito que não honra a própria palavra?

Harun ouviu aquelas palavras mais nitidamente do que gostaria. Lembrou-se do rosto de Strid, tão próximo do seu há alguns instantes. Da linha de servidão apagada... Aquele homem havia dito que ele, Harun Okodee, não honrava a sua palavra.

Havia dito que o anão que jurara encontrar a Última Armadura dos Okodee — e cumprira a promessa! — não honrava a sua palavra.

O mesmo anão que perdera o seu primogênito, Malaquite, e prometera à esposa que ela jamais sofreria novamente como naquela noite.

E ele ofendeu a minha esposa, veio um pensamento intrometido.

O anão repassou aquelas três memórias na mente de maneira acelerada. Tornou-se mais consciente do ar estagnado, de cada peça de roupa que vestia, dos alforjes no cinto — e do conteúdo específico de um deles...

A imagem da miniatura de Untherak sendo partida bem na réplica do Poleiro atravessou as lembranças de Harun como um raio.

Ele deu meia-volta e caminhou na direção da fogueira, abrindo o alforje.

Comendo uma tira de carne fumegante, Strid não reparou na aproximação do anão. Apenas o viciado raquítico pareceu notá-lo.

— Ô, Strid, acho que aquele anão quer...

Mas o que o homem achava nunca seria revelado. Harun pinçou a pólvora dourada com quatro dedos da sua mão direita, sem desperdiçar aquela herança tão preciosa que ainda teria usos futuros.

Seus antepassados que o perdoassem, mas Harun não se arrependia de nenhum grão de pólvora rara arremessado na direção da fogueira. As partículas douradas reluziram no sol de quase meio-dia por um momento antes de entrarem em contato com as chamas, tão próximas do rosto das dez pessoas que se serviam da carne.

A madeira da fogueira estalou, rachou e explodiu com violência. O ruído foi ouvido por toda a caravana. As lascas fumegantes encontraram os alvos ao redor, enquanto o fogo engolfava os corpos desfigurados.

Harun, que estava a uma distância considerável da explosão, virara de costas bem a tempo, e mesmo assim sentiu o calor e o impacto nos músculos. Não podia dizer que o estrago tinha sido inesperado, pois sabia bem o efeito da pólvora dourada. O prédio do Poleiro era testemunha disso.

Com a explosão, muitos olhares se voltaram na direção do pedaço de areia calcinado, coberto de sangue e rodeado por corpos inertes. Alguns poucos se contorciam em espasmos. Harun aproveitou que tinha a atenção de todos.

— Que fique bem claro! — esbravejou ele, cuspindo ao perceber que havia mais grãos de areia na boca do que o normal. — Qualquer um que se atreva a criar ainda mais dificuldade do que já temos a cada segundo nesta merda de deserto terá que se ver comigo! Quem ameaçar a integridade da líder desta caravana terá que se ver comigo!

Aquela era a sua voz de Autoridade. As pessoas se aglomeravam em torno de Harun a uma distância de muitos passos, como se houvesse uma parede invisível. O anão havia acabado de explodir um monte de gente, e os ouvintes estavam temerosos — ainda que curiosos com o que ele tinha a dizer.

No meio da multidão, abrindo espaço para conseguir enxergá-lo, estava a sua esposa, Cora, junto com Baeli e Raazi. As três o encaravam com olhos arregalados, como se perguntassem "O que você fez?", ainda que Cora parecesse já saber parte da resposta.

Harun apontou para a kaorsh.

— Raazi Tan Nurten está dando tudo de si para sobrevivermos, para que tenhamos como prosseguir. Vocês podem não concordar com ela. Podem até não gostar dela...

Raazi implorou para que Harun se calasse, balançando a cabeça de leve. Mas o anão estava inflamado. Não pararia tão cedo.

— ... mas eu a vejo, dia após dia, apartando brigas, racionando mantimentos, decidindo para onde seguir neste inferno árido! Então, o próximo que resolver atentar contra a vida dela, ou de qualquer um desta caravana, pode vir. Estarei aqui, com martelo ou de mãos vazias, pronto para dialogar. Assim como fiz com esta escória.

Um instante após encerrar o seu discurso, Harun percebeu que o dedo com que apontava para Raazi tremia. Seu corpo todo sofria um pequeno terremoto após a injeção de fogo nas veias se arrefecer. Raazi e Cora foram até ele, enquanto Baeli dispersava os curiosos batendo palmas e falando para aproveitarem o tempo de descanso.

O anão respirou fundo, tentando manter o rosto impassível e recuperando parte da calma. Sua esposa foi a primeira a falar:

— Se quer tanto proteger a sua família, não pinte um alvo na testa pedindo para te desafiarem a qualquer momento.

— Acho que demonstrei bem o que sou capaz de fazer com quem nos ameaçar.

— Não importa. Não é assim que devemos resolver esse tipo de problema — interveio Raazi. — Mais violência só vai complicar as coisas. Já falei isso mil vezes.

— Acredite, acabei de eliminar um problema que se tornaria imenso daqui a algum tempo — informou Harun, sem mencionar o fato de que haviam cutucado uma imensa ferida ao duvidar da sua honra.

Raazi respirou fundo.

— Não tenho como desfazer o que você fez, Harun. Mas me entristece ver esse aspecto de Untherak no meio do nosso povo.

— Esse bando de nômades por acaso é um *povo*? — questionou ele.

Raazi pareceu ser pega de surpresa. Não tinha percebido a palavra que usou para se referir aos refugiados de Untherak. A kaorsh meneou a cabeça, então respondeu:

— Sim. Sim, porque no meio da Degradação, Untherak não vai mais definir quem somos.

Ela deu as costas ao amigo e se afastou para lidar com a repercussão do confronto. Cora demorou-se um instante a mais ao lado do marido.

— Ônix? — perguntou Harun.

— Com Pryllan e os sinfos, dormindo... ou não, já que você ruidosamente desperdiçou pólvora de ouro num bando de adictos.

— Eles eram assassinos que queriam matar Raazi!

Cora apenas o encarou, como fizera em tantas discussões sob o teto da sua antiga morada na Vila A. Então ela deu um sorriso que era mais uma manifestação de preocupação do que de ternura. Quando falou, o seu tom de voz era cuidadoso:

— Você precisa deixar esse seu lado para trás, Harun. Você não é mais o subalterno de Sureyya. Ela está morta. E é como se Untherak também estivesse.

Harun quis se defender. Abriu a boca, começou a articular as palavras... mas então desistiu. Cora tinha razão: ele ainda estava manchado pela lama da servidão ao sistema corrupto da cidade murada. Era inusitado receber aquele puxão de orelha da mulher que ainda acreditava na existência de uma Una bondosa. No entanto, havia algo de irritantemente bonito naquilo.

Ele esticou a mão para acariciar o rosto da esposa, em sinal de rendição.

Foi quando sentiu uma leve brisa no ar estéril do deserto. Um mero sopro, mas que carregava uma palavra curta, sussurrada ao pé do seu ouvido esquerdo: "Cuidado."

Harun se virou desconcertado por alguém ter chegado tão perto sem que ele notasse... e percebeu um semblante descarnado, de barba e cabelos vermelhos. Boca aberta, sangue por todo rosto, gritando. A monstruosidade ergueu o braço para atacá-lo com uma faca, a lâmina reluzente ao sol quase a pino.

Não teria tempo de sacar o martelo. No susto, colocou-se à frente de Cora e segurou o braço do agressor, sentindo a lâmina raspar na sua pele...

Outra faca dançou sob a luz estagnada e cravou-se no pescoço do atacante, que cambaleou para trás, com sangue gorgolejando da boca, até tombar ao lado dos restos da fogueira.

Idraz Faca-Cega estava a cerca de dez passos de distância, com o braço ainda erguido após o arremesso da lâmina.

— Você confiou demais no estrago do seu pozinho mágico — debochou ele.

Após praguejar e lançar um olhar furioso para o sujeito de barba bifurcada, Harun soltou o ar e notou que o homem caído era o ruivo que estava em meio aos traficantes de carvão. Ele havia escapado — em parte — da explosão repentina.

— Você está gelado, por incrível que pareça — disse Cora ao marido. Harun sabia que a esposa também estava abalada pelo ataque repentino, mas ela era orgulhosa demais para demonstrar isso. — Está tudo bem. *Es-*

tamos bem, graças a esse homem esquisito que vive aparecendo por todo lugar da caravana.

— Disponha — replicou Idraz, passando pelo casal e arrancando a faca da jugular do defunto como quem puxa uma raiz grossa da terra.

Harun, no entanto, só tinha olhos para Cora.

— Fiz o que tinha que fazer.

— Eu sei.

— E algo aconteceu... agora.

— O quê? Agora... *agora?*

Harun respirou fundo. Queria dizer para a esposa que ouviu um aviso, e que provavelmente havia sido isso que os salvara de serem retalhados. Mas então teria que explicar a volta das "vozes". Mais do que isso: precisaria contar tudo desde o início para Cora, inclusive as alucinações que tivera com o avô.

Eram mesmo alucinações... certo?, questionou-se, em silêncio.

— Deixa pra lá — desconversou Harun, meneando a cabeça e sentindo uma leve tontura. — Acho que preciso de água.

— Tenho uma garrafa cheinha de lama para você — disse Cora, aninhando o marido nos seus braços fortes.

Dali a poucas horas, a caravana levantaria acampamento, abandonando alguns restos mortais. E seguiria rumo a algo que faria as mortes recentes parecerem o menor dos problemas.

5

Aelian acordou com o rosto enfiado na terra, sentindo as unhas de uma das mãos fincadas na carne da palma. Era como se tentasse impedir que algo escapasse por entre os dedos. Mas não sabia o quê.

Thrul o encarava, com olhos aquosos que refletiam o sol pálido filtrado pela névoa dos Grandes Pântanos. Era uma luz morta, que conferia um ar perdido e fantasmagórico ao betouro.

— Que foi? — perguntou Aelian, irritado, sem afrouxar os dedos.

Não se lembrava do que guardava na mão. Não se lembrava de muita coisa, na verdade, nada além da sensação horrível de ver um crânio dourado gritando bem na sua frente e de ter o seu corpo tomado pela vontade de outro. Sua cabeça doía, sua garganta estava seca e seu coração batia rápido, como se tivesse acabado de parar de correr — e não de despertar de um torpor horrível. Nem mesmo ao deitar na sua cela em plena véspera de Dia do Louvor, após seis dias de trabalho braçal, Aelian sentira aquele cansaço. Fechou os olhos de novo, como se mais descanso fosse resolver o problema.

Mas então o seu olfato voltou de repente, como um murro no nariz.

Ele conhecia aquele cheiro. Só que, desta vez, o carvão estava impregnado no seu suor. O odor fétido exalado das vielas do Miolo e dos becos onde os viciados dos Assentamentos dividiam um cachimbo... pela primeira vez, tinha origem nele.

Aelian tentou abrir a mão, mas era como se os seus nervos estivessem encurtados. Fez um esforço deliberado, tanto mental quanto físico, sentindo os dedos travados como em câimbras. Aos poucos, o aperto foi aliviando, e ele pôde ver o estrago que as unhas compridas fizeram na sua palma.

Mas uma palma sangrenta era tudo que havia. Ele não guardava nada dentro da mão. Sentiu-se mais idiota por aquele zelo neurótico do que por ter experimentado a substância que arruinava tantos servos de Una.

Então, tomado por uma urgência repentina, passou a procurar pelo cachimbo. Como se a sua vida dependesse disso. E, considerando que aquele refúgio químico parecia ter bloqueado o acesso de Proghon à sua mente, talvez dependesse mesmo.

Chafurdou na lama abaixo de si, e nada. Levantou a cabeça, tentando enxergar se estava perto...

E foi aí que percebeu que não estava no mesmo lugar onde pensou ter dormido. Não havia nem sinal da árvore nodosa tão peculiar.

— Nós... andamos muito? — perguntou Aelian para Thrul, estarrecido.

O betouro apenas o encarou do mesmo jeito pacífico. Se por acaso o animal respondesse, o efeito do carvão seria ainda mais bizarro do que Aelian antecipara.

Pelo jeito, o cansaço não era apenas em decorrência do uso da substância. Era sabido que muitos escravos utilizavam carvão para aguentar as horas de trabalho forçado e aplacar o cansaço físico. Aelian sentia que o seu sangue tinha fervido, e que agora o organismo cobrava o preço pelos limites ultrapassados.

Sentindo-se péssimo e constrangido demais até mesmo para olhar novamente para Thrul, Aelian deu por falta do seu falcão.

Bicofino não estava nos arredores, mas era comum que sumisse por horas em caçadas matinais.

Um pensamento acelerou o coração do humano: *Será que eu o perdi para sempre?* Seus dedos se crisparam outra vez, e o mundo ao redor se tornou mais pesado. Aelian olhou para os lados, alarmado...

... e percebeu, com culpa, que não estava procurando Bicofino, e sim o cachimbo.

Nas dobras das suas vestes, com alívio, encontrou as peças de carvão roubadas dos Únicos no monte Ahtul. Refazendo o caminho que imaginou ter feito até ali, com Thrul o acompanhando a passos morosos, Aelian enfim encontrou o cachimbo.

Porém, enquanto limpava a terra e a lama do fornilho, percebeu que também havia sido encontrado.

Uma flecha passou zunindo ao lado da orelha esquerda de Aelian, ao mesmo tempo que ele sentiu uma pressão nos tímpanos. O humano soube muito bem como eram os seus perseguidores, muito antes de vê-los entre os cipós, raízes e troncos confusos. A cada olhada por cima dos ombros, mal conseguia decifrar o cenário ou distinguir os oponentes.

Julgando pela precisão dos disparos, os Silenciosos, com aqueles grandes olhos negros, não tinham a mesma dificuldade.

Aelian chafurdou na lama, espalhando estrelas-do-pântano na superfície lodosa. Tentou montar em Thrul, desembestado em plena fuga, e se empenhou em não ser atingido. As setas negras rebatiam na couraça do betouro, e, mesmo sem conseguir penetrar na pele grossa, arrancavam zumbidos de irritação do animal.

Para além da ameaça de morte iminente e da fuga errática por um terreno desconhecido e acidentado, Aelian tinha outra preocupação: a sua cabeça.

O efeito do carvão ainda batia, em idas e vindas, como a margem do rio Abissal em noites de tempestade. E, no meio das águas revoltosas da mente, Aelian sentia a presença de Proghon se avizinhando com cautela. O susto que o humano lhe pregara no lago servira para mostrar ao General que ele podia contra-atacar... se é que o roubo de uma estranha memória podia ser chamado de contra-ataque.

Acima de Aelian, as copas das árvores se fechavam cada vez mais, como conspiratórias mãos gigantes entrelaçando os dedos nodosos. Já completamente montado em Thrul, reparou que, apesar de os troncos e raízes também terem se tornado mais traiçoeiros, eram todos evitados pelo betouro, num trote saltado e complexo, difícil de ser compreendido até mesmo pelos perseguidores. Afinal, por mais que Thrul tivesse sido criado em cativeiro no Segundo Bosque de Untherak, aquela espécie de *Coleoptaurus* tinha as suas origens exatamente por aquelas bandas, onde os animais eram um cruzamento entre mamíferos e invertebrados. E agora não havia dúvidas de que o instinto sobrevivera na espécie.

— Vamos, garoto! — bradou Aelian, incentivando o amigo.

Deveria existir alguma melodia para manter o moral do bicho elevado, mas Aelian dificilmente conseguiria tocar uma flauta enquanto tentava não cair, não ser perfurado por flechas e não ter a mente invadida por Proghon.

Exatamente naquele instante, uma dor excruciante se espalhou pelo seu antebraço. *Uma flecha de ponta batizada*, notou ele com horror, vendo o metal negro brotar do outro lado do seu bíceps esquerdo. O aperto da mão na correia de Thrul se afrouxou com o ferimento, mas Aelian gritou num misto de raiva e dor e manteve-se firme.

A próxima pode vir direto na minha cabeça.

Com esse pensamento, a mente de Aelian estremeceu, como se as barras da sua cela tivessem sido atingidas por um aríete. Era como se a porta do sótão do Poleiro estivesse sendo esmurrada por um punho imenso. Proghon estava forçando a entrada na sua mente. Havia encontrado um frágil obstáculo, que cairia em poucos golpes como aquele.

Mais flechas zunindo. Gritos longínquos dos seus perseguidores. Rosnados asmáticos de gnolls, trazidos até ali para farejá-lo, agora com o seu cheiro devidamente memorizado. Todos esses ruídos estavam reduzidos pelo efeito dos Silenciosos e pela dor da flecha trespassada no braço. Aelian teve certeza de que daquela vez não poderia contar com a sorte ou com a selvageria de um ataque surpresa.

Ao chegarem numa clareira, ele se jogou de cima de Thrul, tentando rolar na queda para proteger o braço ferido. O betouro continuou em disparada, e Aelian sentiu muito mais dores do que havia imaginado. Levantou-se, ouvindo os estampidos abafados dos cascos da sua montaria afastando-se no terreno úmido, e quebrou a ponta da flecha suja de sangue. Gritou ao puxar a haste para fora e grunhiu com o esforço de sacar a espada batizada que havia subtraído da vítima silenciosa no monte Ahtul.

O primeiro Silencioso a irromper na clareira se surpreendeu ao encontrar Aelian parado ali, com uma arma que pertencia aos Únicos. Após a breve hesitação, encaixou uma flecha no arco e disparou à queima-roupa.

Sentindo que não tinha nada a perder, Aelian precipitou-se na direção do inimigo e ergueu a espada, rebatendo o disparo. Pensou que talvez pudesse contar com um pouco de sorte, afinal, e golpeou o Silencioso aturdido. A lâmina batizada chocou-se com o arco, cortando-o ao meio e só parando no pescoço pálido do adversário. Sangue maculado jorrou em Aelian. A sensação de bloqueio do som ao redor foi apenas ligeiramente reduzida, o que indicava a presença de mais Silenciosos.

Passos apressados se aproximavam. Aelian se colocou na melhor posição de combate que o seu corpo dolorido permitia. Dois gnolls imensos pularam da mata fechada para dentro da clareira, rosnando. Vendo os dentes pontudos e arreganhados bem de perto, o falcoeiro voltou a se sentir abandonado pela sorte. Tal pensamento foi acompanhado por mais um murro de Proghon na porta da sua mente, fazendo as dobradiças chacoalharem.

Entregue-se.
Entregue-se e garantirei que seja trazido com vida.

Aelian acreditou que o General estivesse falando a verdade, pois também gostaria de entender como aquele estranho elo havia sido forjado. Mas toda a dor que viria de tais experimentos não tornava a proposta nem um pouco atrativa.

— Não, obrigado — respondeu em voz alta, sem desgrudar os olhos dos gnolls.

As criaturas pareciam aguardar o sinal dos guardas de Proghon, que ainda não tinham alcançado a clareira. Eles irromperiam ali a qualquer instante, e então os problemas de Aelian se multiplicariam.

Tomado por um impulso irracional, o rapaz atacou o primeiro gnoll.

O bicho não esperava por uma presa tão agressiva e recuou diante da investida do humano. A segunda fera tentou se aproximar pela lateral e abocanhá-lo de maneira traiçoeira, mas a lâmina batizada riscou o ar, triscando em seu focinho e fazendo-o ganir de dor.

Naquele momento, Aelian ouviu o trotar de Thrul...

Ele está... voltando para me buscar?

... seguido por mais rosnados de gnolls.

Ah, o betouro está sendo perseguido. Que ótimo.

Thrul fez uma entrada triunfal na clareira, precipitando-se sobre as feras que Aelian enfrentava e fazendo-as recuar outra vez. Aproveitando a proximidade, o humano se jogou de qualquer jeito sobre o casco da montaria.

— Vamos! Vamos, garoto!

Porém, quatro gnolls surgiram logo atrás dele.

Aelian não conseguiu observá-los direito. Estava preocupado em não cair de cima de Thrul, que circulava a clareira, tentando imaginar em qual ponto poderia escapar do cerco mortífero.

Então, de repente, os gnolls recém-chegados atacaram os dois primeiros, criando um caos de pelos e mandíbulas que estalavam com violência. Sem entender nada, Aelian olhou perplexo para a cena. O destacamento de Únicos enfim chegou na clareira, e os soldados de Proghon ficaram tão abismados quanto o humano com a briga de gnolls.

Eles são de destacamentos diferentes?, perguntou-se Aelian, pouco antes de um kaorsh apontar em sua direção e gritar, surpreso ao encontrar seu alvo ali, a alguns passos do combate barulhento das feras.

Foi quando uma flecha zuniu, vinda de fora da clareira, de algum lugar às costas de Aelian.

E depois outra.

Ambas certeiras, cada uma derrubando um Único.

Mas não eram flechas negras.

O arqueiro se revelou em meio à mata... e ele também era um gnoll.

Um gnoll que usava roupas e caminhava como um homem. Sua postura era um tanto curvada por trás do arco, mas definitivamente era bípede.

Aelian ficou perplexo demais para esboçar qualquer reação, até quando um Silencioso surgiu, saltou por cima dos gnolls que brigavam e precipitou-se na sua direção.

O gnoll de roupas atirou mais uma flecha, e o Silencioso quase desviou. Seus ótimos reflexos, porém, não fizeram frente a um dos gnolls que decidiu se separar da briga para abocanhar o seu pescoço. Ouviu-se um forte estalo, e ele estava fora da perseguição.

O fim da pressão nos ouvidos foi pontuado pelo ganido dos dois gnolls inimigos subjugados, completamente imobilizados pelos outros quatro, que os mantinham rentes ao chão.

Ainda em cima de Thrul, sem saber direito o que pensar, Aelian se voltou para o gnoll arqueiro, que caminhava até o betouro com um gingado estranho e quase desequilibrado. Quando a montaria recuou um pouco, Aelian tentou acalmá-la para que não saísse em debandada.

O estranho arqueiro encarou o humano, que, por sua vez, se esforçou para não desviar o olhar. Pôde ver bem de perto um padrão de manchas circulares no seu focinho, além de duas argolas prateadas nas orelhas grandes e murchas. Aelian estava surpreso demais para reagir e curioso demais para fugir.

Então, o gnoll arqueiro soltou um ruído gutural, parecido com um rosnado suave, e falou:

— Você é o sinfo mais estranho que já vi.

6

Raazi percebeu a dupla de batedores sinfos voltando a uma grande distância. Pediu que Ranakhar, Harun e Cora não interrompessem a marcha da coluna pela areia, mas avançou brevemente para ter com os pequenos. Venoma a acompanhou, com olhos na caravana e ouvidos na conversa.

Quando os sinfos saltaram dos seus betouros, Raazi notou que um dos animais parecia agitado, tentando limpar o "focinho" de uma espécie de pó granulado e violáceo, que também se acumulava nos seus cascos junto à areia da Degradação. O cabelo de Maud, o mais agitado dos dois sinfos, apresentava o mesmo pó.

— Sal — explicou Maud, sacudindo as madeixas escuras de maneira cômica. — Quilômetros de sal a perder de vista, com cristais arroxeados. O terreno ao menos é plano e tem algumas estruturas rochosas para fornecer sombra.

— E água? — perguntou Raazi, sem perder tempo.

A cara do sinfo não foi das melhores.

— Até encontrei, mas é salmoura pura. O sal deve ter contaminado todo e qualquer rio subterrâneo.

Raazi não conhecia o termo, mas era de se esperar que os sinfos tivessem mais conhecimento acerca das águas debaixo da terra: afinal, eram eles que se enfiavam em buracos profundos para cavar os poços de Untherak. Não por vontade própria, claro.

— Talvez sirva para banho, ao menos? — questionou ela, esperançosa.

Maud deu de ombros.

— Dá para lavar os pés, no máximo. Mas eu não salgaria minha pele antes de caminhar por sabe-se lá quanto tempo. Acabaria cozinhando aos poucos.

— Estaria devidamente temperado, ao menos — comentou Peebo, o outro batedor de pele marrom, até então quieto.

Venoma quebrou o próprio silêncio com um resmungo:

— Senso de humor estranho.

— Você também é um pouco assim — retrucou Raazi com gentileza.

Venoma expeliu o ar ruidosamente.

— Mas eles nem comem carne!

— Foi só uma piada — disse Peebo, cutucando o nariz.

— Podemos contornar o deserto de sal? — perguntou Raazi para Maud, ignorando o pequeno embate.

— Tenho bons olhos, e mesmo assim não vejo possibilidade de desvio sem um grande retorno. Sugiro arriscarmos a travessia. O terreno não será tão penoso quanto a areia.

Raazi ponderou por um instante. Se avançassem, ela receberia duras críticas ao entrarem naquela nova etapa do deserto — afinal, nada mais inóspito do que uma terra naturalmente esterilizada por sal e sol. Contudo, não havia garantia de que uma mudança de direção para leste ou oeste seria melhor. Talvez, se conseguissem atravessar o novo terreno em poucos dias, as esperanças se renovassem.

E a sombra das tais estruturas de cristal ao menos reduziriam as mortes por insolação.

— Troquem de turno com novos batedores — disse Raazi, decidida. — Vamos ver o que eles conseguem descobrir.

— Meu betouro e eu aguentamos mais um bom tempo! — exclamou Maud.

Peebo o ecoou, dizendo que continuariam juntos no próximo avanço de reconhecimento em busca da terra Raiz. Raazi agradeceu mentalmente por estar na companhia de seres tão otimistas, ao contrário do restante da caravana... incluindo ela mesma.

Antes do anoitecer, o terreno começou a ficar mais firme e o ar passou a ter um cheiro diferente. Após anos de castração da imaginação de um povo, era muito difícil acreditar que a Degradação não era apenas areia, como sugeriam os textos apócrifos que regiam a fé de Untherak.

Mas a imprevisibilidade do terreno era uma maneira de escapar das mentiras que por tanto tempo foram encaradas como verdade e que haviam criado raízes profundas demais para serem esquecidas rapidamente. *Até mesmo pela assassina de Una*, pensou Raazi, amarga como o gosto de salitre no vento.

A primeira noite no terreno esbranquiçado veio com o agravante de uma sensação familiar para a caravana: o frio noturno no deserto era ainda pior ali, no sal. A temperatura despencou drasticamente, obrigando os exilados a encontrar maneiras de se aquecer, como se envolver nos tecidos disponíveis. Fogueiras foram acesas, mas, em alguns momentos, o vento vencia o calor do fogo. À luz das chamas — muitas delas da cor natural —, Raazi viu sinfos dormindo bem próximos aos betouros, e várias pessoas tentando se manter aquecidas pelo calor corporal.

Harun apareceu às suas costas, segurando uma manta.

— Para você — disse o anão, estendendo o cobertor para a kaorsh. — Tirei do meu próprio filho para aquecer a nossa destemida líder.

Raazi riu, aceitando a manta, ainda que não estivesse com tanto frio assim.

— Espero que isso seja mentira e que Ônix esteja bem aquecido.

— Ah, anões já são naturalmente mais quentes, mesmo antes de terem as barbas longas. Ele está bem, inclusive reclamou quando tentamos envolvê-lo na manta.

— Está bem — falou Raazi, cobrindo os ombros com o tecido.

Algo no seu semblante chamou a atenção de Harun.

— Posso ajudá-la com alguma coisa?

— Vai tentar resolver o problema com pólvora de ouro?

— Prometo que não.

— Não sei se tomei a decisão correta ao trazer todos para cá. Não quero ser responsável por mais mortes.

O anão respirou fundo.

— Saiba que prefiro experimentar um inferno salgado e ainda mais frio a continuar naquela areia desgraçada.

Raazi torceu o nariz.

— Você está passando tempo demais com os sinfos.

— Mais do que gostaria, certamente. Falando nisso, quando os batedores voltarão com novidades?

— Eles já deveriam ter retornado.

Harun permaneceu em silêncio, trocando o peso do corpo de uma perna curta para a outra. Tanto Raazi quanto ele sabiam que se Maud e Peebo estavam demorando tanto para voltar com notícias, é porque não tinham encontrado nada à frente e tentavam avançar cada vez mais, em busca de algo positivo para relatar.

Ou então morreram congelados, pensou Raazi, com um arrepio que não era de frio. Harun percebeu, e abriu a boca num raro gaguejar:

— E-eu acho que devemos persistir. Seguir em frente.

— Você está bem?

— Sim — respondeu ele, olhando por cima do ombro, parecendo subitamente irritado.

— Você não costuma gaguejar. Ou ser otimista.

— Inferno, um anão não pode ficar com a garganta seca? Devemos seguir em frente!

E, com isso, retirou-se.

Aquele comportamento errático de Harun tinha mais precedentes do que as mensagens de perseverança.

Conforme a noite avançava, a lua os observava como um olho semicerrado, sem nuvens obstruindo o seu brilho. Os resmungos eram numerosos ao longo do acampamento, então Raazi achou melhor aproveitar o fato de que ninguém dormia direito para avançar antes da primeira luz do dia. A ideia obviamente não foi bem recebida, mas a kaorsh já havia entendido que nenhuma das suas decisões teria aprovação unânime, por mais necessária e acertada que fosse. Então, colocou-se à frente da caravana enquanto os gritos para levantar acampamento se multiplicavam pela coluna.

Num dos passos sobre o chão de sal, Raazi ouviu um barulho quebradiço sob os pés. Olhou para baixo e ficou curiosa com o que encontrou.

Yanisha já havia lhe dado uma daquelas. Dizia que era de tempos antigos, de antes da construção de Untherak. Raazi havia perdido o presente no Tear, e se culpara por isso durante muito tempo.

"Acontece, Raz", dissera a companheira, sentindo a sua tristeza. "Um dia eu te darei outra, e até lá você a tem na memória. O que importa é o espírito e não o *canväs*."

No deserto de sal, Raazi havia encontrado a primeira de muitas conchas.

Raazi sabia que a Fúria dos Seis e a crença geral ditavam que o mundo havia sido reduzido a um deserto como punição dos deuses aos seus filhos descontentes. Mas, assim como a farsa de Una tinha uma liturgia própria para validá-la, Raazi imaginava que algo de fato havia existido na Degradação antes do lugar se tornar estéril.

Yanisha lhe contara uma vez, durante seu período como criada do Palácio, que muitas das escavações de Untherak encontravam fósseis e outros indícios de um passado longínquo. Algo bem comum eram resquícios de conchas, pequenas e reluzentes. Eram definitivamente parecidas com as que apinhavam o solo daquela parte da Degradação.

— Eu encontrei várias dessas em Untherak enquanto supervisionava sítios de escavação — disse Harun, limpando as partículas de sal e areia de uma concha em espiral, dobrada para dentro. — Meu avô tinha um pingente muito parecido com essa aqui...

— Eu me lembro de Aelian contando histórias sobre o mar — comentou Venoma, com um raro saudosismo na voz.

Ela olhava para baixo, os dedos distraídos percorrendo a haste da sua besta. Raazi, Harun e Ranakhar se voltaram para ela, curiosos. Venoma prosseguiu:

— Ele leu alguns relatos naqueles livros e pergaminhos no Coração da Estátua. E me contou sobre povos que viviam em embarcações, cidades banhadas pelo mar...

Raazi pensou mais uma vez no amigo desaparecido. Gostaria de acreditar que ele continuava vivo. Mais ainda, gostaria que ele estivesse ali. Com a sua memória incomum e todo o material que lera naqueles dias felizes ao lado de Anna — repletos de descobertas e conspirações no interior da estátua multifacetada —, Aelian certamente teria algo a contar sobre os ecos de um passado menos árido.

A caravana se movia devagar, e, no momento, era puxada por alguns soldados da Guarda Vermelha. Um deles, com o elmo rubro, aproximou-se de Ranakhar para relatar que pessoas estavam saindo da caravana e se espalhando.

— Água? — perguntou o capitão, que sabia como era o frenesi ao primeiro avistar de uma fonte, por mais enlameada que fosse. Mas o soldado parecia relutante em revelar o verdadeiro motivo. Ranakhar gesticulou com as suas imensas mãos. — Vamos, homem! Desembuche de uma vez!

— Começaram a aparecer pedras preciosas no caminho... As pessoas estão... tentando pegar os cristais.

Os cinco trocaram olhares incrédulos. Harun pareceu intrigado.

— Como anão, qualquer coisa brilhante deveria tornar o meu dia mais feliz. Porém, até eu me pergunto o que esse pessoal acha que vai fazer com joias no meio de um deserto de sal.

O grupo caminhou até onde o pandemônio havia se instaurado. De fato, estalagmites de cristais podiam ser avistadas aqui e ali, num tom de violeta suave, tranquilo, como um céu crepuscular desbotando lentamente para a noite. Algumas eram tão grandes que chegavam à altura da cintura de Raazi — uma kaorsh bem alta — e outras pequenas, mas sempre pontiagudas, despontando do chão compacto de sal.

— Você está quase da cor destas pedras — disse Venoma à líder, que estava aplicando aqueles tons na própria pele enquanto devaneava, sem perceber.

Raazi nivelou a cor da pele até o seu matiz comum, e prestou atenção nas pessoas que corriam até as lanças cristalizadas. Elas usavam picaretas, pás, cinzéis... quaisquer ferramentas que tivessem à mão. Quebravam as pontas dos cristais, ávidas, e jogavam as suas lascas dentro dos chapéus, nas dobras das vestes, em sacos de pano imundos. Raazi não notara a mesma aflição diante do fim iminente das últimas peças de carne salgada. Não notara aquele desespero após passarem três dias inteiros na areia sem ver nenhuma nascente de água, nem frente às mortes por insolação durante o dia e por hipotermia no frio das noites, com corpos sendo abandonados pela caravana sem direito a uma despedida digna.

Como é possível alguém imaginar que enriquecer na Degradação é mais importante do que sobreviver?, pensou Raazi, com incredulidade, tentando entender a utilidade de pedras preciosas num lugar que poderia matar a todos de fome e de sede. Talvez, no escambo que se formara pela caravana, achassem que poderiam usá-las em troca de mantimentos, vestes, cobertas e até mesmo carvão.

— O que eles acham que estão fazendo? — murmurou Ranakhar, espantado.

Seu olhar parou num homem chamado Pranodi, que sempre trazia reclamações para Raazi com uma educação forçada e ácida — especialmente acerca da falta de planos da líder além de "continuar andando" pela Degradação, enquanto os suprimentos escasseavam. Este mesmo homem tentava puxar um afiado pináculo brilhante de dentro da terra, a palma das mãos sangrando com o esforço. Seu rosto, no entanto, brilhava com a ganância.

— Isso é... quartzo-ametista? — perguntou Venoma para Harun, raspando um cristal com a ponta de uma das suas setas.

O anão deu uma risada curta e seca e se adiantou até uma das protuberâncias arroxeadas.

— Ametista? Com essa refração de luz? *Rá!* Me poupe, garota.

Harun sacou o martelo do cinto e deu uma única batida leve na ponta de um dos cristais. A lasca produzida repousou na palma da sua mão, e ele a levou até a ponta da língua.

— Os anões comem pedra? — perguntou o Guarda Vermelho para Ranakhar, antes de ser silenciado pelo mesmo.

Harun não ouviu a pergunta ignorante, só balançou a cabeça, incrédulo.

— Harun? — chamou Raazi, colocando a mão no seu ombro. — O que é isso?

O anão olhou na direção da caravana outra vez, e ela o acompanhou. Focos de violência começavam a surgir em torno das estalagmites, com gritos e tumultos. Todos queriam o brilho das riquezas para si. Uma voz masculina estridente gritava que a sua esposa estava sangrando, enquanto mais alguém bradava: "Cortem a outra mão dele!"

Ranakhar despachou imediatamente o soldado da Guarda Vermelha naquela direção.

Onde a violência ainda não havia se inflamado, exilados amontoavam-se ao redor dos cristais, como formigas em torno de raspas de doce caídas de uma panela.

— Ei, seus *idiotas*! — gritou Harun, sua voz trovejando pelo deserto. Ele caminhou em meio à aglomeração. — Tenho uma pergunta para vocês!

— Lá vai ele de novo... — reclamou Venoma baixinho enquanto as cabeças voltavam-se para o anão, que esfregou as lascas de pedra colorida por entre os dedos e as deixou cair displicentemente no chão.

Então, ele perguntou a plenos pulmões:

— Por que estão enchendo os bolsos e as carroças com *cristais de sal*?

Não houve resposta, apenas um silêncio constrangedor, abafando até mesmo a turba violenta. Os exilados se entreolharam, hesitando entre a dúvida e a vergonha. Pranodi parecia um cão arrependido, mas não largou o seu fragmento de sal ensanguentado. Harun saiu andando por entre os mineradores amadores que ainda encaravam os cristais com desconfiança.

— Isso mesmo, sal cristalizado! Coloquem um pedaço na língua se ainda duvidam! Ou esfreguem o pó das pedras nos olhos! Eu não me importo! — berrou Harun, à beira de uma síncope nervosa. Apontou para um semelhante que partia vagarosamente a ponta de uma das estalagmites. — Você aí... como um anão não percebeu que isso é salmoura concentrada?

Em nome dos nossos antepassados e de Tempo, Torque e Equilíbrio, não me mate de vergonha, seu *imbecil*!

Cora se aproximou de Raazi e dos demais, olhando por cima do ombro na direção do marido.

— Quando ele evoca o nome dos Anões Fundadores é porque está *realmente* irritado. Acho que Harun anda acumulando muita raiva — disse Cora, erguendo os ombros fortes. — A cada dia fica mais explosivo.

Venoma riu com o uso da palavra *explosivo*, mas parou sob o olhar ríspido de Raazi. A kaorsh voltou a observar o anão ao longe. Harun havia passado anos ralhando com Únicos e servos de Una. Devia ser difícil desapegar de toda a brutalidade que os Autoridades necessitavam demonstrar para manter a imagem de poder perante os servos. Untherak sempre exigia o pior de cada um.

Harun continuava esbravejando, tentando refazer a coluna da caravana. Aos poucos, Raazi passou a prestar mais atenção ao chão em que pisava do que na voz dele. Com a ponta da lança, cavou o solo na base de um dos cristais violeta e percebeu que eles nasciam abaixo do chão, como lanças projetadas para fora. Encontrou mais resquícios de conchas, pequenas e quebradiças, e foi percebendo que o solo ali era, em grande parte, composto de sedimentos delas.

— Hã... Raazi? — chamou Ranakhar, retirando-a das profundezas de um mar ancestral e hipotético. Ela ergueu os olhos para o guerreiro, que observava um ponto à noroeste. O vento carregou uma série de grasnados até os seus ouvidos. — Aqueles não são os dois sinfos batedores?

Raazi olhou na mesma direção. A primeira coisa que notou foi uma revoada de pássaros, um redemoinho vivo de aves brancas e barulhentas. Abaixo delas, havia uma nuvem de poeira e sal sendo levantada. A kaorsh deixou a pele logo abaixo dos olhos completamente preta, para que a luz do sol não refletisse e atrapalhasse a sua visão. Sim, definitivamente eram eles, montados nos seus betouros e galopando em velocidade máxima. *Ainda bem que estão vivos*, pensou ela, preocupada com as aves brancas a persegui-los.

Porém, numa observação mais atenta, notou que as aves não perseguiam os sinfos.

Havia algo no encalço dos batedores.

E este algo era imenso.

7

Thrul parecia feliz mesmo com a lama na metade das pernas. Aelian, ainda montado no betouro, mantinha os pés longe do terreno movediço e não estava nem um pouco feliz. Na verdade, experimentava um medo que nublava todos os seus pensamentos. Era o temor de uma verdade absoluta sendo contrariada de maneira irrefutável.

Experimentara aquilo no teto da Arena de Obsidiana, ao ver Raazi e Yanisha assassinando a deusa milenar. Depois, numa casa humilde nos Assentamentos, ao ver que o rosto de Anna era o de uma Una envelhecida. E também no Coração da Estátua, quando escorregara — através de sentidos inexplicáveis e ocultos — pela caligrafia fina dos escribas até o ponto do passado onde Proghon nascera da condenação de um homem à morte. O Homem Marcado dificilmente sairia dos seus pensamentos.

Esses momentos decisivos eram como o rompimento de um dique, águas sendo transpostas para inundar o seu espírito e as suas certezas. Ver um gnoll andar sobre duas patas havia causado um choque em Aelian. *Ouvir* um gnoll *falar* havia sido uma cisão quase tão grande quanto as outras.

— V-você... entende o que eu digo? — perguntou Aelian, o corpo balançando de um lado para o outro sobre a sela do betouro, enquanto o arqueiro de pelagem acinzentada caminhava à frente.

— Depende — disse o gnoll-em-pé, de costas para Aelian.

Se eu não vi a boca dele se mexendo, pode não ser verdade, pensou o humano, ignorando o fato de que a criatura já havia feito um comentário jocoso e depois ordenado que ele o seguisse.

Aelian não sabia se havia lhe obedecido ou se Thrul simplesmente estava se movendo conforme a matilha, emparelhado por outros gnolls que o impeliam a continuar chafurdando na lama.

— Depende do q-quê? — questionou Aelian, hesitante e descrente.

— Do quanto você gagueja a cada frase — respondeu o gnoll-em-pé, emendando em um riso asmático.

É o ruído comum dos gnolls... só que em forma de risada, refletiu Aelian, assustado, antes de engatar em outro pensamento, que era uma forma de dizer coisas sem gaguejar: *Filho da puta.*

Aelian olhou para os gnolls que o cercavam. Eram quadrúpedes imensos, e nenhum deles havia pronunciado uma sílaba sequer. Carregavam o corpo dos soldados derrotados de Untherak nas costas, como fardos, e, para não derrubá-los, pareciam economizar movimentos.

Esses Únicos não estão mortos?, pensou Aelian, percebendo o estado retalhado dos rostos, pescoços e membros daqueles infelizes, tentando entender por que eram transportados. Girando o tronco para olhar para trás, viu que outros gnolls também carregavam seus dois semelhantes que fizeram parte do exército de Proghon. Estes não pareciam estar tão mal quanto os humanos e os Silenciosos, mas, ainda assim, era curioso como todos estavam sendo transportados.

E tem eu, concluiu, *o único que os acompanha por vontade própria.*

Aquelas duas últimas palavras não lhe desceram bem. Olhou mais uma vez ao redor e, se fosse sincero consigo mesmo, não poderia afirmar que estava sendo *escoltado* pelo gnoll-em-pé e seus seguidores. Olhos cor de âmbar o encaravam, acompanhados de ruídos que vinham do fundo das suas gargantas. Não eram palavras, apenas o conhecido e assustador barulho que os gnolls emitiam. Não tentavam atacá-lo, mas também não o perdiam de vista. Aelian precisava admitir que estava mais para um prisioneiro, já que não podia simplesmente fazer Thrul dar meia-volta, acenar e se despedir com um: "Muito obrigado pela ajuda e adeus!"

— Você parece inquieto — comentou o gnoll-em-pé, sem olhar para trás.

Aelian parou de torcer o tronco sobre Thrul, fixando o olhar nas costas arqueadas do batedor.

— Eu... não entendo o que está acontecendo — respondeu ele, num esforço consciente para não deixar a confusão enrolar a sua língua e fazê-lo gaguejar.

O gnoll deu uma risadinha curta.

— Guarde as perguntas para daqui a pouco. Tenho os meus talentos, mas sou bem ruim em tirar dúvidas.

Como se eu já não tivesse percebido, pensou Aelian, a mente bem mais afiada que a língua. Ainda assim, insistiu numa conversa cautelosa:

— Você tem um nome?

— Sim — respondeu o gnoll-em-pé, afastando uma cortina de juncos para que Thrul e os outros gnolls pudessem passar.

Aelian abaixou-se um pouco sobre o betouro para não bater a cabeça no tronco e atravessou a passagem, aguardando que mais alguma coisa saísse da boca do batedor. Até que levantou as mãos, os dedos crispados numa ansiedade silenciosa, e ficou por um bom tempo com a atenção saltando dos olhos para o focinho do gnoll.

— E não pode me dizer qual é?

— Posso.

— Então diga! — insistiu Aelian, exasperado.

— Me chamo Druk.

— *Enfim* uma resposta! — exclamou, soltando o fôlego. — Francamente, seria mais fácil ensinar o Thrul a falar do que tentar arrancar uma informação de você!

— Thrul é a sua montaria? — perguntou Druk, passando os longos dedos com unhas negras pelo casco do betouro. Thrul clicou em reconhecimento ao seu nome sendo dito.

Aelian reparou bem no movimento, só então notando que aqueles gnolls tinham as extremidades bem mais parecidas com as mãos de kaorshs, humanos e anões do que com as patas de cães ou garras de arbopardos. Então, saindo da cadeia de pensamentos, respondeu com certo atraso:

— É.

— Mas ele não fala.

— É!

— E nem poderia aprender a falar. Os *Coleoptaurus* não falavam no passado, nunca possuíram cordas vocais. Ao contrário de outras espécies, que foram brutalmente forçadas a deixar a comunicação verbal para trás até se tornarem criaturas obedientes e selvagens.

Aelian se sentiu um tanto envergonhado, e resolveu se calar até que a sua voz fosse necessária.

Um dos benefícios de avançar em silêncio era descobrir a imensa variedade de sons que havia nos Pântanos. Tudo zumbia. Coaxados, grunhidos, grasnados, cliques e rosnados... cada um daqueles ruídos poderia denotar uma morte dolorosa diferente, causada por veneno ou presas, mas também significava vida. *Vidas* independentes de Untherak. Existências fora do controle de Proghon. Aquilo fez Aelian sorrir.

Mesmo prisioneiro de um gnoll anômalo, tinha mais liberdade do que nunca. Não considerava o seu exílio gélido no monte Ahtul como um período livre, recordou-se com um tiritar de dentes completamente sinestésico.

O trajeto continuava irregular e penoso, e, por uma ou duas vezes, ficou tão estreito e cheio de juncos e raízes seculares que Aelian foi obrigado a desmontar para seguir a pé. Thrul não parecia se incomodar, mas até ele encontrou certa dificuldade em alguns trechos de lama mais compacta, onde cada passo significava o sepultamento imediato de pés, patas e cascos.

Aelian notava a variedade de insetos camuflados nas folhas e nos troncos das árvores, e isso o fez lembrar do talento para camuflagem de Raazi. *Ela me mataria se soubesse que vi uma lagarta e lembrei dela*, pensou, preocupado com o destino da kaorsh, que talvez já estivesse bem definido àquela altura. Sentiu a mesma pontada no peito que sempre vinha quando pensava nela, em Harun e em Venoma. Afastou aquele assunto da cabeça. Tentou se concentrar de novo nos troncos nodosos e retorcidos, reparando no líquen rosado. Cores vivas e próximas ao tom proibido, que se existissem dentro dos muros de Untherak provavelmente já teriam condenado aquelas árvores.

Num breve momento de tensão, Aelian percebeu movimento à frente, sobre os galhos grossos de uma das árvores. Apesar da camuflagem dada pela folhagem, via claramente dois arbopardos, livres e soltos na natureza.

Suas caudas dentadas pendiam sobre as cabeças daquela caravana insólita. Os gnolls não interromperam a marcha vagarosa e ostensiva, seguindo na direção dos dois perigosos predadores. Notando que em breve passariam bem abaixo deles e se tornariam alvos fáceis, Aelian levou a mão à clava de osso de gigante, instintivamente, a despeito de uma opção mais cortante. Contudo, a voz de Druk interrompeu o seu gesto:

— Arbopardos não atacam bandos numerosos.

Muito a contragosto, Aelian afastou os dedos da clava, mas não os olhos das duas bestas. Ele já havia visto o que os dentes, as caudas e as garras dos arbopardos eram capazes de fazer dentro da Arena de Obsidiana, e não se acalmaria só com a fala do gnoll.

Afinal, até alguns minutos atrás, gnolls nem falavam, pensou.

Thrul passou debaixo dos arbopardos. Se Aelian esticasse os braços, alcançaria a ponta da cauda carnívora dos bichos; mas não o fez, por motivos óbvios.

O terreno adiante parecia descer, e o grupo precisou atravessar um riacho estreito, mas caudaloso, repleto de estrelas-do-pântano dançando nas margens. Os gnolls passaram pelas águas sem hesitar, mas Thrul precisou de um incentivo de Aelian e do contato de Druk, que, mesmo após ter atravessado a corrente com habilidosos saltos, voltou e acariciou a carapaça do betouro entre os olhos aquosos. Aelian ainda não conseguia processar aquele tipo de comportamento de um gnoll.

Então, uma nova clareira se abriu adiante. Ao redor dela, havia árvores de diferentes estirpes que pareciam ser mais antigas do que a própria Untherak. Centenas de milhares de anos de vegetação e camadas de musgo e líquens, entrelaçadas sem se bloquearem ou se anularem, em harmonia caótica. Elas lançavam as suas raízes para dentro da terra apenas para que brotassem mais adiante, como bordadeiras milenares habilidosas, costurando e adornando caminhos bons o suficiente para pés ou patas.

No centro, havia um brilho intenso que quase fez Aelian proteger seus olhos. Aqueles gnolls, seja lá como tivessem chegado àquela condição, conseguiam fazer fogo.

Foi ao lado das chamas que Aelian inesperadamente reencontrou Bicofino.

E foi ao lado das chamas que Aelian conheceu Wora.

Wora era outro gnoll-em-pé, ainda que estivesse sentado de pernas cruzadas diante do fogo. Ao contrário de Druk, sua pelagem era mais castanha, com alguns tufos acinzentados aqui e ali, criando um padrão malhado típico de certos gnolls de Untherak. Ele vestia tecidos soltos, parte deles de cor terrosa, parte verde-escuro, como as folhagens da região. Os panos amarrados e entrelaçados ao redor do corpo pareciam uma túnica exótica, cheia de dobras inesperadas e voltas complexas. De alguma forma, aquela vestimenta fez Aelian se lembrar de Anna.

Os olhos de Wora estavam fechados, assim como os de Bicofino.

O falcão parecia estar paralisado, pousado sobre o joelho do gnoll e iluminado pelas chamas tremulantes. Aelian franziu a testa e semicerrou os olhos. Havia algo de estranho com o animal. Talvez fossem apenas as sombras das folhagens dançando...

... mas uma observação mais atenta, após os seus olhos se acostumarem à claridade, revelaram que havia uma dezena de pequenas agulhas espetadas por todo o falcão. Na sua cabeça, nas costas, nas asas, nas pernas e nas garras. Ele havia sido transformado em uma almofada de alfinetes.

Com um grunhido animalesco, que fez Wora abrir os olhos e reclinar levemente a cabeça canina, Aelian sacou a espada batizada que havia tomado para si. Mesmo com os outros quadrúpedes se aproximando com as mandíbulas escancaradas, o homem avançou na direção do gnoll de pelagem castanha.

Wora fez um gesto displicente para Aelian, como se espantasse uma mosca.

Imediatamente, o humano sentiu o estômago revirar e os joelhos cederem. Teve a sensação de que um gancho o puxava pelas costas, obrigando-o a recurvar-se. Seus órgãos internos se revoltaram por um instante, como se buscassem reorganizar-se anarquicamente, em meio a tripas e fluidos, dentro do seu corpo.

— Curioso — disse Wora, e a sua voz era bem diferente da de Druk. Calma, fria. Não havia resquício animalesco na sua pronúncia.

Ele tinha apenas um dos poderosos dentes caninos superiores intactos, o outro era quebrado pela metade. Wora continuou ponderando diante do homem recurvado, que deixou a espada de lâmina negra cair no chão da clareira. Fez outro gesto curto para os gnolls ao redor, e eles se afastaram. Repousou a mão calmamente no dorso do falcão sobre o seu joelho, acariciando o animal com cuidado por entre as agulhas espetadas. Então, sem pressa alguma, concluiu o seu raciocínio.

— Você é humano, mas carrega a Lágrima Obscura dentro de si. Como isso é possível?

— Lágrima Obscura? Q-quer dizer... *a Mácula?*

— Ah, verdade. Esse é o nome atual. — Wora levou a mão livre aos pelos compridos debaixo da mandíbula, muito parecidos com uma barba longa. — Sim, a Mácula.

Aelian estava confuso. Em meio aos tremores do corpo, tentou se lembrar de um nome para a Mácula que não fosse *gosma* e outras palavras chulas. Não conseguiu.

Sem parecer se importar com o mal que acometia o humano, Wora insistiu:

— Como você tem a Mácula dentro de si?

— E-eu não sei...

— Por mais traumático que tenha sido, você sem dúvidas se lembraria de como a Mácula foi injetada no seu corpo.

— Fui t-torturado com armas batizadas... por muito t-tempo. Pare com isso, *porra*!

Wora trocou um olhar com Druk, que estava fora do campo de visão de Aelian. O gnoll sentado pareceu satisfeito.

— Isso é inédito. Pode se levantar.

A sensação de que os órgãos de Aelian estavam se liquefazendo desapareceu. Quando se deu conta, já estava de pé, como se nunca tivesse se encolhido. Parecia que alguém havia lhe furtado os segundos entre a agonia e a sua posição ereta diante de Wora.

Ao mesmo tempo, duvidou que estivesse de pé porque assim queria, e não porque o seu corpo acabara de ser manipulado. Sentiu o sangue esquentar novamente, mas, como agora estava desarmado e sob o olhar atento e hostil dos gnolls ao redor, Aelian apenas apontou para Bicofino, que continuava no estado de paralisia.

— O que você fez com ele?

— Seu amigo foi atacado por um didel — respondeu Wora, apontando para um grande ferimento sem sangue na perna do falcão.

Druk, de braços cruzados, percebeu a confusão no rosto do homem.

— Ele não faz ideia do que é um didel, Wora.

— Ei! Eu... — Aelian começou a contestar, pois estava cansado de ficar em posição de inferioridade diante daqueles dois, mas não conseguiu ir adiante. — Não sei mesmo. É venenoso?

— Não. Que os Pântanos não te ouçam! — Wora riu, e havia um resquício da risada dos gnolls ali. — Um didel já é ruim o bastante apenas se fingindo de morto para emboscar outros seres necrófagos.

— Necrófago é quem come coisa morta — informou Druk baixinho para Aelian, que o lançou um olhar mal-humorado.

— Eu sei o que a palavra significa. Mas nunca ouvi falar dessas criaturas — retrucou o humano, sisudo.

— Claro que não. Elas não saem dos Pântanos. Evitam chamar atenção. — Os olhos de Wora passearam pela clareira, pensativos. — Aprenderam a existir se afastando do que pode lhes ameaçar. Foi assim que eu mesmo sobrevivi.

O rapaz engoliu em seco. O ruído na boca ressequida e áspera se perdeu em meio ao som natural do pântano. Ele tinha muitas perguntas, mas, antes de mais nada, queria se certificar de que Bicofino voltaria ao seu estado normal.

— O que são essas... agulhas?

— Já respondi muitas perguntas, é hora de eu fazer algumas — retrucou Wora, inclinando-se para a frente e esticando um dedo indicador com uma longa unha preta na direção de Thrul. O hipnotizado Bicofino nem se moveu. — Você matou um sinfo para conseguir o leal betouro dele?

— O quê?! — Aelian pareceu chocado e ofendido. — Não, eu apenas... passei a cuidar dele. Que coisa mais doentia de se pensar.

— Coisas doentias acontecem o tempo todo dentro da muralha de onde você saiu, humano. Além do mais, matar é parte natural do processo de sobrevivência. Um didel tenta matar um falcão para viver mais um dia... — Wora apontou para os gnolls que haviam trazido os cadáveres dos soldados de Untherak nas costas. Os corpos estavam estendidos no chão diante dos quadrúpedes. — Estes servos de Una também tentaram matar você.

— Mas eles não iam se alimentar de mim. Estavam seguindo ordens de Proghon.

— E se não o levassem de volta, o que o General faria com eles?

Aelian abriu a boca, mas nenhuma palavra saiu dela.

— Vamos — incentivou Wora. — Diga o que acha que aconteceria a esses seres caso falhassem com o implacável Proghon.

— Morte na Mácula, provavelmente — respondeu Aelian, devagar. — Com direito a um bocado de dor e tortura antes.

Wora assentiu, pensativo. Seu olhar estava distante, como se soubesse daquilo até melhor do que Aelian. Então se levantou, segurando Bicofino com cuidado entre as garras. Aelian não tinha percebido como ele era alto. Então lhe ocorreu que, se pudessem ficar sobre as patas traseiras, todos os gnolls teriam aquela altura.

— Ou seja — falou Wora, dando prosseguimento ao raciocínio e caminhando até o homem —, para estes sujeitos, matá-lo era questão de sobrevivência. Mudam-se os motivos, mas todos estão sempre envolvidos num esforço para mais um dia de vida. E mais outro, e mais outro, morte após morte.

O gnoll-em-pé começou a puxar as agulhas de Bicofino delicadamente, a despeito da sua mão embrutecida. Ele tinha pleno controle dos dedos longos. Enquanto livrava o animal daquele estranho tratamento, concluiu:

— E eu, rapaz, venho vivendo muitos dias, devagar e sempre, há mais tempo do que você pode imaginar.

Em outras circunstâncias, Aelian teria ficado com medo daquela declaração, que significava que Wora já havia matado muito durante a sua existência. Porém, ela havia sido dita enquanto Bicofino era transferido para as suas mãos, livre das agulhas. Parecia apenas um falcão cochilando, como qualquer um dos que Aelian já havia visto nos seus dias no Poleiro.

Ele acariciou o dorso da ave, que se encolheu brevemente. Seus olhos, sempre ágeis e vívidos, foram abrindo-se de maneira lânguida e desorientada, até que Bicofino pareceu reconhecer Aelian. Soltou um piado baixinho, e o humano sentiu-se extremamente grato ao escutar aquele som. Naquele dia, não perderia outro amigo.

— Obrigado — agradeceu o humano, a voz saindo um tanto embargada.

— Não me agradeça — falou Wora, virando a cabeça mais uma vez para os soldados mortos. — Ainda decidiremos o que fazer com você.

Toda a segurança que Aelian estava começando a sentir desapareceu.

8

O pânico que se instalou foi pior do que todas as situações hipotéticas que Raazi havia concebido. Ela sabia que a batalha do Portão Norte seria apenas a primeira de muitas provações na Degradação, mas, ao mesmo tempo, tinha uma espécie de certeza — que apenas a ignorância acerca do mundo exterior poderia dar — de que, como não havia o culto a Una lá fora, nem Proghon, não enfrentariam o mesmo tipo de batalha que exigia escudos, espadas e lanças.

Porém, ouvindo a gritaria e a debandada das pessoas apavoradas, soube que, por mais que o deserto significasse a ausência de toda a estrutura de poder de Untherak, as areias escondiam perigos com os quais ela jamais sonharia.

Cravejadas nas costas cristalinas da criatura, havia várias espadas, lanças, adagas e machados.

Enquanto corria com a sua lança, Raazi não desgrudou os olhos do monstro, que avançava a passos largos, chutando areia e o que quer que estivesse à sua frente. Em vez de pele, a maior parte do seu corpo era feita do cristal de sal, cuja composição Harun havia acabado de alardear aos quatro ventos. Tinha a estatura dos gigantes de Untherak, só que era mais robusto, com mãos maiores e pés mais largos, contendo um número inesperado de dedos. Parecia um gigante que havia começado a ser esculpido em ametista e depois abandonado pelo artesão. A cabeça sem feições aumentava a sensação de algo inacabado. Era como um grande bloco de armas enferrujadas, cristais pontiagudos e... conchas. Enormes, espiraladas e visíveis a uma grande distância. Uma delas parecia um chifre, saindo do meio da sua cara, e devia ser do tamanho de um anão. Se as conchas eram sedimentos de um mar ancestral e antigo, mal conseguia imaginar como seriam as águas que guardavam joias daquele tamanho.

Uma dúzia de pássaros brancos de uma espécie que Raazi jamais havia visto rodeavam a cabeça do colosso de cristal, aumentando a sensação de caos com os seus grasnados agourentos. Os sinfos batedores que haviam sido perseguidos até ali tentaram dar meia-volta ao ver que se aproximavam da caravana, mas era tarde demais: o gigante agora parecia interessado em causar o maior dano possível a tudo que via pela frente.

Uma das poucas carroças de mantimentos restantes voou, despedaçando-se a alguns metros de Raazi. Outra foi arremessada como se não pesasse nada. Se aquela coisa continuasse destruindo carroças e diligências, a caravana morreria de fome mesmo que a criatura fosse abatida. Raazi precisava impedi-la o quanto antes.

A líder gritava para que os exilados em pânico saíssem da frente da criatura desembestada quando Harun apareceu ao seu lado, brandindo o martelo.

— Não vai adiantar ir para cima dela — falou ele, olhando para a lança de Raazi. — Você viu as costas dessa coisa? Armas de corte e perfuração não fazem nem cócegas.

— Não fazem mesmo. Vamos ter que mantê-la ocupada até descobrirmos uma fraqueza.

— *Se* é que existe uma fraqueza — disse Idraz, surgindo de repente ao lado da kaorsh e do anão.

— Desgraçado sorrateiro — praguejou Harun.

Raazi encontrou uma utilidade para ele no mesmo instante.

— Idraz, aproveite a sua mania de se esgueirar pelas costas dos outros e dê um jeito de chegar perto da criatura.

— Para quê? Apunhalá-la e deixar minha faca na coleção?

— Apenas observe e tente encontrar algum ponto fraco. Vamos precisar cercá-la.

Uma roda de madeira voou para perto deles, arremessada pela criatura furiosa que avançava indiscriminadamente, enquanto as pessoas corriam como ratos expulsos de um armazém de secos e molhados.

— Vou me aproximar pegando cobertura nas formações de cristais — disse o anão, entredentes —, e aí vou transformar essa porcaria numa pilha de sal roxo.

— Boa sorte, cozinheiro — falou Idraz, se afastando com uma calma completamente discrepante à situação.

Harun o xingou de alguma coisa que Raazi não registrou, pois havia acabado de ter uma ideia.

— Deixe que eu me aproximo, Harun. Posso chegar perto sem fazer alarde, imitando a coloração dos cristais.

— E eu faço o quê?

— Reúna Ranakhar e a Guarda Vermelha! — ordenou ela, sem se dar conta de que era a primeira vez que se referia aos seus fiéis escudeiros daquela maneira.

Raazi correu na direção contrária dos que fugiam. Muitos deles estendiam o braço para ela, pedindo uma espécie de ajuda irrefletida: como a kaorsh poderia acudi-los? O medo de algo gigante e mortífero, no fim das contas, era útil. *Que se afastem do perigo*, pensou, torcendo para que não pisoteassem uns aos outros no processo.

Viu ao longe alguns poucos corajosos tentando acertar o monstro com pedras. Venoma triscou a criatura com a besta, mas nada surtia efeito naquela carapaça.

— Poupe as suas setas! — gritou Raazi, chegando cada vez mais perto.

Derrapando ao lado de uma imensa formação de cristais, ela colocou a mão livre sobre os minerais em formato de estrela. A partir da mancha azul eterna ao redor do seu olho esquerdo, a coloração do sal violeta foi tomando o seu corpo, e então ganhando relevo e sombreado em algumas partes, como se a pele de Raazi fosse multifacetada e cheia de ranhuras.

A kaorsh parecia feita do mesmo material que o monstro, correndo de uma formação de cristais para outra, cada vez mais perto. Analisando a criatura, imaginou que talvez ela fosse exatamente o que parecia: um gigante usando uma armadura.

Caso fosse, a existência do seu inimigo teria uma explicação, e, nas juntas da armadura, haveria pontos fracos. Na parte de trás dos joelhos, no meio do braço, no pescoço.

Mas ele parece completamente protegido, lamentou.

A poucos metros do alvo, Raazi notou que, nas partes onde deveria haver junções na armadura, havia fricção de cristal com cristal. Fragmentos de sal se desprendiam da criatura a cada movimento, de maneira contínua e quase imperceptível.

Se eu fizer essa coisa correr atrás de mim por tempo suficiente para enfraquecê-la..., Raazi começou a imaginar, respondendo a si mesma antes de se animar com a estratégia: *... então talvez daqui a uns mil anos eu consiga abrir brechas na armadura.*

Em seguida lhe ocorreu que havia algo de estranho naqueles movimentos. O gigante parecia mortífero, mas, ao mesmo tempo, não parecia estar tentando matar ninguém. Raazi ficou com a impressão de que ele estava contido.

Quanto mais perto ela chegava, mais ensurdecedor o grasnar dos pássaros se tornava. Posicionou-se atrás de uma formação de cristal diante do colosso e viu Harun correndo pela lateral do inimigo, aparentemente fora do seu campo de visão.

Então os pássaros começaram uma algazarra diferente, mais aguda, agourenta.

E, de um instante para o outro, a criatura percebeu onde Harun estava.

— Cuidado! — gritou Raazi, mas o anão já estava freando a investida. Por pouco não foi pisoteado.

Idraz apareceu logo em seguida, atrás do gigante, e começou a assobiar ruidosamente, agitando os braços para atrair a atenção do monstro. Ele não havia percebido a importância dos pássaros.

No mesmo instante, Raazi ouviu o tropel de betouros sobre o chão duro de sal. Pryllan liderava um grupo de meia dúzia de sinfos montados em betouros e parecia ter improvisado uma espécie de rede com as cordas que seguravam as cargas nas carroças. Raazi percebeu o que queriam fazer, e torceu para que desse certo.

Pryllan conduzia a sua montaria a uma velocidade impressionante, girando o emaranhado de cordas por sobre os cabelos azulados e galopando na direção do monstro. O ruído das aves aumentou novamente. O titã ignorou Idraz Faca-Cega e fez menção de pegar a carroça caída perto dele, provavelmente para esmagar aquele novo e pequeno inconveniente.

Harun aproveitou o momento em que o monstro se abaixou e fez o seu martelo singrar o ar contra o amontoado de conchas no rosto do inimigo.

O monstro esqueceu a carroça ao sentir o impacto do golpe, mas não pareceu exatamente ferido. Harun teve que recuar às pressas quando dois pés imensos tentaram esmagá-lo como um inseto.

Pryllan também tirou proveito da situação, e, ainda em movimento, entregou uma das pontas da sua rede de cordas para outro sinfo. Ambos imprimiram mais velocidade nos betouros e seguiram um por cada lado das pernas fortes de cristal, com o intuito de convergirem mais adiante e fazerem o oponente tropeçar.

O gigante apenas chutou o ar a sua frente, e os dois sinfos foram arrancados de cima das montarias e arremessados a uma distância e altura alarmantes. Raazi quase deu meia-volta para socorrê-los, mas precisava confiar nos seus companheiros e seguir em frente.

— Venoma! Idraz! As aves! — gritou Raazi, apontando para o alto. — Acho que elas são os olhos do monstro!

A mercenária assentiu na mesma hora e apontou sua besta para o alto, disparando prontamente. Uma ave branca despencou das alturas, e então outras três atacaram, descendo como dardos na direção do chão. Seus bicos pareciam lanças. Idraz arremessou sua adaga na ave que liderava a formação em mergulho, e errou por pouco — mas foi o suficiente para que o trio arremetesse e não investisse contra Venoma. Pareciam estar dando meia-volta para um novo ataque.

Neste momento, Cora se juntou ao ataque, brandindo escudo e martelo e fazendo com que a atenção do gigante de cristal fosse dividida entre os dois anões. Então Raazi notou que a carroça dos exilados de antes estava bem atrás do colosso. Ela saiu de seu esconderijo e correu.

A camuflagem de cristal violeta foi desaparecendo no meio da corrida, e uma ave disparou contra ela, identificando-a como uma ameaça. Com um salto de *kaita*, Raazi desviou do bico mortal da ave e emendou duas cambalhotas perfeitas no ar, aumentando a força da última com o apoio da sua lança no chão e quebrando a haste.

Raazi pulou alto o suficiente para atingir o que seria o abdômen do colosso com os dois pés.

Ele cambaleou para trás com o impacto, e a kaorsh ricocheteou com menos perícia na queda do que no salto. Cora gritou alguma coisa, e, em seguida, a kaorsh ouviu o som ribombante de golpes de martelo. Os dois anões aproveitaram para atingir as pernas de cristal e terminar de fazê--lo ir para trás...

O gigante tropeçou na carroça e desabou de costas, ruidosamente.

A carroça se despedaçou com o impacto do corpo maciço. As aves gritaram e perderam a formação circular agourenta. Raazi se levantou rapidamente, tomada pela valentia do seu plano bem executado.

— Cora! — chamou ela, enérgica, estendendo a mão para a anã e pedindo: — Martelo!

Sem hesitar, a anã entregou sua arma para a kaorsh, que avançou novamente por cima do gigante caído.

Raazi subiu no meio da confusão de braços, pernas e destroços de madeira, usando o impulso da corrida para enterrar a arma no peito do gigante. Com estrépito, continuou a golpear, avançando na direção da cabeça. Ouviu Harun e Cora gritando logo atrás dela, juntando-se ao ataque e encorajando outros a fazê-lo. Os guerreiros se amontoaram como formigas por cima do inimigo caído. De canto de olho, viu Pryllan, com um imenso corte na testa, avançando contra o gigante.

A kaorsh continuou a golpear, notando as rachaduras que surgiam no peitoral de cristal bruto e imaginando se descobriria pele por baixo de tudo aquilo. Havia um odor forte, úmido e pungente, mas não dava para saber se vinha das aves, da criatura ou de ambos. Raazi também não sabia bem se aquele era um aroma fétido ou apenas inédito para os seus sentidos. Afinal, muitas coisas inéditas estavam acontecendo naquele dia.

O monstro parou de se debater, e a kaorsh interrompeu o movimento do último golpe de martelo. Levantou a mão livre e percebeu que Harun fez o mesmo. Cora demorou um segundo para entender o sinal, golpeando as juntas do monstro com o seu escudo, já completamente amassado e trincado.

As aves continuavam sua algazarra, mas não arriscaram outra investida no grupo abaixo. Alguém gritou:

— Raazi derrotou o colosso de diamante!

Ao que Harun prontamente respondeu:

— São cristais de sal, de *sal*!

Logo gritos de euforia e celebração começaram a surgir aqui e ali entre os exilados.

Raazi se pôs de pé sobre o monstro. Aquilo era bom. Melhor do que na Arena de Obsidiana, onde parte da torcida queria que ela morresse. Ali, todos celebravam o seu sucesso, pois uma vitória sua era também dos exilados.

Depois de dois meses no deserto sendo culpada por cada infortúnio, até os que estavam fora do seu controle, era bom sentir-se admirada, para variar.

Raazi sorriu, olhando para as pessoas que se aproximavam. Algumas aplaudiam, outras gritavam. Venoma aceitou relutantemente a mão que Idraz Faca-Cega lhe ofereceu para se levantar do chão de sal, e então assentiu para a amiga: haviam conseguido. O grasnar dos pássaros foi encoberto pelo coro do povo expatriado.

Cora levantou o escudo, com um sorriso tão contagiante que até Harun mostrou os dentes por entre a barba grisalha. Aquilo incentivou os outros guerreiros a também mostrarem as suas armas, ferramentas ou mãos vazias. E incentivou Raazi a sorrir.

Foi então que o chão começou a tremer.

Antes mesmo que os semblantes mudassem, grandes pináculos de cristal, de um violeta mais profundo, perfuraram a crosta de sal ao redor da criatura caída e se ergueram entre Raazi e os exilados. O solo começou a erodir conforme as estalagmites cresciam e, como um milagre, grandes pilares de água esguicharam na direção do céu. Houve gritos de espanto, e Raazi olhou para cima, assustada.

Em meio à água, aos cristais e ao chão que se agitava, o gigante despertou e abraçou Raazi em um ataque rápido, que não deu à kaorsh tempo de reagir.

Harun tentou pular por entre as colunas de sal e água, mas começou a afundar no lago que se formava rapidamente, se debatendo conforme sumia de vista. Cora gritou, assim como os outros. Raazi continuava presa pelos grandes braços, pressionada contra o peito sólido da criatura.

Então, uma camada de cristal cresceu a partir do monstro e envolveu a kaorsh em uma prisão arroxeada. Os gritos dela foram abafados.

Por fim, o gigante mergulhou no lago que começava a se formar, levando Raazi consigo para as profundezas.

A cada batimento cardíaco em que a kaorsh não emergia, o coração de Harun se afogava ainda mais em desesperança.

Ninguém aguentaria tantos minutos sem respirar, nem mesmo uma kaorsh atlética como Raazi Tan Nurten.

— As cordas! — gritou Harun, apontando para a armadilha que os sinfos haviam montado para o gigante de sal. — Tragam pra cá, rápido!

O anão sequer percebeu quem lhe estendeu a ponta de uma das redes e logo foi amarrando-a em torno da cintura.

— Contem até trinta e me puxem de volta! — ordenou ele, largando as armas na beira do buraco recém-formado.

— Mas você não sabe nadar — interveio Cora, preocupada com o marido.

— Não preciso nadar, só preciso afundar. Saia da frente, Cora.

— Você não sabe o que tem nesse lago. Nós, anões, não fomos feitos para a água, Harun!

— Também não fomos feitos para viver no deserto, e aqui estamos! Saia da frente, Raazi deve estar morrendo lá embaixo!

Antes que a briga se agravasse, Pryllan se aproximou e tocou o braço de Harun, falando com urgência:

— Deixe que eu vou. Você me iça de volta quando eu puxar a corda.

O sinfo segurava a outra ponta da rede.

E, sem hesitar, mergulhou.

Harun pareceu furioso. Cora, aliviada. Outros exilados se aglomeraram em torno do buraco, por curiosidade ou vontade de ajudar. Poucos falavam.

Pryllan voltou à superfície pouco depois, sem sequer pedir para que o içassem. Sorveu o ar em grandes arfadas antes de ser puxado para fora da água pelas muitas mãos que vieram em seu auxílio.

— Parece ser um rio subterrâneo — anunciou ele, fazendo uma grande pausa em seguida. — É difícil abrir os olhos ou afundar... Água muito salgada...

Aquilo deixou Harun ainda mais desanimado. Ele desamarrou a corda da própria cintura e abriu espaço entre a multidão, afastando-se do buraco.

— Harun... — chamou Cora, percebendo o semblante do marido.

— Preciso ficar sozinho um pouco — disse ele, derrotado. Então segurou a mão da esposa, encontrando seus olhos tristes. — Desculpe por ter sido ríspido com você.

— Sei que você está preocupado com Raazi... Nossa fortaleza na luta contra a Degradação. Nossa amiga... — Cora entrelaçou os seus dedos aos do marido. — Se existe um túnel subterrâneo, então a criatura a levou para algum lugar. Tenho fé de que Raazi está bem...

Harun sentiu o ânimo piorar ainda mais. Aquele era um péssimo momento para manifestações de fé. Assentiu para a esposa, sem contrariá-la, mas encerrando o assunto.

— Preciso falar com os dois sinfos batedores. Quero saber de onde veio a criatura que os seguiu até aqui.

— Se eu os encontrar, peço para procurarem você.

Harun caminhou por entre o estrago feito na caravana. Pessoas recolhiam o conteúdo das carroças espalhado pelo chão de sal, feridos eram tratados da melhor forma possível. Quando viu uma senhora kaorsh com uma fratura exposta na perna, ofereceu ajuda para os outros kaorshs que tentavam aplacar a sua dor. Recebeu olhares furiosos como resposta, então decidiu se afastar. Estava acostumado a não ser benquisto pelo seu passado como Autoridade, e sabia que seus últimos episódios de falta de controle só pioraram a sua reputação.

Caminhou até as vozes e os gemidos diminuírem, pensando que Raazi jamais faria aquilo: se afastar de onde era necessária, dar as costas aos exilados. Harun sabia que nunca seria como ela, que nunca seria tão bem-visto — ainda que a opinião pública por muitas vezes se voltasse contra quem estivesse tomando decisões cruciais.

"Você pode encontrá-la."

As palavras foram sussurradas no seu ouvido com suavidade, carregadas pelo vento salgado. O anão se virou da mesma maneira que fizera quando a voz lhe dissera para tomar cuidado, salvando a sua vida. Da mesma maneira que, conversando com Raazi, ouvira que a coluna deveria prosseguir. Ninguém estava próximo o suficiente para falar algo nem para atacá-lo.

Porém, viu uma forma alva sobre o chão de sal, caída a distância.

Era a ave branca que Venoma havia abatido durante o ataque do gigante. Harun se aproximou, notando que ela era bem maior do que parecia. As asas estavam num ângulo estranho, e o projétil da besta atravessava o peito do pássaro na diagonal. Um tiro certeiro, que com certeza a matara antes que atingisse o solo.

Com a ponta dos pés, virou o cadáver da ave e deu um salto para trás. Acima do bico arroxeado e curvado na ponta — um verdadeiro abridor de carcaças —, havia quatro olhos negros e luzidios como obsidiana. Dois de cada lado do crânio, os de cima ligeiramente mais recuados na direção dos ouvidos.

Passado o susto, Harun olhou ao redor outra vez. Ninguém o observava. *Melhor assim!*, pensou, levantando o pássaro pela ponta das asas antes poderosas, mas agora flácidas e desprovidas de vida. O bicho cheirava mal, mas era um odor diferente dos abutres de Untherak. Uma pena branca desprendeu-se do animal e dançou ao redor de Harun, antes de ser levada pelo vento.

Onde será o ninho delas?, perguntou a si mesmo. Aquele era o primeiro ser vivo que encontravam na Degradação, por mais terrível que fosse.

Suas reflexões foram interrompidas quando Maud e Peebo, os sinfos batedores, chegaram, acompanhados de Venoma. Ela parecia estar segurando a tristeza com os dentes; a mandíbula estava retesada, a boca transformada numa linha fina.

Harun perguntou aos pequenos como a perseguição começara. Maud contou que ele e Peebo haviam entrado em terreno cada vez mais irregular, até encontrarem muitas formações rochosas de sal roxo e arenito, incluindo algumas lagoas de água impossível de beber.

— Mas dá para flutuar nelas sem afundar — comentou Peebo.

Harun ficou perplexo com aquela informação inútil num momento tão crítico.

— Desembuchem logo se têm algo importante a dizer! — demandou Venoma, desenvolvendo uma impaciência especial com aquele sinfo.

Maud contou sobre os animais selvagens com que haviam se deparado e outros desafios topográficos, até comentar que viu ao longe um número maior de formações rochosas. Os batedores haviam demorado a entender que uma delas, particularmente grande, não era resultado de erosão natural. Na verdade, parecia uma cidade murada.

— Uma cidade? Como Untherak? — perguntou Venoma, quase sem ar.

— Não, nem perto disso — respondeu Maud, gesticulando com os braços, como se Harun e Venoma fossem capazes de visualizar o que ele imaginava. — Menor, como um vilarejo, com um muro em semicírculo na encosta de uma pequena cordilheira.

— De longe dá para ver grandes arcos claros e o pináculo de uma torre de guarda, ou algo assim — acrescentou Peebo, usando a ponta dos dedos para fazer um desenho no chão com uma precisão surpreendente. — E, acima dessa torre, que é toda dentada...

— São ameias — disse Harun.

Peebo sorriu.

— Aleias, isso! E sabe o que tinha no meio delas?

— Fala logo, Peebo! Guardas? Vigias? — Venoma estava exasperada.

O sinfo se levantou, com um olhar dramático. Fez um gesto amplo, estendendo as mãos à frente do corpo, e por fim respondeu:

— Nada.

Harun piscou várias vezes.

— Nada?

— Nadinha. Ninguém — confirmou Maud.

Venoma respirou fundo e se afastou do grupo, dando a conversa por encerrada.

— E por que estão me contando isso?! — perguntou o anão, se agarrando a um fiapo de autocontrole. — Vocês entraram na cidade ou...?

— Porque acima desse *nada* — explicou Peebo, com os olhos sagazes —, havia uma revoada desses pássaros brancos — completou, apontando para o cadáver da criatura emplumada aos pés de Harun.

— Eles começaram a gritar quando nos aproximamos da muralha — disse Maud.

— E aí o chão começou a tremer...

— ...e o bicho púrpura surgiu, jogando pedras na gente...

— ...e uma das aves bicou a minha nuca, doeu muito...

— Vocês vão nos levar para lá! Preparem os seus betouros! — esbravejou Harun, interrompendo os sinfos. Tinha certeza de que Raazi estaria ali, caso continuasse viva.

Maud e Peebo bateram uma continência que nunca lhes fora solicitada e saíram espalhando as boas-novas: que todos iriam visitar a casa do gigante de sal, onde as aves mortíferas botam seus ovos.

Obviamente, a notícia não foi bem recebida pela caravana.

9

Wora reconhecia criaturas recém-saídas do cativeiro. Suas expressões corporais, o cheiro que exalavam.

Através do ar tremulante acima da fogueira, observou Aelian ajudando Druk a colocar os cadáveres dos soldados nas camas de pedra, sem ter ideia do que viria a seguir. *Aelian Oruz. Que nome adequado*, pensou, experimentando a sonoridade das vogais, deixando-as ecoar na sua mente antiga.

Os instantes em que rastejara pela corrente sanguínea e pelos pensamentos superficiais do humano haviam explicado muito sobre ele: Aelian conhecia as palavras, apesar de não ser um lacaio subserviente à Untherak. Também conhecia muito bem o medo, mas isso era esperado.

Ao mesmo tempo, seus pensamentos estavam nublados. Era um efeito comum de estados alterados de consciência, e Wora se lembrou do seu longo período de imersão nos efeitos das cascas-do-pântano. Sentiu um pouco de saudade das paisagens oníricas e das possibilidades extracorpóreas que os fungos lhe conferiam, mas sabia que precisava cuidar da velocidade das batidas do próprio coração para alcançar a longevidade planejada. A vida perdurava na lentidão e na constância.

Aelian parecia ter reforçado as portas da sua mente. Não havia trancas fortes nem calços firmes e estruturados para suportar um aríete ou as botas de ferro de centenas de invasores. Suas defesas eram como uma barricada de objetos aleatórios, amontoados ao longo da passagem de maneira a atrapalhar o avanço de seja lá quem quisesse acesso ao interior da sua mente. As portas aguentariam por um tempo graças aos obstáculos, mas, cedo ou tarde, cederiam.

A Mácula, até onde sabia, facilitava a conexão mental e o acesso à alma. Era assim que Proghon e a Centípede se mantinham no poder há séculos. Mas Aelian desafiava todos os seus estudos e teorias. Um humano que convivia com a Lágrima Obscura na sua corrente sanguínea era algo novo e animador... uma promessa de mudanças. Poderia ser o próximo passo na evolução dos frágeis homens. Wora imaginou que, no futuro, tais criaturas lidariam com a Mácula como os gnolls brutalizados de Untherak lidavam com as pulgas: um incômodo, mas nada mortal.

Um futuro muito distante até para mim, talvez, pensou o gnoll-em-pé, desejando ter ainda mais anos de vida. Testemunhar a erosão causada pelo tempo nas mentes e nos corpos era um prazer do qual jamais se cansaria.

Enfim, todos os cadáveres estavam prontos. Wora não tinha pressa, apenas a curiosidade de sempre, além de grandes planos para o recém-chegado.

— O que é tudo isso? — perguntou Aelian, lançando um olhar confuso para Druk e para o outro gnoll atrás da fogueira. — Uma espécie de rito fúnebre?

Wora ignorou a pergunta. Não gastaria saliva explicando o que logo seria perfeitamente demonstrado em ações. Além do mais, Aelian não entenderia o que aconteceria a seguir. Nas próximas horas. Nas próximas semanas. Anos, se conseguisse suportar o peso do conhecimento e do tempo. Os anões eram mais preparados para isso, porque entendiam muito bem essa relação, mas talvez aquele humano o surpreendesse.

— Druk, leve-o para que preencha o estômago — disse Wora, por fim. — Beba muita água, Aelian. É o meu conselho, por ora.

O humano foi conduzido por Druk e pelos outros gnolls, que seguiam os seus calcanhares de maneira ameaçadora. Um último olhar de desconfiança e receio foi lançado na direção de Wora, protegido pelas chamas trêmulas da fogueira.

Sim, ele tinha as portas da mente parcamente reforçadas. Wora conhecia aquela pegada anímica, os traços de pensamentos poluentes típicos dos moradores de Untherak que haviam acabado ali, nas camas de pedra. Talvez Aelian fosse viciado em carvão. Teria que realizar um estudo mais atento do seu sangue. Ou do seu comportamento, pois o vício criava raízes profundas.

Aproveitando que estava só, Wora voltou a atenção para as agulhas diante da fogueira. Precisava descansar. Havia despendido muita energia cuidando do falcão e tentando vasculhar os traços sombrios no sangue do rapaz desgarrado. A ave tinha melhorado, e uma quantia imperceptível do seu sangue manchava a ponta afiada dos utensílios de ferro puro, que, por sua vez, potencializavam o ferro já existente no sangue. Com certa dificuldade, o gnoll pegou as agulhas e jogou todas dentro de sua cabaça de água da nascente. Observou as chamas no reflexo do líquido por segundos longos demais, ainda que extremamente fugazes para um ser tão antigo.

— Vai servir — concluiu ele.

Torcendo para que aquele fosse um momento propício também do outro lado, remexeu nas dobras das vestes em busca do último elemento essencial. O sal tentou escapar por entre os dedos longos, mas o gnoll segurou o punhado diante do peito com a palma para cima. Molhou um dedo na cumbuca de água. Depois, repousou-o sobre o sal.

Devagar, levou o dedo na direção da mandíbula escancarada. Respirou pela boca uma, duas, três vezes. O arfar profundo tragou o ar úmido dos pântanos e o calor da fogueira. Sua língua áspera pendeu para fora, e o dedo úmido e salgado repousou sobre ela.

Wora foi catapultado para as alturas, mas o seu corpo continuou diante das chamas.

— Olá, velho amigo.

— Wora... Quanto tempo!

— Nada para mim, pouco para você. Ainda é prisioneiro?

— Podemos dizer que sim. Não me deixam fazer nada que quero, mas sempre com sorrisos gentis que tenho vontade de desfazer aos murros, dente por dente. Porém, neste momento, estou debaixo de uma ponte, bebendo de uma taça de estanho, com os pés dentro d'água. Talvez essas coisas juntas tenham permitido a nossa conexão.

— Neste caso, alegro-me por todas essas conjunções. Vim lhe trazer notícias animadoras.

— Ah! Minha querida Anna vive, então?

— Não, meu caro. Lamento.

— Eu também. Todos os dias desde então, e lamentarei por todos os longos e repetitivos dias que estão por vir.

— Mas, ouça... os rumores que chegaram até mim se provaram corretos. Estou na companhia de alguém que a conheceu. Podemos dizer que se trata de um aprendiz.

— Hum... Tenho sentimentos conflitantes, velho amigo.

— No entanto, ouço um sorriso na sua voz.

— Bem, é raro eu sentir esperança de uma fuga desta prisão de muros baixos.

— Cuidado com o que diz em voz alta.

— Ah, ninguém se importa com o que falo! Eu vou apenas me...

— Não o escuto mais. Aconteceu alguma coisa? Parece que o elo foi interrompido.

Diante do fogo, olhos que nunca haviam se fechado abriram-se novamente. Wora estava de volta. E Aelian também.

Controlando a preocupação acerca do que teria acontecido ao seu amigo do outro lado do elo, o gnoll se levantou prontamente, sem a tontura que sentia séculos atrás, quando aprendera a usar a mente daquela maneira. O próprio sangue de Wora era a areia da sua ampulheta temporal, e ele tinha pleno domínio do seu fluxo. Havia aprendido a transitar entre mundos, a vivenciar pontos distantes do tempo usando a sua existência como ponte. Olhou para o rapaz... Sim, ele poderia ser chamado de aprendiz. Anna havia confiado nele, e isso fazia com que Wora imediatamente confiasse no humano também.

Havia chegado a hora de expandir a ponte.

— Diga-me, Aelian Oruz... já abriu um cadáver antes?

10

Raazi sentiu a solidez ao seu redor desaparecer. Então, com um baque dolorido, aterrissou de mau jeito dentro de uma poça rasa, o limo deslizando na palma das mãos. Com o rosto virado para baixo, engasgou-se. Porém, sua língua não sentiu gosto de salmoura. Levantou a cabeça, esbaforida, apesar de saber que não se afogaria naquela profundidade; o maior temor era pelo gigante de cristal que a levara até ali. A kaorsh custava a se recordar da forma como havia sido capturada. A atribulada viagem subaquática parecia ter mexido com a sua noção de tempo.

Por mais que não conseguisse enxergar naquele breu, Raazi sabia que a criatura estava próxima. Em meio a um distante barulho contínuo de água corrente, havia uma espécie de murmúrio silencioso ocupando o ar úmido, e, mesmo sem ver, era possível sentir a presença de uma forma maciça e imóvel nas trevas.

Raazi procurou na sua mente padrões de escuridões conhecidas, fazendo os olhos trabalharem com os tons da mesma maneira que fizera na ausência de luz do subterrâneo de Untherak. Nada. Aquela era uma escuridão nova, que só iria arrefecer conforme a sua visão se acostumasse.

Chapinhou na água, sabendo que estava fazendo barulho, sentindo dores no corpo e nas juntas de tanto ter sido jogada pra lá e pra cá. Tateou o que parecia ser uma estalagmite de sal praticamente do seu tamanho, e, pelo toque, soube que era idêntica àquelas encontradas no deserto, mas esta se erguia no meio da água. Agachou-se atrás dela, preocupada que pudesse ser atacada de novo, até que começou a vislumbrar um tom arroxeado no meio do breu. Era o gigante de sal, o cristal violeta que o recobria refletindo alguma fonte de luz fraca que Raazi ainda não havia encontrado.

Mas percebeu que havia algo mais acima. Bem mais acima. Parecia ser um teto de pedra muito distante, com luzes tremulando. Era o reflexo das águas, e então Raazi entendeu que a poça era, na verdade, um lago. Um brilho fantasmagórico pulsava, e a pele de cristal do gigante parecia responder, sendo delineada enquanto o escuro arrefecia aos poucos.

Raazi percebeu que a cabeça da criatura estava voltada para ela, e encolheu-se ainda mais atrás do cristal. As aves brancas não estavam ali, e Raazi suspeitava que elas eram os olhos do gigante. Será que estaria cego naquele momento? Ela não tinha como saber.

Aos poucos, ficou evidente que estava numa imensa caverna, com paredes de pedra e pilares cristalinos, rodeados por lascas brutas do mesmo minério vítreo. Aquela claridade toda não podia ser apenas obra de seus olhos que iam se acostumando à escuridão. Realmente havia uma fonte de luz aumentando aos poucos ali embaixo. Agora, conseguia ver pequenas conchas sobre todas as superfícies, mais numerosas do que imaginava ser possível. O ruído de água corrente continuava a distância, e havia ondas lentas e gentis onde Raazi estava, como se um curso d'água oculto desaguasse naquele reservatório. Ela entrara numa espécie de rio subterrâneo?

E como um rio de água salgada não transformou um lago de água doce em salmoura?, pensou Raazi, sentindo-se um pouco tonta. Muitas questões circulavam em sua cabeça, como as aves ao redor do gigante durante o ataque no deserto. Que lugar era aquele? Por que havia sido raptada? Que outras criaturas inexplicáveis existiriam fora dos muros de Untherak, ocultas pela mentira das seis raças? Pensou na abominação na Arena de Obsidiana, no gigante de sal e na Centípede, seja lá qual fosse sua verdadeira natureza. Para encontrar respostas, Raazi teria que sair dali.

O monstro cristalizado começou a se mexer devagar. Não parecia ter pressa para encontrá-la na escuridão. Ficou de costas para Raazi, que pôde observar todas as armas cravadas nas suas costas e as conchas que faziam parte do seu corpo. Seus movimentos eram vagarosos, mas não erráticos, mesmo sem as aves para lhe servir de olhos. Talvez a visão da criatura não fosse exatamente como a kaorsh imaginara.

Mais adiante, Raazi viu uma encosta com uma série de reentrâncias. Imaginou se algum daqueles túneis a levaria para a superfície. Foi caminhando até a parede da gruta, tomando cuidado para não chapinhar na água, e encostou a mão sobre a vegetação que nascia na pedra gelada. Sua pele foi absorvendo os tons lentamente, até o ponto de camuflar-se com perfeição. O disfarce não fazia tanta diferença na pouca luz, mas ela se sentia mais segura assim naquele ambiente hostil.

Começou a escalada, com cuidado e movimentos constantes. Descansaria quando estivesse em terreno plano, sem risco de escorregar. Havia limo naquelas pedras que, além disso, eram arredondadas, as quinas erodidas por séculos ou talvez milênios.

Com os olhos fixos nas próprias mãos e na parede rochosa sob as palmas, foi fácil perceber quando a iluminação mudou, alterando as cores que Raazi mimetizava com a sua habilidade kaorsh. A luz refletida no teto da gruta estava mais forte, esverdeada. O fundo do lago brilhava como se ardesse com um fogo imune à água. As sombras das estalactites e formações rochosas dançavam, como as sombras de torres e ameias faziam com a passagem do sol ao longo do dia.

Raazi fechou os olhos por um instante, sentindo uma vertigem inexplicável.

— Ah, aí está você.

As palavras vieram de uma plataforma de cristal poucos metros acima. A dona da voz estava parada na beirada, olhando para baixo. Sua silhueta atlética e musculosa se encontrava seminua, recortada contra o esverdeado fantasmagórico e tremulante do teto da gruta. As partes descobertas eram ocultas em sombras. Os cabelos molhados terminavam na altura do pescoço. Por último, Raazi reparou que apenas um dos olhos, o esquerdo, brilhava intensamente.

Como uma chama natural, da cor outrora proibida.

Uma das mãos de Raazi escorregou. Com o susto, o corpo da kaorsh transitou por várias cores de forma aleatória, enquanto ela tentava se agarrar outra vez na rocha que não estava mais ali.

A mulher ainda a observava, mas o brilho no seu olho esquerdo havia sumido.

Com um estrondo, a parede que Raazi escalava se tornou uma cascata. Seu corpo foi arremessado para baixo com a furiosa espuma branca de um canal represado. A kaorsh se debateu em pleno ar, sabendo que o lago da gruta era raso e que não conseguiria escapar de um fim doloroso.

Tendo frações de segundo para se acostumar com a ideia de uma morte rápida e com a dor do impacto que trituraria seus ossos, Raazi recebeu o inesperado abraço gelado de um lago profundo que também não estava ali há minutos. A natureza naquele lugar sofria, em poucos segundos, transformações que levariam *eras* no mundo normal. Raazi afundou devagar em águas que não eram mais rasas, e então começou a se debater, tentando voltar à superfície. Os gestos foram em vão. Ela não sabia nadar, e se consolou pensando que ninguém de Untherak teria se saído melhor. Se conseguisse ao menos parar de afundar...

Seus pés tocaram em algo. Era sólido, e Raazi percebeu ter chegado ao fundo do lago subterrâneo. Porém, o chão passou a subir lentamente, como o elevador secreto que levava ao coração da estátua de Una.

Seu corpo saiu da água aos poucos, e ela sentiu o ar frio da caverna outra vez. O gigante de sal estava voltado para ela, aproximando-se com passos pesados no fundo do lago. O mesmo ruído de passos vinha de outras direções, e Raazi pensou se tratar do eco da gruta.

Mas eram outros gigantes, avançando de diversos pontos da caverna, erguendo-se das águas que continuavam profundas em algumas partes do lago. Nem todos eram humanoides, como o que Raazi havia enfrentado no deserto: alguns pareciam animalescos, outros não tinham formas reconhecíveis, como esculturas de barro feitas por crianças. Havia resquícios de armas nos diversos corpos de sal púrpura e conchas — ainda que alguns cristais fossem mais esverdeados, como a aura tétrica das águas do lago. Seria algum tipo de... alga? Raazi tentou mimetizar aquela cor assustadora, e imaginou-se emanando aquele brilho.

Yanisha conseguiria de primeira, pensou de repente, com uma pontada de tristeza aguda. Porém, se manteve atenta e percebeu um movimento brusco acima do seu campo de visão.

Uma das criaturas estava pendurada nas estalactites e aterrissou, recurvada, diante da kaorsh. Raazi reparou que o seu corpo continha resíduos de vasos quebrados; metade de uma roda de carruagem saía das pernas tortas e uma grande lança enferrujada atravessava seu peito. O rosto inexpressivo do gigante era apenas um amontoado de cristais e conchas, mas despertava um profundo incômodo ao ser encarado.

Raazi já tinha visto rostos mais assustadores, mas seus gestos eram os de uma fera acuada, pois não tinha uma arma em mãos.

Então, com um movimento mais suave nas águas, algo se aproximou pelas suas costas. Raazi olhou por cima do ombro. A mulher que a observara cair da parede, a dois palmos de distância.

Ela continuava seminua e carregava duas bainhas na cintura, presa por cordas finas, uma menor do que a outra. Rígidas e inflexíveis. Diferentes de tudo que a kaorsh já vira.

Sua mão esquerda repousava no cabo da bainha maior, que devia conter uma espada levemente curva de guarda circular.

Raazi estendeu a mão para a criatura de sal mais próxima e puxou a lança enferrujada de seu peito, quebrando a ponta da arma no movimento. Os enormes braços de cristal tentaram agarrá-la, mas a kaorsh girou a tempo de escapar e desferiu um golpe frontal na mulher misteriosa.

A oponente desviou da lâmina com um deslocamento mínimo do corpo. A espada de um só gume saiu da bainha com o som mais cortante que Raazi já escutara na vida, e, de repente, a sua lança já quebrada tornou-se ainda menor. A kaorsh arremessou o pedaço inútil na direção da mulher, que rebateu a peça com um clangor límpido. Só sobrou partir para o ataque com as mãos vazias, e seus dois primeiros socos também atingiram o ar em vez de órgãos vitais.

Já o terceiro golpe, um chute forte e circular com a perna direita, sequer foi executado, apesar do esforço dos músculos e tendões. Raazi olhou para baixo: estava imobilizada até o tornozelo por cristais de sal.

A mulher deu um passo para trás, em direção às sombras, guardando a lâmina estreita na bainha rígida. Atordoada, Raazi a perdeu de vista. Parecia impossível encará-la por mais de um segundo, e a maior parte que ela havia compreendido sobre a sua aparência parecia ser mais imaginada do que lembrada.

Raazi se voltou para os gigantes, que eram sua preocupação mais imediata depois daquele fantasma de cabelos escuros. Mas eles não encaravam a kaorsh.

Todos observavam uma formação rochosa de superfície aplainada que se projetava acima do lago. E lá estava a silhueta da mulher, contra sombras alongadas e brilhos esverdeados, colocando uma espécie de capa esvoaçante para cobrir o corpo. Uma abertura surgiu no teto da caverna, como uma claraboia, e um feixe de luz recaiu sobre ela, rasgando a escuridão e iluminando um trono feito de cristal púrpura. Banhada em luz solar, ela se sentou, colocando as bainhas das armas aos seus pés.

As criaturas de sal se curvaram em reverência, cravando os joelhos na água de maneira sincronizada. Raazi olhou ao redor, ainda sem conseguir mover o pé, e depois voltou o rosto para cima, para a mulher no trono. Sua pele tinha um aspecto perolado sob a luz do sol. A capa púrpura com adornos dourados estava presa com uma faixa na cintura e tinha uma gola alta e elegante, diferente de qualquer veste que Raazi já havia visto em Una. Do joelho para baixo, suas pernas estavam descobertas.

Os cristais que imobilizavam o pé da guerreira kaorsh cresceram pela sua panturrilha, machucando a carne. Com um grunhido, ela se inclinou para a frente conforme o sal forçava a parte de trás da sua perna para baixo. Quando deu por si, estava com um joelho cravado na água e o outro dobrado.

Em reverência forçada.

— Por que sou obrigada a me curvar? — cuspiu Raazi, entre a raiva e o desafio. — Tem medo de dar continuidade à nossa luta?

Suas perguntas morreram no ar frio da gruta. Da claraboia recém-formada vieram os chilreios das aves que Raazi conhecera há pouco tempo, voando lá fora. Ainda forçada a se ajoelhar, ela analisou a mulher. Daquela distância e com a luz ofuscante do sol, Raazi não via mais o olho vermelho flamejante.

A mulher no trono afastou o cabelo liso do rosto, encarando diretamente a sua cativa com olhos estreitos e oblíquos. Então, sua voz ressoou pela segunda vez nos ouvidos de Raazi:

— Não preciso provar nada em batalha. Eu sou o que sou, e todos se curvarão a mim mais cedo ou mais tarde... se tiverem sabedoria e apego à existência carnal.

Um discurso de soberania e servidão, ali, tão longe de Untherak... Os cristais que apertavam a pele de Raazi não a incomodavam tanto quanto aquelas palavras, pronunciadas com imperiosidade. Mas, se a mulher no trono queria amedrontá-la, tinha falhado. A kaorsh devolveu na mesma moeda:

— Meu nome é Raazi Tan Nurten. Já recebi muitas ameaças de morte, inclusive de uma deusa, e continuo viva. Quem é você?

A outra se levantou do trono, o corpo emanando altivez, e encarou Raazi com curiosidade renovada. Se a kaorsh conseguisse erguer o pescoço um pouco mais, veria um sorriso na boca da mulher, antes que as seguintes palavras ecoassem por toda a câmara:

— Não sou uma deusa, Raazi Tan Nurten, mas saiba que falo mais sério do que qualquer uma que assim se intitule. Meu nome é Akari, e sou a Rainha da Degradação.

Em silêncio, no corredor em breu,
o Hierofante aguarda, paciente.
Palavras de libertação, segredo só teu,
e a Chave que cresce como semente.

Durante uma conversa entre soldados no final de uma vigília, Rheriion ouvira falar de plantas dos Grandes Pântanos capazes de prender animais de porte médio nas suas vinhas e os arrastar até o interior das suas flores-dentadas, que dissolviam a carne com um ácido forte e quebravam os ossos para fertilizar a terra ao redor, cuspindo apenas as armaduras e os metais sem serventia para o seu crescimento. Aquilo lhe causara pesadelos. Porém, tinha certeza de que não era o caso daquelas raízes vivas que se estendiam por todo o túnel. Elas pulsavam com vida, e havia um ruído ritmado que se alastrava por todo o caminho, como o pulsar do sangue nos ouvidos.

    Os músculos retesados doíam, o suor escorria pelo couro cabeludo, a carroça de aço era pesada, mesmo que o seu fardo fosse dividido com os outros kaorshs. Aquele cofre com rodas provavelmente pesava muito mais do que a outra diligência, de madeira, mas Rheriion não demonstraria cansaço para ninguém, inclusive para possíveis olhos ocultos nas sombras do túnel, movimentando-se com pés silenciosos. Talvez aquilo fizesse parte do rito de iniciação. Ele passaria com dignidade pela provação. Por si mesmo, por Yalthori.

    Então ouviu um som familiar. Um estrídulo. *Cri-cri-cri.* As carruagens pararam de se mover. As chamas brancas dos archotes posicionados sobre elas não iluminavam muito bem o caminho à frente. Rheriion tinha uma visão limitada, mas uma imaginação fértil a respeito do que se encontrava no breu. O barulho continuava, mas agora não parecia vir de uma única fonte, um único lugar.

    Estavam cercados.

    Um dos kaorshs largou suas correntes no piso, com um estrépito.

    Rheriion gritou para que continuassem. Aquilo devia fazer parte da provação. Ele puxou a carruagem de metal, desconfiado de que Viktor havia largado a sua corrente e o deixado com todo o peso da frente. *Que seja.*

    Alguém gritou na carroça de trás. Rheriion não se importou. Ele chegaria no Portão Vivo sozinho, se fosse necessário. Pé ante pé... mesmo com os músculos doloridos. Pé ante pé...

Até que um inseto do tamanho da sua botina apareceu na beira do círculo de luz do archote. Emitindo o estrídulo pontual, marcado. Encarando Rheriion com os seus bulbos negros e vazios. Do tórax, com uma sugestão de exoesqueleto em crescimento, saíam pernas alongadas e flexionadas, com milhares de terminações parecidas com penugem. Rheriion já havia visto do que os adultos daquela espécie eram capazes — conduzir o General Proghon na linha de frente de uma batalha, por exemplo. Havia boatos de que eles cresciam na escuridão do Palácio, alimentando-se da carne fétida de batizados já quase completamente consumidos pela Mácula.

O inseto saltou para a frente, e o estrídulo tornou-se mais cortante e contínuo, como uma faca sendo riscada de forma desafiadora no chão diante de Rheriion.

— Não se atreva — sibilou o kaorsh, deixando a corrente escorregar dos ombros para as mãos, como um chicote.

O som de asas se abrindo e gritos desesperados pareciam distantes às suas costas, uma vez que o inseto se aproximava corajosamente. Rheriion nunca havia visto um deles tão de perto. Preparou uma das botas, recuando o pé para um chute certeiro.

E então outra daquelas criaturas bateu contra seu rosto, uma das pernas entrando na sua boca.

Rheriion perdeu a postura de ataque e o equilíbrio. Caiu se debatendo, tentando afastar a criatura. O estrilar o ensurdecia, e, de repente, viu os vultos de dezenas daqueles filhotes ao seu redor, em movimento, irritados. Se o kaorsh gritou em meio à agonia, não percebeu.

Mas algo o notou.

As raízes vivas se movimentaram sob o seu corpo. Ergueram-se como serpentes e se enrolaram em torno de um dos insetos. Um longo tentáculo trespassou o exoesqueleto do bicho, como se uma larva vitoriosa cultivada nas suas entranhas estivesse ganhando a liberdade.

— Eles não os incomodarão mais — disse uma voz muito antiga.

Se teias de aranha pudessem se acumular em sons, elas cobririam aquelas palavras que vinham do fim do túnel.

Do Portão Vivo.

De súbito, a praga cessou, contida pelas vinhas espalhadas pelo chão. A voz os chamou outra vez, e Rheriion sabia quem os aguardava ao fim daquela provação. Sua voz era ancestral e poderosa.

As carruagens retomaram o movimento, com velocidade constante, a força dos kaorshs renovada após o perigo interrompido. Como mágica, archotes se acenderam ao longo do túnel. Afinal, o Hierofante conhecia a linguagem das chamas e sabia despertá-las com um murmúrio.

Então a primeira carruagem parou, pois lá estava o Portão. E o Hierofante, atrelado a ele.

— Larguem as correntes e se aproximem. Em breve, estes fardos não serão mais seus — disse a voz grave.

Sua túnica era branca e começava como uma mortalha no topo da cabeça. Apertada contra o rosto, era segura por um anel de ferro que parecia enforcá-lo de tão esticado que deixava o tecido, permitindo apenas a sugestão de um nariz adunco. A mortalha branca continuava e, apesar de esfarrapada em alguns pontos, em outros lembrava um manto cerimonial, adornado por ossos amarelados. As vestes do Hierofante eram o encontro da decadência e do sagrado, do profano e do divino. Se Proghon era o braço de Una, o Hierofante era sua voz sussurrante, que poucos tinham a chance de ouvir.

A partir das suas costas, duas formações ósseas se erguiam acima dos ombros e depois desciam até tocar o chão. Eram como grandes membros descarnados que ajudavam a mantê-lo de pé. De alguma maneira, lembravam as pernas alongadas dos gafanhotos de Proghon. Ou talvez os ossos fossem apenas adornos. Rheriion não tinha como saber, pois o Hierofante estava fundido à porta, também decorada com ossos, intricadamente costurado aos veios orgânicos do chão, que se movimentavam de maneira morosa, como serpentes que haviam acabado de se alimentar. Ele era o Hierofante. Também era o Portão Vivo.

Ali, diante da figura alva ao fim do caminho, o ar estagnado do túnel emanava um pulsar diferente. Satisfeito. Talvez os insetos fossem a sua dieta.

— Ajoelhem-se. Não para mim, mas para a verdadeira Una. Pela última vez.

Os dez kaorshs obedeceram. Os braços do Hierofante se ergueram num movimento similar ao da Centípede. Rheriion não abaixou a cabeça totalmente, pois não conseguia desgrudar o olhar do Portão Vivo. Tudo o conduzira àquele momento.

— Ao atravessarem o Portão Vivo, vocês verão assombros e maravilhas muito além da compreensão construída por esses muros, pela Fúria dos

Seis. A verdadeira Una, a que é de fato imortal, permite que poucos ultrapassem os limites impostos por ela.

Rheriion tremia. Em instantes, ele não seria mais um cidadão comum de Untherak. Comparado aos que estavam na superfície, ele era especial. Era um dos...

— ... escolhidos. E como tais, estarão livres da maldição do sangue. Da traição. Das amarras da cor vermelha. Estarão livres dos dogmas e dos muros, para que possam enxergá-los pelo lado de fora e lembrar-se de quem estão salvando e servindo. Vocês poderão colorir o que estiver fora do *canväs*, se isso significar a sobrevivência da missão.

A voz antiga parou. A superfície do Portão conectado ao Hierofante se movimentou. Rheriion reparou que pequenos detalhes nele se moviam, como os mecanismos das trancas de algumas portas do Palácio. Tecnologia dos anões, porém aplicada a pequenas engrenagens que, aparentemente, também eram feitas de ossos.

— Vou chamá-los um a um, e alguém se tornará o Portador da Chave — disse o Hierofante, erguendo um braço coberto pelo tecido fantasmagórico. Rheriion reparou que parte da mortalha era envolta por camadas de teia de aranha, desmanchando oniricamente conforme o tecido era esticado. — Quem receber a chave não saberá de pronto. Mas, quando invocado, o Portador se revelará. Jurem que atenderão ao chamado.

Não havia um juramento padrão para uma situação como aquela. Cada kaorsh reagiu ao seu modo. Rheriion levou a parte de trás do pulso à testa, mas sem batê-la como no sinal para afastar o Mal Vermelho. Murmurou juras de fidelidade, sem olhar o que os outros kaorshs faziam às suas costas para selar aquele pacto.

O Hierofante abriu os braços.

Teias rompidas dançaram, desfiadas. As formações ósseas nas suas costas, longas como pernas aracnídeas, se mexeram pela primeira vez, trazendo uma parte da barra da túnica do Hierofante para a frente, fechando-o num confessionário feito da mortalha branca.

Lá de dentro, a voz chamou:

— Venham.

Rheriion se perdeu em pensamentos solenes. Ele era o mais próximo do Hierofante, mas outra kaorsh avançou primeiro, e ele precisou tranquilizar seus pensamentos suspeitos.

Todos participarão do ritual. Não é por ordem de importância... certo?

A kaorsh parou diante da mortalha, erguida como um cômodo de promessas secretas. Uma brecha se abriu, e ela sumiu lá dentro. Por meio minuto, Rheriion sentiu a sua curiosidade se contorcendo, desejando saber o que aconteceria ao se aproximar do Hierofante. O que ouviria. O que veria.

A kaorsh saiu lá de dentro com a cabeça baixa e passos descompassados. Os cabelos caídos sobre o rosto não permitiam criar nenhuma suposição a partir do seu semblante. Rheriion se precipitou na direção do Hierofante, sem dar brecha para mais ninguém tomar iniciativa, tropeçando nos próprios pés no caminho.

A cautela retomou o controle dos seus movimentos quando tocou a mortalha. Afastou o tecido, entrou e assustou-se ao constatar que a luz branca dos archotes não atravessava a túnica do Hierofante. Rheriion não entendia como aquilo era possível.

Na escuridão daquele espaço limitado, sentiu uma corrente de vento. Demorou a perceber que era um calafrio rastejando pela sua pele. Um rosto coberto por véu aproximou-se do seu, perscrutando-o no escuro. Um cheiro inesperado vinha do corpo do Hierofante, como o de um armazém fechado, com ervas, cogumelos e condimentos guardados por incontáveis dias sem a ventilação apropriada.

— Você tem força de vontade — sussurrou o Hierofante. — Terá também a força para realizar o que for necessário?

Rheriion assentiu, sem conseguir verbalizar uma resposta. Mil vozes ecoavam a pergunta na sua mente. Apenas continuou com o movimento positivo da cabeça. Percebeu uma tontura lhe acometendo, aos poucos, entre pensamentos e aromas que lembravam clausura. O sacerdote levou a mão ao queixo do kaorsh.

— Abra a boca se quiser ter a chance de se tornar o Portador da Chave.

Rheriion obedeceu. A outra mão envolta em tecido se ergueu, segurando algo que parecia um gomo de toranja. Naquela luz falha, o kaorsh não conseguiu divisar o que era.

Por um instante, porém, vislumbrou a pele do Hierofante. Ela emanava o cheiro pungente que sentia. E era coberta de formações parecidas com aquele gomo alaranjado, que foi empurrado lentamente para dentro da sua boca absorta. Seus dentes se fecharam, e o contato seco na língua confirmou suas suspeitas.

Não era fruto. Era fungo. Como as orelhas-de-sinfo do Primeiro Bosque, tão comuns na culinária dos semilivres. Bem que havia lembrado do cheiro de cogumelos secos em despensas...

— Coma do meu corpo — sussurrou o Hierofante, um sorriso sem lábios entrevisto pelo véu branco da mortalha que enforcava o seu pescoço. — E partilhe do meu saber. Mais antigo do que as mentiras de uma antiguidade falsa. Você agora faz parte da verdadeira história de Untherak. Do verdadeiro poder. Agora vá.

Rheriion cambaleou para fora do véu, tão tonto que bateu com o ombro no próximo kaorsh que se adiantava para ter com o Hierofante. Talvez fosse Viktor, mas não estava em condições de perceber. E assim aguardou até que o décimo deles voltasse, enquanto experimentava uma percepção aguçada das raízes orgânicas ao redor e dos batimentos cardíacos dos seus companheiros de ritual. Estariam todos sentindo o mesmo efeito do fungo ingerido?

Os adornos calcificados do portão enfim se movimentaram. O Hierofante desfez a cabana de mortalha e abriu os braços quando pedaços maiores do Portão se desencaixaram uns dos outros, como um intricado quebra-cabeça dos antigos anões, e abriram passagem para além dele. O sacerdote continuou no meio do túnel, conectado ao teto e ao chão através dos seus apêndices ósseos, enquanto uma continuação do trajeto era revelada. Mais adiante, muitas vozes recitavam em uníssono a Descida, cada verso ecoando pelas paredes e pelas entranhas de Rheriion:

*Faça a Descida,
deixe para trás a vida cansada.
No túnel esculpido por mãos esquecidas,
ao Portão Vivo, incipiente jornada.*

*Em silêncio, no corredor em breu,
o Hierofante aguarda, paciente.
Palavras de libertação, segredo só teu,
e a Chave que cresce como semente.*

*Adentre a Víbora, corajoso;
Vértebra serás, elo nas correntes.*

Da Cabeça ao Guizo, veloz e poderoso,
O Corpo avança, areia e sal presentes.

Sê, soldado, fiel ao chamado,
à antiga vontade obedeça com ardor.
Ao suceder o irmão tombado,
Banha-te no poço, Mácula de valor.

Torna-te eterno na morada ardente,
da Víbora, Sol e Deserto.
O jejum cessa, a Fome fervente,
quando o Hierofante se mostra uma vez mais perto.

E se por fim a deusa tornar-se mortal,
despede-te das cores do teu olhar.
Liberta a Víbora, em seu Ciclo Vital,
engolindo-se, finalmente, a se completar.

    Ao fim do poema, Rheriion lacrimejava, ainda experimentando as peças pregadas pela recente alteração de consciência. Sentiu em abundância o cheiro metálico de sangue.
    Assim que o chão do outro lado pôde ser observado, notou que aquilo era apenas uma alucinação olfativa, um efeito colateral da ingestão de um pedaço do corpo do Hierofante. Afinal, muitas coisas esperavam por Rheriion após o Portão Vivo, mas não havia sinal de sangue.
    Apenas o cheiro.

PARTE 2
SANGUE E MÁCULA

Quanto mais adentrava os pântanos, mais esquecia o significado da palavra "seco", como se fosse uma memória longínqua.

A umidade era uma massa invisível no ar, oferecendo resistência ao avanço dos corpos, servindo de cenário para insetos com asas poderosas o suficiente para cruzar a viscosidade transparente que exalava do solo, das árvores milenares, dos riachos, das poças, dos charcos e dos mangues que compunham o lar de Wora.

— Já estamos chegando? — perguntou Aelian, que fora orientado a deixar Thrul e Bicofino para trás naquela longa jornada rumo a algo importante que Wora queria lhe mostrar.

— Não. E cuidado para não pisar ali! — respondeu o velho gnoll, equilibrando-se numa árvore caída sobre um lamaçal e apontando com a unha preta na direção de pequenos pontos azulados que boiavam na superfície, colados uns aos outros, como ovas de alguma criatura.

Aelian e Druk vinham por baixo, singrando a lama na altura dos joelhos.

— Deixe-me adivinhar... — grunhiu o humano, uma das mãos no cajado para caminhada e a outra no pedaço de osso de gigante que ele passara semanas lixando e dando forma, até que se tornasse um punhal. A arma repousava na bainha de sarmento que ele mesmo havia aprendido a trançar, presa à fivela que Raazi lhe dera diante do Portão Norte, na última vez que haviam se visto. — Esses pontos azuis se acumulam acima de respiradouros que podem nos engolir, nos prender em areia movediça e nos matar, exatamente nessa ordem. Acertei?

— Não — retrucou Wora, sem olhar para trás, saltando com leveza do tronco para a terra um pouco mais firme, apesar das patas antigas parecerem tão frágeis. — Esses são ovos de voagulhas. As picadas dos adultos dão uma coceira chata, mas inofensiva. Porém, são extremamente tóxicos enquanto ainda estão nessa forma. Se a membrana das pupas se romper e ficar em contato com a pele por muito tempo, pode resultar em...

— Morte dolorosa — completou Druk, distraído, desfiando mais alguns cipós de sarmento.

Aelian fez um muxoxo de desânimo.

— Entrar nestes charcos sem saber o que há aqui dentro me lembra do tempo que eu jogava dados no Pâncreas de Grifo — falou Aelian, inconscientemente levando a mão até o pescoço, sem encontrar o pingente com o dado de oito lados. Ele se fora. Assim como Tom, Taönma e Pequeno Tom. Após uma pausa dolorosa, ele retomou a fala para disfarçar a tristeza: — Eu blefava. Dizia que tinha uma estratégia. Apostava cegamente e torcia para dar certo. Se perdesse, era dívida e morte na certa.

— Aqui é bem parecido — concordou Druk, animado.

— A jogatina extrema que sempre procuramos nos bares nem se compara com a aleatoriedade da natureza — concluiu Aelian.

— O que você diz é tolice — sentenciou Wora, apoiado no seu cajado. Aelian até tentou se ofender, mas a fala do ancião não continha censura. Na verdade, era comum o humano se sentir confortavelmente estúpido diante do gnoll, que continuou o raciocínio: — A "aleatoriedade" nada mais é que parte de um sistema incompreendido. Os fenômenos naturais acontecem, independentemente da nossa vontade. Mas é possível entendê-los, evitá-los, contorná-los e usá-los a nosso favor. Esperamos as cheias dos rios para pegarmos peixes com mais facilidade, mas não ordenamos que um rio se erga para pescarmos na hora que quisermos. Aguardamos a camuflagem da noite para caçarmos, mas não almejamos encobrir o sol para facilitar a nossa vida. Nós estudamos os ciclos. Compreendemos o caos. E aguardamos o nosso momento de entrar em ação.

Ensinamentos como aquele se tornaram muito frequentes na vida de Aelian durante aquelas semanas úmidas e quentes nos Grandes Pântanos. Depois das lições sobre anatomia, dissecação, cura com agulhas e o sistema de vasos sanguíneos, nervos, ossos e músculos, Wora havia feito Aelian praticamente velar os cadáveres dos guardas de Proghon que tinham se arriscado nos charcos para capturá-lo. Para o gnoll, testemunhar a putrefação de um cadáver era essencial para compreender a vida que corria nas veias dos seres vivos. O sangue, fluindo como água. O corpo, funcionando como uma das antigas máquinas dos anães até as engrenagens simplesmente pararem de funcionar por falta de graxa.

Durante aquele aprendizado, era impossível Aelian não se lembrar das experiências hediondas que a Centípede realizava com o povo de Untherak. A dissecação dos prisioneiros e enfermos, tão normalizada dentro dos muros. Os procedimentos torturantes nas câmaras obscuras, as manipulações inter-raciais e seus resultados que pareciam desafiar a lógica, como os Silenciosos.

À primeira vista, alguém que desconhecesse as nuances de Wora acharia os seus métodos parecidos com os da Centípede. Mas o que os diferenciava era o profundo compromisso do gnoll com os seres viventes.

"A água corre. O sangue coagula. A alma se dissolve", dizia ele com uma frequência quase exaustiva, mas que estava surtindo o efeito desejado de gravar aquelas "leis" na mente de Aelian. "Em algum momento, o sangue para de correr, endurece e os vasos sanguíneos se tornam dutos entupidos. Quando a vida deixa de pulsar pelas veias, algo deseja escapar do corpo. Nem todo rastro de vida é visível como o sangue, nem tudo deixa um aroma ferroso no ar. Alguns desses elementos são mais transparentes do que a água."

Ao citar a alma, este conteúdo incorpóreo e invisível, Wora fazia com que Aelian mergulhasse novamente em memórias alheias registradas em pergaminhos. Ele relembrava o que a Centípede havia feito com os escribas traidores: a mente, a alma, a carne... todas unidas numa só substância.

Os sacerdotes de Una tinham o poder inexplicável de transformar a vida numa versão sombria dela mesma, negando a morte e a natureza, e talvez esse fosse o cerne da mentira que sustentara aquele império de mil anos. A corrupção de tudo.

Havia um grande divisor de águas na mente de Aelian, que agora enxergava aquela noção arcana mais alinhada com a natureza, com os ciclos da vida, de forma tão contrária à magia da Centípede. Porém, de todos os mistérios que lhe eram introduzidos, Wora nunca lhe entregara nada facilmente. Os ensinamentos faziam percursos longos e complexos dentro da sua mente, iluminando as áreas do cérebro por onde passavam, exigindo que as informações transitassem pelos labirintos da mente antes de tocar o seu coração. O gnoll o obrigava a raciocinar, interpretar, criar conexões. E lembrava Aelian de outra pessoa que o ajudara a pensar por si mesmo.

Anna havia lhe ensinado a lutar, a sobreviver. Agora, Wora estava lhe ensinando o que era a *vida* que ele tanto precisava proteger. Ensinamento que libertava, e não lendas criadas para favorecer governantes e deuses, para acorrentar servos a um propósito.

Aelian compreendia a importância da harmonia finita entre os seres vivos e a morte. A podridão sob a lama dos pântanos, as carcaças entregues às moscas, as flores que cresciam por entre as caixas torácicas de criaturas há muito dissolvidas: tudo tinha um propósito. A vida precisava acabar de tempos em tempos para que a natureza se mantivesse dona de si, e não ficasse entregue às vontades dos mal-intencionados.

"Manipuladores da morte, mercadores de sangue e corruptores de almas", resmungava Wora, enquanto tirava os órgãos dos cadáveres, pedindo que Aelian observasse tudo, que entendesse onde cada coisa se encaixava e por quê.

"Os da minha raça, os gnolls brutalizados, foram reduzidos a comedores de carniça por Untherak", dissera o velho, num dos seus atos de evisceração instrutiva, acompanhado de perto pelo assistente humano. "Justo nós, que, no passado, assentamos nosso povo à margem dos rios, que sempre entendemos a importância da partida e dos ritos fúnebres, que sempre entregamos os corpos de nossos entes queridos para as águas levarem na direção do Lago Infinito."

Por mais que aquela liturgia lhe causasse arrepios, Aelian se lembraria para sempre da Fúria dos Seis:

Para guardar as águas e tudo que fluía, foram criados os gnolls. Silenciosos como a chuva, velozes como os rios.

Os rios deviam ter sido vitais para os gnolls do passado, assim como as árvores para os sinfos — que aos poucos viram os seus bosques serem reduzidos. O Primeiro Bosque havia se tornado apenas uma lembrança distante e calcinada, e o Segundo Bosque também o seria em pouco tempo. Mas toda a perda de tradição, cultura e memória era justificada como punição por pecados inventados:

Os gnolls, que antes se curvavam apenas para beber a água dos rios, foram condenados a andar para sempre em quatro patas.

Quanto mais pensava naquilo, mais Aelian tinha vontade de voltar para o Miolo de Untherak e terminar sozinho o trabalho que haviam começado no Poleiro. Destruir prédio por prédio, tijolo por tijolo.

Mas lá estava ele, aprendendo os fundamentos da vida e da morte. Talvez estivesse adentrando muito além dos blocos fundamentais que compunham o seu mundo. Talvez a resposta não estivesse no campo material. Mentiras eram construídas com palavras e com o tempo. Então era aquilo que ele precisaria aprender a atacar.

— Pensando? — perguntou Wora, justamente quando Aelian chegou a uma conclusão importante na sua retrospectiva de amargores e aprendizados.

Era incrível como ele sabia o momento exato de puxar conversa sem interromper o seu raciocínio.

— Um pouco. Sinto vontade de escrever. Os documentos, tomos e pergaminhos com as memórias dos escribas... Não sei... criar os próprios registros me parece... certo. Prevenir os que ainda virão dos erros do passado, preservar o que aprendi para que um dia possam continuar de onde parei.

— Nobre. Podemos providenciar a criação de mais pergaminhos, certamente. Tomar nota é importante.

— Por que não colocou no papel tudo que tem me ensinado?

— Por dois motivos — começou Wora, desvencilhando-se de um arbusto espinhento com o cajado sem grande dificuldade. — O primeiro é que estou aqui, em comunhão com os Grandes Pântanos, numa vida estendida em comum acordo com o sistema no qual vivo, o qual preservo, para o qual me doo, do qual me alimento. Minha vida está conectada a este lugar, e vivo para passar adiante os meus avanços, a minha luta silenciosa, as minhas descobertas. Assim como faço com você e Druk, transmitindo o que sei e o que gostaria que soubessem. Gnolls da antiguidade praticavam a memória oral, o compartilhamento de lembranças através da linguagem. Assim como era o costume de muitos dos anões, e foi isso que salvou grande parte das suas tradições quando a escrita e as suas runas foram proibidas em Untherak.

É isso que diferencia Wora da Centípede, pensou Aelian, considerando a ética que o clero de Una jamais teria. *Ele vive em harmonia com a vida nos Grandes Pântanos, e não usurpando e exaurindo a vida do próximo.*

Ainda assim, restava uma dúvida.

— E o segundo motivo?

Caminhando mais à frente, Druk riu baixinho. Parecia já saber a resposta do mestre, provavelmente por ter feito a mesma pergunta antes. Wora apenas lhe mostrou a mão de garras longas, escuras e compridas.

— Dedos terríveis para segurar penas. Deixo esta tarefa para humanos sonhadores e letrados como você, Aelian Oruz.

Aelian deixou os pensamentos se repetirem por trás dos seus olhos, dando voltas nos caminhos labirínticos da mente. Gostava de repassar a relação entre as coisas vivas conforme elas lhe haviam sido explicadas. Quase como uma fórmula, um encantamento, Wora fazia o humano usar pedras pontiagudas para anotar pensamentos e conclusões em cascas de árvore e rochas, além de tinturas extraídas de frutos e plantas para marcar lembretes na palma da sua mão.

A relação que mais persistia na mente de Aelian havia se apresentado como um triângulo, formado por três palavras:

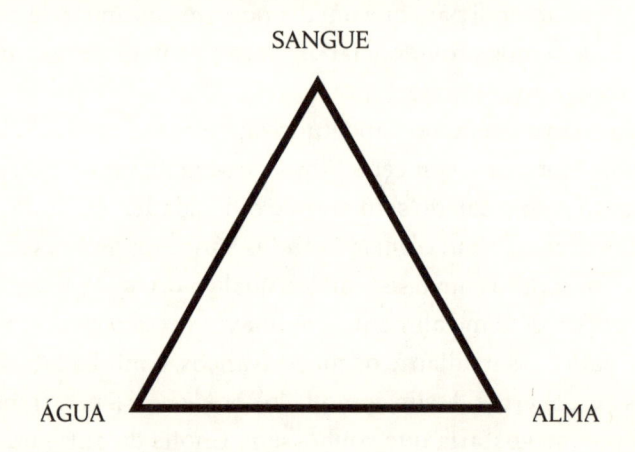

SANGUE

ÁGUA ALMA

Wora vivia lhe dizendo que aqueles três elementos estavam por toda parte, se retroalimentando, inclusive dentro deles mesmos. Seres vivos eram feitos de alma e água, unidas através do sangue. Sistemas inteiros dependiam do domínio daquelas três substâncias, às vezes de maneira literal, porém muitas vezes de forma metafórica.

"A água tem uma espécie de memória", explicara Wora num dia chuvoso, debaixo de um grande salgueiro-invisível, "pois nela muitas coisas se findam, e ela passa a carregar os elementos do que foi diluído. O que um dia foi inteiro espalha-se por um rio, mas não deixa de existir. Fragmentos invisíveis a olho nu continuam todos conectados pelo fluxo, ainda que distantes. Num lago. No suor de um corpo. Na chuva. Palavras e histórias fluem pela mente de maneira semelhante. Elas perduram, ainda que diluídas."

Depois dessa explicação, Aelian passara a fazer um paralelo indissociável entre água e mente. Também refletiu de maneira mais literal, imaginando se as águas do rio Abissal, que há tanto tempo deixaram de carregar vida, ainda teriam memória. Pensou em todos os dejetos e detritos despejados pela cidade, e logo se lembrou do sangue, que deveria correr limpo, mas que em muitos seres vivos era contaminado pela Mácula. Dependendo do nível da gosma no organismo, o ser se tornava um batizado descerebrado da Vila B, com a racionalidade e a civilidade apagadas pela sujeira. Eram meros receptáculos furiosos, arrebanhados em guetos, potenciais amplificadores da voz de Proghon.

Então a origem da Mácula, tão conectada ao sangue e à alma, lhe voltava à mente. Aquela era a parte dos ensinamentos de Wora que mais lhe intrigava.

"Ao contrário da água e do sangue", dissera o gnoll certa vez, "a Alma nunca é vista, e talvez seja o mais complexo dos três elementos que criam a vida. Não sabemos em que momento ela começa a nos habitar ou para onde vai depois da morte. Ainda assim, é através da alma que acessamos o desconhecido, que costuramos, torcemos e dobramos a vida para criar milagres e horrores."

De uma memória úmida para um presente ainda aquoso, Aelian pensou no termo "milagre" para descrever a manipulação da alma. Nisso, olhou para um desses milagres, caminhando mais à frente e passando uma linha por um anzol, completamente alheio à atenção do rapaz.

Druk.

Um gnoll tirado das garras do terrível destino evolutivo que Untherak reservara à sua espécie, um ser reconstruído. Já Proghon, criado na Mácula, era um horror vivo, um dos maiores. Um horror para si mesmo e para os outros.

Talvez, prosseguiu Aelian em seu raciocínio, *a diferença entre milagres e horrores não seja tão grande assim, e esteja mais na intenção de manipular a vida.*

De acordo com os escritos do Homem Marcado, testemunha da criação da Mácula, a substância havia surgido no momento em que Una ordenara à Centípede a dissolução dos limites entre os três elementos: "Façam. A mente, a alma e a carne. Quebrem as barreiras entre elas."

Os escribas condenados se desintegraram em dor, medo e agonia, deixando para trás apenas um líquido preto que seria o combustível do império de mentiras da Centípede. Aelian também se lembrava das feições daquela Una, exultante tanto em ordenar a abominação feita com aqueles homens quanto em obrigar o Homem Marcado a registrar tudo, transcrever a Fúria dos Seis e então entrar na Mácula.

Ordens que foram obedecidas pela simples ameaça de sofrimento.

Aquela cadeia de pensamentos sobre a origem da Mácula levou Aelian a sua reflexão recorrente sobre o funcionamento da substância e às explicações de Anna para que a Mácula não o dissolvesse por completo.

Em um dos piores dias da sua vida, num cômodo sem janelas e com uma fonte de Mácula, Aelian se colocara de frente para uma espada. Sob o líquido negro que escorria pelas lâminas, o botão em forma de cálice no punho da arma brilhava. A visão do artefato era uma esperança contra o General e havia lhe despertado memórias de outros tempos. Um guerreiro com uma armadura ornamentada por serpentes... Proghon com o rosto encoberto... Ali, diante da piscina de Mácula, instantes antes de se sacrificar num duelo feroz contra o General, Anna havia lhe antecipado muito do que o próprio Aelian levaria tempos para descobrir sobre o veneno dentro de si.

"E por que ela não me mata? Eu deveria estar dissolvendo aos poucos, não?"

"Isso tem a ver com a forma com que você recebeu o veneno. Suas cicatrizes. Talvez a Mácula esteja dissolvendo você, mas numa velocidade mínima, da mesma maneira que a vida faz com qualquer um. Creio que exista uma comunhão entre sangue, dor e Mácula."

Comunhão de dor.
Dor.
Imediatamente, a fórmula na cabeça de Aelian foi iluminada por essa palavra, como o lampejo de agonia que lambia todas as suas terminações nervosas antes dos guizos da chibata arrancarem tiras da sua pele. Foi através da dor que a Centípede criou o seu horror. Foi suportando a dor que Aelian, um mero humano, conteve o avanço da Mácula no seu sangue, na sua alma, na sua mente.

```
            SANGUE
              /\
             /  \
            /    \
           /      \
          /  DOR   \
         /          \
        /            \
       /_____\
     ÁGUA            ALMA
```

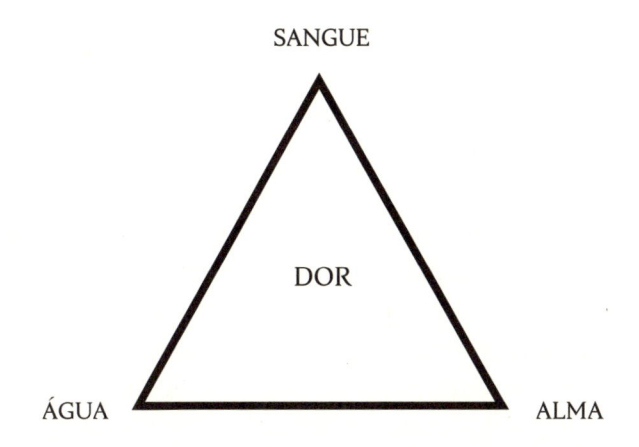

Aelian queria aprender a lidar com aqueles três elementos. A fechar as portas da sua alma para Proghon. Só precisava descobrir o que era tão ou mais forte que a dor para conseguir o mesmo nível de controle e manipulação. Assim, quem sabe, um dia teria chance de terminar o que Anna começara.

Desde que não morresse no processo.

Druk e Wora interromperam a marcha pela primeira vez naquela longa caminhada. Aelian agradeceu em silêncio pela pausa e colocou-se ao lado dos dois.

— Aqui está — anunciou Wora, olhando na direção de uma exígua nascente que brotava de um amontoado de pedras e juncos.

Um filete muito estreito de água enlameada serpenteava o declive à frente e sumia entre árvores retorcidas e caóticas. Quando Aelian perdeu o riacho de vista, seus olhos se voltaram para o velho gnoll.

— E...?
— Eu queria que você visse.
— A água nascendo?
— Sim. Ela segue para além daquelas árvores até o final do pântano, onde os arbustos deixam de ser tão espinhosos. Depois, passa por um mangue e se junta a outros rios, tomando força e, por fim, desaguando no Lago Infinito. Ou, se preferir, no mar.

Aelian se lembrou dos manuscritos no Interior da Estátua. Dos relatos de cidades à beira-mar e de saqueadores em barcos que também eram cidades. Bastaria seguir o fluxo que todas aquelas histórias realmente estariam diante dele?

— Eu... precisarei ir para lá?

— Mais cedo ou mais tarde. Para fins de sobrevivência. Observar os animais e plantas numa grande escala de tempo me ensinou muitas coisas, Aelian. Sobre plantio, declínio, sobrevivência... — O olhar de Wora se perdeu a distância, como se ele pudesse ver o inconcebível oceano dali. — A polinização nada mais é que uma tentativa de continuidade. A migração também. Agora, imagine comigo... E se gnolls só existissem dentro dos muros de Untherak, como se supõe do lado de lá? A cada dia que passa, mais gnolls morrem. Daqui a algum tempo, não haveria mais nenhum, certo? E essa extinção beneficia o poder de Una, de Proghon, da Centípede ou seja lá de quem restar à frente daquele abatedouro. Provocar uma extinção é uma demonstração de poder. E quanto maior a perda, maior parece a sombra que se avoluma sobre nós. O fim de um bosque. De uma língua. De uma raça...

— Restam poucos gigantes — comentou Aelian. Até pouco tempo atrás, ele os via apenas como abridores de portões ou mão de obra para serviços pesados, mas agora sabia que aquilo era tão estúpido quanto imaginar que não havia nada digno de vida trabalhando no sótão do Poleiro. — No monte Ahtul, encontrei vários esqueletos de gigantes do passado... e hoje posso contar nos dedos quantos sobraram.

— Mesmo durante meu tempo de vida estendido, não encontrei tantos — disse Wora. — Existe um projeto de longo prazo de eliminar potenciais perigos à soberania de Una. Gnolls pensantes se encaixam na mesma categoria. Enquanto eles existirem, que sejam escravizados. Mas se todos morrerem, tanto melhor.

— Mas aí Wora foi mais esperto e começou a fazer os gnolls se espalharem pelos Granes Pântanos — falou Druk, cheio de si.

Aelian entendeu que ele já tinha escutado aquela lição antes.

— Se não é possível cultivar esperança dentro dos muros, então a mudança não virá de lá ou à sombra deles — afirmou Wora. — Em Untherak, tentam acabar com a esperança. Daqui, posso passar a minha luta adiante, mas ainda estamos perto demais do jugo da cidade para garantir a sobrevivência dos nossos ideais. Precisamos levá-los além.

Aelian engoliu em seco; talvez a primeira sensação de aridez desde que chegara ao pântano. Aquela era uma responsabilidade muito grande, sendo que ele mal tinha compreendido o tanto que Wora tentara lhe ensinar. Ainda não aprendera a dissecar cadáveres muito bem, apesar de já conseguir identificar cada órgão através do tato. Não sabia como acessar a tal "magia" que triangulava entre sangue, água e alma. Não sabia entrar em comunhão com a natureza como Wora. Sem os seus ensinamentos completos, seria apenas um homem perdido com um falcão e um betouro, sem saber como exatamente passar adiante aquela sabedoria.

— Não se assuste com o peso da responsabilidade — disse Wora, ao perceber a expressão do humano. — Já mandei pupilos para longe. Sua própria mestra, Anna, cruzou o nosso caminho e nos ajudou em diversas ocasiões.

O rosto de Aelian se iluminou.

— Anna! Vocês se conheceram? Ela também treinou aqui?

— Sim, nós nos conhecemos. E não a treinei — respondeu Wora, sentando-se ao lado da nascente, subitamente parecendo ter consciência dos longos e cansativos anos de trabalho. — Muito antes de me conhecer, em outras terras, ela aprendeu bastante com um pupilo meu. — Wora fez uma pausa, parecendo decidir não enveredar por esse assunto. — Após o seu retorno a Untherak, Anna e eu nos encontramos. Arquitetamos ideias. Fiquei triste em saber da morte dela pelas mãos de Proghon.

— Eu estava lá — revelou Aelian, quase sem pensar, ainda absorto com aquela notícia que conectava ele, Wora e Anna. O gnoll o encarou de uma maneira diferente. — Ela lutou bravamente. Salvou a minha vida. Tentou me ensinar a controlar a Mácula.

Wora e Druk trocaram olhares cheios de significado. O gnoll mais velho assentiu.

— Então, ela aprendeu bem.

A expressão de Aelian era confusa. Wora explicou:

— Com o meu pupilo. Ele trilhou o próprio caminho, a ponto de se perder. Uma história para outro momento. Antes disso, vou continuar o que Anna não pôde terminar de lhe ensinar. Considere que a primeira lição você já teve, nas suas próprias entranhas. E com as entranhas dos outros.

Aelian se lembrou do mal-estar que o fez se dobrar durante o rápido e doloroso inquérito de Wora, assim que se conheceram e o gnoll *farejou* a presença de Mácula no seu sangue.

Depois, passou a ajudar o gnoll na evisceração metódica dos cadáveres sobre as camas de pedra. Aelian cortou pele, músculo e osso, apalpou órgãos, sem nenhum preâmbulo que pudesse prepará-lo, com Wora vigiando os seus movimentos de perto, dizendo que o humano devia saber do que o inimigo era feito. Demasiadamente literal, mas Aelian começara a entender. Ainda que, algumas vezes, após as lições de anatomia, engulhasse com a mera lembrança de tecidos viscosos, das tripas azuladas e do vermelho que se tornava cada vez mais rarefeito conforme os corpos esfriavam.

Era bom saber que a dor e o nojo não tinham sido em vão, mas um aprendizado de realidade e *magia*.

Entre tantas coisas que Wora havia lhe ensinado, Aelian aprendera que não adiantava insistir com o velho gnoll. Imitou Druk, que se sentou ao lado do mestre na nascente, e ali ficaram em silêncio, ouvindo o rolar das águas, até que os raios de sol foram perdendo o dourado por entre as copas das árvores. Anoiteceria em breve.

— Ouça bem o som tranquilo deste riacho, Aelian. Lembre-se dele quando chegar ao mar aberto, ao rugido do oceano, à fúria das ondas. São as mesmas águas, em outro momento de existência. O silêncio que fazemos agora não é a ausência de força.

Aelian jamais se esqueceria das palavras de Wora. E muito menos do som de um mar nascendo.

R aazi não diminuiu a sua raiva em momento algum durante a reverência forçada, e muito menos mostrou-se respeitosa diante de Akari, a tal rainha autoproclamada. *Rainha de um grande nada como a Degradação?*, pensou a kaorsh em meio ao som do sangue martelando os tímpanos. Para que ser "dona" de algo tão imenso, incompreensível e vazio? Bom, não exatamente vazio. Que a Degradação não era o que a Fúria dos Seis dizia ser, isso já era esperado. Mas que alguém se intitulasse governante do insondável terreno de areia...

A kaorsh sabia que estava em desvantagem, mas o seu instinto de luta — que sempre a levava às últimas consequências — persistia. Ali, na Arena de Obsidiana ou nas areias diante do Portão Norte, ela jamais temeria qualquer criatura viva, seja lá quais fossem as suas chances de vitória. Mesmo exposta, demonstrava uma atitude combativa diante dos oponentes. E, verdade fosse dita, a vida de Raazi havia contado com muitos confrontos. Aquele era um dia estranho, dentre tantos que haviam se passado, mas Akari era apenas outra adversária.

A Rainha da Degradação, no entanto, apenas estudou a kaorsh com curiosidade, demonstrando certo respeito à sua valentia. Quanto mais Raazi xingava e provocava, mais percebia que não estava lidando com qualquer uma. Akari se levantou do seu trono de sal e, com um gesto, fez desaparecer o facho de luz dourada que descia do teto. Foi caminhando até a beirada da plataforma, que dava para um precipício.

Seus pés descalços, momentaneamente suspensos sobre o vazio, foram encontrando degraus feitos do cristal de sal, que surgiram numa elaborada escadaria até o nível mais baixo da caverna, onde Raazi estava.

A kaorsh ergueu a cabeça o máximo possível, sem conseguir encarar diretamente o rosto da outra. Akari parou a uma distância segura.

— Untherak?

— E de onde mais eu seria? — rebateu Raazi, atirando flechas venenosas pelos olhos de uma forma que faria Venoma, a quilômetros dali, sentir uma pontada de inveja.

Akari não demonstrou se importar.

— E quem naquele antro enviou o exército ao qual você pertence? A deusa deles? O General?

Por um instante, Raazi deve ter parecido atordoada. Mas sua voz se manteve firme.

— Eu vim *de* Untherak, não *em nome* de Untherak. Somos exilados, não um exército. Fugimos da cidade e de Proghon.

Akari virou o rosto. Também parecia confusa. Porém, do pouco que Raazi pôde ver, limitada pela sua posição desconfortável, a anfitriã parecia querer ocultar um sorriso.

Ainda demoraria muito para que aquela expressão fosse vista novamente nos lábios finos da Rainha da Degradação.

— Certo. Você disse que uma deusa a ameaçou. Foi Una? Ou já inventaram outra história para tornar os escravos de Untherak ainda mais dóceis?

— Eu matei Una — revelou a kaorsh.

Desta vez, Akari resmungou, pensativa. Seus olhos desceram novamente para Raazi, que sentiu o cristal na perna libertando-a aos poucos. Agora conseguia ver o rosto de Akari com atenção. As sobrancelhas finas e impressionantemente simétricas... e o olho esquerdo, que enfim notou ser esbranquiçado, sem pupila... em contraste com o direito, de um âmbar penetrante. Raazi tinha certeza de que aquele olho cego brilhara de maneira anormal.

Após um longo silêncio de escrutínio mútuo, a anfitriã inclinou a cabeça, esperando para ver se haveria alguma reação brusca da prisioneira. Satisfeita, emendou mais uma pergunta:

— E como se sentiu?

Foi a reação mais inesperada possível para uma confissão daquela magnitude. Por algum motivo, o feito não parecia impressionar Akari. Quase como se *matar Una* não fosse algo digno de nota.

— Aposto que sentiu alguma coisa — insistiu ela, de forma trivial. Suas mãos estavam cruzadas às costas, esperando por uma resposta. — Como foi?

A verdade é que Raazi estava completamente desarmada. A fúria no seu coração arrefeceu aos poucos, assim como o aperto dos cristais de sal, e deu lugar à confusão.

— Foi... *bom*?

Akari arqueou as sobrancelhas. Sob o olhar dos gigantes, deu as costas a Raazi e se afastou, chapinhando pela água. Os braços ainda para trás, as bainhas balançando nos quadris.

— Caminhe comigo — disse ela, imperiosa, e Raazi percebeu que não estava mais presa ao chão. Levantou-se, um tanto desconcertada, mas o seu corpo assumiu prontamente a postura de combate. Akari a observava por cima do ombro esquerdo, com o olho branco, e balançou a cabeça. — Não temos tempo para isso. Os seus soldados vão encontrar este lugar em breve.

— Já falei, não são meus soldados.

— Ah, por favor — retrucou Akari, em tom de troça —, reconheço uma capitã quando vejo uma. Pare de negar o óbvio. — Percebendo a relutância da outra em acompanhá-la, tirou a bainha mais curta da cintura e a jogou no ar para Raazi, que a apanhou. — Tome, se for deixar você mais segura. Considere isso um voto de confiança.

A arma era pouco maior do que um punhal, com uma bainha de madeira escura como ébano-queimado, levemente curva e quadrada na ponta. Era uma versão menor da espada que pulverizara a lança de Raazi minutos atrás. Segurando-a pelo cabo, a kaorsh notou o botão na coronha, na forma de um pequeno cálice, com a abertura fechando a boca da copa. O punho era revestido de fios de tecido púrpura e preto, trançados de maneira intrincada, tornando a arma gentil ao toque da palma de sua mão calejada. Com os seus conhecimentos de tecelagem adquiridos no Tear, Raazi identificou que eram fios do mesmo tecido leve com que Akari cobria o corpo. O que Raazi não conhecia, porém, eram armas "confortáveis" e belas ao olhar, já que, dentro de Untherak, a única merecedora de beleza e de arte era a falsa deusa tirana. Por isso mesmo, demorou-se nos ornamentos da superfície da bainha: basiliscos-d'água dançavam, entrelaçados. Os corpos sinuosos das serpentes aquáticas draconianas eram um pouco diferentes do que ela conhecia, com mais escamas e presas maiores. Pareciam ter sido feitos com tinta dourada por penas delicadas.

— Não posso aceitá-la — disse Raazi por fim, estendendo-a de volta para as costas marcadas de Akari. — Deve ter um valor inestimável para você.

— Tem um peso familiar imenso — concordou a outra, sem se virar, subindo degraus cristalinos que não estavam lá no instante anterior, encaminhando-se para um dos túneis nas paredes da caverna. — Por isso mesmo estou apenas emprestando. Para que você se sinta mais segura em me acompanhar.

— Não me sinto insegura.

— Pois deveria — garantiu Akari, entrando num dos túneis.

Raazi, claramente ofendida, deixou os gigantes de sal para trás e a seguiu. Antes que pudesse usar as suas habilidades para enxergar no escuro, a galeria se iluminou com a mesma luz esverdeada do fundo do lago.

O ruído das aves brancas ficou ainda mais distante, e outro barulho surgiu dentro da passagem. Parecia o som da pressão do próprio crânio, que se ouvia ao tampar os ouvidos com as mãos, mas com algo a mais no fundo. Era uma mistura de vento e...

— Ondas — disse Akari, do nada.

Raazi não compreendeu.

— O quê?

— Este lugar. Os túneis. São como estar dentro de uma concha gigante. — Ela interrompeu a fala, mas não os passos descalços e silenciosos. — Você sabe o que são conchas?

— Sei — respondeu Raazi, hesitante, lembrando-se de Yanisha.

Entre nostalgia e memórias recentes, a kaorsh desconfiava daquela conversa prosaica com a mulher que a ameaçara de morte e se proclamara *rainha*.

— Através delas, podemos ouvir o eco de um mar que não existe mais. São sons do passado. A água tem memória. Na sua ausência, restou o sal. Ele nos conecta com estes tempos. Com os meus antepassados.

— Ou talvez — começou Raazi, sem conseguir conter a sua personalidade desenganada por Untherak —, o barulho do mar seja apenas o eco de vários túneis se sobrepondo.

Akari diminuiu o ritmo, e Raazi apertou o punho da espada curta. Mas a anfitriã apenas emparelhou ao seu lado devagar e devolveu na mesma moeda:

— Não esperava mesmo que conseguisse entender minhas tradições. Imagino que Una tenha castrado grande parte das suas.

— Algumas tradições dos kaorshs sobreviveram, apesar da falsa deusa. Mas por que eu daria ouvidos ao delírio de alguém que se denomina rainha?

— Não a culpo por pensar assim. Mas tradições não existem apenas para dominar o próximo. Também existem para nos lembrar de nunca mais sermos dominados.

— Isso é memória.

— Sim. Temos tradições para manter a memória. E, para o meu povo, a água também é memória.

Foi a vez de Raazi diminuir o passo.

— E qual é o seu povo?

— Nosso trajeto vai sanar esta dúvida de uma forma muito conveniente — respondeu Akari, levemente animada.

Ela avançou pelo túnel, deixando um rastro de pegadas apressadas e uma Raazi curiosa.

Abruptamente, as paredes de cristal e rocha deram lugar a ladrilhos repletos de afrescos. Era uma transição nada sutil de uma caverna para uma espécie de palácio, como se a terra tivesse começado a engolir um templo e depois desistido.

Raazi estava muito surpresa com aquilo, mas nem um pouco decepcionada.

Podia enxergar os pigmentos usados nas pinceladas soltas, a quantidade de água aplicada na tinta, o tipo de cerda macia que havia floreado as representações do cotidiano de Akari e de seus antepassados, contado em sequência: figuras humanoides com chapéus de palha realizando a colheita nas hortas, retratadas em tons azulados. Crianças brincando ao redor de gigantes de sal, que eram claramente os inexplicáveis guardiões daquele povo. Em outras imagens, os gigantes pareciam protegê-las de galinhas em posturas agressivas, retratadas desproporcionalmente maiores do que as crianças. Raazi apertou os olhos e viu os detalhes em verde no bico e na cauda das aves, incluindo as patas.

— Cocatrizes! — exclamou ela, contente por reconhecer algo do seu cotidiano de Untherak. — Seu povo enfrentou uma praga delas?

— Ainda enfrento. Por isso não fico desarmada nem durante o descanso — respondeu Akari, séria. — Nunca se sabe quando elas vão atacar. Com os gigantes de sal, às vezes consigo me preparar para algum ataque em bando.

Raazi riu, sem entender por que a *Rainha da Degradação* parecia tão amedrontada por um animal tão facilmente "chutável". Cocatrizes eram venenosas, mas não justificavam toda aquela belicosidade. Eram consideradas apenas uma chatice entre os tantos males de Untherak.

— Hum. Devo me preocupar? — perguntou Raazi.

Akari não perdeu a pose sisuda e o semblante grave.

— Por enquanto não. Avisarei quando for a hora de se preocupar com esses demônios.

Raazi prendeu o riso e se voltou novamente para os afrescos, indo além da seção das galinhas reptilianas agressivas. Em outros floreios, mais à frente, pessoas de cabelos compridos nadavam acompanhadas por basiliscos-d'água, como os da bainha que a kaorsh empunhava por empréstimo. Uma figura masculina, com o que pareciam ser tatuagens nas laterais do pescoço, empunhava um tridente. Outras figuras humanoides, com as mesmas tatuagens, se dobravam perante ele, com um joelho cravado no chão. A mesma posição em que Raazi estivera minutos atrás. A vontade de rir passou.

Mais adiante, vislumbrou a arte em tinta aguada de um homem usando uma armadura com ornamentos bem parecidos com os da bainha da espada de Akari. Ele tinha as mesmas feições afiadas e olhos oblíquos da Rainha da Degradação. Seus cabelos longos estavam presos num coque alto. Ele empunhava uma espada de dois gumes, diferente do par de lâminas levemente curvas de Akari. Apenas o botão do punho no formato de cálice era similar. Segurando a espada com ambas as mãos, o homem na armadura enfrentava...

Una.

Raazi estreitou os olhos. Ela estava retratada de maneira diferente da grande estátua, mas era Una. Com cores múltiplas e inimagináveis nas vestes. Até mesmo vermelho.

— Talvez seja um choque — começou Akari —, mas devo alertar que essa deusa jamais existiu.

— Estou ciente — respondeu a kaorsh, seca e incomodada, sem tirar os olhos da Una aquarelada na parede.

— Então, quando disse que matou uma deusa...

— Sei que matei uma das sósias. Mas acredite, assassinei uma ideia jamais desafiada em Untherak.

— *Jamais desafiada* é exagero — retrucou Akari. — Mas sei bem o quanto ideias podem ser nocivas. Este é Ruro, um dos grandes heróis do meu povo. Ele invadiu Untherak e desafiou Una, mas perdeu a batalha e teve que fugir. Proghon o perseguiu para fora dos muros, para além da Degradação. Duvido que a sua cidade tenha qualquer memória dele. Mas nós temos.

Raazi se lembrou de uma famosa estátua: Una e o Dragão. Ficava na vila dos Autoridades, e a kaorsh jamais havia posto os olhos nela. Porém, desde que Harun lhe contara sobre a passagem secreta dos anões sob a imagem, Raazi se perguntava sobre a origem daquela história — já que, obviamente, fora inventada usando criaturas mitológicas que teriam vivido muito antes da Fúria dos Seis. Para os que sabiam da farsa de Una, os dragões também se encaixavam na categoria de mentiras épicas. Mas, pensando bem, talvez a história de Ruro tivesse sido modificada para apagar a existência de um desafiante que duelou com a deusa...

Raazi ergueu a bainha emprestada por Akari e observou novamente os ornamentos. *São dragões, claro! Fáceis de confundir com serpentes e basiliscos.*

— Quase consigo *ouvi-la* tentando assimilar tudo de uma vez. Estas paredes foram feitas pela minha família, geração após geração, desde antes de Ruro. Ainda contribuí pouco para a nossa história, para a nossa memória... Mas isso está prestes a mudar.

Raazi se sentiu desconfortável ao ser observada tão de perto. Desviou o olhar da anfitriã e admirou um pouco mais a gravura de Una e Ruro, imaginando se o sal colorido daquele lugar era usado na mistura de tinta aguada. Faria sentido. Acompanhando as pinceladas fluidas como ondas, Raazi se deparou com um símbolo triangular um tanto rebuscado, próximo aos pés dos combatentes. Ele era rodeado por palavras que não faziam sentido para uma ex-escrava de Untherak, ainda que claramente estivessem no mesmo alfabeto usado por Autoridades e mais alguns poucos versados de lá. Raazi reconheceu algumas letras contidas no seu nome, como o I e o A. Quando decidiu perguntar para Akari o significado daquele selo tão curioso, percebeu que a Rainha da Degradação continuara caminhando e já estava no fim do corredor.

Nervosa, Raazi afundou as unhas nas palmas das mãos. Numa breve olhada, viu que as tingira com o mesmo tom de vermelho que observava. Akari a deixava inquieta, e tudo ali estava muito além de sua compreensão. Gostaria de conversar com Cora. Com Pryllan. Com Harun.

Harun.

Ele saberia ler aquilo.

— Aperte o passo! — ordenou Akari, a voz amplificada pela grande concha em que estavam. — O seu povo está chegando.

Raazi apertou os lábios.

— Já vou!

Usando a ponta do dedo como pincel, assim como fazia nos seus momentos de ansiedade, Raazi escolheu a cor preta e desenhou o triângulo, reproduzindo-o na pele do antebraço. Então, escreveu as palavras que o cercavam e a do centro. Gostaria de ter tido tempo para aprender a ler no Interior da Estátua, mas dedicara a maior parte daquele período para treinar combate com Anna e os amigos. De toda forma, Harun a ajudaria com aquilo e talvez as palavras lhe dessem algum tipo de vantagem para lidar com Akari.

A kaorsh desceu a faixa de tecido que usava no antebraço — para conter o irritante suor que escorria — por cima do desenho, escondendo-o. Se Akari percebesse aquela nova tatuagem na forasteira, Raazi não conseguia imaginar um bom desfecho para a quebra de uma já frágil confiança.

Ansiosa, passou direto pelo último setor de ladrilhos e gravuras, sem prestar muita atenção nas imagens mais difíceis de serem contextualizadas. Apenas reparou que retratavam seres com carapaças como as de grilofantes e corpos como os de peixes, maiores no centro e afinados nas extremidades. Acima dos seus muitos olhos, eles carregavam plantas e imensas formações minerais nas costas. Ao mesmo tempo, tinham diversas barbatanas, nadadeiras e pernas como as de carrapatos que pareciam fazer com que nadassem em grandes cardumes por entre as nuvens. Raazi não sabia se havia ali alguma liberdade artística, coisa que aprendera ser possível recentemente. Os bichos a deixaram curiosa, e mais tarde ela pensaria em exóticos animais aquáticos ao olhar para o céu.

Mas não era hora de irritar Akari ainda mais. Tinha que seguir as regras dela enquanto estivesse no seu território, que parecia se modificar de acordo com as vontades da rainha.

Deixando a galeria dos ladrilhos para trás, elas subiram três lances de escadas talhadas nas pedras com a precisão típica de anões, bem diferentes das escadas de cristal conjuradas às pressas por Akari. Ao fim dela, saíram no átrio de um pequeno salão com um pé-direito alto: um dormitório muito mais privilegiado do que o de qualquer servo de Untherak, mas definitivamente longe da ostentação divinal reservada a Una. Ainda assim, o lugar era amplo para um aposento, com vestígios dos cristais aqui e ali, incluindo o teto cristalino, abobadado e com o brilho esverdeado.

No lugar de um catre, havia uma espécie de rede larga, sustentada por quatro estacas, que ocupava o espaço de uma cama e era encoberta por um dossel de tecido luzidio como o das vestes de Akari. Em estantes ao redor, havia livros e pergaminhos. Semelhanças com o Interior da Estátua, mesmo tão longe de Untherak. Em vez de se aprofundar nos inúmeros detalhes do cômodo ou reconhecer o aperto no peito pela separação com Aelian e Ziggy, Raazi ficou curiosamente enfurecida com aquilo tudo. Lá estava ela, há milhares de quilômetros de onde vivera por toda a vida, novamente seguindo uma mulher por túneis subterrâneos em busca de respostas.

— Você não me trouxe para um quarto de hóspedes, suponho.

— De forma alguma. Você não vai dormir aqui — disse Akari, com uma sinceridade pungente. Ela olhou para um ponto na parede sem nada de interessante, e Raazi notou o seu olho esquerdo brilhando brevemente. — Estes são os meus aposentos. Ficam no caminho para a superfície, onde uma parte bem pequena das suas tropas está chegando.

— Não são minhas...

— Vamos.

Mais um lance de escada, desta vez feita do cristal de sal. Circular, como no fosso que Aelian usara para a fuga do Anel de Celas. A diferença era que, mais acima, algumas janelas traziam a luz de fora. Raazi sentiu os olhos arderem por longos minutos, até se acostumarem de novo com o brilho intenso.

Não havia portas no topo, apenas mais estalagmites de cristal. Elas se abriram ao comando de Akari, como engrenagens mecanicamente coordenadas.

O lugar dava numa espécie de sacada, e elas se posicionaram longe da beirada. Raazi viu estranhos ninhos sobre o parapeito, e percebeu cascas de ovos escuros espalhadas pelo chão. Talvez fosse ali que as aves brancas de quatro olhos se multiplicavam. Akari lhe disse que elas se chamavam *anins*. A sacada se projetava das pedras de uma encosta, e ali havia muitos nichos com mais ninhos das aves, ocupadas na sua tarefa de chocar ovos e alheias à presença de Raazi.

A kaorsh caminhou até a beirada, cautelosa, olhando para os lados e percebendo que a encosta fazia parte de um planalto. Quando enfim virou o rosto para a frente, descobriu uma cidadela acima do reino de lagos e passagens subterrâneas onde estivera. Era protegida por uma muralha levemente inclinada, que a separava do deserto de sal. A construção em meia-lua usava o próprio acidente geográfico do planalto como proteção na parte de trás. Faixas de sombra ofereciam alívio aos olhos de Raazi, tão atacados pela luz solar. A origem daquela penumbra eram meia dúzia de grandes arcos de um cinza pálido que abarcavam o meio da cidadela, três nascendo de cada lado da terra e terminando de maneira pontiaguda. A disposição deles parecia incomum, alguns mais amplos que outros, até que Raazi compreendeu.

Eram ossos. Costelas de algo inconcebivelmente grande. Uma cidade construída dentro dos restos permanentes de uma imensa caixa torácica. Talvez Raazi soubesse disso se tivesse parado por mais tempo na última seção das pinturas aguadas da galeria subterrânea. Tentando assimilar aquela quantidade de informações, os olhos da kaorsh foram atraídos de maneira irremediável pelas cores. As copas de árvores em tons de lilás e laranja tinham formas que pareciam ser mais uma mistura de formações fungais que vegetais, com apêndices e folhagens bem distantes de tons de verde. Encontrar muitos daqueles matizes na natureza podada e na terra de onde viera era quase impossível. Untherak tinha uma paleta de cores bastante limitada, e, para satisfazer os olhos com pigmentos mais vivazes, era preciso criar no seu *canväs*.

Havia água em abundância empoçada em reservatórios, em áreas que pareciam as demarcações das plantações próximas ao Segundo Bosque de Untherak. O refúgio de Akari em meio à Degradação era repleto de cisternas e hortas. Parecia coisa demais para uma única pessoa.

— Eu não sabia... — balbuciou a kaorsh, que estava recebendo de Akari um tempo considerável para assimilar tudo aquilo.

— Ótimo. Minha intenção é que ninguém saiba, sequer imagine. E continuará assim.

— Como?

— Com todos longe daqui. E com você calada sobre o que viu aqui dentro.

— Nós sofremos por meses no deserto. Podemos ajudar, trabalhar nesta terra, e...

— Nem complete essa frase. Não preciso de ajuda e não tenho dever nenhum com a sua gente. Lembre-se de que a sua cidade é a ruína do meu povo. E aqui é o lugar do meu povo.

— Mas... o que vai fazer sozinha aqui?

— Esta terra não ficará abandonada...

— Seu povo voltará, então?

— ... e tampouco estarei aqui — concluiu a anfitriã, grave, se virando completamente para Raazi. — E o que acontecerá com a minha terra continuará não sendo da conta de ninguém. Estamos entendidas?

— Não. Não mesmo — respondeu Raazi, que, apesar da confusão, não se sentia nem um pouco intimidada.

— Que o meu olho são arda com sal, que kaorsh *lerda*!

Raazi nunca havia escutado tamanha ofensa. Conteve a vontade de empurrar mais um pretenso membro da realeza sacada abaixo. Respirou fundo.

— Onde você estará, então?

— Eu vou com vocês. Posso levar o seu povo a um lugar bem mais interessante do que esta memória perdida no meio da Degradação. Lá, talvez encontrem verdadeiro alívio e, quem sabe, redenção.

— E em troca?

— Vocês deixarão este lugar fora do alcance da corrupção de Untherak.

Raazi respirou fundo outra vez, sentindo nos pulmões a diferença do ar ali em cima, ainda que o vento carregasse o sal da Degradação. Não conseguia achar Akari injusta por não querer se envolver com o fosso de mentiras do qual ela mesma se livrara. Mas talvez a tal Rainha da Degradação estivesse apegada demais ao passado, reinando sozinha num lugar que serviria perfeitamente para um povo inteiro... E, além de não os deixar entrar, ela partiria? Não fazia sentido.

Uma ave branca crocitou, pousando no baluarte diante delas. Novamente, houve um lampejo no olho cego, e Akari pareceu tomar conhecimento de algo que apenas o pássaro sabia. Virou-se subitamente para o sudoeste, onde uma nuvem de aves começava a se formar. Abaixo delas, quase impossível de ser vista por olhos destreinados, seguia uma pequena caravana de andarilhos.

— Eles não deixariam de me procurar — comentou Raazi. — E por mais que queira manter segredo, a essa altura já viram a sua cidadela.

— Seus pequenos batedores já tinham feito isso — disse Akari, mal-humorada. Então, pareceu se desligar da visão física outra vez e mergulhar em algo que a ave lhe confessava.

— Certo, mas e agora? — indagou a kaorsh. — Vamos até lá e pedimos para todos darem meia-volta?

— Não. Deixe-os vir. Combinaremos o que será dito a eles, e você que cuide da língua dos seus súditos para que não espalhem o que viram aqui — respondeu ela, dando as costas para a sacada e voltando para dentro. Então fez uma pausa para deixar uma última orientação enigmática: — Além do mais, vão precisar de água e abrigo depois do ataque.

Raazi observou o pequeno destacamento chegando junto ao pôr do sol. Depois, olhou para Akari, que já estava a uma boa distância. Durante aquele dia, vira muito mais as costas do que o rosto da mulher.

— Que ataque? — gritou Raazi, praticamente implorando por alguma resposta esclarecedora.

Em meio à tranquilidade da cidadela vazia, a voz de Akari ecoou:

— Pode começar a se preocupar com aqueles demônios agora.

13

A comitiva de resgate a Raazi precisava se mover rapidamente. Com pressa em cada palavra e decisão, Harun deixou o acampamento aos cuidados de Cora e selecionou poucos membros para aquela busca que resultaria em confronto direto com as criaturas de sal: Maud e Peebo, no papel de batedores, que já sabiam o caminho até o ninho das aves; Pryllan, que fora corajoso na derrubada do primeiro gigante, estava de volta, carregando uma das redes junto de outro sinfo de pele curtida pelo sol chamado Kuhli. O pequeno era um raro exemplar de sinfo atarracado, com braços mais musculosos que era comum para a espécie, e usava dois porretes imensos nas costas, que Harun descobrira ser baquetas de tambor. Seus instrumentos musicais de nascença também eram poderosas armas de concussão. O anão gostou dele na mesma hora.

Sem pestanejar, chamou Ranakhar, que era forte e disciplinado para um confronto direto e seria capaz de derrubar criaturas daquela escala, caso fosse necessário apenas força bruta.

Já no quesito de ataques a distância, Harun trouxera Idraz e Venoma. Não lhe faltava confiança na mercenária, muito pelo contrário. Mas não confiava nem um pouco no sujeito da barba bifurcada.

— Ele pode ser um bom apoio caso eu não consiga dar conta das malditas aves — disse Venoma durante a escolha da pequena comitiva, verificando as suas setas e fazendo uma careta. — Ele tem uma mira invejável. Não sei se o segredo está no balanceamento das facas ou nos pulsos.

— O segredo — retrucou Idraz, aproximando-se por trás, sobressaltando Venoma e irritando Harun — está na velocidade do arremesso. Qualquer coisa pode voar e perfurar se for atirada com a força correta, até um alfinete. E podem contar comigo para abater mais daqueles abutres albinos.

Harun ficou tentado a provar a teoria de Idraz contra o próprio e atirar as suas ferramentas e armas uma a uma na direção do rosto comprido de barba alongada, até descobrir a velocidade certa para a perfuração. No entanto, seria mais prudente não enfrentar um desfalque justamente quando os oito indivíduos estavam prontos para partir, dividindo as selas de seis betouros.

Maud e Peebo montaram juntos, pois conheciam o caminho. O sol já estava na sua descida derradeira rumo ao horizonte quando os pássaros brancos reapareceram, a uma distância que nem mesmo as setas de Venoma conseguiam alcançar. Pouco depois, avistaram os muros da cidadela, com os seus grandes arcos tingidos pela luz laranja do céu poente.

Harun achou que deveria sentir algum tipo de empolgação inexplicável ao encontrar outra civilização após ter passado a vida inteira acreditando estar vivendo na última. Mas talvez, à luz da verdade, da sua deserção e das lutas recentes, ele já soubesse que aquelas mentiras seculares não se sustentavam. Sua mente estava encontrando o esclarecimento.

"É melhor ficar calmo mesmo. Surpresas exigem temperança", aconselhou a voz ao seu ouvido, o alerta pela primeira vez indo além de poucas palavras.

— Achei que você tivesse ido embora — grunhiu o anão.

Venoma, sentada na garupa do seu betouro, respondeu com desconfiança:

— Estou literalmente dividindo a montaria com você. Para onde eu iria?

Desde o incidente com pólvora dourada na beira da fogueira — o que era um jeito muito sutil de se referir à briga que resultara numa explosão de membros e sangue —, Harun decidira que era preferível bancar o homem confuso levemente violento ao maluco que escutava vozes. Apenas resmungou com o fundo da garganta, sem oferecer nenhuma explicação adicional. Desejou que o fantasma da vez pudesse ler os seus pensamentos, assim o dono da voz etérea descobriria que Harun gostaria de causar a sua segunda morte.

Os pássaros faziam uma algazarra, e o anão tentou parar de prestar atenção neles e analisar os arredores. Já estava claro que a ação dos gigantes de sal e das aves era coordenada. Isso ficou ainda mais evidente quando o anão percebeu uma das figuras enormes à esquerda, um tanto distante da caravana. Inerte, apenas os observando, também refletindo o sol na sua couraça. A comitiva definitivamente estava em território hostil.

Harun se manteve calado. Não queria sobressaltar ninguém enquanto o gigante não se tornasse um perigo. Porém, Maud e Peebo gritaram ao avistar uma das criaturas ao longe.

No caso, mais uma das criaturas.

Um a leste, outro a oeste. Estátuas que aguardavam a passagem, assim como as aves apenas sobrevoavam a comitiva a uma distância segura.

— Estamos sendo conduzidos aos portões — disse Harun.

Venoma demorou um instante para responder.

— Agora está falando comigo?

— Sim.

Ela riu sem que Harun percebesse, mas concordou.

— Ainda não sei se chegar até ali sem luta é um bom ou mau sinal.

— Pois é. Fácil demais.

Então, a algazarra dos pássaros foi silenciada. Na sua vida pregressa como Autoridade, a presença de Harun frequentemente provocava um corte abrupto em conversas animadas de soldados rasos e vigilantes de ronda. Ele reconhecia o medo dos servos, tinha a noção do perigo que representava, sendo mais próximo de Proghon e de Una — ainda que aquela percepção fosse completamente equivocada, já que ninguém era verdadeiramente próximo da cúpula de mentiras de Untherak, exceto as criaturas pegajosas da Centípede.

O silêncio dos pássaros indicava a chegada de algo que os ameaçava.

Os ouvidos atentos dos sinfos também notaram aquilo. Olharam para o alto, procurando algum predador alado, e Ranakhar os imitou. Venoma também, preparando uma das setas, os olhos oblíquos percorrendo a nuvem estranhamente silenciosa.

"Corram para os muros", alertou a voz. Sem questionar, sentindo a urgência nas suas entranhas, Harun gritou a ordem:

— Para os muros! Rápido!

Ele podia não ser mais um Autoridade, mas a sua voz era carregada de mando e potência. Até os pássaros aceleraram na direção da cidadela, aumentando o trote da comitiva. Venoma, atrás de Harun, torceu o corpo para tentar ter uma visão do que assustava as aves.

Mas a resposta não estava no céu.

Uma nuvem de poeira se aproximava em grande velocidade, seguindo o rastro da comitiva. Era rápida demais para serem betouros montados por companheiros da caravana, e nem fazia sentido que os tivessem seguido até ali.

— Na retaguarda! Não sei o que é, mas são muitos e correm bastante — alertou Venoma para Harun, que resmungava e imprimia mais velocidade no betouro. — Ele não vai mais rápido?

— Garota, não sei se percebeu, mas está perguntando sobre betouros para a pessoa errada — respondeu o anão, tentando observar como Maud e Peebo conduziam o seu *Coleoptaurus* de um jeito bem mais efetivo. Ao menos os muros da cidadela estavam cada vez mais perto. — Nem uma pista do que pode ser? Que o meu avô volte para puxar a minha barba, mas não era você que tinha olhos de falcão?

— Se eu disser, você vai acreditar?

— E eu lá tenho escolha?

— São... cocatrizes.

Harun quase caiu da sela, mas recuperou o equilíbrio entre um xingamento e outro. A pergunta a seguir saiu mais para a voz invisível do que para Venoma:

— Por que estamos correndo de cocatrizes?

— Porque elas são grandes — explicou Venoma, e, pelo ruído que se seguiu, disparou uma seta. Então, fez um barulho desanimado. — E ágeis. Estão a menos de trinta metros da gente.

Harun e Venoma eram os retardatários da comitiva. Ranakhar gritava que não havia portões na cidadela, e o restante do grupo começava a circundar a muralha, que de perto não parecia tão alta e era levemente inclinada para dentro. *Uma configuração horrível para fins de proteção*, pensou Harun. Definitivamente era bem distante da arquitetura de qualquer clã de anões. Na verdade, nada em Untherak sequer lembrava o ângulo, material ou cor daqueles muros.

— São quantas? — perguntou o anão, desistindo de tentar olhar para trás.

— Eu acho que... quinze. Dezesseis? Não sei, a poeira...

Harun revirou os olhos e trincou os dentes. Que fossem vinte cocatrizes "grandes". Por que correr delas?

— Segure as rédeas — disse ele, balançando a cabeça e reduzindo a velocidade do betouro enquanto o encabeçava para a direita, a fim de contornar a cidadela, a exemplo do resto da comitiva.

— Ei, o que você...?

— Continue atrás deles! — rosnou, e se deixou escorregar para fora da sela.

A queda foi mais dolorosa do que Harun imaginava, pois o solo ali não possuía a maciez enervante da areia fina de muitos quilômetros atrás: aquilo era sal com torrões de terra. E mesmo para um anão resistente, o choque foi forte. Deixando o corpo rolar para absorver o impacto, escutou Venoma berrando "Seu imbecil!" muitos metros à direita.

Então, posicionou-se de costas para o muro. Como o guerreiro que havia aprendido a ser, tirou o machado e o martelo do cinto. Virou-se para as cocatrizes, de braços abertos e com a certeza de uma luta fácil e rápida, ainda que desagradável.

No entanto, o que mudou rápido foi a expressão de Harun.

A cocatriz da frente estava há cerca de vinte passos... mas passos de anão. A diferença é que as passadas da criatura eram saltos imensos. Em dois ou três pulos, ela estaria fechando as presas no rosto de Harun, que precisaria olhar para cima se quisesse encarar os olhos da besta... o que não era recomendável mesmo com cocatrizes de tamanho normal.

E aquelas eram do tamanho de betouros.

Harun se lembrava de correr atrás de cocatrizes quando era criança, dezenas de anos atrás. Sua família vivia numa margem barulhenta dos Assentamentos, perto de uma feira dos semilivres que acabou durante a sua adolescência. Os Okodee já tinham o respeito de muitos da comunidade ao redor, tanto pela bravura quanto pelo pavio curto... e, à época, seu avô Bantu praguejava em voz alta que estava ficando velho e nada do filho e dos netos encontrarem a armadura da família.

Harun e os seus falecidos irmãos, todos maiores do que ele, diziam que queriam ficar fortes como Bantu, ao que o velho sempre respondia com um olhar raivoso e desafio na voz:

— Querem honrar os nossos *adinkras*? Tragam-me uma cocatriz, então, e eu lhes darei a próxima tarefa. Corram, seus inuteizinhos!

Apesar de anões serem péssimos corredores, Harun e os irmãos disparavam pelos Assentamentos à procura de cocatrizes desgarradas que comiam sobras de lixo da feira e das casas. Elas mordiam, passavam doenças e eram alimentos sofríveis, apesar de algumas das suas partes serem reaproveitadas em remédios caseiros de aroma duvidoso (o próprio Bantu fazia um chá amargo com os pequenos dentes do demônio que ficavam ao redor do bico, e dizia que era bom para dor nas juntas). Os irmãos mais velhos de Harun aguentavam as bicadas, caçavam as cocatrizes com redes e com as mãos, o que resultava em dias com placas doloridas e erupções na pele. Harun, com o físico mais frágil, sempre perdia nas lutas e brigas infantis por coisas mesquinhas, e precisava usar a inteligência para compensar a falta de força. Assim, aprendeu uma técnica para apanhar as cocatrizes: fazer com que se distraíssem com o próprio reflexo.

Espelhos eram caros. Artigos que Una tinha aos montes, mas que eram difíceis de serem encontrados entre os semilivres. Logo, poças d'água se tornaram parte da estratégia do pequeno Harun. Ele não corria na direção das pragas; na verdade, corria delas. Fazia com que as cocatrizes, com o bico curvo e as garras afiadas nos pés galináceos, sentissem que estavam acuando o garoto anão. Assim, atraía-as para as vielas mais empoçadas, onde elas cessavam a busca para gritar com os seus próprios reflexos na água. O Okodee mais jovem então usava caixotes de madeira para pegá-las. Sem machucados. O Harun acostumado com ferimentos, cortes e contusões viria anos depois, na sua adolescência. Mas essa era outra história, ainda que fosse o mesmo Harun determinado a honrar a família e protegê-la por qualquer meio necessário. Até mesmo tornando-se um Destrinchador arruaceiro.

Encarar os olhos de uma cocatriz causava uma reação curiosa, fazendo os seus próprios olhos arderem. Ninguém sabia como aquilo acontecia: se era um veneno solto no ar, se era magia... O fato é que era um sistema de defesa das malditas criaturas, híbridas entre ave e réptil, que um dia os Grandes Pântanos cuspiram para dentro de Untherak.

Seus olhos eram vermelhos brilhantes e tinham fendas, como os de uma serpente, o que combinava com a cauda reptiliana.

No caso de uma cocatriz do tamanho das que Harun enfrentava naquele momento, o olhar causava uma dor aguda nas córneas, como uma punhalada por trás das órbitas. Suas pálpebras se fecharam, e ele ouviu o grito estridente da criatura: era o de um predador avisando ao bando que a presa estava próxima.

Harun segurou o machado à frente e recuou o martelo. Ficar sem a visão durante o ataque o forçava a confiar muito mais nos outros sentidos. Ouviu as imensas patas galináceas derrapando no sal, talvez por enxergar a arma pontiaguda que a esperava. O anão sorriu: sabia exatamente onde ela estava. O martelo subiu, e pelo som havia estilhaçado o bico da cocatriz agigantada.

A líder do bando caiu com um ruído áspero, e aquilo fez todas as outras hesitarem. Com uma ardência se espalhando pelos nervos ao redor dos olhos, Harun os abriu. Através da dor, viu-se cercado. E pôde enxergar bem as diferenças e semelhanças daqueles seres com as cocatrizes normais de Untherak.

As escamas seguiam o mesmo padrão: se alastravam como pequenos losangos esverdeados a partir da cauda para o restante do corpo e pontilhavam parte das asas membranosas que não lhes dava a habilidade de voo, mas ajudavam no equilíbrio — ainda que as asas destas cocatrizes fossem de um verde tão escuro que era quase um negro luzidio. Suas caudas espessas, que também faziam parte do jogo de equilíbrio da criatura, estavam para o alto, em riste, mas balançavam de um lado para o outro como um contrapeso enquanto corriam. As garras nos dedos alongados eram da mesma cor, incluindo os esporões na parte traseira da pata e também os que ficavam nas dobras das asas. A pele enrugada das pernas parecia manchada de preto, assim como muitas das penas esparsas no lombo do bicho e na crista arroxeada no topo da cabeça.

Mácula, pensou Harun. Mas aquilo não fazia sentido... fazia? Estavam tão longe de Untherak. Contudo, havia algo na compleição dos monstros que parecia advir do banho prolongado na maldita gosma.

— Quem é a próxima? — gritou ele, machado em riste, interrompendo o próprio raciocínio.

A especulação acerca da origem das criaturas ficaria para depois; agora o seu cérebro precisava focar apenas no combate. Um resquício de ardência continuava, mas a dor nos olhos estava diminuindo. Aquilo lhe permitiu ter noção de que todo o bando o cercava, e que o restante da comitiva provavelmente já estava a uma distância segura.

A líder do bando cambaleava, tentando ficar de pé. Enquanto isso, outra cocatriz se sentiu compelida a se tornar a caçadora principal, e saltou por cima dela, de garras e bocarra abertas.

Harun fintou, e o machado cravou-se no pescoço esguio. A lâmina não saiu tão fácil quanto entrou, e outra cocatriz aproveitou o momento para atacar. O martelo desceu no topo da crista, uma, duas vezes. Ainda não era o suficiente para o abate, mas aquela certamente não se levantaria tão rápido.

As cocatrizes fechavam o cerco. Harun, com as armas e a barba manchadas de sangue enegrecido, recuou de costas para a cidadela até sentir a solidez da muralha nas suas espáduas. Ele grunhiu em resposta à cantoria de morte das caçadoras. Seus olhos ardiam, mas não piscavam. A líder do bando investiu mais uma vez, com o bico quebrado. O esporão de uma das asas entrou no braço do anão, que segurou o pescoço dela com a mão do outro braço, como se fosse enforcá-la. Não tinha força suficiente para cortar o ar da criatura, mas o movimento a pegou de surpresa, fazendo com que se debatesse e fosse ao chão.

Harun segurou o pescoço comprido e musculoso da cocatriz com o joelho, enquanto outra fechava o bico no seu ombro. Sentiu a pressão aumentando como a força de um torniquete, enquanto o seu sangue manchava a líder do bando, dominada abaixo de si. Golpeou a cabeça da líder bem ao lado da crista de forma misericordiosa demais por toda a dor que estava sentindo, e tentou imediatamente atingir a que lhe havia cravado o bico e os dentes. O golpe de machado por cima do ombro saiu frouxo, desajeitado, mas um som surdo antecedeu o alívio da pressão nos ossos. Harun estava livre.

Então a cocatriz desabou com um arpão no peito, o que fez todas as outras se esquecerem da presa por um momento e olharem para cima. Harun fez o mesmo.

Como uma miragem no deserto de sal, Raazi se equilibrava na beirada do muro da cidadela, estendendo-lhe o cabo de uma lança, com a parte pontiaguda apontada para si mesma.

— Segura que eu puxo você aqui para cima!

Da mesma maneira impulsiva que estava lutando, Harun não pensou duas vezes. Sabia que a kaorsh era forte, mas não imaginou que ela ergueria um anão corpulento com tanta facilidade. Talvez ele tivesse ficado mais leve ao ver que a amiga estava bem. Ou talvez apenas não quisesse admitir que podia ser erguido como uma saca de cebolas do Silo.

Em poucos instantes, Harun estava sobre a amurada e descobriu que ela tinha espaço suficiente para até quatro pessoas se manterem lado a lado. Raazi não desgrudou os olhos dos predadores, apontando a lança para baixo. Os pássaros brancos que rodeavam o céu começaram a descer em perigosas investidas, próximas demais às bocas das cocatrizes. Mas a atenção delas ainda estava nas carnes mais suculentas acima do muro.

— Elas não vão prestar atenção nos *anins* — disse alguém logo atrás de Harun, que no afã do resgate ainda não percebera a sua presença.

Era uma mulher em um traje leve, de gola alta e tecelagem habilidosa, do tipo que seria usado por Una e proibido ao povo. Sua pele perolada e os olhos estreitos lembravam os de muitos habitantes de Untherak, mas também havia algo nela de fora das muralhas que sempre habitara. Harun sabia que estava diante de uma habitante da cidadela em meio ao sal.

Então ela continuou, sem dispensar um olhar sequer ao anão sobre a sua amurada ao pôr do sol:

— Se demorarmos muito, as malditas começam a subir nos dorsos umas das outras e chegam aqui. Vamos conduzi-las para dentro. Tenho um plano para estas ocasiões, mas resta pouca luz do dia.

Ela sacou das bainhas rígidas duas espadas estreitas que mais pareciam facões de lâminas alongadas. O brilho do aço era virgem, igual às poucas armas que Harun havia visto sem o negrume do batismo — como a grande espada de Anna.

A guerreira tomou a dianteira, passando entre os dois sem dispensar o mínimo de atenção ao recém-chegado, e saiu em disparada pelo muro, atraindo duas cocatrizes com a sua corrida. Harun reparou nos pés descalços e, de relance durante a ultrapassagem, no olho cego da mulher.

— Quem é ela? — indagou o anão, num rosnado desconfiado.

Raazi respondeu no mesmo tom:

— Akari. E não sei muito mais do que isso.

As aves brancas também a acompanharam, mas uma parte do bando de cocatrizes permaneceu para trás, de olho em Harun. O que Akari havia previsto aconteceu: elas usaram umas às outras para escalar o muro. E, mesmo avisado, o anão foi pego de surpresa pela inteligência das criaturas: uma se atirou de qualquer jeito para cima da passagem de vigia e escorregou desajeitadamente, até se levantar e armar uma posição de ataque na direção do anão.

— Siga a sua nova amiga, deixe essa fera comigo.

— Ela não é minha amiga — replicou a kaorsh, ignorando o conselho e tentando desmanchar a subida das cocatrizes com a lança.

— Que pena — disse ele, recuando de uma bicada letal e fazendo um ostentoso arco com o machado à frente. — Mas vamos ter que aceitar a ajuda dela mesmo assim.

Uma das cocatrizes que estava quase em cima da passagem teve os olhos atingidos pela lança da kaorsh.

— Maldição! O que essas desgraçadas comeram para ficar desse tamanho? — praguejou Raazi, apertando os olhos e mostrando os dentes involuntariamente.

— Se eu disser *Mácula*, você vai me chamar de louco?

— Não. Parece que tudo de ruim nesse mundo saiu de uma piscina daquele lixo grudento.

Muito atrás de Akari, a dupla foi recuando sobre a amurada. Ao se virar para correr, enquanto Raazi protegia a retaguarda, Harun conseguiu ter um primeiro vislumbre da cidadela.

Ele nunca havia imaginado que cores tão vivas poderiam existir dentro de muros.

A vegetação, as árvores, as muitas e pequenas piscinas naturais, a maneira como o sol poente e alaranjado se refletia nas estruturas, incluindo os grandes arcos: tudo era feito de formas e cores que nunca seriam vistas em Untherak. Tanto pelos tons próximos do vermelho quanto pelas pequenas variações na arquitetura que seriam consideradas afrescos. E estes, claro, só eram encontrados da maneira já determinada e aprovada por Una.

— Você não está correndo o mais rápido que pode! — berrou Raazi, e o queixo de Harun se voltou para a frente.

Foi quando um estrondo ribombou abaixo dos dois, deixando-os alarmados. Raazi também desacelerou para dar uma olhada para o lado de fora do muro.

Os dois gigantes de sal que Harun avistara ao longe haviam chegado e estavam ajudando-os, desferindo golpes pesados nas cocatrizes, prensando-as contra as paredes com as mãos cristalizadas. Eles apresentavam a mesma textura áspera e carcaça irregular da criatura que sequestrara Raazi, mas eram de formas diferentes. Aparentemente, a tal de Akari tinha um exército daqueles seres — e Harun, que se lembrava do esforço conjunto feito para derrubar apenas um deles, agradecia por isso. Era bom ter um pouco de sorte, para variar.

Adiante, havia um portão que passava por baixo do caminho sobre a muralha. Harun entendeu que ele havia se fechado logo após a passagem da sua comitiva, e olhou para dentro da cidadela à procura deles. Viu a silhueta inconfundível de Ranakhar à frente da equipe, seguindo uma revoada de aves brancas e então parando à sombra da base de um dos grandes arcos que saía de dentro da terra fértil.

— Vamos abrir os portões — anunciou Akari. — Deixem as cocatrizes entrarem e irem atrás dos seus amigos.

— Não vou usar os meus companheiros como isca! — bradou Harun.

Sem qualquer alteração no semblante, Akari continuou olhando as criaturas se acumulando abaixo deles. O muro tremeu novamente quando um dos gigantes de sal o escalou, transpondo-o e descendo do lado de dentro de um jeito um tanto desajeitado e assustador. Akari pareceu prestar atenção em Harun pela primeira vez.

— Mas eu vou — declarou ela.

O gigante de dentro abriu o portão, e o que estava lá fora veio correndo na direção das cocatrizes, pastoreando-as como betouros — mas de um jeito violento e agressivo. Assim que a abertura se tornou grande o suficiente, a cocatriz que havia assumido a liderança do bando foi para dentro da cidadela, fintando o gigante de sal. Todas as outras a seguiam, e Akari aproveitou que elas haviam se enfileirado para saltar sobre a última do bando. Ainda no ar, sua espada com a lâmina maior cantou.

A cocatriz foi decapitada. O corpo correu alguns metros antes de desabar com a falta de comando para as pernas. Akari pousou no solo diante da cabeça, com elegância e leveza. Harun não queria admitir, mas sentia-se grato por ter presenciado aquilo. Virou-se para Raazi, buscando um veredito sobre o que acabara de testemunhar, e encontrou uma espécie de admiração e raiva nos olhos da kaorsh.

— Tem um diferencial ali — acabou por dizer o anão, diante do silêncio de Raazi.

Akari assobiou alto, de um jeito dissonante, sem o auxílio das mãos. Harun e Raazi já olhavam para ela, de qualquer forma.

— Desçam! Elas estão indo para as termas!

Harun demorou a entender o significado daquelas palavras. Foi só enquanto desciam para dentro da cidadela — com uma incômoda ajuda do gigante de sal — que percebeu do que se tratava.

As cocatrizes estavam parando e encarando os próprios reflexos nos espelhos d'água pelo caminho. Era a mesma estratégia que ele usava quando pequeno, com as poças dos assentamentos.

— Cocatrizes se atraem pelo próprio reflexo — explicou Akari, em tom enérgico.

Mas antes que terminasse, Harun já estava deixando-a para trás, correndo com o machado acima da cabeça. Ele também sorria, lembrando do seu avô Bantu e dos seus irmãos.

Era hora de uma velha brincadeira.

14

Ainda entre lágrimas ardidas, Raazi não correu na direção das criaturas. Agora as cocatrizes estavam longe, de costas para ela e para Akari, e iam parando pelas lagoas da cidadela, encarando a superfície não com a curiosidade que animais demonstram ao se deparar com o próprio reflexo, mas com uma espécie de transe. Era como se encarassem inimigos, e estivessem tentando fazer com que sofressem o efeito do seu olhar venenoso.

— Não deveríamos... atacar?

— Aparentemente você confia nos seus amigos, e eles parecem dar conta do recado — respondeu Akari, usando a bainha das vestes para limpar o sangue negro na sua lâmina antes de guardá-la. — Mas o que *você* acha?

Aos seus pés, a cabeça da cocatriz estava com a boca aberta num grito interrompido. Raazi atentou ao bico afiado, aos dentes e à poça viscosa do que parecia ser Mácula. Lembrou-se do que Harun havia dito.

— Acho que essas coisas vieram do que chamamos de Mácula. É algo de Untherak, não sei como teria vindo parar aqui...

A outra riu.

— Estou familiarizada com a Mácula. Ou "Lágrima Obscura", como era chamada. Tenho certeza absoluta de que se trata disso. Mas eu me referia a se deveríamos ajudar os seus amigos. A luz do sol...

Estava nos seus últimos instantes, e não haveria luz da lua para substituí-la.

Logo não haveria reflexos nas poças e nos lagos.

E sem o contato visual com os reflexos, as cocatrizes voltariam a ser as feras caçadoras de antes.

Harun enfrentava uma delas com ferocidade ímpar. Como não conseguiu derrubá-la no primeiro golpe, teve que lidar com o contra-ataque da criatura, mas estava a poucos segundos de abatê-la. O peso no coração de Raazi ao ver o sol submergindo atrás da muralha diminuiu um tanto. Seus companheiros eram tão letais quanto as aves reptilianas, pois também haviam passado por todos os horrores possíveis em Untherak.

Mais adiante, enquanto algumas cocatrizes avançavam na direção do grupo montado em betouros, outras foram ficando pelas poças no caminho. Ranakhar liderou um ataque compacto e veloz ao lado de Pryllan, Kuhli, Maud, Peebo e Idraz, que juntos atropelaram três das criaturas. Uma delas não concordou em permanecer caída, e Idraz saltou sobre ela com as facas para uma sequência de golpes tão letal quanto misericordiosa.

Venoma havia sumido de vista, e a kaorsh sabia que ainda não a encontraria junto ao grupo, no combate corpo a corpo. Regulando a cor dos próprios olhos para enxergar melhor no crepúsculo, avistou uma formação rochosa próxima à sacada de onde ela e Akari avistaram a comitiva no horizonte. Encontrou a amiga escalando a lateral em busca de um ponto onde pudesse utilizar a besta e dar cobertura ao grupo no chão.

Harun, coberto de sangue negro, desafiava outra criatura, enquanto as últimas três se desprendiam da hipnose causada pelos reflexos e percebiam que estavam em menor número. Talvez fosse algum alerta inaudível que as cocatrizes moribundas emitiam. As três criaturas se reagruparam e correram para o meio das árvores retorcidas de cores inesperadas.

— Elas perceberam que estão perdendo — disse Akari, desembainhando também a lâmina menor e indo na direção das cocatrizes. — Vão entrar no modo de caça mais sorrateiro, armando tocaia no escuro e aguardando que nos aproximemos.

— E vamos fazer exatamente o que querem? — perguntou Raazi, seguindo-a mesmo assim.

— Vamos mostrar quem manda aqui.

— Bem, você está há horas me dizendo que é você.

— E agora vou dizer o mesmo para as cocatrizes, que parecem ser ouvintes menos teimosas.

Raazi mordeu a língua. Já tinha entendido que Akari gostava de conflito, de contestar... e também sabia que ela havia passado muito tempo sozinha na sua cidadela. Talvez estivesse desatando a falar demais justamente por ter companhia após tanto tempo. Assim como...

Yanisha.

A kaorsh balançou a cabeça. Não, não compararia Yanisha com ninguém. Ainda que sua amada a recebesse em casa no Dia de Louvor com uma enxurrada de tagarelices e bisbilhotices do lado de fora do Miolo, não era a mesma coisa. Era ridículo e absurdo compará-la com outra pessoa, mesmo que num aspecto tão mundano e suscetível a qualquer ser vivente exposto à solidão e depois ao convívio com outros...

... certo?

— Não vou esperar por você! — gritou Akari, sem olhar para trás.

Raazi praguejou, apertou a lança e seguiu-a para dentro da vegetação exótica da cidadela.

O primeiro ataque veio de cima de uma das árvores de aspecto fúngico. A cocatriz pulou sobre Raazi, que estava cerca de três metros atrás de Akari. *Isso provavelmente a fez achar que estou "desgarrada" da líder*, pensou, enquanto bloqueava as garras à frente do salto na sua direção. Elas resvalaram no seu braço e pararam na lança, mas então veio o bote do pescoço longo, implacável. A ponta do bico se cravou logo acima do cotovelo de Raazi e foi rasgando a carne até o meio do antebraço. Ela gritou, e, num lampejo metálico, a cabeça da criatura se desprendeu do pescoço. Akari também era implacável nos golpes, mas não contava que as outras duas cocatrizes esperavam exatamente aquilo: que ela lhes desse as costas.

Raazi recuou o braço da lança, mesmo em meio à dor e ao sangue, e mirou-a na criatura que saltou de outra árvore, acima do ombro direito de Akari. A mulher arregalou os olhos ao ver a posição de ataque de Raazi e quase não piscou quando a arma passou levantando fios do seu cabelo. Então, acertou o peito exposto da cocatriz com um baque surdo e derrubou-a para trás, tamanha a força do lançamento.

A última delas, pouco atrás, mas também em meio a um salto, rasgou o ar com um grito de guerra estridente. Num movimento rotatório, Akari jogou a perna dianteira para trás com força, fazendo o corpo girar e levantando folhas rosadas do chão. Sua lâmina menor apunhalou a lateral do crânio da cocatriz, afundando até a guarda. A ponta da espada brotou do outro lado com um jorro momentâneo de sangue negro. Num estertor de morte, as garras na ponta das asas membranosas da criatura arranharam o seu queixo de leve, num último esforço de alcançar Akari.

Era o fim daquele bando traiçoeiro, e Raazi deixou-se desabar com as costas apoiadas numa das árvores.

— Atingiu algum tendão? — perguntou Akari, prática, agachando-se de frente para ela.

— Acho que não. Estaria doendo bem mais.

— De qualquer forma, precisamos limpar esse ferimento. Venha.

As duas voltaram para o espaço aberto e encontraram o bando recém-chegado em torno de uma pequena fogueira feita pelos sinfos. A alguns metros, os betouros pastavam num pequeno campo de trigo alaranjado. Pelo jeito, a batalha também havia acabado por ali — mas não sem ferimentos.

Ranakhar lidava com uma lesão parecida com a de Raazi, mas que rasgara o seu antebraço na diagonal. Pelo visto, as garras das cocatrizes eram uma das suas principais armas. Peebo pegou folhas de lança-verde para usar como emplastro em Ranakhar, e Raazi aproveitou para pedir um pouco também.

Após as caretas impagáveis de aflição nos rostos redondos dos sinfos, Peebo disse que iria colocar um pouco de água para ferver. Perguntou para Akari se alguma daquelas poças era de água potável, pois ele havia tentado beber de uma delas, a mais próxima do grupo, e descobrira que era salgada. Akari respondeu que sim e, pegando o cantil da mão do sinfo, foi até a mesma poça que Peebo indicou.

— Eu fui nessa! É salgada! — exclamou ele, mas Akari o ignorou, encheu o cantil mesmo assim e trouxe-o de volta para o sinfo, que parecia um tanto quanto contrariado. — Mas, moça, eu acabei de dizer que...

— Experimente.

Akari falou com tanta firmeza que o sinfo se sentiu obrigado a levar o cantil aos lábios, contorcendo o rosto em antecipação à salmoura na língua. Bastou um gole, e os seus olhos e sorriso se abriram.

— Ué! É *doce*! Como você...?

— Você não bebeu direito da outra vez — respondeu Akari, a voz mais suave do que quando falava com Raazi. Ela lançou um olhar de esguelha para a kaorsh, o olho cego parecendo ter luz própria. — Vou trazer algo para vocês comerem. E sejam bem-vindos a Ebrizian.

Akari se afastou da fogueira, indo na direção dos gigantes de sal que a aguardavam ao longe, como estátuas. Raazi percebeu que era a primeira vez que ela mencionava o nome da cidadela.

A conversa continuou animada graças ao reencontro, ainda que estivessem tratando dos ferimentos da batalha contra as cocatrizes. Harun parecia estranhamente quieto e incomodado com a cidadela, ainda que tivesse sido o líder da busca por Raazi. Ela se sentou ao seu lado, num silêncio grato, sabendo que o anão não sabia lidar muito bem com momentos mais ternos. Conversaram brevemente sobre os refugiados que haviam sido deixados ao comando de Cora, mas voltavam sempre a atenção para os relatos dos sinfos, que exaltavam como o pequeno grande Kuhli — agora com um hematoma cobrindo metade do rosto, causado pelo golpe da cauda de uma cocatriz — mostrara-se valoroso em batalha.

Venoma e Idraz, seguindo os seus traços de personalidade desconfiada, eram os únicos que ainda se recusavam a beber a água da cidadela.

— Vou esperar para ver se vocês não estrebucham e depois eu bebo — disse Idraz. Ao passar por Raazi, deu-lhe uma saudação rápida: — Bom vê-la viva, Compridona.

Raazi assentiu para o homem enquanto ele se sentava ao lado da mercenária. Conversaram baixo enquanto ela usava uma das suas adagas para fazer incisões na cabeça de uma cocatriz morta, procurando uma possível bolsa de veneno para tentar extrair a peçonha da criatura.

— As cocatrizes normais não têm uma toxina tão letal assim nos dentes — falou Venoma, concentrada na remoção de pele e músculos, observada atentamente por Idraz. — Quem sabe essas grandes me ajudem. Minhas fontes costumeiras de veneno estão bem longe daqui.

Akari voltou depois de um tempo, carregando um cesto. Raazi observou que os seus modos eram humildes, nem um pouco parecidos com os da rainha arrogante que se apresentara num trono de cristal. Dentro do balaio, havia peixes e o que pareciam leguminosas para serem assadas na fogueira.

— Soube que vocês não comem carne — disse ela aos sinfos, apesar de Raazi não ter falado nada sobre isso. Talvez Akari tivesse perguntado para mais alguém do grupo. — Vão gostar destas vagens. A folha delas também é saborosa quando assada.

Todos ficaram gratos, os sinfos se acabando em agradecimentos. Pryllan era o mais comedido entre eles, observando Akari com uma desconfiança educada.

— Agradecemos bastante. Temos uma caravana que adoraria uma refeição farta como esta — disse ele, tocando no assunto sensível. Akari se sentou junto com o grupo, em silêncio pensativo. — Estamos dispostos a trabalhar na sua terra, claro. Ou fazer trocas de rações e mantimentos.

— Vocês não estão mais sob o regime de Untherak. São meus hóspedes — falou Akari, numa entonação que fez Raazi suspeitar que um "mas" viria logo em seguida. — E não serei insensível diante da imensa comitiva que trouxeram até as minhas terras. Contudo, não posso abrigar todos aqui.

A alegria no rosto dos sinfos sumiu.

— Mas... estamos numa situação terrível! — disse Peebo, buscando apoio no olhar de Raazi.

— Há meses! — acrescentou Maud. — Passamos por muita coisa, e várias pessoas morreram no caminho.

— Grande parte dos exilados perderam os seus entes queridos na Degradação ou em Untherak, quando deixaram as suas vidas para trás — afirmou Ranakhar, juntando-se ao apelo dos pequenos. — Não nos leve a mal, estimada anfitriã: somos gratos à acolhida de agora e fico esperançoso em descobrir que esta cidadela existe após uma longa caminhada sem destino aparente...

— Mas a verdade é que todos estão exaustos — interrompeu Harun, ficando de pé e adiantando o que Ranakhar enrolava para colocar para fora.

A anfitriã assentia com calma, mas não parecia convencida. Raazi tocou os calcanhares de Harun, como se pedisse que ele se sentasse novamente.

— Como disse, não serei insensível aos seus apelos — garantiu Akari. — Porém, não espero que entendam o quanto esta cidadela significa para mim.

— Realmente, não faz sentido uma única pessoa morar aqui — comentou Idraz, desembaraçando a barba longa com a faca.

Akari pareceu registrar a arma dele, mas nada disse.

— Pessoal — interveio Raazi, interrompendo os apelos que se seguiram e que poderiam tirar a conversa dos trilhos. Seus olhos recaíram sobre a anfitriã. — Akari nos acolheu e nos salvou.

— E também sequestrou você com um monstro de sal... — lembrou Harun baixinho.

Sem olhar para ele, Raazi ergueu a voz para se sobrepor a do amigo:

— Vamos ouvir o que ela tem a dizer. Por favor.

Akari direcionou o seu olhar brilhante para Raazi por um momento, transmitindo algo próximo de gratidão, e falou:

— Vocês são muitos. Eu vi. E quando todos chegarem aqui, muitos dos problemas que devem estar enfrentando no deserto serão apenas acentuados, acreditem em mim. Se estou sozinha na cidadela vazia dos meus antepassados, é porque conheço um pouco sobre o declínio de sociedades. Sei que haverá brigas quando colocarmos pessoas demais aqui dentro e sei que haverá confusão quando a comida ficar escassa, o que acontecerá em pouquíssimo tempo. E as cocatrizes voltarão em maior número, pois perceberão que é possível encontrar um banquete amaciado para o abate.

Suas últimas palavras pairaram cruéis no ar noturno, junto com a primeira brisa gélida da noite. Os pelos da nuca de Raazi se eriçaram, mas não pelo discurso. Ela continuava percebendo que Akari não assumia a atitude imperiosa diante dos seus companheiros. Era quase como se ela se desculpasse, e aquilo não lhe parecia genuíno. No fundo, Raazi sabia que a anfitriã estava manipulando seu grupo, escolhendo bem as palavras para depois dar o bote.

Ranakhar quebrou o silêncio, ponderado e gentil como sempre, apesar do incômodo que parecia corroê-lo.

— O que faremos, então? Passaremos ao largo desta cidadela e fingiremos que não tivemos uma noite de comida e água pura? E se dissermos a verdade aos exilados, muitos sairão do controle... Eles se dividirão e vão querer vir até aqui.

— Não posso permitir isso — sentenciou Akari.

— Por que não? — perguntou Venoma, seca.

Akari se voltou para a mercenária, e mais uma vez a resposta não pareceu vir da Rainha da Degradação.

— Este lugar é um santuário para os meus que se foram, um farol para os que um dia voltarão. Não posso permitir que os costumes da minha linhagem sejam violados. — E então, acrescentou: — Mesmo que eu esteja de partida.

As orelhas dos sinfos se levantaram todas de uma só vez. Raazi remexeu-se, inquieta. Sabia que aquele era o bote.

— Para onde exatamente, moça? — perguntou Peebo, sem entender nada, com a vozinha quebradiça de uma criança sendo deixada pela mãe ao fim do Dia de Louvor.

— Assim como creio que as águas escoam para onde precisam ir, não acho que foi coincidência vocês terem me encontrado. Devo seguir para um lugar que estou evitando há tempos. E este local, de certa forma, também é a única chance de vocês. Posso levá-los até lá e garanto que, com as minhas habilidades, não faltará água para toda a comitiva até chegarmos na terra prometida. Que é de vocês por direito.

— A terra Raiz! — exclamaram Maud, Peebo e Kuhli em uníssono, saltando no ar.

Pryllan pediu que eles se sentassem.

Raazi não gostou da reação que as palavras de Akari causaram nos sinfos. Aquilo podia ser uma ilusão, uma mentira. Talvez até mesmo uma manipulação da crença alheia, considerando o conhecimento inesperado de Akari sobre os costumes dos sinfos.

— Não se animem ainda. Não sabemos nada sobre esse lugar — declarou Raazi, entristecendo-se um pouco por diminuir a empolgação deles. Mas era improvável que aquela salvadora solitária soubesse a localização da terra Raiz. Raazi sabia que Akari estava manipulando todos ali, por motivos que não conseguia entender. Encarou-a através das centelhas da fogueira, e também escolheu bem as suas palavras. — Todos nós estamos ouvindo isso da nossa anfitriã pela primeira vez.

— Não entendo os costumes de vocês, estimados pequenos — disse Akari. — Talvez não estejamos falando da mesma coisa, mas tenho certeza de que esse é o lugar onde vocês deveriam estar há tempos.

Harun suspirou e olhou para a amiga. Aquela conversa não cheirava bem. Raazi sentia o contrário de quando Anna lhes explicava algo novo que mudava o seu entendimento sobre a existência. No Coração da Estátua, fitando os olhos sábios de quem conhecera o mundo além dos muros, Raazi aprendera a confiar e a ouvir... a ser liderada. Com Akari, ela sentia apenas dúvidas. De todos os tipos. Agora, a kaorsh era a líder de um povo, e suas incertezas poderiam deixar outras pessoas vulneráveis. Ainda assim, talvez aquela opção duvidosa fosse a melhor dentre todas as outras que levavam à morte certa.

No entanto, um pensamento não saía da sua cabeça: *Da última vez que me sentei ao redor de uma fogueira com os meus amigos, tudo terminou em desgraça.*

— Akari — chamou Raazi, levantando-se —, preciso ter uma palavrinha com você. A sós.

A anfitriã aquiesceu, calma e predisposta. Também se levantou.

— Sinto muito por não lhes oferecer uma visita guiada da cidadela, mas, sinceramente, não há muito mais a ser visto — informou Akari, o que Raazi imediatamente identificou como uma mentira. Se pudessem falar, os túneis e o subterrâneo protestariam. — Depois dessa refeição, um dos meus guardiões os guiará até um abrigo apropriado para a noite, que se tornará mais fria conforme as estrelas ficarem mais visíveis. Agora, vou ter com a sua líder.

— Quer companhia, Raazi? — perguntou Venoma, a voz carregada de implicância, estripando outra cabeça de cocatriz com um ruído desagradável.

— Obrigada, Venoma, mas não precisa.

Ambas caminharam em silêncio até se distanciarem da fogueira. Estavam longe dos olhos dos seus companheiros e próximas a uma das pilhas de corpos de cocatrizes.

— Tenho que pedir para os meus guardiões jogarem todas as carcaças do lado de fora da cidadela. Os *anins* amam se refestelar da carne delas, mas o solo as odeia a ponto de não deixar nada crescer onde elas morrem. — Akari desviou os olhos para os grandes arcos acima, as costelas colossais. — Já as carcaças dos Antigos nos proporcionam vida eras depois das suas quedas. Curioso, não?

— Não quero jogar conversa fora, Akari — rebateu Raazi, indo direto ao ponto. — Quero saber o que está planejando.

— Estou fazendo um favor a você. Levando-a de encontro ao que lhe pertence — respondeu Akari, a antiga malícia de volta à voz.

Raazi respirou fundo, contendo-se.

— Nada me pertence. A vida que eu tinha foi tirada de mim. Estamos caminhando a esmo desde então.

Akari apenas sorriu.

— Sinto uma questão pessoal por trás disso tudo. Em geral, estamos falando de vingança. Por alguém? Por causa de uma história interrompida?

— Não estamos falando de nada disso. Não estou aqui porque quero. E estou farta dessa farsa.

— Farsa?

— Lá na fogueira, você causando uma comoção para depois se erguer como uma anfitriã benevolente.

— Senti que era a melhor maneira de fazer com que eles me escutassem, Raazi Tan Nurten. Mas já que estamos aqui, lançando acusações sinceras, eu lhe digo: você está em busca de algo, sim. Ninguém foge sem destino.

— Você obviamente não conhece Untherak.

— Eu conheço muitas Untheraks.

Raazi não tinha resposta para aquilo. A anfitriã continuou:

— Se houvesse uma maneira de se vingar e de fazer justiça a todos que a seguiram, não escolheria este caminho?

— Não estou atrás de vingança. Isso seria mesquinho. Quero garantir o bem de todos que acreditaram em mim.

— Ah, que guerreira distinta! Pois bem, eu lhe digo que o que resta do meu povo está aqui, diante de você. A única coisa que me move é o meu desejo de vingança. Até sobreviver é uma forma de vingança contra quem nos quer extintos.

No seu íntimo, era óbvio que Raazi aproveitaria qualquer oportunidade para enfrentar Proghon, o causador das moléstias daquele povo e das mazelas pessoais que ela tanto tentava ocultar de Akari. Mesmo sabendo que o seu plano com Yanisha de derrubar uma deusa nunca teria um final feliz, a parte malfadada consistira na sua sobrevivência não planejada. Não fosse a interferência de Anna, ambas poderiam estar juntas naquele momento, nas suas formas livres de invólucros. Juntas como cores, numa dimensão onde nada impediria que elas se misturassem.

— E o que você ganharia com a minha vingança? — perguntou Raazi, por fim.

— Talvez os nossos objetivos sejam os mesmos. Quero chegar num lugar aonde não posso ir sozinha. E vocês precisam de alguém para guiá-los, de mantimentos e de água constante para a sobrevivência de um número imenso de pessoas. Posso lhe dar tudo isso. Não sei se você entende o conceito de *aliança*, Raazi.

— Só não costumo acreditar no conceito de rainhas.

— Bom, fora daqui, seremos iguais, se assim lhe apetece. O que acha? O conceito de igualdade me parece combinar com a sua virtude.

Raazi respirou fundo. Acalmou os ânimos. Desarmou-se da animosidade, percebendo que estavam negociando. *Vamos lá, você não é o Harun!*, pensou consigo mesma.

Queria tanto ter tempo para refletir. Porém, quanto mais ficassem por ali, maior seria o caos que Cora enfrentaria, com os motins e as cobranças. Ainda se lembrava do que Akari dissera sobre a sua tradição e os seus antepassados, mas achou que valia a pena perguntar outra vez:

— Não temos mesmo como trazer o restante dos exilados e alimentá-los aqui? Por uma noite que seja.

— Isso está fora de questão. Posso cumprir com o que você tanto almeja: mantimentos moderados, descanso por alguns dias e água. Sem escassez, para todos os seus. Mas — disse ela, erguendo o dedo — em outro lugar, não aqui em Ebrizian.

A kaorsh expirou. Longamente. Atentou-se ao silêncio da cidadela, um verdadeiro paraíso no meio de uma expedição fadada a ser barulhenta. Ela gostaria de passar alguns dias ali. *Ei, Akari! Vamos fazer o seguinte: que tal você liderar a caravana por mim? Eu prometo alimentar os seus pássaros de quatro olhos!*

Balançou a cabeça, interrompendo os devaneios. Sonhar acordado com algum cinismo era coisa de Aelian Oruz, e ele estava desaparecido. Raazi tinha problemas reais para resolver.

— Certo. Como isso seria possível?

De acordo com Akari, a cerca de trinta quilômetros dali havia ruínas de outra cidadela que um dia também pertencera ao que ela chamava de Povo do Sal, o seu povo. Chamava-se Baluarte. Ela tinha muralhas maiores e melhores para se proteger de um possível ataque de cocatrizes. Poços eram comuns ali, e Akari acreditava que eles não teriam secado, pois visitara o lugar há pouco tempo à procura de raízes que só cresciam por lá. A cidade já fora um deserto de sal, mas pouco antes da sua decadência, havia se encarregado do plantio de algarras: uma árvore que sobrevivia ao sol incessante e que crescia com facilidade graças às suas raízes profundas, que alcançavam a água subterrânea — a mesma dos poços. De acordo com Akari, as vagens fibrosas das algarras eram surpreendentemente doces, a despeito do sal que cercava a cidade.

— Podemos partir para lá amanhã, depois que o sol começar a sua descida. Assim evitamos insolações — sugeriu Akari à comitiva de Raazi, depois de abrigá-los numa espécie de casamata feita de cristais de sal, estrategicamente posicionada no meio de uma clareira de árvores exóticas. Servia como um abrigo perfeito contra o frio e o vento. — Enquanto isso, seus batedores podem ir até o grupo maior e guiá-los até Baluarte. Chegaríamos cerca de doze horas antes deles, até pelo tamanho da comitiva que vocês puxam.

Os quatro sinfos escutaram com atenção, e depois tiraram dúvidas sobre como não se perder no deserto e encontrar Baluarte. Akari prometeu que enviaria um grande bando de *anins* como guias durante todo o trajeto, e eles pareceram felizes com a companhia das aves. Raazi gostaria de ser tão facilmente convencida num momento em que tudo lhe cheirava a desgraça e incerteza.

Enquanto isso, pela primeira vez Harun, Venoma, Ranakhar e Idraz estavam unidos pelo mesmo sentimento, desconfiando de toda e qualquer palavra que saía da boca de Akari. Os olhares cismados iam dela para Raazi, como se perguntassem: "Você acredita mesmo nisso?"

Por fim, Akari reforçou o pedido para que não contassem ao restante da comitiva sobre a existência de Ebrizian. Raazi, falando no silêncio deixado pelos seus amigos como resposta, garantiu que não precisaria se preocupar com aquilo, pois eles cumpririam com o prometido.

Então, foram deixados a sós no abrigo de cristal púrpura, com uma nova fogueira acesa na entrada.

— Muito bem. Com qual parte devemos começar a nos preocupar? — perguntou Harun, levantando-se e indo até o fogo para dar uma olhada nos próprios ferimentos.

Idraz, acendendo um cachimbo com fumo e ervas guardadas num quadrado de pano, baforou para cima e riu.

— Eu começaria com o fato de a cidade ter uma única habitante. A tal de Akari não está nos contando alguma coisa.

— Pelo menos ela nos deu água — disse o quase sempre silencioso Kuhli, agora com o rosto menos inchado, tentando ser positivo.

— Que a mulher mentiu bastante, não há dúvida — opinou Ranakhar. Também renovava o seu emplastro ensanguentado, o rosto sem o menor indicativo de que estivesse sentindo dor.

— Vamos cumprir com a nossa parte do acordo e torcer para que ela cumpra com a dela — disse Raazi, tentando soar resoluta.

Mas seus amigos sabiam o quanto ela estava predisposta a não confiar em alguém que acabara de conhecer. Ainda que não soubessem de toda a situação de ambas antes da chegada das cocatrizes.

— De qualquer forma, confiamos no seu julgamento, Raazi — afirmou Ranakhar, por fim.

Grunhidos de aprovação se seguiram, ela sabia que eles não falavam da boca para fora. *Gostaria de acreditar na minha decisão assim como eles acreditam em mim*, pensou ela.

Antes de dormir, Raazi combinou que no dia seguinte Venoma deveria acompanhar dois dos sinfos batedores, enchendo o maior número de cantis que pudessem sem sobrecarregar os seus betouros no retorno à comitiva. Kuhli e Pryllan acompanhariam o bando que seguiria Akari até Baluarte, preparando a cidade para a chegada dos exilados e garantindo a segurança de todos.

Sob o teto de ametista, os aliados de Raazi dormiram. Nos seus aposentos, Akari provavelmente não estava fazendo o mesmo. Muito provavelmente estava planejando os próximos passos, pelo menos aqueles que não dependiam do acordo com os seus visitantes do deserto. Pensando nas decisões que teve que tomar e as suas consequências, Raazi também não dormiria naquela noite. Caminhou até abaixo dos grandes arcos ósseos da cidadela, passando pelos fiéis betouros que, de estômagos merecidamente cheios, descansavam da longa caminhada e da batalha com as cocatrizes. Raazi se deitou ao lado da água, observando as estrelas e velando a ausência da lua, sem saber que Akari na verdade não estava nos seus aposentos.

Ela estava de volta ao subterrâneo, num nível ainda mais abaixo do que Raazi conhecera, afiando as suas espadas, conversando com cristais e se preparando para a sua grande jornada de vingança.

15

A lama não incomodava mais a sua pele. Na verdade, sentia-se parte do pântano quando estava coberto dela. Aguardou, sem pressa alguma, e levantou-se devagar apenas quando o arbopardo surgiu.

Estava sozinho. Um macho estranhamente teimoso, já que era mais comum vê-los em bandos. Aelian estava aprendendo os costumes daquele bicho há semanas, sabendo que, em algum momento, seria a sua vez de arranjar comida. Dentro da comunidade de gnolls de Wora, cada caçada ficava a cargo de um deles. O próprio sábio dizia que evitaria voltar aos hábitos necrofágicos dos parentes brutalizados, uma vez que aquilo havia sido estabelecido pelo sistema de escravidão dos gnolls em Untherak: para as bestas, apenas restos e carcaças. Wora pregava que eles se inseriram no ciclo de equilíbrio do Grande Pântano e, portanto, caçavam comida fresca, digna e merecida.

Druk o fazia com o arco, por conta própria. Os demais gnolls resgatados caçavam em grupo — e inclusive haviam falhado contra o arbopardo em questão, que era bastante violento. Wora saía apenas com o seu cajado e pedia que alguém o acompanhasse para carregar a presa de volta para a clareira, que sempre significava fartura para todos. De acordo com ele, a necromancia ainda não servia para levantar fardos pesados. Aelian começava a ter alguma ideia de qual era o seu procedimento para os abates. O humano já tentara caçar com armas e, apesar de ter sido bem-sucedido, havia se atrapalhado. Caçar era bem diferente de partir para cima de um inimigo armado. Envolvia uma sutileza que nem a famigerada punhalada pelas costas exigia.

Então, quando chegara sua vez de conseguir alimento, decidira ir sozinho. Meio como Wora, meio como Druk, pois carregaria o seu abate de volta para a clareira... mas de mãos vazias, sem o auxílio de armas.

O arbopardo vinha devagar na sua direção, farejando alguma caça, sem saber que também estava sendo caçado. Nas tocaias anteriores para aprender sobre os hábitos do animal, Aelian percebera duas coisas: a primeira é que havia sido expulso do seu grupo por ser muito violento, querendo mais comida que os outros e roubando a caça deles. A segunda é que era um macho. Ótimo, pois ele, Druk e Wora — os bípedes do bando, que iam além de instintos primitivos e pensavam na preservação da vida do pântano — não caçavam fêmeas e filhotes.

Aelian estava de pé, camuflado em lama, imóvel. O arbopardo ainda não o notara. Seu cheiro estava camuflado. O humano respirava fundo, sem fazer barulho. Precisava acalmar o próprio coração para conseguir surtir efeito no coração da sua presa. Lembrou-se de como era a textura do órgão, de como era abrir a carne e atravessar tecidos para envolvê-lo com os dedos nas aulas de Wora, com os cadáveres dos soldados de Untherak. Ergueu a mão no ar, como se segurasse um coração. Ainda quente. Ainda pulsante.

Pensou no triângulo que tanto desenhava nos pergaminhos e nas cascas de árvores. Através da água, acessaria o sangue e o separaria da alma.

Sentiu os cabelos cobertos de terra preta molhada, e pensou na água que amolecia o solo. Na água que corria no seu sangue. Na água que corria no sangue do arbopardo, que mantinha sua alma dentro do corpo. Tudo estava conectado.

Uma mecha se desgrudou da sua testa. Uma gota de lama se desprendeu dos fios e foi direto para o chão, batendo na superfície com um estalo quase imperceptível.

Para ouvidos humanos.

O arbopardo viu Aelian e soltou um ruído sequencial e cavernoso, saído do fundo da garganta. A cauda com a planta carnívora na ponta se retesou, assim como a coluna do humano. Ele precisava respirar fundo e recuperar a calma que encontrara há pouco... mas o animal já avançava com ferocidade...

Sua mente alcançou os vasos sanguíneos que bombeavam toda a força vital para o coração poderoso da criatura. A mão direita de Aelian subiu em frente ao seu rosto, e os dedos se crisparam, como se ele esmagasse um fruto, rompendo a superfície, derramando a polpa.

Mas corações não eram frutos, e a mente de Aelian devaneou nessa questão sem importância por um lapso de segundo. Nisso, o arbopardo já estava a meio caminho do seu bote letal, soltando um bramido vitorioso em pleno salto.

Aelian percebeu que havia falhado, pois perdera o foco, a concentração, a objetividade do alcance da sua mente. Ele se jogou para o lado, torcendo para ser mais rápido que o felino do pântano, e caiu para a esquerda com um ruído pesado e úmido.

O arbopardo desabou para a direita, com a cauda flácida.

Silêncio.

Aelian se sentou, tirando a lama dos olhos e observando a própria mão, ainda segurando um fruto invisível.

— Funcionou?

— Não. — A resposta veio do nada, e, por um momento de pavor inesperado, Aelian segurou o próprio peito. Wora encontrava-se alguns metros à frente, apoiado no cajado, observando o animal caído.

O humano começou a tirar a lama do rosto, ligeiramente desconcertado.

— Achei que desta vez tinha conseguido.

— Você está quase entendendo — disse Wora, calmo, sem represálias.

Aelian resmungou e pôs as mãos na cintura, olhando para o arbopardo misericordiosamente abatido.

— Sinto que ainda passa muita coisa pela minha cabeça na hora decisiva.

— Isso não vai parar. Pensamentos escoam como água, e tentar represá-los pode ser pior. Eles precisam passar *através* da sua mente, e o seu objetivo é a única coisa que deve ser resgatada dessa correnteza.

— Certo. Bom, acho que tenho que agradecê-lo, então?

Wora riu e deu as costas à cena.

— Não precisa. Afinal, quem vai carregar a caça é você.

Aelian tirou o grosso da lama dos ombros e dos braços, preparando-se para colocar o imenso predador nas costas e imaginando quantas pausas faria no caminho até a clareira. Olhou para as copas das árvores fechadas acima e ficou grato por ao menos Bicofino não ver o seu vexame.

Wora e Druk não se importavam em comer carne crua, ainda que estimassem o modo "civilizado" que a sua espécie adotara antes de ser evolutivamente castrada por Untherak. Logo, a necessidade de acender fogo para a janta era muito mais de Aelian, que foi atrás de lenha seca, pois produziria pouca fumaça. A neblina dos pântanos, que estava forte naquela noite, ajudaria a camuflar o que viria da fogueira.

Quando Aelian se sentou ao lado do fogo, finalmente sentiu que podia descansar. As duas últimas semanas haviam sido mais tranquilas, após quatro meses de grupos de busca de Untherak invadindo o pântano sem parar. Talvez Proghon tivesse enfim desistido de enviá-los, após tantos não terem voltado. Wora desconfiava do movimento e da estratégia dos Únicos, que em nada melhorava a cada grupo, mas, ao mesmo tempo, comemorava cada cobaia que serviria para o treinamento e a prática do seu pupilo humano. A cidade murada fornecia um suprimento constante de material de estudo.

Aelian, que estava com a ocarina e o alaúde de Ziggy, tentou fazer algo parecido com música para alegrar os anfitriões. Quase atingiu o objetivo, e ao menos Thrul pareceu bem feliz em ouvir aqueles instrumentos novamente, pateando o chão e vibrando as suas asas poderosas, sem abri-las por completo. Wora e Druk riram e acompanharam um pouco as melodias de Aelian, com palmas e batidas das patas no chão, enquanto os outros gnolls encaravam tudo com suspeita, mas sem parecerem desgostar da atmosfera criada para a digestão.

Aos poucos, o sono encobriu o bando como a névoa dos Grandes Pântanos no fim de tarde, e os gnolls foram dormindo, a despeito do barulho. Druk bocejou muitas vezes até admitir que estava cansado, e Wora disse que teria que usar magia de sangue para dormir, de tão irritado que estava. Aelian riu, pois era raro ver Wora impaciente com qualquer coisa. O humano se levantou, apoiando o alaúde numa árvore, e disse que iria fumar um pouco longe dali e que mais tarde voltaria para dormir.

Partiu com calma, acompanhado apenas do punhal de osso e do cachimbo. Wora lhe ensinara quais ervas podiam ser queimadas no fornilho, e ele foi procurando algumas no caminho, sem prestar muita atenção, até chegar ao limite das árvores fechadas, onde o pântano se abria para a planície enlameada e o céu tornava-se mais visível.

Numa rocha plana que muitas vezes servira de local de descanso em noites frias, Aelian se sentou de pernas cruzadas e começou a procurar algo para fumar nos bolsos das roupas e dentro das botas.

Não eram as ervas.

Ele revistava os bolsos de cada soldado de Untherak que derrubava em busca de espólios. Já encontrara moedas, que de nada serviam fora dos muros, assim como migalhas de comida e outros itens ligeiramente úteis. Mas o que ele sempre encontrava eram pedaços de carvão.

Quando Aelian precisava sentir que a sua mente estava fechada para Proghon, a substância lhe ajudava. Era como se ela embaralhasse os seus pensamentos a ponto de torná-los ilegíveis para o olhar etéreo do General. As últimas levas obtidas dos cadáveres pareciam ainda mais fortes do que as anteriores, como se tivessem misturado o resíduo das forjas com novas substâncias. O cheiro era ainda mais ocre que o de antes.

Aelian sentia que a nova fórmula conversava com as partes sombrias do seu corpo e da sua mente. O carvão amortecia suas dores, mas primeiro as exacerbava. As lembranças ruins, antes de sumirem na fumaça do cachimbo, pareciam ainda piores, mais tétricas e cruéis do que nunca. Seu medo de ter a mente tocada por Proghon se exacerbava. A memória de estar cercado por Silenciosos junto a Ziggy e Thrul era mais nítida. A chuva de flechas que não zuniam. Tom com a garganta perfurada. Taönma, morta ao tentar salvar o filho de alguém em vão.

No presente, Aelian tremia. Seus ossos protestavam. Seus olhos ardiam. Gostaria de chorar. Como não conseguia, inalou a fumaça do cachimbo.

De certa forma, o novo carvão também parecia se comunicar com os resquícios de Mácula no seu organismo... aquelas pequenas porções nas cicatrizes que envenenavam sua corrente sanguínea. Após o uso, seu corpo parecia ter ciência da leve corrupção a que foi submetido e protestava pelo excesso de substâncias invasoras. Ainda assim, Aelian sentia que precisava do efeito estupefaciente para não ter o cérebro invadido.

Soprou a fumaça para cima, brincou com as formas e com a intensidade que as liberava, e sem querer fez anéis com ela. Riu mais alto do que gostaria, tossindo enquanto o fazia. Rir era bom, mesmo que daquele jeito questionável e nada natural. Melhor do que visitar lembranças traumáticas de morte e guerra.

O mato à frente se mexeu, e Aelian soprou de uma vez toda a fumaça que guardava na boca, sem nenhuma forma geométrica. Estava rindo tão alto assim?

— Olá — disse para o nada, e aquilo lhe pareceu estúpido.

Mais um movimento distante em outra parte do mato. Eram vários animais? Uma tocaia? O solitário leão-das-rochas que Aelian nunca mais vira, agora acompanhado? Ou arbopardos vingativos?

Nem me venham com essa, porque o que eu tentei caçar tinha sido expulso do bando!, pensou Aelian, sacando o punhal de osso e se pondo de pé sobre a pedra achatada. Uma tontura o acometeu no mesmo instante, e ele imaginou como seria lutar sob os efeitos do carvão. *Daquele* carvão específico, bem mais forte. Ele se sentia fisicamente capaz, mas um tanto quanto desconcentrado. Magia não era uma opção naquele momento.

— Quem está aí? — perguntou para a escuridão, a voz firme para fintar a mente turva.

E então, com um ruído, uma presença nova surgiu a sua esquerda. Imóvel, incômoda.

Não era possível identificar a criatura que encarava Aelian, pois havia uma placa de ferro parafusada no seu crânio — uma máscara cruel cobrindo os olhos, o nariz desimpedido por uma ondulação pontuda como o bico de uma ave. A cabeça, coberta por um elmo de aço negro, estava voltada para Aelian. Somente a boca ficava à mostra, a gengiva escura como fuligem, os dentes grandes demais para não ser outra modificação bizarra dos subterrâneos de Untherak. Estava óbvio que aquela coisa era um batizado. Aelian só não sabia se era um dos selvagens ou uma das aberrações servis. Pendia para a primeira opção.

Provavelmente já havia sido um kaorsh. Agora, não passava de uma abominação de braços serrados na altura dos ombros e cauterizados sem nenhum cuidado, a pele pálida coberta de cicatrizes de lâminas e fogo. O padrão de crueldade se repetia pelo tronco desnudo e desnutrido, com as costelas aparentes. Sobre o coração, outra placa de ferro havia sido parafusada, torcendo a pele em cada tarraxa. O que parecia um saiote de couro negro começava pouco acima do umbigo e se perdia de vista atrás do mato que alcançava a cintura.

Aelian ergueu o punhal, com a lâmina para baixo. Planejava evitar a boca a todo custo, mas, em seguida, pensou que talvez ali fosse um ponto fraco, já que as únicas partes do corpo protegidas eram a cabeça e o coração.

— Não sei o que está fazendo aqui, mas, se entende o que digo, vá embora.

O humano notou que demonstrava piedade com aquela criatura. Talvez ela lhe despertasse pena. Talvez, não... com certeza. Devia ser o estado de tortura avançada. Nenhum dos Únicos ou dos soldados de Untherak haviam recebido a mesma compaixão.

Foi quando a sua boca formigou. Ele conhecia aquela sensação. Sentiu uma obstrução na própria garganta e fez de tudo para manter a mente limpa. Para evitar a invasão que poluía o seu corpo e escurecia os olhos.

A criatura falou com uma mistura de vozes já conhecidas:

— É ele. Aguardem o meu sinal.

Estava respondido. Aquele era um prisioneiro saído direto do Anel de Celas, submetido a experiências e torturas na masmorra particular de Proghon. Um mero amplificador para a possessão do General.

Após o aviso na voz entrecortada e sofrida do prisioneiro, o mato inteiro passou a se mexer numa linha organizada logo atrás dele. Archotes de fogo branco se acenderam um a um, e Aelian viu uma fileira de soldados em armaduras completas, talvez três dúzias deles. Aparentemente, após tantas perdas, Proghon havia decidido parar de descartar combatentes aos poucos e enviou um pequeno exército para capturar o fugitivo que escapava por entre os seus dedos. Não eram Únicos, mas soldados de infantaria com armaduras parecidas, apenas mais truculentas e agressivas do que antes.

Eles aguardaram em formação, bem treinados, pacientes. Todos carregavam escudos e clavas de aspecto brutal.

Proghon voltou a falar através da boca horrenda que replicava a sua voz:

— *Eu o subestimei. Deixei-o partir como um mensageiro do meu poder, mas confesso que foi um erro. Entregue-se agora, e prometo a sua integridade. Resista, e o seu destino será pior que o deste ser descartável que transmite as minhas palavras.*

Aelian encarou a boca que cuspia ameaças numa voz corrompida, violentada pela possessão. Aquela era a porta de saída para a magia que Proghon usava para controlar maculados.

O humano lembrou de si mesmo tempos atrás — *meses? Anos?* —, tirando as barras da janela da sua cela e fugindo por onde apenas o ar deveria passar.

Toda saída era também uma entrada.

Pensou no triângulo. Lembrou-se da ponta referente à alma, e então a do sangue. Desceu da pedra onde estava, e os seus pés chafurdaram na lama. Água. Estava conectado ao ciclo.

Dentro da sua mente, como se um dos olhos estivesse voltado para dentro, viu a ponta da alma tocando outro elemento... a Mácula. Ela estava dentro do triângulo. Aelian percebeu que havia outros elementos nas pontas que costumavam conter o sangue e a água, mas não conseguiu enxergá-los.

Existem outras fórmulas, então?, questionou, sua mente funcionando de forma acelerada naquela suspensão de tempo. *O triângulo. Preciso acessar a Mácula. Descobrir onde ela se encaixa nesse processo. Preciso virar o triângulo do avesso.*

Aelian considerou a dor que aquele batizado sentia. A dor ligava as pontas do triângulo. Com isso em mente, estendeu as mãos à frente do corpo, como se segurasse a mandíbula aberta da criatura. Fez o gesto de abri-la, aos poucos...

... e sua consciência turva escorregou para dentro da boca.

Aelian sentiu uma das piores vertigens da sua vida.

Estava sendo tragado por um rio de Mácula. Um rio sem margens e sem fundo, que tentava arrastá-lo para várias direções ao mesmo tempo e ameaçava despedaçar o seu corpo. Mas sabia que rios não se comportavam assim, e que os seus pés estavam firmes na lama diante do Amplificador e das tropas atrás dele.

No meio da Mácula, teve um vislumbre de uma efígie dourada e dentes expostos. Ele havia se conectado ao General de uma maneira nova e inesperada, através do batizado. Sentado num trono de respaldo alto, Proghon observava a espada na fonte de Mácula, e pareceu notar a presença espiritual de Aelian. O humano tentou nadar para longe, sair da correnteza etérea, deixar aquele lugar que lhe trazia o sentimento de perda. Mas voltar parecia impossível. Proghon estendeu a mão, tentando alcançá-lo, então Aelian nadou mais rápido, com a ajuda do rio de Mácula.

Saiu dele sem sobreaviso. Agora observava Untherak de dentro, parado diante do Balde, a mesma construção que havia servido de ponto de encontro para os seus amigos depois de colocarem explosivos no Poleiro. Sentindo-se sujo e grogue, olhou para as próprias mãos e viu dedos pálidos, longos, de unhas compridas. Tocou os próprios cabelos, e eram lisos, negros, brilhantes. Levantou a cabeça e olhou para trás, esperando encontrar as ruínas do Poleiro, demolido por ele e os seus amigos.

No entanto, havia outro prédio no seu lugar. Mais baixo e comprido, como um quartel. Únicos conduziam filas de sinfos lá para dentro... o que não fazia sentido, porque não deveriam haver mais sinfos em Untherak.

Todos usavam camisas, calças e botas pretas, marchando obedientemente. Eram vigiados na frente e na retaguarda por soldados de armaduras opulentas: os Únicos que não eram exatamente Únicos, pois não ficavam mais tão ligados a assuntos do Palácio. Proghon estava militarizando ainda mais o Miolo, só que sem dar espaço para soldados comuns e supervisores.

Um dos pequenos se virou, como se soubesse estar sendo observado. Olhos sublinhados por uma linha de servidão encontraram os olhos que Aelian havia pego emprestado, e o mistério foi resolvido. Não eram sinfos.

Eram crianças.

Aelian recuou um passo, assustado. Pisou no pé de alguém, e foi empurrado para a frente. Olhou para trás, e o corpo que tinha possuído se moveu com atraso. Lá estava um Silencioso, encarando-o com olhos completamente pretos, aborrecido com o pisão.

Eu estou... dentro de um deles?

Aelian sentiu a respiração ficar mais pesada, seu corpo se desprendendo do corpo do Silencioso que habitava. Foi levar as mãos à cabeça, mas o braço se moveu rápido demais, dando um soco no queixo de seu semelhante.

Pego desprevenido, o outro Silencioso cambaleou e caiu. Um terceiro Silencioso segurou o braço do agressor — que era Aelian. Parecia não entender aquele comportamento. Afinal, eles se moviam como um, sempre austeros, letais, compenetrados e com emoções ocultas.

Entorpecido e desequilibrado, Aelian olhou por cima do ombro. A fila de crianças havia parado para observar a confusão que se instalara ali perto. O menino com a linha de servidão no rosto parecia segurar o riso, entretido pela situação, enquanto o soldado que o conduzia gritava e o ameaçava com a clava. O Silencioso encrenqueiro sorriu, e talvez tenha sido o primeiro da sua espécie a fazê-lo. Aelian sabia que tinha plateia, e decidiu dar um show.

Acertou o cotovelo no nariz do Silencioso que o segurava. Sua mão desceu até a cintura e encontrou a espada fina e batizada que todos carregavam. Sacou-a. Mesmo com os sentidos embaralhados, conseguiu cortar a perna do primeiro Silencioso que derrubara.

— *Vão se foder!* — vociferou Aelian através da boca da sua marionete, mas nenhum som saiu. Ele ouviu o próprio berro preso na garganta, sem reverberar. *Silenciosos não devem ter cordas vocais*, opinou seu bom senso, mas Aelian estava enfurecido demais para usar a razão. Atacou outro Silencioso ao seu alcance, soltando mais um grito que morreu antes mesmo de nascer: — *Vocês mataram o meu amigo! Desgraçados!*

Três caíram. Mais crianças observavam. Aelian se sentiu mal pelos pequenos, pelo derramamento de sangue escuro e pela exibição violenta... mas não se sentiu mal pelos Silenciosos. Afinal, eles eram seres malditos. Preenchidos pela Mácula, criados por Proghon...

Proghon.

O pensamento o fez deixar o corpo do Silencioso, como se inúmeros ganchos nas suas cicatrizes o puxassem de volta para o rio espiritual de Mácula.

Agora, não rodopiava e nem se afogava, ainda que tudo a sua volta fosse um fluxo caótico de aspecto viscoso, como graxa nas engrenagens dos anões. No meio do turbilhão obscuro, Aelian e o General ficaram face a face.

Com uma rápida compreensão daquela conjuntura absurda, talvez facilitada pelo carvão, Aelian se lembrou do seu corpo físico, ainda nos Pântanos, de frente para o Amplificador — a porta de entrada para aquele mundo etéreo.

Diante de Proghon, fechou os olhos e tentou voltar.

Mas o turbilhão negro ganhou forma de tentáculos e o manteve ali.

— *Espero que tenha gostado do que fiz com o seu antigo local de trabalho.*

A respiração de Aelian começou a acelerar. Buscou um ponto de apoio para sossegar a mente, mas era difícil fazer isso à sombra de Proghon. Aquela era uma batalha em outro campo: nem físico, nem espiritual. O General estava provocando-o, e Aelian o provocaria de volta.

— O que é aquilo? Um moedor de crianças?

— *Na verdade, é um centro de treinamento para formar soldados. As crianças são voluntariamente entregues para o Palácio pelos pais. Em troca de um pagamento justo, claro. Às vezes até a semiliberdade, dependendo da saúde do cadete. Chamo este novo prédio de Berço.*

Aelian ficou chocado, mas tentou não demonstrar. Proghon estava incentivando famílias a venderem as suas crianças. Não baixaria a guarda.

— Então, acertei. É um moedor de crianças. Engraçado que você deixou o seu filho para trás, na companhia de uma imperatriz charlatã, antes de entrar na Mácula. Parece que não se arrependeu, já que agora também quer tratar as crianças dos seus súditos como algo descartável. Tão irrelevantes que você as deixaria para trás na primeira oportunidade... ou melhor, as mandaria para a linha de frente de uma parede de escudos. Acertei?

Proghon o encarava fixamente. Mesmo odiando o General além de tudo que conhecia, o humano sentiu que havia jogado sujo. Afinal, as lembranças do Homem Marcado e do seu filho haviam sido roubadas.

Aelian cerrou os punhos, ou seja lá qual fosse o equivalente disso no estado mental em que se encontrava. Não sabia qual seria a reação de Proghon. Sequer entendia se ele podia ser ferido dessa forma.

O General desviou o olhar vazio. O humano não soube se era um ato de frieza ou uma tentativa de não transparecer fraqueza.

— *Vejo que tem usado carvão.*

— Tentou me possuir que nem faz com as suas marionetes, não é? — retrucou Aelian, ainda na ofensiva, sem querer demonstrar o medo que sentia. — Pois dei meu jeito de manter você fora da minha mente.

Proghon se virou e fez um movimento com as mãos. Aelian sentiu-se içado novamente pelo gancho invisível, e de repente estava dentro de um novo corpo maculado.

Olhou para baixo: era um anão, de barba longa, dourada e manchada de preto, trabalhando numa forja. Observou os seus dedos. Apesar de não ter as unhas completamente pretas de um batizado, as pontas dos dedos tinham as queimaduras típicas de muito uso do cachimbo, junto aos calos e às lesões do ofício. O lugar era quente e cheio de fumaça; a pouca luz vinha do brilho do metal derretido e das fornalhas. Ao seu lado, um kaorsh — que parecia mais consciente que um batizado selvagem — segurava um cachimbo de carvão. Seu olhar vazio fitava o anão que Aelian encarnava. Com um calafrio, percebeu que Proghon ocupava aquele corpo.

— Eles não são batizados... são?

— *Não da forma que você conhece.*

— Então, como consegue usá-los?

— *Da mesma maneira que você os usa. E da mesma maneira que uso você: através dos vestígios nas suas entranhas.*

Um humano careca, com uma linha de servidão malfeita e apagada, trouxe uma grande peneira cheia de pedras pretas e quebradiças: os resquícios da forja que eram desviados para os Assentamentos. Carvão. Aelian nunca havia visto tantas pedras juntas, tampouco sabia que o esquema de produção era tão sistematizado e supervisionado. Já o tráfico, ele conhecia bem.

— Esta fornada precisa ir para imersão — avisou o humano para o kaorsh de Proghon.

O ser alto, agora com os movimentos vagarosos do General, pegou uma das pedras e a observou atentamente. Sem emoção. O humano olhou para o anão de Aelian, confuso com o comportamento do sujeito que provavelmente era o seu supervisor, mas aguardou. A vida como servo de Untherak já era complicada demais sem contestar os Autoridades e outras figuras que detinham pequenos poderes naquela hierarquia.

— *Mostre-me onde ocorrerá a imersão* — demandou o kaorsh, devolvendo a pedra para a peneira.

Ele colocou os braços para trás ao encarar o humano, que fez uma pequena mesura e pediu para que a dupla o seguisse em meio às inúmeras fornalhas e aos servos banhados em suor e fuligem.

O Proghon-kaorsh deu as costas para Aelian, que de imediato tentou segui-lo, mas se deparou com a dificuldade de caminhar com pernas curtas e grossas pela primeira vez na vida. Era um corpo muito diferente do seu, que exigia outros movimentos.

Chegaram numa espécie de tanque, onde muitos outros humanos, kaorshs e anões tampavam as suas peneiras com outra por cima. Aelian notou o líquido viscoso e preto.

Mácula.

Os servos afundavam as peneiras nela, com cuidado — sobretudo os humanos, que não podiam se dar ao luxo de ter contato com a gosma. Aelian não conseguia entender por que o carvão continha aquela substância.

— Desde quando vai Mácula no carvão?

O Proghon-kaorsh observou o humano imergir a sua peneira com cuidado e então se afastar do tanque. Virou-se para o Aelian-anão.

— *Desde que o Unificado assumiu a produção de carvão. E a distribuição, claro. Tudo com o meu aval, até as pedras chegarem no Miolo e nos Assentamentos. A partir daí, o serviço é feito sozinho, como você bem sabe.*

O horror de Aelian ficou estampado no rosto emprestado. Se as pessoas estavam fumando carvão misturado com Mácula...

— ... você pode controlar qualquer um que use o novo carvão — concluiu ele, sentindo-se um completo imbecil. Seu estômago (ou o do anão que controlava) afundou.

— É um processo diferente de usar maculados como Amplificadores, mas, com o seu entendimento limitado de humano, você não entenderia. Eu diria que o carvão destranca as portas da mente. Depois disso, não é esforço algum abri--las, principalmente no caso daqueles já amaciados pelo uso frequente. Aliás, não tive muito esforço com a sua. Foi bem simples viciar uma consciência tão conturbada. Bastou abrir mão de soldados de vez em quando para morrerem nos Grandes Pântanos e entregar carvão direto nas suas mãos de larápio, que reviram bolsos de cadáveres.

Aelian era um idiota. Achou que estava blindando a própria mente... enquanto fazia exatamente o contrário.

A sensação de claustrofobia por estar preso num corpo estranho o atingiu com tudo, como quando se arrastava por túneis apertados. Queria sair dali. Precisava sair dali. Debateu-se e imaginou novamente os próprios pés chafurdando na água do pântano. Fez de tudo para voltar. Mas estava preso.

— Me encontre em Untherak. Quero entender melhor a sua predisposição à Mácula — disse o kaorsh, e o anão balançou a cabeça. Proghon continuou, mais prolixo do que Aelian jamais imaginara: — *Faça isso, e deixarei o pântano em paz. Sei que fez aliados nesse lugar lamacento e que se importa com eles. Manterei a minha palavra e não os envolverei nos meus planos, caso coopere comigo.*

— Não.

O Proghon-kaorsh se virou completamente para ele, desacostumado a ser contestado.

— *Nesse caso, vou fazê-lo perceber que até as suas entranhas não lhe pertencem mais. E destruirei os poucos aliados que lhe restam* — afirmou, lento e mordaz. — *E sabemos que, para um homem que não tem quase nada, você se importa demais.*

O receptáculo de Proghon se voltou para uma figura esquecida nos últimos segundos: o humano que trouxera a peneira de carvão. O servo observava aquele diálogo próximo ao tanque de Mácula, quase chegando à conclusão de que o General Proghon havia possuído um dos servos--supervisores da Bigorna.

O kaorsh avançou na direção do homem. Sem qualquer preâmbulo, agarrou-o pela nuca e afundou a sua cabeça no líquido preto.

Houve um ruído gorgolejante enquanto o seu corpo se debatia e bolhas surgiam na superfície pegajosa. Depois um grito, mas este veio do anão controlado por Aelian, que avançou na direção do kaorsh. Proghon estava matando um ser humano a troco de nada, dissolvendo a carne, os músculos e os ossos do seu rosto na Mácula.

Ainda segurando o humano, que se debatia em espasmos cada vez mais espaçados, o kaorsh olhou para o anão. Toda a atenção dos servos da forja recaía sobre os dois. Diante do sadismo no olhar e dos lábios crispados quase que num sorriso de satisfação, Aelian enxergou pela primeira vez a malevolência de Proghon num rosto de verdade, e não na sua máscara de ouro inexpressiva. E, a cada segundo, aquela máscara de carne tornava-se mais assustadora.

— *Como eu disse...* — recomeçou o kaorsh, soltando o corpo enfim imóvel, que caiu de joelhos no chão. Sem cabeça. — *Você se importa demais.*

Aelian saltou para cima de Proghon, e nem o peso do corpo do anão o impediu de ser rápido. Porém, antes que conseguisse tocá-lo, a turbulência etérea da Mácula o puxou de volta ao fluxo.

Numa velocidade vertiginosa, Aelian voltou para o próprio corpo, caindo de costas na lama com um baque que expulsou o ar dos pulmões. A dor o avisou que estava de volta aos Grandes Pântanos. Mal teve tempo de sentir a mente se assentando no cérebro, pois logo viu os dentes do Amplificador a um palmo do seu nariz.

Empurrou-o, sentindo o joelho ossudo sob o saiote de couro forçando o seu estômago. Sem braços para agarrar, Aelian precisou afastá-lo pelo pescoço, o que significou colocar as mãos perto da sua boca. Tentou tomar fôlego para empurrá-lo, e só conseguiu quando usou a adaga de osso para perfurar o abdôme do Amplificador, chutando-o para longe e fazendo-o cair de costas. Assim, teve tempo de se afastar, recuando ainda sentado. Notou que aqueles não-exatamente-Únicos continuavam parados em fileira, aguardando o sinal do General.

O Amplificador rosnou, silvou e cuspiu as sílabas distorcidas que irradiavam das suas cordas vocais pela influência de Proghon:

— *Não o deixem escapar.*

Aelian se levantou, recobrando a força nas pernas e a falta de ar do seu bom e velho corpo. Os Únicos começaram uma marcha firme e constante, enquanto o Amplificador se levantava para liderar o ataque caso o humano decidisse correr.

Uma tocha voou por cima da sua cabeça, e Aelian acompanhou o arco com os olhos até ela aterrissar no capim. A vegetação alimentou instantaneamente o fogo. Mais tochas a seguiram, aumentando o clarão hostil e fechando seu caminho.

Enquanto ele encarava, desolado, a cortina de fogo e fumaça, uma flecha passou a centímetros do seu rosto e encontrou o alvo com um baque altíssimo: a garganta do Amplificador.

Gorgolejos de sangue, cordas vocais inutilizadas. Aquele só podia ter sido um feito de Druk — e lá estava a sua imagem trêmula além do fogo, na linha das árvores, retesando a corda do arco para um novo disparo.

Aelian não ficou aliviado nem quando Wora apareceu ao seu lado, caminhando na direção das chamas. Eram dois gnolls de reforço contra quarenta Únicos. Melhor seria que não estivessem ali, pois tentar escapar enquanto se preocupava com os amigos tornaria tudo mais angustiante.

Wora atravessou o fogo como se não se importasse com o solo fervendo sob as patas descalças nem com os pelos chamuscados. Manteve a cabeça baixa e os olhos fixos nos inimigos.

E então se voltou para Aelian.

— Wora, temos que...

— Você é um parvo. Um tolo!

— Foi uma emboscada! Proghon me encontrou.

— Porque você colocou a Lágrima Obscura no corpo. Através deste cachimbo!

Wora apontou para o artefato no chão. Por mais que estivesse surpreso com a visão aguçada do gnoll naquela escuridão, Aelian continuava mais preocupado com o cerco dos Únicos, cada vez mais próximos. Druk disparou outra flecha através da cortina de fogo. Um problema a menos, restavam trinta e oito. O arqueiro apressou o mestre:

— Temos que ir, Wora.

— Eu vou enfrentá-los.

— Eles são muitos, e nós...

Wora o interrompeu com um olhar profundo, tão expressivo e tão diferente do de qualquer raça que habitava Untherak. Ele não parecia alarmado com a proximidade dos Únicos, e falou para Aelian no seu tom baixo habitual:

— Passei tanto tempo quebrando as correntes da sua servidão a Untherak, e você se escravizando por conta própria...

Aquilo doeu. Mais do que um golpe de clava, que rapidamente viria se continuassem ali.

— Aelian, vem! — gritou Druk, quebrando o silêncio envergonhado.

Wora continuou encarando o aprendiz humano, mas a decepção no seu olhar deu lugar à preocupação. Um zelo inesperado.

— Vocês devem ir. A vida seguiu para que chegássemos a esse ponto. Tudo vai ficar mais complicado agora. Acompanhe Druk e vá embora.

Ainda que estivesse expulsando Aelian dos Grandes Pântanos, seu tom de voz era triste, quase como uma despedida.

A expressão do gnoll fez Aelian se mexer sem dizer mais nada. Não conseguiu articular nem um pedido de desculpa por ter escondido o uso de carvão do mestre que estava lhe ensinando tudo sobre o corpo, a mente e a alma.

Pulou pela cortina de fogo, sem um pingo da calma que vira em Wora, e olhou para trás. O gnoll soltara o cajado, e seus braços longos pendiam ao lado do corpo. Os Únicos gritaram, preparando-se para um ataque simultâneo. Wora soltou uma risada asmática, um desafio para que tentassem tomar o seu território. Os ossos de Aelian doíam conforme a vocalização atingia um tom mais brutal e estridente.

Imponente, Wora juntou as mãos diante de si como se segurasse um cântaro. Seus dedos se crisparam, e as mãos se separaram brevemente, no movimento de quebrar um galho robusto e invisível.

O estalo foi multiplicado por trinta e nove, e trinta e nove Únicos desabaram no chão aos gritos, com as pernas esquerdas em ângulos estranhos, já que tíbias não se dobram.

Aelian seguiu Druk pelo caminho que havia percorrido tantas vezes desde o dia que fora escoltado pelos gnolls. Sua angústia atual era maior do que o medo do desconhecido que sentira naquela ocasião.

— Wora vai ficar bem?

— Wora vai *ficar* — respondeu Druk, com ênfase na última palavra.

O gnoll não parecia muito feliz. Ele caminhava muito à frente, fazendo Aelian penar para acompanhar os seus passos.

— Ele disse que deveríamos ir embora...

— Wora sempre me alertou que em algum momento Proghon voltaria os olhos para cá de vez. E me treinou para isso. Chegou o momento de recuperar a memória da água da nossa espécie e velejar para encontrar outros que nos ajudarão.

— Velejar? Outros? Não estou entendendo.

— Não se preocupe, tem espaço para Thrul e Bicofino no barco.

— Barco?

Porém, as explicações foram deixadas para depois. Uma vez que eles passaram pela clareira, Druk apressou Aelian a pegar as suas coisas — incluindo a espada batizada —, enquanto jogava mais uma aljava de flechas sobre os ombros e embrulhava com um tecido um bloco de livros e tomos antigos de aspecto maltratado. Thrul aguardava o companheiro humano acordado, como se soubesse que tinha algo de errado, e Bicofino grasnou no ar noturno acima das árvores. Os outros gnolls também pareciam alertas, e alguns vieram cheirar Aelian de orelhas caídas.

Os dois continuaram seu caminho com poucas palavras e nenhuma iluminação até chegarem à mesma nascente que haviam visitado naquele fim de tarde que agora parecia um sonho tranquilo. Aelian se lembrou de Wora explicando que aquele fluxo de água desaguava no oceano. O humano e Druk o seguiram até ele se alargar o suficiente para se transformar num rio.

À certa altura, o gnoll entrou no meio do mato e tirou uma grossa camada de juncos de cima de algo volumoso: uma balsa de troncos paralelos, com apenas um remo ao lado. Não era muito espaçosa, mas todos ficariam bem se Thrul não fizesse movimentos bruscos.

— Estamos indo para o mar? Nessa coisa toda aberta e amarrada?

— Essa "coisa toda aberta e amarrada" só vai nos levar até o delta do rio — informou Druk, enquanto Aelian o ajudava a arrastar a balsa até a margem. — Quando chegarmos lá, vamos trocar de embarcação.

A descida do rio ocorreu madrugada adentro, e até Bicofino desceu para a balsa a fim de descansar sobre a carapaça de Thrul. Em alguns momentos, Aelian se perguntou se Druk gostaria que ele remasse, mas o gnoll parecia mais introspectivo do que o normal.

— Deixe comigo — falou ele, atento à água. — Este é um costume antigo da minha raça. Preciso me reacostumar.

Aelian não insistiu. Estava se sentindo culpado por ter escondido o uso do carvão de Wora e por ter precisado que o mestre o salvasse e desse tanto de si de uma só vez, com aquela demonstração sem igual da magia de sangue. Se tentar parar as batidas de um coração já lhe causava cansaço físico e estafa mental, quanta energia o velho gnoll havia usado naquele torcer de ossos?

A paisagem foi se tornando inédita para o humano conforme o rio se alargava e as copas das árvores já não o cobriam por inteiro, deixando as sombras apenas para as margens, onde o sol mergulhava nas águas como arpões de luz. As águas foram se tornando menos barrentas conforme o rio se aproximava do seu delta, e a balsa de Druk ganhou velocidade, deixando-o remar apenas para corrigir o curso vez ou outra.

Enfim o rio se alargou, e as árvores ficaram para trás. Druk farejava o ar, e Aelian sentia os aromas que o vento carregava mesmo sem ter o olfato tão sensível. O ar estava definitivamente salgado, e aquilo lhe trouxe a certeza de que os dias dali em diante seriam diferentes de tudo que já havia vivido.

Druk manteve a balsa na margem esquerda do rio enquanto uma linha prateada os chamava mais à frente, no horizonte, sussurrando ao vento.

E foi assim que Aelian conheceu o mar. Vendo o rio se abrir para a sua imensidão, ouvindo o ribombar das ondas — como trovões contidos pelas forças que as moldavam e as empurravam para a terra —, sentindo o cheiro de um novo mundo a ser explorado. O Lago Infinito, como dissera Wora ao lado da pequena fonte de água de aparência frágil, nascendo com um ruído tímido.

A balsa de Druk foi tirada da água antes que o mar a aceitasse de presente. Parte da carga que levavam seguiu em cima de Thrul, enquanto Aelian transportava o que conseguia, seguindo o gnoll por uma areia grossa que afundava a cada passo. Bicofino voava alto, muito alto, e mergulhava no mar à frente, procurando peixes. A cada queda, como uma flecha de balista, ele emergia com um brilho prateado no bico. Aelian não sabia onde ele aprendera a caçar daquela maneira.

Seguindo a linha das árvores costeiras, chegaram numa espécie de barracão de madeira rústico na areia da praia, a cerca de dois quilômetros do rio. Lá, outra embarcação os aguardava. Era bem maior do que a balsa, comprida, com um mastro ainda deitado no seu interior e a cabine que era praticamente uma pequena casa, com espaço suficiente para Aelian, Thrul e Druk.

O homem ajudou o gnoll a levar o barco para a água, utilizando uma espécie de carrinho, também feito de maneira rústica. Druk ainda contaria para ele como construíra tudo aquilo, como acessara o conhecimento dos seus ancestrais e como estava retomando um costume que, até então, jazia morto. Os gnolls como eram por natureza — e não moldados pela violência e pela escravidão — estavam voltando a existir naquele momento.

— Esperei a vida inteira por isso — disse Druk consigo mesmo, a voz embargada, os olhos cheios d'água.

Aelian apoiou uma das mãos no seu ombro, entendendo a importância do que estava acontecendo ali, naquele final de tarde; algo que, no dia anterior, ele jamais imaginaria.

Thrul embarcou com certa dificuldade. Aelian tocou a ocarina para que ele se acalmasse, e entrou primeiro para mostrar que estava tudo bem. Depois, desceu para ajudar Druk a puxar o barco, que quebrou as primeiras ondas e se estabilizou.

O humano olhou para trás. Não conseguia ver mais nada. Nem o monte Ahtul, nem os muros da cidade. Como nos relatos dos livros e pergaminhos, estava mais longe de Untherak do que nunca. E em breve estaria ainda mais, numa distância inimaginável.

Seus pés se despediram da terra firme, e ele sentiu como se todo o vento frio vindo do oceano tivesse se alojado no seu estômago. Com habilidade, Druk ergueu o mastro e inflou as velas. Foi à proa observar o mar, e gritou, com os braços abertos. O arrastar da maré respondeu, e o barco partiu.

Conforme se afastaram da praia, com o sol se pondo no horizonte, o mar não se cansou de arrebatar Aelian, mostrando novos matizes, espelhando as cores do céu na sua superfície. Dentre eles, os tons vermelhos, que nenhum homem ou mentira poderiam camuflar.

16

Apesar do clima de incerteza e da sensação de estar cada vez mais emaranhada em tramas que ainda não entendia por completo, Raazi precisava admitir que a jornada até Baluarte não havia sido difícil. Na verdade, parecia ter sido um presente. Estavam descobrindo cada vez mais que o mundo fora de Untherak não era só a areia e o calor da Degradação.

Akari reaparecera na manhã seguinte para dar as últimas coordenadas aos sinfos que buscariam o restante dos exilados. Vestia roupas largas, de algodão cru, com mais uma gola alta que escondia todo o pescoço e um chapéu que Raazi jamais havia visto em Untherak: sua aba reta dava a volta completa na cabeça, protegendo bem a nuca e o rosto do sol. Por fim, usava botas por cima das calças largas e uma grande mochila. Tanto as suas vestes quanto o seu semblante passavam uma impressão diferente da Akari arrogante de antes, transbordando realeza.

Suas cimitarras, no entanto, continuavam embainhadas na cintura.

Carregava também um bastão oco para caminhada, que mais tarde ela revelou ter mais de uma utilidade: durante todo o trajeto, Akari encontrou pontos para fincar o cajado e fez brotar água potável por dentro dele, num chafariz. Ranakhar não cansava de elogiar o artefato — assim como os sinfos, que comemoravam cada jorro de água do rio subterrâneo com a mesma intensidade que a plateia comemorava mortes particularmente violentas na Arena de Obsidiana.

Raazi não se impressionava, porque sabia que aquela ferramenta para encontrar água não era tão decisiva quanto a habilidade de Akari controlar o sal da terra. Quem fazia cristais de sal brotarem do solo também conseguia conjurar água salgada e separar o sal dela, não?

Suas dúvidas sobre a suposta rainha seriam intensificadas nos dias a seguir.

Gigantes de sal os acompanharam a distância durante poucos quilômetros, e então voltaram para a cidadela. Akari explicou que eles precisavam proteger as tumbas dos seus antepassados. Raazi tentou lembrar se, em algum momento, havia visto um túmulo ou memorial em Ebrizian. Não se recordou de nada parecido.

Já os *anins*, no entanto, fizeram-se presentes durante todos os trinta quilômetros de Ebrizian até Baluarte, voando em círculos tão altos que muitas vezes Raazi os perdia de vista.

Então, um chão de terra avermelhada os recebeu, tomando o lugar do solo de torrões de sal. Logo em seguida, a fortificação que dava nome à cidade foi vista por cima de muros repletos de guaritas e vegetação verde. O baluarte e as torres elegantes chamaram a atenção de Harun, que começou a tagarelar sobre os telhados curvilíneos, sobre a vegetação — que se proliferara fora de controle e se fundia facilmente às outras estruturas — e sobre como tudo ali tinha uma simetria que evocava equilíbrio e erudição. Raazi não imaginava que Harun, sempre tão desconfiado de tudo e de todos, seria o primeiro do grupo a aprovar o local sugerido por Akari. Mas ele estimava questões arquitetônicas, como qualquer anão, e Raazi o perdoou por isso.

Subindo pelo muro com agilidade, Akari abriu o portão pelo lado de dentro, e foi assim que a pequena comitiva colocou os pés em Baluarte. Logo que entraram, se depararam com um pátio interno, onde a vegetação rasteira crescia por entre ladrilhos quadrados. O silêncio ali era maior do que em Ebrizian, tanto que parecia não haver animais nem insetos na cidadela. Estava claro que o lugar já havia sido elegante, mas agora, tomado pelos efeitos do tempo e da natureza, era apenas frio e solitário.

Akari sugeriu que todos fizessem uma pausa e se refrescassem no poço no meio do pátio. Depois, poderiam se dividir para receber o restante da imensa caravana. Observando a cidade e o baluarte, Raazi precisou admitir que o espaço parecia pequeno para todos os que ainda viriam. Seria melhor partirem o quanto antes. Pessoas frustradas não ficariam em paz por muito tempo quando confinadas. A contragosto, não conseguia deixar de dar razão para Akari em proibir que a multidão entrasse no seu lugar sagrado.

Os batedores estavam demorando mais do que o previsto para chegar com a caravana, e Raazi torcia para que tudo estivesse bem. Esperava que fossem os mesmos problemas de sempre: era difícil fazer com que todos levantassem acampamento de maneira coordenada, imprevistos aconteciam e, além disso, quanto mais pernas, mais lento o avanço.

Raazi pensava nisso tudo ao observar uma das árvores de algarras. As vagens esverdeadas surgiam em grupos de cinco ou seis leguminosas, lembrando uma mão de dedos nodosos — com *garras*. Experimentou uma delas crua, e era plenamente suportável de ser ingerida em caso de escassez de fogo e água quente. Com sua curiosidade de kaorsh aflorada, aproveitou para aplicar o tom de verde das vagens na parte interna do pulso. Ao fazer isso, se lembrou da anotação que havia copiado das paredes de Ebrizian. Continuavam escondidas sob tecidos no seu braço, para que Akari não percebesse a sua infração.

Viu que ela estava ocupada com Ranakhar e Idraz, erguendo estacas e tábuas para a construção de tetos temporários, enquanto Venoma, Pryllan e Kuhli abriam as portas e janelas das torres nos muros, espantando animais bem parecidos com morcegos. Harun estava enfim a sós, falando sozinho e cortando lenha de alguns troncos caídos.

— Ocupado? — perguntou Raazi, se aproximando.

— Estamos cortando lenha.

A kaorsh olhou para os lados. Não havia mais ninguém ali.

— *Estamos?*

— Hã... sim, se você me ajudar, estaremos.

— Certo — disse ela, deixando de lado a confusão e arregaçando as mangas. — Antes, me ajude a entender o que está escrito aqui.

Harun limpou o suor da testa e observou mais de perto.

— De onde é isso? — indagou o anão, surpreso.

— Fale baixo. Do subterrâneo da cidadela de Akari. Tinham pinturas e escritos na parede.

— Hum... é a nossa língua, mas com algumas poucas diferenças no formato dos caracteres — comentou Harun, parecendo achar aquilo interessante.

Raazi o apressou:

— Certo, mas o que está escrito?

— Ah... são palavras soltas. *Sal. Ferro. Lágrima...* escura? Não, *obscura. Lágrima Obscura.* E aqui dentro do triângulo... *Vingança.*

A última palavra pairou dentro da cabeça de Raazi. Quando Harun perguntou se estava tudo bem, ela assentiu distraidamente. Vingança era um tema frequente no discurso de Akari, e Raazi precisava descobrir como os exilados de Untherak se encaixavam na sua obsessão por revanche.

Raazi ainda teria muito tempo para entender melhor as motivações de Akari. Afinal, como havia sido previsto pela anfitriã ainda em Ebrizian, a multidão de exilados enxergou em Baluarte uma oportunidade de recomeço, e não um mero ponto de descanso no meio de uma longa viagem. E as brigas por alimento, espaço e posses se tornaram constantes, mesmo com comida e água abundantes. Mesmo com a sombra de muros que mais protegiam e tranquilizavam do que encarceravam. Quando Raazi tentava explicar que não podiam permanecer ali, até porque não sabiam como eram as temporadas de intempéries, boa parte das pessoas respondia que seria loucura partir depois de terem encontrado um oásis milagroso. Que ela era irresponsável por querer fazer com que o povo sofresse ao relento outra vez. Ainda assim, havia os que concordavam com Raazi e que sempre seguiriam o Flagelo de Una. Estes passaram a divergir dos que tinham interesse em ficar em Baluarte.

Raazi estava cansada, e não conseguia relaxar nem quando dormia num dos telhados curvos da cidadela. Sentia como se algo de ruim fosse acontecer a qualquer momento, e que seria um descuido se permitir descansar.

Originalmente, a parada em Baluarte deveria ser de apenas alguns dias, para que ânimos fossem acalmados e forças, recompostas.

Mas foram meses difíceis, que acabaram dividindo os exilados em definitivo.

PARTE 3
NOMES PERDIDOS NA AREIA E NO TEMPO

A estrela com o seu nome brilhava no céu, esverdeada, ainda que poucas pessoas da cidade enxergassem o tom esmeralda nos seus raios crepusculares. Quando a apontava para algum transeunte, eles eram bondosos e diziam coisas como: "Sim, eu a vejo! É a mais brilhante de todas as joias, e o seu fulgor não oscila!" Logo em seguida deixavam-lhe uma garrafa de alguma bebida — como era o costume da cidade com ele — e então partiam para os seus poemas desprovidos de poesia, para os seus afazeres medíocres e chatos, deixando-o a sós com a garrafa e na companhia sempre bem-vinda das estrelas e do calor daquela época do ano.

O homem tinha vontade de explicar por que o brilho dela não oscilava e como a interferência atmosférica influenciava na forma com que enxergavam os seus raios, que pareciam ter "pontas". Mas era difícil compartilhar fatos astronômicos e científicos quando todos ao redor pareciam viver num êxtase que os impedia de raciocinar.

E nem podia criticá-los, pois era dessa maneira que o homem se sentia com o tanto de álcool que ingeria por dia. Ele se mantinha naquele estado durante a maior parte do seu tempo acordado. "A melhor forma de evitar a ressaca é continuar bebendo", era o que sempre dizia.

Sua ressaca já durava décadas.

Como o seu nome verdadeiro já não importava tanto assim, perdido nas névoas ébrias do tempo e da memória, Absinto era o seu apelido, tanto pela bebida que ele sabia fabricar tão bem quanto pela erva da qual ela se originava, que era encontrada na região do distante monte Ahtul e no pico da Morte Lunar — sendo que este último ele prometera nunca mais escalar. Para o velho homem, era uma memória exaustiva até mesmo de ser lembrada.

Deixou-se desabar no gramado, os inúmeros brincos nas orelhas tilintando com o movimento da cabeça, e tateou a jarra de vinho que os dois últimos jovens que passavam por perto haviam lhe oferecido. Derramou um pouco no queixo, manchando a barba branca espessa, que contrastava com sua pele de um escuro profundo e brilhante, parecido com o céu noturno e os seus rastros cósmicos. Perder-se na escala inimaginável dos astros enquanto a sua mente se dispersava dentro de uma garrafa era uma das suas atividades favoritas, e Absinto ficava ali por horas, até que o sol decretasse o descanso das estrelas. Mas não precisou esperar o alumbramento para perder o cosmo de vista, já que nuvens começaram a se acumular rapidamente, trazendo uma chuva forte e repentina.

Absinto também não tinha por que se abrigar da tempestade. Uma hora ou outra, alguém lhe traria outro manto esverdeado caso aquele molhasse. As termas estavam sempre disponíveis a qualquer cidadão, e ele poderia espantar o frio dos ossos no instante em que julgasse necessário. E naquela noite, toda a sua sabedoria meteorológica lhe dizia que não precisaria disso tão cedo.

Deixou a chuva lavar as suas vestes e, ainda deitado, bebeu o vinho. Derramou mais, se importou ainda menos. Viu o líquido vermelho escorrendo pela grama e se lembrou de Anna. Sua aprendiz. Sua amiga. Sua... filha, ou o mais próximo disso que tivera.

Suas lágrimas se misturaram às do céu. Não eram causadas por memórias tristes, e sim por momentos de compreensão e carinho. Anna deitada ao seu lado, apontando para as constelações, nomeando cada uma e cada ponto que as formava. Anna treinando com a imensa espada dos Monges Devastadores do Além-Mar, após tê-lo chamado de louco por sequer cogitar que ela conseguiria levantá-la. Anna aprendendo a usar bandagens pelo corpo para se proteger do fogo e para curar ferimentos na pele...

Sentiu-se no estado certo para se "desprender", como gostava de chamar a experiência de se desligar do corpo e focar num só sentido. Escolheu um instante dentre todos os que aconteciam simultaneamente e escutou o tamborilar da chuva na garrafa, ecoando no vazio...

... e a distância.

— Olá, caro amigo — disse a voz, logo após sentir a alma se estabilizar. O puxão de anzol sempre o deixava tonto, de um jeito bem diferente do álcool, mas que era tão agradável quanto. Um instante após se recuperar, ouviu a voz de seu grande parceiro nas questões do oculto ficar cada vez mais nítida. — Fiquei preocupado com a quebra repentina de conexão da última vez.

— Wora! Que belo momento para encontrá-lo! Da outra vez, fui interrompido por um dos milhares de bajuladores que mantém refém... —

desatou a falar Absinto, mas logo percebeu que o gnoll arfava e parecia cansado. Sua vida prolongada não costumava oprimi-lo daquela maneira.

— Não é uma boa hora?

— Não sei se haverá uma boa hora daqui em diante — respondeu Wora. Pelos sons, Absinto praticamente conseguia enxergá-lo usando o apoio do cajado para sentar-se diante do fogo que havia usado para chegar até ele. — Hoje, enfrentei mais homens simultaneamente do que jamais fiz. Proghon mudou de ideia quanto ao trato com os Grandes Pântanos.

— Mas isso é terrível! O que houve? Você está bem?

— Vou ficar — disse Wora, arfando. — O General quer botar as garras no aprendiz que comentei.

— Ele está indo bem?

— Aelian me surpreendeu em cada um dos dias que passou por aqui. Assim como Druk. Assim como cada gnoll do meu clã.

— Mas você disse que enfrentou um destacamento sozinho. Eles não participaram da batalha? Foi uma...?

— Emboscada? Sim, mas não para mim. Apenas garanti que Aelian e Druk chegassem até o litoral.

Absinto sentiu o coração dar um salto. Seu corpo físico quase se ergueu de supetão.

— Litoral? Quer dizer que eles estão vindo?

— Sim, meu amigo — confirmou Wora, percebendo a empolgação inconfundível na voz de Absinto. — Pedi para Druk seguir a sua estrela e navegar pelo Lago Infinito, onde fizemos tantas descobertas. Ele está com o nosso barco... ou a maior parte dele. Mas ainda é o nosso barco, creio. Também está com nosso mapa, e vai chegar até você uma hora ou outra. Para tirá-lo da prisão que não consegue abandonar por conta própria.

— Esses desgraçados não param de me dar bebida. Agora, com a chegada dos aprendizes, eu até gostaria de ficar abstêmio... mas sei que não vou conseguir. Merda. Queria ter a mesma força de vontade para isso que o meu corpo tem para fazer projeção astral. Mas me conte: e o tal de Aelian?

— Você vai gostar dele. Tem muito de Anna no garoto. Teimoso, criativo, inquieto.

— Meu tipo de pupilo.

— E digo com alegria que ele será o primeiro que dividiremos. Não pegue leve. Aelian tem grandes feitos para concretizar e muitos demônios internos para destruir.

— Dou a minha palavra.

— Agora, preciso descansar, velho amigo. Não sei quanto tempo tenho até que Proghon decida incendiar tudo. E temo que o meu poder não seja suficiente contra a obstinação dele...

— Trate de ser o mago necromante que os seus gnolls precisam que seja, Wora. Não gosto desse tom de adeus.

— Mas, na ponte estreita entre a vida e a morte, estamos sempre a um passo do adeus, não?

Absinto sorriu. Era bom saber que, fora daquela cidade de aparências frágeis, daquele teatro de sombras mal dirigido, havia um amigo que não o esquecia, até quando Absinto tinha dificuldade em se lembrar de si mesmo.

O elo foi rompido. A chuva continuou caindo sobre a cidade, e o homem continuou deitado sob ela.

Agora, com um motivo para ter esperança.

18

A Cabeça precisava pensar em todo o resto do Corpo. Em cada Vértebra. E no Guizo.

Sabia da sua responsabilidade, do peso que a alcunha carregava. Não, não uma alcunha. Alcunhas eram frágeis. Aquele era o seu título, que depois se tornara seu nome, uma vez que o seu desígnio de nascimento já se extraviara no tempo a ponto de perder qualquer conexão com o indivíduo que caminhava à frente dos outros dezenove irmãos de juramento. Suas dezoito Vértebras, mais o Guizo. Ele era a Cabeça da Víbora, e o seu passado se encontrava encoberto pelas névoas de outrora e pela escuridão da Mácula.

Observando uma tempestade de areia que fortuitamente ia para o sentido contrário do Corpo, a Cabeça estava prestes a completar mais uma volta no seu ciclo de idas e vindas entre as duas cidades. Aquele trajeto delimitava o espaço da sua existência. Sua função hierática empregava o profano para cumprir o maior propósito de todos: fazer a vida funcionar.

Na cidade murada que em breve despontaria à sua frente, havia outra Cabeça: a da Centípede. Era uma posição de respeito máximo, temida tanto quanto a deusa e o General.

Havia o peso de ser a Cabeça, responsável por devorar o que fosse necessário para que o Corpo seguisse em frente. Nisso, seu jejum era essencial para que o senso de unidade se preservasse. Questionou-se se a Centípede passava pelos mesmos questionamentos, se sentia o mesmo peso em seu corpo mais antigo que os muros que surgiam no horizonte.

Untherak.

E, saindo dela rumo ao céu azul, uma coluna de fumaça gigantesca.

A Cabeça da Víbora puxou o bridão da sua cocatriz e levantou o punho direito. As Vértebras também frearam as suas montarias, e os grilofantes soltaram o seu bramido moroso ao diminuírem a marcha.

— Aquilo é um incêndio, Tarnok — disse Tiën, o Guizo, que encerrava a fila após a última Vértebra. A única que não era kaorsh. E a única que o chamava pelo nome que nada mais lhe significava.

A Cabeça não pareceu alarmada como deveria.

— Não seria o primeiro — respondeu Tarnok, a voz chiada por causa da mordaça.

Ficaram em silêncio observando a fumaça preta subir e se acumular sobre a cidade, com todas as Vértebras aguardando atrás deles, sem maiores questionamentos. O único som era o zumbido das ampulhetas dos dez veteranos do grupo, também chamados de Amordaçados, trabalhando para fazer a Mácula circular para o organismo. O aparato, que tinha esse nome por lembrar o formato dos relógios de areia, localizava-se nas costas dos Amordaçados, preso na horizontal, com tubos conectados ao seu interior que levavam o líquido escuro para as veias dos veteranos, fazendo a Mácula circular eternamente por todo o corpo.

Como uma cascavel mordendo a própria cauda.

Afinal, eles só poderiam tirar as mordaças para se alimentar quando chegassem em Untherak, e a filtragem da Mácula, junto com alguma substância que a Centípede acrescentava à fórmula sanguínea, os mantinha dispostos e com a mente sempre afiada. Os outros dez kaorshs do Corpo eram novatos ainda não batizados, que entraram no grupo junto com as novas cargas a serem transportadas. Eram chamados de Virgens, pois a Mácula ainda não tocara os seus corpos. O ritual de batismo e amordaçamento aconteceria assim que completassem a primeira etapa do trajeto. Enfileirados no Corpo intercalando posições com os Amordaçados, eles invejavam as ampulhetas e a imponência das máscaras presas sobre as bocas dos veteranos.

Tiën, o Guizo, que sempre tinha a visão de todos, foi a primeira a desviar os olhos da coluna de fumaça e observar Tarnok. Os cabelos longos e prateados do líder cascateavam diante do seu rosto pálido e sobre os músculos das costas, visíveis até mesmo sob as vestes de couro negro. Tarnok só não era maior que o brutamonte Waarzi, que dificilmente seria superado em tamanho por qualquer Virgem recém-chegado.

— Vamos esperar por muito tempo? Se não, posso perfurar o solo para que os Virgens encham os seus cantis — sugeriu ela.

Tarnok olhou para trás, analisando os rostos apreensivos e sedentos por formas de provar o seu valor e a sua lealdade. Havia dez pares de olhos grudados nele, ansiosos por conhecer a terra da servidão eterna.

— Eles ainda não parecem preocupados com água. Estão com mais gana de nos agradar do que de se hidratar.

— Ou talvez sintam medo de pedir água quando você os espreita como se estivesse prestes a cometer um assassinato — rebateu Tiën, irônica. Era a única no Corpo que tinha uma personalidade tão discrepante.

Tarnok sabia que aquilo se devia à maneira como ela integrara a Víbora, mais do que ao fato de ser uma salobra — o que, por si só, já era raro. Tiën era uma guerreira inclemente em batalha, mas mostrava uma preocupação pessoal com os Virgens que escapava ao protocolo rígido e ritualístico que todos deveriam seguir. A Cabeça da Víbora observou com atenção a mulher que o substituiria caso ele morresse em missão. Tecnicamente, Tiën era uma anciã. Porém, a sua aparência transmitia uma ilusão de juventude melhor do que a de qualquer kaorsh manipulando as cores e texturas do próprio *canväs*. Seus cabelos presos ainda eram pretos; a pele, quase translúcida, mas suave e sedosa, graças ao seu batismo e à Mácula aditivada circulando no sistema sanguíneo. Baixa estatura, esguia. Suas habilidades como navegadora na Degradação se igualavam às de combate, e o vigor nos movimentos e nas falas parecia o de um indivíduo jovem, como as Vértebras novatas.

— Você os mima demais. Os Virgens poderão matar a sede mais tarde — disse Tarnok por fim, voltando-se para Untherak e tirando uma lente monocular do alforge na lateral da cocatriz. — Uma das construções altas do Miolo está em chamas. O Poleiro. Podemos seguir na direção da cidade. A entrada para o túnel está longe de ser comprometida.

Segundos depois de a frase ser terminada, o estrondo de uma explosão os atingiu. Passados mais alguns instantes, o Poleiro ruiu. A ponta da torre sumiu por trás da muralha, levantando uma nuvem de poeira.

— Isso não é normal — falou Tiën, enquanto todos tentavam acalmar as suas cocatrizes, arredias com o barulho carregado pelo vento. — Qual a probabilidade de estar ocorrendo uma revolução bem durante a nossa chegada?

— Se for mesmo uma revolução, não vai durar muito tempo — garantiu Tarnok, olhando para a fumaça, agora mais espessa e mais escura. — No entanto, o desabamento de uma das estruturas centrais só pode significar uma coisa.

— Pólvora de ouro — completou a salobra.

— Eu me pergunto onde a encontraram em bom estado, sem ter umedecido ou estragado, e em quantidade o suficiente para explodir o

Poleiro. — Tarnok se virou completamente para Tiën. — Preciso que vá na frente, se infiltre e descubra o que está acontecendo. Vamos acampar do lado de fora dos túneis. Depois, nos encontre por lá e iremos juntos ao Portão Vivo.

— Vou precisar levar alguma Vértebra para me camuflar.

— Leve um dos Virgens — disse ele, olhando para trás e apontando para um kaorsh forte, de cabelos espetados e com uma orelha deformada, como se tivesse sido mastigada. Dos que haviam embarcado na última visita ao Hierofante, ele era um dos mais solícitos. — Você! Acompanhe Tiën, misture-se à multidão e não chame atenção.

O kaorsh, que se chamava Freaan, bateu continência. Tarnok não precisava desse ritual ultrapassado, mas deixou o novato reproduzir os seus costumes como Único — posição que certamente ocupara antes de entrar para o Corpo. Obediência e silêncio eram melhores do que gestos vazios.

Tiën desceu da sua cocatriz. Teriam que se infiltrar através de um dos inúmeros túneis antigos, a pé. Ela afivelou melhor a bota de couro e verificou a espada de lâmina batizada antes de guardá-la novamente na bainha de madeira. Da-iyu era o nome da arma. Tarnok admirava o formato das lâminas dos salobros, levemente curvas e extremamente letais. Elas cantavam no vento. Durante as expedições, sempre tivera esperança de encontrar uma arma forjada pelo povo da água para si.

— Não vá perder essa relíquia.

— Só se você roubá-la de mim — retrucou Tiën, estreitando os olhos. — É incrível, consigo perceber o seu olhar cobiçando Da-iyu.

— É admiração — explicou Tarnok, voltando a olhar para Untherak —, mas também inveja. Você precisa partir. Venha aqui cobrir essas guelras.

Tiën revirou os olhos e se aproximou da Cabeça. Com as duas mãos esbarrando nos brincos longos feitos de chocalhos de víboras do deserto, Tarnok segurou as laterais do pescoço da salobra e fez surgir ali padrões negros de espinheiras, como tatuagens, que escondiam as três guelras de cada lado.

— Eu ia pedir para alguém fazer isso — disse ela, com uma irritação bem-humorada.

Tarnok bufou. Aquilo era o mais próximo que tinha de uma risada, e apenas Tiën conseguia provocar aquela reação nele.

A Cabeça observou a salobra e o kaorsh Virgem sumirem de repente, resultado da camuflagem, deixando apenas rastros na areia da Degradação. Tiën, no entanto, permaneceria na sua mente durante toda a noite, sob o teto de pedra do túnel que lhes serviria de abrigo.

Naquela ocasião, Tarnok era apenas uma Vértebra. A fome convencional já não o incomodava há décadas, mas o barulho da ampulheta de Mácula, aquela tecnologia inexplicável, ainda o mantinha acordado durante as noites curtas de descanso.

As cocatrizes do Corpo, envelhecidas, já não rendiam tanto nas jornadas. A Víbora estava na região das Quedas, perto das várias cidadelas abandonadas e decadentes que um dia haviam recebido toda a riqueza genética, mineral e mágica das carcaças dos Antigos, que cruzaram aqueles céus apenas para morrer. Lá, nas cidades vazias, as cocatrizes se reproduziam. Em ninhos escondidos na escuridão, cuidavam dos ovos do tamanho de melões, pretos e viscosos como a Mácula que alterara a evolução daquela espécie, que provavelmente havia surgido na época dos cruzamentos entre dragões, serpentes e... galinhas, que, de alguma forma, entraram naquela baderna quimérica.

A Víbora entrou pelo que um dia havia sido o portão principal, de frente para o baluarte e para construções com os telhados típicos de alguns clãs do Povo do Sal. A cidade parecia vazia como de costume, exceto pela invasão verde das algarras e suas vagens que pareciam dedos retorcidos.

Uma vez que o Corpo e todas as suas diligências de cargas preciosas encontravam-se dentro do pátio da cidade, a Cabeça da época — um kaorsh de longos cabelos escuros trançados chamado Moloss — ordenou que todos procurassem por ovos de cocatrizes próximos à eclosão e capturassem qualquer criatura adulta que estivesse protegendo os ninhos. Estas eram as melhores, mais fortes e ariscas.

Tarnok fez dupla com o Guizo da época, um kaorsh magro e cruel com um rabo de cavalo que parecia repuxar a sua pele a ponto de impedi-lo de piscar. Seu nome era Gesz, e usava uma faca curva que raramente voltava à bainha sem derramar sangue. Ele gostava de dar ordens como se a Víbora andasse com o chocalho para a frente, mas parecia se apequenar diante de Moloss.

No entanto, a Cabeça não estava presente na torre em que começaram a busca. Gesz e Tarnok não encontraram ovos por ali, apesar de enxergarem marcas de pequenas patas de cocatrizes na poeira acumulada, além de cascas de ovos negros.

Tarnok acendeu uma tocha, sem se preocupar em adicionar nada para esconder a cor das chamas vermelhas: a Víbora estava acima dos dogmas, podendo até mesmo contrariá-los se isso significasse protegê-los. Em cada canto inspecionado, encontravam mais poeira e pegadas de cocatrizes. Até que Gesz soltou um arquejo de surpresa e apontou para pegadas humanoides no chão.

Havia uma série de pegadas pequenas, de alguém de estatura baixa, e outras ainda menores. Ambas seguiam até as cortinas mofadas ao lado da escada que dava nos andares superiores da torre.

Gesz ergueu a faca em posição de ataque e avançou com passos cruzados e silenciosos, deixando Tarnok para trás como se não precisasse dele. O Guizo adorava se exibir. Quando chegou perto das cortinas velhas, ele as segurou, na intenção de dar um único puxão e revelar seja lá quem estivesse se escondendo ali atrás.

Tarnok se surpreendera apenas três vezes na vida. Duas aconteceram naquela noite.

Primeiro, a cortina caiu por cima de Gesz, como se alguém tivesse cortado a parte superior para envolver a pobre presa burra.

O Guizo se debateu, tentando se livrar do tecido, mas logo em seguida uma figura pulou de cima da escada, segurando uma espada do Povo do Sal como se fosse um grande punhal e empalando o kaorsh. Era uma mulher salobra, pequena, feroz e precisa, vestindo roupas de algodão cru. Cabelos presos, olhos estreitos e lábios finos apertados a ponto de quase sumirem.

Gesz caiu de joelhos, envolto em tecidos, e a sua assassina rolou pelo chão até ficar de frente para o outro kaorsh, limpando o sangue escuro da lâmina na dobra do braço esquerdo.

Aquele foi o primeiro encontro de Tarnok e Tiën.

Em seguida, veio a segunda surpresa da vida dele: sua perna foi atravessada por outra espada do Povo do Sal. O aço brotou da sua coxa, derramando sangue maculado. Por um momento, Tarnok se esqueceu da assassina de Gesz. Não gritou de dor, pois demonstrar fraqueza não era do seu feitio. Apenas virou a cabeça para trás e seguiu a lâmina da espada, mais curta que o normal, passando por dragões ornamentados na base até se deparar com o punho, em forma de cálice. Aquelas espadas do

Povo do Sal podiam ser preenchidas com substâncias que aumentavam sua potência, como veneno de basilisco-d'água. Lembrou-se de Ruro, o Dragão Derrotado, e a sua espada prateada carregada de Mácula: nem mesmo uma arma forjada para derrotar Proghon dera conta do recado, tornando-se um mero ornamento nos aposentos pessoais do braço direito de Una. Porém, pelo jeito, a tradição de fabricá-las continuara entre os descendentes do último grande general salobro.

Mãos pequenas e pálidas envolviam o punho da espada, firmes e infantis. E os traços eram inegáveis: o rosto redondo que o encarava era claramente o da filha da assassina de Gesz. Uma criança de no máximo oito anos, sem a experiência necessária para arrebatar o alvo com um único golpe ou sequer feri-lo de maneira letal, mas com força e fúria invejáveis.

Tiën, cujo nome Tarnok ainda não sabia, avançou, gritando, com a espada à frente. A criança atrás dele, por sua vez, berrou e girou a lâmina. O ferimento ardeu: havia água salgada nas canaletas da arma. Rapidamente, o kaorsh agarrou a menina pelo pescoço e a segurou à frente, como um escudo. Com a outra mão, arrancou a pequena espada da parte de trás da sua coxa.

Tiën cessou seu ataque. Sua espada, Da-iyu, foi ao chão. Ela se ajoelhou.

— Largue a minha filha. Faço o que você quiser.

— Me passe a sua espada. Sem truques — ordenou Tarnok, segurando uma criança apavorada demais para chorar.

Tiën estendeu a lâmina com as duas mãos para ele, rendida.

Tarnok colocou a criança no chão, mas manteve uma das mãos em pinça ao redor do seu pescoço. Ele era grande o suficiente para quebrá-lo com um único apertão, e a mãe sabia disso. Ela caminhou à frente do kaorsh claudicante, implorando em voz baixa para que Myu não fosse ferida.

No pátio central da cidadela que um dia se chamara Baluarte, com a grande cordilheira da Mandíbula a leste e o solitário monte Tenaz à frente como testemunhas, Tiën foi levada diante de Moloss e cercada pelo Corpo da Víbora.

A Cabeça a acusou de matar o Guizo, e, com um sorriso de escárnio por baixo da mordaça, ordenou que ela matasse a própria filha com a mesma espada — ou ambas morreriam lentamente.

Mesmo ante os risos abafados das Vértebras, Tiën parecia ter encontrado alguma paz interior naquele momento. Tarnok não entendeu de onde Moloss tirara aquela sentença atroz, e comoveu-se com as lágrimas da criança que segurava pelo pescoço. Inconscientemente, afrouxou o aperto. Ouviu Tiën responder, em desafio:

— Não conheço esses costumes untherakianos.

— Não somos untherakianos, condenada — retrucou Moloss, abrindo os braços e apontando para os seus seguidores. — Passamos mais tempo no deserto do que dentro de qualquer muro, seja do norte ou do sul. Somos da Degradação, e nela sou rei. Aqui, crio o costume que quiser quando um dos meus soldados é morto. Você pode matar a criança com rapidez e misericórdia, ou deixar que façamos isso do nosso jeito.

Tiën olhou para a filha e depois para a cordilheira. Ou talvez estivesse apenas encarando os muros da cidade.

— Aqui não é a sua Degradação. Aqui é a cidade salobra de Baluarte, que um dia se aliou aos anões do monte Tenaz. Que um dia foi devastada pelos seus, *untherakiano* — acusou ela, com ódio entre os dentes. — Assim como tantas outras cidades pelo Caminho das Quedas dos Antigos. Estávamos aqui procurando por tesouros dos nossos antepassados. Apesar do lugar estar vazio, ele ainda é território do Povo do Sal.

— Hum... Acho que você está certa, mulher. Afinal, Una não quis ocupar este lugar amaldiçoado após a derrota de Ruro — comentou Moloss, sacando suas cimitarras gêmeas. Havia um único gume em cada arma, como as lâminas dos salobros. — Então, eu o farei. Eu a desafio pelo domínio da cidade de... Baluarte? É esse o nome desta pocilga?

Tiën nada respondeu, apenas se virou para Tarnok com a mão estendida. Queria a espada. O kaorsh soltou a criança, que foi correndo até o centro do pátio para abraçar a mãe.

— Seja forte — disse Tiën à pequena que choramingava, após um abraço breve e intenso.

Tarnok se adiantou, estendendo o punho tanto da lâmina grande quanto da pequena para Tiën. Moloss usaria duas cimitarras, e aquilo lhe parecia justo.

Tiën não fitou os seus olhos ao tomar as armas. Então a salobra se voltou para o centro do pátio, enquanto as Vértebras gritavam desaforos e predições da sua morte.

— Calados! — gritou Moloss, e o silêncio prevaleceu. — Eu sou a Cabeça. A boca, os dentes e a língua pertencem a mim, então deixem que falo o que for preciso. Não tolerarei o comportamento de soldados rasos indisciplinados.

Tiën e o líder dos kaorshs se encararam por segundos intermináveis. O farfalhar das árvores era o único som permitido. Nenhum pássaro cantava, nenhuma cocatriz ou grilofante da caravana grunhia.

Os ataques foram simultâneos. Dois pares de pés experientes avançaram ao mesmo tempo. As quatro lâminas se cruzaram, se chocaram e circundaram os guerreiros que as manipulavam. Os estilos de luta eram completamente diferentes, com Moloss se garantindo muito mais na selvageria dos ataques. Tarnok aprendera grande parte da sua técnica agressiva com ele, mas estava fascinado pelos movimentos da salobra, que às vezes se assemelhavam a danças combativas, como a *kaita* dos sinfos. Ainda assim, era uma dança diferente, fluida como a água.

As guelras de Tiën se abriam e se fechavam enquanto seu rosto impassível sequer parecia fazer esforço frente aos ataques pesados das cimitarras. As três aberturas de cada lado do pescoço eram uma herança do tempo em que os salobros ainda não haviam se misturado com outras raças e desenvolvido uma forma alternativa de respiração. Foi através das guelras que Moloss percebeu que Tiën estava se cansando e intensificou a ofensiva, forçando-a a recuar para o círculo de soldados. Um deles, ainda obedecendo à ordem de permanecer em silêncio, colocou um pé no caminho da guerreira. Ela tropeçou e foi ao chão.

Moloss não teve a mesma honra demonstrada minutos atrás e correu para pulverizá-la. Ainda no chão, Tiën largou a espada menor e fez um movimento elevatório com a palma da mão esquerda voltada para cima. A Cabeça se estatelou no chão, e Tarnok demorou a perceber o que tinha acontecido: Moloss tropeçara num espigão de cristal azulado que brotara no meio do pátio, perfurando o piso no ponto exato para tirar o apoio do seu pé.

— Isso surgiu do nada! — gritou Moloss, furioso, apontando para o cristal pontiagudo.

Tiën se levantou, segurando as duas lâminas outra vez.

— Assim como o pé no meu caminho.

Tarnok conteve um sorriso, por mais que a mordaça escondesse sua boca. A mulher tinha um espírito guerreiro que ele jamais havia visto nos combatentes da Arena de Obsidiana.

Tiën passou a circular Moloss, forçando-o a mudar os pés de apoio a todo momento. Ela apenas desviava das cimitarras, sem contra-atacar, envolvendo o inimigo no seu próprio ritmo, até que um passo em falso do Cabeça deixou uma abertura para a salobra passar por baixo de um ataque em arco e se posicionar às costas do adversário.

A lâmina menor rompeu a ampulheta de Mácula às costas de Moloss, fazendo o líquido escuro se espalhar pelo piso. A lâmina maior apunhalou o meio das espáduas musculosas, como uma ferroada, entrando e saindo com facilidade.

Moloss gritou e arrancou o dispositivo das suas costas, com cabos e tudo, espalhando ainda mais sangue. Ele bateu no peito, em desafio, e então tocou o chão com a ponta dos dedos.

Toda a arena improvisada e sua armadura ficaram da mesma cor da sua pele pálida. Aquilo claramente causou uma vertigem em Tiën, que nunca havia visto uma demonstração da habilidade kaorsh naquela escala. Era difícil focar no inimigo quando ele se mesclava ao piso.

As cimitarras também mudaram de cor e se ergueram acima de Tiën conforme Moloss assomava triunfante diante da sua hesitação.

O movimento foi como o de uma grande tesoura: a salobra cruzou os braços diante de si e os abriu de uma só vez. A cabeça de Moloss foi separada do pescoço, os cabelos trançados acompanhando a trajetória do crânio ao repicar no piso. O sangue escuro jorrou. As cores alteradas vacilaram e voltaram à tonalidade original, como uma ilusão perdendo o efeito aos poucos.

Tiën, salpicada por sangue maculado, não esperou nem um instante para ir até a filha, abraçando-a sem largar as lâminas, como se os desafiasse a interromper aquele momento.

— Venci a batalha. Saiam da minha cidade — ordenou Tiën, ficando de pé e se voltando para Tarnok.

— Uma vida pela cidade. Mas como vai compensar a morte do Guizo? — questionou ele, impassível. Os outros Amordaçados e Virgens, por sua vez, não conseguiam disfarçar as expressões atônitas.

Tiën o encarava sem piscar.

— Eu apenas me defendi.

Em silêncio, Tarnok pegou uma das cimitarras do corpo decapitado, forçando os dedos rígidos a largarem-na.

— Perdemos a nossa Cabeça e o nosso Guizo. A Víbora está mutilada. Você nos tirou duas vidas hoje — falou, caminhando até a salobra. — Por que pouparíamos duas vidas?

As outras Vértebras se enfileiraram atrás de Tarnok, e então circundaram Tiën e Myu. Uma nova Cabeça surgira, e um novo Guizo precisava ser escolhido.

A espera por Tiën e Freaan se encerrou no dia seguinte, quando a salobra e o kaorsh retornaram vestindo mantos encardidos, resultado da sua infiltração no meio dos servos de Una.

— Nós nos separamos e colhemos muitas informações — disse Tiën. — No Palácio, não há ninguém para levar as cargas até os túneis do Portão Vivo. Nem a Centípede responde, e tudo que consegui de alguns guardas Altin foi que ela estava se alimentando. A crise é maior do que apenas a destruição do Poleiro, e parece que houve mortes em massa nos Assentamentos. Além disso, Proghon está se articulando de uma maneira... diferente.

— Diferente como? — perguntou Tarnok, sem parecer alarmado. Já havia visto muitas mudanças de humor do General nos últimos séculos.

— Mais individualista, eu diria.

A Cabeça encarou as paredes do túnel, pensativa. Não parecia ter pressa.

— Nossa carga?

— Não encontrei nenhum Autoridade que estivesse cuidando disso. Mas visitei alguns lugares que deveriam direcionar cargas para o Palácio, e as sedas do Tear sequer foram coletadas — informou Freaan.

— Acha que devemos esperar para ir ao Portão Vivo? — perguntou Tiën.

Waarzi, que parecia verificar os tubos da sua ampulheta, maior que a de todos os presentes a ponto de parecer um barril, disse distraidamente por trás da sua mordaça, a voz grave ribombando nos túneis:

— Sinceramente, poderíamos aguardar *no* Portão Vivo. Enquanto a carga não vem, ao menos aguardamos fazendo o nosso banquete.

Tarnok lançou um olhar de censura para o Amordaçado.

— Você já faz parte do Corpo há incontáveis anos, Waarzi, mas ainda não aprendeu duas coisas essenciais: cumprir o jejum até o instante que eu ordenar a abertura da sua mordaça e expressar sua opinião apenas quando eu permitir.

— Rogo pelo seu perdão, Cabeça da Víbora — replicou Waarzi, mas havia certo divertimento em sua voz. — Desta vez, minha fome me faria comer a minha própria cocatriz. Ainda bem que o Portador da Chave é anônimo, senão já teria tomado a chave dele há alguns dias.

Waarzi terminou a sua frase olhando atentamente para todos os não maculados, as Vértebras mais novas do Corpo. Algumas gargantas engoliram em seco.

Tiën balançou a cabeça, tirando os seus trapos de disfarce e jogando-os ao chão.

— Precisamos de orientação, Cabeça.

Tarnok grunhiu, e o som parecia um grilofante irritado. Distanciou-se um pouco do grupo e plantou um joelho no chão. Tiën sabia que aquilo não era um gesto de reverência nem respeito pela cidade alguns quilômetros à frente. Não, a Víbora estava livre dos ritos que sustentavam a farsa de Una. Tarnok se aproximara do chão pois precisava escrever naquelas pedras antigas, colocadas ali por anões e revestidas por raízes-sanguíneas e fungos quebra-pedras.

Tirou das costas uma das cimitarras que, num dia muito distante, tombaram junto a seu antigo portador. Cortou a palma da própria mão, sem sequer piscar, e usou o sangue de piche para desenhar um triângulo. Escreveu uma palavra no centro dele: Tempo. Sabia que aquele era o nome de um dos deuses dos anões, mas ali o tempo tinha outro significado, e era ele que estava representado no centro do seu triunvirato.

A Mácula, capaz de sustentar um corpo por toda a eternidade.

O Sal, que se acumulava na terra mesmo depois do fim de um oceano.

E o Ferro, que permitia o controle do sangue e que, forjado numa arma, também permitia o seu derramamento.

Assim que apoiou a mão ferida no centro do símbolo, um vento forte veio da escuridão do túnel. Tarnok continuou olhando para o seu triângulo de sangue maculado, enquanto os Virgens pareciam apavorados com a súbita mudança de clima. Então, todos os Amordaçados se engasgaram, caindo de joelhos.

Aquilo também não era uma reverência.

— *A Víbora me chama num momento inoportuno* — alertou Proghon, em uníssono, através de bocas amordaçadas.

19

Eram como dedos na sua garganta. Mas do lado de dentro.

Vasculhando, arranhando, perscrutando o seu palato. E então, a língua se movendo por conta própria, a sensação de que aquele verme de carne podia se revoltar e mergulhar na direção do estômago, matando-a sufocada. A sensação ainda era horrível, mesmo após tantos anos do batismo na Mácula. Tiën sentia repulsa e medo, porém não os demonstrava. Talvez o General pudesse ver todo o pavor dentro dela, mas não se importasse com isso. Ou talvez ele ficasse satisfeito com o terror e a angústia daqueles que pertenciam à grande rede de mentes, corpos e almas tocados pela Mácula. Um ser único como Proghon só podia ter meios únicos de sobreviver ao tempo sem perder poder.

— Se a Víbora puder ajudá-lo mais uma vez, basta nos convocar que iremos à superfície — disse Tarnok, que já fora em auxílio de Proghon outras vezes, inclusive séculos antes de Tiën conhecê-lo.

Ela estava de pé novamente, próxima da Cabeça, respirando forte pelas guelras, recobrando-se da tontura típica daquela possessão. Todas as bocas amordaçadas falavam, exceto a de Tarnok, que conjurara a presença verbal do General.

— *Estamos sofrendo ataques de espiões e infiltrados, e creio que a Centípede tenha enfrentado problemas parecidos.*

— Podemos conter a situação, se necessário — ofereceu Tarnok, encarando o vento que vinha da escuridão no fim do túnel, as costas viradas para os companheiros. — É só dizer em que ponto devemos agir.

— *Você é um exímio guerreiro, Cabeça da Víbora. Mas ainda não necessito das suas lâminas letais. Poupe as suas presas e o seu veneno. Tenho outros planos que exigirão todo o empenho de vocês... de cada Vértebra, da Cabeça ao Guizo. Por aqui, obtive uma nova força para executar a minha vontade e a minha visão.*

Tiën esquecera aquele detalhe: a presença de uma raça que nunca vira antes. Parecida com os sinfos, mas sombria e alta como kaorshs. Causava um efeito de anulamento dos sons ao redor, que ela percebera ao passar a mais de vinte metros de um deles. O povo os chamava de elfos Silenciosos. Ela tinha certeza que aquela era mais uma criação da Centípede, assim como as grandes Cocatrizes que procriavam na Degradação.

Enquanto a sua voz era usada sem que ela pudesse impedir, a imagem dos ninhos de aspecto agourento veio à memória. Tiën deixou a mente voltar no tempo enquanto o seu corpo estava sob controle de outra entidade.

Não saiu de perto da filha, mesmo com a Víbora enrodilhada ao redor das duas. Também não a deixou pegar de volta a pequena espada manchada de sangue. Naquela tarde, seu plano era mostrar para Myu como eliminar um ninho de cocatrizes; o próximo passo seria explicar como o reflexo numa poça d'água podia ajudá-la na batalha contra as bestas. Porém, Tiën jamais imaginara que terminaria o dia lutando ao lado de Myu contra um guerreiro experiente, e que depois o decapitaria com a espada da filha.

A lição mais difícil, no entanto, viria a seguir.

— Ela não tem nada a ver com isso — disse Tiën, enquanto a filha agarrava sua perna. — Eu derrotei o homem que se autoproclamou Rei da Degradação, o que faz de mim a Rainha. E vocês estão no meu território.

Tarnok estalou a língua por trás do imenso freio de ferro na sua mandíbula.

— Moloss sempre falou demais. Não temos o costume de ostentar posses, títulos nem posições. A única hierarquia que nos importa é a do Corpo da Víbora, do qual fazemos parte.

— Cujas Cabeça e Guizo eu extirpei — lembrou Tiën, movimentando a espada lentamente e analisando-a com curiosidade fingida. — Não vejo por que lhes devo algo após um combate justo. Seguindo a sua lógica torpe, posso me proclamar Rainha da Degradação, e vocês que lidem com isso.

Tarnok analisou os arredores. Parecia estar sentindo os olhares das Vértebras e ouvindo os seus pensamentos: *Por que ele não acaba logo com as duas salobras?* Seu olhar ficou detido por um tempo nas torres, que pareciam esculpidas em peças titânicas de marfim. Depois, sua atenção vagou pela terra fora do pátio, ao redor do Baluarte.

— Vocês não vivem mais aqui — comentou ele, ainda sem se voltar para Tiën.

— Não. Vivemos em outro lugar. Mas essa cidade pertenceu aos nossos ancestrais. Até a Queda de...

— A Queda de Ruro. A grande aliança dos salobros com os anões do monte Tenaz. Eu estive aqui, na época. A Víbora foi chamada para servir no contra-ataque. Houve uma comoção única em Untherak depois do ataque dos salobros, o que fez até a Una da época deixar os muros. Dizem até que eles fizeram uma estátua da deusa derrotando o Dragão, lá dentro.

Tiën deu de ombros.

— Apenas mais uma mentira.

Tarnok a encarou com divertimento, como se não estivesse sendo observado por todas as Vértebras com ainda mais intensidade.

— Certo. Mas não vejo tumbas ou lápides dos seus antepassados que pereceram na matança — comentou o kaorsh, olhando ao redor novamente. — O próprio Ruro está em algum cemitério? Imagino que não façam uma pira para os mortos.

— Nossos rituais fúnebres são diferentes de tudo que você poderia imaginar. Assim como a nossa jornada após a morte.

— Como kaorsh, posso dizer que as nossas também são. O que você vê é só um receptáculo. Nosso *canväs*.

— Eu vejo um *canväs* sujo à minha frente. Poluído pela Lágrima Obscura, e por vontade própria.

Waarzi bateu com uma alabarda imensa no piso do pátio e gritou:

— Já chega!

— Deixem-na falar — disse a nova Cabeça, sem se abalar.

Tiën continuou, como teria feito mesmo se não tivesse recebido a concessão:

— Se tinham a vida eterna em comum com os salobros, agora é nisso que divergimos. Almas vendidas não ecoam no tempo. Não possuem descendentes.

— O grande propósito da vida é procriar, então? Como fazem as cocatrizes nas ruínas do seu povo, crescendo, botando ovos e morrendo? Nesse ínterim, elas carregam o nosso peso nas costas.

— Talvez escravizar e matar seja o seu propósito. Eu faço algo pelo meu povo. Vocês, por quem os amordaça.

As Vértebras reclamaram, batendo com as armas no chão e nas placas de armadura no peito, tentando assustá-la. Tarnok balançou a cabeça ao sentir o golpe da língua afiada de Tiën. Mais afiada até do que a espada de gume único.

— Para mim, é o suficiente — anunciou a Cabeça, indo até o corpo decapitado de Moloss e tomando as suas cimitarras gêmeas para si. Tarnok abriu os braços e ergueu ainda mais a poderosa voz: — Então lhes pergunto, Vértebras: alguém se opõe à minha posição como Cabeça da Víbora?

Não houve objeção.

— Como a Cabeça, digo que precisamos de um novo Guizo, agora que Gesz está morto. A função deve ser dada a alguém hábil, astuto e com habilidades únicas. Então lhes pergunto outra vez, Vértebras: alguém se opõe que Tiën, do Povo do Sal e do Dragão Derrotado, se torne o novo Guizo da Víbora?

O piso frio. A corrente de ar vindo da escuridão à frente. Uma única lágrima de Mácula singrando o seu rosto e caindo no dorso da mão que estava apoiada no chão, assim como os seus joelhos.

Tarnok lhe estendeu a mão.

— Acabou. Levante-se.

Ela não estava mais reproduzindo a fala de Proghon. Ninguém estava. Seja lá quais haviam sido as últimas ordens para a Víbora, Tiën não as escutara.

A mão de Tarnok envolveu a sua: os dedos frios com as unhas enegrecidas típicas dos batizados. Tiën sentiu uma repulsa por ele que não experimentava desde antes de tornar-se o Guizo. A lembrança de Myu, que já partira há tanto tempo... e lá estava ela, em mais uma infindável jornada de ida e volta pela Degradação, com a mesma aparência de quando deixara a filha para trás.

— Eu... não ouvi as ordens — disse ela, soltando discretamente a mão de Tarnok. Em geral, a presença dele a tranquilizava. Sabia que podia contar com a Cabeça, assim como ele poderia contar com o Guizo.

Tarnok resfolegou dentro da sua máscara de contenção.

— Você desmaiou durante as instruções?

— Pois é... como uma recém-batizada — falou Tiën, a voz rouca como de costume após a invasão de Proghon. Então, acrescentou com certo desgosto, sentindo o olhar de todos em si: — Devo estar precisando me alimentar direito.

— Teremos que aguardar mais alguns dias para isso — alertou Tarnok. — O Palácio ainda vai preparar a carga, e não querem que a Víbora se revele na batalha da superfície. Disseram que precisamos nos proteger. Vamos continuar acampando até segunda ordem.

— E a Centípede? — perguntou ela, a tontura persistindo.

Tarnok meneou a cabeça, parecendo incomodado.

— O General não mencionou a Centípede. Apenas que estavam... ocupados.

Tiën se lembrou de estar na presença deles. Da dança de braços e de órgãos liquefeitos. Do banho de Mácula, da sua transformação e do batismo naquela vida dedicada ao Corpo: a observar as Vértebras, a seguir a Cabeça da Víbora. A Cabeça da Centípede lhe dera as boas-vindas à nova existência, mas Tiën sentia certo alívio em não precisar encontrá-la. Sua segunda vida deveria ser cumprida sem arrependimentos e sem as memórias da existência anterior, mas Tiën era uma salobra. Sua espécie vinha da água, comunicava-se com a água, vivia do que a água lhes oferecia. E, acima de tudo, a água jamais esquecia.

Tiën não conseguia esquecer. Apenas escondia as memórias sob o solo, sob as areias da Degradação, sob o rio de Mácula que a banhara, que a possuíra, que a trouxera para a superfície com um novo propósito infindável.

Lá embaixo, nos rios subterrâneos da sua carne corrompida, estava a sua vida como mãe, como salobra orgulhosa, como a Vingança de Ruro. Mas todos esses propósitos eram invisíveis para aqueles que caminhavam na superfície do presente.

20

Foram muitas semanas até Tarnok e as Vértebras se engasgarem de novo com a voz de Proghon e receberem o sinal de que a carga estava pronta no Portão Vivo. Ele não sabia quantas semanas exatamente, já que o tempo não lhe tinha nenhuma utilidade. Só precisava saber do que influenciaria a sua jornada infinita entre dois pontos e garantir que cada lado receberia as suas respectivas entregas, mantendo vivo o acordo tácito.

As cocatrizes e os grilofantes foram deixados para trás onde o teto não lhes permitia mais a passagem. Naquela etapa final, a entrega das diligências era feita por puro esforço braçal. O Guizo fechava a fila, empurrando a última carga. Freaan segurava a grande caixa de ferro sobre rodas de um lado, enquanto Tïen segurava do outro.

— Se ainda não estiver se sentindo bem, deixe que faço a maior parte do esforço — disse o Virgem para o Guizo, e o eco das suas palavras chegou à Cabeça.

Tarnok olhou para trás e viu que Tïen parecia desconcertada. Não era sempre que ela se mostrava minimamente vulnerável, porém, nos últimos dias, isso se tornara cada vez mais frequente.

As chegadas a Untherak nunca eram simples.

O túnel foi ficando escuro até para as vistas preparadas da Víbora. Era como se algo convidasse as sombras a assumirem tons mais profundos. Ali, raízes grossas começavam a aparecer nas paredes e nos cantos do piso, assim como fungos variados, indicando a proximidade do fim daquele caminho. E o início de um próximo.

As carruagens pararam, mas um estrépito de metal sobre pedra ainda foi ouvido: Waarzi levantou sozinho uma das diligências para posicioná-la mais próxima da parede, então largou-a com tudo no chão. Tarnok sabia que aquilo era puro exibicionismo do brutamonte, que adorava demonstrar como a sua força se mantinha apesar do jejum prolongado.

— Terminou o seu pequeno espetáculo? — perguntou Tarnok.

Waarzi riu, batendo as mãos para limpá-las.

— É a fome. Vai chegando a hora de comer, e a minha energia atinge um pico.

A Cabeça se aproximou da parte de trás do Portão Vivo. O Hierofante estava do outro lado, passando os sermões e realizando o longo ritual com os novatos.

Tarnok apoiou a mão direita na parede ao lado do Portão. Uma das raízes se enrolou no seu braço, como um tentáculo rosado e esponjoso. A voz que ouviu veio como o vento, um gemido fraco passando pelo meio de folhagens ou farfalhando em ondas:

— O ritual está para começar. Evoquem a revelação do Portador da Chave, livrem-se dele e comecem o banquete. Depois, aguardem o Portão se abrir.

Tarnok foi para trás, sentindo as raízes grossas ouriçadas se moverem, inquietas, pelas paredes e pelo chão. Era como se estivesse num fosso cheio de serpentes sibilantes aguardando uma presa descuidada.

A Cabeça tirou uma adaga da bainha e cortou a palma da própria mão. O sangue negro escorreu, grosso. Tarnok usou a ponta dos dedos para desenhar no chão com aquela tinta rara, enquanto mais tentáculos se enrolavam nas suas pernas. Os outros dezenove membros da Víbora entoaram todas as palavras do juramento, fúnebres e graves, terminando em um uníssono raivoso e catártico:

Liberta a Víbora, em seu Ciclo Vital,
engolindo-se, finalmente, a se completar.

As palavras ecoaram como se houvesse duzentas, e não apenas vinte, bocas as recitando. Um fogo frio e invisível se espalhou e uniu todos eles num propósito sacramentado pelo oculto e pela Mácula.

— Portador, apresente-se! — disse Tarnok, levantando-se para encarar o restante do Corpo.

Houve um momento de hesitação e silêncio. Metade da Víbora aguardava o Virgem a se revelar. Foi quando um deles grunhiu, levando a mão ao peito.

Tarnok tentou se lembrar do nome dele, mas a verdade é que não se esforçava mais para aprendê-los. Os ritos deixavam claro que todos eram parte do Corpo, mas a convivência fazia os nomes reais aflorarem. O Portador grunhiu, tentando não se entregar à dor. *É o mínimo esperado*, pensou a Cabeça. Nunca experimentara a sensação de ter um objeto crescendo sob a pele, mas qualquer soldado que se prezasse não reclamaria de um mero revirar de tripas. Caso contrário, não aguentaria o batismo na Mácula.

— S-sou eu — anunciou a Vértebra, levantando-se e tirando a placa de armadura que cobria o peito, a cota de malha e, por fim, rasgando a camisa puída que usava por baixo. *Lan é o seu nome!* Era um nome bem comum em Untherak, mas ainda assim esquecível para Tarnok.

— Aproxime-se — falou a Cabeça, observando a forma de uma grande chave em relevo no peito do Virgem. Pouquíssimos milímetros de pele a separavam do ar frio do túnel.

Lan obedeceu, ainda segurando a camisa rasgada.

— Devo tirá-la? — perguntou, indicando a chave.

— Sim.

O kaorsh sacou o punhal. Sua mão trêmula fez uma incisão profunda sobre a forma da chave. Sangue grosso como um mel rubro escorreu pelo peito liso do soldado. O garoto mal tinha pelos. Devia ser idealista, disposto a cumprir o seu papel e conectar segredos que estavam a uma Degradação de distância.

A chave saiu do seu corpo tingida de vermelho. A mão firme e imensa de Tarnok a tomou da outra que chacoalhava entre a aflição e a emoção de ser o Portador. O cargo mais importante para uma Vértebra novata.

Os Amordaçados flanquearam a Cabeça, que levou a chave à fechadura no fim da própria mandíbula. Com um estalar metálico, sua mordaça de ferro se abriu, expondo um queixo proeminente, um nariz adunco e lábios grossos que pareciam não sorrir há séculos. Alguns dos Amordaçados mais antigos poderiam atestar isso.

A chave foi passando de mão em mão, as gaiolas foram sendo abertas. As Vértebras imaculadas começaram um rumor animado. Tarnok ouviu um deles perguntar ao mais próximo se o banquete estaria do outro lado do Portão Vivo.

Com um chiado cortante, a Cabeça retirou as duas cimitarras das costas e exibiu as suas presas. Todos os batizados, agora livres das mordaças, fizeram o mesmo com as próprias armas. O primeiro a imitá-lo foi Waarzi, com um riso desvairado, e a última foi Tiën, em silêncio. Pois o banquete seria daquele lado do túnel, e aqueles eram os seus talheres.

Tarnok acertou as clavículas de Lan com as lâminas gêmeas. As cimitarras desceram até o meio do seu peito, destruindo o corpo, e Tarnok imediatamente abocanhou o pescoço do rapaz, ainda segurando as armas com firmeza e forçando-as para baixo. Lan não gritou, pois estava em choque. Os olhos perderam o brilho conforme ele caía, o líder ainda sobre ele.

Os outros tiveram tempo de gritar. Com requintes de crueldade, Waarzi usou a haste da sua alabarda para dar uma rasteira em uma Vértebra novata e então esmagou a cabeça dela. Era seu método para consumir os miolos, sua parte preferida do corpo, quebrando a solidez do crânio como se fosse um caramujo de concha particularmente resistente. Um a um, os Batizados derrubavam os Virgens, e os últimos começaram a recuar pelo túnel, tentando fugir.

De uma dezena, quatro saíram correndo, mas foram surpreendidos pelo furtivo Merab, um dos Amordaçados que se camuflara nas sombras e os ultrapassara sem que ninguém notasse. Ele lambeu os lábios, sentindo a grande fome, e ergueu o lado perfurocortante do seu martelo de guerra. Os acuados mostraram as próprias armas, enfim reagindo, mas ainda sem entender por que o restante da Víbora se voltava contra eles, sem aceitar que eles eram o banquete. Se tivessem prestado atenção nos versos finais da Descida, saberiam que a Víbora devoraria a si mesma para completar o ciclo.

Tarnok levantou o rosto lambuzado de sangue por um momento, engolindo os nacos de carne mais duros e difíceis até para dentes acostumados. Nisso, viu o grupo fugitivo enfrentando Merab, que era um duelista incansável. Um dos quatro Virgens já havia tombado, e os outros três não notaram Tiën se aproximando pelas suas costas, pulando por cima de dois batizados que dividiam as entranhas do mesmo corpo. Ela ainda estava limpa e segurava Da-iyu elegantemente com a lâmina para baixo, avançando com passos silenciosos e astúcia, sorrateira mesmo sem a camuflagem de um kaorsh. Ela era a única que não parecia entregue à fome, mas com certeza se lembrava da necessidade de se alimentar a cada retorno ao Portão Vivo. A máquina que bombeava a Mácula para as suas veias precisava da carne alheia e do sangue ainda vermelho para agir no organismo dos batizados da Víbora.

Tiën se lembrava, porque ela nunca se esquecia. E, com isso, Tarnok via-se revisitando memórias com frequência.

O sol se punha no céu acima de Baluarte, mas o crepúsculo na vida de Tiën estava prestes a se tornar eterno. Observadas pela Víbora, Tiën envolveu Myu com os braços por tempo suficiente para a noite ocupar todo o firmamento. As Vértebras se mostravam impacientes, mas Tarnok não moveu um dedo para apressá-las.

— Eu vou ficar sozinha? — perguntou a pequena salobra, enxugando o rosto.

Sua mãe abriu um sorriso verdadeiro, o que não aconteceria de novo tão cedo.

— Nunca. Você sabe onde encontrar os nossos. Sabe que sempre lutamos contra o esquecimento. A memória da água é a nossa memória. — Tiën afastou uma mecha de cabelo infantil e puro do rosto da pequena. — E sempre lembraremos uma da outra, e de todos que vieram antes da gente. Enquanto lembrarmos, não ficaremos sozinhas.

Myu acariciou as guelras na lateral do pescoço da mãe, que fez o mesmo com a menina. Tarnok observou o gesto, descobrindo algo novo sobre os salobros. Ele fazia parte do flagelo da raça, que agora estava praticamente extinta. Se ainda havia tempo de perceber alguns de seus costumes, não conseguia nem imaginar o quanto havia se perdido desde a Queda de Ruro. De uma maneira distante, a Cabeça da Víbora entendia perfeitamente como a obliteração em nome de Una apagava qualquer oponente, qualquer discordância, qualquer alternativa ao regime criado pela Centípede. Ao entender um indivíduo, ele compreendia a história de uma cidade. E o massacre de uma raça sempre começava com um indivíduo. Um primeiro corpo tombado, o primeiro de muitos cadáveres esquecidos.

Pensou que seria mais justo deixar Tiën partir com a filha. Permitir que as duas tivessem uma vida com o punhado de salobros que ainda restava pelo Caminho das Quedas dos Antigos. Mas ele nada disse, pois já sentia que aquela à sua frente era o Guizo que encerrava o Corpo. Não poderia demonstrar dúvida, fraqueza ou arrependimento. Não agora que se tornara o líder daquela máquina de perpetuar mentiras. Tinha uma carga a entregar, e aquela era a principal prioridade. Precisava de um Guizo, e deixaria que Myu desse continuidade à sua exígua linhagem. Afinal, permitir a existência de criaturas mais fracas às vezes era vantajoso, como as cocatrizes que usavam de montaria. Quem sabe, um dia, os salobros retornassem e servissem ao mesmo propósito que a Víbora...

Não. Isso nunca aconteceria. Talvez, ao retornarem a Untherak, a Centípede e o Hierofante ordenassem a execução sumária daquela sombra de um passado insistente. Os salobros não eram citados na Fúria dos Seis, pois o seu esquecimento começava ali. Ninguém precisava de um lembrete de que havia esperança contra Una.

Porém, valia a pena tentar a sua admissão na Víbora. Que a cúpula arcana entre as criaturas inexplicáveis que comandava Untherak decidisse o futuro de Tiën. E também o seu, por ter sugerido a primeira não kaorsh no Corpo.

Caso ele precisasse ser extirpado, não cairia sem batalhar.

— Volte pelo caminho que ensinei — falou Tiën, desamarrando a bainha de madeira da espada menor, a que a filha usara para ferir Tarnok. — E leve isso. Obrigada por me emprestar.

A garota recebeu a lâmina com as mãos estendidas, mas parecia querer jogá-la longe e recusar o destino solitário.

— Eles não aceitam trocar? A espada vai, você fica...

— Não é assim que funciona com eles, filha. Estou fazendo isso para proteger você, proteger os nossos costumes, proteger Ebrizian. Eles nunca nos deixariam ir embora juntas.

— Nós conseguimos enfrentá-los! — insistiu Myu, aos sussurros, mas Tarnok a escutava nitidamente. Por dentro, admirava o ímpeto e a vitalidade da pequena salobra. — Juntas. Como você me ensinou...

Ela começou a chorar, fungando. Travava um grande combate para controlar as águas e fazê-las voltar para dentro dos seus olhos. Tiën, sentindo as próprias lágrimas brotarem, não limpou as da filha.

— Deixe-as cair, filha. Lágrimas são uma pequena gota do nosso poder: o sal e a água, juntos. E além de a água ter memória, ela também nos ajuda a lembrar. Sempre que pensar em você, não as reprimirei. Vou lembrar.

A pequena a abraçou, deixando a espada cair no solo por um instante. Suas mãos voltaram a abraçar a mãe. Tarnok ficou surpreso ao ver um cristal violeta se formar no meio do pátio e erguer a espada até a altura das mãos da pequena, como um belo suporte para a arma. Ele, que já presenciara muitas invocações de cristais impressionantes, incluindo o conjuramento de golems, não sabia quem havia feito aquele: Tiën ou

Myu. Também não sabia que os cristais podiam ser operados com tamanha destreza e delicadeza.

— Aqui, neste instante, eu a declaro Rainha da Degradação, por direito, por sangue, sal e água — disse Tiën, batendo no nariz da filha, que riu em meio às lágrimas. — E já que estou de joelhos, peço a sua aquiescência.

— Não sei o que é isso — respondeu a menina, dando de ombros.

Tiën sorriu com os olhos úmidos.

— Não tem problema. Significa concordar, aceitar.

— Então, sim.

— Obrigada, majestade! E temos muitos livros em casa para você aprender palavras novas. Agora, volte para Ebrizian pelos nossos caminhos. Não deixarei que eles a sigam. Reine!

O abraço foi enfim desfeito. Tarnok, que escutara aquela despedida com curiosidade, pensou em inquirir ali mesmo sobre os tais livros e caminhos dos salobros. Mas lhe ocorreu que aquela guerreira, que havia decepado sozinha a Cabeça e o Guizo da Víbora, já havia sentido dor suficiente para uma vida inteira e pago a dívida do sangue que derramara. Não percebeu que estava tendo compaixão, pois nunca experimentara o sentimento.

Antes de se separarem de forma definitiva, porém, Tarnok ouviu a pequena Rainha da Degradação dizer "Por Ebriz. Por vingança" de punhos cerrados. Então, ela sumiu dentro da fortificação principal da cidade. Tarnok pensou no ímpeto daquela criança, na capacidade que tinha para entender a honra da sua espécie e, por um momento, em como Tiën era perigosa, pois crescera com aqueles conceitos.

Afastando a dúvida da sua mente, trouxe uma cocatriz selada para a salobra. Sem dispensar um olhar para qualquer um deles, Tiën montou a fera inquieta com habilidade, mesmo sem nunca ter feito aquilo antes.

Aquela era uma estranha primeira vez também para Tarnok.

O metal negro como obsidiana de Da-iyu brotou no peito de Freaan. Tiën foi rápida e não se entregou à fome enquanto a alma do Virgem não se separou do seu *canväs*. A salobra o virou para que visse nos seus olhos que ela fazia aquilo apenas para seguir o ritual da Víbora, que se alimentava de si mesma, e assim continuava o seu rastejar eterno. Não fora Tiën quem inventara as regras. Mas demonstrava respeito pela Vértebra que a acompanhara durante o longo trajeto, incluindo a infiltração em Untherak. Freaan alterara as suas cores, pois era livre dos estigmas de Una. Por um instante, a salobra ficou feliz em saber que ele estava morrendo livre daquelas amarras, tendo um destino mais digno.

Mas não menos terrível.

Sangue brotou aos montes da boca de Freaan, como uma nova fonte esguichando das fendas no subsolo da Degradação. Como toda salobra, Tïen era uma hidroestesista, e já havia encontrado água na aridez incontáveis vezes para a filha e para as Vértebras Virgens, que ainda precisavam saciar a sede. Agora, ela tirava a vida de um deles, como também já fizera incontáveis vezes.

Acabara para Freaan. Acabara para os últimos três que enfrentavam Merab. No escuro, visível pelos olhos maculados dos únicos que restavam ali, ouvia-se apenas o ruído de mastigação, de ossos quebrados e tutano sugado. A repulsa de Tïen pelo que se tornara, as lembranças doloridas que eclodiam na sua mente... todas foram suspensas quando ela enfim se entregou à fome. Freaan lhe daria a força que precisava. A ampulheta nas suas costas zumbia, absorvendo os nutrientes, o sangue, a proteína, e transformando-os em Mácula aditivada para mais uma longa jornada. Outro longo jejum.

Não soube quanto tempo ficou ali. Havia sangue, que reluzia mesmo no escuro. Havia entranhas e ossos, e havia quem não desperdiçasse nem estas sobras. Waarzi roía a carne de dedos, a respiração profunda e chiada como uma fera longe de ser saciada. Um braço já roído era a sua próxima iguaria, o que sobrara da pele transmutada num verde-vivo. Era comum que, frente ao medo absoluto, kaorshs acessassem cores na sua paleta reminiscente, absorvidas até mesmo anos atrás. Aquele era um caso de um *canväs* descontrolado por conta do pânico de se ver prestes a ser devorado.

Então um chiado tomou o túnel, como uma grande sobreposição de respirações entrecortadas. Era o sibilar das raízes tentaculares, que voltavam a se mexer para absorver os restos no piso da passagem subterrânea. Elas se tingiam de vermelho, arrastavam ossos para onde o piso encontrava as paredes, sugavam pedaços mutilados para dentro das suas extensões como grandes vermes rubros. O sangue, que cobria o piso com profundidade suficiente para cobrir a sola das botas de ferro, foi drenado rapidamente, conforme o Portão Vivo emitia um ruído de pedra triturando pedra devagar, sinal de que o ritual havia acabado do outro lado. A chave que Lan tirara do peito fora drenada pelos tentáculos, e era chegado o momento de fechar novamente o trinco das suas máscaras de ferro. Enquanto os barulhos metálicos ressoavam e Waarzi arrotava, satisfeito, algumas raízes encompridaram-se para limpar o sangue no corpo e nos cabelos dos dez membros da Víbora. Tiën, que odiava o tatear delas, tardava ao máximo para trancar a sua mordaça, mas sabia que era preciso. Nem todos domesticavam bem a sua fome, e a nova carga não poderia ser consumida antes da hora. Os vestígios rubros iam sumindo conforme os apêndices tocavam as suas extremidades, limpando pele, armadura, vestes e cabelo. Cada pequena víscera sumiu de vista, mas o aroma de ferro continuava forte no recinto.

Quando as raízes se recolheram para dentro das paredes e das canaletas do piso, já secas e limpas, todos se posicionaram de frente para o Portão Vivo. Cantaram mais uma vez a Descida. Tiën sabia que a repetição firmava aquelas verdades em mentes predispostas. Tanto que ela mesma comprara os ideais dos seus captores.

À frente, o Hierofante surgiu aos poucos, dando passagem aos novatos. Dez novas Vértebras, dez Virgens idealistas sedentos para participar do plano maior de Untherak.

— *Sê, soldado, fiel ao chamado* — disse Tarnok, com as mãos para trás, a imensa caixa torácica estufada. — *À antiga vontade obedeça com ardor*.

Pés bateram no chão, mãos esmurraram as placas peitorais metálicas. Os novatos repetiram as palavras, e o ciclo recomeçaria dali para a frente. Longo. Repetitivo.

Uma única gota despencou do olho esquerdo de Tiën, que estava atrás de todos os seus companheiros. O rastro molhado penetrou a sua mordaça, trazendo sal aos seus lábios, somando ao seu paladar ferroso. A lágrima solitária tinha o gosto de um mar inteiro, de saudade e de Mácula.

21

Ele acordou com as badaladas dos sinos marcando o zênite do grande astro. O sol a pino curtia a pele do seu rosto, e um engulho forte o fez se levantar para não engasgar com o próprio vômito. Sentou-se de lado, tonto, e, com uma careta, se arrastou até debaixo da ponte, onde ficava o seu... reduto? Um esconderijo é que não era, uma vez que todos da cidade apareciam para deixar a sua oferenda alcoólica para o velho Absinto, o catalisador de bons augúrios, o homem que lia a sorte nas estrelas e sempre dizia o que todos queriam ouvir...

Exceto quando estava sóbrio.

Absinto apertou a tira de couro que fixava a perna de madeira e metal logo abaixo do seu joelho esquerdo e cambaleou até a rede com o pé direito descalço, sem conseguir se lembrar da última vez que dormira ali. Procurou por alguma garrafa com algum conteúdo, mas apenas encontrou cabaças e botijas a esmo, todas tilintando com os interiores vazios. Praguejou, vomitou e então foi até o rio sob a ponte.

Bebeu da água como se ela fosse alcoólica. Lavou o rosto e refrescou a nuca, os braços e a cabeça. Com uma careta, lembrou-se de ter falado com... Wyr? Wald? *Maldição, qual é mesmo o nome do meu melhor amigo?*

A lembrança veio soprada do fundo da sua mente, um sussurro fraco: Wora.

Wora!

Sim, foi se lembrando da conversa aos poucos. Bebeu mais água. Conforme a temperatura do seu corpo voltava ao normal, mais rememorava o que havia sido dito. O cerco de Proghon aos Grandes Pântanos. Os aprendizes enviados para o norte...

Encheu os pulmões com o ar úmido da cidade, feliz por não estar em um dos infernos áridos que infestavam a Degradação. Não sentia saudade alguma das andanças. Ainda assim, as enfrentaria novamente de bom grado pelo seu melhor amigo. Talvez estivesse chegando a hora, e, para isso, precisava ficar bem.

Uma centelha de força de vontade se acendera em Absinto. Ela era trêmula, exígua, mas ele a alimentaria.

Bom, uma dosezinha de álcool pode fazer uma pequena chama se tornar uma labareda!, pensou jocosamente, então gritou para encobrir os pensamentos.

Gritou por cerca de cinco minutos, tampando as orelhas com as mãos em concha e encobrindo não só os próprios pensamentos como os de outras pessoas. Uma senhorita sorridente apareceu e cutucou o seu braço. Absinto quase caiu com o susto do toque inesperado.

— Ora, ora! Parece que o velho Absinto precisa de mais uma dose! — exclamou ela, entregando-lhe uma garrafa fina e grande, com um líquido amarelado que cheirava forte mesmo tampado com uma rolha de cortiça. — Aqui! Tem um chifre ou cálice para beber, ou vai direto no gargalo?

— Eu não quero beber, sua estúpida! Afasta de mim esse mijo do oblívio!

— Rá, engraçado como sempre! Tome, é hidromel de vespa-corrosiva... docinho e não tão forte, bom para começar o dia.

— Eu quero que o seu dia comece com uma picada de vespa no olho, sua tonta alegre!

— *Uuuh*, parece que alguém está irritado! Hora de ir, e com certeza é hora de você beber mais! Até breve, sr. Absinto! Obrigada por existir!

Absinto a xingou até que ela desaparecesse. Viu que outras pessoas a esperavam mais à frente, acenando, e ergueu o dedo do meio para o grupo.

A outra mão, no entanto, segurava a garrafa de hidromel.

Ele sabia que não queria beber. Lembrava-se da conversa com Wora, da sua projeção astral dizendo que precisava ficar sóbrio. Seu amigo estava em perigo. Dois aprendizes haviam sido enviados para o norte...

Espera. Eu já pensei nisso, não é?

Enquanto pensamentos se esforçavam para chegar à superfície, a garrafa já estava nos seus lábios, sendo que ele sequer percebera que havia sacado a rolha. Seria hilário se ele tivesse usado magia arcana para isso, mesmo sem conseguir parar em pé...

Pensou em Wora. De pé. Se erguendo e contrariando toda a brutalidade que haviam feito com a sua raça. E ele ali, caído, sendo gentilmente mantido no chão por aquele bando de usurpadores...

— Não!

Hidromel de valor inestimável voou de encontro à base da ponte. Absinto sentiu o impulso de ir até lá e lamber o líquido que escorria pela rocha, sorver o que salpicara na grama. Mas, no fim das contas, tudo naquele lugar era de valor inestimável. As pessoas que ali moravam jamais pagariam o preço do seu conforto, bem-estar e alegria. A plenitude e a harmonia daquela cidade eram regadas com o suor da escravidão de outra.

Claro que todos os que Absinto avisou do genocídio milenar em andamento o trataram como louco, um ébrio dizendo coisas sem sentido. Um poeta, músico e artista que conseguia dar vida a coisas maravilhosas... mas, ao mesmo tempo, trazia visões terríveis de um lugar que não existia, fruto de uma mente criativa que, por alguma razão, necessitava daquelas sombras para trazer luz à vida dos cidadãos da Cidade Dourada.

Ele sabia que, quanto mais falasse a verdade em público, quanto mais gritasse nas ruas, nos salões e nas entradas das saunas, mais os cidadãos iriam afogá-lo em álcool e ouviriam suas palavras arrastadas e sombrias com expressões de condescendência excessiva.

Absinto precisava sair da gaiola mental que lhe fora imposta. Haviam encontrado uma fraqueza sua e a usado como grilhão, mantendo-o em solo, obrigando-o a arrastar o seu vício atrás de si.

Arrumou o seu manto. Enrolou as faixas nas mãos e nos braços, para se lembrar de como era estar em ação. Sorriu de um grupo de brincos a outro ao recordar-se das lições que passara a Anna. Isso o fez se lembrar da própria espada... Não que tivesse a intenção de usá-la. A batalha que travava na Cidade Dourada era contra o seu silenciamento, o seu controle. Procurou-a em meio às garrafas, derrubando várias no processo, e imaginou que talvez a tivesse mandado para o ferreiro reforçar e polir. Sim, fizera isso. Há alguns anos, inclusive. Tudo bem, aquilo viria depois. Havia informações essenciais a serem descobertas antes, que poderiam ajudar Wora. E os aprendizes. Que o ajudariam a entender o desenrolar dos próximos dias. Se ele realmente estivesse prestes a ser resgatado pelo tal de Aelian, precisava estar pronto para a ação, para a fuga, para criar distrações. Precisava entender como a temperatura, os céus e os ventos agiriam. As estrelas poderiam lhe contar muito sobre tudo isso. Sequer sabia em que estação do ano estava e precisava observar as constelações... Maldição! Há alguns meses... muitos, na verdade... tinha perdido uma chuva de meteoros. Ouvira os jovens, com seus colares, brincos e pulseiras tilintando conforme atravessavam a ponte acima da sua cabeça, dizendo que o espetáculo havia sido divino. Que Una era muito bondosa por lhes permitir testemunhar a sua Criação. Por um instante, teve vontade de arrancar as inúmeras argolas das orelhas ao pensar que carregava joias como aqueles alienados. Mas se lembrou dos tempos de navegação ao lado de Wora, dos lugares que haviam encontrado, dos tesouros descobertos... e aquilo era sua história.

Com tanto silêncio imposto, era bom ter pequenos e brilhantes lembretes pelo corpo.

Afastando-se da ponte, Absinto entrou numa rua movimentada. Quando viu as pessoas caminhando na sua direção, tentou endireitar o passo. Pensava estar andando em linha reta, mas, na verdade, apenas experimentava a sensação completamente equivocada que bêbados tinham ao tentar esconder a embriaguez. Seus movimentos não eram fluidos e muito menos contidos.

Ouviu um grupo de cidadãos conversando enquanto passava por ele nas suas vestes sedosas.

— Olhem, é o Absinto! Tome, leve aqui a minha bebida! — disse uma senhora de cabelos brancos longos e trançados.

Ele grunhiu e ignorou a garrafa que lhe foi estendida, por mais que as suas mãos tivessem se crispado para pegá-la, como as garras de um *anin* se fechando em volta de um lagarto do deserto.

Então, alguns jovens passaram por ele, falando alto demais como todos os jovens:

— O Senescal disse que a grande celebração está próxima! Temos que pensar se encenaremos algum trecho da Bondade de Una!

Mais uma festa. Como se todo dia não inventassem um motivo para comemorar. Eram principalmente durante essas celebrações que humanos, kaorshs, anões e sinfos (estes ele detestava um pouco menos, pois sabia que o comportamento deles era irritantemente otimista até quando estavam na merda) faziam fila para ofertar bebidas ao velho Absinto, e com isso trazer boa sorte às suas casas e a benção de Una para que as próximas festas fossem ainda mais fartas.

Bandeirolas e flâmulas vermelhas e douradas estavam sendo penduradas pelas ruas, e ele quase tropeçou no fio de uma delas ao subir uma ladeira íngreme de lajotas protuberantes.

— Ei, para onde vai o Absinto?

— De mãos vazias? Vai nos trazer azar!

— Fique com a minha cerveja! É de trigo!

— Tome três *altins* para comprar uma boa bebida na Feira do Perdão!

— Vai passar pela gente sem um trago no licor de *caahwah*?

Ele ignorou todos os chamados e as moedas atiradas. Seus olhos sonolentos e fixos tentavam ignorar a estática da empolgação da cidade. *Fodam-se as festas! Foda-se o Senescal!*, mentalizava, encaminhando-se para uma torre alta e abobadada, que parecia ficar mais longe a cada passo que dava na sua direção.

Enfim, entre resmungos, tropeços e um joelho que só não foi ralado graças às faixas de proteção usadas por baixo do manto, Absinto chegou à Torre Celeste.

Os alabardeiros, um de cada lado da porta, o saudaram.

— Absinto! Está perdido, meu bom velho?

— Não — respondeu o homem, seguindo em frente.

Os soldados sequer cruzaram as alabardas para impedir a sua passagem. Gostaria que tentassem. Quebraria aquelas hastes com o antebraço antes que pudessem falar outra besteira. Quando já havia alcançado o salão de piso azul-marinho e cheio de joias douradas que emulavam um céu noturno, gritou para a abóbada, de forma que os guardas escutassem sua voz reverberar:

— E bom velho é o meu saco, pois só uma bola dele já viu mais coisas que essas suas caras de cu!

Um deles riu com gosto, o outro pareceu sem graça. Sua vontade era de reforçar que ambos tinham cara de cu.

Subiu as escadas, cruzando com um ou dois idosos carregando tomos grossos debaixo do braço. Eles cochicharam entre si e não ofereceram bebidas ao homem de manto verde. Era como se considerassem sua presença inapropriada naquele ambiente tão... sóbrio.

Ganhando confiança e equilíbrio nos passos, Absinto perseverou até a sala que conhecia tão bem. Ali ficava grande parte do seu material, que havia sido apropriado pela cidade com a desculpa de que era preciso "proteger e preservar tamanha sabedoria".

— Como se eu fosse derrubar bebida nos meus estudos — resmungou sozinho, à porta da sala de escaninhos.

Deu de encontro com um kaorsh musculoso e ameaçador, mas que não portava arma alguma. *Azar o dele*, pensou Absinto.

— Olá, Absinto. Folgo em ver que está bem. Posso ajudar?

— Não, porque sei o que vim fazer. Quero consultar as minhas cartas estelares. Meus mapas astronômicos.

— Ah, claro, claro — disse o sujeito, sem sair da frente. — Eles estão ali dentro, sim.

— Sei que estão. Preciso consultá-los.

— Hum, mas que tal voltar outra hora? Venha, tenho conhaque...

Absinto agarrou o braço do kaorsh assim que ele encostou no seu peito, empurrando-o gentilmente para trás. Não havia cordialidade alguma no ato de impedir um astrônomo de ver os seus próprios estudos. Como ele costumava dizer a Anna: *Pedir licença antes de socar alguém não torna a ação menos agressiva.*

— Opa. Sem animosidade — falou o kaorsh, encarando os dedos enfaixados de Absinto que seguravam o seu pulso e o braço acima do cotovelo.

— Me deixe passar.

— Claro — disse ele. Porém, deu um passo na direção do velho, o que significava "não". — Antes, só preciso saber se...

Mais uma vez, Absinto o interrompeu. Aproveitando o movimento do kaorsh, trocou os pés de apoio sem soltar seu braço, colocando-se de lado num movimento ligeiro e impulsionando o outro para a frente. O guarda passou por ele em grande velocidade e bateu com a barriga no guarda-corpo, quase dando uma cambalhota e caindo rumo ao térreo. Usar a força do impulso alheio e a física de objetos pesados: era assim que Absinto conseguia usar espadas anormalmente grandes e se tornara tão imbatível nos combates mundo afora.

Seu sangue fervia. Sentira falta daquilo. Da batalha, do desafio. A mente funcionando, encontrando brechas no movimento alheio, no pensamento alheio, no discurso alheio. Conflito, duelo...

O kaorsh o chutou no estômago, e Absinto voou para dentro da sala, deslizando pelo piso até bater num escaninho. Pergaminhos choveram sobre ele, que praguejou de dor... a dor de ver os estudos no chão.

Levantou-se, vacilando. Sua cabeça doía com a ressaca que tomava conta do espaço deixado pelo álcool, e aquilo afetava o seu equilíbrio. Cuspiu na direção do kaorsh, em desafio, e levou as mãos à frente do corpo, como um lutador de ringue numa taverna de apostas da Cidadela do Perdão.

Porém, o kaorsh não avançou. Sua pele estava vermelha como um pimentão, e Absinto desconfiou que não era por conta da sua capacidade de mimetizar cores. Parecia estar se controlando. Então, deu um passo para longe da porta e fez uma mesura para uma figura ainda fora de vista.

Um homem esguio se emoldurou entre os batentes. Usava uma sobretúnica amarela com cordões prateados que pareciam apertados e incômodos no pescoço magro. A protuberância da sua laringe era sufocada pelo tecido. Acima, um rosto bem escanhoado no qual o nariz chamava mais atenção até do que as sobrancelhas grossas e a cabeça brilhante como um globo de cerâmica polido.

O Senescal Ganeri pareceu encantadoramente surpreso ao ver o homem em posição de combate.

— Muito me alegra vê-lo, mestre Absinto! Como estás?

A postura de Absinto não se alterou. O velho parecia estar travando uma batalha interna conforme mantinha o corpo firme.

— Bem. Vim pegar algumas cartas estelares. Para estudar. Mas parece que não tenho essa liberdade.

O Senescal abanou o ar à sua frente.

— Bobagem.

Enquanto isso, atrás dele, outros guardas desarmados apareceram.

— Claro que tens. Grande parte dos estudos astronômicos da Torre Celeste só existem graças a ti. O piso do térreo, como podes ver, foi feito em homenagem às tuas viagens.

— Certo. Então vou pegar as minhas cartas e o meu diário de navegação...

— Infelizmente — interveio o Senescal, apertando os lábios num pesar momentâneo e erguendo um dedo magro na frente do peito, fazendo farfalhar sua manga larga com bordado de fios de prata —, vamos precisar deste espaço para a nossa próxima celebração, o Retorno dos Anciões, que se dará em algumas semanas e ocupará toda a cidade! Estamos muito animados com as festividades, e tu não podes te dar ao risco de falhar nesta celebração que é de cada membro da nossa distinta sociedade.

— Se encostarem em mim, vão experimentar o gosto do piso feito em minha homenagem. Aí digo se gostei ou não.

— Não temos intenção de recorrer à violência, mesmo que o digas de maneira humorística, caro mestre Absinto...

— Estou falando sério.

— ... por isso, sugiro um descanso em um de nossos Salões da Paciência, até que a celebração ocorra conforme o planejado. Não creio que seja do teu agrado, dado o teu temperamento atual, mas faremos questão de servi-lo com toda a comida e bebida que desejares.

Seis homens desprovidos de armas flanqueavam o Senescal, com tecidos cobrindo o nariz e a boca. Dois deles seguravam turíbulos fumegantes pelas correntes, com a pose ameaçadora de quem segura um mangual. Mas Absinto sabia que aqueles ali jamais haviam visto tal arma.

O Senescal se retirou, levando uma das mãos em concha ao nariz, como se aquilo fosse protegê-lo das ervas que queimavam nos turíbulos. Absinto percebeu tarde demais o efeito delas. Tentou puxar a gola do manto para cima, mas já sentia a dormência nas suas extremidades.

— Urtiga-da-encosta. — Ele proferiu o nome da erva que desligava o seu sistema nervoso com a entonação de um palavrão, antes de suas mãos penderem ao lado do corpo e seus joelhos congelarem.

Não se lembrou de nada após aquilo, até acordar dentro de um Salão da Paciência.

Era um lugar aconchegante e ensolarado no subsolo do Palácio, cuja arquitetura acompanhava a encosta do fiorde, com janelas compridas que davam para o braço do mar enevoado abaixo.

Por acaso, a porta do Salão voltada para o corredor tinha barras de ferro belamente ornamentadas, além de um ferrolho trancado.

Sobre a mesa, uma travessa com um peixe defumado com batatas e duas dezenas de garrafas aguardavam o homem que acabara de se levantar da cama.

22

Untherak não seria a mesma sem os fungos.

Os túneis esculpidos pelos anões eram conhecidos por todos, ainda que o Palácio confirmasse apenas a existência dos que levavam às minas. Já as galerias subterrâneas rumo à Descida, aquelas que permitiam o transporte de tropas até os Portões e até as que seguiam para os depósitos e as masmorras da Centípede... estas eram mencionadas numa rede de sussurros e chegavam ao servo comum na forma de lendas. O próprio Rheriion havia confirmado muitos desses rumores durante a sua iniciação, passando por entradas secretas do Palácio, encontrando criadouros de gafanhotos hostis e seres tão antigos que ele sequer podia imaginar à qual raça pertenciam. Como o Hierofante: um ancião de espécie indefinida, poderoso como um Segmento da Centípede, coberto de bolor e outros organismos similares a orelhas-de-sinfo.

Porém, muito era falado sobre túneis que jamais haviam sido encontrados, ou que, ao serem encontrados, levaram os seus descobridores à morte ou à fuga de Untherak.

Rheriion não conseguia acreditar, mas alguns anões afirmavam que existia uma verdadeira teia de caminhos debaixo da cidade. Que eram incontáveis, com inúmeras combinações de túneis. De acordo com o relato oral daquela espécie, que escapava à censura de Una, um grupo de anões quase havia conseguido derrubar a deusa numa guerra travada com ataques surpresas, explosões de pólvora de ouro, sequestros e fugas, sem nunca ceder ao ataque direto, a batalhas corpo a corpo. Muitos anões fugiram nessa ocasião — cerca de quatrocentos ou quinhentos anos atrás, de acordo com os saberes sussurrados —, mas muitos também foram capturados por Proghon e forçados a trabalhar para o Palácio, usando seu conhecimento para abrir caminho na rocha primordial, nas pedras das fundações, no metal das entranhas da terra. Porém, os anões eram poucos, comparados aos dias de antes da Fúria dos Seis. Como podiam trabalhar de maneira tão eficaz com pás, picaretas, cinzéis e martelos?

A resposta estava nos fungos. *Fungisópteros*. Popularmente, *fungo-cupim*. Uma espécie rara que se multiplicava de maneira agressiva e fazia todo o possível para se conectar a outras terminações e aglomerados de fungos. Quando alguma escavação se deparava com rochas intransponíveis por ferramentas, eles cultivavam uma pequena colônia frente ao obstáculo. Semanas depois, ela começava a forçar caminho por pequenas rachaduras e vãos entre as pedras, criando fissuras e facilitando o trabalho das ferramentas dos anões. Mas os esporos do fungo-cupim, quando acumulados em grande volume no ar, eram tóxicos para os anões escavadores, ainda que também gerassem bolsões que um dia se transformariam em grandes salões sob a terra — após a eliminação das colônias com fogo, o que também ocasionava acidentes catastróficos, carbonização e desabamentos.

Ainda assim, o fungo-cupim tinha mais pontos positivos do que negativos. A sabedoria dos antigos anões, ao contrário do que ditava o pensamento simplista de Untherak, não era baseada apenas na força. O conhecimento da natureza, somado à inteligência de mentes sagazes, os tornara a espécie que mais conservava sua memória ancestral, ainda que fosse apenas um arremedo da riqueza de toda a espécie.

Mas aí vieram os humanos, os mesmos que causaram a Fúria dos Seis, e inventaram uma maneira de ingerir o fungo-cupim como alucinógeno.

Em doses reduzidas, em chá ou ressecado pelo sol, o fungo potencializava algumas percepções corporais e mentais por um curto período de tempo. Depois, causava uma onda imensa de enjoo, dor de cabeça e vômito. Era óbvio que um organismo que abria túneis em pedra maciça fizesse algo ainda pior em massa cinzenta, no intestino ou no estômago de alguém, mas a verdade é que a vida em Untherak exigia entorpecentes. Aos poucos, o fungo-cupim — cultivado livremente no Primeiro Bosque, onde os sinfos cuidavam para que ele não se alastrasse e condenasse as árvores — ficou mais popular do que o carvão.

Perdendo muito do seu contingente por causa do alucinógeno e temendo ondas de mortes cada vez maiores entre os servos de Una, Proghon mandou a sua guarda exterminar todas as colônias do fungo. Não houve delicadeza ou cuidado no cumprimento da ordem, e isso enfraqueceu o bosque ao extremo, exaurindo-o e transformando-o num triste descampado. Isso forçou os sinfos a se mudarem para outra parte arborizada da cidade, mais tarde conhecida como Segundo Bosque.

Assim como Untherak, Rheriion também nunca mais foi o mesmo após receber os fungos. Ele, que conhecia todas as histórias sobre o fungo-cupim e as suas consequências, não imaginava que no "batismo" feito pelo Hierofante estava consumindo a grande mistura de organismos que viviam em simbiose com a carne do ancião, conectada às raízes-larvais do túnel. Nele, também viviam os esporos do fungo-cupim, e as novas Vértebras da Víbora experimentavam um pouco daquela sensação que fizera os seus antepassados cederem ao vício destruidor.

Quem lhe contou que os tentáculos no túnel se chamavam raízes-larvais foi o Guizo da Víbora. Ela não parecia uma kaorsh. As fêmeas costumavam ser altas, e tinham facilidade para ganhar massa muscular... enquanto a representante do Guizo era pequena, ainda que o seu olhar fosse mortal. Seu pescoço exibia desenhos de tentáculos negros, e Rheriion se perguntou se aquilo era uma tatuagem ou apenas um domínio extremo da autocoloração... tinha a impressão de que os tentáculos se mexiam, dançavam... viu o desenho se alargar por um instante na lateral do pescoço...

Devia ser uma alucinação. Ele balançou a cabeça. O túnel pareceu se expandir, ondular e então voltar ao normal. Balançou a cabeça de novo. Torcia para que tudo aquilo significasse que ele era o Portador da Chave, apesar de não entender ao certo como o processo aconteceria. A magia do Hierofante conjuraria uma chave no seu bolso? Na palma da sua mão?

— Suas pupilas estão dilatadas — disse uma voz à sua direita. Um dos Amordaçados olhava para ele com uma curiosidade tediosa. — Você comeu da carne do Hierofante. É assim mesmo.

— Eu... já estou me sentindo bem melhor — respondeu, lembrando-se de corrigir a postura. Enquanto isso, as duas carroças eram afixadas aos estribos dos impressionantes grilofantes, criaturas das quais Rheriion só ouvira falar.

— Mas vai piorar de novo quando montar a sua cocatriz — comentou o batizado esguio, casualmente carregando um martelo de guerra sobre o ombro e alargando o rosto macilento em algo parecido com um sorriso por trás da mordaça. — A propósito, meu nome é Merab.

— Rheriion — retribuiu ele, o que contrariava todos os rumores de que o seu nome real era esquecido ao se tornar parte da Víbora. Talvez as coisas não fossem tão a ferro, fogo e Mácula como diziam. — Você é batizado há muito tempo?

— Não. Conheci o poço duas voltas atrás. Não sei o quanto isso dá em anos ou meses. Não contamos.

Rheriion assentiu. Mais à frente, as maiores cocatrizes que já havia visto ergueram-se de maneira monstruosa e derrubaram Viktor e outra kaorsh que também realizara a Descida.

— Notei que foram dez novatos no ritual. Ninguém sobreviveu na última viagem, então? — perguntou Rheriion, tentando manter um tom de voz casual. Não era hora de mostrar temor ou arrependimento.

Merab apenas meneou a cabeça.

— Acho que na penúltima também não. Tentamos protegê-los, mas enfrentamos perigos grandes demais para eles.

— Certo.

— Mas não precisa ficar com medo. Basta fazer o que mandarmos. Se tudo correr bem para você e mal para um dos Amordaçados, seu banho de Mácula chegará em breve.

Rheriion não sabia como responder àquele comentário. *Sim, espero que você morra em breve, quero muito ser batizado!*

Merab apontou para as cocatrizes, impelindo o novato a se adiantar; estava chegando a sua vez de montar numa daquelas bestas.

Nunca havia pensado que uma cocatriz pudesse ser tão agourenta e temível. Não eram apenas as proporções exageradas ou a silhueta agigantada. Rheriion preferiria descansar próximo aos cascos de um grilofante, a despeito das pinças imensas, do que se aproximar daquela versão crescida de uma praga citadina.

— Não se esqueça... — aconselhou Merab, colocando o martelo de guerra ao longo dos dois ombros e descansando os pulsos na haste, completamente relaxado. — Nada de encará-la nos olhos, a não ser que queira ganhar uma ardência extrema nas vistas.

Rheriion se adiantou, e a própria Cabeça segurou as rédeas da sua montaria para que o novato subisse, forçando os olhos da cocatriz para o lado oposto. No entanto, ao se aproximar do líder, as suas narinas captaram o cheiro de sangue fresco.

Tarnok — nome que só descobriria mais tarde através da língua solta de Merab — exalava um aroma ferroso. Na verdade, todos os Amordaçados tinham o mesmo fedor. *Talvez sejam as ampulhetas que remexem o sangue maculado sem parar*, pensou Rheriion. A Cabeça o encarou, parecendo notar o novato farejando o ar. Seus olhos profundos encontraram o olhar inquieto de Rheriion, que abaixou a cabeça e quase caiu duas vezes ao montar a cocatriz.

— Seja firme — instruiu a Cabeça. — Aperte-a com os joelhos, se necessário. Ela vai tentar matar você algumas vezes antes de se acostumar com a sua presença.

O líder largou as rédeas e imediatamente lhe deu as costas com as cimitarras negras cruzadas. Então a cocatriz gritou, o túnel amplificou o cacarejar estridente, e Rheriion sentiu que havia perdido a audição.

Foram longos e doloridos minutos até a Víbora conseguir avançar pelos túneis com as Vértebras recém-admitidas.

Rheriion não fazia ideia de que o sistema subterrâneo de Untherak era tão comprido. Em alguns momentos, outros caminhos se desviavam da rota principal, e a escuridão dentro destes corredores, mais estreitos e nem sempre com o mesmo piso, despertava medo no seu coração.

O efeito do fungo alucinógeno havia passado há algum tempo. Então, todo o temor provocado pelas entradas sombrias era uma reação instintiva e imediata, e não um resquício da sua percepção alterada. De toda forma, as entradas pareciam menos terríveis quando permaneciam afastadas do caminho pavimentado. Era só uma questão de evitá-las.

Até que o caminho se bifurcou em dois corredores escuros.

O Guizo emparelhou sua cocatriz com a do penúltimo membro da fila e lhe passou um cilindro com uma lente âmbar numa das extremidades.

— Olhando através do monóculo, vocês verão as linhas no teto — explicou ela, com a voz ecoando até o começo da fila. — Foram pintadas com tinta invisível por anões de outrora, que acharam que conseguiriam ocultar algo dos olhos dos kaorshs.

Um murmúrio foi ouvido entre os novatos. Rheriion permaneceu quieto, mas achou curioso que o Guizo se referisse aos kaorshs sem se incluir entre eles.

— Muitos escaparam por estes túneis antes mesmo de Untherak ter sido completamente erguida — continuou ela, enquanto o monóculo passava de mão em mão após uma rápida olhadela de cada Vértebra Virgem. — Esses anões fugiram e se estabeleceram na região distante conhecida como Caminho das Quedas, junto aos seus parentes que ainda se beneficiavam das carcaças dos Antigos.

Viktor, que estava à frente de Rheriion, soltou o ruído de dúvida pungente que todos os novatos tentavam conter. Ninguém entendia direito o que o Guizo explicava, mas ninguém queria questionar as suas palavras naquele instante. Ela prosseguiu:

— Mas os kaorshs são os mestres das cores. Dos pigmentos. Depois que vocês memorizarem a tinta até então invisível com o auxílio da lente, não precisarão mais dela para enxergá-las.

O monóculo enfim chegou às mãos de Rheriion. Ele olhou para o teto através da lente e viu riscos contínuos, de várias cores, que se dividiam entre os caminhos bifurcados.

— Neste trecho, para continuarmos a nossa rota, seguiremos a linha negra — informou o Guizo, e Rheriion prontamente a localizou. — Depois de a identificarem, passem o monóculo para o próximo. Entendeu, novato?

Rheriion demorou a perceber que o Guizo falava com ele. Havia perdido a noção do tempo apontando o monóculo para outras direções e surpreendendo-se ao encontrar runas, *adinkras* e ideogramas quase apagados em muitas das paredes, e até mesmo no piso.

— Peço desculpas — respondeu ele, envergonhado, passando o monóculo para Viktor e fazendo uma leve reverência para o fim da Víbora.

O Guizo não pareceu ligar muito para o erro ou para as desculpas.

— Não se curve. Apenas siga adiante.

Rheriion olhou para a frente e notou os vários metros de distância entre a sua cocatriz e a da próxima Vértebra, que já seguia a linha negra pelo caminho à direita. Sua montaria sibilou por entre os dentes e o bico, produzindo um som bem parecido com um riso.

Torceu para que os outros kaorshs não reparassem no rubor impossível de camuflar no seu rosto.

Eles montaram acampamento por uma noite antes de deixar o túnel. De acordo com a Cabeça, faltavam poucos quilômetros para o fim do caminho, então dormiriam ali antes de partirem para a superfície.

As carruagens e os animais ficaram mais para trás, e uma fogueira foi acesa com o uso de pederneiras. Rheriion conteve o impulso de fazer o sinal contra o mal ao ver as chamas ora alaranjadas, ora carmesim, sem nada para alterar as cores naturais. Eles estavam livres da maldição, mas ainda se sentia culpado por não reagir ao mal vermelho.

As cocatrizes tentavam caçar criaturas invertebradas próximas às estacas que as prendiam, e os grilofantes bebiam água de uma canaleta que corria próxima à parede. Era como se aquele sistema estivesse lá desde sempre para acumular a umidade do subterrâneo e armazenar as raras chuvas da Degradação, a fim de hidratar os animais.

Algumas tiras de peixe salgado foram colocadas perto do fogo para alimentar os Virgens. Porém, quando Rheriion enfim se sentou próximo à fogueira, um Amordaçado gigantesco, que era ainda maior que a Cabeça, bateu no seu ombro com o cabo da alabarda.

— Venha, tenho uma tarefa para você.

Rheriion se levantou de pronto. Quando foi pegar a lança, o grandalhão a prendeu junto ao chão com a ponta da bota.

— Não vai precisar dela.

O novato acompanhou o Amordaçado até onde os animais estavam, evitando o olhar das cocatrizes. Pararam em frente às duas diligências, e o batizado apontou para a que era feita quase toda de metal.

— Encontre alimentos e jogue por dentro das frestas no topo da carruagem — ordenou, seco, apontando para as aberturas estreitas daquela jaula móvel.

— O que estamos levando? — indagou Rheriion, sem tirar os olhos da diligência.

— Algo que você deve alimentar sem fazer perguntas.

Rheriion desistiu de perguntar que tipo de alimento deveria buscar, já verificando se alguma espécie de fungo crescia entre os ladrilhos do piso. Então, sua própria cocatriz emitiu um ruído gutural, seguido do barulho craquelado de uma casca se partindo. Ela arrancava as entranhas de uma lacraia do tamanho de um punhal, enquanto prendia metade da criatura sob as patas. Rheriion engoliu em seco, como se ele mesmo estivesse tentando digerir o invertebrado.

Não sabia se estava sendo punido pela sua distração mais cedo ou se aquela atividade seria rotativa, mas pensou que não gostaria que Yalthori, seu amado irmão liberto do seu *canväs*, o visse rastejando no chão frio em busca de seres rastejantes.

"Mas a própria Víbora não é um ser rastejante?", imaginou o irmão dizendo claramente, lembrando dos seus olhos profundos e da postura orgulhosa. Pertencer àquele grupo era um sonho dos dois. Rheriion aprumou-se, colocando um escorpião dentro do elmo já repleto de pequenos terrores.

Quando Rheriion julgou ter alimento o bastante para seja lá o que estivesse dentro da jaula de metal, a maior parte da Víbora já dormia em silêncio. Apenas três Amordaçados permaneciam acordados. Pelo jeito, não necessitavam de alimento ou de sono.

Ele apoiou os pés nas rodas, travando o braço numa das alças na lateral do carro, que servia como escada para o topo. Segurou o elmo com uma das mãos e pegou o primeiro artrópode cascudo da maneira que julgou ser menos perigosa. Ergueu-o até os vãos feitos para a carga viva respirar e o largou lá dentro. Ouviu o tilintar da carapaça atingindo o chão, e então o som de algo muito maior rastejando. Farejando.

Em seguida, pegou o escorpião pela cauda próximo ao ferrão, a luzidia casca negra sarapintada de amarelo refletindo a luz da fogueira. As pinças se prenderam nos seus dedos por um segundo de dor, mas Rheriion suprimiu o grito e chacoalhou a mão, fazendo-o cair dentro da jaula. Antes isso do que veneno.

Mais um rumorejar se precipitando até o alimento. Uma por uma, as pequenas presas de Rheriion foram jogadas lá dentro. Um ser anelídeo com um incômodo número ímpar de pinças foi o último a escorregar pelo buraco e causou uma comoção maior da criatura aprisionada, como se a última oferenda fosse a mais apreciada.

Rheriion analisou o interior do elmo vazio, certificando-se de que não voltaria à sua cabeça com algo indesejado. Ele o colocou e se demorou na alça-degrau, equilibrando-se sobre a roda da carruagem. Seus olhos ainda estavam a uma cabeça de distância da abertura da jaula. O ruído de mastigação atiçou ainda mais a sua curiosidade. Lançou um olhar para a fogueira, constatando que o único Amordaçado com ângulo para observá-lo não olhava para ele. Subiu mais um pouco, tentando não fazer barulho, e se deparou com uma escuridão tão densa quanto a dos caminhos do túnel. Tentou identificar tons e pigmentos com as suas habilidades kaorshs, mas o negrume era uniforme. Maciço. Como se a carroça levasse um grande bloco de Mácula no seu interior.

De repente, uma gengiva inchada repleta de dentes miúdos, gastos e quebradiços apareceu, arremessando perdigotos fétidos para fora da abertura. O cheiro de carniça tomou as narinas de Rheriion, e os dentes se abriram e se fecharam com um sibilar. O kaorsh não conseguiu suprimir o grito e perdeu o equilíbrio, despencando no piso sem entender direito o que acabara de ver e fazendo de uma vez todo o ruído que evitara durante os últimos minutos. O elmo rolou pelo chão com um estrépito, e a sua armadura emitiu o som de um martelo dobrando uma chapa de aço numa bigorna. A carruagem fez silêncio, e Rheriion gemeu de dor.

Como se já estivesse lá há minutos, a Cabeça da Víbora o observava, sua expressão carregando o pequeno conflito interno de quem decidia se deveria esmagar um artrópode sob a imensa bota.

Rheriion tentou murmurar um pedido de desculpa, enxergando a face do seu líder de cabeça para baixo, mas a voz morreu na garganta antes mesmo de sair. A Cabeça se afastou, confundindo-se com as sombras, silencioso demais para o seu tamanho, deixando o novato caído ao lado da carruagem.

Observando a linha negra do teto, o kaorsh enfim conseguiu sussurrar as desculpas, desta vez direcionadas ao irmão. Gostaria que Yalthori estivesse no seu lugar, honrando a família. Yalthori era o melhor. Rheriion pensou que deveria ter morrido nas mãos da megera herética em seu lugar.

Como resposta, ouviu um leve tilintar dentro da jaula. Talvez fosse a boca cuspindo um indigesto ferrão de escorpião.

23

Era uma noite fria, como todas no Deserto de Sal. Das brasas da fogueira recém-apagada, um fio fantasmagórico de fumaça desaparecia no alto. O céu noturno ficava mais belo àquela temperatura. A mancha enevoada abrigava uma miríade de mundos inalcançáveis, desenhos que não podiam ser desvistos depois da primeira vez que a brincadeira de ligar os pontos era feita com as estrelas. Constelações brincavam numa ciranda lenta demais aos seus olhos, mas rápida demais para os titãs de corpos ardentes e proporções inimagináveis.

Sem ter mais necessidade do fogo aceso ou de alimento quente, os dois estavam deitados com uma espada colossal os separando. As faixas enroladas ao redor do corpo evitavam a perda de calor, e os mantos cortavam o vento que se intensificava ou amainava sem seguir nenhum padrão. Suas bagagens serviam como travesseiros, e o chão de salitre ainda se encontrava morno graças às brasas remanescentes.

Anna apontou para uma estrela cadente. Era a terceira em poucos minutos.

— Na cidade não conseguimos ver tantas assim — disse ela, emburrada.

Absinto, com os dedos entrelaçados sobre a barriga, soltou um murmúrio de concordância.

— Qual das cidades?

— As duas — respondeu Anna, enrolando uma mecha de cabelo castanho que escapava do capuz vermelho. — Uma tem luzes demais. A outra, chaminés demais. Ambas acabam filtrando a beleza natural do firmamento. Ninguém sente falta *dessa* vista?

— É como falei, Anna. Não há como sentir falta do que nunca se teve.

— Isso explica o caso da aberração amurada de onde fugi. Mas e a outra cidade? O que explica o desinteresse de todas aquelas pessoas... afortunadas?

Absinto desembaraçou a barba com os dedos. Depois, ajustou as tiras da perna artificial — não porque lhe incomodavam, mas porque, com o tempo, o gesto tornou-se um subterfúgio, como verificar a sujeira debaixo da unha.

Claro que ele sabia a resposta. Mas precisava escolher bem as palavras com Anna, que era uma fonte inesgotável de curiosidade, além de todas as outras fontes inesgotáveis que demonstrara possuir desde que escapara do santuário da Centípede.

— Eles desconhecem a escuridão. As estrelas não lhes interessam, uma vez que já possuem todos os brilhos que desejam nos pulsos, pescoços e tornozelos. Até os talheres deles brilham. A cidade fulgura em ouro.

Anna suspirou.

— Gostaria de entender como podem viver só de receber.

— Você sabe quem vive para produzir para eles...

— Certo. Mas escute... — Ela se apoiou sobre os cotovelos, virando-se para o mestre. Absinto achava divertido ver o rosto de uma soberana com olhos sempre tão ardentes por revolução. — Não sabemos como a produção dos escravos de Untherak sai da cidade, mas e se ela fosse completamente interrompida?

— Então os escravos sofreriam o castigo, independentemente de terem sido os causadores da paralização ou não. Também já falamos sobre isso.

— Sim. Então precisaríamos paralisar os trabalhadores ao mesmo tempo que seguramos a mão que os açoita.

— Ótima ideia, missão complicada. — Absinto se levantou, vendo a estrela com o seu nome surgir no horizonte, e a pupila o imitou. Ele puxou o cantil de dentro da capa verde-musgo e o levou aos lábios num brinde silencioso ao astro esmeralda. Depois, o passou a Anna, junto com uma provocação: — Você sabe que eles tiveram quase mil anos para aprimorar todas as formas de supressão de revoltas e greves.

— Sim, incluindo a narrativa do castigo divino de Una.

— O grilhão mais forte são histórias com elos firmes.

Anna sorriu. Não emitiu som algum, mas seu contentamento era audível. Absinto chegara no ponto que ela queria.

— Exato. Por isso, atacaríamos a produção, a mão que açoita e a boca que conta histórias ao mesmo tempo. Três frentes de batalha.

Absinto lhe devolveu o sorriso, enquanto ela lhe devolvia o cantil.

— Três frentes, hein? Vejamos, fazendo as contas de um aprendiz de armígero aqui... somando eu e você, temos um total de duas pessoas para derrubar Untherak em três frentes. Precisaríamos de mais uma pessoa para termos representantes da nossa luta esmagados em todas as instâncias.

— Ei! Você me ensinou a ser um exército de uma mulher só — disse Anna, fingindo estar ofendida e dando-lhe deu um soquinho no braço.

Absinto assentiu, rindo alto.

— É verdade, é verdade... Mas me explique, então: como atacar histórias com raízes tão fortes?

— Com histórias que as arranquem das profundezas da terra — respondeu ela, sem titubear.

Os dois olharam para os céus no mesmo instante que um meteoro fugaz se evaporou na atmosfera.

— Tudo que vem do alto tem o dom de assombrar ou de inspirar — comentou Absinto, após alguns segundos olhando para o ponto onde as partículas se desfizeram. — Talvez a resposta para essa questão esteja lá, assim como os Antigos já estiveram. Eles são grande parte da resposta para a nossa existência... e podem ser também a resposta para a nossa sobrevivência.

Anna fez uma careta, como se tivesse lambido uma lima-roxa. Mas Absinto sabia que aquilo era uma coisa boa. A pupila ainda não conseguia compreender por que seu mestre falava tanto dos Antigos. Na sua opinião, vinham ao mundo deles apenas para morrer. Mas, se tudo desse certo, talvez um dia ela soubesse mais sobre as estrelas do que ele. Esperava que Anna vivesse mais, que encontrasse mais respostas... a maior dor para um mestre era ver seu aprendiz partir antes. Absinto estaria pronto para o seu fim, seja lá quando a sua hora chegasse. Queria vê-la mudando as coisas, transformando seu exército de uma mulher só em um exército de homens e mulheres de todas as raças, que deveriam ser livres.

Colocou a espada enorme para o outro lado e abraçou Anna, que deitou a cabeça no seu ombro. Ela realizaria grandes feitos.

— Ainda vou aprender muito com você — disse ele, revelando tudo que sentia naquele instante.

— Mas você é o meu mestre.

— Felizmente.

Um silêncio confortável se instalou entre eles, como sempre. Pelo que Absinto lembrava, ainda observariam as estrelas por incontáveis horas... pois aquilo era uma lembrança, certo?

O ar se estagnou. Anna levantou a cabeça do seu ombro.

Não era sua aprendiz que o encarava. Não era sua Anna. Era um rapaz de pele curtida pelo sol, com cabelos negros e longos. Uma maldita linha de servidão untherakiana dividia o seu rosto. O rapaz o encarou com olhos tristes de quem havia perdido muito e visto todas aquelas perdas de perto.

Na sua cela, Absinto despertou do sonho. Os acontecimentos foram quase completamente fiéis à sua memória, com exceção do final, quando o rosto desconhecido o fitou. Tinha uma leve suspeita de quem era aquele jovem. Foi tomado por um sentimento dúbio naquele instante: estava triste pelas pessoas queridas que perdera, mas feliz por quem ainda poderia fazer algo, uma vez que ele continuava ali, no difícil mundo daqueles que permaneceram.

Ignorando as dezenas de garrafas de bebida que haviam depositado na sua cela e vestindo um manto de um verde muito mais berrante do que o da sua memória, Absinto olhou pela janela, buscando inspiração e paciência num céu ofuscado pelo brilho da cidade.

24

As mordaças deixavam de machucar depois de um tempo. Mas esse tempo não era curto.

No entanto, a Víbora tinha toda a eternidade pela frente, pois sua pele e suas Vértebras se renovavam. Havia todo o tempo do mundo para se adaptar à máscara. Para domesticar a Fome. Para se acostumar à vertigem de ter o sangue maculado o tempo todo sendo reciclado pela ampulheta nas suas costas.

E a Degradação era o seu terreno. Havia tempo suficiente para conhecer cada grão de areia do deserto que era o resto do mundo, a calcinação causada por Una. Mesmo porque a Degradação acabava bem mais rápido do que o que era ensinado em Untherak.

O terreno começara a endurecer há alguns dias, e Tiën sabia que a Víbora estava entrando no deserto de sal. A máscara também tinha a função de proteger as vias respiratórias, e o pó de sal conseguia ser bem pior para o organismo do que a areia quente.

O Guizo reforçou que os Virgens deveriam usar o lenço de proteção facial, mesmo que o vento tivesse amainado. Uma das coisas mais irritantes das primeiras idas e voltas dos novatos era ter que parar o avanço para fazer a água minar sempre que um deles passava mal. Apesar de aquele ser um dos grupos mais despreparados que a Víbora já havia recebido, os Virgens não reclamavam tanto do deserto, das dores no corpo causadas pelo chão irregular e por montar as bestas mais desconfortáveis que já haviam caminhado pela Degradação.

Tiën sentia que os novatos sofriam de uma antecipação mal planejada, uma vez que a Centípede sumira e uma revolução tomara conta de Untherak. Aquela era uma leva de Vértebras não tão bem selecionadas, mas seriam moldadas. Até se tornarem alimento ou novos Amordaçados, já seriam soldados muito mais confiáveis.

Até a Vértebra mais desatenta, que Merab dissera se chamar Rheriion, tinha melhorado nos últimos meses. Tanto que, quando precisaram montar acampamento por causa de uma tempestade de areia longuíssima, das que aconteciam uma vez a cada século, ele os ajudara com bastante disciplina.

Durante a tempestade, Tiën conseguira erguer um abrigo com paredes de cristais de sal evocados do âmago da terra. Era bem mais difícil fazer isso no meio do deserto do que na sua cidade, mas montara um bom esconderijo longe dos olhos curiosos dos novatos. Depois, disse que simplesmente havia encontrado aquele refúgio pronto para ser usado. Um outro abrigo, maior, havia sido feito para os animais. No fundo, Tiën sabia que evocação não era o seu ponto forte. As paredes dos abrigos eram irregulares, pois tinha dificuldade em moldar os cristais que puxava de dentro da terra.

Após a tempestade, três das cocatrizes começaram a mostrar sinais de cansaço extremo, ameaçando derrubar os seus montadores com frequência... e conseguindo fazê-lo duas vezes. Normalmente, quando se aproximavam do Caminho da Queda dos Antigos, ao menos uma cocatriz precisava ser trocada — em geral a de Waarzi, por causa da sua compleição física massiva. Então eles entravam nas ruínas, procuravam por bandos e caçavam as mais aptas.

Era nesse momento que Tiën começava a sentir o seu interior se revolver como um sumidouro no deserto. O passado deveria ser deixado para trás, e ela demonstrara isso com ações desde que se juntara ao Corpo da Víbora. Ainda assim, era difícil abandoná-lo quando a sua nova vida dependia de sempre retornar às ruínas da antiga existência.

Baluarte surgiu a distância, interrompendo a linha branca de sal no horizonte.

Pensamentos que não deveriam mais encontrar morada na sua cabeça começaram a voltar. Seu coração, sempre num compasso calmo, acelerou as batidas. Ela sentiu a ampulheta de Mácula trabalhando mais rápido, o sangue negro pulsando como se ainda fosse vermelho e quente.

Lembrou-se da filha. Das duas fazendo o juramento a Ebriz. E depois da sua chegada a Untherak, frente ao Portão Vivo e à Centípede, com o amaldiçoado General Proghon, a Ruína de Ruro, observando o julgamento e o ritual de aceitação de uma salobra no grupo de elite dos kaorshs. Os estranhos sacerdotes a encaravam, em silêncio, enquanto ela sentia a sua alma ser revirada e inspecionada. Sem conseguir ignorar seu olhar, encarou a caveira dourada de Proghon por um instante. Pensou com orgulho no ferimento deixado pela espada de Ruro, e se perguntou se a arma perdida estaria em Untherak, como um troféu para o maldito General.

Rememorou seu banho de Mácula, a sensação dos próprios pensamentos se liquefazendo, diluídos na substância ácida, apenas para ser retirada do tanque rapidamente, a fim de manter a racionalidade intacta e o corpo aprimorado. Lembrou-se de quando entregou a sua arma para ser reforjada e banhada na mesma substância. Há quanto tempo tudo aquilo acontecera? Há quanto tempo aquela cidade se erguia sobre as mentiras de Una? No fim das contas, Tiën estava viva há mais tempo do que qualquer mulher que assumira a carapuça da deusa.

Tarnok agarrou o seu antebraço. Tiën afastou todas as lembranças da mente de imediato, como se estivesse recebendo uma visita inesperada e precisasse tirar a bagunça de vista às pressas. Como se Tarnok pudesse ler os seus pensamentos.

Quando se deu conta, ele a havia deixado da cor branca do solo salgado. Viu os seus membros inferiores e a sua cocatriz se confundirem com o chão, e então olhou direto para a Cabeça, que estava da mesma cor. Seus contornos difusos apontaram para a frente, para Baluarte.

— Tem alguém lá — avisou.

Aquela era uma camuflagem de emergência.

Merab e o novato Rheriion foram os primeiros a observar os detalhes por trás dos muros. Ambos tinham bons olhos, mas foi o Amordaçado que avistou roupas penduradas nas janelas da fortificação.

Haviam muitos alguéns.

Tiën sentiu vontade de vomitar. Nunca encontrara pessoa alguma nas vezes em que a Víbora adentrara Baluarte em busca de novas cocatrizes. Voltou às dúvidas que a assombravam com frequência... se Myu tivera filhos. Netos. Bisnetos. Salobros para manter viva a Vingança de Ebriz. Para aprimorar a magia de sal.

Suas mãos suavam quando Tarnok pediu que a Víbora se dividisse: um grupo para cuidar das diligências e dos animais, outro para ir até a cidadela investigar.

Não avançaram do jeito tradicional, numa única coluna. Tarnok e Tiën foram à frente, com passos leves e laterais, deixando rastros invisíveis, armas em mãos. Logo atrás, numa formação em V, estavam outras dez Vértebras. Waarzi fechava o grupo, um pouco fora da formação, distorcendo um grande volume de ar com a sua camuflagem.

Tiën ouviu um grasnar distante e viu uma revoada de *anins* sobrevoando o grupo de forma agourenta, o que não era normal nem quando os pássaros estavam curiosos ou famintos. As aves entendiam que deveriam ter cautela com a Víbora.

Então, a primeira cabeça apareceu sobre o muro da cidadela.

Tiën viu Myu. A Myu criança, com a mesma aparência de quando haviam se despedido, esperando por ela todos esses anos. Mais tarde, ela perceberia a peça pregada pela sua mente, uma vez que a mulher na muralha era adulta e nada tinha em comum com a sua filha, fossem os traços ou o tom da pele.

— Tiën! — exclamou Tarnok, num arfar surpreso.

Sua camuflagem havia sumido. Ela estava completamente visível, os ombros caídos com o peso de algo que nenhuma Vértebra entenderia, os olhos arregalados na direção de Baluarte. De alguma maneira, havia conseguido *limpar* a camuflagem kaorsh.

— Eu sabia! — gritou alguém da muralha. — Kaorshs! Jurei tê-los visto!

Mais gritos, e então várias cabeças apareceram sobre os muros.

— Preparem-se! — ordenou Tarnok, tentando alcançar Tiën para torná-la da cor do solo novamente. Mas ela correu para fora do seu alcance, na direção da cidadela.

Um grito conjunto soou. Pedras voaram. Não eram letais, mas eram muitas. Waarzi foi acertado e urrou de raiva, ficando visível novamente. Uma segunda saraivada veio, menor do que a primeira.

Tarnok desviou de um pedregulho com um movimento mínimo da cabeça e apontou uma das suas cimitarras para os muros.

— Ataquem!

Waarzi avançou urrando. As pedras ricocheteavam no seu elmo, sem surtir efeito. Quando o destacamento da Víbora chegou perto dos muros, galhos e pedras maiores começaram a ser jogados como um último esforço de mantê-los afastados. Um Amordaçado foi atingido em cheio e caiu de costas com uma máscara de sangue negro cobrindo o rosto. Mas este foi o único golpe efetivo dos defensores.

Waarzi e Tarnok serviram como trampolim para os mais ágeis, que, num piscar de olhos, estavam no passadiço das muralhas, interrompendo os ataques. Nesse momento, a parte da Víbora que havia ficado para trás se juntou ao assalto, as carruagens e os animais ainda camuflados deixados pouco além do alcance de um terceiro ataque de pedras que não viria.

Tiën não participava da ação. Procurava uma maneira de escalar o muro quando o ruído de armas se chocando causou gritos gorgolejantes, e logo em seguida a entrada de Baluarte se abriu: Merab havia pulado para dentro da cidadela e aberto o portão sozinho, seu martelo de guerra deixando um rastro de mortos ao redor.

— Guizo — disse ele, oferecendo passagem e curvando-se de leve.

A Víbora inteira invadiu Baluarte, por sobre os muros e pela entrada, e um número surpreendente de pessoas maltrapilhas largaram as suas poucas armas, correndo para além do pátio, encolhendo-se contra as paredes e árvores esquálidas, implorando pelas suas vidas. Humanos em sua maioria, mas com alguns kaorshs em seu meio...

— Parem! — gritou Tiën, a voz alquebrada, tentando encontrar salobros entre a população que debandava. — Parem o ataque!

A Víbora parou antes de dar o bote. Tarnok não invalidou o brado do Guizo, mas a observou com curiosidade.

Os olhos do Guizo estavam inquietos quando Tarnok ordenou que todos os ocupantes de Baluarte se ajoelhassem no pátio. Ele sabia o que Tiën estava sentindo; aquele lugar fazia parte da memória de ambos. A salobra começou a inspecionar cada pessoa, exceto os anões, que não tinham chance de ser salobros. Quando via algum humano ou kaorsh de compleição física ou feições parecidas com as da sua espécie, pedia para olhar as laterais do pescoço. De ambos os lados, pois mestiços poderiam apresentar poucas guelras, às vezes em um só lado.

O pátio logo se encheu, e os que não couberam ali foram se ajoelhando ao redor, observados ostensivamente pelos dezenove membros da Víbora. E Tiën caminhava entre as fileiras, levantando os seus suspeitos pelo queixo, ansiosa.

Dois dos novatos foram buscar o Amordaçado derrubado do lado de fora, e o arrastaram para a sombra de uma das árvores. O lugar estava sujo e decadente, coberto por folhas secas e vagens apodrecidas, e não ficou muito melhor com os quase trinta cadáveres resultantes do ataque. Baluarte parecia ter sido ocupada por pessoas que jamais invadiram território algum. Era perceptível pela maneira como tentaram repelir a Víbora.

— Vou perguntar apenas uma vez! — trovejou a Cabeça, as duas cimitarras pendendo das mãos ao lado do corpo, o sangue pingando das lâminas como um lembrete. — Quem é o líder de vocês?

Ninguém se manifestou de pronto. Waarzi gritou, impaciente, para efeitos dramáticos, e muitas mãos apontaram ao mesmo tempo para um homem, aparentemente humano. Pranodi foi o nome que ele deu quando Tarnok se aproximou e pediu que se levantasse.

— Então, você é o líder dessa gente. Quem são vocês e de onde vieram?

— N-não sou líder — respondeu ele. — Só insisto em não corrermos mais riscos lá fora e ficarmos aqui... então talvez me vejam como um...

— Um líder que não sabe ser líder — concluiu Tarnok. — E que não sabe responder perguntas. De onde vieram?

— D-de Untherak, senhor!

Os membros da Víbora se entreolharam. Até Tiën pareceu repentinamente mais compenetrada na sua função de Guizo. Ela se aproximou de Pranodi, questionando:

— Vocês vieram do sul?

O homem, ainda que se sentindo ameaçado, pareceu achar a pergunta sem sentido.

— Sim, obviamente... Decidimos deixar a cidade após o ultimato do General Proghon...

Um Virgem avançou de longe na direção do homem, decidido, e agarrou-o pelo colarinho carcomido da camisa de cor indefinida. Era o tal de Rheriion, mostrando uma nova face, furiosa.

— Vocês fazem parte do êxodo?

— Vértebra, largue o homem — comandou Tiën.

Mas Rheriion pareceu não escutá-la.

— Vocês seguiram alguém até aqui?

— S-sim, não sou o verdadeiro líder. Foi Raazi, a assassina de...

— Onde ela está?! — gritou o kaorsh, completamente alterado, chacoalhando Pranodi como se fosse um boneco de pano.

Tarnok agarrou Rheriion pela nuca e o atirou longe no pátio empoeirado. Pranodi caiu no chão, tossindo. Tiën fez menção de ajudar o homem a se levantar, mas Tarnok a impediu com o olhar.

— Raazi! Onde você está, maldita? — bradou o novato, se levantando, empunhando a lança e perscrutando os ajoelhados. — Vou fazê-la pagar!

Pranodi foi se levantando, debilitado, tentando falar.

— Ela partiu. Para o norte, com pouco mais da metade da caravana, e insistiu... — Ele parou de falar, quase colocando os pulmões para fora. Tarnok percebeu que aquilo não era apenas por causa de Rheriion. O homem parecia afetado por alguma moléstia. — Insistiu para que fôssemos com eles. Com os sinfos. Mas estávamos cansados de segui-la! Aqui podemos recomeçar. Temos joias que a Degradação nos deu! De um azul inigualável... dê uma olhada!

Pranodi tirou alguns cristais de sal do bolso com as mãos trêmulas, o sorriso desvairado, querendo entregá-los para a Cabeça.

— Olhe, senhor! Posso lhe pagar para poupar a minha vida! Não nos leve de volta para lá...

Tarnok deu um passo para trás, como se sentisse nojo do homem. Olhou para Tiën, que balançou a cabeça imperceptivelmente. Ela sussurrou para a Cabeça:

— Eles acham mesmo que isso são pedras preciosas?

— É o que parece.

— E mesmo se fossem... — Ela se interrompeu. Nem precisava completar a frase. Tesouros não fariam diferença alguma.

Rheriion se reaproximou, tentando manter a calma. Insubordinadamente, ignorou a Cabeça e o Guizo, dirigindo-se ao homem:

— Quando ela partiu? Raazi?

— Há alguns dias... semanas. Não sei, é difícil saber.

— Ela matou o meu irmão — disse ele, sem preâmbulo algum. Aquilo parecia estar preso na sua garganta.

— Ninguém entra para a Víbora para resolver questões pessoais, Vértebra — interveio Tarnok, calmo, o que era ainda mais assustador do que quando sua voz ribombava abafada pela máscara. Grande parte do que dizia servia também para Tiën, mas não olhou para ela. — Tudo que você era e tinha ficou para trás. Isso inclui laços familiares. Estamos entendidos?

— Sim, Cabeça — respondeu Rheriion, parecendo se controlar. — Mas esta é a kaorsh que matou Una. Devemos ir atrás dela, não? Parte da Víbora, ao menos.

— A Víbora não se separa — afirmou Tarnok. — Não dessa maneira.

Foi a vez de Tiën falar com Pranodi:

— Quando vocês chegaram... havia alguém aqui?

— Parte da nossa caravana. Tinham vindo resgatar Raazi, que foi sequestrada por um monstro de cristal. Foi... peculiar. — Então, Pranodi arregalou os olhos. — Que fique registrado que torci pela morte dela! Ela e a tal da Guarda Vermelha, mais a mercenária das bestas duplas e o Autoridade traidor, sempre andando para cima e para baixo, cheios de si... Eu não gostava de Una, mas também nunca concordei com a kaorsh... Criaram o próprio regime e nos usaram! Colocaram a gente em enrascadas.

Tiën olhou para o chão e tentou mais uma vez:

— Então não havia mais ninguém aqui? Uma pessoa... como eu?

— Parecida com você? — Pranodi inclinou a cabeça, mas então o seu rosto se iluminou. — Ah, sim! Uma mulher. Talvez fosse kaorsh. Não lembro de tê-la visto antes de chegarmos aqui, mas era impossível decorar todos os rostos da caravana. Enfim, ela partiu junto com Raazi. As duas viviam próximas. Ela sabia retirar água do poço mesmo quando ele secava. Depois da partida dela, a água daqui nunca mais foi a mesma. Nem as árvores aguentaram, e as vagens começaram a rarear... sem contar os ataques das bestas.

A Cabeça e o Guizo trocaram um olhar demorado. Rheriion respirava tão alto que atrapalhou o raciocínio de ambos.

— Tragam para cá os animais e as carruagens — despachou a Cabeça, sem olhar para trás. Então, observou o novato altamente irritável. — Você tem sérias dificuldades para entender como funcionamos, Vértebra. Mas, no fim das contas, parece que vamos na direção da kaorsh que você tanto procura.

O rosto de Rheriion mudou de cor, mas logo voltou ao tom natural. Seus olhos eram como dois faróis cheios de esperança. Por um instante, Tarnok não pensou como a Cabeça da Víbora e admirou a devoção do kaorsh ao irmão. Ele havia lutado bem nos muros de Baluarte. Quem sabe pudesse ter uma vingança tardia.

Talvez o próprio Tarnok estivesse amolecendo, após tantos séculos como a Cabeça.

— Pranodi — começou ele, fitando a multidão de homens, mulheres e crianças —, diga ao seu povo que se levante. Fome e sede não serão mais um problema, e não queremos os seus... tesouros.

As pessoas começaram a se levantar, os rostos exultantes. Houve comemorações tímidas e abraços. *Há quanto tempo esse povo não se alegra?*, pensou Tarnok.

Então, as duas carruagens entraram pelo portão, puxadas pelos grilofantes. A multidão começou a se aglomerar ao redor das criaturas, a uma distância segura dos cascos. Muitos ali jamais haviam visto uma de perto, pois eram raras em Untherak. O falatório inundava a cidade abandonada, agora ocupada pelos novos senhores.

Então, foi a vez das cocatrizes entrarem, puxadas pelos estribos por Waarzi e outras Vértebras. Ficaram tão ferozes e nervosas com todo o barulho que precisaram ser contidas para não avançarem na multidão. Uma criança gritou com a típica dor ao cruzar o olhar com a besta, e mais algumas dezenas de pessoas berraram de puro horror. Incluindo o próprio Pranodi.

— Foram essas bestas! As cocatrizes gigantes! Elas nos atacaram depois que os outros foram embora, mataram vários dos nossos!

Mais gritos. O cenário de comemoração virou um caos.

— Vocês as capturaram, mestre? — perguntou o homem a Tarnok, adulador ao extremo.

Mas a Cabeça não tinha paciência para bajulações. Talvez aquele traço de personalidade viesse de antes do seu banho de Mácula. Sim, talvez estivesse amolecendo.

— Víbora! — bradou Tarnok, erguendo suas cimitarras. — Como bem sabem, nosso rastejar não pode ser testemunhado por outros olhos. Também não fazemos prisioneiros.

A cabeça de Pranodi rolou, com o queixo caído de surpresa. Os olhos, nem tanto. A emoção não teve tempo de ser processada pelo rosto inteiro.

— Soltem as cocatrizes e deixem elas se alimentarem. Os demais serão um banquete para os *anins*.

Tiën desembainhou a espada negra, apática. Sabia como aquilo funcionava e também sabia que não havia ninguém da sua espécie por ali.

Naquela terra que já drenara tanto sangue e tantas lágrimas, mais um massacre teve início. E não parecia ter hora para terminar.

25

Reclamar de comida não era do seu feitio.

Ninguém que tivesse sobrevivido a Untherak poderia se opor a um alimento, seja lá o que estivesse disponível para caça, para colheita, para ser dividido em pequenas ou grandes porções, fosse assado, frito, cozido ou cru. Ele mesmo já havia roubado cebolas sem ao menos sonhar em reclamar da ardência na garganta e nos olhos. Na dificuldade e na miséria, fel era o mais refrescante dos vinhos.

Porém, depois de tantos meses reaprendendo a existir sobre o movimento das ondas, Aelian teve que confessar a Druk que gostaria de variar a dieta.

— Mas existem diversos tipos de peixes, não tem como enjoar de todos! — garantiu o gnoll, ajeitando a vela e controlando a posição da retranca. — O mar é um grande e variado banquete.

— Eu sei, eu sei — disse Aelian, com a boca cheia de peixe defumado. O sol matinal iluminava o seu rosto. A tatuagem da sua linha de servidão estava mais esverdeada e desbotada do que nunca, a pele tão curtida e acobreada que ele parecia outra pessoa. — Mas é que tem um gosto específico nos peixes...

— Maravilhoso, não?

— Sim, mas que seria ainda melhor se eu sentisse saudade dele. Aí um dia eu levantaria e diria: "Ei, Druk! Estou com saudade de comer peixe! Vamos pescar?"

— Vamos — respondeu Druk, a atenção completamente focada na contraescota da embarcação.

Aelian revirou os olhos.

— Não estou falando de pescarmos agora... Ah, esquece.

— Mudou de ideia?

— Esquece — repetiu Aelian.

Druk deixou a conversa de lado na mesma hora, começando a fazer um som com a garganta que, para indivíduos com focinhos, era o equivalente a assobiar. Thrul, por sua vez, roncava dentro da parte coberta da embarcação. O betouro demorara a se acostumar com o balanço do mar, afinal, era uma criatura criada nos campos de colheita e no Segundo Bosque de Untherak. Aelian também tivera dificuldade: não era gnoll, uma raça acostumada a viver perto de rios e correntezas, com a memória dos antepassados no sangue. Druk enfrentara alguns desafios com o balanço do alto-mar, mas não havia sido nada comparado a Aelian.

Mesmo com os engulhos e as súbitas crises de vômito, aquela não era a pior parte para o humano. Seus sonhos embalados pelas ondas o levavam de volta às memórias de pessoas dissolvidas, uma piscina de Mácula e o nascimento do General. Também o lembravam do fluxo espiritual onde tivera o embate com Proghon e na batalha de possessões.

E tudo aquilo o fazia se lembrar do carvão.

A abstinência doía no corpo e na mente. Aelian tremia, mesmo durante os dias quentes, e, nas noites frias, chegava a chorar compulsivamente, saudoso da sensação abrasiva no peito. Druk era um bom amigo nessas horas, tentando conversar com o humano para distraí-lo, por mais que recebesse ofensas gratuitas e xingamentos nos piores momentos da privação do entorpecente. O gnoll sabia que era o carvão falando. A Mácula.

Depois de meses no mar, as crises de abstinência batiam a intervalos cada vez maiores. Aelian saía de cada uma delas cansado, como se tivesse batalhado contra guardas Altin e elfos Silenciosos. Mas libertar-se do pensamento constante no carvão lhe permitia perceber melhor a natureza. Fazia ele absorver melhor as suas leituras. E até prestar mais atenção nos sinais que o mundo lhe dava.

Durante os primeiros meses, a maré várias vezes os forçara a atracar em praias desoladas, enxameadas de moscas, cobertas de grandes pedregulhos e às margens de recifes pontiagudos. Eram lugares bastante desagradáveis. Aelian, que estava descobrindo esse tipo de paisagem, achava que eram a versão litorânea da Degradação. Nessas praias, não encontravam muita coisa para comer perto das falésias — nome que Aelian aprendera nos livros e pergaminhos de Wora —, mas Thrul sempre se empanturrava de vegetação. Após um tempo, os dois chegaram a lugares melhores, onde colhiam frutas costeiras e podiam até mesmo passar a noite, explorando alguns quilômetros de dunas ou matas terreno adentro.

Já Bicofino não sofria com a dieta limitada. Não parecia nem um pouco enjoado de peixes que pescava após majestosos mergulhos no mar, mas as suas incursões na direção do continente eram cada vez mais frequentes. Às vezes, demorava quase um dia inteiro para voltar. E foi assim que Aelian, vendo o falcão partir para estibordo, quilômetros para dentro do alto-mar, e voltar com o bico sujo de sangue vermelho, percebeu que havia ilhas não muito longe dali.

Atracaram diversas vezes nelas, pequenas e grandes, desoladas ou com vestígios de um mundo antigo que precedia qualquer mentira sobre o surgimento de Una. Se Aelian e Druk tinham se tornado indivíduos mais sábios do que aqueles que haviam fugido dos Grandes Pântanos às pressas era porque, cada vez que jogavam a âncora, fosse na costa ou em ilhas misteriosas, aprendiam mais sobre o verdadeiro mundo que habitavam.

E era assim, a cada parada, a cada semana que se demoravam num arquipélago, a cada monstro marinho que enfrentavam, que Aelian completava com o seu traço o antigo mapa que Wora lhes deixara. Aprendendo aos poucos as nuances das posições e inclinações da pena, o humano tentava ao máximo imitar a bela caligrafia que tinha feito os primeiros desenhos. Muitas vezes se flagrava imaginando quem seria o cartógrafo.

— Certo — disse ele, parando de pensar em peixes e retomando a atualização do mapa. Abriu-o sobre os joelhos, apoiado numa prancha de madeira que usava com frequência para escrever ou desenhar. — Acabei de colocar a ilhota que descobrimos anteontem. A escala dela deve estar errada, como tudo nesse mapa... mas está na direção da montanha que enxergamos de lá do alto do morro que subimos.

— Onde corremos do porco selvagem emplumado — comentou Druk.

— Não sei se era de fato um porco, mas o barulho lembrava mesmo — concordou Aelian. — E aí? Que nome quer dar a ela?

— Ilha do Peixe.

— Não! Chega de peixes. Já nomeamos duas Ilha do Peixe.

— Mas nós pescamos lá.

— Nós pescamos em todo lugar, o tempo inteiro. Você precisa ser mais criativo, Druk.

— Eu não preciso ser criativo. Sou bom no arco e sou bom navegador.

— Bom, estou me equiparando a você no arco — disparou Aelian, com um riso convencido, enquanto molhava uma pena vermelha de Bicofino na tinta.

Em todos os lugares que paravam, eles praticavam com o arco, produziam novas flechas e treinavam combate com galhos ou até mesmo com as armas de Aelian, tomando cuidado para não se machucarem.

Druk estalou a língua, sem tirar os olhos da água.

— Não está, não. Mas gosto de praticar com você, amigo Aelian. — Então o gnoll emendou: — Ilha do Porco Emplumado.

— O quê?

— O nome. Da nova ilha. Faz sentido, não?

Aelian olhou para os próprios pés descalços, perguntando-se como não tinha pensado naquilo antes.

— Merda. Faz mesmo — admitiu, contrariado, apertando os lábios.

Então desenhou um pequeno porco emplumado... o pouco que se lembrava da criatura, pois estava correndo na direção contrária... ao lado da ilha ainda em tinta fresca. Talvez Druk fosse criativo na mesma medida que era bom arqueiro.

Aelian correu os olhos pela representação das terras que os dois encontrariam à frente, tentando planejar a próxima parada. As praias nunca eram muito detalhadas no mapa, mas ele imaginava que as que apareciam ali tinham sido visitadas pelo cartógrafo. Logo, ele havia sobrevivido à parada naqueles lugares misteriosos.

— Estamos aqui — disse Aelian, apontando no mapa e mostrando para Druk —, e, ao que parece, aquelas sombras a noroeste são a cordilheira da Mandíbula.

— Cordilheira da Mandíbula! — repetiu o gnoll, lembrando-se de algo e enfiando a cara no mapa. — Wora já me falou desse lugar! Cadê o monte Tenaz?

— Aqui — disse Aelian, colocando o dedo sobre a montanha que ficava imediatamente atrás da cordilheira.

Druk fez um som asmático parecido com os dos gnolls de Untherak quando estavam prestes a matar alguém. No caso dele, porém, significava empolgação.

— Muito tempo atrás, esse lugar foi um ponto de encontro de anões de vários clãs! — O gnoll arrastou a unha preta e comprida por uma série de desenhos que se enfileiravam para oeste. Pareciam cidades. — Criaturas gigantes caíam do céu com frequência, e, às vezes, traziam pedras e metais preciosos que os anões forjavam dentro do monte Tenaz! O amigo de Wora que estamos indo salvar tinha uma espada feita de metal dos céus! Uma espadona desse tamanho, mais ou menos.

Druk, que era alto, colocou uma das mãos diante do rosto, indicando que a arma ia do piso do barco até ali. Aelian só havia visto duas espadas grandes daquela maneira: a de Proghon e a de Anna.

— Não acredito!

— Não estou exagerando.

— Eu sei! É que... — A voz de Aelian falhou quando ele tentou contar sobre a espada gigante de Aparição.

Lembrou-se do sacrifício de Anna contra Proghon, da espada partida que ele carregara até o Coração da Estátua. Isso o fez pensar em Ziggy, saltando com ferocidade entre ele e os Silenciosos. Em seu pai, Aenoch, entrando na Arena de Obsidiana para garantir o futuro do marido e do filho. Todas as pessoas que Aelian amou se sacrificaram por ele. Incluindo Wora, que tanto lhe ensinara e que, após um ato de imprudência de Aelian, também ficara para trás para garantir a sua sobrevivência.

Druk percebeu que Aelian estava triste. Sentiu que o humano havia pensado em Wora, pois seu faro não era bom só para odores: ele era um ser muito empático. O gnoll era bem mais otimista do que o humano quando o assunto era o que tinha acontecido ao mestre gnoll, mas também não lhe negava a tristeza.

— É bom chorar.

— Eu não estou chorando.

— Está, sim, seus olhos estão chovendo. — Druk apontou para o rastro molhado nas suas bochechas. — O mestre Wora sempre disse que chorar é bom para lavar a alma: "Lágrimas têm sal, que purifica a mente, a alma e a carne."

Aelian riu, um ruído molhado saindo do nariz. Druk havia imitado a voz de Wora com perfeição. Por um momento, foi como se o mestre estivesse ali.

— Onde estávamos? — perguntou o gnoll, apontando de volta para o mapa.

Mas, antes que retornassem ao assunto do monte Tenaz, o grasnar triunfante de Bicofino surgiu lá do alto. O pássaro vinha da direção da cordilheira da Mandíbula e, após um mergulho e uma arremetida elegante, pousou no pulso de Aelian, orgulhoso de si mesmo.

Penas brancas saíam para fora do seu bico.

— Ainda quer variar a dieta? — perguntou Druk, olhando do falcão para o amigo.

Como em toda região montanhosa próxima do mar, encontraram alguns rios que desciam da cordilheira para uma breve e pacata existência antes de desaguar no oceano. Alguns estavam registrados no mapa como linhas finas, e uma delas passava através das montanhas e tinha a nascente indicada no monte Tenaz, que era ligeiramente separado da cordilheira da Mandíbula. Druk achou que valia a pena verificar.

A embarcação conseguiu subir facilmente o rio que desaguava no mar, apenas tomando cuidado com alguns bancos de areia que, ao mesmo tempo em que eram obstáculos, também desaceleravam a corrente contrária.

Bastaram algumas horas para os dois perceberem que o rio não passava *entre* as montanhas, e sim *por baixo* delas, num túnel de pedra que por pouco não era alto o suficiente para que a vela passasse. Druk abaixou o mastro e foram em frente, confiando apenas nos remos.

Acenderam uma tocha debaixo da passagem rochosa, prestando atenção para não encalhar, mas a verdade é que experimentaram uma paisagem de paz extrema: águas cristalinas e um ar frio agradável, um hálito refrescante das montanhas, bem-vindo após tanto sol e sal. Aelian usou uma cumbuca para coletar água gelada para Thrul, que resfolegou no primeiro contato, mas pareceu gostar depois de se acostumar com a temperatura.

O avanço demorou tempo suficiente para saírem do outro lado da caverna sem ver a luz do dia. Aelian olhou para cima, para os picos da cordilheira, e sentiu-se minúsculo — de uma maneira boa. Aquelas eram verdadeiras muralhas, construídas pela natureza, a maior verdade existente.

Acamparam e fizeram uma pequena fogueira, cientes de que qualquer observador no monte Tenaz poderia avistá-los ali. Druk contou mais a Aelian sobre a união dos anões do passado e sobre como eles haviam sido expulsos de lá por Proghon e perseguidos antes de se tornarem um perigo para Una. Os capturados que não morreram em batalha foram levados para Untherak e diluídos entre os anões que tentavam preservar a sua história dentro da cidade que queria apagá-la a qualquer custo. Logo, era improvável que os antigos moradores daquela região ainda estivessem ali para perceber a menor das fogueiras no sopé da montanha.

No dia seguinte, deram início à exploração do monte Tenaz. Resolveram deixar o barco na beirada do rio, um pouco fora da água, mas ainda ancorado, por garantia. Bicofino passou a circundar a montanha pelos ares, sempre na direção do topo, enquanto Aelian e Druk também a circundavam à sua maneira: pelos antigos caminhos nas encostas.

Thrul os acompanhou com tranquilidade até a metade do monte, mas então as estradas começaram a ficar mais estreitas e perigosas. Antes que decidissem encerrar a exploração por ali, Druk decidiu farejar um pouco. Aelian sentia que havia algo mais a ser descoberto, e o gnoll apoiava sua intuição.

Foi quando seus sentidos aguçados conseguiram ouvir água gotejando com um grande eco. Alguns minutos bastaram para que uma caverna revelasse um antigo portão para um reino com céu de pedra.

Apesar de serem ruínas de uma cidade há tempos abandonada, era impressionante ver o que havia sido o coração do monte Tenaz. Grandes salões e corredores com o pé-direito alto, feitos por um povo de baixa estatura. Anões, no seu habitat natural, não economizavam na hora de expressar a grandeza da sua espécie. Como não havia Una para limitá-los, gravuras e estátuas feitas habilmente com cinzéis decoravam todo o espaço. Nos corredores, padrões de símbolos intrincados se intercalavam, e Aelian se perguntou qual seria o significado deles. Até que encontrou um familiar: o *adinkra* dos Okodee, o clã de Harun, presente também no escudo e na armadura dos seus antepassados, que o anão tanto buscara. Ele lhe explicara que significava força, poder e coragem, mas que poderia ter outros significados quando aliado a certas cores. Ali, o *adinkra* se repetia apenas como um relevo nas rochas e nos azulejos, em meio aos símbolos de outros clãs que participaram da idealização daquela grande cidade sob a montanha.

A sensação era parecida com estar no Coração da Estátua: ali, formas de expressão que facilmente teriam virado pó durante um ataque de espadas, martelos e botas de ferro estavam preservadas da ganância de mãos poderosas.

Enquanto atravessavam a montanha, passaram por inúmeros salões onde grandes guerreiros e guerreiras anões eram homenageados, sempre numa escala maior do que seus tamanhos reais, os rostos heroicamente irritados e austeros. Suas armas, esculpidas com capricho, pareciam inclusive serem afiadas. Alguns halls de pedra eram inteiramente dedicados a três anões, sempre esculpidos juntos: um carregava uma ampulheta; outro, uma ferramenta que parecia servir para apertar parafusos; e o terceiro, uma balança. Aelian se lembrou de Harun contando sobre a tríade divina dos anões: Tempo, Torque e Equilíbrio. Lá estavam eles, e por toda a cidade havia muitas representações das divindades e símbolos parecidos com ampulhetas, chaves e balanças.

No entanto, foi com outra estátua que mais se surpreenderam. Sobre um pedestal rochoso, havia um guerreiro de maior estatura, também representado com as proporções grandiloquentes, mas de compleição física diferente dos anões. Pensaram que fosse um kaorsh ou um humano.

Ele tinha um rabo de cavalo esvoaçante que cascateava do topo da cabeça. Mesmo esculpidos num mármore cinzento, os fios tinham um movimento sedoso — coisa que apenas um mestre dos cinzéis conseguiria fazer. Seus traços eram únicos e elegantes, com uma curva suave na pálpebra superior, ainda que o rosto fosse severo, sensação acentuada pelos lábios finos. Havia também uma linha, praticamente uma mossa na estátua, que ia da ponta do nariz até o queixo. Aquilo não era a reprodução de uma cicatriz, e, sim, um acidente muito superficial na pedra.

Continuando a sua análise, Aelian percebeu que o restante do corpo estava coberto por uma armadura com dragões compridos entalhados ao longo das placas. Isso o fez se lembrar de onde conhecia aquele guerreiro, e Aelian confirmou as suas suspeitas ao olhar os itens que carregava. Na mão direita, um elmo de dragão. Na esquerda, a representação em pedra de uma espada muito familiar, da qual se aproximara uma única vez: a que ficava na fonte de Mácula onde Anna caíra.

— É ele — murmurou Aelian, resgatando uma memória perdida.

Sons de batalha invadiram a sua mente. A versão em carne e osso daquele guerreiro desafiando um Proghon ligeiramente diferente: bem mais ágil, com o crânio dourado escondido dentro de um elmo fechado.

Druk ficou curioso, mas deixou o companheiro ter seu momento de catarse.

No pedestal da estátua, havia palavras na Língua Morta. Aelian entendeu o seu significado perfeitamente.

Contemplem Ruro, o Dragão do Povo do Sal, líder dos filhos de Ebriz.

Sua amizade e seu desejo de manter um mundo livre nos proporcionaram a aliança entre anões e salobros, e um grande exército foi formado pelos habitantes do monte Tenaz e dos Caminhos das Quedas.

Eis nossa homenagem ao guerreiro tombado, retratando não só sua grandeza como também Lágrima de Prata, a arma que forjamos misturando as técnicas das raras espadas anãs com as lâminas ocas dos salobros.

Que o metal celeste dos Antigos perdure.

Que o mundo lembre que o General, ao contrário das pedras da nossa casa, não durará para sempre.
Em nome da Simetria Ancestral, e de Tempo, Torque e Equil...

— Parece que não tiveram tempo de terminar — disse Aelian, parando de ler em voz alta para Druk.

— Bom, não devia faltar muito. Povo falante, né?

— Desde que você aprendeu a falar, também não parou — retrucou Aelian.

Druk coçou os pelos na mandíbula, que lembravam uma barbicha, ponderando.

Lágrima de Prata.

Então, Ruro de fato havia atacado Proghon. Anna estava certa sobre a importância de eles tomarem posse da espada. Além de já ter se provado útil uma vez, a arma representava a união de povos que haviam sobrevivido à devastação do General. Seriam esses os salobros? O tal Povo do Sal? Mas quem era Ebriz?

— Uma raça inteira foi exterminada na luta contra Proghon, e eu achei que seria capaz de fazer a diferença — comentou Aelian, mais para si mesmo do que para Druk. Estava desanimado ao ver que indivíduos mais fortes que ele já haviam tentado e falhado.

— A boa notícia é que o meu faro estava certo, e a sua intuição também. Tinha algo aqui — disse Druk, vendo que o amigo estava sorumbático. — Foi como encontrar uma agulha num palheiro. E nós nem estávamos procurando pela agulha!

— É verdade. O problema é que agora eu sei exatamente onde está a agulha que preciso, mas todo o palheiro está em chamas.

Druk colocou a mão pesada sobre o ombro do amigo.

— Você é ótimo em metáforas... mas nem sempre. Vamos.

Mais adiante, chegaram ao verdadeiro cerne do monte Tenaz: um santuário no meio da pedra, com várias forjas que há séculos não viam a incandescência do metal líquido, das fornalhas poderosas como sóis particulares. O lugar devia ser belíssimo em pleno funcionamento, pois, mesmo repleto de poeira e goteiras que vinham do céu pedregoso, continha um poder adormecido admirável. Estalactites e estalagmites centenárias, talvez milenares, adornavam o teto distante e o solo, enquanto as gotas de água pingavam sem parar...

Aelian pensou em Wora, em comunhão com o pântano. Sua vida era conectada àquele ambiente, assim como as vidas dos anões eram conectadas àquela montanha, com as suas grutas e os seus túneis. Eles viviam em comunhão com as rochas, valorizavam cada caminho que a água abria, cada pedra por onde ela escorria, cada estalagmite formada gota após gota. Pensou nos bosques e nos sinfos, conectados às suas árvores. E então pensou em todas as estátuas de beleza indescritível que havia encontrado. Todos aqueles tributos foram criados pelo amor à terra, às rochas e aos metais que dela vinham. Eram obras livres. Privar os anões de esculpir era a morte em vida. E aquela morte já vinha se prolongando há muito tempo.

Passaram por túneis com trilhos gastos, que provavelmente levavam às minas inferiores. Os tetos eram baixos, e Aelian sentiu uma pontada de desconforto no estômago, causada pelo seu pavor por lugares apertados. Desviou o olhar dos trilhos e voltou sua atenção ainda mais para os detalhes do coração da montanha.

Por fim, atravessando as desgastadas mas belas pontes esculpidas sobre as forjas centrais, encontraram a luz do sol, que lhes mostrou a saída para o céu a que estavam mais acostumados. Não imaginavam estar tão no alto. As estradas daquele lado da montanha não facilitariam a descida com Thrul, então consideraram mais uma vez voltar ao barco, deixado na nascente do riacho Tenaz — como Aelian o batizaria no mapa mais tarde.

Porém, do alto do monte, Bicofino mergulhou com um grasnar obstinado. Aelian o reconheceu, mesmo a uma grande distância. Seguiu-o com os olhos e avistou uma revoada de pássaros brancos sobre uma cidadela murada.

E, saindo de lá, uma coluna de fumaça.

— Uma cidade — anunciou Aelian, num misto de esperança e espanto.

— Foi mais cedo do que eu esperava — falou Druk, pegando o mapa da mão do amigo. — Ei, esse lugar fica bem aqui, no Caminho das Quedas dos Antigos.

— É o que estava escrito debaixo da estátua.

— Tem gente lá. E se...

— ... for Raazi com o povo de Untherak?

— Também pode ser o tal do Povo do Sal, que fez aliança com os anões.

Aelian considerou aquela possibilidade, mas imaginou que, se Proghon caçara os anões àquela distância de Untherak, provavelmente também fora atrás do povo de Ruro.

No entanto, o único jeito de saber com certeza era indo até lá. E foi o que sugeriu para Druk.

— Vamos levar um dia todo para descer pela estrada acidentada, isso se conseguirmos! — exclamou o gnoll. — E depois mais doze horas até lá, se o caminho for tão simples e plano como parece daqui de cima.

Aelian observou a pequena cidade e o ponto escuro que era Bicofino planando. Lembrou-se de ver Untherak daquela maneira, de cima do monte Ahtul, tão pequena e silenciosa.

Tão diferente do grande desastre que era.

— Ou... — sugeriu ele, o rosto se abrindo num sorriso ao rememorar como chegara lá em cima do monte Ahtul — ... podemos tentar uma coisa.

Sua mão buscou a ocarina de Ziggy. Thrul imediatamente pateou o chão, e as suas asas poderosas zumbiram. Tanto ele quanto Aelian estavam há tempos querendo repetir aquilo.

Havia sido difícil voar em cima do betouro durante uma chuva de flechas disparadas por elfos com uma mira sobrenatural. Mas também era difícil voar com um bando de aves brancas os atacando.

Druk rosnou, tentando abocanhá-las, sem ousar soltar os ombros de Aelian enquanto ele manobrava Thrul.

— Acho que tenho medo de altura! — gritou o gnoll, uma asa o acertando entre os olhos.

— Eu não! — berrou Aelian em resposta.

Na verdade, estava muito bem ali, sentindo-se ainda mais seguro do que quando saltava entre telhados. Confiava mais em Thrul do que nos próprios pés.

O betouro zumbiu, mas era impossível saber se era sinal de que estava aproveitando o voo ou irritado com as aves. Aelian soltou uma das mãos para alcançar a ocarina. Mesmo após tanto tempo sem praticar, ele descobriu que não precisava tocar muito a melodia para manter o betouro estável e constante. Apenas algumas notas já descolavam as suas patas do solo. Ainda assim, achou que ela seria útil para fazer Thrul se concentrar.

— Aelian! Esses bichos têm quatro olhos!

— Fique calmo! — respondeu o humano, sem soltar a mão esquerda do betouro. — Nós dois juntos também temos.

Levando a ocarina à boca, emitiu a melodia conhecida. Thrul parou de se chacoalhar. Um ruído reverberou, como se ele estivesse recebendo carinho depois de um trabalho primoroso. Outro efeito foi ainda mais impressionante: a algazarra de pássaros de quatro olhos simplesmente parou. As aves os acompanharam em silêncio, planando com a corrente de vento, escoltando os estranhos pelo seu território até a cidade abaixo.

Circundaram o pilar de fumaça, se preparando para o pouso. Esta parte também não havia sido praticada, mas Thrul conseguiu cravar as patas na terra batida sem muito impacto.

— Pode abrir os olhos, Druk — disse Aelian, enquanto dava tapinhas na cabeça cascuda de Thrul. — Mas já aviso que a vista não é muito animadora.

A fumaça subia de uma pilha de corpos próxima ao muro dos fundos, mas havia muitos outros espalhados pela cidadela, perto dos muros e acumulados no sopé de uma fortificação antiga.

— Parece que alguém começou a queimar corpos e desistiu no meio do caminho — comentou Aelian, sentindo as entranhas se contorcerem. Estava com um mau pressentimento.

Havia roupas e tecidos por toda a parte, como se tivessem voado de varais e janelas, prendendo-se inclusive nos galhos de árvores completamente novas para a dupla. Eram vestimentas rotas, carcomidas e desbotadas. Poderiam ser roupas de Untherak, ou melhor: roupas de fugitivos de Untherak, que viajaram milhares de quilômetros através da Degradação e pararam no primeiro lugar minimamente habitável.

Aelian compartilhou em voz alta o que estava pensando, e Druk pareceu igualmente aflito, farejando o ar.

— Os rastros são todos muito confusos. Os corpos carbonizados encobrem quase qualquer cheiro...

Os pássaros de quatro olhos sobrevoavam a cidadela, sem se atrever a pousar mesmo nos corpos fora das chamas. Mais acima, Bicofino se fez ouvir e dispersou uma grande revoada deles, fazendo chover um festival de plumas brancas. Aelian caminhou entre as penas, observando os rostos dos mortos, lamentando por todos, o coração dando um salto maior a cada criança que encontrava.

— Não há sinais de luta — comentou ele, uma ideia se formando aos poucos na sua mente.

Druk também parecia pensativo, caminhando logo atrás.

— Percebi isso. Foi um massacre. Eram todos os exilados de Untherak?

Aelian meneou a cabeça.

— Não são nem um terço dos que saíram com Raazi pelo Portão Norte. E não vejo sinfos entre eles.

— Bem... — começou Druk, coçando uma das grandes orelhas. — Nem todos devem ter chegado até aqui. Além disso, os refugiados não poderiam ter se desentendido, se dividido em dois grupos e um dizimado o outro?

— Eles não eram guerreiros. A grande maioria sequer sabia como sobreviver fora de Untherak. Estas marcas, decapitações... são obra de um esquadrão organizado.

— Proghon teria vindo até aqui?

O cérebro de Aelian deu um salto.

O humano olhou para o pátio, que estava lavado de sangue. Sentiu que aquela cena era muito familiar. Então, correu até o poço. Puxou água de lá de dentro, num balde improvisado, e voltou até o pátio, sentando-se em meio ao sangue, lembrando-se das palavras de Wora: "A água tem uma espécie de memória, pois nela muitas coisas se findam, e ela carregará os elementos do que foi diluído."

Concentrou-se na voz do velho gnoll, gravada na sua mente. Colocou a mão dentro do balde e a levou à boca: salgada. Voltou as mãos para dentro do recipiente, pensando no triângulo entre sangue, água e alma. Wora ainda ressoava na sua cabeça: "Num lago. No suor de um corpo. Na chuva. Palavras e histórias fluem pelas mentes seguindo um mesmo padrão. Elas perduram, ainda que diluídas."

Aelian tirou uma das mãos do balde e, no chão vermelho-escuro de sangue coagulado, tracejou um triângulo com os dedos molhados, e então as palavras da sua fórmula.

Sua mente foi catapultada. Ou talvez fosse a sua alma.

Era o mesmo lugar, mas não *naquele momento*. Ele viu guerreiros mascarados usando vestes negras. Suas armaduras eram muito diferentes das que Untherak produzia para os seus soldados e oficiais, mas carregavam a opressão visual dos agentes de Una. Os guerreiros massacravam as pessoas da cidadela murada, mesmo estando em número infinitamente inferior: havia duas dezenas deles, agindo em conjunto, bem treinados. Nem todos usavam mordaça, e metade carregava um maquinário cheio de tubos preso às costas, na altura da lombar. Um deles era claramente o líder, com cabelos longos que deviam ser prateados sob a camada de vermelho-sangue. Ele era imenso e carregava duas cimitarras, ceifando pessoas de todas as raças sem esforço, parecendo indiferente à carnificina que promovia.

Não havia resistência do povo faminto e despreparado. Famílias morriam abraçadas, esperando pelos golpes fatais. Outros morriam abraçados a grandes cristais azulados, que protegiam como se fossem entes queridos.

Não. Raazi, Harun e Venoma não estavam ali. Seus amigos não se entregariam sem luta.

Aelian sentiu um novo puxão e deixou aquela cena sem sair do lugar. O mesmo pátio estava manchado de preto... talvez fosse sangue maculado. Uma mulher se ajoelhava diante da filha, e ambas empunhavam lâminas de um único gume. Elas possuíam três fendas no pescoço, parecidas com a de alguns peixes que Aelian havia visto em alto-mar, e tinham feições similares às da estátua de Ruro...

Outro puxão, e ele se sentiu caindo para trás. Continuava na mesma cidade murada, com o mesmo baluarte, mas tudo estava diferente. Havia mais corpos, sons inconfundíveis de batalha, gritos de guerra. Agora, via Ruro em carne e osso, usando o seu elmo de dragão e a armadura prateada ornamentada com as mesmas criaturas. Ele era ligeiramente diferente da estátua no monte Tenaz, com o cabelo preso num nó apertado na nuca. Parecia estar tentando superar o cansaço, fazendo um esforço descomunal para se manter firme, segurando a espada ainda mais brilhante que a armadura. Sua lâmina tinha canaletas negras, e, no punho, o formato de um pequeno cálice...

— *Lágrima de Prata* — murmurou Aelian, um corpo invisível na batalha que revisitava.

O cavaleiro-dragão o encarava...

Não.

Ruro encarava o que estava *atrás* dele, pois o humano era um mero fantasma naquela memória.

Aelian olhou para trás e se deparou com o General Proghon, de elmo intacto, erguendo a sua espada monstruosa.

Ele gritou, protegendo o rosto com os braços num reflexo tão inútil quanto inocente. Então, foi puxado outra vez, com mais violência. Era como se estivesse caindo por degraus gigantescos, seu corpo astral dando trancos a cada volta vertiginosa.

Como uma âncora lançada num mar revolto, a queda foi interrompida e ele submergiu. Achou que era o rio de Mácula que o arrastara durante o seu último embate mental com Proghon, no pântano... mas na verdade estava em alto-mar, em água salgada, fria e cristalina.

Parou de se debater.

Feixes de luz dourada brilhavam ao redor. Lembrou-se das lições de natação com Druk após a sua primeira queda da embarcação, ocorrida enquanto tentava arrumar as velas, e focou em se manter tranquilo. Ali, parecia mais fácil. Nadou na direção das luzes, sentindo a salmoura do pouco de água que havia ingerido. Emergiu, cuspindo água e tossindo. Piscou ante a luz forte, os raios de sol perfurando as nuvens como arpões.

Tudo era água, com poucas exceções... Viu o monte Tenaz, menor que o normal, e a cordilheira da Mandíbula atrás dele, mais esverdeada do que estivera durante a sua travessia recente. Era a exata vista que tinha das montanhas a partir do local onde tinha pousado com Thrul e Druk, mas não havia chão.

Toda a Degradação, se é que podia chamar o mundo daquela maneira, estava submersa. Ainda não havia a cidadela murada. Talvez, tampouco houvesse vida como ele a conhecia.

O deserto era mar.

E o céu era tão antigo quanto as fundações da terra, com nuvens volumosas, púrpuras e imensas. Um ruído grave ecoou por todo o firmamento, e elas começaram a se abrir, formando um cânion gasoso que se dispersava rapidamente.

O ruído do céu se tornou um trovão cem, mil vezes mais alto que qualquer outro que Aelian já tinha ouvido. O ribombar poderoso parecia carregar o peso de um lamento.

E foi então que surgiu a Criatura.

Passando pelo vão entre as nuvens junto com a luz do sol, arrastando-as atrás de si e criando um rastro vaporoso púrpura e laranja. Ela voava.

Não. Caía.

Era inconcebivelmente maior do que os dentes da cordilheira da Mandíbula, e tinha a estrutura física de muitos seres que Aelian descobrira em alto-mar. Barbatanas. Uma carapaça cravejada de cristais e joias de todas as cores possíveis. Tentáculos capilares, como os de águas-vivas, cada ponta do tamanho de uma das montanhas submersas a leste. A Criatura não fazia sentido, pois o sentido das coisas ainda estava por vir. E dela, muito se originaria.

Aelian sabia que a Criatura caía na sua direção. No meio da constituição caótica, encontrou os seus olhos. Não eram pares. Não eram poucos. Aquilo o lembrou das criaturas dos Grandes Pântanos. Será que derivavam daquele... deus? A palavra, depois de ser usada para descrever Una, parecia pouca para tamanho poder.

As nuvens escurecerem. Dezenas de Criaturas da mesma espécie sobrevoaram os gigantes gasosos, e o seu ribombar de trovão deixou o mar revolto. Eram outros Antigos. Velejadores de estrelas, viajantes do mar escuro e infinito, onde mundos eram apenas ilhas numa vastidão inconcebível.

Aelian achou que fosse enlouquecer. Porém, um instante antes de a Criatura desabar no mar do passado, ele entendeu: aquele era o fim dela, mas o início de muitas outras coisas. O ser colossal que se despedia dos seus iguais estava em paz, pois sabia que ciclos terminavam.

E ele, um homem minúsculo, perdido na memória do oceano, estava conectado ao mistério daqueles inúmeros olhos. A partir de então, sua existência mudaria. Seus propósitos pareceriam infinitamente pequenos. Proghon. Untherak. Ele próprio... Eram todos diminutos. Mínimos. Facilmente levados pela maré do tempo.

Aelian fechou os olhos e abriu os braços, pronto para voltar.

PARTE 4
AMPULHETA

26

Baluarte já havia sumido às costas da comitiva, mas a cordilheira continuava acompanhando-os à direita, assim como o vento salino que vinha dos vãos entre os picos.

O grupo era oficialmente metade do que havia deixado Untherak: quinhentas pessoas ficaram na cidadela e duas mil seguiram pelo deserto, incluindo todos os sinfos. Raazi percebia a determinação em seus rostos tão pequenos e não sabia por quanto tempo ainda seguiriam rumo ao desconhecido. Akari, que aos poucos ia voltando a ser uma guia confiante, a tranquilizava. Explicou várias vezes que enfrentariam terreno complicado antes de chegar ao avanço calmo, mas que atravessariam aquele novo suplício se mantivessem a constância.

Após alguns dias, a cordilheira também ficou para trás. Dias que logo se transformaram em semanas, muitas delas passadas à sombra de montanhas rochosas, que quebravam o vento durante as noites de acampamento.

Exatamente dois meses após deixarem Baluarte, sob um sol escaldante, Akari conduziu os exilados de Untherak por um desfiladeiro estreito, de chão duro e sombras quentes, que permitia a passagem de apenas dois betouros lado a lado. Os batedores acompanhavam a comitiva de um caminho mais acima, onde havia uma visão melhor do horizonte. Venoma foi com eles, num betouro pelo qual havia se afeiçoado e que aprendera a montar.

De repente, Maud e Peebo vieram correndo até Raazi, contornando os caminhos naturais do desfiladeiro até o chão. Venoma se demorou um pouco mais.

— Existe música no vento! — gritou Maud.

— Música boa! De quem sabe o que está fazendo! — concordou Peebo, abraçando o amigo, feliz da vida.

Um murmúrio animado percorreu a seção dos sinfos e betouros. Kaorshs, anões e humanos não sabiam do que eles estavam falando. Já Akari não parecia surpresa. Estava obstinada, tratando de fazer com que as fileiras não diminuíssem o ritmo. Então Raazi se deixou ficar mais para trás, a fim de conversar com Harun, Ranakhar e os outros. Que a sua aliada conduzisse a coluna por enquanto.

Foi no desbotar daquele dia sem nuvens, após o desfiladeiro ter sido deixado para trás, que uma nova cidade apareceu, ofuscando os olhos dos viajantes com o dourado das suas torres e a imponência dos seus tetos abobadados. Um mar inimaginável banhava as costas daquele delírio arquitetônico, e as paredes de um imenso castelo pareciam tremular com o reflexo das ondas iluminadas pelo sol. A base do bastião, repleta de janelas e sacadas, acompanhava o penhasco até o mítico oceano lá embaixo, que também banhava as montanhas, desenhando fiordes que apenas seres voadores apreciariam em toda a sua glória.

Pela primeira vez após deixarem Baluarte, os exilados pisaram em grama verde, experimentando o maravilhamento, o assombro e o arrebate causado por aquela joia fincada entre montanhas. Rios saíam de dentro dos mais belos muros já construídos.

Parada ao lado de Raazi, Akari encarava a cena banhada pela luz crepuscular sem piscar seu olho são. Enfim, ao perceber que Raazi não iria falar tão cedo, pigarreou.

— Eis o paraíso, onde estão as dádivas que os justos e não violentos experimentarão até o fim dos tempos — anunciou ela, apenas para a kaorsh, num tom baixo e carregado de um significado muito pessoal. Então, após um suspiro profundo, disse as palavras que arrancaram Raazi daquele sonho de olhos abertos: — Bem-vinda à eterna Cidade Dourada, também conhecida como Untherak.

Harun viu sua líder empurrar Akari com força, que não revidou o ataque, mas também não foi ao chão. Raazi se afastou, com passos vacilantes, até uma formação rochosa em que pudesse se escorar.

Era a primeira vez que o anão via a amiga e aliada recuar diante de algo. E não esperava que isso fosse acontecer justamente quando se depararam com um verdadeiro oásis, depois de tantos oásis falsos.

A kaorsh respirava pesado. Suor brotou de súbito na sua testa e na raiz dos seus cabelos. Harun olhou para a esposa, que apontou na direção de Raazi com as duas mãos.

— Vai falar com ela!

— Não sei se é a melhor hora — respondeu Harun, observando Akari. O que ela dissera para causar tal reação?

A voz fantasma sussurrou no seu ouvido outra vez, tão clara quanto a voz da esposa ao seu lado: "Ela precisa de você, Harun. Vá."

Por reflexo, ele olhou para trás, e Cora franziu o cenho. No improviso, o anão disfarçou o movimento desconexo perguntando:

— Onde está Ônix?

— No colo de Baeli. Pare de arrumar desculpas e vá acudir Raazi logo!

Antes, Harun caminhou na direção de Akari, que parecia não se importar com Raazi naquele instante. Toda a sua atenção estava voltada para a Cidade Dourada.

— O que você disse para ela? — quis saber Harun, contendo a raiva que sentia tanto pela placidez fria de Akari quanto pela nova interferência da voz etérea.

A salobra voltou o olho branco para ele, como se pudesse enxergá-lo bem daquele lado.

— Apenas a verdade. Não se preocupe, você também saberá em breve — disse ela, se voltando novamente para a cidade e encerrando a discussão. — Vá falar com ela, se é o que vocês tanto querem.

Harun juntou as sobrancelhas. *Vocês?*

Então, afastou a pergunta da mente e correu até Raazi. Escorada na pedra, ela havia se sentado com a cabeça entre as pernas. Sua respiração era ruidosa, audível mesmo a distância.

— Raazi, fale comigo — pediu Harun.

Estava acostumado a vê-la enfrentar diversos perigos com bravura, mas naquele momento ela parecia estar num campo de batalha desconhecido, onde as suas habilidades não tinham valor.

Ofereceu-lhe água direto do seu odre, e Raazi aceitou prontamente. Jogou a maior parte na cabeça, e, quando levantou o rosto, a mancha azul ao redor de seu olho esquerdo estava escura como o céu noturno, parecendo um hematoma. A exaustão de todo o percurso estava estampada ali, naquela cor indesejável tomando conta do seu *canväs*.

— Isso não vai ter fim, Harun — lamentou ela. — Eu nunca deveria ter dado ouvidos a Akari.

— E eu queria nem *ter* ouvidos. Daria de tudo para viver no silêncio da minha ignorância! — exclamou Harun, escorregando pela pedra até se sentar ao lado da amiga. Então, acrescentou numa voz um pouco mais alta que o normal, por cima do ombro: — Tudo mesmo!

Raazi ignorou o comportamento excêntrico dele e continuou a hiperventilar. Harun apoiou a mão pesada na nuca da kaorsh.

— O que ela disse?

— Que este lugar... é Untherak, a Cidade Dourada.

O rosto de Harun congelou na expressão mais confusa que já havia feito. Por fim, ele retrucou:

— Eu... não sei o que pensar.

— Pois eu sei — grunhiu Raazi. — Untherak não era só a cidade onde vivíamos. Claro que não. Os malditos não são estúpidos. Não depositariam todo o seu poder dentro dos mesmos muros.

— Eu nunca fiquei sabendo de nada disso nos meus tempos como Autoridade. E, para falar a verdade, sempre os considerei estúpidos. — Harun deu uma risada seca. — Mas eu também acreditava que o restante do mundo era apenas... Degradação.

Silêncio. Raazi parecia mais calma, mas a sua expressão continuava sem vida e a sua respiração, superficial. Uma voz próxima e indesejada soprou uma sentença curta nos ouvidos de Harun:

"Diga que as coisas podem não ser como ela pensa."

Ele praguejou, com um movimento silencioso dos lábios. A sua nova alucinação começara a lhe dar ordens?

No entanto, aquela ordem em específico fazia sentido. Raazi precisava sair daquela cadeia de pensamentos. Harun respirou fundo, por mais que estivesse chocado e confuso com a possibilidade de uma nova Untherak, e falou:

— Hum... Nós estamos descobrindo as raízes das mentiras que nos mantiveram reféns durante tanto tempo. Talvez existam várias Untheraks. Por que não? Mas talvez nem todas sejam ruins. Em alguma delas, pode ser que existam mais pessoas como Cora. Como você e eu...

Raazi encarou Harun e disparou:

— Se existissem mais pessoas como nós, não haveria outras Untheraks.

Ele deu de ombros. Como nenhuma sugestão fantasmagórica lhe veio, respondeu:

— Então talvez tenhamos chegado a um lugar que precise da gente.

Raazi fungou, soltando um riso em meio ao desespero.

— Você está sendo... otimista? — perguntou ela, incrédula.

O azul no seu rosto foi clareando aos poucos. Harun conseguira acalmá-la, por mais que não acreditasse nas próprias palavras.

— Para você ver como toda a sua vida era uma mentira — zombou ele, lançando-lhe um sorriso verdadeiro.

Dali, ambos enxergavam a impressionante cidade banhada pelo sol. Reluzente. Convidativa.

— Nós vamos mesmo para lá? — perguntou Raazi.

Harun, que era bem experiente nesta forma de diálogo, entendeu que ela falava consigo mesma. Ainda assim, respondeu:

— Prefiro ir com um martelo em mãos do que voltar com o rabo entre as pernas.

Raazi assentiu. Compartilhava do mesmo pensamento, mas tinha outro que a assombrava há meses.

— Akari quer vingança, lembra?

— Lembro — disse o anão.

— Sinto que estamos sendo usados por ela. Ninguém abandona a própria terra para salvar desconhecidos.

— Você fez isso.

Raazi não soube o que responder.

— É diferente.

Então, uma terceira voz se intrometeu na conversa, vinda do outro lado da rocha.

— Pode até ser. Mas nós seguimos você até aqui e vamos continuar seguindo — garantiu Venoma, saindo das sombras com passos silenciosos.

— Que susto! Maldita! — reclamou Harun. Raazi também não havia percebido a sua aproximação, mas reagiu de forma menos espalhafatosa.

— Há quanto tempo está aí?

— O suficiente para me inteirar da situação. Queria falar com Raazi, mas você chegou primeiro.

— Pois então desembuche! — exclamou o anão.

— São duas coisas, na verdade. Primeiro, as pessoas estão perguntando por que paramos. Elas parecem... empolgadas para prosseguir. — Venoma considerou as próprias palavras e acrescentou: — Não as julgo.

— Diga para Akari continuar. Eu alcançarei a coluna — respondeu Raazi, então indicou o lugar ao seu lado para a mercenária. — E a segunda coisa?

Venoma se sentou.

— Eu sabia da existência dessa Untherak.

Harun e Raazi se entreolharam, traídos.

— Calma! Eu não sabia onde a cidade ficava nem como se chamava. Só descobri agora, bisbilhotando vocês.

— E ela ainda acha graça... — resmungou Harun.

— Foi Anna que me contou — explicou Venoma. — Pouco antes de sairmos para cumprir as suas últimas ordens...

— Por que ela não nos disse nada? — perguntou Raazi, perplexa com mais aquela revelação.

Harun também se sentia um tanto enganado. A mercenária tirou o capuz da cabeça, deixando seus cabelos cascatearem pela lateral do rosto, bem mais compridos do que quando deixaram a outra Untherak.

— Anna sabia o alvoroço que essa informação poderia causar. Só me disse que encontraríamos o lugar em que ela havia treinado durante grande parte da sua vida. Ou melhor... que ele nos encontraria. — Venoma respirou fundo e prosseguiu: — Talvez Anna soubesse que enfrentar Proghon seria o seu último ato. Ela pediu que eu não tirasse a esperança de vocês e não contasse até que julgasse ser a hora certa... Cheguei a pensar que era hora quando encontramos Ebrizian, mas a cidade não era nada como o lugar que ela descreveu. Muito menos Baluarte. Então, fiquei quieta.

— Como era o lugar que Anna descreveu?

— Um lugar de respostas — revelou a mercenária, com a voz sombria. Harun se lembrou de quando Aelian a chamava de Garota Sinistra. — Não gostaríamos de ouvir todas elas, mas eram necessárias. Palavras dela.

— Gostaria que Anna tivesse nos contado tudo isso — comentou Harun, olhando para o chão entre as pernas.

Venoma refrescou a memória do anão e da kaorsh:

— Lembrem-se de que passei mais tempo com Anna do que qualquer um de vocês. Cumpri muitas ordens dela por alguns *altins*, antes mesmo de confiar nela, antes de descobrir o rosto por baixo do capuz. Anna sabia que a missão seria arriscada, e eu era uma espécie de salvaguarda. Não foi uma questão de falta de confiança. Foi uma questão de tempo. — Venoma fez uma pausa e sorriu. — Hoje, me sinto grata pelo tempo que tive com ela.

Os três ficaram em silêncio até o sol sumir do outro lado da nova Untherak. A cidade continuou a brilhar com a cor do fogo natural nos seus archotes, faróis e lâmpadas. Eles observaram o cenário até o rosto miúdo e ansioso de Peebo aparecer na quina da pedra, perguntando se prosseguiriam em breve.

— Diga a Akari para conduzir a caravana. Já fizemos o suficiente — falou Raazi, resignada, abraçando as dúvidas que ainda a torturavam.

O sinfo partiu, e a cidade brilhante continuou acenando para o trio. Harun, um apreciador natural de arquiteturas majestosas, deixou a sinceridade fluir:

— Não dá para dizer que não é bonita.

— Não mesmo — concordou Venoma.

Raazi apenas se concentrou na cor viva da cidade diante dos seus olhos.

— Não sei. Sobrevivemos graças à Akari, mas não consigo confiar plenamente numa pessoa movida por vingança. Sinto que estamos caminhando na direção de algo ainda mais perigoso...

Ninguém ali discordou. Raazi voltou a respirar um tanto ruidosamente, mas não houve mais palavras. O silêncio foi rompido apenas para Harun.

Ele ouviu a sua alucinação outra vez e teve a certeza renovada de que aquele não era seu avô Bantu Okodee. Era uma voz gentil, feita de vento. O anão recebeu o conselho mais longo até então, começando com um pedido para que confortasse Raazi ao repassar a mensagem. Harun repetiu o trecho que lhe foi ditado etereamente, palavra por palavra:

— Éramos fagulhas e acendemos a fogueira. Depois, fomos carregados pelo vento. — Ele segurou a mão de Raazi, conforme lhe foi ordenado. Uma lágrima solitária desceu pelo seu rosto, como uma rachadura numa pedra firme e antiga. Então completou, pela primeira vez na vida sentindo a voz trêmula: — Agora, vamos iniciar um incêndio.

27

Com o coração mais leve, Raazi alcançou o final da caravana junto com Harun e Venoma. Enquanto Akari guiava o grupo ao longo do vale que desembocava na cidade, uma fileira de pessoas saiu da Untherak Dourada, carregando archotes e cavalgando rápido demais. Percebendo a movimentação, os sinfos que estavam mais para trás ofereceram um betouro para que Raazi chegasse rapidamente à frente da caravana. Assim que ela emparelhou com Akari, viu tochas se acenderem ao longo dos muros belamente esculpidos.

— É melhor fazermos o caminho mais longo e sinuoso, para que eles saibam que isto não é um ataque — disse Raazi.

Ela continuou a observar o movimento, sem baixar a guarda.

Um dos portões frontais se abrira, e homens e mulheres saíram lá de dentro, montados em grandes roedores. Os animais possuíam chifres recurvados nos focinhos, uma única formação sólida e pontiaguda. Porém, a despeito do esporão ameaçador, seus olhos negros eram grandes e redondos. Eles tinham caudas longas, patas traseiras compridas e achatadas e braços mais curtos. As pelagens variavam do castanho ao acinzentado, e os animais eram pouco maiores que betouros. A cada momento de pausa, se punham sobre as patas traseiras.

— Gerboceros! — exclamou Akari, apontando para as criaturas. — São rápidos, resistentes e adoráveis. Mas os dentes incisivos conseguem quebrar um elmo de aço como se fosse uma noz.

Os gerbomantes — como mais tarde descobririam se chamar a unidade de cavalaria da cidade — ergueram os seus archotes, em sinal de avistamento e saudação. Um deles ergueu uma flâmula branca e acenou. Raazi pegou o manto de um dos lanceiros da Guarda Vermelha e o tingiu de um branco cegante. Também o balançou acima da cabeça e aguardou a aproximação.

— Bem-vindos, viajantes! — gritou a batedora mais à frente do destacamento. — Vocês parecem ter enfrentado a natureza selvagem com bravura! Venham, há água fresca e comida para todos em Untherak!

Raazi pensava que sua reação à revelação de Akari havia sido intensa. Não imaginava quão mais intensa seria a reação da caravana.

Os comentários se alastraram, e foi impossível conter as mais variadas reações negativas àquele nome. Um anão idoso chamado Galfur, careca e com a imensa barba branca enrolada ao redor da cintura, gritava a plenos pulmões que Raazi os fizera andar em círculos, até retornarem a Untherak. Quando argumentaram que tudo era diferente ali — a aparência das construções, o clima e a vegetação —, ele bramiu que, de tanto que caminharam, dera tempo de Proghon reformar e redecorar a cidade inteira.

— Podem ter certeza! Os Únicos aprenderam jardinagem e o maldito General permitiu o uso da cor proibida apenas para nos enganar!

Mesmo diante disso, os batedores da Cidade Dourada (cujas vestes e armaduras leves tinham detalhes em vermelho) permaneceram corteses, o completo oposto dos oficiais da Untherak que eles conheciam. Cora, um tanto absorta com aquela nova realidade, perguntou a uma das gerbomantes se seu povo também adorava a deusa Una. Afinal, o nome da cidade sugeria que era a terra dela.

— Sim! — exclamou a gerbomante, uma garota loura e feliz de não mais que vinte verões bem vividos. — Aqui é a terra da bondosa Deusa Dourada! Se quiser, mais tarde posso lhe mostrar um dos templos de oferendas e lhe ensinar nossas canções.

Cora nem conseguiu responder, mas a garota apenas sorriu e continuou com a recepção aos viajantes. Em vez de guiarem os estrangeiros pelo portão de onde haviam saído, os gerbomantes começaram a contornar a muralha com o grupo até todos avistarem, ao longe, o que pareciam ser as luzes de um grande acampamento.

Quando se aproximaram, perceberam que aquilo era praticamente uma cidadela. Havia um pequeno distrito diante do portão principal da Untherak Dourada.

A líder dos batedores perguntou quem era a líder da caravana, e dezenas de mãos apontaram para Raazi, incluindo a de Akari.

— Vou me retirar por motivos... pessoais — sussurrou para a kaorsh. — Se quiser o meu conselho, não mencione nada do que viu em Ebrizian. Aliás, não mencione Ebrizian. Nem qualquer coisa que tenha vindo do sal. Principalmente eu.

— Vai me explicar tudo isso ou vai manter o mistério, como de costume?

— Vou manter o mistério. E agora vou me misturar aos demais como uma simples viajante de Untherak. Da outra Untherak, no caso. Até logo, capitã Raazi!

Nem a provocação de Akari abalou a nova injeção de coragem da kaorsh. Ela se emocionara com as palavras de Harun algumas horas antes e se sentia novamente planejando o futuro na companhia de amigos, conspirando a vitória. Lembrou-se de Yanisha, de Anna, de Aelian, de Ziggy... E aquilo lhe deu forças, como um elixir. Harun estava exibindo novas facetas, e ela se sentia grata pelo anão ser um baú de surpresas.

Raazi foi ter com a líder dos batedores, que se apresentou como Nadja. Ela disse que todos eram bem-vindos e perguntou de onde vinham. A kaorsh explicou que era uma longa história e que preferiria contá-la mais tarde, se possível para algum representante da cidade.

— Claro — respondeu Nadja, com um sorriso tranquilizador. — Não temos como saber por tudo o que vocês passaram, mas queremos que sejam muito bem-vindos a Untherak, o berço da civilização!

Raazi apenas meneou a cabeça.

Nadja continuou:

— Temos como abrigar todos vocês, mas fomos pegos de surpresa pela sua chegada. Contamos quase dois milhares, correto?

Raazi concordou, observando a silhueta das imensas construções que assomavam por cima dos muros. A cidade era no mínimo do mesmo tamanho que a outra Untherak e tinha uma estrutura muito mais amigável. A própria muralha era baixa, diferente dos paredões de aspecto brutal da sua cidade natal, que só perdiam em tamanho para algumas torres e a grande estátua no Miolo.

— Se concordar, posso oferecer espaço no Distrito Arrabalde, nosso reduto avançado, até que os nossos salões estejam prontos para recebê-los — sugeriu Nadja, solícita e empolgada. — Garanto que prepararemos tudo o quanto antes para a entrada de todos na cidade!

— Fico grata — respondeu Raazi, com uma leve reverência. — Se tivermos onde montar as nossas tendas para descansar, já será de bom tamanho. Ainda temos provisões.

— Ah, mas não precisarão delas! — exclamou a batedora. — Conseguiremos cobertores e comida para todos. Além do mais, vocês chegaram no momento certo!

Idraz, que estava por perto, foi se acercando da conversa com um olhar furtivo na direção de Raazi. Ela não o censurou; gostaria que ele ouvisse o diálogo, para depois dar a sua opinião.

— Por que é o momento certo?

— Estamos preparando as celebrações para a volta dos Anciões! — explicou Nadja, com os olhos brilhantes. — Por isso os avistamos de tão longe. Aguardamos a chegada deles a qualquer instante. Una sabe o que faz e assegurou a chegada de vocês sob a mesma lua... Sua bondade é infinita!

Raazi forçou um sorriso. Sentiu que usaria muito desse artifício dali em diante.

Quando Nadja se afastou, Idraz se aproximou.

— Nem precisa pedir. Vou me misturar às rodas de conversa no tal distrito e aprender o que puder sobre os nossos gentis anfitriões.

— Obrigada, Idraz. Gostaria muito de entender o que significa para nós estarmos em meio a um povo que acredita nesta Una bondosa.

— Eu também. Essa tal de Nadja me assustou mais com o seu sorriso e as suas palavras simpáticas do que toda a Degradação que deixamos para trás. E olha que enfrentamos aquelas cocatrizes!

Raazi se reuniu com Harun, Cora, Ranakhar e Venoma para organizar o acampamento. Avançaram pela grama alta até o início do Distrito Arrabalde, onde a grama se tornava mais baixa e começavam as casas quadradas. Eram construções quadradas e humildes, mas, ainda assim, mais dignas que qualquer moradia da outra Untherak que não fosse na Vila A, dos Autoridades.

Foram aconselhados a montar acampamento ali, tornando-se uma extensão que praticamente dobrou o tamanho do distrito: Arrabalde não tinha mais do que duas mil pessoas, de acordo com a prestativa Nadja, que ia e voltava o tempo todo com novas informações e orientações.

O distrito era bem simples e tinha apenas uma rua principal de terra batida que levava direto ao portão daquela Untherak. Ouvir o nome da cidade dito de forma tão casual deixava Raazi incomodadíssima. Mas, ao ver os moradores do Distrito Arrabalde conversando sobre coisas triviais, preparando cozidos em volta de fogueiras e rindo, ficou mais fácil convencer sua mente de que aquela não era a Untherak que conhecia.

Raazi não entendia por que aquelas pessoas moravam no reduto avançado, fora dos muros da bela cidade, mas ao menos sentia que elas eram livres. Livres o tempo inteiro, enquanto os cidadãos dos Assentamentos só conseguiam ser livres em noites furtivas e fugazes de *kaita* e bebedeira. A uma hora daquelas, no Segundo Bosque, Autoridades deviam estar fazendo a ronda e inventando um toque de recolher qualquer, apenas para serem truculentos com quem lhes desobedecesse.

— Enquanto essas pessoas montam os seus lares provisórios — disse Nadja, tirando Raazi dos seus devaneios —, gostaria de convidá-los, em nome dos representantes da nossa cidade, para as boas-vindas oficiais dos nossos administradores e provedores! Será oferecido um banquete em nome do seu povo, no qual faremos as apresentações oficiais. Claro, também responderemos quaisquer dúvidas que tiverem.

— Pensei que fôssemos comer aqui fora mesmo — comentou Raazi. — Mas creio que ninguém recusaria um banquete, depois de tudo que passamos.

Nadja pareceu confusa.

— Ah, não... digo, sim! Todos receberão comidas e cobertores aqui fora, o quanto for necessário! E tem água pura e fresca nos três poços artesianos espalhados de ambos os lados da rua principal. Mas eu me referia a um banquete oficial com a sua presença e a dos seus líderes — esclareceu a batedora, mortificada por ter que corrigir a sua convidada. Com as mãos crispadas de ansiedade e um sorriso nervoso, Nadja acrescentou:

— Você pode levar mais cinco pessoas da sua comitiva pessoal, se quiser! Seis é um número propício aqui em Untherak!

— Não vejo por que eu me refestelaria num banquete do qual tantos outros ficariam de fora — retrucou Raazi, seca e sincera.

Harun soltou uma risada longa demais, alta demais, alegre demais.

— *Rá!* Nossa destemida líder tem um senso de humor um tanto áspero! É coisa da Degradação, sabe? Mexe com a nossa cabeça. Ela vai adorar comparecer a essa orgia gastronômica, srta. Nadja. Digo isso como o seu, hum, porta-voz!

— Estaremos lá — resumiu Venoma, num tom de voz polido demais.

Nadja assentiu, aliviada e contente, e se afastou rapidamente.

Raazi olhou para Harun e Venoma, indignada.

— Porta-voz?

— Mulher, aquela foi uma oferta importante! — argumentou Harun, com a voz esganiçada. Mas seu estômago roncou alto, expondo o seu verdadeiro plano.

— E você, Venoma?

— Não quer descobrir que lugar é esse? — questionou a mercenária, apontando para o portão. — Não quero esperar até o amanhecer. E, além disso, posso proteger você lá dentro.

— Isso! — exclamou Harun, olhando para Cora em busca da aprovação da esposa.

A anã meneou a cabeça de leve e sentenciou:

— Você não me engana.

Raazi entendeu a importância dos rituais daquela cidade, então caminhou pelo acampamento que ainda estava sendo levantado na área que lhes fora dada. Convidou Cora, Harun, Venoma, Ranakhar e Pryllan para serem a sua "comitiva pessoal" no banquete. Eram os que mais a haviam ajudado a liderar os refugiados e representariam todas as raças que a acompanhavam desde Untherak.

Venoma sumiu por alguns minutos e voltou com um fardo de lona disforme pendurado às costas.

— Você não está levando as suas duas balestras para o banquete, está? — perguntou Raazi, pressentindo problemas.

Venoma desviou os olhos para o chão, mas respondeu de forma categórica:

— Não.

— Está levando *alguma* balestra para o banquete?

— Claro que não. Esta é uma missão diplomática, não é? Você devia confiar em mim.

Cansada, Raazi decidiu encerrar aquele assunto, apesar de ter certeza de que Venoma levava uma faca escondida na perna ou algo do tipo.

Pryllan, por sua vez, disse que ficaria desconfortável lá dentro e pediu para que Peebo fosse no seu lugar.

— De certa forma, ele estará cumprindo a sua função de batedor — argumentou Pryllan, quando Raazi insistiu na sua presença. — Ele a acompanhará nesse banquete, falará por mim e depois me dirá tudo o que preciso saber.

— Tem certeza? — perguntou Harun, olhando para o rosto redondo e sorridente do pequeno Peebo, que estava exultante com a incumbência. Ele não tinha paciência para a tagarelice de Peebo e Maud. — Acho que teremos muitas questões... administrativas a discutir.

— Prometo administrar toda a comida que me for oferecida! — disse Peebo, batendo uma continência exagerada e inventada, jamais vista em lugar algum. — O que for carne, fica! O que não for carne, para dentro!

Raazi notou a expressão preocupada do anão, que buscava apoio em Cora. Sabia que ele não queria ter que lidar com a língua solta de um sinfo naquela missão de reconhecimento. Mas a esposa não parecia ligar, e Pryllan achou graça, prontamente levando o seu betouro para longe do grupo e se despedindo:

— Vou ajudar com o acampamento. Aproveitem e depois me contem tudo!

Nadja voltou para conduzi-los para dentro da cidade com uma carruagem puxada por betouros muito diferentes dos quais estavam habituados. Eram um pouco menores e tinham carapaças de cores vibrantes, como laranja e vermelho, sarapintadas de manchas pretas. Peebo e Maud correram até as criaturas. Parecia ser o dia mais feliz das suas vidas.

— Betouros com bolinhas!

Nem Harun, que havia deixado Ônix aos cuidados de Baeli, pareceu aborrecido com a reação dos pequenos. Nadja achou os dois adoráveis e disse que lá dentro havia outros sinfos que adorariam conhecê-los. Peebo se despediu de Maud e subiu na carruagem, prometendo voltar logo.

O que era quase verdade.

A vista de fora não dava dimensão da verdadeira grandeza daquela Untherak. As estruturas próximas ao muro escondiam as construções maiores — espaçosas e com janelas largas, esculpidas em diferentes formas, como meias-luas ou estrelas — da avenida principal, que se tornava belamente pavimentada com tijolos brancos na metade do Distrito Arrabalde, pouco antes dos portões. Raazi se surpreendeu com a ausência de ruídos repetitivos e fumaça saindo de chaminés industriais: não havia sons de forja, ordens gritadas nem o estalo de chibatas sobre as costas de humanos, sinfos, anões e gnolls. Havia, sim, um burburinho de muitas vozes, mas estas eram felizes, conversas em tom leve, acompanhadas de risadas. O transporte da comitiva pessoal de Raazi rodou por quatro ou cinco quadras, e ela não viu nenhuma briga, nenhum soldado humilhando um servo ou semilivre.

Aliás, não viu nenhum soldado ou indivíduo armado.

Não havia espadas nem lanças, mesmo sobre os muros e minaretes. Assim como não havia picaretas, martelos e ferramentas de trabalho. A despeito da noite avançada, não havia toque de recolher. Jovens e velhos de todas as raças conversavam, bebiam e brandiam garrafas, arranjos de flores, taças brilhantes e instrumentos musicais, despretensiosamente — e nem todos eram sinfos. Então Raazi percebeu a presença de música no ar, longe dali, e aquilo fez toda a atmosfera para a cidade mudar por completo. Só era possível se lembrar da outra Untherak para efeitos de comparação.

Peebo reconheceu uma ou outra melodia dos sinfos. No Segundo Bosque, eram tocadas às escondidas, mas naquela Untherak eram tiradas dos instrumentos sem regulamentações. O pequeno corria de uma ponta à outra da carruagem aberta e acenava para todos que via. Sorrisos se abriam, os acenos eram retribuídos, e Raazi cada vez mais acreditava ter morrido e estar visitando o pós-vida muito, muito longe de seu *canväs*.

Harun e Cora prestavam atenção nas estruturas, na luz das lamparinas cintilantes e nos arcos iluminados em todas as travessas estreitas que levavam a centenas de outras possibilidades, cores e ruídos. O casal de anões apontava para as cúpulas esculpidas que lembravam cebolas partidas ao meio, para os pilares com intrincados padrões geométricos ou com flores e heras enrodilhadas. Harun via ali o esforço de mãos conjuntas. Não eram pedras e blocos empilhados às pressas, sob ameaça de chicotes. Sentia-se grato por vê-las, humildemente pequeno ao contemplá-las. Apenas por lançar o seu olhar àquelas estruturas, aflorava dentro de si o sentimento de pertencimento à sua raça, ao seu ofício sagrado. Ele testemunhava algo verdadeiro.

Já Raazi estava cada vez mais disposta a abrir mão dos próprios receios. Muitas das construções exibiam vitrais de mosaicos multicoloridos graças à iluminação interna, o que significava que, durante o dia, o sol devia desenhar belos padrões de luz naqueles cômodos. Imaginou-se banhada por tais matizes, brincando com cores temporárias na sua pele. Pensou em como seria morar num lugar assim, sem preocupações, sem planos de fuga, sem...

... *Yanisha.*

A expressão de Raazi endureceu. Ela se empertigou no assento da carruagem, lembrando que não tinha um lar desde que se despedira da sua casa na beirada do Segundo Bosque. Recomeçar nunca lhe parecera tão assustador, mas, na verdade, dar aquele novo passo combinava com o sentimento de explorar aquela cidade, que era a Untherak que ela conhecia, só que às avessas.

Talvez recomeçar seja mais do que seguir em frente, pensou. *Talvez seja repetir o que foi aprendido, dar mais uma volta no círculo, sem medo de se machucar novamente.* Ele olhou para Harun e Cora, que eram o exemplo perfeito disso. Estavam completamente prontos para recomeçar, mesmo com as suas diferenças.

A carruagem atravessou uma ponte curiosa sobre um riacho que refletia a luz das lamparinas e entrou numa ruela residencial. As casas emanavam o aroma de comidas sendo feitas e de banhos sendo preparados, assim como o barulho de crianças se recusando a ir para a cama. O coração de Raazi se aqueceu ao pensar que, em breve, todos os exilados teriam aqueles mesmos direitos. Seriam pessoas completas, e não sombras que vagavam por um mundo supostamente estéril. A verdade os libertara, e Raazi voltava a ver propósito nas suas ações, tanto passadas quanto presentes.

Saíram do outro lado do bairro, em uma rua ladrilhada e ampla, e puderam ver um bosque que quase fez Peebo cair da carruagem. Havia árvores frutíferas e moradas de sinfos. A maior das casas ficava sobre os galhos — um costume diferente dos sinfos da outra Untherak, que em geral dormiam ao relento. Pequenas fogueiras brilhavam em clareiras por entre as árvores, com chamas da cor natural. Uma música calma e tranquila soava, canções que davam as boas-vindas ao sono que se avizinhava, como os pequenos tanto gostavam de fazer quando estavam longe dos ouvidos de Autoridades e Únicos.

Então a carruagem parou diante de uma estrutura alta, com uma longa escadaria. Aos seus pés, havia mármore branco e cinza, e, no topo, colunas ricamente esculpidas com detalhes folheados a ouro se erguiam nas alturas até o teto distante do grande salão de um só andar.

A chegada dos visitantes de honra no Salão Dourado foi anunciada, e o interior da construção fazia jus ao seu nome: não só pelos ornamentos de ouro, mas também por causa dos castiçais, das cadeiras e da própria mesa no meio do salão. Próximas às janelas compridas, tapeçarias caíam pelas paredes e cortinas brancas eram mantidas abertas com cordões decorativos. As janelas evocaram um estranho sentimento em Raazi, como se já tivesse estado ali — o que sabia ser impossível.

Escoltando-os escada acima até a mesa do banquete, ela viu anões, humanos e kaorshs vestindo armaduras leves, constituídas por placas de peitoral e elmos delicados, claramente mais cerimoniais do que para combate. Não carregavam armas, sequer de contusão.

E foi outro destacamento destes guardas desarmados que trouxe aquele que requisitara a presença dos refugiados. No topo da escada, com braços abertos e um sorriso caloroso, estava o homem mais careca que Raazi já tinha visto. Ela olhou inclusive para Ranakhar, que caminhava ao seu lado, mas nem a sua cabeça era tão polida quanto a daquele homem, que usava uma túnica laranja como a cidade vista de longe. Seu cinto parecia de seda brilhante, que nem os cordões decorativos das cortinas.

— Permitam-me expressar minhas mais cordiais e ardorosas boas-vindas, nobres viajantes! Sou o Senescal Ganeri, e é com grande regozijo e honra transcendental que lhes dou as boas-vindas ao magnífico Salão Dourado! Una, em sua infinita sabedoria, me fez bem-aventurado ao traçar os nossos caminhos em linhas tão próximas, de maneira a nos conectarmos neste momento auspicioso!

Raazi estendeu a mão para o homem fulgurante. Ele envolveu os seus dedos com ambas as mãos e depois fez uma flexão de pernas rápida, que a deixou confusa e sem saber como agir. Olhou para os amigos, e todos também pareciam perdidos, com exceção de Ranakhar, que fez uma mesura de cabeça e manteve a sua imagem de colosso gentil.

O Senescal os conduziu até a longa mesa redonda, com mais de vinte cadeiras de respaldo alto. Tudo era folheado a ouro. Até mesmo as carnes assadas e as uvas pareciam pepitas refletindo a luz das velas e candeeiros que iluminavam o salão. Raazi deixou a cabeça cair para trás e notou que o teto estava muito, muito distante. Caberiam quatro andares entre o chão e a abóbada, mas os arquitetos daquele lugar simplesmente decidiram criar a maior câmara que ela já tinha visto. Cada passo, cada tapinha nas costas... o menor dos sons ressoava.

Serventes de todas as raças começaram a preencher o cômodo, como uma colônia de formigas que deixava comida em vez de pilhá-la. Havia provisões suficientes para a caravana inteira, bastaria colocar tudo em meia dúzia de carroças e enviá-las para o Distrito Arrabalde. Sinfos com instrumentos nas costas também caminhavam pelo salão, usando armaduras um pouco diferentes, e se organizaram num canto mais distante, colocando os alaúdes, tambores e outros instrumentos sobre um belo tapete. Músicos de outras raças se juntaram a eles, e eram humanos, kaorshs, anões. Peebo não sabia se olhava para a mesa ou para os músicos, que afinavam os seus instrumentos para em breve brindarem os convidados com algumas canções.

Inúmeras mãos de cores e tamanhos diferentes entravam e saíam do campo de visão de Raazi, e uma delas surgiu com uma taça dourada entre os dedos. A kaorsh encarou o cálice vazio, pensando que a peça valeria pelo menos três meses de trabalho no Tear. A servente lhe pediu licença para encher o recipiente com algo que parecia vinho, e Raazi fez menção de pegar a taça.

A mão recuou. Raazi torceu o corpo para ver a mulher: era outra kaorsh, magra e pálida, de traços angulosos. Ela parecia tensa, acuada.

— Pode deixar que eu sirvo, senhora.

— Não precisa. Consigo fazer isso sozinha — respondeu Raazi, sem cinismo algum. Mas uma risada fina, longa e contida chamou a sua atenção.

Era o Senescal Ganeri, apressando-se para o assento ao lado de Raazi. Todos já estavam acomodados, inclusive os pequenos e os anões, cujas cadeiras tinham confortáveis almofadas para mantê-los na mesma altura dos outros. Harun e Cora pareciam desconfortáveis, remexendo-se nas suas cadeiras. Raazi percebeu que elas tinham degraus.

— Queremos vos estender todo o conforto possível, minha estimada Raazi! — exclamou o Senescal Ganeri, balançando as mãos repletas de anéis e fazendo um dos criados lhe trazer um belo tecido, branco como uma nuvem, bordado com linhas douradas. Raazi arregalou os olhos. Sabia como era difícil criar uma bela trama. O Tear não produzia lenços como aquele para Una há mais de cento e cinquenta anos. — Nossos queridos Provedores estão aqui para nos ajudar. Portanto, não precisarás se exaurir aqui na Cidade Dourada.

— Me exaurir? — perguntou Venoma, rindo sem entender e tirando a pergunta da boca de Raazi. — Quem se exaure por levantar uma jarra?

— Talvez esta moça — comentou Harun, pensativo, olhando para os pulsos finos da kaorsh com ar de reprovação. Cora fez a mesma expressão, mas voltada para o marido. — O que foi? O que eu disse, Cora?

Ganeri levantou a mão e colocou uma carne com molho escuro na boca. Então fez sinal para que os convidados não se preocupassem. Engoliu a comida ruidosamente e falou para Harun:

— Aqui podeis dizer o que quiserem. Vós sois livres! E todos estão a postos para deixar-vos o mais confortáveis possível.

— Eles não vão se sentar para jantar com a gente? — perguntou Peebo, que já tinha se entendido com a sua almofada e comia uma espiga de milho com voracidade.

— Eles farão a refeição depois — respondeu Ganeri, apertando os olhos com simpatia e lançando um sorriso aos serventes.

Então ele limpou a boca no tecido raro do qual Raazi não conseguia desprender os olhos. Manchando-o, talvez de maneira irreversível.

A kaorsh observou a mesa e viu um pedaço de tecido idêntico ao seu lado. Sem pestanejar, ela o guardou dentro das suas vestes, sem nem mesmo se importar se havia alguém olhando.

— Por quê? — questionou Venoma, curiosa sobre a ordem das refeições. — Eles são servos?

Ganeri conseguiu fazer uma cara ofendida, mas que não recriminava Venoma. Ele era muito expressivo, notou Raazi, com uma sensação de que talvez se cansasse rápido do seu rosto.

— Não, não! Não temos servos. Ao mesmo tempo, somos todos servos de Una, a Bondosa!

Os cidadãos que se sentavam nas outras cadeiras, com cabelos oleados e belas vestes coloridas, ergueram as suas taças, fazendo um brinde à deusa. Os visitantes se entreolharam. Aquilo não estava fácil de entender.

— Também sou serva de Una — disse Cora, num tom extremamente diplomático. — Nós viemos de longe, de um lugar que usava o nome dela para gerar pânico e obediência... Diziam que aquela era a última cidade do mundo. Mas aqui estão vocês, com uma visão bem mais próxima do que acredito sobre a deusa.

Os cidadãos brindaram em uníssono. Harun se sobressaltou, derrubando comida na barba. Então o Senescal se ergueu, os olhos cheios de compaixão ante as palavras de Cora, e disse:

— Já ouvimos relatos de outros povos com versões deturpadas da Deusa Dourada. São fatos que anotamos e guardamos nas nossas bibliotecas, para nos lembrar dos terrores cometidos pelos inimigos do amor e da liberdade. Mas nunca pensei que receberíamos um novo povo irmão ainda no meu exíguo tempo de vida! Sou um humano, só não mais fugaz que os belos sinfos, mas, mesmo assim, a deusa me concedeu esta dádiva! Entendem o quão abençoado sou?

Um novo brinde. Desta vez, todos acompanharam, exceto Harun, que arrotou.

— Gostaria que escutassem o nosso poema... a nossa canção à deusa — prosseguiu o Senescal, solene, fazendo sinal para os músicos. — É o texto apócrifo que nos guia, chamado A Bondade dos Seis e o Presente de Una.

Raazi observou a reação dos amigos. Peebo parecia encantado com a possibilidade de ouvir algo diferente do que estava acostumado, mas os demais, até mesmo Cora, ostentavam uma expressão sombria. Lembraram-se da Fúria dos Seis, obviamente. Aquilo parecia uma brincadeira de mau gosto, um jogo de coisas avessas.

Os músicos começaram a canção, com um sinfo de voz alta e suave à frente. Outras vozes pelo salão, incluindo as dos provedores, entoaram cada palavra do texto, que contava uma história familiar sobre seis raças, uma delas a causadora da ruína de todas as outras. Porém, não havia menção alguma a gnolls — e Raazi realmente não se recordava de ter visto nenhum deles no caminho até o Salão Dourado. Em seu lugar, havia um trecho dedicado aos salobros, seres das ondas e do sal, que envenenaram os poços como desobediência à soberana. Raazi se arrepiou. Imaginou onde Akari estaria e se a sua vingança se referia a algo tão... ancestral.

A história continuava com o surgimento de Una a partir da junção de seis deuses forjados no amor, e não na vingança. Era uma deusa benevolente, que estendia a mão num gesto de ajuda em vez de erguê-la para golpear e amaldiçoar. Ainda assim, sabia punir os que conspiravam contra os seus seguidores. A Mácula era mencionada após a parte que colocava os salobros como antagonistas à vontade da deusa. Ebriz, o líder do Povo do Sal, ao chorar, derramara a Lágrima Obscura sobre o mundo.

Ebriz. Ebrizian.

Raazi não estava bem. Viu Cora emocionada ao seu lado, tomada pela música e pela mensagem, a mente enevoada demais para perceber que muito do que se dizia ali era extremamente incômodo. *Ou será que só me sinto assim porque destruí um mito com as minhas próprias mãos?*, pensou.

A kaorsh transpirava. Levou a taça à boca enquanto todos aplaudiam os músicos e o sinfo menestrel. O gosto do vinho de frutas não lhe caiu bem. Era muito doce, muito...

Bom.

E a vida não costumava proporcionar prazeres fáceis assim para Raazi. Untherak era dor, e uma dor da qual ela tentara se livrar. Ainda assim, não fazia sentido toda aquela aflição e sofrimento serem deixados para trás como um passe de mágica e uma nova versão dos seus medos tomar o lugar de tudo que ela conhecia, ignorando o que havia passado e sacrificado.

Raazi se sentia culpada por ter encontrado o bem-estar. E não sabia como lidar com aquilo.

Ela desabou em choro, crispando as mãos em vão para tentar se controlar. Harun percebeu, olhou para o lado e disse algo para o vazio atrás dos seus ombros. Talvez estivesse praguejando por ter que vir acudi-la a cada trauma desvelado.

O anão se levantou, descendo com irritada cautela os degraus da sua cadeira, e estendeu a mão para a amiga. Outras pessoas notaram o choro de Raazi, que imediatamente tentou ocultar a vermelhidão de seu rosto com as suas habilidades kaorsh.

— Ela está bem — garantiu Harun, a mão espalmada à frente. Venoma e Ranakhar se levantaram, mas com o mesmo gesto silencioso ele pediu para que não se aproximassem. O Senescal juntou as mãos, preocupado ao notar que a sua principal convidada estava visivelmente transtornada, mas deu a privacidade que Harun pediu. — Só está emocionada! Foi um belo... hã... uma bela cantoria. Una! Una emociona!

Então, Harun a acompanhou até uma sacada, onde o vento batia e balançava as grandes cortinas de seda, que tinham várias camadas de tecidos de cores diferentes. Raazi apoiou a mão na guarda de pedra esculpida, respirando forte. Ela soltou um riso sem graça.

— Todo o autocontrole que mantive de Untherak até aqui foi por água abaixo, não é mesmo?

— Bom — disse o anão —, você está falando com o sujeito que jogou pólvora de ouro numa fogueira.

Raazi riu, mesmo sentindo que não deveria. Harun era uma figura única. Dentro dele, havia força, lealdade e uma rabugice maturada em quase um século de vida. Ambos se debruçaram na sacada, observando uma bela fonte na praça lá embaixo, iluminada por lampiões. Acima do fluxo calmo de água, havia uma pequena estátua sorridente de Una, com apenas uma face. Raazi fez uma careta. Era tão assustadora quanto a estátua multifacetada.

— Esse lugar é estranho — sentenciou ela por fim, sem conseguir expressar melhor tudo que sentia.

— Acho que nós dois ficamos deslocados quando não podemos resolver as coisas com os nossos punhos — comentou Harun.

Raazi olhou para ele.

— Não vai me levar a mal?

— Jamais.

— Você parece estar se dando bem com tudo isso.

— Tem razão. Ser um Autoridade me garantia umas poucas horas de conforto e, pelos nove clãs, senti muita falta delas.

— E o restante das horas era uma merda absoluta.

— Era, sim. E a vontade de voltar para o conforto, para os braços de Cora, para o berço de Ônix, era um escudo que me permitia atravessar tudo até o outro lado.

Raazi assentiu. Sabia como era voltar para o próprio lar, mas não sabia como era servir a Proghon. Porém, entendia que, na sua Untherak, a moral era sacrificada para garantir comida e a proteção dos entes queridos. Não havia forma completamente honesta de se obter isso.

Harun acrescentou mais um comentário sobre tudo aquilo:

— Mas, após enxergar algo, é impossível desver. Como uma maldição.

Raazi pensou em muita coisa.

— É.

— Eu hoje me culpo por tirar o conforto da minha família. Arrisquei a vida do meu filho ao levá-lo para um deserto que não era como imaginávamos. Felizmente. Ele terminava!

— Ônix está bem. Ele vai crescer feliz, ouvindo as histórias da bravura do pai, que é um dos sujeitos mais corajosos que já conheci.

Harun sorriu, mas sem parecer convencido.

— Vai mesmo. Tudo que estamos fazendo vai garantir uma vida de verdade para os que ainda não podem lutar pelo próprio futuro. Para os que ainda estão por nascer. Nossa luta sempre foi pelos outros, não foi? Eu só demorei a entender.

Uma corrente de ar atravessou o salão, entrando por alguma janela e dançando pelo cômodo imenso antes de sair às costas da kaorsh e do ano. Eles se viraram e repararam que mais uma apresentação acontecia lá dentro: pessoas usando máscaras distorcidas faziam belas acrobacias e malabarismos, lutando de forma exagerada em coreografias expansivas. À mesa, Ranakhar, Peebo e Cora riam enquanto um dos intérpretes tropeçava no próprio tridente e um rapaz vestido de Una fingia pisar na sua cabeça repetidas vezes.

O vento que soprava empurrou as cortinas de seda para fora do salão, e elas resvalaram o rosto de Raazi.

Como uma carícia que ela conhecia bem.

Sua mão automaticamente segurou o tecido azulado.

Ela voltou para dentro do salão, observando toda a extensão dele...

Sua mente voltou ao Tear. Lembrou-se dos fios de seda pendurados do lado de fora da torre, secando ao sol, expostos à fuligem e à fumaça enquanto os gnolls ladravam no Canil logo abaixo. Dos dedos hábeis de centenas de kaorshs esticando os fios, enrolando-os em bobinas, torcendo-os para dar firmeza. Do cheiro da tinta durante o tingimento em imensos tonéis. De quando conheceu Yanisha, enquanto cobria o turno de uma amiga ferida no setor de coloração, tentando acertar o tom que os Autoridades ordenavam. Do rosto da outra kaorsh, concentrada na tecelagem, até que notou sua observadora. Do sorriso que emudeceu os gritos e as ordens dos agentes de produção.

Toda essa troca aconteceu enquanto tocava a seda que produzia incessantemente. Todos os dias, desde antes de conhecer Yanisha até quando soubera que a vida nunca mais seria a mesma e que ela não retornaria ao Tear. Foram anos produzindo tecidos e se perguntando por que havia uma torre imensa para fazê-los para a única pessoa que tinha permissão de se vestir com luxo. Ela se lembrou dos seus primeiros dias no ofício, quando apresentou a mesma dúvida a um kaorsh mais velho, que tinha um olho tomado pela catarata.

— Por que fazemos tanta seda? Una vai mesmo usar tudo isso?

— Duvido. Não estamos vestindo ninguém — dissera ele, trançando com habilidade um cordão a partir de fios de seda. — Mas estamos na linha, não? É isso o que eles querem. Nos manter na linha. *Linha*, entendeu? Rá, rá...

E ela se manteve na linha por muitos anos. Talvez, tecendo toda a sua produção num único fio, pudesse criar uma corda de Untherak a Untherak...

Suas mãos, calejadas pelos tecidos e pelas armas empunhadas, buscaram o lenço que ela havia surrupiado da mesa. Era branco, puro. Então seus dedos o amassaram, deixando Harun confuso, e deslizaram pela superfície suave da seda das cortinas, parando nos embrasses usados para mantê-las recolhidas quando necessário. Pensativa, Raazi notou como o tecido era elegante e único, como o cinto de seda ao redor da túnica cerimonial do Senescal, que estava tão feliz em oferecer um banquete inigualável.

O toque da seda era familiar.

Era algo seu.

28

Venoma aproveitou que já estava de pé e que a atenção de todos estava em Raazi para realizar a sua fuga. Ela buscou o caminho mais curto até as sombras mais compridas.

Claro que era muito mais difícil fazer isso num lugar chamado Salão Dourado e numa cidade repleta de velas, candeeiros, lampiões e archotes. A sua Untherak era sempre tingida por sombras, dia e noite. Já aquela nova cidade precisaria ser estudada. Venoma teria que aprender os ângulos certos, a melhor maneira de se posicionar em relação às chamas.

A mercenária sabia que, quanto maior a luz, maior a sombra. Porém, bastava uma simples faísca de pederneira para desfazer a mais densa escuridão e revelar as formas que fugiam da claridade.

Durante a sua vida, as sombras muitas vezes haviam sido o seu único refúgio. Ainda criança, nos Assentamentos, ela vira a sua família ser desfeita após uma inspeção dos Únicos. Acusaram seu pai, um kaorsh, de roubar cabeças de setas numa linha de produção de balestras no Miolo. Ele negou o crime, mesmo enquanto era surrado com muito cuidado para não derramar a cor proibida.

Em plena luz do dia.

Sua mãe a escondeu atrás de algumas caixas cheias de lixo num beco sem saída, implorou para que ela não se mexesse e foi tentar interpelar a ação dos vigilantes.

Pouco tempo depois, o sol iluminou dois corpos estirados que os Únicos deixaram ali, no meio da rua. Os oficiais avisaram aos berros que voltariam outra hora para descobrir quem era o ladrão de setas.

A criança, que estava a alguns anos de receber o apelido Venoma, saiu do seu refúgio assim que os guardas se recolheram. Curiosos haviam se aglomerado em volta da humana e do kaorsh caídos, numa cena que não era incomum. O pai ainda respirava. Ele reconheceu a filha e abriu um sorriso, que contrastava com todos os hematomas e o inevitável sangue nos dentes.

— Não roubei as setas, filha — disse ele. — Mas tenho algumas que eu mesmo fiz dentro do nosso barraco. Busque duas delas e coloque-as no meu bolso, por favor. Senão eles nunca vão parar de procurar pelo ladrão, e muito mais gente vai se machucar.

Ela assentiu, com lágrimas turvando a sua visão. Foi a última vez que chorou na vida.

Voltou ao lugar mal-ajambrado onde vivia com o pai e a mãe. Pegou todas as pontas de setas que encontrou e uma balestra que o pai havia inventado. Era mais leve que o normal, feita com uma madeira que não costumava ser usada para aquele tipo de arma. Podia ser erguida por uma única mão, ainda que a pequena tivesse precisado de ambas para praticar a sua mira, atirando nas caixas de lixo do mesmo beco que lhe servira de refúgio há pouco.

De tudo que pegou, se desfez apenas de duas cabeças de seta, conforme lhe fora ordenado. No meio da rua, despediu-se daqueles que a criaram e a ensinaram a se proteger.

Desde então, passara a maior parte do tempo nas sombras, onde se sentia mais confortável.

Ali, na cidade que era a antítese da Untherak que conhecia, usou as paredes próximas para chegar ao telhado de um prédio residencial largo de dois andares e belas sacadas. Todos os residentes olhavam para baixo, na direção da rua em frente ao Salão Dourado. Raazi se afastava dali com passos firmes e decididos, com toda a comitiva pessoal no seu encalço. O tal de Senescal Ganeri permanecia no topo da escada, chamando por Raazi, parecendo aflito. Algo tinha dado muito errado após a sua saída sorrateira.

Venoma ajeitou as cordas do fardo que trazia nos ombros e partiu na direção onde o cheiro do mar era mais forte, para se certificar de que estava no lugar certo.

Nos telhados, viu muitos diabretes-alpinistas. Um punhado deles saiu correndo após a ameaça de levar um chute. Venoma se sentiu estranhamente confortável ao encontrar algo familiar naquela cidade tão diferente, mesmo que fosse uma praga. Lembrou-se de Aelian, tanto por estar no seu habitat natural quanto pelo ódio que ele nutria por diabretes. Sentia saudades dele. Era um bom homem e um ótimo amigo. Do tipo que valia a pena, mesmo que a maioria dos fugazes encontros íntimos de Venoma fosse com outras mulheres. Ouvindo a música e o ruído de uma cidade que não dormia completamente nem durante a noite, imaginou que não seria difícil arranjar um desses encontros por ali.

Deu um meio-sorriso por baixo do capuz, mas logo tirou o pensamento da cabeça. Ela tinha uma missão, que carregara secretamente de Untherak a Untherak, e não pensaria em mais nada até completá-la.

Entre saltos e escaladas, atravessou as abóbadas ornamentais de prédios que não pareciam residenciais. Avistou outras torres de vigília e salões de festas, todos em pleno andamento. Não viu nenhuma fábrica ou prédio militar, o que era curioso. Não havia um Miolo naquela Untherak.

Enfim, encontrou um dos grandes minaretes, aparentemente sem nenhum vigia. No último andar, havia o brilho laranja de uma fogueira, mas o resto parecia vazio.

Ela pegou impulso e conseguiu pular numa das janelas do primeiro andar. Lá dentro, encontrou uma escada circular que subiu com cautela, tomando cuidado para evitar possíveis guardas. Quando chegou na imensa pira, porém, concluiu que aquela ocupação devia ser rara na cidade. Havia um anão e uma kaorsh deitados ali, seminus e adormecidos num sono alcoólico, cercados por garrafas de vinho. Estavam todas vazias, exceto a garrafa que a kaorsh abraçava como um bebê.

Venoma já se esgueirara por muitos salões de tavernas com pessoas adormecidas, e os seus passos leves nunca despertaram ninguém. Seus alvos nunca acordavam dos seus derradeiros sonos.

Entretanto, ela não estava ali para matar ninguém. Só queria ter acesso à vista daquele minarete.

Procurava algo ao norte, e ao norte encontrou o mar.

Na parte mais baixa da cidade, um braço de mar longo e estreito banhava o relevo acidentado. Lá, ao lado do penhasco com uma ousada escada de muitos lances, havia um porto. A serenidade da atmosfera condizia com as descrições dos portos presentes nos livros e nas gravuras do Coração da Estátua, sobre os quais Aelian tanto falava. Havia apenas algumas poucas embarcações de pequeno e médio porte, como barcos pesqueiros. Lanternas iluminavam o cais, que beirava a porção de mar que invadia as montanhas. Fiordes, como Anna lhe informara certa vez.

"Certifique-se de que é uma cidade costeira", dissera ela, após explicar que existiam outras cidades pelo mundo e deixar Venoma perplexa. "Há um grande castelo esculpido num penhasco. Suas janelas descem pela encosta e chegam bem perto do mar. Lá, todos conhecerão o nome de Absinto, meu mestre..."

Venoma ainda não recebera todas as informações, porém naquele momento a porta do Coração da Estátua havia sido aberta com um estrépito grave. Aelian retornara completamente alterado, enfurecido com o envenenamento ocorrido nos Assentamentos, e chegara a duvidar de Venoma. Anna tinha se colocado entre os dois, e aquela foi a última vez que todos estiveram juntos. Um momento de confiança fragilizada.

Durante muito tempo, Venoma se ressentiu de Aelian pela acusação. Mas aquilo acontecera em outra vida; havia muitas mortes e perdas entre aquele momento e o presente.

Sendo assim, prestou atenção no que estava diante dos seus olhos de matadora. Embalada pelo som tranquilo das ondas e pela brisa do mar, aproveitou a vista em trezentos e sessenta graus para tirar conclusões e levantar hipóteses, organizando os pensamentos. Não via muitas chaminés, e nenhuma em escala industrial. Como produziam todos aqueles bens? Também não enxergava minas para extração de ferro, ouro e prata. No entanto, não conseguia imaginar uma Cidade Dourada sustentando o seu brilho sem uma grande reserva de minérios. Talvez, do outro lado do castelo no penhasco, houvesse minas e cavernas para exploração. Era a única explicação que lhe ocorria.

O casal seminu resmungou alguma coisa sobre vinho e estrelas, e Venoma decidiu que o seu tempo no topo do minarete tinha chegado ao fim. Desceu os degraus e saiu direto na rua, já que a porta estava apenas encostada.

Talvez trancas e cadeados não façam sentido algum aqui, pensou, depois de tudo que vira.

Em pouco tempo de caminhada, percebeu que o seu capuz chamava a atenção, em vez de ocultar a sua presença. Puxou-o para trás, ainda que continuasse mantendo a cabeça baixa e os olhares de soslaio. Ela sabia que, numa cidade que não dormia, a melhor forma de se misturar aos cidadãos seria agir de maneira expansiva e relaxada. Mas isso não era do seu feitio.

A menos que tivesse ajuda de algum veneno.

Ela remexeu os bolsos. Encontrou alguns *gumus* e um *bakir* solitário, que estavam ali desde muito antes da fuga da outra Untherak. Provavelmente, restos de pagamentos esquecidos no tempo. Numa esquina, viu um grupo de jovens de várias raças bebendo e rindo, aglomerados ao lado de um barril escuro com uma pequena torneira. Alguns enchiam taças, outros posicionavam as bocas sob a saída do líquido púrpura. Venoma eliminou a hipótese de envenenamento de cara e assobiou para os sujeitos alegres, lhes mostrando um triângulo prateado de *gumus* ao ganhar a devida atenção.

— Quanto vinho isso compra?

Um kaorsh desengonçado que não devia ter mais de quinze anos — e, ainda assim, era bem mais alto do que Venoma — olhou para o triângulo e enrugou todo o semblante, em exagero ébrio.

— Isso é de... comer? Fumar?

Todos riram. A mercenária manteve o rosto impassível e a moeda esticada.

— É uma moeda, garoto. Quero comprar vinho.

Todos se entreolharam e explodiram em risadas. Venoma estava ficando nervosa, mas então uma garota humana lhe jogou uma taça de latão vazia.

— Pegue o quanto quiser, amiga!

Foi a vez de Venoma franzir o cenho.

— Eu não posso... comprar?

— Una já pagou por todos os nossos pecados — disse um raro exemplar de anão sem barba, abrindo a torneira antes mesmo de ter qualquer recipiente embaixo, provocando um desperdício imperdoável. — Então beba muito para cometer os seus!

Mais risadas. Incomodada, Venoma encheu a taça e a ergueu num agradecimento silencioso. Todos brindaram com ela.

São bobos, pensou, molhando os lábios. *Mas eu não os mataria.*

Ao provar o vinho, fechou os olhos involuntariamente, limpando uma gota que escorrera do canto da sua boca. Aquela era uma das melhores coisas que já havia bebido em toda a sua vida.

— Que vinho é esse?

— É vinho de ébano real! — respondeu o kaorsh desajeitado. — Envelhecido em tonéis de madeira de salgueiro-invisível de mais de cinco séculos!

— Pensei que salgueiros-invisíveis estivessem extintos — comentou ela, dando mais um longo gole.

O anão imberbe explicou, aos soluços:

— Aqui nunca nem existiram! Chegaram nas bençãos!

Venoma interrompeu o gole, sem entender a explicação. Um humano derrubou a própria taça, desencadeando muitos risos histéricos. Enquanto Venoma tentava encontrar a graça naquilo, a humana que havia lhe dado a taça se aproximou de repente, afastando uma mecha do seu cabelo escuro. A mercenária, sem conseguir conter o reflexo, agarrou o pulso mole da garota.

— O que acha que está fazendo?

— Você é muito bonita! — disse a humana, os olhos enevoados pelo álcool fixos na lateral do seu pescoço. Com a mão livre, segurou o queixo de Venoma, tentando fazê-la virar o rosto para o lado. — E tem olhos muito... interessantes. De onde disse que veio mesmo? Do Distrito?

Venoma recuou um passo, sem gostar da intimidade forçada. Virou o vinho de uma só vez e abriu caminho entre os jovens para encher a sua taça novamente. Então deixou-os para trás, incomodada com o comportamento da garota, mas antes jogou para o mais alto um *gumus* de prata. Não queria a cortesia de estranhos.

A moeda bateu no peito ossudo do rapaz e caiu no chão.

Ninguém a pegaria, mesmo com o sol batendo sobre ela nos dias seguintes.

Venoma conseguiu álcool de graça em diversos grupos animados. Descobriu que não oferecer nenhum pagamento fazia com que os cidadãos parassem de perguntar se ela era do Distrito Arrabalde. *Será que o pessoal de fora dos portões é obrigado a pagar, enquanto os de dentro não?*, pensou.

— Esse deve ser o pior lugar do mundo para uma matadora de aluguel — comentou consigo mesma, percebendo que a sua vista estava ficando turva. — "Deixa que eu mato ele de graça! Não, não precisa pagar! Moedas são inúteis!" *Humpf*. Povo esquisito.

Por conta disso, era muito difícil encontrar uma rua de comércio. Descobriu alguns armazéns e despensas, mas nenhuma loja. O céu foi ganhando cores, as lamparinas e os archotes se apagaram. A cidade ficou cada vez mais colorida conforme o nascer do sol refletia nas suas paredes, e também mais silenciosa conforme os eternos festeiros adormeciam ou entravam em coma alcoólico. Apesar de estar bastante bêbada, Venoma não estava nem um pouco próxima do estado daquelas pessoas caídas nas escadas e sarjetas.

Ela precisava encontrar o mestre de Anna... que tinha nome de bebida. Se saísse gritando "Absinto!" pelas ruas, será que ganharia mais bebida de graça? Não era uma estratégia de todo ruim...

Passando perto de um mirante no topo da escada que levava ao porto, ouviu o som inconfundível de velhos bebendo. Estavam numa ladeira perpendicular, próxima ao castelo talhado no penhasco. Também ouviu risadas, barulhos de copos se tocando, de vidro estilhaçando e de...

... um martelo batendo numa bigorna.

— Finalmente alguém trabalhando nesta tripa de lugar! — exclamou Venoma, avistando uma chaminé de forja e caminhando desajeitadamente na sua direção.

Subiu a ladeira, que não era tão íngreme. Venoma havia aprendido a ler um pouco no Coração da Estátua, mas não o suficiente para tirar pleno proveito das placas com os nomes das ruas. No entanto, conseguiu entender que aquela era a Ladeira do Tempo. A escrita da placa tinha uma estética rúnica, apesar de ela não ter encontrado tantos anões pela cidade.

Foi sendo guiada pelas marteladas e risadas e pelo som de mais um vidro se quebrando. Após passar por casas e prédios que compartilhavam paredes, chegou na choupana de onde saía a chaminé de forja. Era aberta para a rua, sem portas ou janelas. O estabelecimento também era uma vidraria. Lá dentro, alguns homens estavam tão vermelhos que teriam sido proibidos de circular pela outra Untherak. Eles não perceberam os passos de Venoma, mesmo com a falta de cuidado da mercenária. Ela sabia que, no estado deles, nem um grilofante desembestado chamaria a atenção.

Um homem martelava algo sobre uma bigorna. Era uma adaga, mas completamente diferente de como deveria ser. Ele tentava criar espirais no cabo para ornamentá-lo, mas, na verdade, estava quase partindo o aço em brasa ao meio. Os outros riam e diziam que ele não sabia o que estava fazendo. O ferreiro assentiu e entornou mais uma taça de álcool.

Na parede atrás deles, Venoma viu prateleiras repletas de ampulhetas e um forno diferente. Ela sabia que servia para a fabricação de vidro. Os artesãos sopravam canos de ferro para dar forma a bulbos nascidos da areia e do fogo. As ampulhetas expostas eram muito belas — característica praticamente inexistente nos objetos da sua Untherak — e grandes, contendo grãos de areia e sal de todas as cores. Aquilo chamou a sua atenção de um jeito inédito.

— Vocês que fizeram isso? — perguntou ela, quase sem querer.

As risadas cessaram, e o ferreiro desqualificado aproveitou a brecha para baixar a tenaz e o martelo. Ele se largou numa cadeira de madeira de frente para a adaga fracassada. Outro humano, que parecia ter cerca de cinquenta anos, a encarou, curioso. As risadas recomeçaram aos poucos, aqui e ali, mas aquele homem manteve o foco na recém-chegada e respondeu:

— Ora, somos todos apreciadores das técnicas esquecidas dos anões! Para nós, é uma forma de expressão artística. E o Senescal Ganeri sempre vem admirar o nosso trabalho. Claro, estamos aquém ao conhecimento perdido, mas...

— Não! — exclamou Venoma, expressiva demais. — Pode falar com qualquer pessoa da caravana, e dirão que vocês sabem muito bem o que estão fazendo.

Aos poucos, a expressão curiosa do sujeito foi substituída por outra sorridente, de quem havia compreendido a situação.

— Você faz parte da caravana que chegou ontem à noite!

— Faço.

— E eles já passaram pelos portões? Porque, em geral...

— Todos ainda estão no Distrito Arrabalde — explicou Venoma, observando as ampulhetas maiores do que baldes. — Só vim antes porque entrei na cidade com uma pequena comitiva. Banquete, boas-vindas. Coisas assim.

— Ah, entendo...

— Foi você que fez tudo isso, então?

— Ah, como eu dizia... sim. É uma espécie de passatempo. Esta, por exemplo...

Ele esticou os braços para pegar uma ampulheta particularmente grande. Os seus movimentos eram os de alguém sem coordenação alguma, ainda que a sua fala fosse mansa e ponderada. A ampulheta escorregou das suas mãos e se estilhaçou no chão.

Mais risadas explodiram. Venoma notou que o chão estava cheio de cacos de vidro.

— Bom, essas não são de vidro reforçado — disse o homem —, mas consigo fazer algumas que não quebram.

— São as mais raras! — gritou um kaorsh enrugado, que estava prestando mais atenção do que aparentava. Os risos recomeçaram.

Venoma assentiu, sem achar graça em ver peças tão bonitas sendo obliteradas. O homem continuava procurando alguma coisa para mostrar a ela.

— Veja só essa! — exclamou, colocando uma ampulheta nas mãos da mercenária. Venoma a segurou com certa preocupação, como se estivesse recebendo Ônix nos braços. — É de vidro temperado. Dentro há um pouco de sal grosso tingido, em repúdio a Ebriz, claro. Esta ampulheta é um projeto meu que conta uma história, sabe? Consegue ver essas três marcas nos bulbos? Pois bem... elas refletem a grande lenda dos nove anões, um de cada clã da Antiguidade, que se perderam no Deserto de Sal pois estavam desesperançosos com Una... Então, ela apareceu numa miragem, na forma de três sábios senhores anões... Tempo, Torque e Equilíbrio. Tempo deu ampulhetas aos anões e disse que, se voltassem para Untherak antes de toda a areia passar para o outro bulbo, seriam perdoa...

— Espera um pouco — interrompeu Venoma, franzindo o cenho. Ela havia conversado demais com Cora, Harun e Baeli para não estranhar aquela história. — Já ouvi falar sobre Tempo, Torque e Equilíbrio, e a tríade dos senhores anões com certeza não era um disfarce de Una. São deuses da cultura anã, de muito antes da Fúria dos Seis.

Os homens pararam de rir. Todos olharam para ela, confusos.

— Fúria? — perguntou um deles.

— Mas os Seis foram bondosos! — afirmou outro.

Um terceiro se aproximou. Estranhamente, ele encarava o pescoço de Venoma, e não os olhos.

— Você está se referindo à Bondade dos Seis e o presente de Una? — perguntou, como se estivesse se dirigindo a uma criança.

— Ah, eu ouvi falar disso hoje.

— Disso?! — repetiu o homem mais próximo, finalmente fitando os seus olhos.

Venoma passou a mão pela lateral do próprio pescoço. Não havia nada ali.

— Ela não disse por mal — interveio o vidreiro, apoiando a mão nas costas da mercenária, que se retraiu. — Bom, histórias podem ficar para depois! Gostaria de levar uma ampulheta? Se quiser, é sua...

— Por favor, fique com ela — respondeu Venoma, os sentidos mais aguçados novamente. — Só gostaria de encontrar o homem que chamam de Absinto. É um idoso que gosta de beber. Achei que pudesse estar aqui... ou ao menos que vocês o conheceriam.

— A garota estrangeira pergunta pelo Absinto! — gritou o kaorsh enrugado, erguendo um copo. Todos o imitaram. O vidreiro juntou as mãos, curioso.

— Mas o que quer com ele? Há tempos que Absinto só fala coisas sem sentido.

— Quero encontrá-lo. Só isso. O que vamos conversar não é da sua...

— Da minha conta, claro. Claro! Desculpe. Bom, ele deve estar por aí, bebendo. É o que faz.

— Então ele está mesmo nesta cidade! — exclamou Venoma, demonstrando mais empolgação do que gostaria.

Ela colocou a ampulheta sobre o balcão de alvenaria à sua frente, tirou o fardo que carregava nas costas e desamarrou a lona diante dos olhos curiosos. A lâmina partida da imensa espada de Anna brilhou, mesmo que o sol ainda não iluminasse propriamente a Ladeira do Tempo.

— Isso é uma réplica? — perguntou um deles.

— Quer que a gente conserte? — indagou o homem que tinha estragado a adaga, jogado na cadeira.

— É melhor manter as suas mãos bem longe dela — avisou Venoma, apontando para o rosto dele. — No entanto, se *outra pessoa* aqui puder consertá-la, eu...

Ela pretendia dizer que pagaria o ouro necessário, mas percebeu que aquilo levantaria suspeitas numa cidade onde as coisas não tinham preço. Hesitou.

— Com muita alegria digo que a consertarei — garantiu o vidreiro desastrado. — A forja é a minha paixão, assim como o vidro. Sou um admirador dos ofícios esquecidos...

— Não são esquecidos, já disse — retrucou Venoma, se arrependendo de ter mostrado a arma para eles.

O vidreiro estendeu as mãos para a espada partida.

— Ah, mas o que você não entende é que... *argh*!

Ele afastou o braço e olhou, surpreso, para a própria mão. Ela sangrava.

— Você segurou a espada pela... lâmina? — perguntou Venoma, sinceramente abismada. Talvez não fosse uma boa ideia deixar a espada da sua mestra com aquele ferreiro. O homem a encarou, indignado.

— O fio dessa espada tem *corte*!

Os olhos de Venoma analisaram o estabelecimento.

— Não sei nem o que dizer. Não era óbvio?

— Não! — gritou ele, a voz trépida. O corte nem era tão profundo, mas o homem agia como se fosse uma mutilação. — Por que faríamos uma lâmina que não fosse *decorativa*?

— Ou para efeitos cênicos? — acrescentou outro.

— Somos um povo pacífico! — gritou o kaorsh de rosto sulcado.

— A amolação de armas é um conhecimento propositalmente esquecido — disse um homem que Venoma nem percebera estar ali, afundado em meio a dois barris de cerveja. — E quando a faca de um conjunto de talheres se torna incômoda demais, nós a jogamos fora!

Venoma riu sem achar graça. Começou a embrulhar a espada.

— Certo. Vou embora.

— Não — disse o homem que estragara a adaga, levantando-se e apontando para ela. — Você fez Ghion sangrar!

— E vou fazer *você* sangrar se não tirar esse dedo da minha cara e sair da frente!

A expressão de todos era de ofensa máxima. Venoma apenas respirou fundo, pronta para se afastar daqueles velhos malucos.

Então, uma ampulheta atingiu a parte de trás da sua cabeça. Ela desabou, e a espada de Anna caiu ao seu lado. O vidro temperado estourou com o impacto, e Ghion largou a ampulheta, assustado, espalhando mais cacos grossos no chão. Pelo visto, o vidro reforçado não resistia ao impacto de contundir alguém covardemente pelas costas.

— Me d-desculpem — gaguejou Ghion, enrolando a mão cortada numa túnica. — Mas ela estava fora de si!

— É verdade — concordou o kaorsh.

— Sim, atestamos o ocorrido — afirmou o velho que se levantara entre os dois barris.

— Chamem o Senescal Ganeri. Precisamos relatar o interesse desta forasteira em Absinto — disse Ghion, tentando se acalmar. Ele estava quase desmaiando ao ver o próprio sangue e piorou ao notar sangue no couro cabeludo da jovem tombada. — Talvez ela queira reacender a velha chama da violência que queimava no interior daquele pobre homem...

— Que Una o mantenha sempre feliz e ébrio! — rogou o pior ferreiro do mundo. — E que nos afaste da violência e da discórdia que Ebriz trouxe ao mundo.

Brindes silenciosos e pesarosos se seguiram. O sol se espremeu entre as duas construções do outro lado da rua e seus raios atingiram a Ladeira do Tempo. A estrangeira foi arrastada para dentro da forja, que também era uma vidraria, e a maldita espada partida foi retida com todo o cuidado.

Em plena luz do dia.

Sua cabeça doía como nunca. Levou as mãos à nuca e sentiu o couro cabeludo empapado de sangue. Levantou do colchão frio e fino, apoiando-se nos cotovelos. Estava numa cela iluminada apenas pela luz que entrava pela janela. Ainda era dia, pelo menos.

— Velho desgraçado — praguejou com uma careta, se lembrando aos poucos do que havia ocorrido. As ampulhetas. A bigorna. Os homens bêbados. O ataque pelas costas.

Venoma sentiu vergonha por ter sido neutralizada por pessoas tão despreparadas. Já tinha enfrentado situações mais perigosas apenas para repor o seu estoque de toxinas. Mas fazia tanto tempo que ela não bebia que talvez o seu corpo não aguentasse mais os efeitos como antes. *É isso. Vou culpar o álcool*, decidiu.

Caminhou até a janela, e seus olhos doeram com a claridade num primeiro instante. Aguardou o mundo recuperar o foco, e então viu um fiorde lá embaixo. Concluiu que estava voltada para o leste, provavelmente num dos inúmeros cômodos que empesteavam o penhasco conectado ao castelo.

Ela gritou pela janela. O eco no fiorde serviu apenas para alvoroçar as aves marinhas, que responderam no mesmo tom. Qualquer grito de socorro sumiria no meio daquela algazarra.

Foi até as grades da sua cela. Não conseguia ver nada de especial à direita ou à esquerda. À sua frente, havia apenas uma parede de tijolos, que se estendia para ambas as direções.

— Ei, seus merdas! Me soltem! — berrou, sentindo-se ainda mais tola do que antes. Analisou a sua cela com mais atenção. Tinha um penico, uma cumbuca d'água e um pedaço de queijo. A coisa mais perigosa ali era o queijo. — E quero a minha espada de volta, ouviram?!

Uma risada baixinha soou à sua esquerda. Venoma se aproximou da quina da cela, ainda segurando as barras. Alguém ocupava o cárcere vizinho e parecia achar graça dos seus gritos.

— Está rindo do quê, imbecil?

— Eu já tentei isso ontem — respondeu uma voz masculina rouca. Venoma sentiu um formigamento estranho no estômago. — Janela, corredor... é tudo inútil. E, se eu sou um imbecil, você também é. Ser pego por esses idiotas não é nada fácil.

Venoma se irritou com a ofensa sabiamente disfarçada. Afastou-se das barras, chutando o penico vazio.

— Cale a boca. Você não me conhece.

— Ah, acho que conheço. Ouvi os guardas falarem com um sujeito careca todo vistoso, o Senescal. Eles disseram que você estava procurando Absinto.

— É verdade — respondeu Venoma, abraçando seu orgulho ferido.

— Eu também estou. E, de acordo com os imbecis que nos pegaram, ele está em algum lugar nestas masmorras.

— Hum... Ainda assim, você não me conhece.

Outra risada. A voz do seu vizinho de cela foi se tornando menos rouca conforme ele falava. Algo dentro de Venoma parecia prestes a transbordar. Ela não sabia que sentimento era aquele, e isso só a deixava mais transtornada.

— Bom, você sempre foi difícil de decifrar. Mas tanto tempo juntos com objetivos em comum não foram o suficiente para conhecermos um ao outro, Garota Sinistra?

Então, ela compreendeu. A voz, o jeito de falar, a risada.

— Aelian?

— Olá, Venoma.

Ela correu de volta para as barras, se espremeu contra a parede e esticou um braço para fora da cela, tentando tateá-lo. As mãos firmes de Aelian se fecharam em torno do seu antebraço, como um náufrago se agarrando a um bote salva-vidas.

Ela começou a rir, numa confusão de sentimentos. Aelian também.

— Seu idiota! Por que não me falou logo que era você?

— E perder a rara oportunidade de te pegar desprevenida?

Venoma apertou o braço dele com as unhas.

— Como veio parar aqui? — perguntou ela, soltando-o enfim. Seu braço estava ficando com câimbra, e ela desconfiava que precisaria de seu corpo inteiro. — Tripas, eu tenho tantas perguntas!

— Vim pelo mar. E fui descuidado, como você. Esses idiotas são tão sorridentes que não imaginei que seriam hostis. Parecem a areia movediça dos Grandes Pântanos: nos envolvem calorosamente, e quando vamos ver...

Venoma arregalou os olhos.

— Você fugiu pra lá. Para o pântano. Quando nos separamos no Portão Norte, e você foi atrás de Ziggy...

O silêncio de Aelian disse tudo o que Venoma precisava saber. Mas ela tinha que perguntar mesmo assim.

— Ele...?

— Me salvou. E não sobreviveu. Escapei com Thrul, por pouco.

Venoma sentiu a garganta secar e os nervos encurtarem. Não conseguia chorar, mas isso não a tornava imune às tristezas mais absolutas. A voz de Aelian, desconsiderando a rouquidão temporária, era a de alguém que havia passado por provações tão difíceis quanto as dos exilados.

— Raazi — disse Venoma de súbito, o rosto da kaorsh aparecendo num lampejo em seus pensamentos. — Raazi não vai acreditar que nos encontramos... Ela está do lado de fora da cidade, com o restante dos refugiados, e precisa saber que este lugar não é o que parece. Temos que encontrar Absinto, o mestre de Anna, e sair daqui.

— Vamos fazer isso. Um amigo meu está a caminho. Eu devia ter dado ouvidos a ele...

— Você faz amigos com uma facilidade impressionante. É uma habilidade estupidamente admirável, que nem escalar torres com as mãos. Seu amigo é daqui?

Venoma escutou um suspiro. Na verdade, era quase como se Aelian estivesse juntando fôlego para dizer:

— Isso vai ser um pouco chocante, mas... ele é um gnoll.

29

Na ocasião em que entrara na câmara secreta das Unas, Raazi se sentiu num pesadelo. Não imaginava que a fuga daquele lugar seria ainda pior, com o estômago revirado pelas visões e pela magia da Centípede. Mais tarde, aqueles horrores se tornaram visitantes frequentes dos seus sonhos. Porém, a sensação mais persistente era a de ter as suas certezas abaladas.

Aquela Untherak de mentira parecia uma espécie de horror zombeteiro. O que acontecia dentro da cidade e nos seus arredores espezinhava o sofrimento de uma vida inteira. Os sorrisos falsos, o desperdício de comida... tudo aquilo era uma violência velada. Sem sangue ou cabeças decepadas, abriam feridas que jamais cicatrizariam. Não havia nada de agradável em ver multidões louvando o nome que sempre representou a desgraça, o controle e o terror de seu povo.

Raazi tinha se sentido ultrajada durante o banquete de boas-vindas e saído às pressas. Os motivos para isso não ficaram claro para todos. Harun parecia ter entendido, e talvez tivesse comentado com Cora, Ranakhar e Peebo. Venoma, por sua vez, sumira durante a cerimônia. Talvez tivesse encontrado o que queria na cidade. Raazi não a culpou, apesar de se sentir enganada. A amiga havia ido para o banquete com um grande fardo nas costas e provavelmente não tinha a menor intenção de voltar para o Distrito Arrabalde. Ela passara grande parte da vida como mercenária na outra Untherak, e uma mercenária não podia se guiar por amizades.

— Talvez ela só tenha se precipitado um pouco — disse Baeli à kaorsh logo após o fatídico banquete, num dos poucos momentos em que Raazi havia procurado companhia. — Todos nós vamos poder entrar na cidade em breve, e então nos reencontraremos.

Raazi tinha suas dúvidas. No fundo, não julgaria Venoma nem qualquer um que decidisse abandonar o grupo dali em diante. Afinal, eles haviam atravessado toda a Degradação em busca de uma nova vida. A possibilidade de cada pessoa ir atrás dos seus objetivos era um grande avanço em relação à falta de perspectiva que os acompanhara desde o Portão Norte.

Mas, para Raazi, não haveria entrada na Cidade Dourada.

Por isso, ela estava vivendo há uma semana numa parte do distrito afastada dos muros. Dormia ao relento e, durante o dia, se enfiava numa taverna escura e de janelas pequenas e estreitas. Para não ser reconhecida, deixara a pele mais escura, os cabelos totalmente pretos e mudara a cor os olhos. Transformara todas as suas características, com exceção da mancha azul no rosto, que era definitiva.

A Decepção de Una — assim era chamada a taverna à boca pequena, ou só Decepção para evitar problemas — tinha grande rotatividade de clientes.

No entanto, a bebida, encontrada em abundância por todo o Distrito Arrabalde, não era o maior atrativo do lugar.

E sim a arena de luta e a banca de apostas.

A anã com uma única mecha de cabelos louros no centro da cabeça tentou se levantar, mas os joelhos cederam e ela ficou por ali mesmo, enquanto a multidão em volta comemorava a desistência. Ninguém esperava que a lutadora novata fosse apagar a anã musculosa com dois tapas simultâneos, um em cada orelha. Então, a grande sensação da noite, uma kaorsh de cabelos escuros e olhar feroz, ficou sozinha no ringue com um humano de pele negra e cabelos compridos.

Mesmo no desafio de dois contra um, Raazi era a favorita nas apostas. Mas, apesar da saída precoce de Krasba da luta, Rudyo também tinha a sua torcida. Ele era conhecido por ser implacável, talvez um dos lutadores mais bem-sucedidos da Decepção.

Rudyo observou Krasba ser arrastada para fora das cordas da arena. Então fitou Raazi — conhecida como Flagelo naquele local — e pareceu se enfurecer ao vê-la tomando um longe gole de conhaque de uma caneca estendida na sua direção.

— Faça isso de novo e vai se arrepender! — gritou o homem, achando que estava sendo esnobado.

Raazi nada disse e não demonstrou nenhuma emoção. Devolveu o copo pela metade, enxugou a boca nas bandagens amarradas nos punhos e levantou a guarda novamente.

Rudyo tentou encaixar os ombros no abdômen da oponente para levá-la ao chão. Os cotovelos de Raazi desceram sobre as costas dele, mas ele continuou empurrando-a para baixo. Mais duas cotoveladas, e Rudyo afrouxou a sua tentativa de derrubada.

Raazi ergueu o joelho com força, e o homem subiu cerca de três palmos antes de desabar.

— Vai, Rudyo! — gritou um espectador. — Levanta ou eu vou perder uma peça de ametista inteira!

Raazi recuou, revirando os olhos e aguardando Rudyo parar de fazer corpo mole. Os pedaços de sal roxo haviam se tornado moeda de troca entre os refugiados e os habitantes do Distrito. Ela não tinha mais paciência para entrar naquele assunto. Enxergava muitos rostos conhecidos da caravana lá dentro da taverna, gritando ao redor da arena, ainda que eles não a reconhecessem. Kaorshs habilidosos conseguiam criar pequenas áreas de tons mais claros ou escuros no rosto para modificar as suas feições, e, com todas as alterações na pele e no cabelo, seria difícil perceber que aquela era a líder do expurgo de Untherak.

Rudyo se levantou, balançando a cabeça e as madeixas longas. A multidão enlouqueceu, e ele usou o ímpeto para direcionar um soco bem no rosto da oponente. Raazi poderia ter apenas se esquivado, mas decidiu dar um espetáculo aos apostadores. Usou um giro de *kaita* para rodopiar no ar, tirando os dois pés do chão, e passou um calcanhar por cima do braço estendido de Rudyo, acertando o seu queixo.

O golpe provocou um apagão imediato, e o lutador tombou como um tronco. Rudyo atingiu o chão no momento em que Raazi lhe deu as costas para pedir algo mais forte.

Rostos sorridentes lhe ofereceram vinho, hidromel, cristais de sal. A última oferta foi ignorada, pois aquilo fazia Raazi se lembrar de Akari, outra aliada que desaparecera na primeira oportunidade. Porém, durante os gritos que anunciavam Flagelo como a grande vencedora da luta, havia um único rosto apático, com olhos cansados.

— Podemos conversar ou tenho que entrar na fila para apanhar? — perguntou Harun.

— Como você me encontrou? — indagou Raazi, antes de se sentar no banquinho de frente para um barril que fazia as vezes de mesa, perto de uma das minúsculas janelas da Decepção.

O nome da taverna havia cativado Raazi antes mesmo de saber que poderia liberar as suas tensões lá dentro, bebendo tudo que podia com as moedas das suas vitórias — discos redondos com o maldito rosto sorridente de Una esculpido de um lado.

— Foi um palpite — explicou Harun.

O taverneiro trouxe duas canecas de cerveja escura com uma espuma apetitosa.

— Por conta da casa, Flagelo! — disse ele, abrindo um sorriso com alguns dentes a menos.

Raazi agradeceu com um meneio de cabeça, e Harun balançou a sua.

— Isso me lembra a outra Untherak.

— Cerveja escura?

— Não. Dentes faltando.

Raazi assoou um pouco de sangue do nariz na direção da janela e esvaziou meia caneca com um gole longo.

— Não há diferença de uma Untherak para a outra.

— Entendo — respondeu Harun, mais focado nos respingos vermelhos que atingiram a parede do que no rosto modificado da amiga. — Mas você não pode se entregar assim. Eu estava lá, no banquete... e apoiei você.

— Não estou me entregando, Harun. — Raazi esvaziou a caneca, bateu-a na mesa e pediu mais uma cerveja para o taverneiro. — Mas não sou obrigada a fazer parte disso.

— E os refugiados? — perguntou o anão, parecendo desconfortável.

Raazi tinha a impressão de que ele não queria estar ali fazendo aquelas perguntas. Era como se alguém — provavelmente Cora — o tivesse incumbido de ir até a taverna. A kaorsh se debruçou para responder, mas, naquele momento, Rudyo se aproximou, apoiado em Krasba. Harun se levantou de pronto, as mãos indo para o martelo.

— Belo chute, Flagelo! — elogiou o lutador, e Krasba concordou.

Raazi apertou a mão dos dois, que logo partiram para o meio da multidão na taverna. Harun observou o humano e a anã se afastarem.

— Achei que teríamos encrenca.

Raazi riu e puxou o seu banco mais para perto do amigo.

— Sabe o que eu descobri? Que este lugar é secreto. Ou seja, o animadíssimo Senescal Ganeri só gosta de uma festa se for do jeito dele. Diz que este lugar vai contra a vontade de Una, que jamais desejaria o derramamento de sangue dos seus protegidos.

Harun olhou para o lado.

— Combina com toda a baboseira da Bondade dos Seis.

— Não é? Mas sabe o que também descobri, conversando com eles e através de Idraz Faca-Cega?

— Ah, seu fiel escudeiro. Nada de bom, aposto — disparou Harun.

— Algo muito interessante — prosseguiu Raazi, ignorando a provocação. — Soube que todos os moradores do Distrito foram banidos da Untherak Dourada. E eles negociam artesanatos, bebidas, comidas e outros produtos com os cidadãos lá de dentro, nas feiras livres que acontecem uma ou duas vezes por semana. Tudo isso para um dia poderem comprar o Perdão de Una e voltar para dentro dos portões. Soa familiar?

Harun encarou as formas que a espuma da cerveja criava na superfície escura. Raazi continuou:

— E quando os cidadãos lá de dentro precisam de mão de obra para serviços de limpeza ou de manutenção, eles aparecem aqui *gentilmente* oferecendo vagas e levam moradores do Distrito para amortecer as suas dívidas de perdão. Pelo menos não ameaçam jogar o filho de ninguém na Mácula ou dar o seu braço para os gnolls. Já é um grande avanço!

— Eu entendi a ironia, Raazi. E estou do seu lado.

— Então você sabe que os gestos, as cores e as atitudes mudam, mas não muda o fato de que estamos sempre debaixo de uma bota. Ou de uma sandália macia, tanto faz. — Quando o taverneiro trouxe uma nova caneca de cerveja, Raazi aproveitou para pedir: — Bon! Diga aqui para o meu amigo qual foi o seu delito lá em Untherak.

— Ah, eu me desentendi com um dos Provedores — respondeu o taverneiro, o olhar perdido nas lembranças e na fumaça densa que pairava no ar, saída de muitos cachimbos. — Eles me convidaram a me retirar, e vim trabalhar na Decepção de Una por duas moedas a cada semana. Depois, o dono do lugar morreu e acabei herdando essa espelunca, *hehe*. Agora, com as apostas, tiro cerca de trinta moedas por semana, no mínimo.

— Que ótimo, Bon! — falou Raazi, com uma alegria vexaminosamente fingida. — E quanto falta para retornar lá para dentro, onde o dinheiro não será mais necessário?

— Já tenho quatrocentas moedas... preciso de mil... então, creio que mais alguns anos e o Perdão será oferecido a mim. Mas gosto daqui, então vamos ver... *hehe*.

Bon se afastou. Raazi encarou Harun e imitou o taverneiro:

— Só mais alguns anos. *Hehe.*

— Entendi, Raazi.

— É a mesma coisa! Vendem perdão ao norte, semiliberdade ao sul... mas na verdade só estão garantindo que haja quem os sirva eternamente, para que possam viver nos sonhos dourados de Una, desfrutando da bondade milenar de uma história muito, muito mal contada.

Harun se remexeu no banquinho, desconfortável, e questionou:

— Mas o que podemos fazer quanto a isso? Não é o melhor sossegarmos nesse lugar? Criar raízes? Eu tenho um filho e uma esposa, Raazi. Cora enfim encontrou pessoas que compartilham da sua crença. Quem sou eu para tirar isso dela?

— Não subestime Cora, Harun. Ela é responsável pelos próprios questionamentos religiosos, e mais ninguém.

— Não estou subestimando, Raazi. Não coloque palavras na minha boca.

— Não quero discutir com você, Harun. Mas sossegar num reino de mentira não é a mesma coisa que sossegar numa vila fechada para Autoridades?

Essa pergunta machucou Harun profundamente. Ele apertou os lábios e encarou Raazi com uma intensidade inédita.

— Eu não tive escolha. Era uma pessoa diferente.

— Não estou aqui para questionar as suas decisões do passado. Mas sabe o que estava fora da minha alçada?

Harun nada disse, então Raazi se levantou. Não parecia estar debilitada pelas muitas bebidas, mas o tom de voz agressivo e o fogo nos olhos certamente eram consequência do álcool.

Ela subiu no balcão gasto onde Bon guardava os talheres e as panelas. O taverneiro, que lavava copos numa tina, apenas riu. A misteriosa Flagelo podia fazer o que quisesse na taverna, desde que continuasse dobrando o número de apostadores, como acontecera na última semana. Ela pegou uma das panelas e uma concha, batendo uma contra a outra e assustando um bando de anãs que fumava cachimbo.

— Ei, vocês! Querem ouvir uma história?

Muitos gritos e urros de aprovação. Um coro de "Flagelo!" logo se formou, e ela agradeceu a todos que lhe davam atenção. Na verdade, ali dentro, era impossível focar em outra coisa.

— Eu vim de um lugar muito, muito distante. Cheguei nesta cidade na caravana de refugiados que se juntou ao Distrito, com muitos dos bons companheiros que estão aqui hoje. Cadê vocês?

A resposta foi imediata: aplausos e gritos de quem era da outra Untherak. Raazi os encarou com pesar. Perto de tudo que passaram, ali de fato parecia ser o paraíso. Mas já estavam marcados como culpados. Haviam sido arrebanhados do lado de fora do portão. Não teriam a paz merecida e precisariam provar outra vez que eram dignos, diante de uma nova versão de Una.

— Pois bem. Onde morávamos, não existia a alegria que temos aqui. E se encontrássemos um fiapo de esperança, riso e prazer, tínhamos que escondê-lo... Senão, até isso era tomado da gente.

As bocas sossegaram. Todos prestavam atenção na kaorsh de passos firmes e língua inflamada. Harun a encarava, como se tivesse notado uma beleza aterradora na amiga. Chegou a se perguntar se Raazi havia feito algo com as próprias cores. Ela, no entanto, continuou discursando:

— Lá, trabalhávamos treze horas por dia. Seis dias por semana. Sem música, sem diversão. Éramos chicoteados, humilhados, ameaçados. E, quando ficávamos inválidos ou morríamos de tanto trabalhar, nossos filhos ou irmãos herdavam o direito de serem chicoteados, humilhados e mortos no nosso lugar. Tínhamos uma dívida eterna com um poder terrível e inabalável, que existia há mais de mil anos e que perduraria por outros milhares. Eu trabalhava no Tear, onde eram manufaturados tecidos de todos os tipos. As mais belas sedas, mantos feitos pelas mais habilidosas mãos... tudo para a nossa regente e tirana, a única que tinha permissão de usufruir do nosso trabalho. Eu nunca... repito, nunca... pude ter sequer uma capa para me proteger nas noites frias de inverno. E perdi as contas de quantas capas fiz com minhas próprias mãos!

Raazi ergueu os punhos. Todos sabiam do que eles eram capazes. A plateia os admirou como se ela exibisse uma espada lendária.

— Eu carreguei sacas de limas do Segundo Bosque para o Miolo por dezesseis anos — disse uma senhora humana, sentada a uma mesa redonda repleta de pessoas com o semblante grave e sofrido, usando roupas desbotadas pelo sol da Degradação. Ela levantou o coto de um braço. — No dia que resolvi pegar uma para a minha filha, fui flagrada por um Autoridade. Eu disse que pagaria pela fruta, mas ele decepou a minha mão e me fez ir para a Padiola a pé, sangrando.

Murmúrios de inconformismo se ergueram. Raazi olhou para Harun, que mantinha o semblante fechado. Ele não bebia; na verdade, nem parecia respirar. Um anão disse que perdeu o olfato e a visão do olho direito após um acidente nas minas de enxofre. Outro contou sobre a morte trágica do filho, atacado por gnolls. Grande parte dos frequentadores da taverna se entreolharam, sem ter a mínima ideia do que era um gnoll.

— Talvez vocês se surpreendam ao descobrir que este lugar também se chamava Untherak! — berrou Raazi. — E que lá uma mortal se fantasiava como a deusa de vocês para nos manter aterrorizados e sob controle.

— Profanação da verdadeira Una! — gritou uma moradora do Distrito e outrora habitante da Cidade Dourada. Pessoas aplaudiram. Alguns exilados da Untherak do sul fizeram provocações, e pequenas discussões irromperam.

Raazi bateu com os pés no balcão, chamando a atenção de volta para si.

— Temos quase duas mil pessoas desta outra Untherak lá fora, meus amigos, e cada uma vai ter uma tragédia para acompanhar as suas cervejas amargas. Cada uma tem uma versão do que aconteceu e de como chegamos até aqui. Mas todas, absolutamente todas, desafiaram a morte ao viajar para o norte inalcançável, indo além de todos os limites físicos e mitológicos que nos impuseram!

Gritos de concordância. Copos erguidos. Os ânimos haviam se acalmado, mas, se dependesse de Raazi, aquilo não duraria muito tempo.

— O grande problema... — prosseguiu ela, pulando de volta para o chão e andando no meio das pessoas. Não queria estar acima de ninguém. — ... é que, ao chegar aqui, fui recepcionada por um homem curioso. O Senescal Ganeri.

Mais risadas e murmúrios. Todo mundo parecia ter uma opinião sobre o sujeito.

— Não estou aqui para julgá-lo. Mas gostaria que soubessem que estive no Salão Dourado para o banquete de boas-vindas aos refugiados e vi alguns de vocês lá, servindo bebidas e comidas. Aquilo não me cheirou bem.

— Você está mentindo! — gritou uma mulher que Raazi se lembrava de ter visto na caravana. — Apenas Raazi Tan Nurten e alguns poucos capitães foram ao banquete!

Alvoroço, xingamentos. Raazi ficou surpresa com o uso da palavra "capitães". Era curioso saber a percepção de quem estivera mais afastado da frente da caravana. Então, resolveu tirar toda a sua camuflagem de uma vez só. Os seus cabelos vermelhos surgiram como um incêndio no meio da taverna.

— Espero que isso retire a sua acusação — retrucou a kaorsh.

Uma explosão de risos e aplausos. Os gritos dos refugiados sobrepujaram todo o restante, e logo o coro do seu apelido recomeçou. Afinal, a alcunha fazia mais sentido agora que estavam diante do Flagelo de Una.

— Fui lá no salão, e sabem o que vi? — retomou ela, caminhando até o retângulo de cordas em que havia lutado há pouco. Ainda tinha sangue e vômito no chão. — Vi algo que nunca tive, mas que sabia me pertencer. Vi belos tecidos. Cortinas de seda imensas. Mantos, túnicas e lãs nas quais poderia jurar já ter colocado os dedos. Com estes olhos que desafiaram as órbitas negras do General Proghon, vi o mais branco dos tecidos.

Então, ela tirou do bolso o belo lenço que tomara para si durante o banquete. Ele parecia limpo demais para aquele lugar, mas fazia mais sentido ser passado de mão em mão ali do que limpar a boca sorridente dos mentirosos dentro dos muros.

— Desafio qualquer kaorsh refugiado a me dizer que isso não é fruto do Tear. Que este padrão de fios não é uma técnica da nossa espécie. Que este tecido não é uma das muitas peças que fabricamos, mesmo sabendo que não havia gente suficiente para aproveitar o luxo reservado a uma única pessoa e os seus poucos militares de confiança. — Ela procurou Harun no meio da multidão e encontrou os seus olhos. Falava especialmente para ele, num volume que ultrapassava as portas grossas da taverna. — As pessoas em quem mais confio nessa vida me disseram que talvez eu estivesse vendo coisas. E digo aqui, diante de vocês, que estou, sim, vendo coisas: enxergo que a nossa Untherak existia para manter esta. Nós sofríamos para vocês sorrirem. Cada pepita de ouro, cada joia daqui foi polida com o nosso suor e sangue. Bebíamos fel e suávamos enquanto os cidadãos sorridentes daqui bebiam o melhor vinho existente e dançavam.

O que se seguiu foi um silêncio inédito na Decepção de Una. Nem durante as poucas horas que a taverna fechava no fim da noite havia tanta calmaria, visto que as madeiras estalavam e as vidraças balançavam com o vento marítimo. Mas, naquele instante, todos os sons foram suspensos para pontuar o que Raazi havia guardado para si desde o banquete dentro da Untherak Dourada. Aquela era uma réplica inexata, uma mentira banhada a ouro.

Harun respirou fundo conforme os murmúrios voltavam aos poucos. Achou que Raazi causaria uma verdadeira carnificina ao falar abertamente contra Una, mas a maldita tinha sido estratégica. O anão pediu mais duas cervejas ao taverneiro Bon e esperou a amiga voltar até o barril ao qual estava sentado.

Porém, a voz da kaorsh se ergueu novamente, já bastante rouca:

— Por isso, vou lhes perguntar uma única vez: quem precisa de Perdão, vocês ou aqueles que os exploram em nome do próprio bem-estar?

Gritos e aplausos. Harun bateu com a palma da mão no próprio rosto, com força.

Porém, se soubesse que havia ainda uma última pergunta, teria poupado a face de tamanha agressão.

— E vocês, bravos exilados que deram as costas ao Portão Norte e esmagaram a Degradação com os pés, conheceram o Deserto de Sal e exploraram a cidade de Baluarte com a coragem de quem nada teme: quem irá comigo buscar o que tecemos, esculpimos, colhemos, forjamos e lapidamos com dor e suor? Quem irá buscar de volta o que é nosso por direito?

30

Desde o dia que Raazi Tan Nurten, líder dos refugiados, inflamou o ânimo dos frequentadores da Decepção, a notícia de uma suposta retomada de Untherak havia corrido como pólvora.

Harun sabia que aquilo logo chegaria aos ouvidos de quem tomava as decisões do lado de dentro da muralha. No seu tempo como Autoridade, havia sido crucial ter espiões nos Assentamentos, no tráfico de carvão, no chão de fábrica. Em geral, eram pessoas que cometiam atos irregulares e estavam dispostas a dar com a língua nos dentes em troca de imunidade e outros favores. Cargos de repressão funcionavam da mesma maneira em qualquer lugar, fossem mais ostensivos ou apenas voltados para a vigilância.

Dito e feito. Com o correr da notícia, os portões pararam de se abrir para as visitas dos cidadãos à feira livre do Distrito Arrebalde. Moradores passaram a gritar contra as torres, dizendo que careciam das provisões semanais e que precisavam vender os seus produtos. Que tinham parentes lá dentro, e queriam receber visitas e notícias deles.

Após alguns dias, as provisões diárias da cidade retornaram para o Distrito, acompanhadas de humanos, kaorshs mais velhos e sinfos, todos vestidos de branco. Eram os Provedores, voluntários que serviam ao próximo como vigias, tudo em nome da Bondade dos Seis. Eles também se diziam curandeiros e começaram a examinar todas as pessoas de fora do muro de ambos os lados do pescoço, alegando que uma doença de pele infecciosa chamada tricorte havia se espalhado por toda a cidadela e que precisavam verificar todas as pessoas durante o período de quarentena.

Harun conhecia a febre do sapo, que provocava inchaços no pescoço, logo abaixo da orelha, mas a descrição do tricorte — três fendas profundas que surgiam na pele — não fazia sentido algum.

— Estão procurando salobros, os tais demônios do sal que tanto abominam nas suas preces. Tenho pensado nessa espécie cada vez mais — disse Raazi, enquanto forjava a ponta de sua lança numa bigorna emprestada por um simpatizante do seu discurso na Decepção. — Já vi Akari sem roupas e tenho certeza de que ela é salobra. Tem poderes ligados ao sal e à água, e uma espécie de guelra...

— E nem sinal dela? — perguntou Harun, apesar de ter muitas dúvidas sobre a parte em que Raazi vira Akari sem roupas.

A kaorsh meneou a cabeça.

— Ela está empenhada em sua vingança. Talvez não a vejamos mais.

Durante a conversa na taverna, Harun discordara de Raazi em muitos aspectos. Ainda se sentia um tanto magoado por ter sido chamado de acomodado por tudo que havia feito por Cora, por Ônix e pelos grupos reunidos por Anna. Mas discutiria isso com a kaorsh em outro momento, uma vez que ela havia se tornado uma líder insurgente.

Trazendo sacas de milho e frutas em troca de uma inspeção no pescoço, os Provedores se aproximaram de Raazi. Harun se posicionou ao lado dela com os braços cruzados.

— Acho melhor deixarem esses alimentos aí e se afastarem agora mesmo — alertou a kaorsh.

— Viemos por ordem do Senescal, senhora — disse um dos homens de túnica branca, curvando-se. Raazi o fez se endireitar.

— Pois diga ao Senescal Ganeri que sei o que são salobros e que não há nenhum deles entre nós. Seu líder pode ficar tranquilo quanto a isso, mas devia se preocupar com outras coisas. Garanto que, se ele não parar com essas inspeções, eu mesma vou abrir três cortes no pescoço dele.

Harun adorava aquele estado de espírito combativo da amiga, apesar de tudo que se passava na sua cabeça ultimamente. Ao menos a voz etérea lhe dera uma folga desde o dia da taverna.

A mensagem de que Raazi invadiria a cidade começou a ficar mais forte. Alguns dias depois, Ganeri apareceu no portão, sorridente, usando uma nova túnica repleta de pedraria brilhante e com muitos Provedores ao redor. Eles carregavam lanças cerimoniais, o que não foi bem recebido pelos moradores do Distrito Arrabalde. Entre vaias e uivos, o sorriso do Senescal vacilou. Com uma pontada de tensão na voz, ele anunciou:

— Ao devotar a minha vida a Una, a Bondosa, aprendi que é importante cultivar a confiança dos tão prezados amigos. Houve um mal-entendido acerca do motivo de ainda não termos recebido os recém-chegados do lado de dentro de Untherak. Garanto que é um problema puramente logístico. Não temos espaço para todos de imediato, mas estamos vagando os nossos melhores salões e suítes!

Murmúrios desconfiados, olhares penetrantes. Raazi observava o Senescal de longe, e Harun se perguntou se ela conseguiria acertar um arremesso da lança que tinha em mãos àquela distância.

O homem continuou:

— Também vos asseguro que não nos sentimos de forma alguma superiores aos moradores do Distrito Arrabalde. E estamos dispostos a mostrar a nossa boa vontade! Somos iguais, em todos os aspectos. São as leis e consequências de sermos falhos e mortais que nos colocam do lado de dentro ou de fora dos muros... sem julgamentos.

— Eu quero esmagar a mandíbula dele — murmurou Harun, um pouco alto demais.

Algumas pessoas riram. Raazi permaneceu quieta. Estava pensativa, mas os seus olhos eram puro fogo.

— Por fim, se me permitirem, antes de anunciar algo que fará o meu coração palpitar de júbilo, preciso dizer que vieram à minha ciência as malvadezas perpetradas pelo reino que partilha do mesmo nome da nossa Cidade Dourada... Lamento profundamente dizer-vos que, longe dos brilhos eternos dos nossos muros, não faltam facínoras que blasfemam e profanam o nome da nossa Benfeitora, a Doadora da Vida e da Luz. Sinto muitíssimo por isso. — O Senescal abriu os braços dramaticamente. Além do ranger de dentes e dos grunhidos impacientes da multidão, o vento foi a única resposta à sua performance. Ele continuou, como se estivesse sendo ovacionado: — Assim, informo que, amanhã, neste mesmo horário, quando a joia de Una estiver a pino, daremos a serena acolhida aos Anciões, cujo retorno tão ardentemente aguardamos!

Mais vento. As mangas da túnica larga do Senescal balançaram de forma cômica.

— Por que eu gostaria de entrar na cidade para ver um monte de velhos? Eu também sou velho! — gritou um dos refugiados.

O Senescal, verdadeiro profissional da diplomacia, manteve o sorriso. Com um ar de quem sabia o que era bom para todos, disse:

— Eles trazem muitas das bênçãos de Una! A cura de doenças, a concessão de Perdões! Onde quer que trilhem, a Bondade se desvela no seu rastro.

Cochichos. Grunhidos de aprovação e de dúvida. O Senescal conseguiu ampliar o seu sorriso em três ou quatro centímetros de cada lado. Ele pigarreou, e um Provedor lhe entregou um pergaminho enrolado. O Senescal o abriu, com um ar trivial.

— Entretanto — prosseguiu ele —, como falei, ainda temos problemas logísticos na região dos nossos armazéns e do nosso porto, e não conseguiremos acolher a todos durante as magníficas festividades. Sendo assim, daremos primazia àqueles que desejarem engajar prontamente no nosso comitê de boas-vindas, desempenhando as funções de, hum... deixe-me ver... padeiros, marceneiros, arranjadores de flores, pedreiros de calçamento... Ah, também precisaremos de doze a quinze indivíduos de boa compleição física para carregarem a liteira...

De repente, o pergaminho foi arrancado da mão do Senescal e cravado no muro da cidade por uma lança. Ultrajado, o homem recolheu as mãos.

— Como se atreve...? Quem foi?

Raazi se adiantou, com a mão erguida, e a sua passagem sem pressa pela rua ladrilhada até o Senescal causou mais comoção do que qualquer palavra oficial lida em entonação afetada.

— Eu lhe faço a mesma pergunta, Senescal: como se atreve? Você quer braços para realizar o trabalho que os seus não conseguem, pois estarão ocupados segurando taças de ouro roubado.

Ganeri gaguejou, e então colocou a mão sobre o peito, ultrajado.

— De maneira alguma! Vim convidá-los!

Xingamentos e cascas de fruta voaram, e os Provedores se encolheram como se estivessem diante de uma chuva de flechas.

— Entendeu a nossa resposta para o seu convite? — perguntou Raazi, de punhos cerrados.

Após muitos dias de silêncio, Harun ouviu a voz atrás da sua cabeça. "Vá!", sussurrou ela simplesmente, e ele caminhou até Raazi de pronto. No meio do caminho, Idraz começou a segui-lo. Os dois sabiam que a coisa podia engrossar, e aquela Raazi sem nada a perder era imprevisível.

Porém, mais uma pessoa se destacou da multidão, usando tecidos em volta da cabeça, do pescoço e do corpo. Apenas o rosto e os pés descalços estavam à vista. Sua voz fez Raazi se virar.

— Nossa destemida líder Raazi Tan Nurten lhes fará uma contraproposta — disse Akari, com um sorriso presunçoso, parando ao lado da kaorsh como se fossem cocapitãs do exército de insatisfeitos.

Harun e Idraz se entreolharam, uma das poucas vezes que concordaram em silêncio.

— Quem és tu, mulher? Falas pelo Distrito Arrabalde e pelos refugiados? — perguntou um dos Provedores, arisco.

Raazi o calou com um olhar.

— As pessoas daqui falam por si próprias. Mas parece que, aos olhos da Cidade Dourada, somos pouco mais que gerboceros e betouros. Apenas força de tração, potenciais executores da sua vontade, não é mesmo? Garanto que, se alguém aqui quiser falar, terá a sua vez — anunciou ela, para todos ouvirem. E então olhou para Akari, que sorria, atrevida e grata.

— Sugerimos então que provem que não nos veem como escravos — gritou a Rainha da Degradação, por trás das suas vestes humildes. Raazi gostaria de perguntar ali mesmo, diante de todos, por onde ela andara. E, acima de tudo, o que demônios pensava estar fazendo. — *Convidem* os nossos humildes sinfos para executar a fina arte que já haviam reservado para si. Mostrem que a troca não seria indigna. Emprestem os seus estimados instrumentos musicais para os nossos melhores musicistas e deixem que eles encantem os Anciões com a música de uma terra inimaginavelmente distante e exótica. Um presente inesquecível.

Os olhos do Senescal se arregalaram. A mulher desconhecida tinha o tato para a conversação diplomática e estava ajudando o homem naquela encruzilhada.

— Pois bem! Que a sabedoria vença a animosidade! Alegremente aceito a sugestão e a bela música do sul! — Ele bateu palmas, contente, e só os Provedores o acompanharam. — Quantos podeis dispor? Façamos um quarteto de cordas, quem sabe...

— Façamos uma orquestra! — gritou Akari, festiva, puxando um sinfo próximo para o abraço. O pequeno parecia ao mesmo tempo confuso e empolgado. — Leve cinquenta deles. Não, uma centena!

— Akari... — sussurrou Raazi, mas ela não lhe deu ouvidos.

— Ouçam a sinfonia que poderia fazer o mar desistir das ondas e ninar como um lago tranquilo! Que os Anciões sejam recebidos com tudo que podemos oferecer, em nome do nosso povo e da nossa segunda chance!

Raazi olhou para Harun, Idraz e então de volta para a exultante Akari.

O Senescal Ganeri se rejubilava com a inesperada maré de sorte e perguntou se os sinfos o acompanhariam para dentro da cidade de imediato, a fim de começar os ensaios, pois o tempo era curto.

— Você some por semanas e então volta oferecendo o nosso povo como servos? — sussurrou Raazi, de costas para o Senescal, tomando distância dele.

Akari chegou mais perto, assim como Harun e Idraz, que queriam ouvir o que ela tinha a dizer.

— Sinfos são seres musicais, você sabe disso melhor do que eu. Estarão fazendo o que gostam — argumentou Akari, e então parou de andar. — Mas já imaginou o que vai acontecer quando eles perceberem do que os instrumentos da Untherak Dourada são feitos?

A Rainha da Degradação deixou aquela pergunta no ar. Então, foi falar com Pryllan, que, ao lado dos seus fiéis escudeiros Peebo e Maud, se aproximara dela para se oferecer como líder da trupe de músicos na excursão para dentro dos muros. Akari o saudou com alegria, tirando um leve sorriso do sinfo mais sério de todos, e Raazi ficou a sós com Harun, Idraz e os seus pensamentos.

— Parece que alguém tem um plano — disse o mestre das adagas.

Harun bufou. Raazi permaneceu parada, tentando entender o que aquele plano significava. E há quanto tempo estava sendo manipulada por Akari.

A resposta veio naquela mesma noite, quando um crescendo de gritos e estilhaços foi ouvido dentro dos muros da cidade, aumentando até chegar perto do acesso ao Distrito. Raazi correu em direção ao barulho, temendo o pior. De uma só vez, o portão se escancarou, e quatrocentos sinfos saíram da Cidade Dourada carregando mais instrumentos do que haviam levado.

Quatrocentos, pois Akari convencera o Senescal de que, se *todos* os sinfos refugiados participassem da celebração, eles fariam a mais inesquecível das sinfonias, uma música que até os Seis Deuses do passado escutariam.

Os quatrocentos sinfos chegaram à grande concha acústica da Untherak Dourada e se depararam com instrumentos musicais de madeira. Madeira que, após um simples toque, um mero arpejo, um simples vibrar de cordas ao vento, se revelou familiar. Os instrumentos exalavam o aroma de árvores conhecidas, emanavam um som que era como um aceno ao passado.

Na Untherak ao sul, já fazia algumas décadas que o Primeiro Bosque não existia. Quando não restava quase nenhuma árvore por lá, o rio Abissal foi desviado para a região. Ali, os sinfos viram parte dos seus costumes e antepassados serem levados pela água fétida e pela brutalidade de Proghon e Una. Por gerações de sinfos, com as suas existências tão curtas, Semeadura após Semeadura, ciclo após ciclo, a angústia da perda de um habitat inteiro perdurara.

E ali, a milhares de quilômetros de distância, na Untherak ao norte, eles entenderam onde a madeira do Primeiro Bosque tinha ido parar.

Quatrocentas das criaturas mais dóceis se enfureceram a ponto de derrubar a concha acústica e uma torre de vigia, sem que nem uma das almas que habitava a Cidade Dourada tivesse coragem de refreá-las ou de se opor àquela onda violenta.

Pryllan, cheio de poeira nos cabelos azuis e com uma dor irreconciliável nos olhos, passou por uma Raazi incerta e uma Akari satisfeita.

— Sem acordos com esses monstros! — grunhiu ele, seguindo para o fundo do acampamento com os pequenos, que cantavam algo inesperadamente bonito diante da aflição e do inconformismo.

Era uma melodia que se parecia com ventos uivando entre troncos finos com copas largas. Pois assim eram os sinfos: árvores expostas aos ventos ligeiros do tempo, e que por fim, ao abraçarem o solo, semeavam o terreno para os que ainda estavam por vir.

O episódio, que seria lembrado como a Revolta dos Sinfos, não fora premeditado pelos próprios. Na verdade, fazia parte de um plano engenhoso que ainda demoraria a ficar claro para Raazi.

Mas aquilo havia extraído as raízes do ódio que o Senescal Ganeri tanto ocultava sob as vestes cerimoniais e por trás dos sorrisos amplos. E a sua resposta seria imediata.

31

Mesmo após tantos anos naquela rotina, ainda era estranho se embrenhar pelos túneis sob a montanha depois de passar tanto tempo ao ar livre. Tiën gostava do som de gotejamento das cavernas, de escutar a infiltração da água nas rochas, paciente e eterna como a Víbora. A vantagem de estar naquela Untherak era que podia caminhar pelo subterrâneo sem encontrar tentáculos de carne nem guardiões de portais tomados por fungos. Tiën imaginava que a vida dos anões de outrora havia sido muito boa, pacífica e silenciosa — ao menos, quando não escavavam as rochas com as suas picaretas.

Então, interrompendo a harmonia natural das rochas, os trilhos de ferro surgiam, e as duas carruagens foram colocadas sobre eles.

Lembranças de tempos passados, de quando ela ainda não havia se rendido ao inimigo, a inundaram. Ela tentava manter os sentimentos antigos afastados do seu coração, mas, às vezes, não conseguia evitar de pensar que estava entrando na cidade que os seus antepassados tanto queriam destruir. E que não o fazia em nome da vingança de Ebriz.

Liderando a fila, Tarnok arriou da sua cocatriz e encarou a escuridão massiva à frente. Um ruído farfalhante foi ficando mais alto conforme uma figura carregando um candeeiro crescia no seu campo de visão. O sorridente Senescal Ganeri, que sempre usava vestes extravagantes para encontrar a Víbora, trajava uma túnica que podia ser descrita como uma tentativa de ostentação sóbria: era de seda negra luxuosa e uniforme, como as sombras da caverna, com detalhes dourados entrelaçados que capturavam a luz do candeeiro.

Ele se curvou perante Tarnok, e a ampulheta presa a uma corrente no seu pescoço saltou para fora do decote da túnica. Tiën, lá no fundo do túnel, ainda montada na sua cocatriz, notou algo de diferente nele.

Ah, sim.

O sorriso costumeiro havia se apagado, e o seu rosto estava lívido de raiva.

Ele olhou para as caixas de ferro sobre os trilhos com uma cautela respeitosa.

— Eles... estão aí? — perguntou, cada sílaba repleta de medo.

— Onde está a carga para levarmos? — indagou Tarnok, ignorando a pergunta e cruzando os braços.

O Senescal lhe mostrou as palmas das mãos, como se pedisse calma.

— Tivemos um contratempo...

Tarnok apenas sacou as armas. Os joelhos do Senescal quase cederam, seu olhar buscando o apoio de qualquer uma das Vértebras ou do Guizo.

— Não, *você* teve um contratempo. Você é o nosso único contato nesta Untherak e tem apenas duas tarefas: deixar tudo pronto assim que acendermos o farol do monte Abandonado para sinalizar a nossa aproximação e repor o líquido das nossas ampulhetas. Se você não cumpre metade das suas funções, é hora de repensarmos o cargo de Mestre das Ampulhetas. Ampulhetas não tem *contratempos*.

Ganeri continuou com as mãos erguidas diante de si. Respirou fundo e pensou bem nas palavras que diria a seguir.

— Houve uma revolta — explicou o Senescal. — Fomos encontrados por exilados da outra Untherak. Corremos o risco de perder o controle da situação.

Tarnok olhou para trás, procurando Tiën. Entendendo o chamado, ela desmontou da cocatriz e avançou. A mão sobre o cabo da espada fez com que Ganeri se dobrasse na frente dela.

— Mais um motivo para o substituirmos — disse a Cabeça da Víbora.

Tiën respirou fundo e informou:

— A Untherak do sul estava em chamas quando chegamos. Tivemos um enorme problema para retirarmos a carga.

— Como você sabe que os que causaram problemas aqui são os revoltados de lá? — perguntou Tarnok ao Senescal, erguendo o queixo.

Ganeri tentava controlar o terremoto na sua garganta, mas era impossível. Sua voz oscilou ao dizer:

— Tenho espiões pelo Distrito Arrabalde, onde os confinei. E a líder dos exilados, Raazi Tan Nurten, é bem vocal sobre os seus feitos na desestabilização da Cidade Doadora. Eu não imaginava que uma crise havia se abatido por lá!

Ao ouvir isso, uma das Vértebras saltou de cima da sua cocatriz, fazendo um estardalhaço, e correu para o lado de Tiën e Tarnok.

— Raazi? Tem certeza? — questionou Rheriion.

Tarnok o ergueu pelo pescoço antes que Ganeri pudesse responder à pergunta do Virgem.

— Eu não ordenei que saltasse da sua cocatriz!

— Ela... matou o meu irmão — disse Rheriion, sem ar, sabendo que o seu pescoço poderia se partir a qualquer momento. Seus olhos pareciam prestes a saltar das órbitas, mas ele não fez nenhum esforço para se livrar do aperto da Cabeça. — E matou Una... na Arena de Obsidiana...

Tarnok o soltou. Rheriion caiu no chão e arquejou com força.

— Ah! — exclamou o Senescal, ajudando a jovem Vértebra a se levantar. Aquela era uma informação que ele saberia usar bem, e a sua ambição ficou visível. Sua voz assumiu prontamente um ar aterrorizado, mas firme: — Então ela é bem mais perigosa do que imaginei! Deve ser eliminada antes que coloque tudo a perder... Os Anciões...

— Q-quem... são os Anciões? — perguntou Rheriion, olhando para o Senescal.

Tiën agarrou o braço dele e deu um puxão.

— Chega de perguntas! — interveio ela, cortante, antes de ordenar que o novato fosse para o final da fileira cuidar dos grilofantes. Então, olhou para Tarnok.

A Cabeça da Víbora, ainda pensativa, mandou Waarzi empurrar as carruagens, que seriam levadas automaticamente pelos trilhos até o local de recebimento, graças aos mecanismos dos anões do passado, tão avançados e confiáveis quanto os raros elevadores do Palácio de Una. Cumpridas as ordens, Tarnok chamou o Senescal para uma conversa mais reservada. Tiën estava prestes a se afastar quando ouviu a Cabeça dizer:

— Venha conosco.

Caminharam por quase dez minutos na direção de onde Ganeri havia surgido. Uma porta pesada se abriu sem fazer barulho, e de repente estavam numa grande sala de teto rochoso, ainda no coração da montanha, esculpida na pedra como tantas partes da Untherak do norte.

Tiën nunca estivera ali dentro, pois jamais fora convidada para testemunhar as conversas particulares entre Tarnok e o Senescal. Seus olhos ágeis percorreram o gabinete sem janelas, iluminado por velas. Havia uma atmosfera densa, acentuada pelo aroma terroso misturado ao cheiro da parafina que queimava. Prateleiras altas exibiam inúmeras ampulhetas da coleção pessoal do Senescal, além daquelas que os batizados da

Víbora usavam às costas, repletas do fluido escuro que o próprio Mestre das Ampulhetas ministrava no seu laboratório secreto. Em terrários recostados às únicas paredes sem prateleiras, cogumelos cresciam, exalando o aroma que tanto lembrava o túnel do Portão Vivo. Alguns tentáculos saíam dos fungos. Tiën manteve distância instintivamente e se recostou numa escrivaninha pesada feita de uma madeira rara, que ninguém ali sabia ser oriunda da antiga floresta desmatada para dar lugar ao Miolo da Untherak do sul.

— Ganeri — começou Tarnok, com a voz profunda e pensativa, olhando para as ampulhetas. — Você quer dominar o tempo, não?

O Senescal soltou uma risada sem graça.

— Tu sabes, Cabeça da Víbora... tornar-me parte de algo maior sempre foi o meu desígnio. Entender a magia arcana da Alma e da Mácula, do Sangue e do Ferro, para assim sobrepujar o tempo e viver para sempre, como parte do Corpo da Centípede. Por isso, sirvo à Víbora incondicionalmente — falou, curvando-se —, conforme a vontade dos Anciões.

— Confesso que não prestei atenção em tudo o que você disse. É tudo muito enrolado, como se as suas frases agonizassem antes de morrer no ponto final. — Tarnok foi até o terrário e tocou num dos fungos. Um tentáculo se enrolou ao redor do seu dedo indicador. — Mas desconfio que a sua grande oportunidade tenha chegado. Dê aos Anciões o que eles querem, cure-os com o mesmo líquido que sempre nos abasteceu, e com certeza você será considerado para o Corpo da Centípede, que, no momento, encontra-se mutilado.

— Sim, valente Cabeça da Víbora. Entretanto, para que tão grandiosa empreitada frutifique para ambos os lados, já que dependemos das duas cidades-irmãs desempenhando as suas respectivas incumbências, creio que serei indecorosamente forçado a solicitar a vossa valorosa ajuda. Além dos bondosos Anciões, o General Proghon decerto nos recompensará pela ajuda...

Tarnok o escutou. Tiën também, com menos facilidade e com mais coisas passando pela cabeça, como o fato de Tarnok saber dos trâmites da Centípede, de Proghon e do Senescal.

Ganeri pediu que o acompanhassem e os levou até uma câmara contígua, onde um grande tanque quadrado e liso, da profundidade de um homem adulto, estava escavado no chão. Olhando para o tanque, o Senescal sugeriu que uma Vértebra se infiltrasse no Distrito Arrabalde para assassinar Raazi, que já causara problemas nas duas Untheraks e não parecia nem perto de cessar a sua onda de rebeldia. O corpo dela seria devolvido ao sul na carga que voltaria do norte, e, sem a sua líder, a revolta provavelmente seria abafada.

— Tu sabes, nobre Cabeça da Víbora... nós, da Untherak Dourada, não fomos agraciados com o dom da batalha. Por desígnio da deusa, somos pacíficos e precisamos preservar esta condição para manter o equilíbrio perfeito entre ambas as cidades. Para que vós, em vosso esplendor, continueis sendo a Víbora nas areias do mundo exterior e para que a areia corra incessantemente na ampulheta... ora para um lado, ora para o outro. Sul e norte. Norte e sul.

Ganeri segurou a ampulheta sobre o peito, com a expressão devotada de um fiel a Una, fosse da bondosa ou da cruel. Então, continuou:

— Com a rebelião dispersada, o Distrito Arrabalde vai voltar a nos fornecer os corpos necessários para o trabalho braçal e para o sacrifício. O sacrifício literal, convém ressaltar. A fim de rompermos as barreiras entre a mente, a alma e a carne... Tenho apenas três prisioneiros prontos para o abate, mas isso está longe de ser suficiente para encher este fosso de Mácula, como nos tempos áureos em que a Centípede passava anos e anos percorrendo as ruas da Cidade Dourada... Mas podemos voltar a ter tudo isso se a causadora da discórdia das duas cidades for eliminada. Seria uma tarefa tão fácil para o vosso poderoso Corpo...

Tarnok se virou para Tiën.

— Não podemos voltar de mãos vazias. A Untherak do sul estava pegando fogo quando a deixamos. Se não curarmos a Centípede... tudo vai ruir.

— Talvez encontremos um cenário diferente quando retornarmos — sugeriu ela.

— Por isso precisamos levar a Centípede — argumentou Tarnok. — Se precisarem de mais Mácula, de uma intervenção mais poderosa...

— Ou de um novo Proghon — acrescentou o Senescal, e a sua voz nunca havia soado tão firme.

A Cabeça se aproximou dele. Era difícil saber se Tarnok estava ofendido ou interessado.

— O que está sugerindo?

Ganeri passou a circundar a piscina, pensativo.

— Como tu acabastes de dizer, sábia Guizo da Serpente, a situação da Untherak do sul pode ter mudado completamente durante esses meses prolongados que a Víbora passou em viagem. Mal posso imaginar os desafios que os fizeram chegar aqui tão tarde... porém, no momento exato para evitar a perda de controle na Untherak do norte.

— Tivemos muitos contratempos — disse Tiën, sem perceber que estava se defendendo da acusação de Ganeri. O homem tratou de se mostrar plenamente compreensivo.

— Claro, mal consigo conjecturar todos os perigos! O Deserto de Sal... A Degradação! Agora, imaginem... eu me tornando parte da Centípede, e você, Tarnok, se tornando General? Tu já és batizado na Lágrima Obscura... Seria apenas questão de ocupar um possível vácuo de poder...

Tiën sabia que aquilo era impossível. Proghon não era um mero batizado. Ele tinha uma ligação com a Mácula desde a sua origem... Tiën conseguia sentir isso, justamente graças à rede sombria que os conectava. Suas veias pulsavam com a mesma substância.

Mas um brilho diferente surgira nos olhos completamente negros de Tarnok.

— Pois bem. Vamos dar cabo da agitadora. Guizo, vá para o Distrito Arrebalde e leve um dos Virgens com você. Camuflem-se — ordenou ele. Por um momento, Tiën ficou com medo de que o Senescal questionasse aquele último pedido, óbvio demais para um kaorsh, e chegasse à conclusão de que ela era uma salobra batizada. Mas não passou de um receio, e Tarnok continuou suas instruções: — O restante da Víbora acompanhará o desfile dos Anciões nas sombras, e entraremos em ação caso algo saia do controle ou caso os rebeldes invadam a cidade após a morte da sua líder.

— Magnânimo! — exclamou Ganeri, aplaudindo o plano. Então seu sorriso vacilou por um instante. — E acrescentando um pedido pessoal...

— Mais um? — retrucou Tarnok, mas Ganeri apenas sorriu. Estava no embalo após ter controlado a situação.

— É que há uma figura que aconselha a tal de Raazi Tan Nurten de perto. Desconheço o seu nome. Sinto certa... *salinidade* na aura dela. Compreendem o que quero dizer?

Tiën parou de respirar. O Senescal fez uma careta tola, como se falar sobre aquela mulher amargasse o seu estado de espírito. Então prosseguiu:

— Foi de autoria dela um plano engenhoso, ainda que maligno, de colocar os sinfos para dentro dos meus portões... Eu me atreveria a dizer que ela carrega um pouco da perversidade e das maquinações de Ebriz, se não no sangue, ao menos nas intenções. Se puderem matá-la também, por obséquio, estaremos certos de que não haverá uma substituição imediata na liderança dos rebeldes, e a obliteração deles será simples.

Tiën girou nos calcanhares e voltou para onde o restante do Corpo aguardava, tentando disfarçar de Tarnok e do Senescal o fato de que o seu coração palpitava tão forte quanto nos tempos em que o seu sangue ainda era vermelho.

Raazi não conseguiu pregar os olhos. E eles não se despregavam de Untherak.

Diante da fachada desgastada da Decepção de Una, ela imaginava que os últimos atos dos refugiados não passariam incólumes. Caso os suprimentos vindos da cidade fossem cortados de vez, o Distrito ainda teria comida por algumas semanas.

Se todos de fato entenderem que os alimentos terão que ser racionados, pensou, e logo sentiu um peso no estômago.

Estava disposta a passar por tudo aquilo de novo? Liderar pessoas desesperançosas? Dizer a elas que não poderiam comer, mas que deveriam lutar? Os indivíduos do Distrito Arrebalde sequer tinham preparo para isso, e, apesar da situação humilhante e das restrições, a opressão que sofriam era velada. Raazi entendia que para alguns seria difícil atacar a mão de quem supostamente os alimentava.

Perdeu-se nas estrelas conforme o céu mudava de configuração, abrindo caminho para o sol. Imaginou que os próximos dias seriam difíceis. Lá estava ela, começando uma nova reviravolta na vida das pessoas, mesmo quando achava que tinha desistido de tudo. Talvez devesse aceitar o fato de que era uma lutadora, ainda que as suas lutas fossem pequenas demais... minúsculas até, sob um céu tão grande.

Então, com os pés no chão poeirento e a cabeça nos astros, o seu nariz só percebeu o aroma da espiga assada quando a comida já estava quase no seu rosto. Raazi se virou sorrindo, pensando que veria Harun, Cora ou Baeli, mas ficou surpresa ao perceber que era Akari quem lhe estendia o alimento.

— Temperada com sal ametista da cidade amaldiçoada de Ebrizian — disse ela, fingindo afetação.

Raazi riu, reconhecendo a imitação do Senescal Ganeri. Percebendo que não comera nada o dia inteiro, mordeu a espiga de bom grado e falou, mastigando:

— Isso é muito bom.

— Fica ainda melhor quando você não come nada por horas, não?

Ela olhou para Akari, ainda nas suas vestes humildes. A salobra carregava duas espadas, o que não era comum em plena madrugada.

— Comentário estranho para alguém que desapareceu por completo assim que chegou na cidade. Isso é preocupação comigo?

— É preocupação com o meu plano, e você faz parte dele.

— Pelo menos admite isso. Tudo é parte da sua grande vingança, não?

— Vai demorar um tempo até perceber que estamos do mesmo lado, Raazi Tan Nurten. E você também vai usar as minhas habilidades para os seus interesses. Não há nada de errado nisso.

Raazi deu de ombros.

— Tudo bem. Não me importo mais com o que você é ou planeja. Só quero sair deste ciclo de desgraças infinito que é Untherak... que *são* as Untheraks, no caso. — Ela fez uma pausa, olhando para a espiga pela metade e depois para as espadas de Akari. — Veio se despedir?

— Não. Vim encher o seu estômago porque não confio na eficiência de guerreiros desnutridos. E agora estou esperando.

— Esperando o quê?

Akari revirou os olhos, levando-os às estrelas.

— Você terminar essa maldita espiga. Depois, vamos nos infiltrar na cidade para dar as boas-vindas aos Anciões.

A espiga finalmente acabou. Raazi buscou uma espada curta, que pudesse ser escondida sob o seu manto empoeirado de tanto caminhar no deserto, e então perguntou como entrariam na cidade.

Akari a levou até um dos poços artesianos, vazios àquela hora. Por algum motivo, Raazi não ficou surpresa.

A manhã veio mais bonita que de costume. O sol já nasceu avermelhado, o rubi de Una no tecido dos céus que o texto apócrifo da Untherak Dourada apresentava logo nas primeiras palavras.

O local estava em polvorosa. Música e ruídos vinham dos cidadãos, que há muito não recebiam a visita dos Anciões. Humanos, kaorshs e anões nasceram e chegaram aos sessenta anos sem nunca saudarem os sábios. Quase cinco gerações de sinfos surgiram e se foram desde a última visita. As pessoas se amontoavam nas duas margens da avenida principal e nas sacadas e janelas por todo o trajeto que a Liteira da Vida faria. Um mero aceno dos Anciões era o suficiente para ânimos se fortalecerem e enfermidades sumirem, seja lá quais fossem. No Distrito Arrabalde, ser apontado por um dos sábios era ter a dívida de Perdão quitada automaticamente.

Porém, por causa da revolta da cidadela, o Senescal havia estabelecido que os Anciões desfilariam dentro de portões fechados. Não haveria Perdão para ninguém que estivesse ao lado de Raazi Tan Nurten.

Lá fora, na rua de terra batida, em meio às casas e aos barracões improvisados, poucas pessoas se ressentiam da kaorsh por isso. Depois das últimas descobertas — que incluíam a exploração sofrida pelos refugiados e o fato de os moradores do distrito serem apenas mão de obra para os cidadãos da Untherak bondosa —, quase todos desaprovavam a administração de Ganeri. O grupo rebelde triplicara de tamanho quando os moradores do Arrabalde se juntaram aos refugiados.

Tïen descobriu tudo isso ao se infiltrar no Distrito junto ao furtivo Merab. Ambos usavam grandes lenços desbotados ao redor da cabeça e roupas que cobriam as suas vestes negras. Até mesmo os sinfos tinham certa postura agressiva ali. Em todo o seu tempo de vida prolongada, visitando as duas cidades, era a primeira vez que Tïen via o mais pacífico dos povos naquele estado.

— Onde está a encrenqueira? — questionou Merab, num sussurro. Era a quinta vez que ele fazia aquela pergunta, e o Guizo não aguentava mais responder que estavam lá para descobrir.

Então, avistaram um anão negro de barba grisalha e peito largo, com a voz tão forte quanto o corpo. Ele discursava para um grupo agitado, e todos lhe faziam perguntas ao mesmo tempo. Tïen e Merab se aproximaram da aglomeração e escutaram o que as pessoas tinham a dizer.

— Harun! Harun! Elas não disseram para onde foram?

— Eu a vi ainda de noite na taverna! Ela não pode ter nos abandonado! — gritou outra voz, enfurecida.

O anão esperou um pouco, ouvindo mais perguntas e sinalizando para que cada indivíduo falasse de uma vez. Até que se impacientou de repente, e a sua voz calou a todos como um trovão inesperado num céu sem nuvens.

— Chega! É a minha vez de falar! Já disse que coloco a minha mão no fogo por Raazi e que ela jamais fugiria, ainda mais agora. Sobre a outra mulher, não sei o que dizer. Não a conheço bem, e ela sumiu do acampamento por muitas semanas após a nossa chegada. Pode ter partido ou caminhado até o mar, tanto faz. Mas repito, com certeza absoluta, que Raazi não abandonou ninguém.

Merab e Tiën trocaram olhares.

— Raazi Tan Nurten não está aqui — sibilou ele, desconfiado.

Tiën voltou os olhos para o tal de Harun, que tinha uma postura bastante autoritária para um rebelde. Ele continuou gritando e respondendo às perguntas do povo.

— Que tipo de líder abandona os seus seguidores num momento como este? — cochichou Merab, tagarela.

Tiën se lembrou de ter abandonado Myu para salvá-la. Ela mesma, de certa forma, era aquele tipo de líder. Que virava as costas para tudo, contanto que protegesse o que realmente importava.

Então, se lembrou do pressentimento do Senescal de que a mulher que acompanhava Raazi Tan Nurten era uma salobra.

"Por Ebriz. Por vingança."

Se uma descendente sua estivesse aconselhando Raazi no boicote a Untherak, tudo estaria explicado.

Então, enquanto Merab continuava sussurrando os seus pensamentos em voz alta, Tiën se concentrou e procurou o sal, as águas e os rios subterrâneos debaixo do Distrito Arrabalde. Ouviu mil vozes fluindo junto com a água, ecos de outros tempos, lembranças que perdurariam dentro do solo, sob as camadas aparentes.

Sentiu o sal na terra, que se abria em grandes túneis. O ar que gelava o reservatório debaixo do Arrabalde soprava por esses caminhos até saídas onde se chocaria com o ar quente da superfície.

Seu olho interior encontrou três saídas ali perto.

Poços.

Tiën interrompeu a visão proporcionada pela magia de sal. Talvez estivesse alucinando ao pensar que o seu sangue havia perdurado. Que Myu havia conseguido. Mas se tivesse alguma maneira de saber...

Ela mal acabara de considerar aquela possibilidade quando um *anin* pousou no telhado mais próximo. Aquele pássaro existia num único lugar. Era uma ave fiel aos salobros, pois se integrava muito bem nas magias que entrelaçavam água, sal, sangue e alma.

O *anin* olhou fixamente para Tiën.

E ela soube.

— As duas estão dentro da cidade — ofegou a salobra, arrastando Merab pelo braço até o poço mais próximo.

Raazi nunca vira tantas cores antes. Se ignorasse a parte racional do cérebro, acreditaria estar tendo um sonho febril de tecidos e tons quentes.

Mas ela sabia do perigo que corria. E sabia também que aquilo era um Coração da Estátua às avessas. Na Untherak do sul, a opressora efígie de Una escondia o que restava da memória, da alegria e da alma de um povo atormentado. Na Untherak do norte, as alegrias aparentes escondiam um sistema opressor.

As ruas coloridas com bandeiras e flâmulas reluzindo ao sol, as músicas que não conseguiam abafar o riso e a euforia, as danças, a união do povo...

Tudo era falso.

Uma pintura com tinta aguada sobre uma superfície áspera que ninguém tinha coragem de olhar de perto.

— Dá para ouvir os seus pensamentos lá do fim da rua — disse Akari ao seu lado. Raazi a encarou demoradamente. O pescoço da Rainha da Degradação estava coberto, e o manto amarelo que ia até os seus pés escondia as duas espadas. Era impossível sequer adivinhar a idade da mulher sob todas aquelas camadas. — Cubra a cabeça também. A maioria das pessoas está assim.

A diferença é que as duas não estavam adornadas com joias e correntes de ouro. Os seus mantos amarelos — uma das cores favoritas dos cidadãos naquela festa ao ar livre, junto ao laranja — eram nada mais que tecidos comuns de algodão cru alterados pela habilidade kaorsh de Raazi.

Ela colocou o tecido sobre a cabeça, sem se preocupar em alterar a cor do cabelo. As duas estavam na frente de uma grande construção cheia de pilares, abrigadas na sombra que vinha de uma torre do outro lado da rua. Mais e mais pessoas chegaram, de todas as raças, mas ninguém ocupava o pavimento branco que ardia sob a luz matinal.

Finalmente, o cortejo dos Anciões virou a esquina.

Na frente, vinha um número impressionante de homens e mulheres armados, usando trajes com placas peitorais brilhantes, pedrarias e tecidos de cores quentes. Os seus passos eram sincronizados, assim como os movimentos dos escudos quadrados, que poderiam proteger a maior parte do corpo. A multidão gritava no mesmo ritmo que os pés dos soldados marchavam, e a postura imponente das fileiras aumentava a atmosfera de celebração. Os indivíduos armados, voluntários da parte de dentro da Cidade Dourada, sorriam, orgulhosos.

Mas eles não eram um povo guerreiro. Aquela apresentação era coreografada, puro teatro, uma barreira entre o Senescal e alguma intempérie menor. As cabeças das lanças eram bonitas e polidas demais para terem sido usadas algum dia. Os escudos eram mais instintivos de serem manuseados por alguém sem habilidade ou treinamento.

Os guardas eram mero fingimento. O trabalho de verdade sempre ficara a cargo dos voluntários do Distrito, que não estavam presentes.

— Lá vem eles — sussurrou Akari.

Mais civis se aglomeraram ao redor delas. Duas fileiras de escudeiros ladearam as margens da rua, e os soldados assumiram posturas exageradas.

A seguir, veio o Senescal. Radiante, sorridente, usando uma túnica que parecia ter sido tecida com fios de ouro. Raazi sabia como fazer isso. O Tear fabricara muitos daqueles tecidos em nome de Una. Ganeri acenava e gesticulava para todos como se não tivesse provocado uma greve dos "funcionários" da cidade. Ninguém ali parecia se importar, pois o calo ainda não apertava as suas sandálias. Trabalhar como voluntário numa comemoração era muito diferente de limpar o chão, de carregar peso. Era apenas uma desculpa para fazer parte da histeria coletiva.

Logo atrás do Senescal, surgiram onze carruagens puxada por betouros coloridos. Sinfos com arranjos de flores conduziam os *Coleoptaurus*.

Akari riu, e Raazi a encarou com curiosidade.

— Eles pediram voluntários para carregar as liteiras... como não conseguiram, obviamente se negaram a carregar peso debaixo do sol e deram um jeitinho.

De fato, as liteiras estavam apoiadas sobre carruagens abertas. Ao redor da kaorsh e da salobra, pessoas mais velhas comentavam que, na última visita dos Anciões, as liteiras haviam sido carregadas pelos irmãos do Distrito Arrabalde.

Raazi devolveu o olhar zombeteiro para Akari.

— Claro que sim.

Os betouros avançaram, com as correntes que puxavam as liteiras completamente retesadas. O material das carruagens devia ser muito pesado.

De onde estavam, Raazi e Akari já conseguiam ver os corpos franzinos dos Anciões escondidos sob mantos brancos e dourados, com padrões intrincados bordados em ouro, rubis e pequenos pontos de obsidiana polida. Ao lado de Raazi, uma kaorsh emocionada começou a explicar o significado das cores nas vestimentas:

— O rubi do manto dos céus, rivalizando com o brilho negro da Lágrima Obscura de Ebriz! Nunca vi um tecido tão belo!

Capuzes protegiam o rosto dos Anciões do sol escaldante, e cortinas feitas com pequenas peças de ouro e rubi escondiam a maior parte da face deles. Era uma estética completamente nova para Raazi. Abaixo das cortinas douradas, viram queixos pálidos, como se eles tivessem tomado pouco sol durante as suas vidas longevas, revestidos por uma fina camada de pó branco — do tipo que os cidadãos da Untherak do sul passavam para ocultar a vermelhidão de algum machucado. A euforia cresceu como uma onda quando uma mão branca e enrugada, coberta pelo mesmo pó, foi erguida na primeira carruagem. Os rostos na multidão ficaram exultantes, os olhos cheios de lágrimas.

— Não estou me sentindo muito bem — avisou Raazi, ao ser acometida por uma tontura. — Mesmo na sombra, acho que está quente demais...

— Não é o sol — retrucou Akari, puxando um saquinho de tecido de dentro do manto. Ela o abriu e pegou um punhado de pequenos cristais de sal roxo. Ao entregá-los para a aliada, instruiu: — Coloque um pouco debaixo da língua.

Raazi hesitou, então obedeceu. Sentiu-se melhor no mesmo instante, mas suspeitava que aquilo nada tinha a ver com a sua pressão. Akari enfiou a mão dentro do saco outra vez, murmurando palavras que Raazi não conseguia compreender. Então, passou um pouco de sal na própria testa. E depois na testa de Raazi. Seus dedos fizeram o movimento de um triângulo.

Aquilo era um ritual.

Enquanto Raazi tentava entender se estava relacionado à estranha fórmula vista em Ebrizian, Akari saiu da multidão e parou no meio da rua, de frente para os Anciões e de costas para o portão. Pessoas começaram a murmurar, perguntando umas às outras o que a mulher de amarelo estava fazendo. Este foi o único momento em que Raazi sentiu o mesmo que elas.

Akari olhou para Raazi e deixou o manto escorregar pelos cabelos lisos. Seu olho são reluzia, cheio de vida, e o branco brilhou mais uma vez. Um *anin* grasnou e cruzou os céus. Outros o seguiram.

— Você vem? — questionou a salobra.

Raazi passou entre os soldados de mentira e caminhou até Akari, parando ao seu lado. O cortejo se aproximava pela avenida, e os olhos dos lanceiros e escudeiros exibiram pânico ao ver duas pessoas fora do lugar. Eles não sabiam o que fazer diante de um imprevisto.

O sorriso do Senescal se desmanchou numa máscara trêmula de medo e raiva. Ele apontou para Raazi e gritou:

— É ela! Como a deixaram entrar? Peguem-na!

No entanto, nenhum dos voluntários sabia lutar. Eles apontaram as suas lanças para Raazi e Akari e deram um passo sem ensaio, deixando brechas entre os lanceiros e escudeiros. Raazi poderia acabar com aquela fileira sozinha, se quisesse.

Na carruagem da frente, o Ancião se levantou. Isso demorou uma eternidade, pois seu corpo era muito longo. O véu de ouro e rubis tilintava, e o ar quente ficou ainda mais estagnado. O vento havia sido roubado.

Cada um na sua liteira, cada liteira na sua carruagem, um a um os Anciões se levantaram. Perfeitamente alinhados.

Raazi teve os ouvidos invadidos pelo ruído de carne e ossos sendo mastigados, quebrados, engolidos em grandes pedaços por gargantas inumanas. Ninguém mais parecia escutar aquele som repulsivo.

— Não pode ser...

Akari não ouviu o seu murmúrio. Estava ocupada traçando uma linha de sal no chão ao redor delas. Era um triângulo, com a ponta virada na direção das carruagens.

— Fique aqui dentro — ordenou.

A multidão não gritava, mas os murmúrios de dúvida e espanto eram ainda piores do que se todos estivessem berrando. Raazi encarou a comissão de frente. Entre os lanceiros medrosos, reconheceu Nadja, a batedora que havia recebido os refugiados fora da cidade e a ajudado a se estabelecer no Distrito Arrabalde. Seus olhos castanhos estavam arregalados, e Raazi sentiu compaixão.

— Avancem, idiotas! — gritou o Senescal, à sombra do Ancião de pé na carruagem.

Os betouros haviam parado, e os sinfos sobre eles se entreolharam, certos de que havia algo muito errado. Os lanceiros avançaram, e Akari deixou o seu manto cair no chão, revelando as suas espadas e vestes incomuns. Ela sacou a espada mais comprida e passou sal na lâmina.

— Quer a pequena? — perguntou para Raazi.

Mas a kaorsh não ouviu. Prestava atenção em Nadja, que tentava obedecer à ordem do Senescal, mesmo aterrorizada. Todos os "soldados" vacilaram ao ver Akari em posição de combate, ainda que Raazi estivesse paralisada dentro do triângulo de sal, a mente tentando conectar tudo que acontecia.

— Saia da nossa frente, Nadja! — gritou a kaorsh, firme. No fundo, era quase uma súplica.

A batedora da Untherak Dourada olhou para trás, na direção do Senescal, agora furioso e com a boca recurvada de ódio, e então novamente para Raazi.

— Nossas armas... não são afiadas — murmurou Nadja, largando a sua lança na frente de Raazi.

A kaorsh encarou a ponta de metal brilhante e sem fio depositada no pavimento. Os lanceiros e escudeiros olharam com espanto para a sua colega, e então encararam Raazi e Akari. Estava claro que elas não tinham nada a perder, mesmo para os que as viam de perto pela primeira vez.

Nadja saiu correndo e se misturou à multidão boquiaberta. Escudos retangulares foram largados no chão. Os outros lanceiros abriram caminho, pois não ficariam entre as duas mulheres e o Senescal. Ou entre as duas mulheres e os Anciões. Não ficariam entre nada nem ninguém, uma vez que nunca haviam sido forçados a fazer uma escolha nas suas vidas.

O primeiro Ancião apontou para elas. O ar tremulou à sua frente, como uma miragem na Degradação. Os betouros se ergueram nas patas de trás e saíram em disparada. Patearam e derrubaram escudeiros, correndo para todos os lados, como se tivessem sido açoitados. Os sinfos tentavam contê-los, mas estavam falhando miseravelmente. Um dos animais acertou o Senescal no meio do peito, e, pouco depois, um grito foi ouvido quando Ganeri teve a mão esmagada. O caos aumentou. Raazi perdeu o homem de vista quando um dos betouros foi para cima da multidão, causando um efeito dominó.

Acima da poeira que se levantava, o Ancião permanecia alheio ao caos, focado em apenas um objetivo.

Raazi sentiu um toque podre nas suas entranhas, uma convulsão brigando para dobrar o seu corpo. Notou que Akari grunhia, mas também percebeu que o sal, por algum motivo, antagonizava a influência daquela magia terrível.

O Ancião desceu da primeira carruagem, pisando no ar como se uma escada invisível tivesse sido colocada diante da liteira. Os outros Anciões o imitaram em passos lentos e coordenados, pois aquelas figuras eram mais velhas do que qualquer palavra que pudesse ser usada para descrevê-las.

Raazi já as encontrara antes. E sobrevivera.

Não sabia como tinham ido parar ali, mas isso só reforçava que nenhuma Untherak era boa. Unas podiam ser mortas, Proghons podiam ser deixados para trás... mas o cerne de todo o mal era maior, coletivo e atuava nas sombras. Fosse por trás de cortinas ou de capuzes.

Os Anciões se alinharam e a dança de braços começou. As pessoas mais próximas se dobraram para vomitar na mesma hora. Entre os fluidos expulsos dos seus estômagos, havia sangue.

— Não saia do triângulo, Raazi! — gritou Akari. Seu nariz também sangrava, e ela lutava contra a sensação da mão cadavérica nos seus órgãos. — O sal nos protegerá! É a magia de Ebriz. Deixe que eles venham até nós!

Mas Raazi não sabia se o plano de Akari realmente funcionaria. Ela já enfrentara aqueles seres antes, e, na ocasião, havia sido a coragem e a petulância de Ziggy que os salvara.

A Centípede caminhava com passos similares ao do invertebrado que lhes emprestava o nome. Pés enfileirados num movimento contínuo, criando um padrão hipnótico, assim como a dança macabra dos seus membros superiores. Eles avançavam, pois notaram que a sua magia não estava tendo o efeito desejado.

Mas a de Akari também não.

Raazi colocou um pé para fora do triângulo. Não ouviu a companheira gritar para que voltasse, pois, no mesmo instante, sentiu o cérebro ferver. Algo — pele, músculos, ossos — se liquefazia e escorria por dentro do seu corpo. Torceu para o dano não ser definitivo e para que a tortura não a derrubasse.

Fechou os dedos ao redor da lança de Nadja e mal percebeu a mão de Akari puxá-la de volta para o triângulo que desenhara.

— Esta arma é falsa! — berrou a salobra, sem entender a intenção de Raazi.

Akari nem imaginava quantos poderes incompreensíveis o Flagelo de Una havia enfrentado. E derrotado.

Os dedos de Raazi envolveram a haste da lança, e ela aproveitou para passar a ponta de aço polido no sal arroxeado. Então se levantou e colocou um pé para trás, no limite da linha de sal. Novos gritos surgiram ao longe, mas ela mal os escutou. Apenas avançou com duas passadas curtas e uma mais longa, pegando impulso. Saltou por cima da ponta do triângulo, transferindo o peso do corpo do pé de trás para a frente, girando o braço, o quadril e o ombro. Acrescentou a sua força natural ao arremesso.

A trajetória da lança foi firme e reta, e a sua ponta, mesmo sem fio, atravessou o véu de pedras preciosas do Ancião e fez a sua cabeça ir para trás com força. O som do pescoço estalando tirou Raazi do seu estado absorto de concentração. O corpo do líder cambaleou com o impacto, batendo no Ancião de trás. A ponta da lança, além de atravessar o crânio encapuzado, ainda entrou cerca de um palmo na cabeça do segundo Ancião.

Idraz, que sempre dizia que o segredo de uma boa mira era a velocidade do arremesso, teria ficado orgulhoso.

Raazi sabia qual seria o efeito imediato. Tampou os ouvidos, gritando para que Akari fizesse o mesmo. Um grito de cigarra agonizante se alastrou, enquanto vapor saía por trás da cortina de joias e pelo buraco aberto à força. A fileira dos Anciões perdeu a coordenação e começou a tentar se esconder dentro da fumaça que ela mesma emanava.

Mas Raazi não os deixaria escapar de novo.

— Akari! Agora!

A guerreira salobra saiu da área de proteção mágica. Correu com o braço esquerdo cruzado à frente do corpo, o botão de cálice no punho da espada apontado para os alvos. Ela passou por Raazi como um relâmpago na cor do aço frio da sua espada salobra. Desferiu um golpe no pescoço do líder da fila, que liberava o vapor viscoso em vez de derramar sangue. Correndo com a espada à frente e aproveitando o alinhamento perfeito dos Anciões, Akari decapitou onze cabeças, que atingiram os ladrilhos da rua principal, tilintando com o véu de joias que escondia bocas horrendas e irregulares.

Akari girou o corpo com rapidez ao cortar a última cabeça, retomando a posição de guarda. Mas não havia inimigos de pé entre ela e Raazi.

A Centípede fora derrotada pela segunda vez.

32

Da sacada que haviam escolhido para observar a multidão em busca de Raazi e sua aliada, Tïen teve uma visão parcial do acontecimento que moldaria o futuro de ambas as cidades. Ela ignorou os apelos de Merab para que descessem e atacassem as duas guerreiras. Queria vê-las em ação. Arquejou quando a espada salobra foi sacada da bainha. Ela sequer respirou até a décima primeira cabeça ser extirpada. A Centípede não desafiaria mais a morte, não ditaria mais as regras. O tempo dela havia acabado.

E talvez o tempo de Tïen também.

— Temos que prendê-la, Guizo! O Senescal...

— O Senescal é um covarde. Um ser pequeno — retrucou Tïen, ainda observando as duas lá embaixo. — Como vários que conheci durante a minha vida.

— Todos são pequenos e ridículos. Frágeis — concordou o Amordaçado, com o martelo de guerra sobre os ombros. — Mas ele faz a fórmula das nossas ampulhetas! Pode ser que ainda esteja vivo.

Ao longe, o portão para o Distrito Arrabalde chacoalhava. Os apoiadores de Raazi escutaram o caos e queriam entrar para ajudá-la. Tïen procurava pelo restante da Víbora, que supostamente estaria presente para proteger os Anciões, mas não havia dado as caras até então.

— Algo aconteceu. Nem sinal de Tarnok — comentou ela, esquecendo de chamá-lo de Cabeça. Não era do seu feitio sair do papel de Guizo diante das Vértebras.

Merab, entretanto, apenas riu, sarcástico.

— "Algo aconteceu"? Muita coisa aconteceu, desde um rompante de betouros até a morte da carga viva que trouxemos até aqui. A Víbora deve ter se espalhado. — Ele tirou o martelo de guerra dos ombros, espreguiçou-se e apontou para Raazi e a sua aliada. — Vamos matá-las logo. Pelo menos faremos a nossa parte, caso o Senescal ainda esteja vivo. Aí voltamos para o Portão Vivo, devoramos essa leva de Virgens idiotas e...

Outra lâmina salobra cantou na Untherak do norte. Outra cabeça foi ao chão naquele dia quente. O sangue maculado de

Merab praticamente não manchara Da-iyu, mas mesmo assim Tiën limpou a espada batizada nas vestes do Amordaçado.

Quando voltou a olhar para a avenida, Raazi e Akari haviam desaparecido.

A salobra deixou o corpo sem cabeça na sacada — alguma hora o encontrariam ali — e saltou até o pavimento. Para um não batizado, aquele pulo resultaria num tornozelo rompido ou num joelho fraturado, mas ela pousou com graciosidade. Com os olhos negros disparando para todas as esquinas, Tiën andou pelas ruas. Estavam bem mais vazias do que na hora do desfile, mas ainda havia um bom número de indivíduos perdidos com tudo o que tinha acontecido. Os cidadãos, desacostumados com a violência e o derramamento de sangue, olhavam para ela com curiosidade e terror. Porém, o Guizo não ligava para o que pensavam da sua aparência, sombriamente chamativa em meio às cores da Cidade Dourada. Só queria encontrar a aliada de Raazi Tan Nurten.

Sua descendente.

Pensava no que diria quando chegasse a ela. Se teria a chance de falar. Tinha tantas dúvidas...

Quantas mulheres houveram entre Myu e ela?

Elas lhe contaram a história da salobra que partiu com a Víbora?

Tiën poderia revelar a origem da sua lâmina menor, contar como Myu e ela haviam lutado contra a Víbora em Baluarte, lado a lado, mãe e filha.

Por trás da sua mordaça, Tiën abriu um sorriso honesto. A Mácula dentro de si sequer sabia como reagir àquele sentimento que trazia calor para o seu corpo frio como o de um cadáver.

Nesse momento, a distância, ela ouviu o inconfundível som de mãos e pés golpeando o portão do Distrito Arrabalde. Em breve, um dos lados tomaria alguma atitude mais drástica.

Como não havia um exército ou qualquer unidade de combate naquela Untherak, Tiën descobriu onde a Víbora estava.

Raazi olhou na direção de onde vinha o som de botas esmagando os detritos das carruagens. O tropel era completamente diferente do pisar macio e descoordenado das sandálias, então soube que enfrentaria algo novo.

À frente, um homem corpulento a encarava, usando uma máscara que cobria a sua boca. Seus cabelos eram de um tom prateado, e as vestes, escuras. Raazi contou dezoito pessoas, metade delas batizadas e com os apetrechos parecidos com mordaças. Algo dentro dela disse que todos eram kaorshs e que estavam pesadamente armados.

— Sou a Cabeça da Víbora — anunciou o guerreiro, de braços cruzados. — O administrador dessa cidade exige a sua prisão.

Raazi, desarmada, deu dois passos para a frente.

— Acabei de matar a Cabeça da Centípede. Se quiser, posso continuar o meu trabalho.

A Cabeça da Víbora sacou uma cimitarra batizada e apontou a arma na direção de Raazi.

— Você não sabe com quem está lidando.

— Pouco importa. Eu também não sabia com a Centípede. E ela está morta.

Outro kaorsh batizado, também amordaçado e ainda maior que o seu líder, riu e bateu com uma alabarda gigantesca no chão.

— Ela é desaforada! Deixe-me fazer o serviço, Cabeça.

Um kaorsh menor, não batizado, se adiantou.

— Se alguém tem o direito de lutar com esta criatura maligna, sou eu! — exclamou, brandindo uma lança.

O grandalhão com a alabarda o empurrou para trás, como se ele fosse uma criança irritante, e alertou:

— Você tem o direito de ficar calado, *Vértebra*. Mais uma dessas e arranco a sua espinha.

A Cabeça mal prestou atenção no conflito entre os seus subalternos. Raazi não entendeu aquela interação e tampouco o ódio do soldado sem Mácula. Era praticamente um garoto, e ela não fazia a mínima ideia de quem fosse. Também não sabia o que aquele grupo, a Víbora, representava. Entendia apenas que era mais um dos mecanismos de controle de Untherak, ou das Untheraks.

Uma pequena parte do povo da Cidade Dourada não havia conseguido fugir na hora do caos, sem o ímpeto de sequer sair do lugar, e se encolhia nas paredes. Aquele era o pior dia da vida daquelas pessoas, mas, de certa forma, era apenas um pouco fora do normal para Raazi, Akari e a Víbora.

A salobra se posicionou ao lado da kaorsh, com as espadas desembainhadas. Duas figuras rebeldes contra uma unidade de combate bastante ameaçadora. A Cabeça da Víbora observou Akari por um tempo anormalmente longo.

A partir daí, as coisas ficaram ainda mais confusas.

Segurando um dos escudos cerimoniais, o Senescal Ganeri apareceu em outra esquina. Ele cambaleava, e uma das suas mãos pendia ao lado do corpo, completamente torta. Suas vestes brilhantes estavam sujas e rasgadas. Os cidadãos escondidos pelos cantos presenciaram o seu ataque de nervos.

— São elas! Prendam-nas! — gritou Ganeri, escondido atrás do escudo que não ocultava a sua covardia. — Assassinas dos Anciões! Vamos levá-las para Proghon, chacinar todos os seus amigos e parentes! Chega de tolerância com essas... com essas...

Ninguém descobriu o que elas eram aos olhos do Senescal, porque, ao longe, a voz de um anão extremamente nervoso mandou todos se afastarem do portão de acesso ao Distrito Arrabalde.

Segundos depois, o portão explodiu.

Uma nuvem de fumaça e poeira tomou as ruas. Tiën não imaginava o que poderia ter causado um impacto capaz de arrancar o portão e se lembrou das chamas na outra Untherak. Talvez esse grupo fosse muito mais perigoso do que parecia.

Ela parou a uma distância segura, analisando a situação. Os rebeldes se espremeram pelo portão e invadiram a cidade num ataque desordenado e furioso. À frente, vinha o anão que ela vira falando com os moradores do Distrito — o tal de Harun. Brandindo um martelo e um machado, ele corria ao lado de outra anã de pele negra, que carregava um escudo e um machado. Atrás deles, soldados um pouco mais organizados avançavam, usando armaduras com peças vermelhas. Tiën entendeu de imediato a rebeldia daqueles fugitivos da Untherak do sul.

Um soldado grande e musculoso, de elmo vermelho, comandava o ataque e apontou para a Víbora. Waarzi urrou para o grandalhão de elmo vermelho, invocando-o para um desafio à sua altura. O soldado dos exilados aceitou o convite na mesma hora, investindo com a espada e chocando-se com o kaorsh imenso.

Ao redor deles, a Víbora começou a lutar com o mar de rebeldes. Definitivamente não eram seres indefesos e prontos para o abate, como os exilados que haviam encontrado em Baluarte. Aqueles eram os sobreviventes de Proghon e da Degradação. Se haviam chegado até ali e vencido a distância entre as duas Untheraks, com certeza representavam o tipo de inimigo que a Víbora não conseguiria derrotar sozinha.

Ainda assim, tanto os Virgens quanto os Amordaçados lutavam com a eficácia mortal de sempre, derrubando vários rebeldes. O anão Harun esmagou a cabeça de uma Vértebra novata que tivera a arrogância de tentar enfrentá-lo e logo em seguida engajou numa luta com Tarnok. Trocaram golpes de martelo e cimitarra — todos aparados com habilidade —, antes de Waarzi e o soldado de elmo vermelho passarem entre os dois e os separarem, interrompendo luta e jogando-os contra novos oponentes.

Os dois grandalhões acabaram derrubando as suas armas e começaram a trocar murros, como gigantes da antiguidade brigando acima da copa das árvores, tentando encurralar um ao outro contra a parede. Raazi, lutando contra uma Vértebra amordaçada, gritou o nome do guerreiro rebelde:

— Ranakhar!

Ele grunhiu, indicando que não precisava de ajuda, mas bem nesse momento Waarzi o prensou contra a parede. O braço de Ranakhar foi quebrado, e ele gritou conforme o Amordaçado infligia mais dor, praticamente arrancando o membro.

No meio da medição de forças entre os dois, Tiën viu um homem ser esmagado entre as costas de Ranakhar e a parede de uma das construções. Ele desapareceu atrás do grandalhão, e sua mão cheia de anéis teve alguns espasmos antes de amolecer. Aquele foi o fim idiota do Senescal Ganeri. Tiën não sentiu nada com a morte do homem ganancioso, exceto alívio. Alguém que desejava se tornar uma das aberrações da Centípede só podia ser um problema para qualquer povo ou cidade. A ampulheta pendurada no seu pescoço jamais seria encontrada. Seu tempo havia acabado.

A fumaça da explosão carregava um cheiro ocre e turvava a visão de Tiën, então ela se aproximou do combate, tentando encontrar Myu. Era a sua chance, talvez a última, mas a guerreira parecia ter desaparecido.

Foi quando uma mão forte se fechou no seu antebraço. O Guizo olhou para o lado e viu um borrão difuso. Antes que a sua espada estocasse o dono dos dedos que a seguravam, percebeu que se tratava de Tarnok, camuflado com a textura da fumaça escura.

— Onde você estava? — perguntou ele, mas não havia tom autoritário na sua voz.

— Eu... — começou Tiën, mas logo ficou sem palavras. Por fim, disse a primeira coisa que veio à mente: — Estava procurando você. Ganeri está morto. A Centípede também. Acabou.

Tarnok olhou para ela como se fosse a primeira vez. Mas uma primeira vez em que não estavam em lados opostos.

— Acabou — concordou ele. — Podemos sair daqui. Ir para qualquer lugar. As duas Untheraks vão minguar. Ou guerrear entre si... que seja.

— Que seja — ecoou ela, com convicção.

Os gritos continuavam ao redor. A Víbora estava sendo dizimada, sobrepujada aos poucos pela vantagem numérica. Waarzi havia acabado de ser atacado por um enxame de sinfos, liderados por um pequeno particularmente feroz de cabelos azulados. Eles o fizeram cambalear enquanto Ranakhar pegava a sua espada do chão e a enfiava no estômago de Waarzi, usando apenas uma das mãos. A Vértebra ainda tentou arrancar a arma de dentro de si, segurando-a pela lâmina e rasgando as próprias palmas, mas o grandalhão de armadura vermelha torceu o cabo com um grunhido.

— Precisamos de Rheriion. O Virgem — disse Tarnok, por fim.

— Por quê? — perguntou Tiën, confusa.

— Ele é o Portador da Chave. Consegui sentir o cheiro nele. Se eu evocá-la, poderemos soltar as mordaças e nos alimentar. Não teremos mais as ampulhetas que nos mantêm vivos. O Senescal se foi, e não há Centípede para ensinar a fórmula.

Tiën concordou. Sobretudo porque assim poderia procurar pela sua descendente. Tarnok a camuflou, deixando-a difusa como a fumaça. Depois, saíram em busca do Virgem.

Não demoraram para encontrá-lo. Rheriion estava camuflado perto de um muro e tirava a sua lança do peito de um sujeito armado com um machado. Tinha sido ferido no combate.

— Venha conosco — ordenou Tarnok. — É hora de nos dar a chave.

— Mas o Portão Vivo... — balbuciou o Virgem.

Tarnok agarrou seus ombros.

— Quando uma situação sai do controle, eu posso solicitá-la. E não sei se percebeu, mas tudo saiu do controle. Acabou.

— Eu... — Rheriion parecia completamente atordoado. — Preciso matar Raazi Tan Nurten... meu irmão, ela...

— Você vai nos dar a chave e então estará livre do seu juramento — disse Tarnok, segurando-o pela garganta. — Poderá fazer o que quiser, buscar a sua vingança ou não. Também pode morrer, como as outras Vértebras.

— Podemos voltar para a outra Untherak, recrutar Vértebras novas! — argumentou o garoto, parecendo animado com a ideia de se tornar um veterano.

Tïen notou que ele tinha sido abalado pela batalha.

Tarnok apenas meneou a cabeça e apontou para o peito do garoto, murmurando algo que a salobra não compreendeu.

Rheriion gritou. Sentiu algo se mexendo dentro do seu corpo. Arrancou a própria armadura, desesperado, e depois rasgou o tecido negro que usava por baixo. Encarou a forma da chave sob a sua pele, sem saber o que fazer, os dedos apertando a lança de tanta aflição.

Tarnok pegou a sua cimitarra e enfiou a ponta na pele do rapaz, que gritou, assustado. A chave ensanguentada saiu na sua mãozorra, e ele deu um empurrão no Virgem.

— Nosso juramento... — disse Rheriion. — *Faça a Descida, deixe para trás a vid...*

— Vá — interrompeu Tarnok, antes que o rapaz recitasse as palavras que a Cabeça conhecia tão bem. Se tivesse sorte, nunca mais precisaria escutá-las. — Recomece a sua vida cansada. Encontre algo que faça você se importar.

— Eu deixei tudo para trás! Sangrei por vocês, carreguei a chave do Hierofante! Eu sou parte da Víbora!

— Certamente você foi, até o fim. Mas agora estamos livres, e a Víbora completou seu Ciclo Vital — explicou Tïen, usando palavras que sabia que ele compreenderia. Ela observou o caos nas ruas. Muito tempo atrás, Ruro caminhara por ali, e, desde então, os opressores dos salobros nunca mais foram atacados. Se até essa tradição havia acabado, que a da Centípede também encontrasse o seu fim. Ela alcançou a mão de Tarnok e entrelaçou seus dedos aos dele pela primeira vez. Olhando de volta para Rheriion, concluiu: — *Engolindo-se, finalmente a se completar.*

O jovem a encarou com os lábios tremendo, uma das mãos sobre o peito ensanguentado e a outra apoiada na haste da sua arma. Ele estava com medo, sentia-se usado. E ela compreendia.

Ainda de mãos dadas, a Cabeça e o Guizo deram as costas ao kaorsh, que não sabia que era uma sorte não ter tido tempo de ser devorado ou amaldiçoado na "lágrima de Ebriz". Tiën sentiu ódio por algo tão desgraçado quanto a Mácula ter sido associado à sua raça.

Caminharam até uma viela vazia, onde os sons de batalha estavam mais distantes e difusos. Colocaram as armas no chão. Tarnok abriu a mordaça de Tiën primeiro, seus olhos transbordando de expectativa para ver o rosto dela mais uma vez. Ela sorriu, um tanto quanto triste, e pegou a chave da mão dele, abrindo a mordaça de Tarnok e deixando-a cair no chão. Elas eram pesadas, duras. Um fardo imenso que se tornara parte dos seus corpos.

— Fazia muito tempo que não a via. Com calma. Sem a distração da grande fome — comentou ele.

Tiën não sabia o que dizer. Somente agora, séculos depois, sentia que o enxergava. E ainda assim, havia tantas outras coisas a se ver no mundo. Sua linhagem, sua descendente...

Mas tudo isso podia esperar.

— Eu também — respondeu simplesmente, aproximando a sua boca da de Tarnok.

Nunca mais seriam a Cabeça da Víbora e o Guizo. Eram Tarnok e Tiën, desamordaçados e desmascarados, trocando a pressa urgente da fome por algo novo.

Eles se beijaram, perderam a noção do tempo e de onde estavam.

Foi assim que Rheriion, que se camuflara e os seguira silenciosamente até a viela, encontrou os dois.

Foi difícil entender quando tudo de fato acabou. Raazi havia se separado de Akari durante a luta e roubado a arma de um dos kaorshs amordaçados. Então perdera a Cabeça da Víbora de vista. Aproveitou para contar os corpos de kaorshs com roupas escuras. No total, haviam apenas quinze dos dezoito que ela notara antes da luta. Na sua experiência, deixar inimigos fugirem só resultava em problemas maiores mais adiante. Percebeu que os amordaçados tinham um mecanismo estranho atrelado às costas e disse a si mesma que tentaria descobrir o que era aquilo.

Harun foi até ela e explicou que havia usado toda a sua pólvora de ouro no portão assim que escutara os gritos dentro de Untherak. Ela agradeceu, com a atenção ainda um pouco afetada por tudo que havia acontecido. Passou a caminhar entre as baixas da batalha enquanto praticamente todo o Distrito Arrabalde entrava na cidade, trazendo água, medicamentos, macas improvisadas e material para ataduras.

Apesar de serem apenas dezoito soldados, a tal de Víbora havia feito muitas vítimas. A maioria era do Distrito, mas Raazi reconheceu o rosto de vários exilados. Ficou profundamente entristecida; nenhum deles precisava ter morrido. Havia sido uma batalha estranha, quase uma armadilha. A Centípede poderia ter sido derrotada com apenas ela e Akari se arriscando, mas a chegada daqueles inimigos maculados mudara o rumo das coisas.

Pryllan e Kuhli estavam feridos, mas recusaram atendimento. Ficariam bem. Pediram para que Raazi procurasse por outros que precisassem mais da sua ajuda. Ela assim o fez.

Mais à frente, recostado numa parede, Ranakhar estava sendo atendido por sinfos, que tentavam animá-lo. Raazi se agachou ao lado dele, que suava em bicas. Tinha um ferimento no braço, e o seu elmo vermelho estava amassado. Ele sorriu ao ver a líder, que lhe agradeceu e apertou a sua mão imensa. A luta mais difícil havia sido a dele, enfrentando o imenso kaorsh amordaçado com a alabarda. No chão ali perto, o titã inimigo jazia com um imenso rombo na barriga. Sangue negro escorria de dentro da sua máscara, e Raazi suspeitou que ele havia sufocado. Sua perna e o seu braço sofriam espasmos pós-morte, e partes dos membros oscilavam entre cores e padrões aleatórios.

Foi então que Akari reapareceu, com o rosto estranhamente abatido. Raazi disse que estava feliz em reencontrá-la. A Rainha da Degradação apenas acenou e pediu que a kaorsh a acompanhasse.

No caminho, Raazi percebeu que Akari carregava uma terceira espada grande, do mesmo modelo das suas outras lâminas salobras. Seguiram até uma viela, onde Idraz Faca-Cega estava agachado perto de dois corpos batizados sem mordaças. Havia uma lança transpassada por ambos. Os dois pareciam ter morrido em meio a um abraço.

— O grandalhão estava segurando uma chave — disse Idraz, apontando para uma pequena coisa disforme no chão, perto dos cadáveres. — Quando a tirei da mão dele, ela derreteu. Virou uma bola de fungo, não sei. Nojento.

Raazi observou Akari. Ela encarava fixamente a mulher caída, com os olhos marejados. Raazi enfim percebeu que não era uma kaorsh. Além da semelhança nos traços, a batizada tinha as mesmas fendas no pescoço que Akari tanto escondia.

Idraz percebeu que Raazi olhava para as guelras da inimiga derrotada. Então, tratou de se levantar, erguer as mãos e oferecer:

— Se vocês quiserem que eu não tenha visto isso, então não vi.

Akari o encarou, um tanto desconfiada. Raazi colocou a mão no ombro do homem.

— Tenho total confiança nele, Akari.

Idraz a agradeceu com o olhar, então fez um gesto respeitoso com a cabeça. Ele se retirou da viela, deixando as duas com os cadáveres.

— Parente sua? — perguntou Raazi, quando enfim estavam a sós.

Akari assentiu.

— Uma antepassada. De muitas gerações. A magia do sal e da "Lágrima Obscura" podem fazer coisas estranhas com o tempo.

Raazi encarou a mulher. Era bonita como Akari e parecia ter poucos anos a mais que ela. A salobra continuou:

— Tive tempo de segurar a sua mão. Ela sorriu para mim e, em seu último suspiro, disse: "Por Ebriz."

— E o que você respondeu?

Akari a olhou, com o semblante grave.

— "Por vingança."

Raazi balançou a cabeça. Sentiu que não haviam mais tantas barreiras entre as duas, então perguntou:

— E está feita? A vingança?

A salobra olhou ao redor. Tinha um ar de vitória triste, mas também não parecia realizada.

— Parte deste lugar desmoronou, apesar de os tijolos continuarem de pé. Para meu desgosto. Mas acho que agora devemos nos preocupar com as ameaças que brandem espadas e lanças, não é mesmo?

— O que isso quer dizer?

Akari sorriu para a kaorsh. Sem pressa, abaixou-se até a salobra maculada e desenhou um triângulo na sua testa, murmurando algo. Ao se levantar, olhou no fundo dos olhos de Raazi e respondeu:

— Ainda temos outra Untherak para derrubar.

33

As notícias sobre um Senescal Ganeri descontrolado ordenando a morte de Raazi se dispersaram como os fragmentos do grande portão. Depois da Revolta dos Sinfos, boatos já percorriam toda a cidade — afinal, não havia nenhum precedente de sinfos furiosos nos registros e pergaminhos das bibliotecas douradas. Além disso, muitos sinfos da Untherak do norte haviam se compadecido dos seus parentes do sul. Ao se aliarem à causa, eles se despediram do interior dos muros e, junto com os seus betouros, foram morar no Distrito Arrabalde e no acampamento dos refugiados.

Porém, agora não havia mais necessidade de Perdão. O acesso era livre em ambas as direções. Não restavam dúvidas de que o Senescal cometera diversas atrocidades ao longo do tempo e que estava envolvido com aquele grupo terrível de kaorshs cobertos pela Lágrima Obscura. Não havia como justificar aquilo.

Os que haviam acompanhado o processo de morte, ressurreição e traição de Una na Untherak do sul sabiam que os salobros não seriam inocentados tão cedo. O processo seria lento, devido à forma como narrativas eram criadas, mantidas e extintas. A culpa, por enquanto, recairia apenas sobre o Senescal, e não sobre as maquinações seculares. Claro, os Anciões também eram considerados monstros, graças às muitas testemunhas oculares da batalha de Raazi e Akari contra eles... mas, na imaginação daquele povo, talvez os autênticos e bondosos Anciões, sacerdotes da verdadeira Una, ainda existissem em algum lugar. Na Untherak do sul, Proghon espalhara que Una havia traído a todos, e aquilo auxiliaria a sua tenebrosa reforma política.

Por outro lado, agora existia a promessa de uma vida melhor para os que mais sofreram com aquele regime. Em quase todas as esquinas, sacadas e lares, os cidadãos concordavam que não havia necessidade de continuar com o sistema do Perdão. Na verdade, eram os cidadãos que aproveitaram a vida boa dentro da Untherak Dourada que tinham uma dívida com as pessoas trancadas do lado de fora.

Tudo aquilo era novidade para os refugiados também.

Raazi se recusou a participar de qualquer debate público até que todos estivessem acomodados na cidade. Levou um dia inteiro para que cada pessoa tivesse um teto do lado de dentro dos muros. Por enquanto, as casas e os negócios no Distrito Arrabalde ainda continham os poucos bens daqueles que antes buscavam o Perdão. Essa transferência seria um pouco mais demorada.

No dia seguinte, ao raiar do sol, foram realizadas as cerimônias com os mortos da batalha. Da Centípede, restavam apenas corpos fúngicos, separados das suas cabeças com olhos de menos e dentes demais. Akari recobriu os restos mortais com o seu sal, e então aqueles seres foram queimados ali mesmo, no meio da rua. Uma fumaça ocre se desprendeu das suas joias e vestes de luxo, subindo aos céus. Após alguns momentos, o fogo começou a estalar com ruídos altos. Muitos diziam escutar o mesmo grito dissonante que a Centípede emitira no momento em que descera das liteiras, como um último agonizar carregado pelo vento. Outros diziam que aquele era apenas o ruído do vento norte lamentando ter que carregar as cinzas de criaturas tão abomináveis. No final, não sobrou nada em meio à mancha de fogo no pavimento. Misteriosamente, até mesmo as pedras preciosas desapareceram.

Já os moradores caídos do Distrito Arrabalde foram levados pelos seus parentes até a praia e cremados de forma digna. Depois, suas cinzas foram jogadas no mar por barcos de pesca.

Até os membros da Víbora arderam em piras, de maneira respeitosa — exceto a mulher que havia sido encontrada junto à Cabeça da Víbora. Akari pediu para levá-la para longe dali, com um barco emprestado, e assim o fez. Raazi imaginou que a sua ancestral gostaria de um sepultamento na água sagrada, mas não pelas mãos dos cidadãos de Untherak. Akari retornou horas depois, com um olhar distante.

Mais tarde, na escadaria do Salão Dourado, Raazi, Harun, Cora e Akari clamaram pela presença de todos. Estavam ladeados pela Guarda Vermelha. Porém, os soldados não tinham armas nem armaduras, como um gesto de boa-fé.

Raazi levantou os braços para sinalizar que gostaria de ser ouvida, e alguns gritos de "Flagelo!" irromperam da multidão. Era fácil reconhecer os que haviam sido seduzidos pelo seu discurso na Decepção de Una e invadido a cidade em seu nome assim que o portão explodira.

A kaorsh, que não se achava boa em fazer discursos, faria mais um. Dessa vez para uma plateia muito, muito maior. No fundo, estava cansada e só queria garantir que nenhum outro fanático conseguisse aliciar a fé e o trabalho alheio. Ela não falou de maneira bonita ou inflamada como na Taverna, pois não lhe restavam forças. Queria parar e descansar. Mas sabia que nada disso seria possível enquanto a outra Untherak existisse, jogando a sua sombra alongada por toda a Degradação e nublando os seus pensamentos.

Ela se imaginou chamando toda aquela gente para a guerra. Definitivamente não queria isso. Mas não bastava libertar um povo enquanto outro ainda sofria.

Então, resolveu começar com a verdade.

Contou para todos como era a vida na outra Untherak. Como ela e a esposa haviam derrotado Una... ou uma réplica dela. Como Anna, que já vivera ali, na Cidade Dourada, os ensinara a lutar e também a importância de não lutar apenas por si próprio. Raazi lhes contou sobre a longa jornada, sobre amigos perdidos e caminhos separados.

Ela não fazia ideia de que suas palavras emocionavam um ouvinte específico, que vinha abrindo caminho entre a multidão rumo à escada. Orgulhoso da forma como a amiga contava aquela história que ele já conhecia, o homem parou respeitosamente nos primeiros degraus, segurando uma pequena peça entre os dedos e esperando que o olhar de Raazi recaísse sobre ele. Estava acompanhado de Venoma e Druk. O gnoll, completamente encapuzado, trazia pela correia um betouro carregando um enorme fardo.

Quando finalmente o viu, Raazi interrompeu o seu discurso.

O homem estendeu uma pequena fivela para a kaorsh, que lhe havia sido entregue quando ainda acreditavam que atravessariam juntos o Portão Norte.

— Isso é seu? Preciso devolver!

Após uma separação sem despedidas, que se bifurcara em duas jornadas de perdas e aprendizados, Aelian Oruz havia navegado de volta para Raazi.

Um falcão com uma única pena vermelha na cauda sobrevoava a cena. Bicofino sabia que havia reencontrado os seus aliados, mas ainda demoraria a pousar para cumprimentá-los. Aelian estava ocupado abraçando velhos conhecidos, apertando mãos e ombros com uma alegria contagiante. Harun deu um soco tão forte no seu braço que o humano soltou uma risada que mais parecia um gemido de dor, e então retribuiu o golpe com um abraço apertado. Harun escondeu as lágrimas enquanto Cora comparava a nova barba comprida de Aelian às dos anões.

Venoma não fez menção de abraçar Raazi. Apenas parou a alguns metros de distância, seus olhos grandes focando em qualquer coisa exceto na amiga, e disse:

— Tive um contratempo. E encontrei uns caras no processo. Mas, hum, é bom ver você de novo.

Raazi a puxou para um abraço mesmo assim.

Pouco depois, Aelian se aproximou com um sujeito alto, de capuz cinza.

— Raazi, quero apresentar você a Druk.

— Não sei, não, Aelian — disse o sujeito, que tinha uma postura curiosa.

O humano apenas balançou a cabeça e puxou o capuz do outro para trás.

Um gnoll de olhos arregalados virou o rosto para todos os lados antes de xingar Aelian. Então se voltou para Raazi, buscando palavras enquanto via a surpresa estampada no rosto dela e de tantos outros. Inclusive dos cidadãos daquela Untherak, que não sabiam o que era um gnoll, fosse quadrúpede ou bípede.

— Oi. Me chamo Druk. Sou um gnoll... hã... que anda de pé.

— Seja bem-vindo, Druk — disse Raazi, se recuperando do choque. Então o abraçou com força, pegando-o desprevenido. Ela deu um passo para trás, satisfeita. — Sinto que temos muito o que conversar. E tenho uma pessoa para lhe apresentar.

Druk coçou a barbicha, depois as orelhas, e sorriu com a língua para fora.

— Na verdade, eu também. Me dá uma ajudinha, Aelian?

O humano e o gnoll foram até Thrul. Juntos tiraram o fardo de cima do betouro e o colocaram no chão diante de Raazi. Era uma pessoa, amordaçada com cordas e tecidos trançados.

— Encontramos esse sujeito fugindo pelo subterrâneo do Palácio — explicou Aelian, franzindo o cenho. — Descobrimos um monte de coisas com ele. E desconfio que ele ainda tenha muito mais para nos contar.

De joelhos e com os olhos arregalados, o único sobrevivente da Víbora voltou toda a sua atenção para Raazi Tan Nurten.

PARTE 5
RETORNO

34

Meses depois, a Cidade Dourada ainda se lembraria com emoção do reencontro na escadaria do Salão Dourado. Seriam compostas muitas melodias sobre amigos enfrentando grandes provações para se reunirem, sobre uma noção ampliada do mundo e do tempo.

A partir daquele dia, os cidadãos da Untherak do norte passariam a conhecer os gnolls. Druk se tornaria popular entre os moradores, sempre respondendo perguntas sobre a sua raça. Ele contava, com orgulho, que um gnoll chamado Wora, seu mestre, estava trazendo a espécie de volta, aos poucos. Akari se afeiçoou a Druk logo de cara. Ambos se reconheceram como criaturas raras, sobreviventes de povos que tiveram suas histórias apagadas pelo poder narrativo de Untherak.

Raazi apresentou Akari a Aelian e convenceu a aliada a contar tudo ao humano, com a condição de que ele mantivesse segredo sobre a espécie dela. A Untherak do norte ainda não estava pronta para aceitar os salobros. Ao ouvir a sua história terrível, Aelian concordou.

No entanto, ainda havia uma pendência importante. Aelian perguntou a Raazi sobre Absinto, o antigo mestre de Anna, mas ela nada sabia sobre o sujeito. A kaorsh então chamou Nadja, a batedora, para a conversa. Ao ouvir o nome de Absinto, ela pareceu envergonhada tanto por revelar a verdade, quanto por não ter se lembrado dele antes.

— Sim, ele está numa das masmorras — confirmou a humana.

Aelian olhou para Druk.

— Bom, quando saímos de lá, graças ao meu amigo aqui...

— Eu avisei que você seria preso se entrasse sozinho numa cidade desconhecida — lembrou o gnoll, balançando a cabeça. Aelian tentou tapar a enorme boca dele com a sua pequena mão, sem sucesso. — Mas você insistiu, e tive que invadir uma masmorra para libertar você...

— Certo, certo — interrompeu o homem. — Como eu estava dizendo, quando saímos de lá, não vi ninguém.

— Absinto está num nível mais baixo — explicou Nadja, e pediu para que todos a seguissem.

Aproveitaram para levar Rheriion até as masmorras.

No caminho, Nadja contou que Absinto já havia sido uma pessoa muito benquista em Untherak. Ele saía para longas viagens montando gerboceros e voltava com cada vez mais conhecimento. Permanecia pouco tempo na cidade até a próxima partida. Após um desses retornos, ele começou a pressionar o antigo Senescal, antecessor de Ganeri, para que a questão do Distrito Arrabalde fosse revista.

— Ele foi o primeiro a levantar a voz e dizer que a cidade estava caminhando para algo sombrio, para um sistema de castas que se assemelhava ao de outra cidade que conhecera, no sul, com o mesmo nome da nossa — prosseguiu Nadja, parecendo envergonhada ao perceber que indícios da verdade já tinham sido revelados há muito tempo. — Minha avó conta que, na época, acharam que aquilo era apenas um delírio causado pelo seu gosto por bebidas... então o Senescal criou um costume de mantê-lo sempre bêbado, como uma espécie de "patrono da alegria", aposentado dos seus valorosos serviços em nome da Bondade de Una.

Aelian e Raazi se entreolharam, surpresos e assustados. A maldade daquela Untherak era muito diferente da que conheciam. Existiam formas engenhosas de opressão que não envolviam morte, tortura e magia diabólica.

Ao terminar de contar a história de Absinto, Nadja revelou que havia escutado um rumor de que o Senescal Ganeri se irritara com o velho sábio na torre de astronomia e ordenara o seu encarceramento até depois do desfile dos Anciões.

Quando chegaram à masmorra, a Guarda Vermelha levou Rheriion para um lugar onde a vigilância pudesse ser constante. Raazi designou a Guarda Vermelha para ficar de olho no prisioneiro enquanto não o interrogavam. Fez questão de ordenar que o tratassem sem crueldade e que lhe providenciassem comida e medicamentos para os ferimentos, sobretudo a grande ferida ensanguentada no peito.

Então, Raazi, Aelian e Druk acompanharam Nadja até dois níveis abaixo de onde o gnoll havia libertado Venoma e Aelian, aproveitando o caos na cidade durante o desfile. Absinto estava sentado no chão da sua cela, recostado na parede, com os olhos abertos, mas vidrados, distantes. Falando baixo para não despertá-lo, Druk explicou que ele estava meditando.

Nadja abriu a cela. Aelian e Druk entraram, agachando-se ao lado do mestre e cruzando as pernas, aguardando com paciência. Raazi ficou do lado de fora com Nadja, apenas observando a cena. Havia algo diferente em Aelian. Era como se ele tivesse visto coisas demais. Ela se perguntou se ele estaria vendo o mesmo nela, após tanta morte, tanta luta, tanta decepção. Pelo pouco que tinham conversado, ele já havia lhe contado parte das suas tristezas, principalmente a morte de Ziggy. Choraram juntos mais uma vez, mas Aelian lhe tranquilizou, dizendo que havia depositado o amigo no solo gelado do monte Ahtul, numa terra onde Proghon provavelmente não pisaria.

Enquanto Raazi pensava em tudo isso, Absinto foi despertando. Era um homem de aparência extraordinária, e as suas vestes lembravam muito as de Anna. Ele piscou ao ver Aelian lhe oferecendo um cantil de água, e abriu um sorriso ao ver Druk. Pelo visto, era o único da cidade preparado para encontrar um gnoll falante.

— Vocês... são os aprendizes de Wora! — exclamou.

A risada dele foi a melhor coisa que Raazi escutou em dias. Absinto abraçou Aelian e Druk como filhos, sem medo de esconder afeto, e sem parar de rir por um segundo. Ele não parava de falar que o "maluco do Wora conseguiu!" e de apertar as mãos de ambos, como se quisesse ter certeza de que aquilo não era um sonho.

Aelian então o apresentou a Raazi, dizendo que ela era a pessoa mais forte que ele conhecia. Que já a vira inclusive matar uma deusa. Com a mesma simpatia e delicadeza, como se a conhecesse há anos, ele segurou o rosto da kaorsh.

— Anna estaria orgulhosa de você — disse o velho mestre. — Posso garantir.

Raazi assentiu, encabulada. Encarou aqueles olhos sábios, a barba branca e as rugas que marcavam a sua trajetória, e imaginou tudo que havia guardado na sua mente. Então, ela sorriu, e ambos se abraçaram.

Um novo elo estava formado, após tantas separações.

Mas ainda havia muito a ser feito.

Harun insistia que o interrogatório de Rheriion precisava acontecer logo. Até então, o sujeito só falara o seu nome. Eles queriam descobrir o que era a Víbora e se estavam em perigo iminente, mesmo tão longe da outra Untherak. Aelian concordou, e Absinto disse que poderia ajudá-los a extrair informações.

No Salão Dourado, despido de todos os ornamentos luxuosos e transformado num grande ambiente para debates, com almofadas, mesas e cadeiras, eles se sentaram. Raazi notou que estava conversando com Absinto, na companhia de Venoma, Cora, Pryllan e Ranakhar, com o braço numa tipoia. Nadja, recebida recentemente entre as pessoas de confiança dos refugiados, parecia eufórica em fazer parte de algo verdadeiro. Se Raazi pensasse com bastante desprendimento, o lugar lhe trazia um conforto próximo ao que sentia no Coração da Estátua, apesar de a arquitetura ser completamente diferente. Ela comentou isso com Absinto, que lhe deu a resposta mais simples e certeira possível:

— É a presença de aliados que transforma qualquer local no nosso esconderijo.

Raazi gostava de Absinto cada vez mais.

Harun, por sua vez, continuava a insistir no interrogatório:

— Eu vou lá agora mesmo! Podem me deixar sozinho com ele que arranco toda a verdade daquele rostinho pálido!

— O que me deixa tranquilo é que ouvi dizer que a sua pólvora acabou — comentou Aelian, olhando para o teto.

Venoma riu, e Harun bateu na mesa.

— Já vai começar com provocações, é? Para mim já deu, pode voltar para o mar.

— Estou brincando, Harun. Mas você é esquentado. Isso é um fato. Lembra de quando foi me interrogar no Poleiro? E das contagens de cela? Você estava doidinho para me matar só porque fiz um comentário sobre a sua altura... — disse Aelian, se empertigando e mostrando as palmas das mãos para o anão. — E peço desculpas!

— Não se fala isso para um anão.

— Também não se chama um humano de *refugo*, mas você fazia isso o tempo todo.

— Eu precisava manter o meu disfarce!

— *Aham*. Bom, éramos todos mais babacas naquela época. Eu melhorei. E você estava mesmo doidinho para me matar.

— Mas não matei. Infelizmente.

— Senti saudades disso — disse Venoma para Pryllan, apontando para a expressão irritada de Harun. Ambos estavam recostados num pilar.

— Aelian, pare um pouco com a brincadeira, porque a conversa é séria. — disse Raazi, balançando a cabeça. — E fora de cogitação, Harun.

O anão protestou:

— Fui Autoridade, sei conduzir interrogatórios!

— Eu também fui — interveio Ranakhar, levantando a mão ilesa. — Mas isso não é uma coisa boa, Harun. Já cumpri ordens de Proghon das quais não me orgulho nem um pouco.

Um silêncio desconfortável tomou conta do salão. Harun nada disse, até Absinto quebrar o gelo:

— Posso ajudar vocês com o interrogatório. Harun e Ranakhar podem vir comigo, se quiserem. Saber como o outro lado pensa é sempre valoroso.

— Certo — concordou Raazi, levantando-se. — Tudo bem se eu não for? Preciso falar com Akari, que está mexendo no sistema de poços da cidade.

Nadja levantou a mão timidamente.

— Pode falar sem pedir permissão, querida — lembrou Cora, com uma gentileza oposta ao jeito do marido. — Não há mais nenhum Senescal por aqui.

— Ah, é verdade — disse a moça, aliviada. — Na verdade, acho *crucial* que você vá, Raazi.

— Por quê? — perguntou a kaorsh, franzindo o cenho.

Nadja retorceu os dedos, ansiosa. Por muito tempo, precisara medir as palavras cinco vezes antes de pronunciá-las. Por fim, revelou:

— O prisioneiro não para de gritar que quer matar você.

Harun e Aelian se entreolharam, surpresos. O anão alisou uma sobrancelha com o dedo e disparou:

— Bom, ao menos ele fala.

Ao chegarem à masmorra designada ao prisioneiro, encontraram uma cela vazia. Até que Raazi tocou o chão e alterou a cor de todo o lugar de uma vez, deixando-o vermelho-amarronzado, e então ressaltou apenas a cor de Rheriion, camuflado num canto na parede dos fundos.

— Herege. Alterando cores fora do seu *canväs* — disse ele, com desprezo.

Raazi não se abalou.

— Fiz muito mais do que isso contra as leis de Untherak — garantiu ela, agachando-se na frente da cela para ficar na mesma altura que Rheriion. — Mas vamos ao que interessa. Você disse que quer me matar. E me chamou de criatura maligna antes da batalha contra a Víbora. Por quê?

— Você matou o meu irmão. Yalthori. Na Batalha do Portão Norte.

Raazi balançou a cabeça, pensativa. Encarou-o sem raiva, apenas tentando ultrapassar a camada de ódio nos seus olhos.

— Sinto muito — disse ela, por fim. Rheriion não soube reagir àquelas palavras. Raazi continuou: — Aconteceram muitas coisas desde que tudo ruiu na outra Untherak, e defendi os meus da melhor forma que pude. Não acredito que todas as pessoas que seguiam Sureyya merecessem morrer. Mas ela achava que sim, uma vez que tenentes enviam os seus para a morte. Sem remorso.

— Não se isente da culpa! — gritou Rheriion, acusatório.

Mas a sua voz não saiu com a força que ele gostaria. Até mesmo a sua atitude, que parecia indicar que ele tentaria atacar Raazi a qualquer momento, parecia ir se arrefecendo. Mesmo em sua calma, a kaorsh manifestava uma imponência para a qual ele não estava preparado.

— Não estou me isentando — respondeu ela. — Só quero que entenda que cada um defende os próprios interesses, e que escolhas erradas fazem parte disso. Você mesmo se juntou a uma trupe que usa a cidade onde nascemos para sustentar este lugar aqui.

— Isso era coisa da Centípede. E de Proghon. Nós seguimos ordens.

— *Seguiam*. Acabamos com vocês — interveio Harun.

Raazi não o repreendeu.

— Eu estou vivo — insistiu Rheriion. — Matei os traidores, e me tornei a Víbora! Sou a Cabeça, a Vértebra e o Guizo...

Ele parou de falar. Raazi pediu para Nadja abrir a cela, e entrou tranquila, abaixando-se de novo diante do kaorsh.

— O que disse? Que você é a Víbora?

— E-eu...

— Vou dizer o que você *era*, Rheriion: um explorado. Seu irmão morreu por uma mentira, e você quase fez o mesmo.

— *Não ouse falar de Yalthori!*

— Infelizmente, meu tempo de seguir ordens acabou — retrucou Raazi.

— Você pode fazer algo de bom agora, Rheriion — disse Aelian, entrando na cela ao lado de Raazi — e nos ajudar a cauterizar essa parte horrível da história das Untheraks.

— Eu nunca vou dizer onde está o nosso carregamento!

Aelian sorriu para o kaorsh, que percebeu a besteira que acabara de soltar.

Druk usou o cheiro de Rheriion para procurar o seu rastro nos túneis onde pudesse ter passado. Foi assim que encontraram quase duas dezenas de cocatrizes gigantes, ariscas e presas numa espécie de estábulo subterrâneo, além de dois imensos, morosos e famintos grilofantes que foram levados para pastar ao ar livre, na região do Distrito. Mais adiante, encontraram o gabinete de ampulhetas do Senescal, que, além de esconder todos os pertences pessoais e armas dos prisioneiros, ainda abrigava um medonho cultivo de fungos e duas carruagens de ferro, uma aberta e outra ainda fechada.

Aelian arregalou os olhos. Sabia o que havia ali dentro.

Conforme abriam o veículo, quase uma tonelada de lascas de carvão escorreu para o chão. Eram as drogas aditivadas, banhadas em Mácula. Além de um sentimento ruim no peito, o coração pesado com as próprias escolhas equivocadas, Aelian tinha um terrível palpite.

— Proghon quer controlar esta Untherak.

Aelian contou para os amigos sobre a maneira como o General havia viciado os servos no Miolo e como aumentara o potencial do carvão a ponto de torná-lo um agente de infecção que funcionava em humanos por tempo suficiente para que pudesse usar os seus corpos para falar, ver e agir. Falou inclusive de como ele mesmo havia sido manipulado.

Seus amigos não o julgaram, e o humano ficou grato por isso. Eles queriam ouvi-lo, e o humano explicou a sua teoria de que, com o fim do regime de Una e com a Centípede enfraquecida, sendo levada para longe, Proghon claramente pretendia espalhar o entorpecente numa área em que não tinha olhos. Aos poucos, a cada entrega, teria mais viciados na outra Untherak.

Absinto disse que colheria mais informações de Rheriion, para que tirassem conclusões mais certeiras. Ele pediu uma série de ingredientes, como sal e uma das cimitarras batizadas da Cabeça da Centípede, deixando claro que não era para "fins decepantes ou perfurantes". Aelian entendeu que aquilo tinha a ver com a magia que Wora lhe ensinara: Absinto queria usar a Mácula da arma para algum efeito de aterramento ao lidar com uma mente batizada. Akari, que tinha acabado de chegar à masmorra, ofereceu o seu estoque de sal púrpura no mesmo instante, bastante interessada no que Absinto faria com o prisioneiro, e pediu para ir junto. O homem ficou feliz em ter a companhia dela, e ambos seguiram para a cela.

Enquanto isso, no Salão Dourado, o consenso era de que seria uma questão de tempo até precisarem enfrentar Proghon novamente. Akari e Absinto iam e voltavam das masmorras, trazendo informações. O velho mestre induzira Rheriion num sono profundo, usando o seu conhecimento oculto para pescar imagens e pistas nos seus sonhos. Contudo, não podiam abusar desse tipo de contato com a Mente e a Alma, senão danos irreversíveis seriam causados ao kaorsh.

 De acordo com o que sabiam até o momento, Rheriion havia acabado de se juntar ao culto que chamava de Víbora, e a viagem de Untherak do sul até a do norte fora a primeira após a sua entrada no grupo.

 — Normalmente, eles traziam dezenas de carruagens cheias de tecidos, armas, instrumentos musicais, alimentos não perecíveis ou em conserva — disse Akari. Seus olhos, o comum e o místico, analisavam as diferentes reações dos presentes. Ela enxergava uma revolta silenciosa na maioria deles. — Chegavam a viajar com mais de trinta carroças de material explorado da sua Untherak.

 — E desta vez vieram só com duas — comentou Aelian, encaixando as peças na própria mente, lembrando-se do embate astral traumático com Proghon —, porque, desde a Batalha do Portão Norte, o General está focado em aumentar seu poderio militar e a produção do novo carvão. Não há mais indústria como antes. Ele não está preocupado em perpetuar a mentira milenar, mas apenas em estabelecer o seu poder absoluto.

 — Muitas civilizações esquecidas experimentaram a queda em espiral para o estado mínimo — murmurou Absinto, com as mãos juntas diante do rosto —, com seus governantes clamando que isso lhes traria autossuficiência e liberdades individuais, focando todos os recursos na produção de mais forças militares. No caso de Proghon, ele lhes deu a liberdade de implorar por comida ou pelas suas vidas como quiserem.

 — Mas isso não significa que vão nos atacar... certo? — perguntou Nadja, hesitante.

 Harun a respondeu com apatia, olhando para o chão:

— Ninguém usa todos os recursos para ampliar o exército sem ter um inimigo em mente.

— Sem dúvida ele está se preparando para alguma coisa — concordou Absinto. — Só nos resta descobrir qual o prazo que tem em mente.

— De qualquer forma, Proghon ainda nem sabe que a Víbora foi destruída — lembrou Akari. — Nisso, temos uma vantagem.

— Podemos nos disfarçar de Víbora e voltar para pegá-lo de surpresa! — sugeriu Venoma.

Absinto balançou a cabeça.

— Não é uma questão de invadir Untherak disfarçados. Havia algo... ancestral e ritualístico que permitia as idas e vindas deles. Estou tentando entender todos os elementos disso, mas parece que há uma força antiga nos túneis que usavam para sair. Algo que não pode ser enfrentado com espadas e machados, talvez mais misterioso do que os Anciões.

— Vou sempre chamá-los de Centípede... — murmurou Aelian para si mesmo.

— Concordo que temos que entender isso melhor. Simplesmente marcharmos com um punhado de gente até lá e atacarmos a nova Untherak do sul, diferente da que deixamos para trás, seria uma missão suicida. Nem chegaríamos lá inteiros — disse Raazi, fazendo traços numa das mesas com a ponta dos dedos. Havia dois grandes círculos distantes e linhas que os conectava. Eram as cidades homônimas, do sul e do norte. — Da mesma forma, também não acho que ele sairia daquela Untherak para atacar aqui. Muito longe. Não há como colocar tropas no deserto e ainda deixar o suficiente para proteger o Palácio e o Miolo.

— Se eu puder dar a minha opinião...

— Você sempre pode, Nadja — disse Cora, desta vez um pouco mais enfática, ainda que continuasse gentil.

— Bom, concordo com Raazi, apesar de não poder falar em nome de vocês, que têm uma experiência que os tornam únicos para opinar...

— Só opine, mulher! — exclamou Cora, apertando os ombros da humana.

— Bom... Vocês não seriam poucos, caso quisessem atacar a outra cidade. Muitos daqui se solidarizariam para se juntar a um ataque...

— Esse pessoal delicado com lanças falsas? Os mesmos que tentaram proteger os velhos carcomidos? Não, obrigado. *Ungh* — comentou Harun, e Cora lhe deu um soco na costela.

— Os sinfos desta Untherak me disseram que nos acompanhariam para onde fosse necessário — revelou Pryllan, um pouco triste. — Eles não acreditam mais que este lugar seja a terra Raiz. Ou que sequer exista uma terra Raiz... As crenças de todos foram abaladas, mas não a conexão da nossa raça.

— Isso não soma nem cinco mil pessoas, muitas delas completamente inexperientes em batalha — resumiu Venoma. — O outro lado teria quanta gente, Harun e Ranakhar?

— Quando saí de lá, Untherak tinha um contingente de vinte e seis mil soldados — respondeu o líder da Guarda Vermelha, frustrando todos ao redor. Ao que tudo indicava, esse número teria aumentado, mesmo com o exílio do Portão Norte.

— Lembrem-se de que, quanto maior a repressão, maior o enfrentamento. Os que desaprovam o novo regime com veemência também devem ter aumentado — disse Absinto.

Aelian se empertigou, animado.

— Sim! A população da Muralha Externa contrária a Proghon pode estar mais disposta a desobedecê-lo, quando aparecermos para desafiá-lo.

Harun se levantou e disse:

— Espere um pouco, gente. Acham mesmo que atacar Untherak é só uma questão de números? Vocês não imaginam as defesas que eles têm no Palácio de Una. Não devem ter sido usadas nas últimas centenas de anos, mas *sei* que estão lá. Eu costumava verificar semanalmente as balestras, a obstrução de seteiras, os vãos assassinos e as entradas elevadas.

— Sem falar dos tanques de areia quente — comentou Ranakhar.

Harun assobiou.

— Ah... Isso em ação deve ser uma desgraça. Imagina ser queimado vivo por minúsculos grãos ferventes entrando na sua armadura, no seu elmo, na sua calça...

— Nunca ouvi falar dessas coisas — disse Venoma. Nadja, ao seu lado, parecia prestes a vomitar.

— Claro que não ouviu. E sabe por quê? — questionou Harun, com uma expressão sorridente desesperada. — Porque ninguém nunca foi *louco* de atacar o Palácio de Una!

— Precisaríamos de alguém para baixar as defesas por dentro — murmurou Aelian, começando a formular algo na sua cabeça. Quase ninguém o ouviu, exceto Akari, interessada na maneira daquele homem de aspecto druídico. — Alguém como Harun e Ranakhar...

— Aelian é a pessoa que está mais próxima de um plano — anunciou a salobra, apontando para ele, que pareceu surpreso. — Tivemos muitas ideias, mas elas precisam ser costuradas. Temos que aprender com a história verdadeira. Com quem já enfrentou Proghon.

O humano se levantou, inquieto.

— Quando estive em Baluarte, tive... visões. Através dos tempos. Graças ao que Wora me ensinou — revelou Aelian, olhando para um Absinto orgulhoso. — Não consigo explicar como foi ter a mente arrebatada até uma época em que a água recobria tudo que pisamos. Untherak, Proghon, Una... até nós mesmos... representamos apenas um grão de areia nesta ampulheta que continuará para sempre. E, apesar de isso parecer desanimador, notar a nossa pequenez no tempo me deu perspectiva para entender os movimentos das coisas. Das ascensões e quedas de civilizações.

Todos prestavam atenção em Aelian, que caminhava entre seus aliados. As cabeças de Druk e Absinto se movimentavam em acenos encorajadores. Akari parecia guardar um sorriso mínimo nos lábios finos, satisfeita. O humano voltou a se concentrar no que dizia, e não na reação dos outros.

— A cidade de Baluarte, que vocês visitaram e onde parte dos refugiados resolveu permanecer, já passou por muitas tragédias. Já viu muitas vidas surgirem e partirem. Aliás, ela começou com uma vida partindo...

— Não estou entendendo. — Harun balançou a cabeça.

Com um movimento de mãos, Aelian pediu que ele esperasse, sem nenhum comentário jocoso dessa vez.

— Creio que não precisamos de apenas um plano que nos faça vencer Proghon e o perigo que ele representa. O General é uma criatura antiga, e não surgiu de uma vez só. Ele nasceu de maneira traumática, foi ferido muito tempo atrás por uma arma secreta, firmou-se ao longo de séculos como o braço executor de uma... Tudo que originou Proghon precisa ser derrotado, não apenas a sua figura. Precisamos guerrear em várias frontes, inclusive a narrativa. Porque, se deixarmos uma dessas pontas soltas... — Aelian apontou para fora do Salão, pensando na parada de boas-vindas dos Anciões — ... ele voltará. Com outro nome. Outra história. E, se não ele, algo equivalente.

Aelian pensou no tanque de Mácula. Pensou em Proghon o manipulando, em Wora lhe ensinando a montar as suas defesas mentais.
— Temos que derrotá-lo por dentro — concluiu.

35

Conforme o dia avançava, as nuvens se acumulavam quilômetros acima da cidade, como se estivessem se preparando para uma rara noite fria. O concílio dentro do Salão Dourado também parecia mais inclinado a decisões tempestuosas.

— Então, é um plano de infiltração — resumiu Harun, balançando a cabeça. — Absinto já disse que não funcionaria...

— Eu disse que não deveríamos nos passar pela Víbora — corrigiu o velho mestre. — Mas temos muitas maneiras de fazer isso, agora vejo bem. Até o próprio Rheriion terá um papel nisso. Há muita informação naquele cérebro.

— Ele não vai querer nos ajudar — lamentou Raazi, pessimista.

— Vou cuidar disso — respondeu Absinto. — Ele vai colaborar conosco.

Então, Akari se levantou, chamando a atenção de todos.

— É importante lembrar o papel de Baluarte nessa narrativa, como Aelian disse, e que Proghon já saiu de Untherak uma vez, quando a sua hegemonia foi ameaçada. E, mesmo que ele tenha causado destruição numa escala impensável, foi nessa ocasião que sofreu o seu maior golpe, ainda que não tenha sido uma derrota. A união dos anões de um lugar chamado monte Tenaz com... o meu povo — disse ela, hesitante, e poucos perceberam a omissão na sua frase. — Eles fizeram um ataque maciço contra a Untherak do sul, que foi repelido. Pouco tempo depois, o General foi enviado pela Centípede até Baluarte e para o monte Tenaz, a fim de acabar com todos de uma vez. Foi essa aliança que uniu duas técnicas distintas de forja e criou uma arma capaz de machucá-lo.

— A espada que Anna sempre quis tirar do fosso de Proghon — disse Absinto, vendo a expressão pesarosa no rosto de Aelian e colocando uma das mãos sobre o seu ombro. — Foi na tentativa de pegá-la que ela deu a sua vida, acreditando no plano.

— E eu também acredito — falou Aelian. — Hoje, entendo da Mácula que cerca a arma. Aprendi a lidar com a porção do veneno dentro de mim. Posso me aproximar da espada novamente, mas, para isso, creio que lutarei com Proghon não só de forma física. Tenho que estar disposto a duelar com ele novamente no campo astral. Essa é a minha parte no plano de derrotá-lo por dentro.

— Muito me orgulho dos nossos ancestrais do monte Tenaz — disse Cora, assentindo —, mas a nossa melhor chance é um objeto? Pegar algo que *um dia machucou Proghon* e que nem conseguiu derrotá-lo?

— Estou com a minha esposa nessa — disse Harun, que pensou mais um pouco e acrescentou, baixinho: — E em tudo o mais. Na vida. E além.

— Aquela espada mostrou que ele pode ser machucado. Proghon não era *lento* antes da luta com Ruro, o Cavaleiro Dragão — garantiu Aelian. Akari ficou impressionada com a firmeza e a assertividade dele ao falar sobre o passado da sua raça. — E, sim, um objeto de nada vale se não pudermos colocar as nossas mãos nele. A esperança de derrotar Proghon ainda reside em nós.

— Sou a protetora das terras de Baluarte, onde Ruro enfrentou Proghon, e tenho um dever com o local — disse Akari. — Sei que a cidade tem o seu papel nesta história. A tristeza se abateu por lá várias vezes.

— E ainda paira naquele lugar — acrescentou Druk, falando com a sua voz profunda. Ele estava em silêncio até então e ouvi-lo fez automaticamente as pessoas considerarem a importância do que diria: — A Víbora matou os seus antigos companheiros de comitiva de maneira brutal, o que me faz querer ir rasgar a garganta daquele ser petulante na masmorra agora mesmo. Aelian e eu fizemos os ritos fúnebres para os corpos que encontramos, mas foram poucos os que vimos inteiros. Até agora me lembro do cheiro do lugar... e me pergunto quantas vezes a fortaleza daquela cidadela presenciará tristezas tão grandes.

— Talvez mais uma vez. A última — disse Aelian. — Se alertarmos o General sobre uma resistência dos exilados em Baluarte, ele pensará que a Víbora só conseguiu chegar até lá. Que o grupo foi derrotado, apesar de terem massacrado grande parte dos poucos que atravessaram a Degradação.

— Poderíamos levar as armas batizadas como provas — sugeriu Akari, passando os dedos pela bainha de madeira da sua nova espada, Da-iyu.

Raazi assentia lentamente, entendendo aos poucos.

— Temos também algumas peças das suas armaduras, que retiramos antes de cremá-los. Isso seria prova suficiente para convencê-lo de que nunca saímos de lá. Que ninguém chegou à Untherak Dourada: nem nós, nem a Víbora.

— Mas, se Proghon encontrar apenas um cemitério no meio do deserto de sal, isso não o convenceria de que Baluarte era de fato um engodo? — questionou Venoma. — O General perceberia que é uma armadilha, que queríamos que ele saísse da cidade para pegarmos a espada no Fosso.

— Sobre isso... — começou Pryllan, ao lado da mercenária, dando um passo à frente. O seu semblante pequeno parecia conter uma força imensa, o que ele já tinha provado de muitas maneiras desde a Batalha do Portão Norte. — Tenho pensado bastante em como poderia ajudar.

— Um sinfo em Untherak chamaria atenção — disse Aelian. — Você poderia passar pelos túneis, mas não existe mais ninguém da sua espécie por lá. Não demoraria muito até que o notassem.

— Não era isso que eu ia sugerir. É que farei doze ciclos na semana que vem...

— Parabéns! — exclamou Druk, empolgado, sem entender as expressões tristes de todos ao seu redor.

Pryllan sorriu timidamente para o gnoll antes de continuar:

— Obrigado, amigo. Mas é sabido que os sinfos só vivem até os treze anos. E tem muitos sinfos lá fora que também estão se aproximando do tempo da Semeadura.

— Já entendi onde quer chegar, e isso me parece errado — interveio Raazi, soando definitiva como poucas vezes fora na hora de tomar decisões em grupo.

— Ei, você acha que não quero participar do plano? Seria ainda pior se eu partisse sem ter contribuído de maneira significativa — argumentou Pryllan, humilde, passando a mão pelos cabelos azulados. Então reforçou a sua ideia, resoluto: — Tragam a batalha para nós em até um ano. E então morreremos dando trabalho para Proghon e eliminando qualquer suspeita de que chegamos até a Cidade Dourada.

— Eu posso me entregar nos portões de Untherak — sugeriu Ranakhar, a sua voz trovoando no salão. — Já fui desertor uma vez. Eles devem me achar desleal o suficiente para trair os refugiados frente à derrocada.

— Proghon vai torturá-lo — disse Raazi, sem inclinação alguma a aceitar aquele plano.

Ranakhar assentiu.

— Sim, e vou revelar a posição de Baluarte, supostamente sem saber que ele já a conhece. Serei convincente.

— E então ele o matará — comentou Harun, a voz estranhamente diferente, sem encarar Ranakhar. Seu olhar estava distante e ele se balançava para a frente e para trás, os lábios sussurrando algo inaudível.

Ranakhar abriu o braço que não estava quebrado.

— Pensei que estávamos falando sobre sacrifícios.

— Não. Não! — sentenciou Harun, levantando-se. Cora fez menção de se levantar junto. — Neste caso, eu devo ir.

— Harun, você tem uma esposa e um filho! — berrou Ranakhar. Ninguém nunca o vira tão furioso com os amigos. Entre os refugiados, ele era uma das pessoas mais tenras e educadas.

O anão devolveu o seu olhar com a mesma intensidade.

— E você acha que farei isso por quem?

Cora baixou a cabeça. Parecia estar orando. Venoma se sentou ao seu lado, de onde Harun saíra. Aelian começou a fungar.

— Isso está saindo do controle — disse Raazi, cobrindo o rosto com as mãos. — Mais perturbador do que fugir do lugar onde se perdeu tudo é retornar por vontade própria. Vamos considerar outras possibilidades.

— Podemos revisitar as possibilidades, mas antes me escute, Raazi — pediu Harun, respirando fundo. — Eu também fui um traidor. As coisas funcionariam basicamente como Ranakhar disse. Mas com duas diferenças. Primeiro, sei onde fica o Coração da Estátua — ele fez uma pausa, com um sorriso triste — e sei que lá tem mais pólvora de ouro. Posso preparar algo especial para o ataque, que compense a desvantagem numérica.

Aelian riu de um jeito fraco. Encarou o anão com os olhos úmidos, apertando os lábios. Harun devolveu o olhar, e havia um afeto mútuo naquela troca silenciosa. De parceiros que viveram demais para as suas causas. O humano o contemplou, admirado, e viu resolução e coragem pura à sua frente. Como uma estátua dos Senhores Anões.

— E qual seria a segunda diferença? — perguntou Aelian, resignado.

Harun se virou para Cora, que ergueu os olhos lacrimejantes. Ela sentia uma dor tremenda, assim como ele. Mas os dois se entendiam.

— Se Proghon decidisse jogá-lo na Mácula, Ranakhar se dissolveria — explicou o anão. A sua voz ia engrossando na garganta, como se a sua raiva estivesse crescendo ali dentro e ele precisasse de muita força de vontade para mantê-la por trás dos dentes. — Já eu tenho uma chance. Se o desgraçado quiser que eu prove a minha lealdade e a veracidade das minhas palavras, eu o farei. E juro por Malaquite, Ônix e Cora Okodee que, mesmo se me tornar um gosmento desalmado, não vou esquecer do meu desígnio.

Ele olhou para cada um dos aliados. Ninguém fez qualquer objeção. No fundo, sabiam que, por pior que fosse mandar alguém de volta numa situação tão vulnerável, aquela era a chance mais verdadeira que teriam de derrotar Proghon.

Aelian continuava encarando Harun, admirado. Quando o olhar do anão pousou sobre ele novamente, Harun alertou:

— Trate de pegar aquela maldita espada quando chegar a hora, mesmo que tenha que passar por cima de mim.

36

Os dias felizes duraram pouco.

Depois das decisões sombrias tomadas no Salão Dourado, até as notícias boas que se seguiram pareciam minguadas e insuficientes. No âmbito pessoal, Cora não se opôs a Harun em momento algum. Pelo contrário, entendia a decisão como guerreira e parte de um povo. Sabia que Proghon não desistiria de caçá-los, e que esse problema poderia voltar ainda pior quando o seu filho estivesse crescido.

Os anões sempre pensavam nas outras gerações, fossem passadas ou futuras, e nunca jogariam um problema para os netos e bisnetos. Eles esculpiriam o futuro juntos, e precisavam se certificar de que as rochas e os alicerces ainda estariam de pé para que trabalhassem.

Aelian e Harun pararam de se provocar, mas mantinham um fundo de brincadeira nas suas conversas. No pouco tempo que passavam juntos, falavam sobre coisas da vida que não envolviam mortes e batalhas. Na verdade, Harun passara emocionantes horas conversando com o humano no telhado de uma torre, por mais que aquilo o deixasse desconfortável. Era bom ver como o falcoeiro enxergara o mundo por grande parte da vida: de cima. Aelian ainda lhe contou sobre a visita à cordilheira da Mandíbula e aos salões do monte Tenaz. Descreveu a estátua de Tempo, Torque e Equilíbrio, e viu o rosto de Harun se iluminar, o sol vermelho às suas costas banhando o fiorde.

Ônix agora tinha outras crianças com quem brincar, e Absinto adorava receber Baeli, a babá oficial de crianças, na Torre de Astronomia. A anã descobriu ter vocação para cuidar dos filhos dos outros, ainda que não tivesse planos para ter os próprios e quisesse retomar o seu empreendimento de cosméticos. A correria das crianças pelas escadas da torre não atrapalhava Absinto, que enfim estudava as cartas estelares, tentando descobrir outras formas de ajudar a narrativa dos próximos movimentos da Ordem Vermelha — como os habitantes da Untherak do norte chamavam os bravos refugiados, agora perfeitamente integrados àquele lugar. Observando o movimento dos céus e analisando antigas cartas e pergaminhos, Absinto pensava ter encontrado algo que poderia ser útil num futuro próximo.

O velho mestre de Anna também havia conseguido dobrar Rheriion, sem que força bruta fosse necessária. O kaorsh continuava na masmorra, mas Absinto o visitava com frequência e o levava para longas caminhadas, onde conversavam sobre a vida que tiveram. Rheriion não revelava muito sobre o seu passado antes da Descida, mas parecia gostar de ouvir o sábio, de imaginar as cidades e sociedades que ele conhecera. Absinto disse que ele provavelmente precisaria acompanhá-los de volta até a Untherak do sul em algum momento. O kaorsh não parecia gostar da ideia, mas também não se opunha. Sabia que era um prisioneiro, ainda que aproveitasse de certa liberdade. Porém, quando Absinto lhe perguntou se havia algo nos túneis secretos da Víbora para o qual devesse se atentar, Rheriion nada respondeu. Havia algo ali que o kaorsh não queria revelar.

Raazi lidava com questões burocráticas, já que muitas pessoas delegaram as funções do Senescal para ela. E a kaorsh notou que Ganeri era um inútil completo, apenas fingindo estar ocupado na maior parte do tempo. Ela conseguia administrar a cidade e ainda se dedicar aos treinamentos de combate que ela e Akari coordenavam. Muitos cidadãos da Cidade Dourada haviam aderido aos treinos, ainda que ela soubesse que eles não viajariam com os ex-refugiados caso fossem chamados. Porém, as pessoas da comitiva da Untherak do sul e os ex-moradores do Distrito Arrabalde eram os mais dedicados. A dupla chamava os seus companheiros para ensinar o manejo de diferentes armas. Dessa forma, Venoma, Ranakhar — com o braço melhorando aos poucos — e o próprio Absinto se tornavam professores convidados nos treinos.

Anões das duas cidades tomaram uma iniciativa paralela de forjar armas de verdade para todos os alunos, e foi assim que Venoma enfim cumpriu o seu desejo antigo de reforjar a espada de Anna. Deixou-a em mãos experientes e disse que seria uma surpresa para um amigo. Os ferreiros prometeram tratar a majestosa lâmina com respeito.

Por acaso, às vezes a mercenária acabava encontrando os velhos bêbados que brincavam de vidreiros e ferreiros na casa da ladeira. Todos eles baixavam a cabeça à sua passagem, convenientemente interessados nos seus pés e unhas encravadas. Ela ainda tinha vontade de quebrar uma ampulheta de vidro na cabeça de cada um, mas se continha.

Nas áreas abertas, os sinfos encaravam um desafio maior. Peebo e Maud haviam adorado a possibilidade de redomesticar as cocatrizes deixadas para trás pela Víbora. Era difícil, e as tentativas de colocar focinheiras nos seus perigosos bicos já resultara em ferimentos desagradáveis. Mas o trabalho progredia, ainda que treinar com os gerboceros e betouros sarapintados daquele lugar fosse bem mais próximo do que um sinfo poderia considerar divertido.

Kuhli, que ao lado de Pryllan participava de todas as sessões de treinamento de luta, demonstrou habilidade para tratar dos dois grandes grilofantes que pastavam nos arredores da cidade e descobriu que um deles era uma fêmea e que ela estava grávida. Os sinfos do norte comemoraram a novidade, uma vez que não conheciam aquelas criaturas e não sabiam o trabalho que dava cuidar e pastorear uma ninhada de grilofantes, que variava entre seis e quarenta e oito filhotes.

Porém, a alegria dos sinfos foi diminuindo conforme o dia da partida para Baluarte se aproxima. Haviam se passado quase quatro meses desde a decisão de Pryllan, que reverberara em toda a Cidade Dourada. Ao saberem do plano, sinfos do norte que também completariam seus treze ciclos em breve resolveram acompanhá-los — e até outros que não estavam tão perto assim da Semeadura. Eram cento e vinte ao todo, liderados por Pryllan. Ficou decidido que outros sinfos os acompanhariam até Baluarte, e então voltariam com todos os betouros; não parecia certo sacrificar uma raça que não podia escolher seu destino. Aquela era uma decisão apenas dos sinfos.

Porém, quando o dia fatídico chegou, não havia apenas sinfos prontos para partir diante do portão principal.

Raazi se emocionou ao ver mais de quinhentas pessoas, de todas as raças, querendo acompanhá-los, dispostos a passarem os seus últimos dias em Baluarte. Queriam lutar contra Proghon e pagar as suas dívidas por terem extorquido o Distrito e a outra Untherak por tanto tempo. Raazi viu entre eles um dos refugiados encrenqueiros da sua comitiva, um anão idoso chamado Galfur, que vestia a armadura completa.

— Quero honrar a aliança entre o monte Tenaz e Baluarte! Vou morrer enfiando o meu machado no meio daquela caveira dourada caquética, ah, se vou!

— Galfur... — disse Raazi, entre o riso e as lágrimas. — O senhor já sacrificou coisas demais durante a sua vida, agora é hora de passar todo o seu conhecimento para uma nova geração. Eu ficaria honrada se o senhor permanecesse aqui e me ajudasse a treiná-los.

Galfur coçou a barba branca, então cedeu. Disse que um pedido de Raazi valia mais do que a sua vontade e que ficaria feliz em ajudá-la. Muitos outros foram dissuadidos, inclusive pelos sinfos.

Mas havia uma parcela que não aceitou negociar.

— Perdi a minha filha logo no início da caminhada. Eu a enterrei na areia, muito antes do Deserto de Sal. Ela nem chegou a conhecer Baluarte — disse um homem, carregando uma lança e uma mochila cheia de roupas e panelas penduradas. — Quero passar os meus últimos dias ajudando com o plano. E então morrerei mais perto dela.

Não havia como contra-argumentar. E havia muitas outras histórias tristes e tragédias pessoais entre os que fariam a viagem final para Baluarte, a ponto de a comitiva chegar a quase trezentas pessoas, de todas as raças e idades.

Akari os acompanharia durante a caminhada para garantir água potável. Raazi desconfiava que ela aproveitaria para passar em Ebrizian, mas nada disse.

Diante do portão, Pryllan se despediu de todos. Não parecia receoso, ainda que estivesse melancólico ao ver os amigos cabisbaixos. Maud e Peebo, que os escoltariam e voltariam com os betouros, esconderam o choro algumas vezes; eram mais jovens e não sabiam como lidar com uma Semeadura tão adversa, terminando num possível sacrifício.

O líder sinfo falou com Aelian e lhe desejou sorte com o plano. Chamou-o de verdadeiro amigo dos sinfos. Também se despediu de Bicofino e Thrul, que faziam ruídos tristes e claramente entendiam que aquilo era um adeus.

Várias pessoas fizeram fila para abraçar Pryllan, incluindo Idraz, Cora e Venoma. A mercenária lhe presenteou com uma pequena balestra, com um mecanismo de repetição rápida, parecido com o das suas, e um estojo com algumas dezenas de setas. Pryllan a agradeceu e disse que praticaria a pontaria no seu tempo livre, que ele desconfiava que seria muito.

Raazi se ajoelhou e o abraçou longamente, agradecendo pelo apoio em todas as situações possíveis.

— Quem me dera um dia ser corajosa como você — disse a kaorsh.

— Foi você que me mostrou que, neste mundo perdido, ainda há espaço para a coragem — retribuiu ele. — Nós formamos um ótimo time.

— O melhor — concordou ela, se levantando.

Por um momento, a mancha azul ao redor do seu olho ficou da mesma cor dos cabelos do sinfo. Ao perceber isso, ele abriu um sorriso inesperado e disse:

— Já que estamos construindo a nossa narrativa, acho que tenho uma ideia.

Harun se aproximava quando viu Raazi rir e chorar ao mesmo tempo, com a sua mão espalmada no rosto do sinfo. Quando Pryllan se afastou e perguntou para Peebo como estava, todos gritaram de euforia. Raazi havia usado a habilidade kaorsh para deixar uma marca da sua mão no rosto do pequeno.

Vermelha.

— A partir de hoje, declaro que você é o capitão da Guarda Vermelha — disse ela, sorrindo, mas a sério.

Os sinfos comemoraram e fizeram fila para receberem as suas marcas.

Harun gargalhou, uma reação inesperada durante a despedida, e foi falar com Pryllan.

— Você arranjou mais trabalho para ela até no último segundo — comentou o anão, olhando para a marca vermelha no rosto empolgado do pequeno. — Ficou ótimo.

— Os soldados de Proghon vão ficar bem incomodados — comentou Pryllan, mas então uma sombra de dúvida passou pelo seu rosto. — Supondo que o plano funcione, e o exército vá até Baluarte enquanto eu ainda estiver *sobre* a terra, e não *debaixo* ela.

— Farei o meu melhor para ser convincente — prometeu Harun.

— E, se ele não for, teremos muito a fazer pelos que tombaram.

— Sim. Eu não tenho palavras para agradecer — disse Harun, sentindo um enorme buraco no estômago.

De repente, Pryllan ficou mais sério e disse:

— Tenho algo para pedir.

— Qualquer coisa.

Ele apertou a mão de Harun. O anão se espantou com a força nos seus dedos.

— Se por acaso Proghon quiser que você o leve até Baluarte e nós dois precisarmos entrar em combate, não hesite. Esqueça que fomos amigos um dia. Nosso plano não pode falhar, e você deve ser um delator convincente aos olhos do General.

Harun respirou fundo. Aquilo era algo verdadeiramente horrível de se imaginar.

— Assim será.
— E saiba que eu também não hesitarei.
— Tenho certeza disso, pequeno.

Harun o puxou pela mão para emendar o cumprimento num abraço. Em seguida, deu-lhe as costas, para que não quebrasse a barragem das suas lágrimas tão difíceis de serem contidas naquele momento.

Para o seu conforto, a voz que o acompanhava o lembrou de o quanto ele estava sendo forte. E que precisaria ser ainda mais dali para a frente.

O dia anterior à sua partida foi um dos melhores da sua vida.

Harun perguntou onde poderia encontrar a tal Nova Nascente, o local onde Una supostamente teria matado Ebriz, de acordo com o estranho texto apócrifo daquela cidade. Então, num final de tarde perfeitamente dourado, levou Ônix e Cora até lá. Achava que a esposa ia gostar, ainda que aquela não fosse exatamente a Una que ela acreditava.

— Aí está — disse ele, apontando para a nascente, rodeada de flores que já estavam extintas na Untherak do sul. — O lugar onde uma deusa de mentira matou um inimigo de mentira.

Cora riu e se sentou na beira da água. Harun chutou as botinas para longe e colocou Ônix na parte rasa, segurando-o para não escorregar. A esposa segurou a mão livre do marido, a que tinha um dedo a menos, e confessou:

— Antes, eu ficaria ofendida. Mas hoje acho que não consigo mais encarar as coisas do mesmo jeito. Carrego no meu coração o mesmo que sentia quando pensava ser protegida por uma deusa que zelava por mim. Tenho os mesmos valores: ajudar o próximo, honrar a minha família... mas a imagem de Una desaparece cada vez mais das minhas preces, e vejo o seu rosto, o de Ônix, o de Malaquite...

Ela enxugou uma lágrima solitária. Harun apertou a sua mão.

— Acho que a minha fé pertence à verdadeira bondade que nos cerca — concluiu Cora. — Acredito em atitudes como as de Pryllan, como as suas. Acredito num bem maior. Acredito em você.

Harun a beijou. Enquanto não era observado, o filho do casal quase comeu uma rã. Ficaram ali, em silêncio, até que o anão percebeu estar mais leve.

— Acho que podemos acreditar na mesma coisa — disse Harun. — Finalmente.

Eles voltaram para a casa próxima ao Salão Dourado que havia se tornado o lar dos Okodee. Harun colocou Ônix na cama, já que ele não cabia mais no berço. A criança havia gastado muita energia e dormiria pesado. Isso era bom. Ele beijou a sua testa e foi dar uma última olhada na Última Armadura dos Okodee, já que não poderia correr o risco de perdê-la em Untherak, após se entregar a Proghon. Enquanto admirava os relevos e detalhes da armadura, esperou ouvir a voz do Velho Bantu. Algum conselho, um xingamento. Mas a verdade é que aquilo também havia ficado para trás. Porém, a voz misteriosa que lhe aconselhava e acalmava também não se pronunciou. Ela parecia temperamental e não havia como saber quando surgiria. Tudo bem.

Harun foi até a porta, com um fardo contendo algumas roupas e as suas duas armas favoritas: o machado e o martelo. Ele as queria por perto ao entrar de volta pelas muralhas de sua cidade natal. Cora foi até o marido e lhe entregou uma garrafa com uma bebida e um pão caseiro, à moda dos anões.

— Para a sua viagem.

— Obrigado — respondeu ele, sentindo-se destruído por dentro.

Ela o tratava com a mesma simplicidade cotidiana de quando ele era um Autoridade na Vila A, saindo para os seus seis dias de servidão. Em breve, eles se veriam outra vez.

Vendo que Harun tinha travado no lugar, Cora o beijou e então abriu a porta.

— Vá. Nós nos veremos em breve, certo?

Ele balançou a cabeça. Não tinha tanta certeza assim.

Mas os olhos de Cora...

— Claro. Em breve.

A porta se fechou. O anão estava sozinho no meio da rua, numa madrugada de lua cheia, e teve vontade de se jogar para dentro da casa pela janela. Ou de deitar na frente da porta e dormir ali mesmo. No dia seguinte, talvez recebesse a notícia de que Proghon havia se matado ou algo assim...

"Vamos. Estou com você", sussurrou a voz misteriosa, no momento certo. E ele foi, aos poucos, caminhando na direção do porto.

Desceu as escadas sem reclamar: eram degraus curtos, bons para anões, bem iluminados pelas tochas que acompanhavam a descida e pela luz natural da imensa lua. Lá embaixo, encontrou Druk, conforme o combinado. Havia lhe pedido para que não chamasse nenhum dos companheiros. Nem mesmo Raazi e Aelian. Queria partir sem alarde, pois as despedidas dos sinfos já haviam sido difíceis o suficiente.

— Olá, Harun Okodee! — cumprimentou o gnoll, puxando as cordas de um barco a vela de aspecto veloz, grande o suficiente para cinco ou seis pessoas.

De dentro da cabine, Absinto subiu as escadas, sorrindo para o anão.

— Uma bela noite para navegar, não acha?

Harun evitou dizer o que pensava do mar. Ainda mais quando a sua primeira vez viajando por ele significava estar sendo levado de volta para Untherak. O anão apenas entrou na embarcação, com cuidado, tentando apagar da sua mente que passaria semanas ali. Mas ficou contente em ter a companhia do gnoll e do sábio mestre de Anna. Não havia conversado tanto com eles quanto gostaria, e os dois prometeram deixá-lo numa boa localização para que pudesse caminhar até Untherak sem levantar suspeitas. Pelo menos cobririam boa parte da viagem de maneira mais rápida, pela costa. Segundo Druk, depois os dois ainda fariam uma parada em outro lugar para "buscar recursos" para Raazi e companhia.

Harun não olhou para a Untherak às suas costas antes de as montanhas a esconderem de vez.

A cada partida — até mesmo aquelas que aconteciam na calada da noite —, Aelian sentia o peso sobre os seus ombros aumentarem. Esperava que tudo ocorresse bem durante a missão de Harun, e que Druk e Absinto voltassem logo da sua viagem.

Ele tinha muito a aprender antes de chegar a sua vez de partir.

Como se o futuro incerto e perigoso não fosse um fardo suficiente sobre os seus ombros, enquanto Aelian estava sentado no gramado, observando Akari realizar o treinamento de manobras militares próximo ao portão oeste da cidade, Venoma lhe trouxe algo que acompanhava uma lembrança dolorosa. De primeira, ele não demonstrou reação ao ver a espada de Anna reforjada. Na última vez que colocara os olhos naquela arma imensa, tivera que contar ao grupo de amigos que a sua mentora havia sido derrotada.

— Você... a carregou até aqui! — exclamou, ao recuperar a voz.

— E você não imagina como ela me trouxe problemas — resmungou a mercenária, de braços cruzados.

Pouco a pouco, Aelian se alegrou, como uma criança ao ganhar uma espada de madeira. A própria Venoma já havia sido essa criança, num passado muito longínquo, antes de começar a matar de verdade.

O rapaz tentou erguer a arma e fazer os movimentos que guardava na memória. Porém, enquanto Anna era capaz de derrubar dois homens com um só golpe, ele mal conseguia desferir um arco firme à sua frente.

— Eu preciso praticar — admitiu.

— Podemos praticar juntos — disse Venoma, e houve um silêncio cheio de memórias e significado. Ela sorriu, do seu jeito contido, deixando Aelian menos tenso. — Isso que você está pensando também, mais tarde.

A espada se tornou um pouco mais leve.

37

A garota corria ladeira acima, os pulmões acostumados com a fumaça constante. Apesar do cheiro da queima de quarteirões irritar a sua garganta e a sua cabeça, ela era jovem, e ganhava dos soldados de armadura em velocidade e agilidade. Quanto mais para cima fosse, mais seguro seria. Manobrar aqueles pelotões com escudos largos pelas ruas obstruídas levaria tempo.

Todas as ações determinadas pelo General Proghon nos Assentamentos — que sempre terminavam com mais uma, duas ou dez casas pegando fogo — tinham o intuito de punir algum ladrão que havia fugido do Miolo ou de dizimar os pequenos grupos de guerrilha que provocavam as suas infantarias.

Katria havia feito as duas coisas.

A garota de catorze anos perdera os pais no expurgo de Untherak, e pagava a Dívida Familiar desentupindo calhas, cada vez num lugar diferente. Tinha passado aquele dia no telhado do Berço e, na hora de descer, pegara um cesto de pães que estava dando sopa na entrada de uma das salas de treinamento das crianças. Fingiu costume ao carregar a fornada inteira, caminhando apressada e gritando para saírem da frente, pois tinha uma entrega para fazer aos guardas dos postos na muralha do Miolo.

Como era o seu sexto dia de servidão, passou direto pelo portão interno da cidade. O Dia de Louvor continuava a existir, mesmo depois de Proghon renegar Una. Ninguém era obrigado a orar pela deusa morta, mas o General provavelmente chegara à conclusão de que um mínimo de folgas era necessário para não perder sua mão de obra. Era uma de tantas contradições que mantivera para não reduzir as linhas de produção dentro do Miolo.

Katria sorriu, as bochechas cheias de sardas fazendo a sua linha da servidão subir. Achava que ninguém tinha reparado na sua movimentação...

... até uma maldita flecha negra atingir o chão entre os seus pés. Um aviso.

Malditos Silenciosos!, pensou, sentindo a esquisitice no ouvido. Ela foi para trás de uma pilha de entulhos e começou a subir as ruas em zigue-zague, tentando despistar os vigias.

De maneira desproporcional, cerca de vinte soldados prontamente se reuniram ao sopé do morro, liderados por um anão. Katria praguejou e assobiou da maneira que combinara com os amigos.

Os primeiros barris rolaram pela rua, a fim de atrapalhar o avanço dos soldados. Ela continuou subindo, sem largar os pães, e então cruzou a segunda linha.

— Solta! — gritou Katria, cortando caminho por dentro de um barraco recém-carbonizado.

Cinco barris em chamas rolaram ladeira abaixo. Os soldados cravaram os seus escudos no chão e deixaram os petardos explodirem na barreira.

Enfim, lá estava ela, longe o bastante dos soldados lentos com as suas maças lentas. Katria tirou o capuz, deixando as tranças rentes a cabeça à mostra, e subiu mais um pouco, até uma clareira no meio das casas. Se escondesse os pães, duvidava que eles a reconheceriam, de tão sujo que estava o seu rosto pelo trabalho no Berço.

A garota se recostou numa parede, tentando ouvir se os soldados avançavam, mas nada escutou. Só iria voltar até o esconderijo e falar com os garotos. Eles deviam estar com fome, e, de qualquer forma, era necessário trocar a vigília do ponto mais alto dos Assentamentos.

Foi quando uma mão forte tapou a sua boca e a derrubou no chão. Katria teve o grito abafado, e os seus olhos se arregalaram ao ver tão de perto o rosto enfurecido do anão que liderava o grupo de soldados. Como ele havia chegado ali tão rápido?

O anão pôs o dedo em riste na frente dos lábios. Era um sinal de silêncio um tanto barulhento, com um *sshhhhh* alto demais, mas Katria obedeceu, calando-se. Ela reparou que faltava um dedo na mão levantada. O soldado, com o rosto negro cheio de pequenas cicatrizes parecendo tão tenso quanto a garota, tirou devagar a mão enluvada de cima da sua boca.

— Quieta — grunhiu ele, e olhou para os lados, tentando ver se alguém se aproximava.

— Desculpa, eu devolvo...

— Me escute — interrompeu o anão. — Você sabe ler?

A garota balançou a cabeça, assustada.

— Conhece alguém que sabe? No seu grupo?

Ela arregalou os olhos. Aquele soldado de Proghon sabia do seu pequeno grupo rebelde de órfãos?

— Um... amigo meu. Um pouco.

O anão tirou um rolo de papel dobrado das vestes, colocou-o na palma da mão da menina e fechou os dedos dela ao seu redor.

— Fale para ele ler essa mensagem para vocês e depois queime-a. Ninguém pode saber disso ou todos nós morreremos. Eu, você e seus amigos. Afogados na Mácula. Entendeu?

Katria assentiu de novo, e o anão olhou para a cesta de pães.

— Merda. Vou precisar levar isso. Tenho que recuperar moral com aquele Tenente otário e o General.

A menina estendeu a cesta para o anão, assustada, mas de boa-vontade.

— Leve uns três daqui — sugeriu ele. — Não vão dar por falta.

A menina pegou os pães.

— Vai, agora some! — mandou o anão, vendo-a se espremer pelos vãos estreitos entre as casas desalinhadas. Então ele desceu, evitando a rua principal, até encontrar o destacamento que estava sob as suas ordens, ainda aguardando.

— Por hoje, chega. O filhote de refugo largou os pães e sumiu. Vamos voltar e reportar o ocorrido ao Tenente Väritz.

Um dos soldados soltou um riso frouxo por trás do capacete.

— Viemos até aqui para pegar uma cesta de pães? Por que não vamos lá queimar umas casas?

— Porque a maioria das casas já está pegando fogo, soldado. Você se esqueceu do que fez esta manhã? Por acaso recebeu alguma ordem para obliterar os Assentamentos do mapa? Eu, não! — exclamou Harun. Então, puxou o martelo e desferiu um único golpe no escudo do soldado, o suficiente para fazê-lo perder o equilíbrio e cair no chão, mesmo em posição de defesa. — E então? Mais algum problema com as minhas ordens?

— Não, s-senhor.

— Ótimo, levante-se! Desgraçado. De volta para o Miolo, todos vocês. E você! Leve esta cesta. Entregue-a para o responsável do Berço. Ou coma, ou enfie no rabo. Não me importo!

O destacamento foi se afastando do Assentamento, e Harun respirou fundo. Estava voltando a se tornar conhecido pelo pavio curto e por uma preguiça calculada que resultava em violência quando incomodado, algo típico de quem já havia sido Autoridade e tentava galgar os degraus de confiança.

Seis meses desde que chegara em Untherak, e aquela havia sido a sua melhor chance de colocar o plano em prática. Uma criança. E ainda nem conseguira chamar a atenção de Proghon.

— Eu estou muito fodido — comentou consigo mesmo.

Harun voltou para o seu posto de frente para a Colmeia, a estrutura gigantesca e disforme que surgira com a reforma do Palácio — na verdade, que crescera ao redor dele. De todas as mudanças, aquela era a que mais lhe causava repugnância... e olha que o Berço era um grande concorrente à novidade mais pérfida da velha Untherak. Mas a Colmeia, com as suas pontas assimétricas e o cinza doentio escondendo as formas anteriores do Palácio de Una, lhe causava mais mal-estar do que a construção anterior, por mais incrível que parecesse. Lembrava realmente o trabalho de insetos, que só pensavam em expandir os seus domínios, e não construir algo que fizesse sentido.

Com esses pensamentos, entrou no seu dormitório coletivo para aguardar outras pequenas ordens sujas que provassem o seu valor.

Seis meses daquilo.

Katria parou em frente à casa, certificando-se de que não estava sendo seguida e de que o anão não era parte de uma armadilha. Também não havia gosmentos vagando por ali. Respirou aliviada e entrou. A porta não estava bem presa nas dobradiças, então teve que erguê-la e amarrar o trinco com arame para mantê-la fechada.

Desceu até o porão, tomando cuidado com as tábuas que faltavam nos degraus, e, com a luz do candeeiro, viu dois garotos: um anão e um humano cujo nome ainda não sabia. Tinham se juntado ao grupo recentemente. Eles estavam tentando fazer bombas incendiárias com garrafas roubadas, que o garoto humano sempre conseguia levar até o esconderijo.

— Trouxe pão — anunciou ela, jogando o alimento para os dois e desabando no chão com as costas apoiadas na parede.

— Ouvimos o sinal, mas Blig disse para a gente esperar aqui e continuar trabalhando nas garrafas — falou o menino anão, Stak.

Katria deu de ombros e se lembrou de estar amassando o papel que o soldado lhe dera.

— Funcionou — suspirou ela, percebendo que tanto Stak quanto o garoto humano olhavam fixamente para a sua mão. Ela estendeu o papel para eles. — Algum de vocês sabe ler?

O garoto humano levantou a mão e tirou os cabelos do rosto, balançando a cabeça com uma careta.

— Mais ou menos — respondeu.

A menina lhe entregou a carta mesmo assim, e o garoto começou a ler devagar, em voz alta:

— "As pessoas que fugiram de Untherak vão retornar..." A letra dele é bem feia, o que está escrito aqui...? Ah! "O socorro está a caminho. Se quiserem nos ajudar a derrotar Proghon, há um mapa na outra... página."

O garoto desdobrou o papel, e lá estavam os desenhos. Stak e Katria o iluminaram com a luz de velas.

— Espera... isso é uma entrada secreta dos Assentamentos para a Estátua? — perguntou o anão, assombrado.

— Esse quarteirão do mapa nem existe mais, não é? — comentou Katria, e Stak balançou a cabeça. — Perto de onde um pessoal morreu envenenado... Meu pai ainda estava vivo, e a minha tia morreu lá.

— Não sei mais onde ficava — disse Stak. — Já construíram outras coisas por cima da praça.

— Eu sei como chegar — falou o menino que sabia ler, decidido.

Ele se levantou, segurando algo que estava dentro da camiseta, sem sequer perceber. Puxou o dado de oito lados feito de pedra verde e o beijou, para dar sorte. Aquela era uma oportunidade significativa, e era por isso que ele tinha se juntado à resistência dos Assentamentos. Ele usava cabelo comprido só por causa do seu tio postiço, o falcoeiro encrenqueiro, que também devia ter falecido no dia do expurgo. A terceira pessoa que ele mais amara durante a sua vida ainda curta.

Tom se lembrava das histórias que Aelian contava para os seus pais, no balcão do Pâncreas de Grifo. Aquela era a chance de ser ainda mais parecido com ele.

— Pode entrar — disse o Tenente Väritz, com as pernas apoiadas sobre a escrivaninha.

Era um kaorsh batizado, esguio, com cabelo curto e preto e maçãs do rosto salientes. Ele parecia deixar a pele propositalmente mais pálida que o normal, o que dava a impressão de estar usando uma máscara de esqueleto.

Harun, nas suas vestes negras, empurrou a porta e parou diante do kaorsh com os braços cruzados.

O Tenente riu ao observar o anão emburrado.

— Muito bem. Hoje você deixou uma ladra escapar nos Assentamentos. Seu desempenho está cada dia pior. No entanto, há inúmeras reclamações das tropas sobre a sua agressividade. É assim que quer ter uma audiência com o General?

— Faz seis meses que você só me passa os piores soldados. E estes são ainda piores que os de antes.

— Proghon pediu para testar a sua lealdade. É o que estou fazendo.

— Eu tenho informações privilegiadas sobre os refugiados.

— Ainda assim, não quer me falar nada sobre isso — comentou o kaorsh, pegando uma garrafa de destilado de uma gaveta e dando um longo gole. Ele estalou os beiços, e o cheiro da bebida ondulou pelo ar. — Eu acho que você é um mentiroso e covarde, que fugiu após a Batalha do Portão Norte e depois se arrependeu. Só que era um pouco tarde demais, e aí a sua volta demorou um bocado...

Harun engoliu em seco, forçando a raiva garganta abaixo, e retrucou:

— Você pode ver o meu histórico como Autoridade. Servi de maneira excelente e me infiltrei no grupo de Raazi Tan Nurten para rastrear os rebeldes.

— É um pouco difícil consultar históricos agora — comentou Väritz, apontando para os papéis espalhados por todo o gabinete. — O Poleiro caiu há tempos, e o serviço de cores e de entrega foi embora junto com os falcões. Nem tudo é documentado hoje em dia, e ninguém se lembra de você. — O kaorsh fez um gesto que ia de Harun para o seu peito e do seu peito para Harun. — Então, se você me contar o que sabe, eu, *Tenente*, levarei o assunto para o *General*.

— Sei como as coisas funcionam em Untherak, Tenente Väritz — garantiu Harun. — Se eu compartilhar uma informação valiosa, você vai repassá-la ao General como se tivesse descoberto o esquema. O mérito será seu, e eu continuarei onde estou. Não. Deixa que eu falo com ele e incluo o seu nome na minha delação, agradecendo pela sua ajuda.

Väritz riu, enfim tirando os pés de cima da escrivaninha e se sentando com o corpo inclinado para a frente. Seus olhos escuros de Mácula brilharam na direção do anão quando disse:

— Apesar de eu achar que tem algo errado com você, gosto dos seus métodos. Você é esperto, agressivo. Sabe sobreviver neste lugar. Eu cuido da distribuição de carvão, se quiser entrar. Proghon incentiva isso. Posso colocá-lo no esquema do cofre também. E estamos precisando de alguém para cobrir a distribuição perto das Plantações.

— Primeiro gostaria de revelar o que sei.

— Certo, certo. Vamos terminar com isso de uma vez. Eu levo você até Proghon, e você conta a sua lorota. Se ele pedir a sua execução, não será culpa minha.

Harun assentiu. Väritz pegou a sua espada batizada e pediu para o anão acompanhá-lo.

A longa caminhada do posto avançado até a Colmeia foi cinza e repugnante. Harun desejou que o seu fantasma falasse alguma coisa para distraí-lo da visão miserável, do cheiro que impregnava o ar. O Miolo nunca fora tão sujo, mesmo sem o mesmo volume de atividade industrial de antes. Os servos chafurdavam na lama e nos dejetos misturados a ela, parecendo ainda piores do que na sua época. Os elfos Silenciosos, porém, pareciam flutuar acima da sujeira e do esgoto a céu aberto de Untherak — isso quando não faziam as suas rondas sobre os gafanhotos gigantes. Eles estavam por toda parte, com a sua brancura intocada. Os bichanos traziam memórias ruins para Harun, mas eram memórias ruins na companhia de pessoas em que confiava. Aqueles dias pareciam cada vez mais distantes.

Por um momento, Harun teve a inocência de achar que Proghon o receberia no Fosso, onde Aelian e Anna tinham entrado. Poderia dar uma boa olhada na arma secreta, talvez até se arriscar a pegá-la... Não, era cedo demais. Porém, para a sua decepção e horror, descobriu que o General havia reformado o saguão central do antigo Palácio.

Após as duas fileiras de Silenciosos, com armaduras negras e capacetes que deixavam os seus cabelos longos e claros escaparem por um buraco no topo, havia uma escadaria imensa e imponente, que terminava num trono de respaldo alto, com caveiras reais no encosto dos braços e uma imensa asa de pedra na parte de trás. Harun imediatamente reconheceu o fragmento da estátua de Una e o Dragão, que por tanto tempo fizera parte da Vila A, sua antiga morada. O tributo rochoso devia ter se despedaçado no processo de transporte para a Colmeia.

E cascateando pelos dois lados através dos degraus da escadaria e espalhando-se por canaletas em padrões retos de quinas angulosas, a Mácula jorrava.

Ao lado do trono, havia meia dúzia de batizados acorrentados em estado de quase morte. Seus rostos pareciam escalpelados, com os dentes à mostra, sem lábios para escondê-los. Harun ficou imaginando o que aquelas pessoas teriam feito para merecer aquele destino. Tinham um estado muito mais deteriorado do que qualquer outro gosmento em que já pusera os olhos.

O Tenente e o soldado passaram pelo corredor de Silenciosos, o que abafou parte da audição de ambos. Väritz se ajoelhou. Harun quase se esqueceu de imitá-lo.

— *Fale, Tenente* — sibilaram as bocas descarnadas dos batizados, todas ao mesmo tempo, enquanto de lá do alto, o General apontava para os dois. Bem abaixo. — *Este é o suposto delator?*

— Sim, General. Ele alega ter notícias dos exilados do Portão Norte.

— Parte deles está viva, General — informou Harun, erguendo a voz, ainda olhando para baixo. Era melhor assim.

— *E por que eu me interessaria em miseráveis que serão mortos pela Degradação mais cedo ou mais tarde?*

— Com todo o respeito, senhor — respondeu o anão —, notei que a Arena de Obsidiana se tornou palco para manobras militares das suas unidades de arco silenciosas e ligeiras. Reconheço táticas de combate de grande escala, e o General não tem inimigos nem espaço para conflitos desse porte aqui, dentro de Untherak.

Silêncio. Väritz o encarou com uma expressão entre a raiva e a incredulidade. Harun continuou de cabeça baixa, pois sabia que tinha sido petulante. Porém, não conquistara o seu cargo de Autoridade com palavras e atitudes humildes.

— *E quem estaria entre esses... sobreviventes?* — sibilaram as bocas horrendas. — *Quem você acha que seria digno da minha atenção? A assassina de Una?*

— Raazi Tan Nurten morreu pouco antes de eu deixar a cidade.

— *Cidade?*

— Sim. Onde a Degradação se torna sal, encontraram uma cidadela com um baluarte. Os exilados se instalaram ali. Inclusive, conseguiram derrotar o ataque de um grupo de kaorshs que se denominava a Víbora.

Proghon se ergueu. Väritz baixou a cabeça. O General nunca havia se levantado para ele, por qualquer motivo.

— *Saia, Tenente.*

— Mas, senhor, e se Harun estiver mentin...?

— *Agora!* — gritaram as bocas dos maculados e a do próprio Väritz, que, na mesma hora, recuou de costas.

As portas bateram com um estrépito. Harun tinha toda a atenção do General.

— *E o carregamento que a Víbora levava no seu rastro?*

— Um deles foi queimado. Havia... algo vivo lá dentro.

Proghon parecia estar calculando a probabilidade de guerreiros tão preparados terem sido mortos por pessoas tão miseráveis. Harun esperava que ele considerasse que os exilados não fossem tão inofensivos assim para terem matado a Centípede e o seu culto secreto de kaorshs. Os amplificadores de Proghon imploravam em sussurros e gemidos enquanto as suas bocas não eram usadas. Harun começou a tremer. Sentiu uma presença reconfortante atrás de si, e desejou que ela não fosse embora, mesmo que permanecesse em silêncio. Fora a sua companhia que o mantivera íntegro e esperançoso nos últimos meses.

Proghon falou novamente através dos seus escravos:

— *Havia mais uma carruagem.*

— Sim... com carvão. Alguns indivíduos chegaram a usá-lo para aliviar a dor das doenças e das pragas que acometeram os miseráveis. Mas eles já estavam no fim das suas vidas...

Proghon desceu até o meio da escada.

— *E por que você veio se entregar?*

— Quero servi-lo mais uma vez e me redimir por ter deixado Untherak para trás. Só há miséria lá fora. Morte e doença... Aqui eu era valorizado. Fui Autoridade por anos.

— *Isso é passado. Não há mais nenhuma Autoridade, apenas eu. O cargo de Tenente é... uma mera formalidade de um passado obsoleto. Talvez deixe de existir em breve.*

— Mesmo assim, estou disposto a começar do primeiro degrau, senhor.

— *E acha que vou aceitá-lo porque simplesmente se arrependeu?*

— Não, senhor — respondeu Harun, temendo o que estava por vir. Não acreditava que a sugestão viria da sua boca. — Aceitarei a punição que achar necessária.

— *Você lutaria contra os seus aliados?*

— Não são mais os meus aliados.

Proghon desceu o restante dos degraus. Lentamente, pois os seus movimentos eram pesados, ruidosos.

— *Talvez você devesse se banhar na Mácula. Por conta própria. Poucos seriam capazes de fazer isso.*

Harun levantou a cabeça. Encarou as órbitas vazias bem acima dele, apesar do General ter descido todos os degraus.

Então, era assim que aconteceria um dos maiores medos da sua vida?

Proghon apontou para uma parte do salão onde as canaletas de Mácula se tornavam uma grande piscina. Era impossível saber a profundidade delas.

Harun caminhou até lá. Ele havia dito para todos os seus aliados que, se fosse necessário, faria o batismo. Ranakhar não teria conseguido provar a mesma coisa, se lhe fosse pedido.

"Há uma parte de você que não se desligará", disse a voz nos seus ouvidos, mais clara do que nunca. Pela primeira vez na vida, teve certeza de que era uma voz feminina. "Mesmo se você se transformar, estarei aqui para lembrá-lo do seu propósito."

Harun parou na beira da piscina negra. Uma única bolha estourou na superfície.

Apenas um passo e estaria feito. Não poderia hesitar. Não poderia falhar. Teria que torcer para ser retirado no momento certo. Antes de ter a mente corrompida. Para não ser deixado lá dentro até se dissolver e apenas engrossar o maldito líquido da morte.

Ele levantou o pé.

— *Porém...*

A palavra ecoou pelo salão. Proghon estava ao seu lado, olhando para a Mácula.

— *Se você se tornar um maculado, não seria um verdadeiro teste de lealdade. Eu poderia controlá-lo.*

— Sim, General. Mas essa possibilidade não me aflige.

— *Aposto que não. Há tempos não encontro tanta força de vontade em alguém, aliada a capacidade dos miseráveis de trair, delatar, fingir. Essa "imperfeição" lhe será útil quando enfrentar os rostos conhecidos.*

Proghon lhe deu as costas. Harun continuou olhando para a Mácula, pensando naquelas palavras.

— *Vamos até a cidadela de onde você veio* — disseram as vozes dos acorrentados, enquanto o General subia as escadas de volta para o seu trono alto. — *Mate-os por vontade própria. Mostre-se vantajoso, e eu repensarei quem eu quero como Tenente. Você me será útil.*

Com o sangue gelado, mas ainda vermelho, Harun foi se preparar para mais uma viagem. Desta vez, a que ele mais temia.

38

Aelian foi recebê-los assim que viu a embarcação surgir no porto. Absinto e Druk retornaram, após poucos meses de viagem, acompanhados de trinta barcos compridos, coloridos e com múltiplas velas que pareciam barbatanas de peixes gigantes.

O humano permaneceu absorto ao ver o gnoll saltando da embarcação, empolgado. Abraçou-o de maneira distraída, percebendo que cada um dos trinta barcos estava apinhado de gente.

— O que é isso? — quis saber Aelian.

— Absinto disse que uma ilha lhe devia uns favores. Esses são os filhos e netos das pessoas que estavam em débito com ele. Os aróspinos. — Vendo que Aelian continuava sem entender nada, o gnoll acrescentou: — Ah, eles vieram de um arquipélago chamado Aróspia.

Como se aquilo explicasse tudo.

Eram homens e mulheres com olhos claros, em tons de amarelo e verde, e pele bronzeada. Tinham tatuagens com linhas finas e abstratas — para Aelian — nos braços e nas pernas. Trajavam armaduras muito leves no tronco, do tipo que não os afogariam caso caíssem na água, e saias de várias camadas de tecidos sobrepostos. Seus escudos eram pequenos e redondos, e as espadas tinham as pontas recurvadas e divididas em dois ou três ganchos, como grandes anzóis de mão.

Eles desciam do barco num clima de festa, observando a Cidade Dourada com certo espanto, mas nenhum medo. Passaram por Aelian como se ele não existisse e subiram a escadaria, rindo e conversando numa língua diferente de qualquer outra que ele já tinha ouvido.

Falando aquele mesmo idioma, Absinto saiu de um dos navios de braço dado com uma mulher aróspina, que tinha os olhos pintados por uma linha horizontal laranja, parecida com a de vários recém-chegados que apinhavam o porto. Ele apresentou Sarinna a Aelian, primeiro na língua geral e em seguida no idioma rápido e cheio de zumbidos silabais dos aróspinos.

— Sarinna é a grã-construtora de barcos de Aróspia — explicou Absinto. — E inventora das melhores armas de cerco que já vi. Achei que gostariam de nos ajudar com nossos futuros problemas.

Aelian imaginou que tipo de estratégias de expansão e sobrevivência teria um povo que se especializava em armas de cerco. Sentiu um arrepio ao vê-los andando tão livremente por Untherak, mas depois descobriu que os aróspinos abominavam prédios entre montanhas. Curvou-se devagar diante de Sarinna, como tinha aprendido nos registros de quando civilizações diferentes se encontravam. Ficou encantado em poder aplicar as maneiras antigas em novos tempos, nos quais os registros seriam recriados.

O humano tinha visto muita coisa na sua viagem marítima com Druk, e todas as suas noites na torre eram de escrita empolgada. Tentava se lembrar de cada etapa da sua jornada pelo pântano, pelo mar, pela terra e pelo sal. Ao que tudo indicava, Aelian continuaria se surpreendendo e ganhando muito mais material e inspiração se continuasse por ali.

Segundo Absinto, metade dos aróspinos dormia nos seus próprios barcos, alternando-se em turnos de vigília para ter certeza de que as estrelas não desabariam enquanto não estavam olhando. De repente, Aelian entendeu onde o mestre devia ter aprendido tanto sobre o céu noturno.

Raazi recebeu Sarinna e sua comitiva, surpresa mas feliz, e ofereceu o espaçoso Salão Dourado para os que dormiriam em terra firme. Absinto, que permanecia como intérprete, disse que eles gostariam de começar a montar os trabucos e as catapultas imediatamente. A kaorsh pediu para Kuhli e os sinfos acompanharem os capitães aróspinos e mostrarem quais árvores poderiam ser usadas. Através da tradução de Absinto, Sarinna explicou que eles mesmos haviam trazido um estoque de madeira de árvores costeiras e flexíveis, e que aquele seria um presente para a aliança entre os povos.

Após as apresentações iniciais, visitantes e anfitriões passaram a falar a mesma língua onde ninguém se entendia, mas todos concordavam — a da comida e da bebida. Absinto contou para Raazi e os demais como as técnicas com os anzóis de guerra — as espadas de pontas recurvadas e diferenciadas — ajudaram os aróspinos a ensinar modalidades de luta para Anna. Aelian pensou em contar para ele sobre a espada reforjada, mas resolveu guardar o assunto para depois. *Uma alegria por vez*, pensou.

Até porque não havia muitas alegrias ultimamente.

Aelian e Akari aprenderam a impedir as suas aves de se matarem. Falcão e *anins* agora voavam e pescavam juntos. A salobra disse que conseguiria mandar um bando dos pássaros brancos para Baluarte todo mês, para verificar se a cidade já havia sido atacada, e que Bicofino poderia acompanhar os *anins* nessas viagens. Isso significava mais um amigo para deixar Aelian em aflição com as longas estadias fora da Cidade Dourada.

Durante todo o tempo em que as aves ficavam fora, Aelian só podia imaginar o que Pryllan e os outros estavam passando. Assim como não conseguia pensar nas provações de Harun, que já partira há tanto tempo. Se Baluarte ainda não fora descoberta, isso significava que o anão ainda não tinha conseguido colocar o plano em prática.

O que restou a Aelian durante esse tempo foi se aprimorar em tudo que pudesse. Absinto o ensinou a usar a espada de Anna, sorrindo toda vez que o via desembainhar a grande lâmina que um dia havia sido sua. Era mais uma questão de equilíbrio do que de força, de não parar de golpear depois que o movimento inicial, mais pesado, começasse. Precisava usar o corpo para direcionar o peso da espada em movimentos de pêndulo, ceifando, aproveitando o seu tamanho para manter os inimigos longe demais para o apunhalarem e desmotivados para contra-atacarem. Suas lembranças de Anna, dos seus rodopios e movimentos de pés nas lutas, ajudavam muito nessa hora.

Absinto também lhe ensinou a técnica de enfaixar o corpo. As faixas precisavam ser passadas do jeito certo para não cortar a circulação de sangue, e ainda assim protegê-lo contra queimaduras e até ferimentos maiores, como o de flechas.

— É uma espécie de armadura flexível — explicou o mestre, enrolando-a nos punhos —, que vai ajudar na hora de golpear com as mãos, protegendo os seus pulsos.

— Você também aprendeu isso com os aróspinos? — perguntou Aelian, imitando o movimento de enrolar as faixas.

As luzes da cidade brilhavam a distância. Os dois haviam desenvolvido o costume de ir longe para treinar e tragar a boa erva de fumo que nascia rente aos muros da Cidade Dourada, observando as estrelas. Em geral, iam para o sopé das montanhas e para os platôs mais ao norte.

Absinto riu com a pergunta.

— Não. O povo que me ensinou essa técnica não é tão simpático quanto os nossos amigos construtores.

— E o povo que criou essa espada?

— Pior ainda. Não podem nem ver a cor verde que já tratam de incinerá-la.

— Odeiam você tanto assim?

Absinto soprou uma nuvem em espiral que, por um instante, se pareceu com uma galáxia, olhando para uma das muitas estrelas cadentes da noite e anotando algo numa carta estelar.

— Digamos que tomei algo importante deles — falou, dando um tapinha na espada imensa. Aelian prometeu a si próprio nunca viajar por águas desconhecidas com aquela espada à mostra.

A colaboração de Aelian com Raazi no treinamento das tropas foi se tornando cada vez mais integral e desafiadora. Os aróspinos participaram, mostrando diferentes formas de abrir caminho entre inimigos. Assim, Aelian aprimorou o combate com vários oponentes ao mesmo tempo. Talvez estivesse bebendo da mesma fonte da sua mentora, pois percebera como os aróspinos usavam a movimentação para encontrar pontos cegos onde os inimigos se amontoavam e se aglomeravam, o que os fazia caírem e ferirem uns aos outros.

Os aróspinos, como haviam prometido, também montaram cerca de dez carroças desmontáveis, que se tornavam dispositivos complexos e fascinantes para o arremesso de pedras e outros projéteis. Os anões se encantaram pela mecânica e propuseram o acréscimo de alguns reforços de metal que aumentariam a vida útil das catapultas. Observando as pedras voarem pelas planícies diante da cidade enquanto comia o seu almoço recostado num Thrul dorminhoco, Aelian teve uma ideia que complementaria a tática aróspina. Tirando a poeira da sua ocarina, tentaria reunir os sinfos para colocar o seu plano em prática.

Nas atividades que envolviam batalhas com bastões de treino, Aelian notava brechas em formações de escudos, e Raazi as corrigia; assim como ela o lembrava de fechar a guarda quando lutava sem a espada. Juntos, as lacunas um do outro eram preenchidas, e os dois aprendiam a pensar como um só, formando um exército organizado — ainda que partes dele agora estivessem espalhadas pelo mundo.

Mais e mais voluntários chegavam para Raazi, Aelian e Akari. Quando perguntavam o motivo para cada anão, sinfo ou humano aparecer nos treinos, sem sequer saber segurar uma lança, a resposta quase sempre era a mesma: "Não é justo o que aconteceu com as pessoas do sul. Quero ajudar a libertá-los."

Nisso, Aelian também tinha grande participação: parte dos seus passatempos noturnos era escrever rimas que se encaixassem nas melodias dos sinfos e em outras músicas de alaúde e flauta que ele mesmo havia composto. Nelas, contava situações pelas quais passara, histórias que tinha lido e coisas que gostaria que acontecessem: liberdade e reencontros, o fim de males antigos. A multidão passou a aguardar os momentos em que o humano improvisava esses contos cantados junto aos sinfos de ambas as Untheraks — tanto que passaram a chamar Aelian de Sinfo Comprido.

Druk ria do apelido, mas sempre estava perto do amigo nas apresentações, para apoiá-lo e para escutar as histórias com finais felizes de que tanto precisava. Absinto nunca mais conseguira entrar em contato com Wora nos Grandes Pântanos, e isso o preocupava. Ainda assim, lembrava que o seu mestre já passara por circunstâncias mais difíceis. Ele mesmo era a prova da superação de correntes antigas, um atestado de que o velho do pântano podia fazer o impossível.

E foi assim que, por dias e dias, viveram uma rotina agridoce, de alegria e saudade, dor e esperança.

Tom, Stak e Katria seguiram as instruções da carta, sem avisar mais ninguém da resistência. Se fosse uma armadilha, pelo menos não colocariam os outros em risco. Se fosse verdade... bem, não precisariam mais comemorar cada dia que haviam sobrevivido por pouco. Finalmente teriam uma verdadeira vitória.

A carta continha instruções e mapas em várias folhas finas. Os três encontraram os túneis de pedra sob os Campos Exteriores e também o antigo elevador — que Stak reconheceu como sendo tecnologia anã, exatamente da maneira que sempre haviam lhe contado. Após a subida, deram de cara com um símbolo numa porta. Procuraram nas instruções.

Quando encontrarem o símbolo

coloquem a mão em cima e aguardem.
Só tirem a mão quando ouvirem um barulho.
PACIÊNCIA, PIRRALHOS!

Tom apertou o símbolo. Quando achou que nada aconteceria, um ruído avisou que a porta estava destrancada.

E então tiveram a maior surpresa das suas vidas.

Armas. Livros. Esculturas. E mais armas.

Aquilo mudaria por completo a situação dos Assentamentos. Havia como dar ao menos uma lança e um escudo para cada morador capaz de erguê-los. E nenhuma das armas era batizada, pois eram antigas, muito antigas.

Acenderam os candelabros e tiveram uma visão melhor do local escondido no Coração da Estátua. Encontraram barris e barris de tinta fresca, que as cartas diziam ser "tinta eterna", e um espaço para que fabricassem as próprias flechas, além das muitas que lá haviam. Instrumentos musicais...

— Bebidas! — gritou Stak. — Vou beber até a minha barba crescer!

— Boa sorte com esses tragos de centenas de anos — disse Katria, rindo, testando a tensão de um arco.

Tom riu também e partiu para a próxima sala, acendendo candelabros.

O garoto viu uma impressionante réplica imensa de Untherak, ao fundo de um salão que não tinha tapeçaria nem candelabros. Lembrou que o anão havia comentado algo sobre réplicas na sua carta. Desdobrou os papéis e leu:

ATENÇÃO, PIRRALHOS!
NÃO ENTREM COM VELAS OU TOCHAS NA SALA DA RÉPLICA
TONELADAS DE PÓLVORA DE OURO
DÁ PRA BOTAR ESSA ESTÁTUA INTEIRA ABAIXO
COM A MENOR DAS FAGULHAS
MATERIAL INSTÁVEL!!!

E abaixo, um mapa desenhado à mão do Miolo, com a indicação de lugares interessantes para serem explodidos, como o arsenal de flechas ao lado da Bigorna e a estação de coleta de madeira próximo ao Segundo Bosque, que fornecia recursos para os Silenciosos. Havia um caminho subterrâneo para praticamente todos os locais dentro do Miolo. Tom não conseguia acreditar, e empurrou Stak e Katria para trás quando eles vieram espiar o que havia de tão interessante naquela sala escura, completamente tomado pelo pânico que a carta almejara causar.

Então, quando acharam que mais nada poderia surpreendê-los, uma poderosa trompa ressoou do lado de fora. Aquele som era conhecido por todos, e eles se entreolharam, sentindo um medo que quase nunca demonstravam ao enfrentar os soldados de Proghon no seu território.

Graças ao mapa, encontraram um caminho que saía da sala secreta e levava até a cabeça com as seis faces de Una. Não havia nenhum vigia por lá há muito tempo, dada a sujeira do lugar. Tom se sentiu um idiota por ter temido aqueles olhos por tanto tempo, pois eram cegos. O menino achou que era um privilegiado por ter a visão de um ponto tão absurdamente alto, de onde podia ver o mundo além das muralhas de Untherak.

Mas as trompas continuaram soando, levando o seu olhar para baixo. Como no dia do expurgo, os raros gigantes abriam as portas para a Degradação. Lá embaixo, um exército gigantesco saía pelo Portão Norte, segurando tochas de fogo azul e estandartes pretos e dourados, montados nas imensas pragas saltadoras que haviam infestado a cidade. Mesmo dali de cima, era possível identificar o General Proghon marchando entre eles, uma imensa figura que atraía todos os olhares.

Ele estava indo para a Degradação. E Tom, o pequeno rebelde que nascera numa época de consecutivos acontecimentos históricos, sentiu que o seu novo ato de rebeldia começaria mais cedo do que pensava.

A Degradação passava rápido debaixo dos seus pés. Harun era puxado num esquife de guerra pelas criaturas de pernas arqueadas que tanto odiava. Em questão de semanas, haviam avançado muito, mesmo com o número gigantesco de tropas que lideravam.

Cinco mil unidades, contando batizados típicos da Vila B, acorrentados como bestas, além de soldados, arqueiros Silenciosos e gnolls. Os últimos, Harun não conseguia olhar sem sentir ódio. Não por eles, é claro. Pensava em Druk e em como todos aqueles seres haviam sido privados de viver como realmente eram.

Cinco mil soldados contra menos de trezentos defensores de Baluarte, pensava o anão.

A cada quilômetro em que sentia a areia endurecendo e o deserto se tornando mais salgado, seu medo crescia. Estava atrás da montaria de Proghon, que os guiava sem transmitir qualquer comando ou instrução. Apenas ia em frente com a certeza de que seria seguido, implacável no seu avanço, acompanhado de perto por Väritz e pelas unidades de arquearia montada. Viajavam sob o efeito dos ouvidos tampados. Paravam pouco tempo para comer e descansar. Que tomassem a água dos seus cantis sem interromper a marcha do exército. Proghon sequer se importava com os que morriam de exaustão e insolação. Harun contou cerca de duas dezenas de baixas, que caíam das montarias ou esquifes e nem recebiam olhares ou inspiravam pedidos para que a coluna fosse interrompida. Obedecer Proghon era como entrar voluntariamente num moedor de carne.

Então, quando o chão ficou branco e os cristais de sal começaram a irromper pelo caminho, Harun pensou que não aguentaria a pressão. As lembranças vinham como um turbilhão, tanto os momentos difíceis quanto os de verdadeira amizade. Soldados atônitos de Untherak, que naturalmente nunca haviam saído da cidade, gritavam ao ver as "pedras preciosas". Desta vez, Harun não disse nada para ninguém. Que acreditassem ter encontrado uma imensa caixa de joias no meio da Degradação.

Num dia que Harun sequer se importava em saber qual era, as muralhas de Baluarte enfim apareceram no horizonte, pouco antes de o sol ficar a pino. Soldados gritavam a distância. A mente do anão estava em outro lugar, e, somado ao efeito dos Silenciosos, ele sentia como se estivesse caminhando debaixo d'água. Quando se deu conta, Proghon havia levantado a mão e ordenado que a caravana parasse.

Não foram nem duas horas de descanso até os setores de ataque começarem a ser montados. Harun foi solicitado a ficar próximo do General, sob o olhar invejoso de Väritz. O Tenente não parecia feliz com a presença do subalterno, e não fez mais piadas ou demonstrou qualquer sinal de simpatia diante por ele. Apenas o encarava com os olhos batizados e invejosos. Harun fingiu não vê-lo.

Ainda estavam a mais de um quilômetro de Baluarte, mas Harun conseguia ver cabeças observando o exército por cima das muralhas. Imaginou quem seriam e como o confronto aconteceria. Teve que segurar as lágrimas e o tremor do corpo.

— Não vou conseguir — sussurrou, o mais baixo que pôde.

Não conseguia apenas pensar. Sentia as palavras subindo pela garganta, querendo sair. Assim como queria correr, sem montaria, sem esquife, na direção nordeste até alcançar Cora e poder desabar aos seus pés.

"Estou com você", disse a voz fantasma, ainda que triste. "Não sou o seu avô, não partilho do sangue do seu clã e não posso dizer que o conheço desde sempre. Mas sei a grandeza do que está fazendo, Harun."

— Sou um monstro. Ou serei um, em instantes — murmurou ele, mais silencioso que uma brisa.

A voz insistiu, clara, doce, bondosa:

"Sei como é carregar um fardo pesado. Caminhar na direção do inevitável."

Harun olhou para o lado, achando que enfim veria a alucinação, assim como via o seu avô Bantu.

— Você não é real, é?

"Já fui."

— Onde eu ganhei essa alucinação? O que fiz para escutá-la e não vê-la?

"Harun..."

— Sei de pessoas que morreram com uma bolha de ar na cabeça. Ou com uma bola de carne morta. Eu tenho isso, não tenho? Um tumor. Estou enlouquecendo de novo.

"Harun, você está sendo observado. Não diga nada."

Ele olhou rápido para a esquerda. Väritz o encarava, com desconfiança e certa descrença. Seu rosto caveirento cintilou, numa típica reação kaorsh. Harun desviou o olhar, sentindo que continuava sendo observado.

"Seu avô Bantu o ajudou da mesma forma que eu, não? Auxiliar o próximo, mudar a realidade de quem sofre, de quem busca algo para si... Isso não é ser real?"

Harun se controlou para não responder. Eles passaram a avançar lentamente. Não como uma investida. Mesmo assim, os soldados gritavam, sedentos por uma carnificina, sabendo que estavam em assombrosa vantagem numérica.

— Não me deixe agora. Por favor — murmurou, descobrindo que tremia sem controle.

Então, com o canto dos olhos, percebeu uma mão no seu ombro. Era translúcida, como a manifestação de Bantu. Ela havia se revelado, mas Harun não podia olhar para trás agora. Väritz notaria o seu nervosismo, saberia que havia algo de errado. Sentiu um calor se espalhar pelo peito, como se estivesse entrando numa banheira de água quente.

"Não vou deixá-lo, Harun. Haja o que houver."

O momento terno foi destruído quando as bocas de uma legião batizada transmitiram a ordem de Proghon:

— *Soltem os acorrentados.*

Passando por entre as fileiras, correndo e salivando, os batizados descerebrados correram na direção da muralha. Proghon, que controlava os maculados, devia direcioná-los com o seu poder. Eles avançaram, tropeçando uns nos outros, gritando, arrastando as suas correntes e cordas.

Foram recebidos com uma saraivada de flechas e setas, e mais batizados tropeçaram na primeira fileira neutralizada. Harun achou a defesa impressionante e tentou disfarçar a admiração. Os soldados ao seu lado não comemoravam. Aqueles batizados não eram mais pessoas, então não se importavam se seriam trucidados ou não. Eram apenas uma primeira vantagem de Proghon, que faria a defesa da cidadela gastar flechas e causaria certa comoção nos muros e no portão — uma vez que os batizados começavam a se acumular sob o arco de entrada, usando a própria cabeça como aríetes. A influência de Proghon os impelia para um comportamento que ia muito além do animalesco. Eles eram brutais.

Então, o General emitiu o ruído de algo sendo rasgado. Suas mãos largaram as rédeas da montaria e abriram a sua caixa torácica, uma delas puxando o osso do esterno para fora. Diante de um murmúrio de assombro geral, o General ergueu a sua imensa espada, saída de dentro do seu corpo. Harun não sabia se isso era possível, mas jurou sentir o peso da sombra de Proghon.

— *Avancem* — ordenou ele.

E o ataque começou.

Harun liderava um pelotão. Väritz havia disparado à frente, atrás de Proghon, comandando a brigada ligeira de gafanhotos, que passara a acertar os defensores da muralha ainda de muito longe. Para aquelas pernas saltadoras, os portões de Baluarte não precisavam ser derrubados.

Mesmo assim, o portão caiu, sob o peso dos batizados.

Harun correu. Flechas zuniam ao seu redor, e uma foi aparada por seu escudo comprido, quase por instinto. Ele passou sob o arco de entrada na cidadela, e nenhuma pedra ou flecha veio de cima. Proghon e as montarias haviam ceifado todas as defesas, e a batalha agora acontecia dentro de Baluarte, entre as árvores, no pátio que Harun conhecia tão bem.

O conflito se intensificou, e o anão foi empurrado de um lado para o outro. As montarias atropelavam inimigos e aliados. Recebeu um golpe no braço, de uma clava improvisada, e, nesse momento, Harun se desligou da sua racionalidade. Depois de tanto abominar a forma irracional como os batizados atacavam, acabou fazendo a mesma coisa. Para sobreviver. Por instinto. Não viu quem o atacou, e o golpeou mesmo assim. O calor da batalha fazia a sua visão turvar. O ruído de metal se chocando e os gritos abafados pelos elfos Silenciosos, o cheiro de sangue e de Mácula: tudo aquilo fazia o mundo real desaparecer ao seu redor.

Ele foi golpeado. Contragolpeado. Perfurado. E avançou, tentando chegar ao outro lado da batalha, sem nenhum objetivo senão esse. A multidão se abria toda vez que Proghon cavalgava e ceifava inimigos, sem deixar nada para os seus soldados que ainda se amontoavam no portão. Ele poderia muito bem ter feito o ataque sozinho, se quisesse. Mas queria demonstrar o seu poder, derrotá-los com o medo e o terror antes mesmo de desferir qualquer golpe com a sua espada.

Harun viu um soldado de Untherak ser perfurado ao seu lado. Notou que um sinfo coberto de sangue o empalava. Ergueu a mão com o martelo...

Mas não teve tempo de descê-la.

O sinfo acabou sendo empurrado para longe, e então Harun quase vacilou outra vez. O fantasma surgiu atrás dele, mas o anão não se virou.

"Lute. Sobreviva. Eles estão aqui num ato voluntário. Sabiam que isso aconteceria."

Harun assentiu, e a tremedeira cessou. Entrou outra vez no seu modo de combate, focado, raivoso.

Até que viu uma cabeleira azul. A apenas três passos de distância.

Ele se desviou para o outro lado. Lutaria com qualquer um, exceto...

— Você! — gritou uma voz do seu lado oposto.

Väritz, com um ferimento no rosto e fora da sua montaria, vinha na sua direção, arrastando a espada atrás de si e apontando para Harun.

— Que *tripas* está fazendo, Harun?! — berrou o Tenente, possesso.

Havia testemunhado a hesitação do seu concorrente à confiança de Proghon.

O anão o ignorou, voltando-se para uma escaramuça próxima e embrenhando-se na multidão. Mas o Tenente o puxou pelo ombro, derrubando-o na poeira do pátio.

— Sabia que não era de confiança — disse ele, com um sorriso de satisfação que confirmava que estava apenas esperando um deslize para matar o anão.

Sua espada batizada recuou. Harun se levantou o mais rápido que pôde, erguendo o escudo.

Mas o golpe não veio.

Uma seta estava cravada no pescoço de Väritz, na única fenda da sua armadura negra. A espada escorregou pelos dedos do Tenente, e seus joelhos foram se dobrando aos poucos.

A dez passos de distância, Pryllan abaixou uma balestra feita sob medida. Seu rosto, ainda marcado pela mão vermelha de Raazi, estava furioso e manchado pelo sangue e pela Mácula dos inimigos. Os olhos dos dois se encontraram. O sinfo assentiu, reconhecendo-o, e fazendo justamente o que disse que não faria caso se encontrassem no campo de batalha.

Harun derrubou uma lágrima, vendo um pelotão de sinfos e alguns poucos humanos se juntarem ao pequeno guerreiro, numa defesa de costas com costas. Muitos deles usavam armas batizadas, provavelmente as da Víbora. Com isso, Pryllan já se esquecera de Harun. Lutava com um Silencioso, gritando furiosamente enquanto era cercado por mais e mais elfos.

Harun se virou para trás, gritando e atacando. Sentia-se esvaziado de si mesmo e preenchido com algo sujo, triste. Daí em diante, o restante da batalha passou como um borrão de cores que ele conhecia bem.

Percebeu que tudo havia acabado quando gritos de júbilo e de clavas batendo em escudos tornaram-se os únicos sons presentes. Continuou procurando adversários, arisco, mas só viu os malditos uniformes e as armaduras de Untherak, sujos de pó e sangue. Mais à frente, acima dos elmos negros e das mãos erguidas, Proghon fazia o seu gafanhoto se erguer nas fortes patas traseiras, levantando a sua espada com um pequeno corpo empalado nela.

"Harun", chamou a voz, e ele foi para trás. Havia se esquecido dela. "Acabou."

O anão deixou o escudo cair, exausto. Ignorando aquele terrível avatar do vazio que tragava toda a atenção das tropas, deu as costas para Proghon. Pela primeira vez, conseguiu ver a dona da voz.

Mas não a reconheceu.

Ela tinha a cor da pele parecida com a sua, ainda que num tom mais claro. Definitivamente não era uma anã. Parecia ser uma kaorsh, ou talvez uma humana alta. Seus olhos eram grandes e tristes; talvez todos os olhos ficassem assim em Baluarte. Os cabelos estavam trançados e presos de uma forma levemente familiar, mas Harun não conseguia se lembrar se era por já tê-la visto antes ou por ser como os de tantos anões que usavam *adinkras* em vez de *runas*.

Ela era esguia. Atlética. E translúcida.

Harun derramou uma lágrima ao vê-la, uma cidadela de brandura num deserto de lamentação. A gota salgada e solitária foi abrindo caminho pela liga de sangue e pó no seu rosto. Ficou emocionado ao vê-la, pois, no fim daquela batalha, era a única que sabia quem ele realmente era, por que estava lutando contra pessoas que atravessaram a Degradação do seu lado e os motivos de se portar como um ser traiçoeiro, ambicioso e covarde. Pouco importava se fosse uma assombração ou uma peça pregada pela sua mente — a verdade é que sempre duvidaria do que não estava *ali*.

"Mas eu estarei com você, Harun. Eu prometi", respondeu ela, ouvindo os seus pensamentos. "Vou ficar ao seu lado. E vou sempre lembrá-lo do motivo de tudo isso."

— Quem é você? — perguntou ele, confuso, apenas querendo uma resposta. — Por que está aqui?

Ela sorriu, ainda com os olhos tristes. Parecia não saber o que dizer. Nomes não significariam muito no meio daquela dor pulsante, da ferida aberta que era Baluarte. Até porque a essência não precisava mais de um nome ao se libertar do *canväs*.

Ela colocou a mão translúcida sobre a de Harun. Duas peles sobrepostas, uma diáfana e outra nítida, num gradiente de cores similares.

"Sou uma amiga que lutou a mesma luta que você. E que também deixou o que mais ama para trás."

Harun ainda demoraria a sair do seu estado de torpor. Mas poderia jurar ter sentido aquela mão na sua pele.

40

Em um de seus voos com os *anins*, Bicofino voltou segurando um punhal batizado.

O cabo estava manchado de sangue vermelho.

Aquele foi um dia de silêncio na Cidade Dourada. Baluarte havia caído novamente... mas, dessa vez, para que algo maior caísse em seguida.

Aelian entendeu que a sua hora estava chegando, e passou mais tempo meditando em frente ao mar, envolto nas faixas que Absinto lhe ensinara a amarrar. Ficava ali por horas, observando a maré, escutando as ondas baterem nas rochas das montanhas e do Palácio esculpido nelas. Ele se comunicava com o sal e com a água, e ouvia tudo que o oceano vivo tinha a contar sobre terras distantes, do passado e do presente. Às vezes, ele imaginava ver um dos Antigos no horizonte, acima do mar aberto além do fiorde, como um teatro de nuvens.

No dia em que resolveu partir, não fez como Harun. Sabia que seria melhor ir embora durante a madrugada, mas não suportaria outra separação abrupta. Passou a tarde cercado por amigos, novos e antigos. Bebeu uma garrafa inteira de hidromel com Venoma no último andar de um minarete próximo ao Salão Dourado, um dos lugares favoritos dela. Visitou Cora, que cuidava de Ônix, e não disseram uma palavra sobre a preocupação que sentiam por Harun. Tanto o humano quanto a anã sabiam que ele conseguiria cuidar de si mesmo naquele inferno distante. Durante um banquete, em meio a risadas e conversas em idiomas diferentes, traçou planos com Raazi e Absinto.

O mestre insistiu para que levasse a grande espada de Anna consigo.

— Não faria sentido deixá-la para trás — disse Absinto, com um ar divertido que Aelian não captou.

Raazi remexeu em algo sob a mesa, enquanto o humano protestava:

— Como não? A espada já foi sua. Não quero perdê-la de novo. Até Harun deixou a armadura dos seus antepassados aqui quando foi para a outra Untherak.

Raazi lhe estendeu um pacote.

— O que é isso? — perguntou Aelian.

— Um presente nosso — explicou o mestre, parecendo antecipar aquele momento há muito tempo.

— Apenas aceite — disse a kaorsh.

Aelian abriu o embrulho, e um tecido negro como o espaço entre as estrelas se desenrolou diante de si.

— Uau! — exclamou ele, sentindo a textura impressionante. — Isso vai me ocultar bem nas sombras. Será de grande ajuda, amigos.

— Mais do que você imagina — comentou Raazi. — Conversei com Absinto. Queria te dar algo que eu mesma tivesse fabricado. É a primeira peça que fiz por vontade própria, após tanto tempo sem mexer com tecidos. Em liberdade.

Aelian não tinha palavras. Raazi tomou o presente dele por um instante e o estendeu sobre o próprio colo. Uma mancha vermelha foi se espalhando por uma das faces da capa, como gotas de sangue num copo d'água. Ele reconheceu a tonalidade exata do manto de Anna. Raazi guardava aquela cor dentro de si, a mesma que havia usado nas peças de armadura da Guarda Vermelha.

O tingimento do tecido terminou. O lado de dentro continuava daquela coloração escura e perfeita, como se tivesse sido costurado com fios de sombras. Raazi lhe devolveu o presente.

— Para quando você quiser se esconder, e para quando você quiser assustar — disse ela. — Seja bem-vindo de volta ao mundo dos vivos, Aparição.

Àquela altura, Druk já estava acostumado com a descida pela costa leste, ao lado da cordilheira da Mandíbula. Navegara aquela costa inteira com Aelian, depois com Harun, e uma terceira vez procurando os aróspinos com Absinto. Porém, a nova descida o levaria até a nascente do rio dentro dos Grandes Pântanos, entrando pelo delta onde Aelian vira o oceano pela primeira vez. O humano precisaria cumprir uma missão complicada, mas Druk também tinha a sua: descobrir se Wora estava vivo. Aelian sentia aflição ao pensar que havia deixado o velho gnoll para trás, ainda mais porque Absinto não conseguia estabelecer contato com ele.

— Vou encontrá-lo — garantiu Druk, mexendo na vela para endireitar o barco num trecho complicado, pouco depois de onde haviam parado para chegar em Baluarte tempos atrás. Aelian tentou não pensar nisso também. — Os gases do pântano confundem o olfato, mas ele me ensinou outros sinais.

— Espero que sim. Ainda me sinto culpado.

— Pelo carvão e tudo o mais? Passado, meu amigo. Agora somos felizes tragadores de ervas de fumo. Não maculadas, importante dizer.

Aquilo era verdade. Já fazia algum tempo que o fumo havia se tornado um hábito recreativo entre os amigos. Às vezes, isso provocava um sentimento esquisito em Aelian. O *ritual* de segurar o cachimbo era bem parecido com o daquele momento sombrio da sua vida.

Druk avisou que o amigo precisaria desembarcar em breve:

— Harun desceu numa praia de cascalhos a poucos dias de distância da sua Untherak. De lá, são quase cem quilômetros até o lado norte do monte Ahtul, ao que parece. Ele disse que se anunciaria no Portão Norte, não tentaria entrar escondido. Mas imagino que você tenha outras ideias.

Aelian vinha pensando nisso. Ele poderia seguir com Druk pelos pântanos, ajudar a procurar Wora e então entrar na cidade pelo Portão Sul. Também poderia se entregar como Harun, mas via dois problemas nessa opção: por mais que quisesse ver Wora, a busca poderia levar dias a mais do que o planejado. Além disso, Aelian gostaria de visitar os Assentamentos.

Durante todo o trajeto de volta, com tempo e silêncio para recordar a sua trajetória, pensou muito em Tom e Taönma. Imaginava que o Pâncreas de Grifo havia sido colocado abaixo desde então, mas queria saber se descobria algo sobre o Pequeno Tom. Tinha esperança de que o menino sobrevivera, uma esperança baseada no fato de não ter visto o seu corpo sem vida. Se ele tivesse conseguido escapar naquele dia horrível, hoje seria um Tom não tão pequeno. E também imaginava que os Assentamentos seriam um bom termômetro para compreender o que estava acontecendo com Untherak, de acordo com a fonte mais confiável e não manipulável da cidade.

O humano verbalizou todos os seus planos para Druk, chegando à conclusão de que desceria no mesmo lugar de Harun, cruzando toda a frente de Untherak no escuro, se possível, e entrando pelo Oeste, no portão fluvial do rio Abissal.

— Bom, é um plano. Espero que a sua capa de duas faces funcione nas sombras.

— Vai funcionar — disse Aelian, acariciando o manto e olhando para a espada no chão do barco.

Esperava que Bicofino retornasse da pescaria até chegar a hora de descer do barco. Havia praticado muitas técnicas de luta com ele, apesar de o falcão passar cada vez mais tempo distante. E Aelian não podia culpá-lo: após conhecer tantos céus, tantas planícies e tantos alimentos diferentes, quem ia querer espiar o lugar onde ficava uma prisão de homens e pássaros chamada Poleiro?

Porém, sentia também falta de Thrul. Foi difícil se separar do betouro mais corajoso que já conhecera, mas seria impossível fazer uma missão furtiva com um animal daquele porte. Thrul ficou aos cuidados de Absinto, que começou a deixá-lo dormir dentro da Torre de Astronomia de vez em quando. Entre crianças correndo, mapas estelares, pergaminhos e betouros cochilando no piso, aquele certamente era o lugar mais estranho da Cidade Dourada (Aelian não conseguia chamar o local de Untherak, pois era um nome maldito. E a Cidade Dourada, de certa forma, havia sido um recomeço).

Seguindo continente adentro, o humano encontraria um novo fim, fosse ele ruim ou bom.

Bicofino apareceu na hora do desembarque na praia de cascalhos. A sombra azulada do Ahtul demarcava o céu ao longe, e o falcão parecia extremamente irritado com aquilo.

— Fique tranquilo! Você não vai ter que subir até a parte gelada — disse Druk, fazendo carinho na ave para acalmá-la. Para o humano, falou: — Proteja este pobre animal penoso por mim, ouviu?

Aelian riu e abraçou o gnoll.

— Também vou sentir a sua falta.

— É por pouco tempo.

— Por favor, encontre Wora. Diga a ele que sinto muito.

— Diga você mesmo. Mas acho que Wora já sabe disso.

Aelian assentiu, respirando fundo, cansado por antecipação. Druk voltou para o barco e pegou um pacote escondido debaixo de um banco.

— Para alegrar o seu caminho — explicou. — Conhaque de Aróspia. Guardei para esse momento.

— Se eu beber isso, vou virar um ser caótico e barulhento como você?

— Você só é barulhento quando come demais antes de dormir — falou Druk, dando-lhe as costas e pulando para dentro da embarcação. — De resto, é silencioso como um arbopardo.

— Você melhorou muito em responder perguntas — comentou Aelian, rindo. — Tome cuidado.

— Você também. Boa sorte lá dentro. Nos vemos em breve.

Aelian decidiu esperar o barco de Druk manobrar para partir. Abriu a garrafa ali mesmo, olhando para as ondas, e viu a embarcação diminuir, rumando para o sul.

E então começou a sua caminhada.

A parte noroeste do monte Ahtul tinha certos resquícios de vida, ainda que estivesse bem próxima da Degradação. Havia uma espécie de espinho rasteiro, que explicava o porquê do lugar não parecer calcinado por Untherak. Sua capa se prendeu aqui e ali, rasgando as pontas. Aelian esperava que Raazi o perdoasse por ter estragado parte de um presente tão digno. Mas tecidos poderiam ser refeitos e remendados com mais facilidade do que a sua pele. Portanto, preferiu protegê-la.

Encontrou bases de pilares antigos com circunferências tão largas que seriam necessários vinte homens para abraçá-los. As ruínas eram cobertas por um capim esbranquiçado que crescia junto dos arbustos espinhosos, e Aelian imaginou que aquele lugar também poderia ter abrigado estruturas dos gigantes. No fundo, essa jornada em defesa dos povos aprisionados também era por eles. Gostaria de libertar os poucos gigantes que restavam em Untherak. Se é que ainda estavam vivos, após tanto tempo.

Durante a maior parte do trajeto, Bicofino viajou nos ombros de Aelian. Fez poucos voos rasantes e quase nenhuma busca por roedores, sempre voltando ao calor do seu corpo. O humano sabia que ele se sentia oprimido na sombra da montanha, e ficou contente em tê-lo por perto. Porém, assim que saíram do sopé do Ahtul e começaram a enxergar os muros e a se aproximar do Portão Nordeste, Bicofino bateu asas novamente. Ali estava algo que odiava mais do que o frio na montanha.

— Se eu pudesse, voava também — resmungou Aelian, cobrindo a cabeça com o lado negro do manto e caminhando bem agachado, junto à vegetação rasteira e às sombras.

Desacelerou o passo quando viu que estava há poucos quilômetros do Portão Norte. Esperaria o sol sair do zênite e começar a sua descida, para poder usar as sombras crepusculares ao seu favor. Colocou as mãos no muro da cidade, que acumulava calor durante o dia, e se perguntou se o Mercado Aberto ainda existiria. Parou para comer um pouco dos grãos que havia trazido a tiracolo e repor as energias da jornada praticamente ininterrupta de mais de cem quilômetros. Havia feito no máximo duas pausas para sono e descanso.

Estranhamente, sentia-se disposto. Untherak azedava o seu humor, trazia memórias horríveis... mas a cidade também o deixava alerta e com os sentidos aguçados, como quando era um falcoeiro no Poleiro. Bobear significava ser roubado, morto por um agente de Una ou cair de um telhado. Aelian havia aprendido a evitar aquelas três coisas.

Pelo acúmulo de areia e ervas daninhas à sua frente, o Portão Norte parecia estar fechado havia muitos meses. Tentou imaginar como teria sido a saída das tropas para Baluarte, e pensou no sacrifício dos amigos. Também pensou em Harun, no meio daquilo tudo... se é que Proghon o deixara viver depois de fingir a volta com o rabo entre as pernas. E, mesmo que continuasse vivo, teria conseguido executar o plano? Aelian imaginou como seria difícil manter os seus valores estando tão próximo do epicentro do mal.

Pouco após o pôr do sol, sob um céu coberto por nuvens cinzas, mas com uma lua crescente despontando ao leste, Aelian passou pela parte mais grossa e mais alta da Muralha Externa: a que escorava os Assentamentos. Nunca tinha visto a solidez daqueles muros pelo lado de fora. Os alicerces daquela construção deviam ser imensos para sustentar tanto peso.

Continuou, com o humor mudando drasticamente. Repassou todos os seus últimos meses e anos, e percebeu o quanto havia ampliado os seus sentidos, aumentado a sua visão de mundo, até mesmo de universo. Untherak era o avesso à consciência, a qualquer avanço que permitisse a vida de fazer o que sabia de melhor: se expandir.

O humano pisava naquela areia imaginando que, um dia, ali havia sido o fundo do mar. Prometeu a si mesmo que devolveria a vida àquele local, honrando os Antigos que caíram no mundo. O rio Abissal, à sua frente, era uma corrente exígua e suja, infectada pelo que havia de pior do lado de dentro das muralhas. Untherak era a antivida, e Aelian gostaria que todos lá dentro soubessem disso antes que fosse tarde demais.

Ele descobrira a verdade sobre Untherak da pior maneira possível, e fizera o seu melhor com o que lhe foi dado. Não se arrependia de nenhuma infração, de nenhuma amizade feita, de nenhuma briga comprada.

Encontrou um pedaço de madeira bom o suficiente para flutuar pela água pútrida, e o puxou com a espada para a margem. Era parte de uma balsa velha, cuja madeira talvez estivesse apodrecendo há séculos no portão fluvial. Mas serviria.

Antes de subir na embarcação, ajustou as faixas ao redor do corpo e virou a capa do avesso. O vermelho era a cor mais viva ali na margem do Abissal. Aelian olhou para o extremo oeste, lugar de onde nada sabia. Uma voz interna — mecanismo típico de alguém que sobreviveu a Untherak — lhe dizia que aquela era a sua última chance de descobrir algo por aqueles lados, evitar o retorno para o lugar que havia lhe tirado tanto...

Calou aquela voz.

Aelian admitia que era assustador, mas não retrocederia um passo. Outros dependiam dele. Já havia passado pelo pior na vida. Agora, *ele* se tornaria o pior na vida de Proghon.

Em pleno rio Abissal, por algum motivo, lembrou-se do fragmento de uma frase. Tentou rememorar quem lhe dissera isso, na Cidade Dourada. Era algo como:

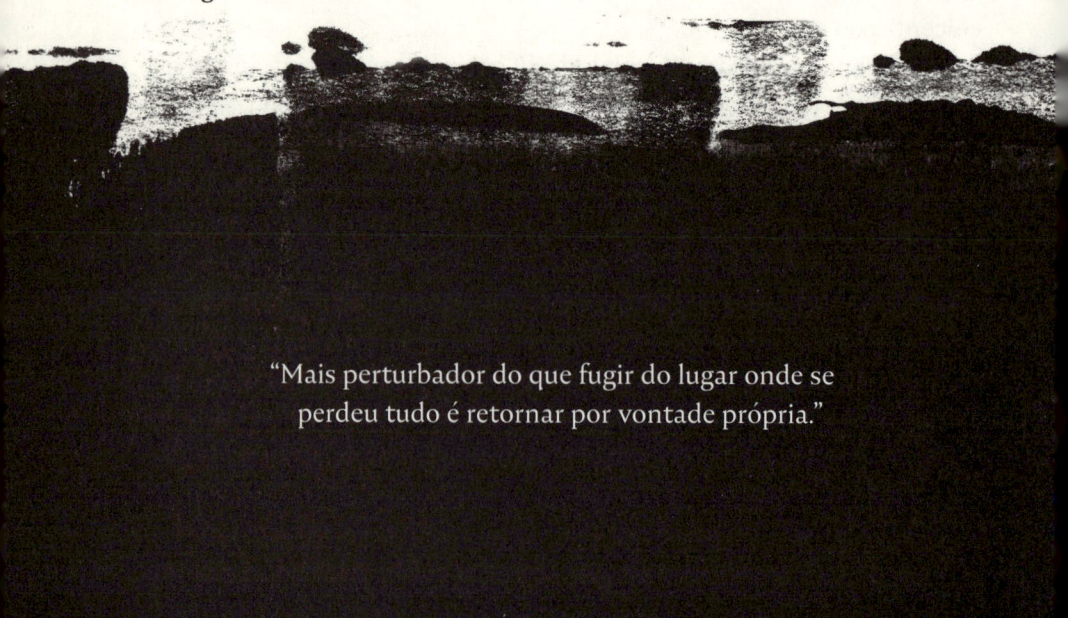

"Mais perturbador do que fugir do lugar onde se perdeu tudo é retornar por vontade própria."

PARTE 6
SILÊNCIO

41

O Tenente Harun mantinha a postura rígida. Seus passos eram firmes, ao contrário da maioria dos anões, como se tudo que Untherak tocasse fosse tomado por frieza e aspereza. Se uma raça inteira podia ser brutalizada e levada a andar de quatro pelo pó e pela sujeira, por que não condicionar outra a andar de um jeito que não lhe era natural?

Ele não olhou para trás nenhuma vez, nem quando escutou provocações. Aelian xingou dois dos elfos Silenciosos, para ver se Harun demonstrava algum sinal de que era o amigo que partira da Cidade Dourada com promessas e juramentos.

Mas de nada adiantou.

Era possível que tivesse se corrompido de fato. Aelian se concentrou na figura à sua frente, vasculhando os seus pulmões com a habilidade que Wora lhe ensinara. Harun não tinha sido batizado, o que era um bom sinal. Havia apenas pequenos pontos de Mácula lá, muito menores do que os de alguém que estivesse fumando o novo carvão. *Pode ser a fumaça residual da produção da Bigorna*, pensou o humano, imaginando se aquilo era um plano de Proghon para macular toda Untherak de maneira gradual e uniforme. O ar dali parecia bem mais poluído e enevoado.

Mas isso não elimina a possibilidade de Harun ter caído para o outro lado do muro, pensou Aelian, as cicatrizes nas suas costas voltando a formigar após tanto tempo esquecidas. Não podia imaginar o que o — antigo? — aliado tinha passado para chegar até aquela posição, sozinho, com um frágil plano dentro da cabeça. Se estivesse no lugar dele, Aelian não saberia quanto tempo teria aguentado.

Aproximaram-se do muro do Miolo, e, por um instante, Aelian ficou chocado com duas coisas, uma delas por puro esquecimento: a vista daquele ângulo parecia errada sem o Poleiro se projetando em direção aos céus. Mas aquilo era culpa dele mesmo.

A segunda coisa era a monstruosidade que tomara o lugar do Palácio de Una. Ele não imaginava estar tão desacostumado à desarmonia estética e ao horror arquitetônico após passar tanto tempo visitando salões de anões, cidades feitas para brilhar, templos semissubmersos em ilhas dominadas por monstros marinhos. Havia muita beleza no mundo, enquanto ali sobrava feiura. E o maior exemplo era o pesadelo que se erguia bem na frente da estátua de Una. Camadas e camadas cinzas, como se o reboco da construção fosse o próprio sofrimento. Em meio à inúmeras torres irregulares, as janelas pareciam apenas rasgos por toda superfície do castelo, com luzes fracas esverdeadas ou azuladas por trás. E também havia espaços vazios. Aelian notou que o coração batia mais rápido, pois a imagem de repetição de furos por toda a fachada parecia oprimi-lo de uma maneira completamente sensorial. Não havia "magia" envolvida. Percebeu que parte das paredes externas do palácio se moviam devagar, e achou que a sua visão estava turva por algum efeito óptico, mas então entendeu que eram os gafanhotos de Proghon andando sobre o lugar, e entrando e saindo dos buracos, vibrando as asas e criando ondas que tremulavam a superfície da estrutura. O único alívio que Aelian sentiu ali, caminhando na direção daquela bestialidade, era a Una de pedra logo atrás do palácio, observando-o com o pescoço sangrando tinta vermelha e eterna.

— Lembra muito uma colmeia — disse Aelian.

— É assim que se chama — respondeu Harun, seco, sem olhar para trás.

— Pensando bem, na verdade parece mais que o General deu uma cagada em cima do antigo Palácio. Devia se chamar Fossa.

Harun parou de caminhar. A escolta de Silenciosos interrompeu os passos na mesma hora, e Aelian diminuiu os seus. O Tenente Harun girou nos calcanhares, decidido, puxando o martelo do cinto. Usou a parte achatada para golpear o estômago do escoltado, que se dobrou com a dor.

Aquele não era um golpe de alguém que havia se contido.

— Não quero mais ouvir a sua voz até estarmos dentro da Colmeia. Já cansei dela. E olha que não faz tanto tempo assim.

Harun voltou a marchar, e Aelian sentiu braços levantando-o por baixo das axilas sem nenhuma gentileza.

Ergueu os olhos para a estátua, concentrando-se no que estava escrito nela: *Morte a Una.*

Tão desatualizada..., pensou, tentando não cair na lama.

Brastad bateu com a mão na testa para afastar o Mal Vermelho. Confessava que, às vezes, ainda se sentia um idiota por ser um dos poucos que ainda faziam aquilo. Mas a situação era diferente de ver sangue no chão da Estrebaria e não poder jogar serragem sobre ele ou de ver um maldito ruivo que deixara os cabelos e a barba vermelha grandes demais. O sujeito vestia um manto da cor proibida dos pés à cabeça, caminhando de peito estufado no meio de uma escolta de Silenciosos.

O soldado que cuidava do Berço teve que interromper a saída do Palácio com os seus cadetes — crianças humanas, kaorshs ou anãs entre sete e dez anos que haviam sido entregues para o Estado em troca do pagamento da Dívida Familiar. Proghon fizera o Berço para recém-nascidos e conseguira um número acima do esperado de cabeças para crescer treinando combate militar assim que aprendessem a ter coordenação motora. Junto com os elfos Silenciosos, os soldados de um futuro não tão distante seriam talvez até mais perigosos que os orelhudos pálidos. Brastad precisava confessar que muitos dos pivetes eram donos de um olhar tão assassino que ele evitava encará-los. Mesmo tendo chegado mais tarde, entregues por famílias desesperadas por comida, aqueles cadetes tinham a cabeça vazia o suficiente para que Proghon pudesse enchê-las com o que quisesse. Brastad desconfiava que, naquela idade, eles já sabiam cometer um assassinato silencioso de maneira satisfatória.

Contudo, nada se comparava a um vislumbre rubro do Aparição. Aquele fantasma do passado que se recusava a morrer, que havia se disfarçado de Una para causar o caos na vida dos fiéis e agora voltava quando a vida estava melhorando por ali — pelo menos para Brastad. Afinal, ele fora agraciado pelo General Proghon, salvador de Untherak, como responsável pelos cadetes que seriam batizados ainda na infância, para testar a conexão de mentes e corpos mais jovens na Mácula. Proghon conduzia as experiências, uma vez que a Centípede aparentemente se fora.

Ele aguardou para atravessar a antecâmara, já que o contingente que trazia o Aparição era imenso. Ainda bem que aquele demônio havia sido capturado e estava sendo bem escoltado por dezenas de Silenciosos e soldados de elite até o General pelo Tenente Harun.

Porém, quando os Silenciosos passaram, as portas para a sala do trono de Proghon ficaram abertas por mais alguns segundos, com guardas de ambos os lados. Ele viu o Aparição interrompendo o avanço ao pé da escada, olhando para a Mácula, que escorria pelas canaletas, e o tenente com o martelo em mãos, pronto para qualquer movimento brusco do prisioneiro. Lá no trono, ao lado dos batizados murmurantes, Proghon se ergueu. De onde Brastad estava, o General parecia ainda maior.

As portas se fecharam, mas era impossível não ouvi-lo quando todo o salão falava por ele.

— *Por que você voltou?*

Aelian teve impressão de que toda a Colmeia havia lhe perguntado aquilo. Seus tímpanos doeram, e ele sentiu vertigem de imediato.

O que não o impediu de dar de ombros.

— Saudades — respondeu ele, tranquilo.

Proghon nada falou, mas Aelian foi repentinamente surrado por todos os lados como se alguém tivesse dado a largada de caça ao humano. Ele não ofereceu resistência e foi ao chão, cuspindo sangue. Sem nenhum comando para que parassem, um guarda de clava e escudo se adiantou para chutá-lo no rosto. Porém, Aelian não apenas bloqueou o chute como puxou a perna de apoio com a outra mão. Tomou a clava do soldado pego de surpresa e teve tempo de colocar um joelho sobre o peito dele e desferir dois golpes rápidos e brutais no elmo do sujeito antes de voltar a ser espancado. O humano foi ao chão de novo, o rosto sangrando com o impacto. Proghon ergueu a mão. Aelian gemeu de dor de uma maneira preguiçosa, de quem ainda aguentava mais. Revirou-se, com a mão pingando sangue próxima à canaleta de Mácula, pendendo centímetros acima do líquido.

Ninguém percebeu a gota caindo na superfície negra. E nem a mancha que Aelian deixou no piso, parecida com um triângulo desenhado com sangue.

Foi erguido outra vez e colocado de frente para Proghon, que repetiu a pergunta:

— *Por que você voltou?*

— Não há nada lá fora para mim. Você me expulsou dos Grandes Pântanos, e cansei de viver como um animal. Encontrei Baluarte tempos depois, mas parece que você chegou lá antes. Graças a Harun, suponho.

— *E não viu o Tenente Harun nesse tempo?*

— Ah, eu o vi, sim — respondeu Aelian, os olhos cobertos pelo cabelo comprido e o sorriso manchado de sangue se voltando para o anão ao lado. Harun olhava para a frente, impassível. — Pouco antes dele sumir. Falei de como eu gostaria de voltar aqui um dia para acertar as contas, e saí numa viagem para ver se descobria algo novo pelo deserto de sal. Posso dizer que encontrei quando voltei.

— *Isso é verdade, Tenente?*

Aelian prestou atenção em Harun. Ele podia ter passado para o outro lado, mas jamais diria que a esposa e o filho estavam na outra Untherak. A resposta a seguir poderia revelar a quem era leal.

— O prisioneiro não mente — falou o anão, por fim.

Aelian não conseguiu chegar a nenhuma conclusão.

— *E queria "acertar as contas" comigo, falcoeiro? Os termos de rendição que lhe fiz quando o encontrei no pântano não estão mais disponíveis.*

— Tudo bem, não vim me render. Vim enfrentá-lo.

As bocas gritaram sem controle por alguns instantes. Era como se Proghon tivesse ficado furioso e suprimido as emoções, mas os seus amplificadores tivessem captado certa interferência.

— *Me enfrentar como? Com a sua ave? Com essa espada, que é um arremedo da arma da verdadeira Aparição? Já esqueceu como você é facilmente manipulável? Por que lutar se posso dissolver toda a sua petulância na Mácula?*

— Eu pretendia chamá-lo para a Arena de Obsidiana. Portões fechados, você e eu, quem perder vai para a Mácula. — Aelian fez uma pausa, os olhos lampejando de malícia ao observarem o topo da escadaria. — No seu caso, você pode *voltar* para ela. Por conta própria. Rastejando. Chorando pela Una que tanto amava...

Ganchos invisíveis puxaram as cicatrizes nas costas de Aelian para baixo, e seu corpo arqueou num espasmo de dor absoluta. Até Harun deu um passo para trás conforme ele gritava e a sua voz se tornava gutural, engasgada. Proghon deu a ordem através de uma única boca: a de Aelian. Para que ele não se esquecesse de quem mandava.

— *Levem-no para o Anel de Celas. Ainda posso estudar o efeito da Mácula numa mente com demência e desarranjos tão insistentes, a ponto de não aprender a respeitar quem lhe tirou a família, os amigos e o lar.* — Proghon parou por um segundo, e Aelian engasgou a ponto de o corpo chacoalhar com espasmos, como o de um vômito causado por doença. — *Que você aguarde mais um pouco antes de alimentar a Mácula, assim como o cadáver derrotado do seu pai, Aenoch. Levem-no!*

Aelian desabou.

Proghon havia apenas o lembrado de que, se Aelian podia ver o passado do General através da conexão com a Mácula, ele também conseguia encontrar os seus medos mais antigos. Como ele suspeitava, a batalha seria em outros campos antes de qualquer possibilidade de um embate físico.

— Dois pelotões! Vocês aí, tranquem-no na nova "suíte de luxo" do Anel de Celas! — gritou o Tenente Harun, já fora da sala do trono, flanqueado por Silenciosos e caminhando na direção do humano de capa vermelha, que era erguido por baixo das axilas pelos soldados de armadura, as pontas dos pés mal tocando o chão. — Segundo pelotão, levem as armas e os pertences dele para o meu gabinete. Quero analisar a integridade dessas lâminas para estudar a possibilidade de batizá-las. A grande espada muito me interessa.

Os dois grupos se dividiram. O Tenente acompanhou a unidade mista que levava o Aparição, enquanto o outro pelotão carregava as suas armas e os seus pertences. Ao passarem por um grupo de crianças vestidas de uniforme preto, lideradas por um humano de cabelos ralos e olhar assustado, Aelian fixou o olhar em cada um dos pequenos, e encontrou não apenas ódio ali, mas perda, separação e desafeto. Ele mesmo experimentara tudo aquilo durante a infância.

A escolta para o Anel de Celas traçou um caminho labiríntico e definitivamente mais longo do que o pouco que Aelian conhecia do antigo Palácio de Una. O interior do lugar também tinha sido reestruturado e agora era mais confuso, mais cinza, mais escuro. Para ele, porém, não era escuro o suficiente. Imaginava que aquela fosse uma vantagem arquitetônica pensada para uma maioria de batizados e Silenciosos, aptos a enxergar a claridade nas sombras.

Quase uma hora depois — ou ao menos era o tempo que Aelian imaginava ter se passado —, chegaram no lugar onde um dia ele havia se disfarçado de Único e libertado Raazi numa fuga alucinante pelas passagens secretas do Palácio. Pensou se elas continuariam lá ou se a reforma havia descoberto a maioria. Não saberia dizer, assim como não conseguia identificar se estava diante da mesma solitária em que Raazi fora trancafiada.

Mas entendeu o significado do termo "suíte de luxo".

Havia algemas e correntes a cerca de dois metros de altura, mas reguláveis. No chão, ficavam grandes espinhos e pontas de lanças enferrujadas, manchadas por inúmeras camadas de sangue, e que dependendo da altura das algemas, forçariam o hóspede a ter que encolher as pernas para não ter os pés perfurados.

Aelian cuspiu sangue na entrada da cela, enquanto Harun aguardava na porta de braços cruzados. Os soldados colocaram uma plataforma, que não era nada mais que uma chapa grossa de ferro, para que conseguissem subir nos espinhos e ajustar o prisioneiro da maneira mais sádica possível. Aelian não ofereceu resistência e continuou olhando para o anão, tentando captar algum sinal da antiga aliança, de fingimento... mas tudo nele exalava a brutalidade infecciosa de Untherak.

— Tiramos essa capa nojenta dele? — perguntou um humano com os incisivos quebrados.

Harun balançou a cabeça.

— Ele quer ser o Aparição, não? Que morra como a lenda que tentou reviver.

Os soldados saíram da cela. Harun segurou a porta aberta por um instante antes de trancá-la, o rosto nas sombras, uma silhueta recortada pela luz fosfórica dos archotes no corredor atrás dele.

— Quando as pernas começarem a doer, grite à vontade — disse o Tenente. — Nos últimos tempos, o General anda ocupado e pouco visita o Fosso... mas quem sabe ele não tem a sorte de ouvir a sua música?

E bateu a porta.

Aelian agradeceu mentalmente pela informação, mesmo sem saber se aquilo havia sido um aviso ou uma forma aviltante de espezinhá-lo. Então, encolheu as pernas, deixando-as bem distantes das pontas que tanto ameaçavam a carne dos seus pés, e desligou o corpo.

Passou horas sem falar, perdido em devaneios onde repassava o seu plano, tudo que fora combinado, o papel de cada aliado no que viria a seguir. As pernas e os braços já estavam dormentes, mas era apenas o seu corpo reclamando. Sua mente estava afiada, talvez mais do que os espinhos abaixo.

Então, foi despertado pelo cheiro de carvão. E de Mácula, enfeitando o odor que tanto açoitava a sua sobriedade.

A fumaça passava pelo vão na portinhola da porta. Podia enxergar o rastro enevoado dela. Fechou os olhos e deixou a mente viajar pela fumaça. Sentiu a Mácula pulverizada nela, como água acumulada numa nuvem prestes a chover. Então, pelo caminho sinuoso, através da porta e ao longo do corredor, chegou à brasa num cachimbo queimando a lasca negra, sendo tragada por uma roda de soldados. Indo mais a fundo, pelas vias respiratórias, Aelian escorregou para dentro dos seus pulmões, que expandiam, ruidosos, como um saco inflado por ar, e então se esvaziavam. Aelian alcançou o órgão com a sua mão invisível, sentindo a textura esponjosa que tantas vezes experimentara ao dissecar corpos de soldados de Untherak em camas de pedra.

Então, de volta ao seu corpo, respirou fundo, sorriu e gritou:

— Algum dos otários aí fora pode me dar um trago de carvão?

Grork, o gigante bicéfalo, não costumava concordar consigo mesmo.

Seu trabalho era sempre feito de forma orgulhosa, claro. Entre os seus maiores atos, indiscutivelmente estava a vez em que saiu do Portão Nordeste para abrir o Portão Norte, no dia em que o General Proghon expulsou da cidade aqueles que não concordavam com o seu governo. Seu segundo maior ato, e esse nem fazia tanto tempo assim, havia sido o dia em que Grork fora realocado do Portão Nordeste para o Portão Norte, em que o General Proghon saíra da cidade para ir matar o restante das pessoas que tinham fugido e acampado em algum lugar da Degradação. Grork ficou com muita vontade de descobrir o que havia longe dos muros, mas não podia desobedecer às ordens do General e nem sair das vistas de Una, a verdadeira.

Afinal, Una era feita de pedra, era bem maior do que Grork e tinha praticamente seis cabeças. O gigante respeitaria qualquer coisa maior do que ele e com mais cabeças. Mesmo sem ter família, ele conhecia as Grandes Regras dos seus antepassados. Sua mãe e seu pai haviam servido Untherak por duzentos anos antes dele, e sempre contavam sobre o dia em que Una, ali, de pé dentro do Miolo, lhes sorrira orgulhosa pelo trabalho bem-feito.

Aquela era a sua meta e uma das poucas coisas em que as duas cabeças concordavam.

Então, no nascer de um dia igual a todos os outros, um batalhão de soldados maculados cheirando a carvão marchou até Grork. Começaram a estrebuchar no chão, a apenas alguns passos.

— Devemos ajudá-los? — perguntou Grork, a cabeça da direita.

— Não, vamos nos manter atentos ao Portão Nordeste. É o nosso verdadeiro trabalho — disse Grork, a cabeça da esquerda.

Os homens de armadura pareciam engasgar e se contorcer, até que enfim pararam.

— Eles parecem ter usado demais a coisa que sai daquela Bigorna. Você acha que deveríamos experimentar?

— E por que faríamos isso, seu imbecil? Quer passar mal também?
— Não.
— Então, pronto.

A mão esquerda de Grork coçou a calombosa cabeça direita.

— Dois séculos e meio de vida, e nunca os entendo...

Mas os homens se levantaram, e as suas bocas falaram em sincronia, enquanto os olhos abertos e arregalados encaravam o gigante, com um pânico perfeitamente obediente.

— *Grork, grande guardião. Eu, o General Proghon, vim aqui para lhe fazer um pedido.*

O gigante ficou surpreso. Lembrava-se de quando Proghon falara através das bocas dos batizados, na hora de transmitir o recado sobre o exílio dos divergentes. Estava acontecendo de novo, mas ele enviara uma pequena tropa para uma mensagem especial.

— *Preciso que o Portão Nordeste seja aberto.*

O dia havia chegado! Aquilo era muito empolgante, pensou Grork, as cabeças direita e esquerda concordando plenamente.

— Será feito, General! — prometeu a cabeça direita.

— Vamos aguardar a sua saída, senhor? — perguntou a esquerda, olhando para o pelotão de soldados.

— *Não será necessário* — responderam todos os batizados. — *Aguardo aliados. Mais... força de trabalho para a cidade. Para que eu possa explorar mais os cidadãos e fazer mais das minhas maldades. Afinal, eu sou o General Proghon e mando aqui.*

As cabeças se entreolharam, de uma maneira vesga e desencontrada. *Faz sentido*, pensaram.

— *Aproveite para abrir o Portão Norte também* — acrescentou Proghon, do nada, parecendo um pouco... vago.

Grork não se conteve.

— Esse é o dia mais feliz da minha vida! — exclamou o gigante, ambas as cabeças falando ao mesmo tempo. — O senhor acha que Una sorrirá para a gente, General Proghon?

— *Quê?!* — exclamou o General Proghon, parecendo confuso.

A cabeça esquerda lhe explicou:

— Um dia, a deusa sorriu para os meus pais. Dali de onde ela está, incansável, sobre o Miolo.

— Gostaria de receber essa graça — comentou a cabeça da direita.

— *Certo* — disse Proghon, a voz distorcida parecendo menos... monstruosa. — *A deusa, claro! Esta aqui, para a qual estou olhando de uma sacada na Colmeia agora mesmo. Ah, ela é tão grandiosa... Gosto muito dela.*

Grork assentiu, e Proghon continuou:

— *Então, faça o seguinte: após abrir os portões, você estará livre. Pois o seu serviço hoje será o mais importante da história de Untherak. Compreendeu?*

Grork coçou as cabeças com os braços cruzados na frente do rosto.

— Livre? — questionou ele, confuso. Era a primeira vez que um gigante pronunciava aquela palavra desde a criação de Untherak, mas Grork não sabia disso.

Proghon respondeu:

— *Isso. Abra os portões e vá para o sopé do monte Ahtul. Existem restos de antigas casas de gigantes ali. Procure pilares e ruínas que lhe sirvam como moradia. Coma deliciosas cabras de quatro olhos, faça roupas novas com o couro delas. E descanse. Você já trabalhou demais.* — Proghon fez uma pausa, como se estivesse pensando. — *E fique lá, construa o seu novo lar.*

— Grork nunca teve lar — disse a cabeça da esquerda, desconfiada. — Dorme ao relento, uma cabeça de cada vez, sempre alerta.

— *E agora estou mandando você sair daqui e construir um lar! Tampe os seus ouvidos e corra para a direita. Se encontrar os meus aliados que estão chegando, deixe-os em paz. E, se fizer isso, eu lhe prometo, Una lhe sorrirá em alguns dias. Vou garantir que veja isso de onde estiver.*

Grork bateu continência com empolgação, o que resultou num golpe de mão trocada. Passada a discussão consigo mesmo, empurrou o Portão Nordeste, causando um rangido altíssimo. Grork se envergonhou por não ter oleado as dobradiças, mas Proghon não reclamou através das bocas dos soldados.

Então, antes de concluir a tarefa no Portão Norte, Grork se voltou mais uma vez para o agrupamento de soldados.

— Vou abri-lo bem para a chegada dos seus aliados. Eles passarão, eu dormirei com as duas cabeças ao mesmo tempo e Una sorrirá para mim! Muito obrigado, General Proghon!

— *Tchau, Grork. Descanse!* — disse Proghon.

Pelo tom de voz satisfeito, Grork podia jurar que, lá, no seu trono escuro dentro da Colmeia, uma caveira dourada lhe sorria.

Raazi sabia que o plano dependia de uma série de fatores individuais, e essa era a parte que mais temia: será que todos conseguiriam cumprir as suas tarefas?

No entanto, estava bastante segura do fator coletivo: caminhara com os refugiados do sul para o norte. Chegara lá com um terço dos exilados, tendo que lidar com as escolhas de cada um, aceitando que não podia salvar a todos.

E então, numa virada de maré, tentou salvar a todos.

E ali, outra vez no deserto que chamavam de Degradação, ela voltava com mais gente do que partira. Pois algumas pessoas se importaram com quem não tinha o direito de escolher, e haviam marchado com ela até horrores que jamais presenciaram. No entanto, por mais que reconhecessem as suas regalias, Raazi sabia que, quando o inimigo avançasse, muita coisa mudaria.

Seis mil atrás dela. Montando betouros e gerboceros, que haviam percorrido toda a distância absurda que uma vez Raazi fizera a pé. Mais mil chegando pelo mar, que os encontrariam em breve. Um pequeno contingente, liderado por Absinto, avançava pelo subterrâneo, através do caminho secreto que Rheriion, o último sobrevivente da Víbora, mencionara.

E mais duas almas que já se encontravam do lado de dentro e carregavam o maior fardo de todos.

Raazi acalmou a sua cocatriz, que parecia nervosa. Olhou para os lados e viu os portadores dos corações mais valentes que já encontrara na vida. Por mais que ainda estivessem em menor número que as forças de Proghon, não mudaria de lado por nada. Não quando havia planos, manobras e toda uma estratégia de cidadãos que conheciam cada esquina e buraco da cidade que retomariam. E os moradores reforçariam tudo que haviam planejado. Se fosse necessário, cada um deles lutaria por três. E Raazi comprometia-se a batalhar por dez, vinte, quantos fossem necessários para sobrepujar à força militar ao dispor do General. E sabia que teria os flancos e a retaguarda protegidos.

À sua direita, Akari sorriu, também montando uma cocatriz. Idraz assentiu para ela, os olhos mais vivos do que nunca, preferindo marchar na segurança das próprias botinas, a barba bifurcada salpicada por grãos de areia. Cora, montando Thrul, não sorriu. Estava tensa, mas pronta para qualquer coisa que aparecesse diante da retomada. Da maneira que se encontrava, com machado e escudo em mãos, era uma das figuras mais imponentes que Raazi já havia visto. Sentia alívio em tê-la como aliada, e não como inimiga.

Ranakhar e a sua guarda pararam logo em seguida, o grandalhão usando uma cocatriz maior do que o normal, que provavelmente pertencera ao membro da Víbora que lutara com ele até a morte. Os sinfos, atrás da primeira fileira, formavam um mar poderoso de guerreiros e harmonizavam as suas vozes em algo que parecia um zumbido, acalmando as centenas de betouros. Kuhli, novo líder da espécie quando o assunto era batalha, era ladeado por Peebo e Maud. Todos aguardavam Raazi, que voltou o olhar para a frente.

Para as muralhas de Untherak.

Pensou em Venoma e Absinto com o contingente que seguia Rheriion pelos túneis e sentiu um arrepio ao imaginar que eles haviam pego a entrada secreta tão longe de onde estavam, há quase meio dia de caminhada dali. Os caminhos subterrâneos nunca iriam parar de surpreendê-la. Pensou em Sarinna e em parte dos moradores da Cidade Dourada, vindo pelo mar com as máquinas de cerco e as pessoas tão empolgadas com a possibilidade de pelejarem.

Pensou então em Aelian e Harun, imaginando em qual etapa do plano estariam, se é que o plano estaria se sustentando.

Então, após quase uma hora parados no sol, enchendo os seus cantis nas fontes que Akari encontrara para todos, o Portão Nordeste se abriu. Minutos depois, o mesmo aconteceu com o Portão Norte. O lugar de onde haviam saído. O cenário da batalha que definira tantas coisas.

Um gigante apareceu na abertura escancarada e começou a sair da cidade. Raazi olhou para Ranakhar, confusa, e não encontrou nenhum alívio.

Diminuta no campo de visão, mas imensa na realidade, a criatura se conteve, olhando na direção do exército. Raazi se preparou para o pior. Viu também Akari estreitando os olhos e ouviu um murmúrio das tropas. Mas o gigante ergueu um braço imenso e acenou para eles. Um gesto amigável.

— O que está acontecendo? — perguntou Raazi, enquanto o gigante seguia a caminhada ladeando a muralha, na direção do monte Ahtul.

Cora riu e falou:

— Aelian disse que daria um jeito de abrir o portão pelo lado de dentro... pelo jeito conseguiu abrir dois.

Raazi suspirou, aliviada. Então, ergueu a voz e apontou a sua nova lança, feita sob medida, para a frente.

— Avancem! E quando entrarem, sigam para a direita, para os Assentamentos!

Com os mundos prestes a se chocarem, o exército avançou. E o dia também.

A notícia de que Grork abrira dois portões e partira de Untherak chegou rápido até o General Proghon. Três destacamentos de Silenciosos foram despachados: um para cada portão e o último para perseguir o gigante desertor. O Tenente Harun foi convocado para montar uma operação de contenção na frente do que já havia sido o Mercado Aberto, para evitar a fuga de um bando de batizados desmiolados que migraram para o norte da cidade e se instalaram nos restos de barracas e tendas depois da queda da Vila B. Harun também foi ordenado a enviar batedores para procurar os outros três gigantes que estavam na Muralha externa — eles eram bem menores que o bicéfalo do Portão Nordeste, mas, juntos, talvez pudessem fechar os portões.

Cerca de três mil soldados de armadura, clava e escudo foram imediatamente reunidos na Arena de Obsidiana, mas Harun se atrasou para encontrá-los. O General Proghon, aparecendo na sacada do Palácio voltada para a Arena — que um dia fora a Tribuna de Honra —, percebeu a aglomeração que não se movimentava e possuiu a voz de soldados batizados e humanos viciados em carvão, muitos deles sem entender o que estava acontecendo, pois era a primeira vez que perdiam o controle do próprio corpo.

— *Onde está o maldito Tenente?* — vociferou o General através deles. Gotas de ouro líquido pingavam das suas mãos, caindo, quentes, no piso negro e vítreo abaixo da sacada.

Cerca de cinco minutos depois, Harun entrou na Arena e foi para a frente das tropas, apressado.

Um soldado humano agarrou o pescoço de Harun enquanto ele passava. O anão, por puro reflexo, torceu o pulso do homem e quebrou o seu maxilar com um golpe de martelo. Mais dezenas de mãos o seguraram, e a voz de Proghon saiu de todas aquelas bocas, incluindo a do homem com olhos arregalados e mandíbula torta, a língua pendendo estranhamente para fora.

— Você não está em posição de falhar comigo, Tenente Harun. Mais um atraso e a Mácula vai recebê-lo para a dissolução eterna.

Harun assentiu, erguendo as mãos enquanto todos os soldados recuavam de uma só vez. Olhou direto para a sacada e flexionou as pernas.

— Rogo pelo seu perdão, General. Tive que lidar com um esquadrão de soldados delirantes, que já foram devidamente punidos.

Proghon virou de costas, irritado, e Harun saiu distribuindo ordens, ainda sentindo o aperto no pescoço. Quando chegou à frente das tropas, conseguiu distância o suficiente para sussurrar, o mais baixo que pode, contendo a adrenalina e o coração acelerado:

— Achei que fosse o meu fim.

E então o fim de muitas coisas começou.

Aelian tentou sentir o pulso dos guardas com a mente. Era fraco, mas não estavam mortos. Usá-los como âncora para acessar o fluxo de Mácula e invadir outros corpos, conectar-se a outras bocas... tudo funcionara perfeitamente. Mas, em dado momento, sentiu que causaria a morte do grupo, e aquilo em nada o ajudaria a se livrar das algemas. Felizmente, o último deles, controlado como uma marionete, as abriu a tempo. O único problema era que ele despertara pouco antes de Aelian conseguir descer por completo, o que resultou numa luta atrapalhada na qual a plataforma de ferro tombou e o prisioneiro teve que sufocar o guarda com uma chave de pernas e então derrubá-lo nos espinhos abaixo. Havia sido uma morte agonizante para o sujeito, mas era isso ou correr o risco da sua fuga ir por água abaixo.

Massageando os pulsos doloridos e se lembrando de quando resgatara Raazi naquele maldito andar, abriu a porta com cuidado, sabendo que poderia encontrar mais guardas rondando o Anel de Celas ou simplesmente aguardando-o botar a cabeça para fora. Concentrou-se em ouvir batimentos cardíacos, fluxos de sangue ou de Mácula... mas a verdade é que estava agitado demais para acessar aquela habilidade novamente. Escancarou a porta de uma vez e rolou pelo chão, a capa embolando-se no processo...

... e quem estava no corredor parecia indiscutivelmente morto.

— Eu não fiz isso — murmurou consigo mesmo, vendo os elmos amassados e golpes profundos nas costas das armaduras negras.

Alguém havia passado por ali. Com pressa.

E deixado um fardo diante da cela, ao lado dos cadáveres.

Aelian desembrulhou a lona suja e encontrou todos os pertences que o Tenente Harun havia lhe tomado, incluindo uma velha ocarina de madeira, uma adaga de osso e a espada de Anna.

Virou a capa do avesso, para o lado negro. Era hora dele também ser silencioso. Equipou os objetos pelo corpo, arrumou a grande espada nas costas, sentindo o peso e a segurança que ela lhe transmitia, e sorriu. Tomaria o seu rumo para o Fosso, dessa vez sem um guia para a visita odiosa.

À luz dos archotes, Rheriion retornava pelo caminho da Víbora, mas em circunstâncias que jamais imaginara. Dois passos atrás dele, Absinto segurava a espada batizada que Aelian lhe confiara, o segundo presente que carregava para a batalha da retomada de Untherak. Era esguia e pertencera a um Silencioso, dissera o humano na ocasião. Uma outra arma pendia na sua cintura, mas estava escondida pelo manto verde: um anzol de guerra dos aróspinos. Descobrira ser muito útil no combate contra armaduras, e aceitou de bom grado o presente da amiga Sarinna.

Absinto decidiu não usar o rapaz como refém, pois dera um voto de confiança ao delator, que havia se tornado bem mais afável durante os últimos tempos nas masmorras. O velho mestre garantiu que não lhe faltasse comida, conforto e tratamento digno, como Raazi prometera. Ele demonstrava plena confiança no prisioneiro, a lâmina negra sequer apontada para o kaorsh.

Já Venoma tinha a mira limpa para acertar o meio das espáduas de Rheriion se ele fizesse o menor movimento suspeito. Ela tinha deixado claro que não confiava no pretenso ex-fanático e dissera às tropas atrás dela que deveriam fazer o mesmo.

Cinquenta soldados os acompanhavam, no que seria um ataque que abriria caminho até o porão do Palácio com o intuito de causar caos no centro de Untherak, enquanto as tropas lideradas por Raazi pressionariam a guarda de Proghon a recuar para a muralha interna do Miolo, sitiando-os temporariamente. Com isso, teriam tempo de armar os semilivres e os moradores dos Assentamentos, suprimindo um ataque do General com força total e ampliando as fileiras dos exilados que regressavam. Eles dependiam da ajuda de quem já estava em Untherak e jamais conseguiriam convencê-los a se juntar ao ataque de uma hora para a outra.

"Sitiá-los no Miolo talvez não seja a melhor ideia, uma vez que Proghon enxugou Untherak, como Aelian disse antes de partir", dissera Akari, durante umas das reuniões estratégicas do lado de fora da Cidade Dourada, observando os treinos de manobras. "Só vamos fazê-lo recuar onde tivermos mais recursos."

Absinto, no entanto, defendia a ideia de que não teriam como sobrepujar o Miolo logo de cara e que um ataque furtivo de tropas pelos túneis poderia afetar o armazenamento de flechas e abastecimento de comida. Aquilo tornaria o isolamento de Proghon um inferno, e não um momento de reagrupamento.

"Assim que passarmos, faremos um estrago e retornaremos para a retaguarda de Raazi", dissera Absinto.

Segundo as informações de Rheriion, estavam quase ultrapassando o perímetro do Miolo. Estranhas raízes começavam a crescer ao longo do corredor, e Absinto ordenou que todos evitassem tocá-las.

— Você sabe o que são essas coisas? — perguntou Venoma.

— Não — respondeu o velho mestre. — Mas não gosto da aparência. Nem do cheiro.

— São fungos inofensivos — falou Rheriion, passando a mão devagar por um dos tentáculos.

Venoma ergueu a besta e o repreendeu.

— Ei! Sem tocar nelas, entendeu?

Rheriion colocou as palmas das mãos para a frente, como se quisesse mostrar que não oferecia perigo. Venoma lançou um olhar suspeito para Absinto, que mantinha uma expressão indiferente.

Então, chegaram a um ponto onde o túnel estava bloqueado. Uma porta redonda impedia a passagem até mesmo do ar, selando completamente o caminho. O destacamento atrás deles aguardou, sentindo-se incomodado.

— Como abre? — perguntou Venoma.

Rheriion se virou, as mãos erguidas e o rosto quase entediado.

— Preciso usar as minhas mãos para isso.

Absinto assentiu, e Rheriion colocou a mão espalmada na porta.

— Ó, Hierofante — sussurrou ele. — Reconheça o juramento contido na minha súplica. Sou um soldado fiel ao chamado e ainda obedeço com ardor à antiga vontade. Para você trouxe estas oferendas.

Para o azar dele, o túnel era tão silencioso que os murmúrios ecoaram. Venoma atirou uma seta na mão de Rheriion, que gritou, deixando uma mancha de sangue no portão. Absinto ergueu a espada batizada, mas uma das raízes prendeu o seu braço. O sábio precisou deixar a tocha cair no chão para sacar o anzol de guerra e cortar aquela coisa, libertando-se. A tropa atrás dele, no entanto, estava em plena batalha contra as raízes.

Venoma, desviando-se das raízes, colocou Rheriion na mira novamente, mas, no momento do disparo, ele se misturou às cores do corredor. Agora, o portão se mexia devagar, virando a face oculta para eles e dando passagem para o kaorsh fugir.

A criatura ligada ao portão e às raízes era uma das coisas mais horrendas que Venoma já tinha visto. Absinto, com toda a sua vida longeva, concordaria.

— Vocês conspurcam o trajeto da Descida! — exclamou a criatura envolta numa mortalha, mexendo os seus muitos membros enquanto os gritos de batalha contra as raízes ecoavam pelas paredes.

Venoma, tendo a perna puxada por uma raiz, caiu na hora que foi disparar contra o que parecia ser o Hierofante invocado por Rheriion, e a seta atingiu o teto com um estalo alto, mas inofensivo. Absinto, livrando-se de duas raízes e usando as duas espadas com habilidade, tentou atacar a criatura, que acenou com a mão nodosa e coberta de fungos, fazendo o mestre largar as armas.

Sem as espadas e tendo que se concentrar no Hierofante, o mestre sacou um punhado de sal púrpura dos bolsos, cortesia de Akari, e lançou-o contra a criatura. O Hierofante sibilou, seus membros ósseos e aracnídeos tentando se libertar do Portão, que parecia estar fundido ao seu corpo por incontáveis séculos. Absinto então focou numa coleira metálica no pescoço do ser, e, com um movimento de mãos, fez o metal se comprimir para enforcar o Hierofante. Um ganido monstruoso demonstrou que a técnica estava funcionando.

O sábio tateou o chão, procurando pelas espadas, mas encontrou primeiro o archote. O Hierofante fez outro gesto e, por um instante, as chamas da tocha aumentaram e quase engolfaram Absinto, incendiando a ponta da sua capa, que foi arrancada e pisoteada. Ele continuou segurando o archote, a mão estendida à frente como Wora havia lhe ensinado a fazer em disputas arcanas. Um clarão pulsante no corredor indicava que alguns soldados estavam enfrentando o fogo alimentado pelo Hierofante, mas Absinto não podia tirar os olhos do inimigo.

Alcançou um dos seus bolsos, onde encontrou uma pequena garrafa de conhaque de Aróspia. Ele ainda lidava com o vício destrutivo que o Senescal havia incentivado, mas não podia deixar de carregar certas coisas numa viagem de milhares de quilômetros, como, por exemplo, essa bebida tão única que lhe fora ofertada. Então, encheu a boca com o álcool e deu um passo para mais perto do Hierofante, que percebeu tarde demais o que Absinto estava prestes a fazer.

Com os malabaristas da Untherak Dourada, nas suas festas inacabáveis, Absinto aprendera a cuspir fogo. Era a primeira vez que realizava a manobra sóbrio. Conseguiu fazer as chamas pularem na direção do Hierofante, que emitiu um grito horrendo antes de começar a se descolar do Portão. Uma lufada de calor intenso percorreu o lugar, e os tentáculos ao longo do corredor pararam de se mexer. O Hierofante começou a se contorcer, libertando-se da sua conexão com o Portão e causando uma avalanche de rochas onde estivera preso por séculos. O teto colapsou, e uma corrente de vento varreu o ar viciado. Feixes de luz exíguos indicavam que estavam perto da superfície naquele trecho em específico. Arrastando-se do meio dos escombros, uma forma aracnídea coberta por véus esfarrapados fugiu pelo corredor, levando um brilho bruxuleante que desapareceu na curva do túnel. Ficaram com o caminho desimpedido, mas com quase duas dezenas de feridos pelo fogo e pelas raízes.

Venoma se levantou, atordoada, e disparou:

— Eu avisei!

Absinto parecia decepcionado ao pegar as espadas do chão.

— Eu acreditei no rapaz. Erro meu, e terei que me redimir com quem nos seguiu por aqui. Agora temos o caminho livre, mas não homens suficientes para agir de forma eficiente.

Venoma olhou para o fim do corredor, por onde o Hierofante desaparecera, e depois para o buraco acima.

— Hum... Talvez você devesse confiar um pouco menos nas pessoas, e eu um pouco mais. De qualquer forma, nosso plano tem etapas demais para tudo correr como previsto. Vamos ter que improvisar, certo?

Absinto sorriu. Como era bom ver uma nova geração de guerreiros lembrando-o das lições que ele mesmo já havia ensinado.

Venoma continuou:

— Ainda não entramos no Miolo, mas, se este túnel me levar até o Palácio, a nossa vinda até aqui não terá sido em vão.

— Venoma, você não vai conseguir resolver tudo sozinha — interveio Absinto, apesar de estar orgulhoso.

— Você deveria confiar em mim da mesma forma que confiou em Rheriion — reclamou a mercenária. — Vou ficar bem triste se não acreditar na minha capacidade de fazer estragos. Sei como tirar vantagem do que aconteceu.

Absinto pegou na mão dela.

— Está bem. Me desculpe.

— Pode se redimir comigo me ensinando a cuspir fogo! Aquilo foi incrível.

Rudyo e Krasba, dois ex-moradores do Distrito Arrabalde que haviam se voluntariado para a missão no subterrâneo assim que souberam que formariam uma equipe para "causar estrago", vieram apressá-los para ajudar com os feridos pelos tentáculos e pelas chamas. Felizmente não haviam sofrido nenhuma baixa, mas alguns machucados graves precisavam de tratamento o quanto antes. Absinto começou a operação para tirá-los pelo buraco aberto no teto, enquanto Venoma seguia pelo túnel, sozinha, em busca de algo que sabia estar ali embaixo.

No Portão Norte, a massa de batizados se voltou para os recém-chegados assim que o exército foi notado, ainda que estivesse em desvantagem numérica esmagadora. Seus instintos de sobrevivência desligados e a violência à flor da pele faziam com que eles engajassem em qualquer luta, mesmo as dadas como perdidas. Bastava um empurrão de Proghon para que avançassem.

— Os gosmentos pararam no limiar do Portão — disse Cora, com a respiração pesada. — Proghon deve estar controlando eles.

— E tem um destacamento montado em gafanhotos saindo pelo Portão Nordeste e seguindo na direção do Ahtul — anunciou Idraz. Ele estava no topo de uma diligência de armamentos. — Cerca de setenta deles. Não! Oitenta. Os tais Silenciosos.

— Como eles descobriram que os aróspinos estão a caminho? — perguntou Akari, desconfiada.

— Eles não sabem. Ou não teriam mandado apenas oitenta soldados para bloqueá-los — disse Raazi, confiante. — Estão indo atrás do gigante que vimos abandonando a cidade, e desconfio que isso seja coisa de Aelian. Nossos amigos construtores de catapultas vão surpreendê-los no caminho. Escutem, devemos focar a nossa atenção aqui. Akari, você fica para trás e se prepara para caso sejamos surpreendidos. Ranakhar, venha comigo.

Akari se afundou nas fileiras, sozinha. Um sinfo perguntou se ela queria proteção ou ajuda, mas ela recusou, dizendo que tinha que se concentrar.

O comandante da Guarda Vermelha pareou com Raazi. Ela ergueu a arma e a voz.

— Todos com lanças, adiante! — gritou ela, avançando à frente das fileiras para liderar o ataque. — Eles não têm armas, mas vão se atirar sobre vocês sem nenhum pudor! Deem a eles o fim misericordioso que Proghon não permitiu, e cuidado com o que nos aguarda após o Portão. Fiquem atentos a qualquer armadilha. Cora, você fica para trás e lidera a entrada dos demais. Idraz, continue em frente.

A anã e o homem assentiram, e logo Raazi reuniu três fileiras de guerreiros, suficiente para cobrir toda a entrada do Portão e limpar os batizados numa investida de cocatrizes, betouros e gerboceros.

A kaorsh gritou e impeliu a sua montaria. Estava voltando para Untherak da mesma maneira que havia passado toda a sua vida na cidade: lutando.

"Estou com você", disse a companhia espectral, apoiando a mão translúcida no seu ombro, surgindo na iminência de um novo confronto com antigos aliados. O Tenente não sabia se teria estômago para enfrentar rostos conhecidos mais uma vez. Se o fizesse, ainda poderia se considerar parte do plano?

Harun não via uma maneira de dar meia-volta e fugir, não com todos aqueles soldados e subcomandantes de divisões às suas costas, aguardando ordens.

— Mantenham a posição! — gritou ele, vendo os batizados da Vila B se amontoando nos portões.

Àquela altura, Proghon já devia ter descoberto que a fuga de Grork não havia sido uma deserção. Raazi entraria com tudo pelo Portão Norte. Mesmo assim, Harun dividiu as tropas para reforçar a defesa do Portão Nordeste, a fim de diluir o volume que ela enfrentaria na entrada da cidade. Seu objetivo real — e não o que Untherak esperava dele — era fazer com que a chegada de Raazi fosse fácil e ela pudesse levar todo o exército da retomada para os Assentamentos, onde poderiam se reagrupar, defender as suas posições do alto e, o maior desejo de Harun, encontrar os rebeldes. Seu plano de armá-los com o arsenal do Coração da Estátua estaria completo se ambas as frentes de combate se encontrassem.

O som inconfundível do primeiro choque com os batizados fez com que todos os olhos focassem na figura que havia furado o bloqueio, como o punho de um lutador calejado atravessando uma tábua de madeira fina. Raazi havia aberto um imenso buraco na fileira e fazia a sua cocatriz dar meia-volta para cercar os inimigos. Todos os lanceiros que apareciam do lado de dentro estavam nas poucas cocatrizes do grupo, espólio adquirido com o fim da Víbora, e em gerboceros. Os imensos roedores, além de usarem uma arma natural — o chifre nos seus focinhos —, eram também as montarias mais rápidas, ainda que as suas peles não fossem tão resistentes e precisassem ser protegidas com placas e armaduras. Já os betouros, atropelando os últimos batizados que ainda estavam de pé, vinham naturalmente com as suas carapaças. Eram lentos, mas verdadeiros carros de guerra. Harun, que crescera vendo os animais bonachões ruminando pelos campos exteriores e pelas plantações, nunca se acostumaria a vê-los em combate. O mesmo valia para os sinfos.

Kuhli, Raazi e Ranakhar pararam lado a lado, olhando para as tropas de Proghon a distância. Não reconheceram Harun à frente, todo de preto, usando um elmo com visor que escondia o seu rosto. O anão ouviu o som de arcos sendo retesados, e, quando se virou para trás, notou que o batalhão de Silenciosos, montados atrás da tropa dos soldados comuns, apontava as flechas para o alto. Como se todos dividissem um só cérebro, uma saraivada de setas negras infestou os céus.

— Não mandei atirarem! — berrou Harun, desesperado, sabendo que a sua falta de combatividade não passaria despercebida dali em diante. Mas precisava ao menos tentar. — Abaixem os arcos, seus imbecis desprovidos de língua e cérebro!

Obedientes, os Silenciosos não mandaram uma segunda chuva de flechas. Ainda assim, a primeira leva causou comoção nas tropas de Raazi. Escudos foram erguidos a tempo, martelados pelos projéteis que caíam com força sobre as suas cabeças. Eles haviam treinado as defesas contra o que aparentemente era a maior arma de Proghon.

Raazi gritava ordens, e o vento trazia o som da sua voz indistinguível até eles. Os subcomandantes logo atrás de Harun trocavam olhares, sem entender o objetivo do Tenente ao aguardar tanto. A tropa de invasores voltava a se organizar, e eles poderiam ter aproveitado enquanto estavam distraídos com os batizados selvagens.

— Tenente, temos que agir agora! — gritou um subcomandante, um anão caolho que havia colocado chifres no seu elmo.

Sem olhar para trás, Harun ergueu o punho cerrado, para que continuassem parados. O subcomandante então perdeu a paciência e foi tirar satisfação com o Tenente, sob o grunhido de aprovação de muitos nas fileiras.

"Prepare-se", disse a protetora fantasma de Harun. "Ele está vindo empurrá-lo em três, dois, um..."

O Tenente saiu da frente com uma passada para o lado, vendo o movimento frustrado do outro anão. Sentindo-se humilhado, o oficial de elmo chifrudo ergueu a clava, partindo para atacar Harun. Ele desviou do golpe com um movimento de cabeça e deixou o seu martelo atingir a têmpora do outro anão. O golpe emitiu um clangor alto e nem mesmo o capacete foi capaz de mantê-lo de pé.

Com um grito generalizado, outros soldados do mesmo destacamento começaram a se mover na direção de Harun.

"Avance", disse a voz.

Harun balançou a cabeça, falando em voz alta:

— Com as tropas? Elas estão se amotinando.

"Sozinho. Vá."

Mas Harun insistiu. Olhou para os que saíam de formação e gritou:

— Alguém mais quer me dizer o que devo ou não fazer?!

Dois soldados acharam que estavam sendo ágeis, mas Harun derrubou ambos sem esforço algum.

— Meu nome é Harun Okodee! — gritou ele, a saliva salpicando os derrotados aos seus pés. — Pai de Malaquite e Ônix Okodee, marido de Cora Okodee! Sou fiel a estes e a mais ninguém! Se algum verme de Proghon não gostar disso, que venha me enfrentar!

Passou a caminhar de costas, na direção do exército dos invasores, vendo o desafio nos olhos dos soldados de Proghon através das brechas dos elmos.

— Estou cansado dessa merda — falou Harun, aparando um golpe com o escudo e quebrando o nariz de um humano.

Esmagou as mãos de uma kaorsh, enquanto outra se precipitava na sua direção, com uma de coragem estúpida. Harun arremessou o escudo e acertou em cheio o pescoço da soldada.

"Você descansará em breve."

— Eu quero a minha esposa. Eu quero o meu filho. Eu quero a minha casa!

A cada desejo verbalizado, ele abatia mais um soldado que tentava a sorte.

"E você terá tudo isso. Logo. Agora, corra!"

Dessa vez, Harun obedeceu, pois viu os gafanhotos infiltrando-se nas fileiras, ganhando a frente do pelotão. Sozinho, seria trucidado pela cavalaria de Proghon.

Começou a correr e deixou o capacete untherakiano para trás. No mesmo momento, a linha de frente de Raazi começou a correr, berrando. Soldados a pé e em montarias, misturados e não muito organizados, mas impressionantemente intimidadores. Harun ergueu a mão livre, para que entendessem que era ele, voltando para o lado certo.

— Raazi! Ranakhar! Sou eu!

Mas a sua voz, mesmo que trovejante, se perdeu no campo de batalha. Em algum lugar, uma trompa de Untherak tocou. Ouviu flechas sendo disparadas.

"Desvie para a esquerda!"

Harun não obedeceu de imediato, e uma flecha se cravou nas suas costas, acima das axilas. Gritou. Pela maneira que a carne foi rasgada, a seta dos Silenciosos parecia ter espinhos na haste e havia entrado profundamente na pele.

Raazi se aproximava cada vez mais. O estrídulo das pinças dos gafanhotos e o abafar dos seus ouvidos também aumentava a cada segundo. Ele nunca chegaria a tempo e seria esmagado entre os dois exércitos. *Vou me virar e lutar*, pensou, torcendo para o pensamento chegar na sua companheira fantasma.

"Apenas mais um pouco, Harun." E ele continuou avançando.

A terra tremeu. De um momento para o outro, seus pés deixaram o chão, e ele foi arremessado pelos ares, rolando dolorosamente e sentindo a haste da flecha se quebrando enquanto a ponta afundava ainda mais na carne. Quando parou de rolar, apoiou-se sobre os cotovelos e viu a imensa parede que o chão de Untherak cuspiu. Uma muralha de estalagmites escuras, os tons entre o roxo e o preto, com pontas afiadas. Parecia as presas de uma fera gigantesca deixando as profundezas de um abismo para engolir os céus.

Fora do campo de visão de Harun, ainda no limiar do Portão Norte, Akari estava de olhos fechados, os punhos cerrados e a boca franzida num esforço que ia muito além do corpo físico. Seus pés descalços, plantados no solo estéril, buscavam os veios de sal nas profundezas do solo de Untherak. Ela não imaginava que até a coloração do sal daquele lugar seria escura, como cristais de ametista maculada.

A primeira leva de gafanhotos dos Silenciosos foi empalada pelas colunas de sal. Muitos dos elfos também foram trespassados, e aquilo definitivamente freou a carga do antigo batalhão de Harun. Caos generalizado tomou as fileiras de Untherak, e demorou quase um minuto para que os gafanhotos que estavam mais para trás começassem a saltar a barreira.

Quando enfim o fizeram, Raazi já tinha chegado com o seu ataque para prensá-los contra a parede. Harun protegeu a cabeça, vendo gerboceros, gafanhotos e cocatrizes pulando por cima dele. Chegando mais perto de orar do que em qualquer outro momento da vida, o anão torceu para não ser pisoteado até a morte, sentindo o solo sendo martelado tão próximo dos seus ouvidos.

Então, escutou um galopar que reverberava diferente dos outros. Um betouro derrapou na terra e no pó, e uma voz familiar gritou ao atirar-se para a batalha. Distraído pelo excesso de estímulos sonoros, Harun sentiu a mão de alguém logo atrás dele segurando a sua barba e puxando a cabeça para trás, colocando uma lâmina negra no seu pescoço. De cabeça para baixo, viu o elfo Silencioso com expressão vazia, preparando o abate. E então, num piscar de olhos, havia um machado cravado no topo da cabeça do elfo, e os olhos negros do Silencioso ficaram ainda mais vazios que de costume. A mão soltou a barba dele, e o machado foi retirado com um ruído úmido de ossos e massa encefálica destruídos.

Acima de Harun, estendendo-lhe a mão, estava a guerreira mais extraordinária que já havia visto. A maior demonstração de poder que a sua espécie poderia alcançar tinha acabado de salvá-lo, e o erguera outra vez para a batalha. Dessa vez, do lado certo.

Cora devolveu-lhe o machado, que havia caído aos seus pés, e gritou ao partir para cima de outro Silencioso.

Harun seguiria Cora — que usava a Armadura dos Okodee — para qualquer lugar. E ali, no calor da batalha, sentiu-se em casa.

Aelian nem tentou escapar pelos dutos do Fosso, como da outra vez. Deviam ter fechado os respiradouros após a invasão dele e de Anna.

Lembrou-se daquele dia com horror crescente, mas varreu tanto a claustrofobia quanto a perda da mentora para o fundo da mente. Não era hora de pensar naquilo. Ele agora entraria pela porta que Proghon usava, por onde fora expulso, humilhado, carregando a arma que se partira e depois fora forjada novamente.

O sangue que derramara na canaleta do salão de Proghon ajudou Aelian a sentir por onde o líquido preto corria. Era um sistema circular, no qual a Mácula passava por dentro do Fosso, descia para o salão e voltava em algum momento. Isso significava que as suas gotas de sangue estavam dissolvidas e misturadas àquele trajeto, e ele tinha agora uma noção do mapa da Mácula dentro da Colmeia, algo praticamente instintivo, que surgia na sua mente quando ele fechava os olhos.

Assim, conseguiu encontrar o caminho. Grande parte das passagens secretas ainda existiam, por mais que a Colmeia tivesse assimilado o antigo Palácio e mudado radicalmente parte da estrutura. Aelian demorou um pouco para achar a porta secreta. Foi só quando uma dor lancinante nas suas entranhas e nas cicatrizes das costas o avisou que estava muito próximo a uma quantidade grande de Mácula que encontrou a porta, com as linhas negras, e concentrou-se nelas, tocando a pedra na parede. Usou a dor que sentia para fazer com que a Mácula o obedecesse.

A porta se abriu. O cômodo estava completamente escuro, sem tochas de cor alguma, apenas com o ruído da Mácula corrente.

A passagem se fechou logo em seguida, e então uma única tocha se acendeu na parede — sem a preocupação de mascarar a cor original do fogo.

Proghon estava ali.

Sentado no mesmo trono, como da última vez. Sua espada já estava fora do corpo, e ele apoiava os braços na grande arma.

Duas crianças kaorshs jaziam aos seus pés. Tinham ossos aparentes, rostos macilentos. Famintas, provavelmente alimentadas apenas com Mácula. Nem precisavam de correntes, pois os seus membros finos não as levariam a lugar algum. Eram apenas amplificadores para a voz de Proghon.

— *Era óbvio que você viria para cá.*

Aelian não respondeu. Era bem mais ultrajante escutar aquela voz demoníaca saindo de criaturas tão indefesas. À sua direita, estava a espada de Ruro, no mecanismo de fonte.

— Vai mandar uma enxurrada de batizados para cima de mim? — perguntou Aelian, tirando a espada de Anna das costas e assumindo a posição de combate.

O General não se moveu.

— *A mesma espada de Aparição contra a minha espada. Realmente, os humanos até que chegaram longe, visto que só repetem os mesmos erros. E você ainda quer a arma que não conseguiu me derrotar.*

— Você tem medo dela.

— *Medo? Não, falcoeiro* — entoaram as duas crianças. Aelian teve vontade de saltar sobre o maldito General para que ele parasse de usá-las. Mas ele continuou falando sem pressa: — *Eu apenas aprendo com os meus erros.*

— Então, eis um novo erro: enquanto está aqui, sua cidade está sendo tomada.

— *E vão fazer o que com ela?* — indagou Proghon. — *Quando perceberem que destruíram o sistema perfeito que permitia a existência de duas Untheraks, cada uma com o seu propósito, será tarde demais.*

— Perfeito para quem?

— *Para os humanos, Aelian. Vocês sobrevivem. Sempre. Não são os mais fortes nem os mais espertos. Mas sempre conseguem passar pelas crises. Pois a covardia muitas vezes é necessária para viver mais um dia. Mais um século. Ou mais um milênio. Suponha que hoje, nesta sala, você me derrote... Quanto tempo levaria até os humanos exterminarem os kaorshs nesta nova e feliz sociedade igualitária? E os anões? Decerto, os sinfos seriam as primeiras vítimas...*

— Nem todos são traidores como você. Por tão pouco, pelo amor de uma deusa falsa, você acabou com tantas vidas... deixou o seu filho para trás...

Aelian voou de encontro à porta, içado pelas cicatrizes. Bateu com força na pedra e escorregou até o chão, mas não largou a espada. Ele sabia irritar o General.

— Você é falho também, General. Não se esqueça — disse o humano, se levantando. Sentia o toque espiritual de Proghon procurando alguma falha na sua mente para entrar de vez, uma espécie de veneno mental deslizando pela superfície do seu cérebro. Ergueu a espada novamente, em guarda, por mais que Proghon continuasse sentado, tentando adotar uma postura de desprezo. — Sua comunhão com a Mácula apenas esconde a sua verdadeira falha. Da mesma forma que a Colmeia em volta do Palácio serve para esconder o castelo de mentiras de uma deusa falsa.

Proghon se levantou. Pela primeira vez, Aelian olhou sem medo para ele. Ali, no ombro direito, viu a falha na armadura que havia sido causada por um golpe de Anna, e sentiu que estava dando continuidade a uma luta congelada no tempo, agora autorizada a prosseguir.

As crianças maculadas se encolheram contra a parede, rastejando. Suas vozes reais choramingaram antes de Proghon voltar a usá-las.

— *Eu estava disposto a deixá-lo tocar na espada, apenas para vê-lo falhar e afundar na Mácula, como aconteceu com a sua mestra. Mas acho que é hora de você aprender o verdadeiro significado da dor.*

O ataque veio: frontal, por cima. Aelian sabia que, se defendesse os golpes daquela maneira por muito tempo, o seu destino seria igual ao de Anna. Então desviou para o lado, evitando o choque de armas, e abaixou-se quando Proghon fez um arco aberto em seguida. O General não emendou outro golpe. Havia sido feito de bobo duas vezes. A ponta da sua espada encostou no chão, e ele passou a avançar devagar, arrastando o metal na pedra.

— *Covardes desviam, evitam o conflito. Pelo menos a verdadeira Aparição me enfrentou com coragem. Você é uma decepção.*

Aelian não se abalou, e então rechaçou mais duas vezes antes de defender um golpe lateral, desviando a lâmina e emendando um giro. Proghon deu um passo para trás, na direção da fonte de Mácula. O choque entre as espadas se tornava cada vez mais ensurdecedor. O General continuava com os ataques vigorosos, e Aelian se cansava a cada golpe aparado, a cada evasão feita com grande esforço. Aos poucos, o falcoeiro foi percebendo que só conseguiria pegar a espada se matasse o seu inimigo. O que era impossível.

Então, Aelian recuou. Teria que cometer uma loucura.

Acuado contra a parede, sentia a influência de Proghon tentando alcançar a sua garganta. Ele protegia a mente, como Wora havia lhe ensinado, mas estar no Fosso, rodeado de Mácula, era uma tremenda desvantagem.

Então, concentrou-se na dor e cravou um joelho no chão. Tinha sido assim que ele conseguira abrir a porta, certo? Respirou fundo. Deixou a dor se espalhar pelo corpo. Estava sempre evitando senti-la: o cansaço, as cicatrizes, as perdas, a ardência nos músculos. Dessa vez, deixaria a dor se tornar central, rodeada pelo seu Sangue, sua Alma e a Água das suas memórias. O triângulo.

Proghon se agigantou sobre ele.

Aelian largou a espada de Anna.

As crianças vocalizaram o que parecia ser uma risada, e Proghon recuou o braço para uma estocada final.

Sem a arma, Aelian estava mais leve e ágil. Bateu com as mãos na espada de Proghon e sentiu-a cortando as suas palmas, porém desviando para o lado e cravando-se na parede.

Com as mãos sangrando, Aelian puxou sua adaga de osso.

O golpe foi uma verdadeira ferroada logo abaixo da caveira de ouro.

Osso e sangue penetraram na carne feita de vazio.

E assim, com uma chave de dor que fazia a Mácula obedecê-lo, Aelian invadiu a mente de Proghon.

44

O exército da retomada de Untherak tinha força suficiente para empurrar as tropas para dentro do Miolo, mas isso porque Proghon havia enviado três destacamentos para cuidar dos portões e perseguir Grork. Raazi sabia que, caso o General tivesse montado uma linha de escudos diante do Portão para segurar a entrada dos exilados, a história teria sido outra.

Por ora, no entanto, poderiam comemorar. Eles precisavam de tempo para conversar com as pessoas dos Assentamentos e ver se Harun havia conseguido entrar em contato com algum movimento rebelde. No momento, não suportariam o choque de tropas por um período prolongado. Afinal, ainda estavam em desvantagem com relação a uma Untherak funcionando a pleno vapor.

Peebo e Maud, assumindo novamente o papel de batedores no instante em que as tropas de Proghon começaram a recuar, partiram para ver a situação do Segundo Bosque e trazer notícias. Harun, Cora, Ranakhar e Idraz lutavam desmontados, instigando muitos a seguirem eles, castigando os que recuavam e tentavam fechar o portão do Miolo próximo aos Assentamentos. Absinto, que havia se juntado à batalha, levava soldados feridos para a retaguarda, próximo a onde Akari recuperava as energias. Quando questionado sobre Venoma, o velho mestre disse que ela conseguira se esgueirar para dentro do Miolo. Raazi se sentiu estranha, pois era a segunda vez que se separava dela sem aviso. Porém, sabia que precisava confiar na mercenária, assim como Anna confiava.

As tropas começaram a se unir aos pés dos Assentamentos, e Raazi voltou rápido para lá, montada na sua cocatriz e colocando uma focinheira no animal assim que desmontou para falar com os moradores. Um grupo de garotos e garotas de no máximo dezesseis anos os recebeu, caminhando juntos, armados de espadas, lanças, escudos e pedaços de armaduras brilhantes. Todos não maculados.

Raazi olhou para as casas e os barracos ao redor. Havia uma quantidade enorme de escritos nas paredes, com letras vermelhas. Os garotos perceberam o olhar da kaorsh, e uma menina humana se adiantou para falar com ela.

— Aqui é nosso território — disse Katria, séria, mas sem conseguir esconder a admiração pela guerreira que expulsara os Únicos e Silenciosos.

Raazi fez uma mesura e a tratou como adulta.

— Eu respeito isso. Meu nome é Raazi Tan Nurten...

— A assassina de Una! Conheço o seu nome! — gritou um garoto anão, com mais admiração que acusação.

Raazi assentiu para ele.

— De fato, sou eu. E esses são ex-moradores de Untherak, das plantações e do leste da muralha. Voltamos após o exílio que nos foi imposto, e com aliados. — Raazi apontou para as inscrições nas paredes. — Isso é tinta eterna?

— Sim, do salão escondido na estátua! — disse um menino cabeludo, empolgado. Ele lhe parecia familiar. — Um anão nos deu as instruções e trouxemos ela para cá!

Raazi notou as mãos dos garotos, com tinta vermelha nos cantos das unhas. Aquilo dificilmente sairia sem uma solução feita por kaorshs. Ela sorriu, aliviada, e informou que então tinha uma boa notícia para eles. Mandou buscar Harun, e o anão foi recebido aos berros e aplausos pelos garotos. Eram quase vinte deles, assobiando e pulando. Cora olhava para o marido, orgulhosa, sendo envolvido por adolescentes de todas as raças. E depois, por Raazi e todos os outros conhecidos — incluindo Ranakhar, que lhe deu um demorado abraço esmagador. Ele merecia ser celebrado e receber as honrarias e os aplausos como o herói que era.

— Fizemos o que você pediu! — avisou Katria, empolgada, segurando o braço dele.

Harun fez uma careta e pediu para tomarem cuidado com a flecha enterrada nas suas costas, que Cora prontamente tirou com a ajuda de uma faca afiada.

— Armamos todo o povo dos Assentamentos — contou o garoto anão de cabelos loiros, que se chamava Stak. — E marcamos o nosso território com a tinta da cor proibida!

— E o melhor de tudo — acrescentou o menino cabeludo, Tom, olhando para Harun com os olhos arregalados de agitação. Sua voz se reduziu a um sussurro de euforia contida: — Trouxemos a pólvora de ouro.

Harun riu alto, dando um abraço de esmagar os ossos no menino.

— Valeu a pena correr atrás de vocês, pivetes! Me digam, quanto conseguiram trazer? Aposto que em duas ou três viagens deu para juntar pelo menos vinte quilos dela, não?

Tom olhou para Katria e Stak, como se a pergunta do anão não fizesse sentido. O garoto apontou por cima dos ombros, para o topo dos Assentamentos. Com o tom de voz cuidadoso de quem pensava ter cometido algum erro, disse:

— Nós trouxemos tudo.

Harun precisou recuperar o fôlego, sentando-se num barril de tinta eterna e arquejando profundamente. Os garotos trouxeram um cantil de água para ele, que aproveitou e jogou parte do conteúdo na própria cabeça.

— Temos que começar a usar a pólvora agora! Não podemos correr o risco de mandar o Assentamento pelos ares! Digam para mim que não tem risco de aquilo pegar fogo! Vocês guardaram num lugar seco? Longe de velas? Tochas? Luz do sol?

— Desculpa! Pensamos que era para pegar as coisas de lá à vontade.

Harun segurou Tom pelos ombros. Estava completamente eufórico.

— Garoto, está tudo bem! Só temos que tomar bastante cuidado com pós dourados. Bastante! Raazi? Cadê você?

A kaorsh se reunira novamente com Akari e já sabia o motivo de Harun querer falar com ela. Porém, para esta parte do plano, precisava reunir os sinfos que liderariam a iniciativa, que tinha sido ideia de Aelian. Mas Peebo e Maud ainda não haviam voltado do Segundo Bosque. Enquanto isso, Raazi e Akari se acertavam com o grupo de resistência dos Assentamentos e indicaram que as tropas deviam levar os mais cansados e feridos morro acima, onde pessoas humildes e assustadas apareceram para ajudá-los com os primeiros socorros e cuidados emergenciais. Raazi contabilizou oito mortos numa ofensiva que provavelmente causou dez vezes mais vítimas no lado adversário. Ainda assim, observou com tristeza os corpos dos guerreiros, a grande maioria voluntários da outra Untherak. Ela reconheceu uma senhora kaorsh da comitiva que a havia acompanhado desde a Batalha do Portão Norte. Uma flecha negra estava plantada bem no seu coração, e Raazi amaldiçoou a mira dos elfos Silenciosos.

Então, uma comoção veio de mais adiante, depois do Portão Norte. Pela gritaria e pelas rezas, sabia que os aróspinos estavam entrando na cidade pelo Portão Nordeste. Fugindo de uma perseguição barulhenta, um grupo de cerca de vinte Únicos debandava, afastando-se desesperadamente dos guerreiros com pele de bronze, indo na direção do Miolo. Raazi despachou Ranakhar e a Guarda Vermelha com as montarias mais velozes para interceptá-los e tentar uma rendição — ou destruí-los num ataque que os esmagaria contra os anzóis de guerra e as máquinas de cerco.

Sarinna chegou cerca de meia hora depois, como se estivesse entrando numa festa há muito tempo esperada. Raazi sabia que, para ela, a sensação era mais ou menos aquela mesmo. Seus homens e suas mulheres gritavam cânticos que arrepiavam e empolgavam, e, mais uma vez, Raazi agradeceu por ter reforços tão intimidadores. Dos vinte soldados interceptados, dezoito se entregaram e só dois conseguiram fugir para o Miolo. Ranakhar fez com que se ajoelhassem logo atrás das barricadas de entulhos e restos carbonizados de casas que a resistência dos Assentamentos havia empilhado na entrada do morro, para impedir qualquer ataque direto vindo do Miolo. Raazi decidiu que falaria com eles assim que terminasse de conversar com Maud e Peebo, que enfim retornaram do Segundo Bosque com informações avançadas.

Aflitos, os dois começaram a explicar como as flechas dos Silenciosos estavam sendo feitas com as árvores do Bosque, que reduzira drasticamente de tamanho. Descobriram que a madeira era levada para uma serralheria posicionada bem no encontro do rio Morto com o rio Abissal, e que, de lá, as hastes eram transportadas para a Bigorna, onde a produção de pontas de flechas só não era maior que a do novo carvão aditivado.

Raazi estava decidida a mandar um contingente para interromper essa produção. Chamou Akari para liderar o ataque com os sinfos, que saberiam usar bem as árvores para criar emboscadas para os Únicos. Ali era o território deles, e uma vitória naquela área lhes daria moral suficiente para manter o ânimo.

Mas, naquele momento, dos dezoito prisioneiros de armadura, quinze tombaram inertes no chão atrás das barricadas.

O fluxo de Mácula contorcia-se diante dele, estendendo-se naquele não espaço. Proghon não estava à vista. Aelian apenas se deixou levar, seguro de que voltaria quando quisesse ao seu corpo. Dessa vez, estava no controle.

E havia algo diferente.

Suas mãos estavam feridas no mundo físico. Ali, um fluxo vermelho se desprendia dos cortes, criando linhas trêmulas que envolviam Aelian e se uniam ao rio de Mácula. Dessa vez, estava conectado também pelo sangue, deixando o seu controle sobre a sua forma astral muito mais estável.

Enquanto deslizava por aquela rede obscura, Aelian ia tomando ciência de cada corpo que podia se tornar um canal. Cada boca que amplificaria a sua fala. O sangue que saía das suas mãos se dividia em outros canais menores, como fios de lã vermelha que o conectavam a cada possibilidade. Era assim que Proghon se sentia? Com um mapa e um atalho para cada miserável nas proximidades com um mínimo de Mácula que possibilitasse a conexão?

Aelian foi procurando e tinha a impressão de que podia possuir qualquer um ali. Sentia cada um dos Silenciosos e até os Únicos que não eram Únicos, mas eram batizados. Encontrou as crianças, atrás do trono, e delas Aelian não conseguiu captar nem batimentos cardíacos. Ouviu o coração acelerado dos selvagens que um dia encheram a Vila B. Em uma viela calcinada nos Assentamentos, sentiu o calor de um cachimbo esquentando o peito ao tragar a fumaça de uma pedra de carvão, e quando se deixou tatear por aquela sensação, percebeu os milhares de usuários de Untherak, todos de uma vez.

Então, por um instante, se viu trancado numa sala iluminada e vazia.

Havia um retângulo de Mácula aos seus pés. Aquele era o estuário da Una que condenara os escribas. Girou nos calcanhares, apreciando o silêncio daquele lugar...

Quando se voltou novamente para a piscina de Mácula, havia uma criança ali. Imersa até a cintura, sem se dissolver. Um menino, de olhos grandes e raivosos, segurando um homem de argila. O filho do Homem Marcado.

Ele gritava algo, encarando Aelian com ódio, mas a sua boca não emitia som algum. O lugar estava numa quietude absoluta e melancólica.

— Não consigo escutar você — falou o homem.

O garoto ficou com ainda mais raiva. Apontava para ele, enquanto a outra mão amassava o frágil homem de argila. Sua boca se abria cada vez mais conforme ele articulava.

— Não posso fazer nada pelo seu pai, se é isso que está pedindo — disse o humano. — Ele tomou as decisões erradas.

O garoto continuava arreganhando os dentes, saindo da Mácula aos poucos. Seus membros até então submersos estavam intactos, mas tingidos de preto. Caminhou na direção de Aelian, apontando para ele, ainda no seu grito silencioso. Aelian recuou, sentindo-se culpado, de alguma forma... mas aquilo não era possível.

Percebeu momentos depois que os fios vermelhos de sangue flutuavam para fora das suas mãos, conectando-o ao garoto. Aelian não queria aquilo. Não aquele tipo de conexão, não com aquele garoto... Ele já tinha problemas demais para lidar. Aquela devia ser uma memória de Proghon, talvez a culpa de ter deixado o filho para trás, enterrada sob incontáveis camadas de Mácula e ouro.

Então, Aelian se lembrou de que não estava no mundo real.

Caminhou para trás, afastando-se do menino enraivecido. Rememorava-se que, nas memórias dos escribas, ali havia uma porta, por onde o filho do Homem Marcado o observara se dissolver na Mácula.

Suas costas tocaram a porta, e ele a abriu, com pressa, e trancou o garoto na sala de onde acabara de sair.

Seus olhos se fecharam no mundo astral e se abriram no Fosso.

A adaga de osso de gigante ainda estava cravada em Proghon. O sangue corria pelo antebraço de Aelian e pingava no cotovelo, mas não era o sangue do General.

Sentindo-se um tanto quanto tonto, retirou a adaga do lugar.

Proghon continuou imóvel. Paralisado.

Não fosse o gemido das crianças ao lado do trono, Aelian teria pensado que o tempo havia sido interrompido.

Correu até elas. Levantou a primeira com tanta facilidade que ficou surpreso.

— Ei, ei... Vou tirar vocês desse lugar, tudo bem?

Então encarou aqueles olhos, perdidos em órbitas profundas de rostos tão irremediavelmente marcados. A primeira criança fechou as pálpebras e demorou a abri-las. Um ruído baixo saía do fundo da sua garganta, como se aquele fosse o único som que as suas forças eram capazes de produzir. O mesmo aconteceu com a outra criança, que Aelian também pegou no colo.

Olhou para trás, preocupado em despertar Proghon, e então sussurrou para elas:

— Vamos embora. Vou só pegar a minha espada e...

Uma delas fechou os olhos e o som cessou. A outra tentou articular uma palavra, mas fazia muito tempo que não falava por conta própria. Parecia ter esquecido o som da própria voz.

— O-obrigado... — disse ela, mais suave que uma brisa. E o seu corpo pareceu ficar ainda mais leve nos braços de Aelian quando os olhos se fecharam.

Ele as depositou no chão novamente, com cuidado. Sentiu as lágrimas descerem pelo rosto, mais incômodas do que o sangue que perdia. Puxou pedaços das faixas do braço para cobrir os cortes na palma das mãos e foi buscar a espada de Anna, caída próxima de Proghon. A imensa estátua viva continuava com a arma cravada na parede. Aelian poderia decapitá-lo ali mesmo...

Mas sentia que o certo seria fazê-lo com a espada da fonte. A arma de Ruro.

Embainhou a espada gigantesca às costas e encarou Proghon com o rosto a centímetros do dele, olhando para cima. Entre lágrimas, cuspiu no General e caminhou até a beira da piscina, o mais próximo possível da fonte.

Aelian olhou para a palma das mãos. As faixas haviam estancado o sangue, ainda que estivessem completamente tingidas de vermelho.

Então, pisou no líquido negro, com a certeza de que não se dissolveria.

Fez isso por vontade própria, investido no seu dever, na sua missão. Há muito tempo alguém não entrava na Mácula sem ser por uma execução ou batismo: a criança que Aelian vira nas memórias de Proghon, a que havia ido atrás do pai, sem medo de morrer, com certeza para refrear o seu ato de perigo extremo.

Deu o segundo passo. E o terceiro. A sala ficou mais gelada, vozes sofridas eram carregadas pelos dutos de ar e entravam nos seus ouvidos, como se protestassem contra a estupidez de Aelian. Mesmo sentindo que a realidade berrava, afirmando que ele deveria se dissolver, derreter, cessar de existir e misturar-se à bile negra... o humano se recusou. Manteve-se íntegro.

E fechou as mãos vermelhas no punho da espada. A Mácula correu por cima delas.

Aelian sentia frio. Calor. Dor. Conforto. Paz. Tudo ao mesmo tempo.

Mas acima de tudo, sentia um desejo assassino de acabar com Proghon.

Sem fazer nenhum ruído, a lâmina deixou o pedestal. A espada de Ruro estava nas suas mãos, e, quando Aelian a ergueu, viu que a Mácula entrava pelo cálice no fim do punho da arma e que não escorria de volta.

As canaletas na lâmina ficaram negras.

Ele se virou, pronto para fazer o caminho de volta até o General congelado. Exposto.

E então ouviu um clique.

A substância parou de cair do teto, o fluxo enfim interrompido. O chão no fundo da piscina pareceu se inclinar por um instante, e Aelian achou que era um efeito da sua tontura pela perda de sangue. Só percebeu que algo realmente acontecera quando quase caiu.

Então, uma comporta se abriu próxima à parede, e Aelian foi tragado junto com toda a Mácula do Fosso ralo adentro. Suas mãos tentaram se agarrar em qualquer coisa, mas não havia nada, e a força do ralo o sugou. Antes da sua visão ser tingida pela escuridão, teve o último vislumbre de Proghon paralisado: sua chance desperdiçada. E enquanto lutava para permanecer inteiro na Mácula, foi jogado de um lado para o outro num imenso escorregador que o tragava Colmeia abaixo.

Não foram só os prisioneiros.

Nas ruas dos Assentamentos, pessoas tombaram como se o seu cérebro tivesse parado de funcionar. Após uma vitória retumbante de Akari e os sinfos no Segundo Bosque, guerreiros caíram como peças de dominó, a maioria deles batizados. A serralheria havia sido tomada e agora era usada como fortificação para os sinfos, que mantiveram um contingente para protegê-la enquanto metade voltava com Akari para a tenda de comando montada na subida dos Assentamentos, onde a vista geral proporcionava vantagens estratégicas.

Na Arena de Obsidiana, bandos de elfos Silenciosos haviam escalado a cobertura das arquibancadas, atirando nos aróspinos, que tentavam montar e calibrar as suas armas de cerco. Os soldados de Sarinna buscavam proteção enquanto os malditos os castigavam de uma posição privilegiada, usando o seu equilíbrio aguçado para ir até a beirada da cobertura e ter uma visão plena dos invasores.

Até que uma imensa fileira deles mergulhou muralha acima, como se tivessem adormecido em meio ao serviço. Mesmo sem entender o que estava acontecendo, as tropas da retomada comemoraram os quase cinco minutos de apagão nas defesas de Proghon. Nem todos os soldados entraram em letargia profunda, mas foi o suficiente para gerar prejuízos incalculáveis.

— Os três que não caíram duros estão em estado de choque até agora, mesmo com os amigos acordando e aparentando estar bem — disse Stak, acompanhado dos inseparáveis amigos Katria e Tom.

Harun riu.

— *Rá!* Deixem que pensem que pode acontecer de novo! Pelo menos não aconteceu com nenhum dos nossos.

— Aconteceu com um pessoal daqui das vielas, sim — corrigiu Tom, sinalizando que a sua definição de "nossos" incluía qualquer pessoa que não estivesse do lado de Proghon. — E já vi pessoas nesse estado de paralisia, causada pelo carvão que chega aqui... Pareceu o mesmo efeito, só que em muita gente ao mesmo tempo.

— Eu diria que o carvão batizado está por trás desse mistério — opinou Absinto, que se aproximara de Raazi e dos outros para informar sobre o estado de saúde dos soldados que se feriram no túnel do Portão Vivo. Todos se recuperavam bem, e ele se sentiu pronto para revelar uma nova estratégia que poderia lhes fornecer mais informações. — Acho que podemos avançar pelo Portão Sul, mas contornando o lado ao leste do Miolo. Para entender como estão os moradores daquela região e ver se o efeito letárgico foi geral na cidade.

— Passem pelas tropas de Sarinna e vejam se precisam de algo — disse Raazi, olhando para as armas de cerco ao longe, arremessando projéteis e grandes lascas de sal negro nas paredes da Arena de Obsidiana, tornando impossível a formação de ninhos de arqueiros Silenciosos ali. — Levem catapultas para manter o lado leste do Miolo ocupado, para que Proghon não libere soldados na região das casas. E se qualquer morador quiser se juntar às nossas fileiras, diga que são bem-vindos, portando armas, pedras ou panelas. Conseguimos muitas clavas e escudos retangulares dos Únicos e estamos pintando tudo de vermelho.

Absinto assentiu, chamando parte do grupo que havia sobrevivido ao embate sinistro nos túneis. Raazi reconheceu Rudyo e Krasba, que haviam enfrentado ela no ringue da Decepção de Una, e abraçou os lutadores com força ao vê-los tão engajados sob o comando do velho mestre, orgulhosos nas suas armaduras brilhantes da Cidade Dourada.

— Akari — chamou Raazi por fim, vendo-a limpar as suas lâminas após a vitória ao lado dos sinfos e encher o cálice no botão das armas de água salgada. — Cheguei a pensar em invadirmos o Palácio por baixo com uma tropa confiável, através dos túneis secretos... mas não sabemos o que esperar ao chegar naquela... aberração. — A kaorsh observou a Colmeia. — Pode acompanhar Absinto na descida pelo lado leste?

— Posso — respondeu a salobra, levantando-se de imediato. — Se o lugar estiver limpo, volto antes de a coisa piorar no Miolo.

Ela partiu, enquanto Raazi tentava digerir o pessimismo da guerreira. Ao mesmo tempo, gostava que Akari fosse realista. Sabia que Proghon estava quieto demais e que não se contentaria com o Miolo sitiado por muito tempo. A escuridão noturna estaria do lado do General, considerando a visão dos batizados e Silenciosos, e ele aguardava para usar essa imensa vantagem.

Raazi deixou Ranakhar na base e subiu até o topo dos Assentamentos com Harun e os garotos rebeldes. Foram até onde o terreno ficava mais plano e era possível ver parte do interior do Miolo. Havia muita movimentação por lá, perto do Cofre e do Silo, com bastante fumaça em vários pontos e tochas sendo acesas — afinal, nem todos os soldados do General tinham a visão da Mácula. Pelo que Raazi pôde observar, naquele momento Untherak havia deixado de se importar com as cores das chamas, pois todas eram naturais, como se não houvesse tempo de pensar nas tradições tolas que eles mesmos tinham criado. Proghon sabia que a sua cidade nunca correra tanto risco. Em breve, traria algumas surpresas das profundezas das suas masmorras e despejaria uma legião de armaduras negras por todos os portões.

Portanto, o grupo rebelde enfim decidiu executar o plano que Aelian bolara na Cidade Dourada, com uma leve melhoria feita por Harun — que parecia empolgado com a chance de ver a sua ideia em ação. Os sinfos começaram a tocar uma melodia que Aelian lhes ensinara, e até o falatório comum de tropas se calou. Centenas de pares de asas vibraram ao mesmo tempo, num zumbido poderoso que seria carregado pelo vento e escutado por ouvidos bem mais sensíveis, muito além do Portão Sul.

— Espero que esteja vendo isso, Aelian — murmurou Raazi.

E ele veria, mas pelo pior ângulo possível.

Despejado numa das canaletas de Mácula, Aelian se sentiu como um pacote revistado e jogado de qualquer jeito por um dos tubos de separação de entregas do velho Poleiro. Ele estava coberto de Mácula dos pés à cabeça, mas ela não o feria mais do que o lodo no chão do Miolo após uma noite de temporal. Algo havia mudado, e Aelian parecia imune ao mal temido por todos.

Completamente tonto, não sabia onde estava. Arrancou a sua capa e soltou um arquejo de surpresa ao se ver sozinho no salão de Proghon, com o trono lá no alto e todo o sistema de Mácula que cascateava das escadarias. Num gesto de desespero, lembrou-se da espada de Ruro e olhou para os lados, procurando-a.

Viu um brilho prateado fugaz no meio da canaleta e do fluxo negro. Enfiou as mãos no líquido sem pestanejar e foi a primeira pessoa na história a soltar um suspiro de alívio ao entrar em contato com a Mácula.

Sozinho no meio do salão, pensou em como poderia voltar ao Fosso para terminar o serviço e matar Proghon. No fundo, porém, sabia que ele não teria ficado congelado por mais tempo. Provavelmente já estava saindo de lá, talvez até se encaminhando para a sala do trono e tomando as providências para que Aelian fosse capturado.

O humano foi se esgueirando pelas sombras dos cantos do salão, esgueirando-se pela Colmeia na direção da saída. De vez em quando, armeiros passavam correndo com clavas e escudos retangulares empilhados, a fim de abastecer as tropas do lado de fora, e Aelian aguardava até que dobrassem os corredores para voltar a se locomover. Não possuía uma bainha para a sua nova espada, então precisava carregá-la nas mãos, cobrindo o brilho com a capa para não chamar atenção indesejada.

Saiu por uma porta lateral da Colmeia que só se abria para fora, do lado oeste. Sua visão se ajustou para a escuridão noturna, bem diferente da que preenchia o antigo Palácio. O ar estava carregado de gritos e palavrões, de botas de ferro marchando e de escudos resvalando uns nos outros.

Duvidava que existissem armas suficientes nas fileiras de Raazi para frear o que estava se formando dentro do Miolo.

Atravessava as ruas, sempre às costas dos pelotões, escondendo-se atrás de caixas, barris e lixo acumulado, quando um zumbido crescente fez com que toda a sua caminhada evasiva se tornasse inútil, pois os olhos dos inimigos, batizados ou não, se voltaram para o alto.

Mesmo estando no solo inimigo — ou seja, o pior lugar para se apreciar uma estratégia de ataque aéreo —, Aelian não conseguiu conter um sorriso triunfante.

Um esquadrão de betouros avançava sobre os muros do Miolo. Ouvia a melodia de Ziggy carregada pelo vento, em várias flautas e ocarinas, desencontradas, mas impelindo aquelas centenas de *Coleoptaurus* através do ar.

Em cada betouro, um ou dois sinfos. Os animais da Untherak do norte, sarapintados, eram menores e, em geral, levavam apenas um cavaleiro. Os da mesma espécie de Thrul, porém, levavam dois pequenos sobre as selas. Aelian torceu para eles seguirem à risca os seus planos de despejar pedras nas tropas e se mandarem assim que as flechas dos Silenciosos começassem a voar. Mesmo daquela altura, sabia como ninguém que os sinfos poderiam ser feridos mortalmente por aquelas setas.

Flechas isoladas voaram para o alto. Eles ainda contavam com o elemento surpresa. Aelian se escondeu sob a marquise do que parecia ser um depósito de rações e viu o grito de ira dos soldados aumentando conforme cada vez mais betouros cobriam os céus com os seus zumbidos.

E então, o humano viu sombras caindo em meio às tropas.

E explodindo ao atingirem o chão.

Ninguém estava preparado para um ataque de cargas de pólvora de ouro, nem mesmo Aelian, que cobriu a boca com as mãos ao sentir a terra tremer e ver armaduras negras serem arremessadas no ar como bonecos. Uma linha inteira foi pelos ares, o fogo alimentado pela pólvora procurando outras tochas para continuar se expandindo.

Uma segunda carga veio, e a rua onde Aelian estava virou um inferno.

Os soldados de Proghon apagaram as suas tochas afundando-as na lama seca sob os seus pés, mas o estrago já estava feito. O telhado do armazém que Aelian usava como cobertura desabou, aparentemente com o peso de um betouro atingido por uma flecha. Viu Silenciosos se movimentando, passando perto de onde estava, e correu para outras sombras mais adiante, debaixo de uma construção que não tinha chaminés.

De lá, viu um sinfo dar um rasante com o seu betouro no telhado cheio de chaminés da Bigorna, colocando um pacote do tamanho de um bebê na abertura fumacenta e então arremetendo novamente. O prédio, a origem do carvão de Proghon e com todo o arsenal de armas sendo produzido às pressas, deixou de existir de um instante para o outro. Lascas de tijolos voaram por cima do muro do Miolo.

Aelian perdeu completamente a audição, sem saber se era pelos Silenciosos que corriam fora de formação pelas ruas ou se pelas explosões que pareciam querer virar o centro de Untherak de cabeça para baixo. Viu alguns dos arqueiros buscando posições para abaterem os betouros, e aproveitou a ocasião para quebrar o jejum da espada de Ruro, que entrava pelas costas dos elfos com facilidade. A lâmina parecia ficar mais leve conforme Aelian a brandia, e, quando se deu conta, estava usando apenas uma das mãos para finalizar os oponentes. Vendo muitos deles sobre telhados, aproveitou para pegar o arco de uma das vítimas e colocar as lições de tiro de Druk em prática. Abateu dois alvos e alvejou o braço de um terceiro, mas não da maneira mais eficaz possível, e atraiu cinco deles até a sua posição, no meio de uma rua que queimava. Em meio aos tremores de terra, largou o arco escuro e lutou contra cinco Silenciosos, cortando cabeças com relativa facilidade. No último golpe, a espada de Ruro estava tão repleta de sangue escuro que escorregou pelos seus dedos e caiu no chão. Aelian precisou finalizar o oponente com a adaga de osso, num golpe abaixo do queixo, como fizera com Proghon.

Destrambelhado, recolheu a espada e disparou por um beco, dobrando uma esquina e tentando encontrar alguma rua que não estivesse um pandemônio. Após derrapar por outra esquina, uma dezena de armaduras negras e espinhosas se virou na direção do ruído, surpreendendo-se com o homem correndo sozinho, e um rosnar crescente de triunfo se fez quando a tropa começou a persegui-lo, como um bando de gnolls atrás de um roedor.

Na fuga, Aelian ouviu um clamor ainda maior que o dos seus perseguidores.

O General Proghon foi saudado por todos, em uníssono. Aquelas eram as vozes de soldados que sabiam ter uma vantagem, uma vez que a criatura mais poderosa que já vivera em Untherak, a única realmente próxima da imortalidade, estava do lado deles.

Viu-se próximo do Berço e sentiu um estranho alívio ao perceber que a pólvora não havia obliterado o lugar. Lembrou-se das crianças exauridas até a morte por Proghon e não pôde deixar de pensar em todas as que estava lá dentro.

Certificando-se de que havia despistado os seus perseguidores e sem saber direito o que estava fazendo, Aelian foi na direção do prédio, decidido. Iria tirar aquelas crianças dali. Estava subindo os poucos degraus da entrada quando a porta da frente se abriu, e um rosto conhecido se aterrorizou ao ver a face imunda do falcoeiro.

— Você de novo! — gritou Brastad, responsável pelos cadetes.

Atrás dele quinze crianças vestidas de preto estacaram ao ver o homem adulto levar um soco devastador do encapuzado de cabelos longos e sujos, o rosto com uma marca de servidão desbotada.

— Guardas! O Aparição! Aqui! — gritou o soldado, com a voz de um covarde.

Aelian caminhou para a frente e pisou no peito do homem, apontando a espada de Ruro para ele.

— Eles têm outros problemas no momento — disse Aelian. Uma explosão a distância iluminou o seu rosto tomado pela raiva. — Deixe essas crianças comigo e volte lá para dentro.

— Proghon vai me matar se eu não levar...

— *Eu* vou te matar se não disser para *onde* as estava levando.

Brastad apontou para a Bigorna. Aelian se sentiu horrorizado ao ver crianças no telhado, paradas, olhando para o alto. No Balde, outro grupo de crianças estava de pé, ao lado da chaminé, e um esquadrão de três betouros desistia dos ataques ao ver crianças desarmadas sendo usadas como escudos para as construções. Em seguida, Silenciosos saíam das sombras e disparavam contra os betouros em pleno voo.

— Volte com elas para dentro e tranque a porta — ordenou Aelian.

Brastad cuspiu sangue no chão. As crianças olhavam para o Aparição com raiva e medo, mas nem tinham qualquer tipo de arma para usar as suas habilidades de luta precoces contra ele. A função delas agora era outra. Aelian ficou emocionado ao ver aqueles rostos, que eram como o dele, órfão, tendo que se tornar um servo no Miolo após a perda brutal dos pais.

Lembrou-se de Proghon derrotando seu pai, Aenoch. Lembrou-se de Pan desfazendo-se em vida durante as semanas seguintes. Empurrou as emoções mais difíceis para o fundo do seu estômago, colocando a raiva na frente delas como um escudo.

— Protejam-se. É uma ordem — vociferou Aelian, e então olhou para Brastad. — E não se preocupe com qualquer punição por parte de Proghon. Eu cuido dele. E você... tome conta dessas crianças de verdade pela primeira vez na vida, ou farei com a sua cara o que fizemos com a Bigorna.

Trompas graves soavam ao longe, e Aelian correu na direção delas, sozinho, deixando um atônito Brastad no chão. Atrás dele, crianças com as infâncias perdidas e uma imensa coluna de fumaça que saía da Bigorna, queimando em línguas de fogo vermelhas.

As notícias que chegaram aos Assentamentos eram devastadoras.

O primeiro ataque de betouros havia funcionado bem até demais. Todo o exército da retomada urrou num frenesi ao ver o céu coberto pelas criaturas que por tanto tempo foram seres terrestres inofensivos. Harun e os outros entregavam os fardos de pólvora embalados com cuidado para cada sinfo que decolava e seguia a esquadra, e assim o ataque se deu em duas levas... e meia.

Após as primeiras incursões aéreas, Peebo voltou desesperado ao centro de comando, saltando do seu betouro dois metros antes dele tocar no solo.

— Proghon está usando crianças como escudo! — exclamou ele, aterrorizado. — Nos... telhados...

Raazi cancelou o ataque. Trompas soaram, vindas dos sinfos em solo, e a nota grave e urgente entregava a mensagem de recuo com mais eficiência do que palavras de ordem. A massa de betouros começou a retornar, e um deles fez um relato da visão do Miolo, que parecia uma fornalha prestes a explodir.

Proghon havia saído da Colmeia, mas havia algo diferente nele. O homem era uma cascata ambulante de ouro derretido. Era uma reação monstruosa, com grandes poças douradas fumegando sob os pés e deixando um rastro grudento de mácula. Ele marchava de maneira lenta e implacável entre as tropas, na direção dos Assentamentos, com uma legião de batizados selvagens rastejando no seu encalço. Através das bocas descarnadas, ordenava a reorganização dos seus homens e dizia que mataria quem recuasse. Um relato de outro sinfo dizia que ele pisava nas cabeças dos soldados feridos e derrotados pelo ataque aéreo, esmagando-as e deixando o ouro fervente nos fragmentos de carne e osso. Proghon não queria tratar os feridos ou lidar com os mortos. Ele estaria nas linhas de frente defensivas de Untherak, e Raazi sabia que, em algum momento, aquilo significaria um embate direto entre ela e o General. Se não o enfrentasse, as tropas de retomada seriam reduzidas em minutos de combate. Proghon era um exército de um homem só, então ela precisaria ser um exército de uma mulher só.

As fileiras começaram a se organizar, enquanto as notícias chegavam dos outros frontes.

No Segundo Bosque, a serralheria transformada em base de operações era atacada por uma tropa de soldados com gnolls em correntes. Não estavam irremediavelmente cercados e conseguiram responder o combate de dentro do posto relativamente pequeno, segurando algumas tropas ali para que não avançassem até a lateral do exército de Raazi. Com o retorno dos sinfos e betouros, um grupo de cinquenta deles voou até lá para empurrar os soldados e gnolls para o sul, além do rio Morto, e ao mesmo tempo evitar que eles contornassem o ponto de controle através das plantações. O choque de feras foi rápido, mas brutal.

A leste, as notícias não eram tão animadoras, mas também não eram terríveis.

O que realmente piorava tudo era o ruído assustador que aumentava no Miolo.

Os moradores mais perto do Miolo se amontoavam na orla externa, próximo à Torre Leste. Aqueles que tinham casas ao lado da muralha trancavam portas e janelas para conter a invasão dos desesperados e fugitivos. O número de voluntários da região que se juntara à frente de Akari, Absinto e Sarinna era baixo, menos de duzentos, mas foram recebidos com alegria pelos combatentes — sobretudo os aróspinos, que não falavam a mesma língua dos untherakianos, mas entendiam a linguagem da guerra e das alianças. Anzóis de guerra sobressalentes, lanças e escudos foram compartilhados. Absinto traduziu para Akari o que Sarinna dizia a plenos pulmões aos seus soldados: "Aliados são irmãos que chegam tardiamente nas nossas vidas. Entregamos os nossos escudos para eles e avançamos apenas com lança, espada e dentes, se necessário."

Pelos urros raivosos e os rostos sedentos por sangue, Akari tinha certeza de que fariam isso mesmo.

Continuaram a descida, evitando atacar com as armas de cerco, já que a notícia de crianças sendo usadas como escudos havia chegado ali. Ao se aproximarem da Torre Leste, um novo castigo começou com chuvas de flechas negras disparadas por olhos que enxergavam perfeitamente à noite. Ninguém conseguira descobrir se havia crianças de reféns nas janelas da Torre Leste, então o ataque foi contido, apesar de as armas terem sido montadas.

Após uma considerável liberação de flechas, os disparos começaram a ficar mais esparsos. O estoque de hastes deles poderia estar enfim acabando, e a tomada da serralheria no Segundo Bosque, somada à destruição da Bigorna, certamente tinha ajudado nesse sentido.

O que apenas Absinto percebeu foi uma sombra que dardejava entre as janelas, e, a cada som cortante, um Silencioso tinha o rosto rasgado ou os olhos arrancados.

Bicofino, que compartilhava do ódio que Aelian sentia dos Silenciosos, travava a própria guerra contra os que ameaçavam a paz dos seus voos. A notícia daquele novo suporte aéreo foi recebida com alegria pelas fileiras que esmagavam soldados perdidos do lado de fora e rumavam para o Portão Sul, prontos para atravessar o esgoto que era o rio Abissal após o Miolo.

Então, começou um ruído que toda Untherak ouviu. Primeiro baixo, depois ensurdecedor. As crianças haviam sido apenas uma estratégia para ganhar tempo. A verdadeira resposta de Proghon ao ataque aéreo dos betouros era muito pior.

De onde estava, atrás do prédio do Balde, Aelian viu a forma fumegante e dourada de Proghon indo na direção do fronte de batalha, que se posicionava na saída do Miolo e nas portas da Arena de Obsidiana, onde grande parte do seu exército estava concentrado. Ficou imaginando que Raazi aproveitaria para atacar esses gargalos conforme as tropas se espremessem para sair, mas também sabia que o General não colocaria os seus homens em desvantagem levianamente.

Aelian correu para contornar a estátua, calculando o caminho mais curto até Proghon. Estava tão focado em lutar com ele novamente que enxergava a maré de soldados entre eles como meros empecilhos. Com a capa negra, se infiltraria no fundo das fileiras com certa facilidade.

Então, suas costas coçaram. Arderam. Doeram.

Um zumbido veio da Colmeia, e seus olhos se cravaram no lugar de onde havia escapado. Toda a fachada do castelo tremia, e ele se lembrou dos gafanhotos que caminhavam nas paredes da construção execrável, entrando e saindo pelos vãos disformes.

Agora eles apenas saíam, acumulando-se no topo. As janelas mais no alto começaram a cuspir as pragas, adultas, do tamanho das montarias dos Silenciosos. Voavam, e era o som daquelas asas que preenchia o ar. Não um zumbido grave como o dos betouros, mas um barulho talhante, agudo, insuportável. Uma nuvem começou a se formar, cobrindo os céus, impedindo a visão das estrelas que ressurgiam timidamente entre as colunas de fumaça dos pontos incendiados do Miolo.

O térreo da Colmeia também cuspiu as pragas. Aelian sabia que estavam vindo do subterrâneo, onde procriavam na escuridão. Lembrou-se da vez em que ele, Harun, Raazi e Ziggy quase haviam morrido ao esbarrar com aquelas pestes, do tamanho de cães. Essas eram maiores. Mas haviam as menores também: tão pequenas que poderiam entrar nas armaduras e roer a carne lentamente com os dentes e as pinças afiadas.

Um som grave ribombou, vindo do sul do Miolo. O Silo havia desabado, e, do buraco no chão, mais gafanhotos levantavam voo e se juntavam à nuvem. Uma massa densa que impedia toda e qualquer luz de passar, mais escura que o espaço entre as estrelas.

A nuvem avançou, e Aelian se encolheu onde estava, protegendo-se com a capa.

O som cortante os atingiu com força antes mesmo das asas e patas repulsivas tocarem as suas peles. Os integrantes menores da nuvem, do tamanho de punhos abertos, eram mais rápidos e chegaram primeiro, ziguezagueando entre as tropas e embrenhando-se em cabelos e roupas, confundindo os soldados menos experientes. Os gritos de terror se perdiam no meio do zumbido ensurdecedor enquanto poucos conseguiam reagir para afastar o tormento repentino. Os integrantes maiores chegaram saltando por cima deles, pulando na direção dos Assentamentos e avançando pelas ruas. Os garotos e garotas da resistência passaram a chacoalhar tochas e archotes para afugentá-los, mas era como esvaziar um reservatório de água com uma xícara. Raazi gritou para se protegerem e atacarem as pragas, e seu aviso se replicou pelas fileiras agachadas. Betouros pateavam o chão, nervosos e um tanto desesperados.

Até que chegaram os insetos imensos.

Tinham uma espécie de exoesqueleto, que as armas não penetravam com facilidade. Eles esmagaram e derrubaram as barricadas improvisadas, avançando em grandes saltos para os Assentamentos e fazendo barracos desabarem com os seus pousos violentos. Nenhuma tática se mostrava útil contra as criaturas, e tudo piorava com a escuridão. A nuvem de gafanhotos varria as tropas de Raazi, e poucos conseguiam enfrentar a fúria dos seres gigantes. Harun e Cora eram máquinas de cortar e esmagar, e o anão ignorava os seres que estavam presos à sua barba. Ele lutava de maneira tão selvagem que havia mordido um dos insetos e cuspido os seus restos. Os sinfos se mostravam mais ágeis para driblá-los e cravarem as suas lanças. Kuhli, o pequeno guerreiro que agora carregava o legado de Pryllan, gritou que era mais fácil cortar as patas traseiras dos monstros do que tentar atingi-los no coração. A notícia corria aos poucos, já que ninguém consegui se ouvir plenamente, mas a estratégia era efetiva: sem as patas traseiras poderosas, era impossível dar saltos e investidas violentas.

Ranakhar partia um dos gafanhotos gigantes ao meio, com três golpes devastadores no centro do seu corpo alongado. Ainda tentava manter a linha de soldados ao lado de Raazi, pois suspeitava que, quando ela se quebrasse, Proghon atacaria com as tropas de solo. Ele errou a previsão por pouco.

As tropas começaram a sair pelos portões do Miolo e da Arena, formando as linhas inimigas, mas quem atacou foram os Silenciosos montados nos gafanhotos gigantes, que escalavam os muros do Miolo e aguardavam, lado a lado, agourentos como abutres, a sua vez de descerem.

Sem que Raazi ordenasse, Kuhli puxou a sua flauta e liderou um bando de betouros num ataque aéreo desesperado em meio à tormenta de asas e aos barulhos ensurdecedores. Maud e Peebo foram juntos, esticando cordas entre eles para derrubar os montadores de gafanhotos. O choque aéreo com os Silenciosos derrubou guerreiros de ambos os lados, mas haviam muitos outros aguardando para saltar ao chão e formar uma primeira ofensiva terrestre contra Raazi.

Ela viu a linha de Silenciosos montados se formando a cerca de duzentos passos adiante, o que eram pouquíssimos saltos para uma daquelas pragas. Raazi berrava além do limite dos seus pulmões, a voz grave, pedindo para que os guerreiros se erguessem antes que fossem pegos desprevenidos. Ela ignorava os gafanhotos menores, mesmo com as dezenas de cortes superficiais na sua pele.

Os Silenciosos avançaram, disparando flechas. Idraz se escondia atrás de Raazi, segurando as duas facas com as lâminas para baixo e aproveitando o escudo da líder.

— Aquele Silencioso liderando o ataque! — gritou próximo ao ouvido de Raazi, que de fato viu um elfo à frente da cavalaria monstruosa, usando um capacete esguio e levemente diferente, com uma espada fina apontada na sua direção. — Deixe que eu suba no seu escudo para pegá-lo!

Raazi não contestou a estratégia nem por um segundo. Ergueu o escudo, e sentiu Idraz recuar. O líder da tropa estava quase sobre ela, certo de que atingiria a kaorsh em instantes.

Ela sentiu a pressão dos pés de Idraz no escudo e o forçou para cima, como um trampolim. Quando baixou a sua defesa, viu o homem cortando o ar entre ela e o gafanhoto, as duas facas prontas para se cravarem no elfo.

Idraz e o Silencioso caíram no meio do tropel de pés e patas, enquanto Raazi perfurava a testa de uma das bestas e depois trespassava o seu cavaleiro. Com o canto dos olhos, viu Idraz estripando o outro guerreiro com uma eficácia de assassino experiente, e então sumindo de novo no meio da batalha.

Ranakhar aguentava ao seu lado, sem ceder um centímetro. Harun e Cora a alcançaram, e uma tropa terrestre, com duas fileiras de inimigos, avançou em meio ao caos.

Então, enxergar se tornou mais difícil quando uma névoa densa se enrodilhou aos pés de todos. Ela foi se intensificando, até a noite ficar branca, espessa, úmida e fedorenta.

Poucos gafanhotos haviam chegado nas proximidades da Torre Leste, mas parte da nuvem atrapalhava o ataque de Akari, Absinto e Sarinna. Além disso, eles haviam sido refreados pelas tropas de Proghon vindas da saída sul do Miolo. Com as armaduras negras e os escudos retangulares, contornaram o muro, tornando as residências da região ruínas e trincheiras que fariam qualquer um que avançasse cair numa emboscada indefensável através das ruas estreitas e dos telhados baixos. Assim, os aróspinos não conseguiam ir além do rio Abissal, e a luta pelo avanço se tornara uma escaramuça sangrenta em águas fétidas.

Até que a névoa branca chegou.

— Que negócio é esse? — perguntou Sarinna em aróspino para Absinto, enquanto arrancava o seu anzol de guerra do peito de um soldado inimigo.

Apesar da tensão nos rostos de todos, incluindo Akari, o velho mestre era o único que parecia exultante. Era um sentimento completamente discrepante para aquele momento da batalha.

— Precisamos abrir o Portão Sul agora! — gritou ele, mas Sarinna meneou a cabeça.

— Não temos como passar com as máquinas de guerra por ele! Vai ser uma carnificina!

Akari não compreendia o que a líder dos aróspinos dizia, mas entendeu o teor da conversa.

— Posso abrir o Portão — disse a salobra prontamente. — Mas preciso de cobertura!

— Vamos com você até onde for preciso! — falou um jovem combatente que havia se voluntariado, tomado pela euforia de ter derrotado o primeiro inimigo há pouco tempo.

— A cobertura é aqui mesmo — disse Akari, tocando o ombro dele.

Ela se sentou no chão, a mente tocando a terra abaixo até encontrar a água, o sal e o que mais precisava para abrir o Portão Sul. Akari meditou, e o chão pareceu estremecer de leve, ainda que poucos conseguissem sentir o abalo no fervor do combate.

No entanto, era impossível ignorar o gigante de sal escuro de quatro metros de altura que saiu da terra, raivoso, apressado, com restos de antigas armaduras e ossos de servos de Untherak recobrindo a sua carapaça cristalina e pontiaguda.

Akari respirou fundo e o direcionou para o Portão Sul, atravessando as tropas inimigas numa corrida devastadora.

Absinto continuava sorrindo enquanto lutava em meio à névoa.

A névoa se adensava a cada minuto, vagarosa, como um grande fantasma pela cidade, sempre em direção ao norte. Primeiro Aelian achou que era mais alguma coisa de Proghon, mas o cheiro que carregava era diferente. Totalmente familiar.

A névoa espantou os gafanhotos, que se ergueram novamente numa nuvem para escapar da neblina rançosa — mas não voltaram para a Colmeia. Afinal, a névoa estava condensada acima do antigo Palácio, e eles pareciam não querer tocar nela.

As pragas então voaram para fora de Untherak, rumo a noroeste.

Com a neblina, também chegara certo silêncio, além de dúvida e receio de que a situação havia saído do controle. Vendo as tropas de Proghon pelas costas, Aelian sentiu o cheiro de medo neles.

Era o que o General exalava, se voltando contra o seu exército.

Aelian virou a capa do avesso. Um vulto vermelho em meio ao véu esbranquiçado causaria terror. Com a espada de Ruro em uma das mãos, a de Anna nas costas e o punhal de osso na cintura, colocou o capuz e se embrenhou nas fileiras de Proghon.

O Aparição atacava, mutilava e perfurava em silêncio, mas os boatos foram se tornando cada vez mais barulhentos. Proghon soube que ele estava chegando.

Absinto sentia-se livre como nunca, mesmo num cenário de guerra. Sua idade não lhe pesava mais nada e não havia prisão para o seu corpo, fosse física ou mental. Se morresse ali, defendendo aquela revolução que, de certa forma, era uma semente antiga germinando em solo infértil, saberia ter vivido o bastante e encerrado a sua caminhada por um motivo decente.

Akari ainda meditava, e ele não deixava ninguém chegar a trinta passos da guerreira. Confiava nela, assim como confiava em Sarinna, Raazi, Aelian e Harun. De tudo que aprendera nas suas viagens e aventuras, sentia que que se doar e se entregar ao próximo era o seu maior poder.

Mas, claro, haviam outros poderes. Magia arcana. E o seu melhor amigo era especialista nisso.

Conforme lutava feliz em meio à bruma densa, inspirou o ar profundamente, sentindo o cheiro dos Grandes Pântanos. De uma criatura viva e pulsante, composta de muitas outras, que vivera oprimida pela sombra de Untherak e, pela primeira vez na história, a enfrentaria.

Gritos foram ouvidos de dentro da névoa do lado inimigo. Berros de dor eram interrompidos, enquanto outros começavam e eram silenciados de um segundo para o outro. As tropas da retomada se uniram diante da margem do Abissal, notando o recuo dos soldados de Proghon. A névoa, que havia chegado na sua densidade máxima, começou a ser soprada para longe. A nitidez voltava aos poucos, e foi assim que as sombras felinas de arbopardos foram vistas, abocanhando pescoços de Únicos e arrastando-os para a neblina e para trás de construções.

Então, rosnados profundos se ergueram como um só, e as tropas de Proghon avançaram para o lado de Absinto, Akari e os aróspinos. Na verdade, aquilo era uma fuga desesperada, pois um imensurável bando de gnolls estava nos calcanhares de ferro das suas botas. Sarinna apontou a espada para o alto, e os gritos jubilosos do seu povo se juntaram aos rosnados da outra margem: o inimigo vinha correndo na direção do exército rebelde, sem estratégia. Chegavam como um presente.

A névoa se dissipava, enquanto os arbopardos e as suas caudas de plantas carnívoras se refestelavam pelos cantos, alheios a todo o resto. Os gnolls avançavam, empurrando soldados de Untherak, e Absinto lutava com dois homens ao mesmo tempo.

Quando parecia prestes a ser apunhalado pelas costas, uma flecha voou de dentro da neblina e acertou o pescoço do soldado com exatidão, que caiu com um ruído gorgolejante. Absinto estocou o outro e virou-se na direção de onde a flecha tinha vindo.

Druk avançava, arco em mãos, disparando à vontade, com calma e precisão. Cada flecha era uma baixa no exército de Proghon. Ao seu lado, apoiando-se num cajado, a voz dos Grandes Pântanos avançou sobre um rio tingido de vermelho.

Dois amigos se abraçaram após muito, muito tempo. Foi um golpe nas fundações de Untherak, mais forte do que qualquer outro.

A névoa trouxe o silêncio, e Aelian o quebrou. A cada soldado que matava no seu caminho até Proghon, o clamor se intensificava. Havia relatos de uma sombra vermelha que corroía as tropas por dentro.

Assim que a bruma começou a se dissipar, Proghon fez os seus batizados gritarem ordens de avanço. Aelian se moveu com eles, e abriu caminho com a espada de Anna. Estava quase lá... Mais alguns gritos, e Proghon se voltaria para trás.

O véu foi retirado, e até a fumaça que encobria os céus foi varrida com os ventos vindos do pântano. Seus últimos resquícios se arrastaram pelo chão pisoteado do Miolo, à sombra da Colmeia esvaziada, e uma clareira de soldados se abriu ao redor da figura de manto vermelho.

A lendária e imensa espada do Aparição estava cravada no chão, como uma reivindicação de território. A figura de manto e capuz vermelho segurava outra espada, menor, mais brilhante. A lua parecia incidir sobre ela, e as estrelas apareceram para testemunhar o embate. Dedos temerosos apontaram para o céu e para um brilho que nunca estivera ali, pelo menos não no tempo de vida de todos aqueles servos de Proghon. Ex-servos de Una. Filhos de Untherak.

Um brilho vermelho, um olho no céu, com pontas de luz ao seu redor.

Aelian riu por dentro, pensando: *Absinto, você é um gênio.*

Ninguém ousava se aproximar de Aelian, o Aparição.

Proghon recuou, mesmo com as suas tropas saindo pelo portão e avançando na direção do exército que vinha dos Assentamentos. Sua batalha estava ali. A mandíbula dourada se abriu, seus batizados gritaram por ele. A ponta da espada se arrastava pelo chão, puxando os rastros de ouro e Mácula ferventes.

— *Peguem-no!* — ordenou, e os soldados ao redor da clareira hesitaram. Proghon apontou para Aelian com a mão livre, e a voz dos batizados saiu tão forte que muitos deles desabaram, destruídos de dentro para fora. — *Agora!*

Aelian não ergueu a sua arma. Fechou os olhos. Ouviu as botas enfim obedecendo Proghon, aproximando-se. O cheiro remanescente da névoa o ajudou a se concentrar. Ergueu a mão, com os dedos crispados, e sentiu um coração batendo.

Então, sentiu dezenas deles. Pulsando, todos na sua mão. Ele tocava cada um dos guerreiros mais próximos, que avançavam aos gritos para tentar sobrepor o pânico de contrariar o General e enfrentar o Aparição.

Aelian esmagou o ar dentro dos seus dedos e dezenas de guerreiros foram ao chão, sem tempo de súplicas, sem tempo de nada mais a não ser largar as armas, agarrar o próprio peito e sucumbir à implosão dos seus corações.

A clareira ao redor de Proghon e Aelian cresceu. O General urrou com todas as vozes.

Então Aelian agarrou o ar mais uma vez. Proghon era uma porta que ele já atravessara antes. Pesada, mas familiar. Segurou a sua garganta no ar vazio à sua frente, o que o fez congelar. De olhos fechados, Aelian via o fluxo de Mácula. Via os fios vermelhos do seu sangue o conectando a cada alma ao seu redor, a cada boca, todas ao seu dispor. Então, escolheu forçar a sua voz a todas as bocas de uma vez, incluindo a da caveira dourada escancarada à sua frente, que não lhe causava mais medo.

Aelian usou Proghon como amplificador.

— *Povo de Untherak* — falou, sentindo a dor de cada cidadão da cidade.

Não estava preparado para tanto flagelo, mas aguentaria. Agora que tinha a conexão, precisava escolher bem as palavras. As primeiras que vieram à mente lhe pareceram um tanto vazias. Sem impacto. Precisava encerrar aquela narrativa com o mesmo peso que Untherak havia jogado nas costas de tantas mentes oprimidas ao longo dos anos.

Então, num instante, ele se lembrou de quando havia sido usado como amplificador por Proghon. Aquilo, logo após a dor da perda de Ziggy e Anna, fora algo esmagador, atroz.

Então, pelo mesmo motivo, soube exatamente o que deveria dizer.
— *Meu nome é Aelian Oruz. Prestem atenção ao meu pronunciamento e contemplem o fim de uma era.*

46

— Saiam do nosso caminho, e teremos compaixão. Não os jogaremos na Degradação. Vocês têm uma escolha. Não lhes daremos um fim, mas um novo início. Um início digno — disseram em uníssono as fileiras de inimigos diante de Raazi. A voz era grave, profunda, repleta de camadas. Mas não monstruosa.

Poucos não reproduziam a mensagem de Aelian, e estes olhavam de maneira aturdida para os soldados que ecoavam a sua voz. Estavam completamente aterrorizados.

— *Se quiserem nos ajudar, agradeceremos* — prosseguiu Aelian. — *Se quiserem apenas sair do caminho, retirem-se. Abaixem-se, larguem as suas armas. Passaremos através de vocês, e não sobre vocês. Derrubaremos o General Proghon agora, com essas estrelas como testemunhas. Esse é o fim de Untherak.*

Milhares de vozes tossiram e arquejaram ao mesmo tempo. A possessão pareceu ter se encerrado. Raazi levantou a mão para as tropas, atentas ao seu sinal.

— Vocês ouviram Aelian! — gritou ela, tanto para as suas tropas quanto para a do inimigo, nem trinta passos à frente. Entre eles, havia apenas uma faixa estreita de terra repleta de armas ensanguentadas, cadáveres e gafanhotos mortos.

Ela deu o primeiro passo, devagar. E o seguinte, levando todos atrás dela.

A primeira fileira do exército de Proghon recuou um passo, trombando desajeitadamente com os escudos das fileiras de trás.

Os Silenciosos que estavam no meio, já sem flechas há alguns minutos, ergueram as espadas negras, em desafio.

Dezenas, e então centenas, e finalmente milhares de soldados de Untherak largaram os escudos e as armas. Alguns mais rapidamente que outros, mas num efeito em cascata que começava da vanguarda e se multiplicava. O clangor de aço atingindo o chão se ampliava, pois eles percebiam que não haveria resistência suficiente nas paredes de escudo, nas fileiras de suporte e assim por diante. Alguns humanos, elfos e anões do lado de Untherak ainda permaneciam de pé, em guarda, mas não eram mais uma maioria. Se a igualdade numérica entre a retomada e Proghon já havia se nivelando, ali, naquele momento, ela havia enfim sido superada.

Raazi caminhou entre os soldados rendidos, sem dispensar um olhar sequer para eles. Encarava os que continuavam de pé. Um primeiro Silencioso ergueu a espada para atacá-la, e ela simplesmente o atravessou com a lança, parando apenas para retirar a arma das entranhas do inimigo. Seu olhar era firme, seu maxilar, tensionado, e ela perscrutava os demais que se mantinham erguidos. Mais desistentes de última hora saíram do caminho, e Harun puxou um grito solitário e raivoso, que começou a se multiplicar assustadoramente rápido:

— Através de vocês ou por cima de vocês!

Com um clamor ensurdecedor, corredores vivos foram se abrindo, feitos de medo e dúvida, mas também de esperança. Raazi entrou no Miolo. Ali, mais perto dos olhos e da presença de Proghon, a rendição não era uma opção para os soldados de Untherak.

Sem demonstrar o cansaço que realmente sentia após invocar um gigante de sal, Akari liderou o ataque pelo sul e sudeste do Miolo.

Wora, Druk e Absinto estavam mais atrás, seus gnolls caçando soldados fugitivos, mas obedecendo o discurso de Aelian sobre deixar os que se renderam em paz.

— Vamos até ele logo! — gritou Absinto, enquanto Druk ria. Estava orgulhoso por Aelian ter usado as informações de astronomia que indicavam o surgimento de um astro vermelho no céu. — O maldito conseguiu! Fomos nós que ensinamos a ele, Wora!

Wora avançava, sério, sem conseguir conversar muito. Por dentro estava orgulhoso de como Aelian conseguira usar a magia que ele tanto tentara lhe ensinar, de um jeito próprio. Mas antes queria obliterar a cidade que oprimira a sua espécie.

Foi assim que ele e Druk abriram o canil e resgataram os gnolls em cativeiro. Todo guarda que se colocou entre eles foi trucidado pelo bando de Wora.

Mais adiante, Akari marchou até o conflito na frente da Colmeia, ao lado do seu gigante de sal. Pegariam muitos dos soldados de Proghon pela retaguarda. Apesar da suposta igualdade numérica, ela ainda estava preocupada.

Com um último olhar de desprezo para as faces de Una, Akari liderou os seus homens ao redor da estátua, intensificando o conflito contra o General.

Quando encerrou a conexão, Aelian estava exausto. Mas precisava guardar energias para o que viria a seguir.

Proghon, saindo do torpor, olhou para um dos seus soldados, que parecia rezar. Para Una, talvez. Algumas coisas demorariam a passar, mesmo que aquele realmente fosse o fim de Untherak conforme Aelian prometera. O General viu que o seu homem havia largado a arma e o pegou com os braços longos. Erguendo-o pelo capacete, fazendo as pernas do sujeito chacoalharem como as de um enforcado na sua última dança, Proghon fez a sua voz sair somente através da boca daquele homem:

— *Se eu vir qualquer um de vocês hesitando perto desses vermes, este será um dos fins mais gentis que lhes concederei.*

E então apertou o crânio do homem até a cabeça explodir e vazar pelo elmo, as pernas ainda chacoalhando por um instante. O ato injetou um pouco mais de motivação nas suas tropas. Então, Proghon abriu a mandíbula, que salivava ouro, e arremessou o cadáver na direção de Aelian e da grande espada cravada aos seus pés. A clareira de soldados continuou no lugar, pois ninguém ousava interferir naquela luta.

O golpe de Proghon veio pela diagonal, com o mesmo ímpeto de ódio que o guiava na direção do humano. Aelian o bloqueou com firmeza, sem mover os pés, mesmo com a espada consideravelmente mais leve que a de Anna.

Contra-atacou duas, três vezes, e Proghon bloqueou os golpes com maestria em movimentos pouco expansivos. Aelian o rodeava, ouvindo os choques de escudos e armas ao redor, pensando em Raazi, que devia estar se aproximando.

Concentre-se, pensou. Ele tinha um problema para resolver, e a amiga tinha outro. Proghon intensificou a ofensiva, sempre se movimentando, forçando Aelian a sair do lugar. O humano recuou, com os pés rápidos, e ganhou espaço suficiente para se concentrar. Ergueu as mãos na direção de Proghon, para tentar pará-lo através de magia ou paralisá-lo novamente. Porém, o General fez um movimento irritado com a mão, quase como se espantasse uma mosca, e Aelian sentiu o seu "toque" com a mente ser repelido. Proghon avançou e, com um golpe da sua espada, derrubou Aelian, que não teve forças para manter o bloqueio, e então rolou pelo chão para não ser pulverizado pelos pés e pela lâmina do General. Levantou-se, desajeitado, mas, assim que se ergueu, investiu contra a cintura de Proghon.

A espada penetrou com uma facilidade surpreendente, apesar de Aelian não sentir que tivesse infligido um ferimento significativo no General. Assim como entrou, a lâmina também saiu. Mesmo depois de anos imersa em Mácula, o humano podia afirmar que aquela era a arma mais afiada que já tinha usado em toda a sua vida de guerreiro. Talvez pelo fato de a espada conter Mácula dentro dela.

Sua euforia o distraiu por um instante, e Proghon girou o corpo para ceifá-lo. Aelian ergueu a arma, mas o rebote o jogou para trás. Sua espada voou, e ele correu aos tropeços para recuperá-la. Proghon se adiantou, pronto para encerrar aquele ato sonhador e inocente de um humano ridículo.

Longe dali, mas não tanto, um urro diáfano fez todas as tropas congelarem. Com os tímpanos doendo, Aelian pensou que era mais alguma besta de Proghon sendo solta para a batalha, mas percebeu que o próprio General olhava na direção do ruído, parecendo surpreso.

Ali dentro, ninguém se rendia. E ela não podia nem pensar em compaixão.

Raazi estava empenhada em sobreviver e encontrar Proghon. Não havia mais estratégia além de empurrar o inimigo na direção contrária e trazer o máximo possível das suas tropas para dentro do Miolo. Sentia que havia algo a favor à sua direita, onde Akari chegava com os aróspinos e se juntava à força dos sinfos que haviam deixado a serralheria para ajudar no ataque final. Ali, nenhum inimigo sobrara de pé. Viu Akari se aproximando no meio do caos, completamente suja de sangue e terra. Um dos seus gigantes de sal — da mesma cor da barragem que ela havia invocado — agia de forma implacável.

No lado esquerdo, porém, muitas tropas de Proghon saíam de dentro da Arena de Obsidiana, fossem pelos portões ou por dentro das passagens de acesso pela Colmeia. Eles estavam desequilibrando o combate, ganhando cada vez mais vantagem e empurrando-os para o sul, sendo que, pelo olhar dos inimigos, Proghon estava mais ao norte. Os Únicos lutavam com ferocidade, mas também com medo de não estarem fazendo o suficiente pelo seu líder.

A maré virou no ataque do lado esquerdo de uma maneira improvável.

A abominação que Raazi e Yanisha enfrentaram na primeira etapa do Festival da Morte, metade javali e metade escorpião, surgiu trazendo na boca um braço decepado que ainda segurava uma clava batizada e se jogou para cima de outro destacamento do General. Raazi não sabia expressar a gratidão pela criatura, e só podia imaginar que, no meio daquele desastre generalizado, ela tivesse escapado dos calabouços abaixo da Arena de Obsidiana. Porém, reparando no ar ao redor da criatura, alguém parecia impeli-la para cima deles, jogando moedas no meio dos pelotões e direcionando a fera.

— Raazi! — gritou uma voz conhecida, ajoelhada acima de uma carroça de munições tombada no meio do mar de gente.

Venoma usava um escudo retangular como cobertura para atirar em inimigos com a sua besta, precisa e mortal como sempre. Entre um abate e outro, ela jogava *altins* de um grande saco ao seu lado, controlando a abominação quimérica.

— Foi você? — berrou Raazi.

Venoma fez um sinal de positivo acompanhado de um raro sorriso. A kaorsh riu e teve uma ideia.

Mas, para isso, precisava se aproximar de Proghon.

O kaorsh cambaleava pelo campo de batalha, com fome e ferido. Sua mão não sangrava mais, graças a um fortuito encontro no subterrâneo. Usava um capacete e um escudo retangular e tentava se misturar às tropas de Untherak. Suas vestes negras da Víbora ajudavam nisso. Porém, quando a batalha começou a pender para o lado de Raazi, ele se viu obrigado a se disfarçar como alguém do exército inimigo. Mudou as cores das vestes. Pegou outro escudo no chão e encontrou uma espada curta, parecendo algo de tempos imemoriais, anteriores a Untherak. Gostaria de saber o que a havia levado até ali. Mas primeiro gostaria de cumprir sua promessa.

Assim que conseguira escapar do velho tolo, ele havia corrido atrás do Hierofante, que deixava um rastro ao ser queimado vivo. Com a mão sangrando, Rheriion avançara por passagens ocultas, entrando pelos túneis que disseram para nunca serem percorridos. Num destes, em meio a trevas e odores inexplicáveis, muito abaixo do Palácio, encontrou o Hierofante agonizando, carbonizado.

Mas vivo.

Recostado numa parede fria e cheia de bolor, ele pediu para Rheriion se aproximar com um gesto débil. A Víbora obedeceu. O Hierofante colocou na sua boca algo que parecia um tubérculo, e o kaorsh o engoliu, relutantemente. O Hierofante sorriu, dizendo que talvez houvesse esperança.

Então, o Portão Vivo começou a se desfazer rapidamente, como se o tempo estivesse acelerado e a decomposição tivesse pressa. O kaorsh o deixou ali e saiu do subterrâneo, estranhamente consciente dos seus sentidos.

Ao passar pelas escadas do início do seu ritual, não encontrou o Palácio que havia deixado tempos atrás. Aquilo tinha se tornado uma espécie de cortiço, com material orgânico revestindo a antiga estrutura. Deixou-a para trás também, percebendo que o ferimento na sua mão parecia não exatamente cicatrizado, mas revestido de fungos. Tocou o seu rosto e sabia que aquela textura também estava tomando as regiões próximas ao cabelo e debaixo do pescoço. Aquela era a benção do Hierofante, e, se era para o seu bem, não se importava com a aparência que teria. Até porque poderia colocar um elmo para não chamar a atenção. E foi o que fez, logo após ver o Miolo prestes a cair, além de encontrar as suas armas, os seus disfarces... e Raazi Tan Nurten.

A apenas alguns metros de distância.

Mais uma vez, Raazi estava diante da criatura metade javali e metade escorpião. O dia do Festival da Morte retornava à sua mente com perfeição de detalhes, e ela deixou que as lembranças a inundassem. Precisaria daquilo.

A kaorsh viu Proghon mais à frente, lutando com Aelian. A coisa não parecia boa para o falcoeiro. Então, pensou em Yanisha, e em como ela reproduzira o brilho do aço no seu corpo para atrair a criatura que adorava mastigar metal.

Ela nem precisou olhar para a própria pele para saber que estava exatamente como Yanisha. Aço puro, escovado, reluzente.

Pegou uma tocha caída no chão e correu, carregando a lança na outra mão. O fogo refletia no seu corpo metálico com perfeição.

— Bom te ver, amigo! — gritou ela para a abominação, jogando um elmo nas suas costas.

A fera se voltou para trás, mastigando uma bota de ferro recheada de carne, e os seus olhos pareceram se injetar de fome, raiva ou seja lá o que movesse aquela criatura. Virou-se completamente para Raazi, gritando quando a cauda de escorpião derramou ácido no seu couro. Raazi correu. A criatura também.

Seguiram na direção de Aelian. O General o derrubara, cravando a espada no chão, perdendo por pouco a chance de enterrá-la na barriga dele, que se debateu e teve um grande ferimento aberto, rasgando capa e pele.

— Não! — gritou Raazi, arremessando a lança e cravando-a na lateral de Proghon, dando tempo a Aelian.

A abominação vinha logo atrás, os dentes irregulares completamente expostos, e então Raazi passou bem perto do General, derrapando na areia e mudando de cor repentinamente para o mesmo tom do chão.

A criatura horrenda atropelou Proghon, que brilhava na sua erupção de ouro líquido, e o arrastou por metros até o perderem de vista. Raazi voltou correndo para Aelian, que sangrava bastante.

— Foi de raspão — grunhiu ele.

A kaorsh balançou a cabeça.

— De raspão no seu rim, só se for.

— Bom ver você de novo — disse Aelian, a mandíbula tensionada de dor.

Ela o ajudou a se levantar.

— Tem condições de lutar?

— Claro — mentiu ele. — Aprendi a usar a minha dor. Longa história. Essa é a espada que pode acabar com ele, mas, na verdade, não está ajudando tanto.

— Certo. Vamos enfrentá-lo...

"Juntos", era o que estava prestes dizer. Mas Raazi arregalou os olhos e cambaleou, a mão tentando alcançar as costas.

Aelian olhou para o lado, e viu um kaorsh grotesco, cheio de cracas na pele. Ele comemorava, satisfeito:

— Finalmente! Você foi vingado, Yalthori!

— Rheriion? — perguntou Aelian, em choque.

O kaorsh olhou para o falcoeiro, e o sorriso se desfez. Quase pareceu que iria pedir desculpas, mas então Aelian o atingiu com as costas do punho e o nocauteou.

— Eu devia ter deixado matarem você — disse o humano.

Esquecendo-se da própria dor, deixou o kaorsh traiçoeiro no chão e foi até Raazi, que se ajoelhara, com a respiração pesada.

— Fala comigo, Raz.

— Foi só de raspão — grunhiu ela.

Aelian olhou para o ferimento. A lâmina penetrara profundamente, mas não parecia ter atingido o coração. Tentou sentir os tecidos e os músculos dentro dela...

— Aelian... ele está voltando — avisou Raazi.

Metros adiante, Proghon retornava, arrastando a espada. Pelo andar decidido e furioso, parecia ter matado a abominação sozinho. Contornado pelas chamas, com a lança cravada na lateral do seu corpo, estava mais apavorante do que nunca. Tanto que ninguém ousava enfrentá-lo na sua caminhada de volta à batalha interrompida.

— Pegue a tocha — disse Raazi.

— O quê?

— Cauterize a minha ferida.

— Você está louca.

— *Rápido!* — gritou ela.

Ele simplesmente obedeceu. O cheiro de carne queimada atingiu suas narinas. Raazi berrou, mais em desafio à dor do que por senti-la. Também estava desafiando o General.

Esquecido mais uma vez, Rheriion se levantou e correu na direção de Proghon, apontando para a kaorsh e para o humano.

— General, eu a feri! Agora ela é presa fácil, e juntos poderemos...

Proghon ergueu a perna como se fosse repeli-lo com um chute. Mas apenas forçou Rheriion para baixo, pisando no seu peito, prensando-o contra o chão. O ouro derretido o queimou, e o cheiro de pele queimada aumentou, ainda que a sua carne estivesse fétida pelo fungo que se alastrava. Um batismo bem diferente do que ele um dia esperara. Os restos de Rheriion foram deixados no rastro do General, esmagados impiedosamente e queimando em Mácula e ouro.

Proghon quebrou a lança fincada no seu corpo como se fosse um galho seco. Raazi pegou a espada curta largada por Rheriion, cuja lâmina ainda continha o seu próprio sangue. Era um gládio da antiguidade, que deveria ter sido resgatado pelas crianças dos Assentamentos no Coração da Estátua. Tantas voltas, e ali, perto do fim, mundos e tempos se reencontravam.

— Cada um por um lado — disse ela, e Aelian assentiu, ambos se separando diante da forma imensa de Proghon.

O General fez um arco com o braço desarmado, e uma chuva de ouro fervente atingiu Aelian no couro cabeludo e Raazi no pescoço. Nenhum dos dois gritou. Ambos atacaram, e Raazi precisou se aproximar bastante para ter uma chance de acertá-lo com a espada curta. Enquanto chamava a atenção de Proghon com uma *kaita* improvisada, Aelian estocou o abdômen do General e torceu a lâmina, com profundidade suficiente para a Mácula jorrar quando arrancasse a espada. Proghon afastou os dois oponentes num só movimento, a ponta da sua espada rasgando todo o antebraço de Aelian, que berrou de dor. Enquanto Raazi ganhava tempo, escapando de um golpe com uma cambalhota, Aelian se despiu da capa vermelha. Sentiu certa tontura ao fazer o movimento e percebeu que perdia muito sangue pela ferida. Só que não tinha coragem de queimar a si mesmo como Raazi, nem tempo de apertar as faixas no corpo. Respirou fundo, e sentiu o ar rarefeito... Seria difícil se concentrar ali, entrar pela porta da sua mente, tentar afetá-lo da mesma maneira que antes.

Cambaleou para trás, quase apagando.

Mas a mão de alguém o segurou.

Harun. Encarando-o no fundo dos olhos, ele disse:

— Deixe um pouco do General para mim. Você já fez demais.

O anão passou por Aelian, assim como Cora, um verdadeiro encouraçado sobre pernas. E também Venoma, disparando com as duas bestas em soldados, suas setas atravessando as armaduras. Mais atrás, viu Akari decapitando inimigos com facilidade, tentando alcançar aquela parte da luta. Absinto e Druk a ajudavam. E tantos outros que ele não conhecia.

Sob o comando de Harun, um grupo de dez indivíduos avançou para cima de Proghon, que distribuiu os seus golpes mais devastadores e amplos, arremessando-os para trás como bonecos de pano. Raazi foi atingida com força, mas não caiu. Dois bravos soldados da outra Untherak caíram no chão com cortes imensos que haviam atravessado os seus escudos e cortado o tronco deles na diagonal. Cora desviou do primeiro golpe, cravou o machado na perna do General e então foi chutada com violência.

Aelian foi ajudá-la a se levantar. A anã estava desacordada, e Harun se arrastou até ela.

— Cora! — gritou ele, a voz tremendo.

— Ela está viva — garantiu Aelian, sentindo o seu pulso mesmo sem tocá-la.

Harun olhou para a esposa por um tempo, e inclinou-se sobre ela.

— Vou pegar isso emprestado, meu amor — falou ele, dando um beijo no capacete da armadura Okodee, que cobria todo o rosto de Cora. Levantou-se com ferocidade, o martelo na mão direita.

Aelian colocou uma das mãos no ombro do amigo.

— Obrigado.

— Não me agradeça. Ainda tenho assuntos a tratar com aquele ali — disse o anão, cuspindo para o lado e olhando para Proghon. Sem sobreaviso, começou a correr, e Aelian percebeu que não conseguiria acompanhá-lo na mesma velocidade.

O mundo ficou mais silencioso, e o humano sabia que aquilo não era efeito dos elfos.

Harun avançou, desviou de um golpe abaixando o tronco e retirou o machado da família Okodee da perna do General. Atacou com as duas armas, sem se preocupar em se defender. Raazi, por sua vez, pegou outra lança do chão e começou a infernizar Proghon, saltando para todos os lados. Aelian não sabia como eles conseguiam lutar como se tivessem acabado de chegar no campo de batalha. Sentiu que, se não fosse aquele ferimento, conseguiria acompanhar o ritmo... mas ele o deixava lento, sem reflexos. Morreria tentando enfrentar Proghon, que também só parecia se revigorar ao longo da batalha, alimentando-se do ódio direcionado a ele.

Que fosse.

Aelian bateu no ferimento com o punho fechado. *Dor, certo?*, pensou, imaginando o triângulo. Sentiu o corpo inteiro vibrar novamente. Sentiu a dor. Sentiu a proximidade da morte. E aquilo o tornou perigoso, como um animal acuado. Como uma fera dos pântanos. Como alguém que foi desprovido de uma vida digna muito, muito cedo.

Foi quando a espada na sua mão esquentou. Olhou para baixo, e viu o sangue do corte na parte interna do antebraço escorrendo pelo punho da arma. Pela lâmina...

... e notou as canaletas vermelhas.

Olhou para o cálice no botão do punho e percebeu que o sangue que escorria pelo seu braço havia entrado na espada. Alterado a cor da Mácula.

Aelian Oruz, que um dia usara o próprio sangue para escrever, agora carregava uma espada feita da sua própria dor.

Avançou, e os seus passos vacilaram. Harun e Raazi mantinham Proghon no lugar, mas Aelian sabia que seria por pouco tempo. Respirou fundo. Segurou a espada com as duas mãos. Correu até Proghon, gritando, e, pela primeira vez, o fez recuar com um ataque. Suas lâminas se chocaram como se ambas fossem do mesmo tamanho. Aelian desferiu uma chuva de golpes, e o General defendeu quase todos. Mas um atingiu o seu peito, deixando um imenso talho na armadura. Harun aproveitou a brecha e atingiu Proghon uma, duas, três vezes. Foi repelido com um golpe avassalador da espada, que mal pôde defender cruzando martelo e machado à frente, ainda absorvendo uma parte bem forte do impacto. O anão caiu, o rosto sangrando com um imenso ferimento na cabeça, o sangue escorrendo em profusão. Aelian olhou novamente para Proghon. Raazi estava bem na frente dele, e os seus braços também tinham manchas de sangue. Pela primeira vez, ela recuava. O humano se concentrou. Raazi ainda tinha um ferimento interno, e aquilo uma hora ou outra a derrubaria, mesmo com a cauterização. Atrás, mesmo sem olhar, não sentiu os batimentos de Absinto, Akari ou Venoma... estavam novamente espalhados no campo de batalha, distantes um do outro, como tantas vezes estiveram. Às vezes, por tempo demais.

Naquele momento, eram apenas ele e Raazi, no que talvez fosse a última chance de batalharem juntos. Se morressem, torcia para que continuassem inspirando a luta... mas a verdade é que ele não tinha interesse em jogar o problema para a próxima geração. Ou para um futuro distante, onde ele seria esquecido como Ruro, como Anna...

Então, um vulto cortou o vão entre a espada e o rosto de Proghon. Bicofino. Aelian avançou gritando. Não queria que o seu parceiro inseparável tivesse vindo atrás dele justamente naquele instante. Sangue dourado foi derramado, e Aelian viu o falcão retornando para outro ataque. Sem olhar para o lado, Proghon bateu na ave com a mão. O estômago de Aelian afundou. Imprimiu mais força nas pernas, gritando. Raazi estocou o General com a lança, e Proghon arremessou Bicofino para o lado.

O homem não enxergou onde a ave caiu. Não conseguia pensar em mais nada. Sentiu uma espécie de eletricidade tomando o seu corpo. Raazi ainda estava à sua frente, o corpo alinhado ao de Aelian.

— *Raazi, abaixa!* — gritou ele.

Ela obedeceu, sem questionar. E a espada de Ruro, a arma que Proghon temia a ponto de guardá-la na própria câmara, afundou na sua clavícula.

O General olhou para ela, como se fosse um mero inconveniente.

Harun avançou pela lateral, usando uma máscara de sangue, praticamente de volta dos mortos. Martelo e machado acertaram o pulso de Proghon ao mesmo tempo. A espada do General caiu, a mão salvando-se de ser decepada por pouco, pendurada por nervos escuros e viscosos como piche, sangue negro e ouro fundindo-se no chão. Proghon olhou para a mão perdida, verdadeiramente surpreso, mas ainda tratando aquilo como um ferimento comum. O General se abaixou para pegar a própria espada do chão com a outra mão, porém Raazi saltou até ele e agarrou o punho da arma enfiada em seu peito, forçando a lâmina para baixo.

Sentiu resistência na descida. Ossos da caixa torácica, se é que Proghon tinha uma. A kaorsh foi enfiando o metal mais para dentro, e, a cada centímetro que a lâmina se afundava no corpo de Proghon, era um passo condenado na Degradação. Todas as dores, todas as perdas. Todas estavam ali, no grito que Raazi não deixava escapar. Anos de agonia, presos em sua garganta, canalizados na força dos braços e das mãos. Silêncio transformado em fúria inaudível.

Mas não parecia ser o suficiente. A espada não descia mais. Proghon atingiu-a com o braço da mão dependurada, um golpe desajeitado, sem ângulo, mas que derrubaria um betouro. Raazi se manteve de pé, ignorando a dor.

Proghon tocou um dos joelhos no chão, sendo desestabilizado pela kaorsh. Ele continuou golpeando-a, de ambos os lados. Ela estava no limite, os olhos se revirando nos seus últimos esforços.

Aelian se adiantou, exaurido, desarmado, e agarrou o braço inteiro de Proghon. Não importava que jamais teria força de segurá-lo para sempre. Raazi estava prestes a desabar, e o falcoeiro lutaria com ela até o fim.

Harun se colocou na frente do outro braço, o decepado, protegendo a kaorsh. Usou o seu ombro para tentar fazer o General cair para trás, urrou... e nada. Até que viu uma forma fulgurante se aproximando. Nem Aelian nem Raazi pareciam ser afetados pela luz. Apenas Harun a enxergava.

Sua leal companheira nas longas provações brilhava, pois kaorshs não limitavam as suas cores aos corpos físicos. Ela se colocou ao lado do anão, afastando a noite. Firmou os pés no chão, como se dependesse das leis do mundo físico, e direcionou o olhar para as costas de Raazi por um segundo. Harun reconheceu o gesto; era a mesma forma com que ele olhava para Cora, depois de anos juntos. Era amor — incondicional, alegre. No meio do sofrimento. No calor da batalha.

Ela sorriu para Harun, pois sabia que ele entenderia o sentimento. Pousou as mãos etéreas sobre a sua mão calejada, e o anão sentiu o toque, real, quente, vivo.

Aelian grunhia com os últimos esforços, segurando o braço esquerdo de Proghon. Do outro lado, Harun parecia estranhamente quieto.

Até Raazi sentir as mãos calejadas de ferreiro sobre as suas. E então outras duas mãos repousaram sobre a sua, envolvendo os seus dedos, mas não eram as de Aelian.

Raazi olhou para o lado de Harun e arregalou os olhos.

Yanisha a ajudava a empurrar a lâmina. Era a sua amada, ali, e as cores que emanava não podiam ser imaginadas. Cada traço no seu rosto, cada músculo que saltava conforme ela usava toda a sua força para se fazer presente. Para ajudar Raazi. Yanisha sabia como emular a cor e a luz do sol, a cor e a luz do fogo. Mas, ali, ela não era apenas a cor.

Ela era o próprio fogo.

Harun encarou Raazi, o rosto semitranslúcido de Yanisha sobreposto ao seu. Ele assentiu. Ela sorriu.

Raazi gritou, e Yanisha também. Ela firmou a base dos pés, e, com o joelho, forçou-a ainda mais para baixo, na direção do abdômen, como uma alavanca. E, num instante, todas as cores que Raazi conhecia tremeluziram pelo seu corpo. Todas as cores de Yanisha também. E muitos soldados ali interromperam as suas lutas, ofuscados pelo embate final de trevas e ouro contra o fulgor absoluto.

O brilho diminuiu após Proghon tombar.

47

Aelian caiu. Harun caiu. Raazi caiu.

Mas nem toda queda é um fim.

A batalha por Untherak não acabou no momento em que Proghon atingiu o chão. A notícia demorou algumas horas para correr por toda a cidade, e muitos focos de batalha chegaram a ver o nascer do sol. Os Silenciosos, porém, pararam de lutar assim que o General foi derrotado. Armas ao chão, mas nenhuma mão ao alto. Uma estranha rendição. Muitos soldados da retomada precisaram ser contidos para não atacarem os Silenciosos, pois não acreditavam naquela rendição conveniente — ainda que restassem pouco mais de cem elfos em toda Untherak.

Wora foi levado às pressas até a clareira da batalha final. Pediu para Druk ajudá-lo com folhas e cogumelos que havia trazido na sua bolsa, e logo começou a tratar os ferimentos dos três caídos. Eles foram levados para o maltratado centro de comando nos Assentamentos.

Quando Druk tentou colocar Aelian numa maca, o humano abriu os olhos, desesperado, e gritou o nome de Bicofino. O gnoll correu em busca do falcão, farejando-o, e o trouxe dentro das suas mãos de dedos longos. A ave piava, nervosa, e não se mexia como deveria.

— Raiva é bom — disse Druk. — Mostra que a gente está vivo. Ele deve ter quebrado uma das asas, mas vamos conseguir curá-lo, amigo.

Aelian suspirou e então desmaiou de novo. Druk o envolveu com a capa de Aparição, que havia encontrado na lama. Wora precisou intervir com magia de sangue no caminho para os Assentamentos a fim de fechar os seus muitos ferimentos, pois Aelian estava no limiar da vida e precisaria dessa intervenção.

Já o corpo de Proghon ficou para trás. Absinto olhava para ele, mas também não parava de olhar o céu. Sua estrela verde estava lá, como de praxe, e a vermelha continuava assistindo ao desfecho do dia que entraria para a história — se eles começassem a fazer tudo direito a partir de então. Pensou no nome da estrela — que na verdade era provavelmente um planeta, mas esse conceito ainda seria complicado de trazer para mentes despreparadas. *Anna*. Curto e fácil de lembrar. Popularmente, a cada oitenta e nove anos que ela demoraria para aparecer de novo, seria também chamada de Aparição. Para Absinto, tudo bem. Assim como ele gostava do seu apelido, tinha certeza de que a sua querida aprendiz ficaria satisfeita em ser lembrada daquela maneira. Afinal, ele a criara para ser um exército de uma mulher só. E Anna acabou criando outros exércitos individuais. Uma corrente de elos fortes, que não se rompeu nem frente à história mais antiga — que ela não pôde ver até o final, mas da qual fizera parte. Se dependesse do mestre, Anna jamais seria apagada. Absinto caminhou até onde a grande espada fora cravada no chão e a retirou. Acariciou a nova lâmina, que enfim havia voltado para ele.

E deu as costas para o cadáver do General.

Cada um deles estava preso num sonho diferente.

Harun, no caso, tinha um pesadelo. Nele, Untherak se descolava da terra para o mar, e o continente se afastava cada vez mais. Cora estava do outro lado. Ônix cresceria na Untherak do norte, aos cuidados de Baeli, que ficara para trás, e pouco saberia dos sacrifícios do seu pai. Ele gritava para o continente, vendo Cora diminuir enquanto aceitava que jamais se livraria da sombra da estátua. E de Proghon.

Raazi estava com Yanisha. Ela tinha consciência de que sonhava. Mas lutara de novo ao lado da amada, e não pretendia se despedir tão cedo — prolongaria o momento ao máximo, os vivos que a esperassem. O sol batia na cidade, e não havia mais sombras naquela Untherak dos seus devaneios, pois não havia mais a estátua de Una. Ao sol matinal que se erguia por trás do Ahtul, Yan e Raazi dividiam a mesma taça de vinho. Despreocupadas e em silêncio, na frente da sua antiga casa, mesmo que ela existisse daquela maneira apenas nos sonhos.

Para Aelian, era mais complicado.

Ele por muitas vezes sonhava de olhos abertos. E os sonhos nem sempre eram seus. Estava numa grande sacada ensolarada, sozinho. O Palácio de Una de outros tempos, mas sem os que o habitavam. Seus passos ecoavam pelos corredores e salões, como quando havia escribas caminhando pelo lugar. Mas eles não estavam mais lá, assim como os guardas e a Centípede.

Abriu uma grande porta, e de repente estava na Sala do Trono de Una. O piso de mármore, a piscina de Mácula à frente, sem qualquer ondulação. Então, um barulho atrás de si, e o último escriba entrou pela porta.

O autor da Fúria dos Seis. O Homem Marcado. Proghon.

Ele passou por Aelian, um fantasma na cena, e se ajoelhou diante do trono vazio. Era como se os elementos da memória tivessem sido apagados, e só o que importava permanecesse. Aelian estava novamente nas memórias da criação de Proghon, e não entendia por quê.

O escriba desceu ao tanque, de costas para a Mácula, de frente para o Trono. O líquido negro o recebeu. Aelian se preparou para sentir a dor que ele havia experimentado, mas a sensação não veio. Apenas continuou observando a cena que se interrompera da outra vez, quando estava lendo os relatos no Coração da Estátua. O Homem Marcado se dissolvia. Pouco antes de sumir, seus olhos se arregalaram de medo ao entender que nada daquilo havia valido a pena. Seu último pensamento sequer havia sido sobre Una.

E sim sobre o seu filho.

Aelian aguardou a mão de dedos trêmulos erguer-se do piche, assim como se lembrava dos lampejos de memórias que um dia visitara. Proghon, renascido da Mácula, devoto a Una...

Mas ele não reapareceu. Tinha sido dissolvido, como qualquer outro homem.

Aelian então ouviu o choro de uma criança. Olhou para trás e lá estava ele: o filho do Homem Marcado, que presenciara o pai entrando na Mácula, e não saindo.

— Não chore — disse Aelian, sentindo a agonia do garoto.

Mas o menino não podia ouvi-lo. Ele chamava pelo pai. A lembrança continuou, como nos fragmentos que Aelian havia captado ao tocar a mente de Proghon no pântano, tempos atrás. Ainda chorando, a criança entrou na Mácula. Sem medo, foi atrás do pai. E aquela era uma das coisas mais tristes que Aelian já havia visto. Pensou em se afastar. Não queria presenciar Proghon voltando e descobrindo a tragédia do filho, que havia dado um fim à própria vida.

Mas então a Mácula borbulhou, ruidosa.

Algo saía de lá de dentro. Algo nas entranhas de Aelian lhe disse para ficar, e ele obedeceu.

Uma mão se ergueu da Mácula. Inteira, com os dedos todos abertos.

Dedos de uma criança.

A mão sumiu. Então voltou para a superfície. Maior. Mais escura. Afundou de novo e retornou, agora uma mão esquelética. Dourada.

E Proghon saiu da Mácula, enfim.

Aelian acordou, gritando. Wora tentou segurá-lo na maca, mas o humano se debateu e foi correndo para fora da tenda onde era tratado. Um comportamento preocupante para quem estava gravemente ferido, mas que ao mesmo tempo mostrava a eficácia sobrenatural da magia de sangue e combinações de ervas usadas pelo mestre gnoll. As feridas de Aelian doíam, mas ele era movido por uma urgência inexplicável.

Olhou ao redor e descobriu que estava no meio dos Assentamentos, nas primeiras luzes do dia. Ele assobiou a música de Ziggy. Para seu alívio, Thrul veio trotando na sua direção, eufórico com o reencontro. O betouro esfregou a cabeça no humano.

— Que saudade, amigo! — cumprimentou Aelian. — Mas agora, preciso que me leve até um lugar. Rápido!

Antes que tentassem impedi-lo, o humano montou o betouro e voou na direção do Miolo. Sinfos o seguiram, curiosos. Aelian se lembrava bem de onde havia sido o embate final, e foi direto para lá. Pessoas estavam reunidas ao redor do corpo do General Proghon, que fumegava, como se queimasse por dentro.

O ouro da sua efígie havia escorrido por completo para o chão. A caveira carbonizada ainda soltava fumaça. Quando um ruído seco veio de dentro do corpo, o círculo se abriu. Muitos correram para longe. Aelian desmontou de Thrul e se aproximou.

Algo tentava sair daquele corpo, chutando de dentro para fora. O peito de Proghon subia em espasmos. A essa altura, várias pessoas já berravam que o General estava vivo. Aelian não recuou. A caixa torácica de Proghon começou a se abrir com um ruído aflitivo, como quando o General arrancava a espada do seu esterno. Mas a arma maldita estava ao seu lado.

Como uma flor, as costelas desabrocharam. A Mácula se derramou, molhando a ponta da bota de Aelian. E algo se ergueu, completamente coberto pelo piche negro.

Uma criança.

Depois de Aelian e Thrul, pouco atrás, o mais próximo da cena estava a quase cem passos de distância. A criança lutava para sair de dentro da carcaça escura, e então ficou de pé dentro do corpo.

— Você é Proghon — disse Aelian, e ela notou a presença do falcoeiro.
— Você, e não o seu pai.

Olhos grandes e tristes o encararam. Os dois analisaram um ao outro, sem saber que atitude tomar. Aelian, no entanto, entendia que o Homem Marcado não conseguira se tornar o servo da sua amada. Seu filho, entrando na Mácula por vontade própria e sem medo, havia criado Proghon. Abandonado pelo egoísmo do pai, tornara-se a soma das aflições, o avesso da devoção ao próximo. Era a comunhão com a Mácula. A ruína viva.

Aelian ouviu passos afobados e o inconfundível som de armas sendo apontadas. Ele ergueu uma das mãos, sem olhar para trás, mantendo os soldados longe dali.

Então, se aproximou da criança.

Ela estava nua, e as luzes da aurora demoravam a esquentar o ar frio da madrugada. O menino encarava Aelian sem raiva, mas também com uma ausência total de sentimentos. Estivera num casulo de ódio e perda por mil anos, e desaprendera a falar, a sentir.

Aelian tirou a sua capa e a colocou nos ombros esquálidos, frágeis e sujos de fuligem do garoto. Aquilo seria suficiente para aquecê-lo. Aelian captou um brilho no olhar vazio. Não sabia se era um agradecimento ou simplesmente a falta de compreensão.

O garoto olhou para o alto e piscou demoradamente. Pisou para fora da carcaça do General, e começou a andar pelo campo de batalha, entre os *anins* e abutres que disputavam as carnes frias dos cadáveres. Descalço, devagar, olhava para algumas estruturas com desinteresse. Incluindo a estátua de Una, que não recebeu dois segundos da sua atenção.

Aelian e Thrul caminharam ao seu lado, com uma procissão temerosa a muitos passos atrás. Druk e Venoma chegaram até o local, mas mantiveram distância, a pedido do olhar suplicante de Aelian.

Horas de caminhada depois, chegaram ao Portão Norte. O garoto olhou para a Degradação, e então para Aelian. Ainda em silêncio, inclinou a cabeça. Aelian sorriu. Não conseguia sentir raiva. E depois perguntaria a si mesmo se estava errado em não culpá-lo. Ele não havia sido Proghon, afinal. O General fora construído ao redor do menino, com ódio e abandono. Com o silêncio de quem ele amava.

Absinto e Akari chegaram pouco tempo depois, escoltando os Silenciosos rendidos. Disseram que eles haviam começado a caminhar lentamente na direção do Portão Norte, e Absinto resolvera ver no que aquilo daria. Os elfos mantinham as mãos entrelaçadas à frente; os rostos, desprovidos de emoção e qualquer perigo.

Um zumbido familiar se fez ouvir. Muitos gritaram de medo, mas os gafanhotos gigantes, voltando da Degradação, apenas pousaram diante da criança. As pragas se abaixaram, como se para facilitar a montaria, e o garoto subiu no maior deles, monstruoso, sem sela e sem estribos.

— Vamos mesmo deixar eles irem embora? — perguntou Akari.

Aelian olhou para trás, enquanto os outros Silenciosos subiam nos gafanhotos.

— Quando me pronunciei através de Proghon, eu disse que eles tinham escolha. E isso se estende a todos.

O garoto olhou para Aelian uma última vez. O sol estava mais alto, e o humano pôde perceber como o menino era pálido. Parecido com os elfos. Aelian assentiu e deu um passo para trás. A criança ergueu um canto dos lábios. Não chegava a ser um sorriso, mas estava de bom tamanho.

O imenso gafanhoto movimentou as asas, e os menores o imitaram, soprando a poeira da batalha recém-travada em vários pares de olhos cansados. O garoto que um dia fora Proghon partiu pelos ares, em silêncio, acompanhado de outros deslocados num mundo que enfim seguiria em frente.

Os dias seguintes foram de reconstrução e reencontros. Pouco depois da partida sinistra da criança, Aelian foi surpreendido pelo abraço de outra, um pouco mais velha. Demorou a entender por que um adolescente tão comprido o abraçava e pensou que talvez fosse gratidão. Estava prestes a dizer que Harun e Raazi haviam sido os verdadeiros heróis, quando o menino ergueu o rosto úmido pelas lágrimas e ele viu o dado verde de oito faces, seu totem de apostador.

Abraçou-o de volta, com força, e então foi Aelian quem começou a chorar.

— Pequeno Tom. Você não tem mais nada de pequeno.

O garoto não conseguia falar, apenas tentava tirar o cordão, estendendo-o para Aelian. O falcoeiro não quis aceitá-lo, mas o garoto insistiu, como se tivesse sobrevivido para aquilo. Afinal, toda a loucura havia acabado, e o dado fora apenas um empréstimo, ele lembrou ao tio Aelian.

Harun e Cora também haviam se reencontrado, ele acordando algumas horas depois dela, dando um grunhido aliviado. Disse algo sobre se casar novamente com ela, e então imediatamente perguntaram sobre Raazi.

Ela estava na tenda ao lado, e ainda demoraria mais um dia para acordar. A mancha azul sobre um dos olhos cintilava com uma cor diferente, quase metálica, mas pouca gente percebeu isso. Seu rosto estava em paz, e ela não tinha pressa em acordar.

Wora e Druk conseguiram reunir todos os gnolls de Proghon. Levaria tempo, mas eles os libertariam da violência com que haviam sido criados. A região das Vilas A e B, conforme decidiriam mais tarde, seriam demolidas e então cultivadas com plantas dos Grandes Pântanos, que, com a sabedoria de Wora, germinaram até mesmo no solo infértil de Untherak. Como já estavam mudando tudo por ali, que começassem pelas raízes sob a terra.

Os gnolls também foram importantíssimos nos dias que se seguiram ao combate. Farejaram sobreviventes e soldados escondidos. A descoberta mais impressionante, talvez, tenha sido no prédio construído durante o exílio: o Berço. Druk encontrara um sujeito chamado Brastad, que protegia dezenas de crianças num porão. Ele gritava que havia se rendido e que o Aparição lhe dera a missão de protegê-las. Dali a muitos dias, reencontraria Aelian, que o agradeceria. As crianças, junto com aquelas resgatadas do alto das construções, usadas como escudos pelo General Proghon, foram acolhidas por todos. Demoraria para que quebrassem o silêncio que tinha sido incutido nelas, mas nenhum processo de mudança seria rápido.

Nem mesmo as demolições. As cremações. As despedidas definitivas. Guerras eram sombras alongadas, dizia Absinto, e aquilo seria lembrado por diversas pessoas durante muito tempo. E para que nada fosse esquecido, foi sugerido que o conselho montado na outra Untherak perdurasse por ali, com os mesmos membros e alguns novos — como Wora e Sarinna, cidadã honorária para o resto da sua vida e a dos seus aliados. No entanto, Raazi recusou de imediato. Disse que havia participado em tempos de guerra, mas que agora aqueles tempos tinham ficado para trás. Entretanto, indicou Akari no seu lugar, que pareceu surpresa e grata. Ela aceitou a posição de bom grado, mesmo dizendo que tinha Ebrizian para cuidar e ficaria por pouco tempo em Untherak.

Aquilo não era verdade.

Já Sarinna e os aróspinos, grandes aliados na vitória, ficaram na cidade por apenas mais algumas semanas. Eles presentearam Untherak com embarcações e os ajudariam a construir um porto na região a leste do Ahtul, para que as distâncias entre as Untheraks e a ilha de Aróspia fossem encurtadas. Uma das primeiras viagens após a batalha havia sido a de Harun e Cora para o norte, onde reencontraram Ônix. Trouxeram a criança para Untherak — após visitarem o monte Tenaz —, enquanto Baeli decidiu permanecer na Untherak do norte, pois "aqui vendo muito da minha arte". A Cidade Dourada era administrada por um novo conselho, que recebeu com alegria as notícias do sul. Uma das cabeças da cidade era Nadja, que escrevia para Raazi contando as novidades do lugar sempre que um barco do sul aportava por lá.

A kaorsh aproveitou para se mudar novamente para a região do Segundo Bosque. Maud e Peebo eram praticamente vizinhos de Raazi, que aprendia a ler com Aelian e sempre recebia os amigos para conversarem, apreciarem as estrelas ou ficarem em silêncio juntos. Um silêncio tranquilo, e não de luto. Claro que, nos primeiros meses de calmaria, ela sempre perguntava para Harun se ele estava vendo Yanisha. Ele dizia que não, um tanto quanto sem jeito, como se fosse culpa dele não ver mais fantasmas. Raazi entendia, e, depois de um tempo, parou de perguntar a respeito. Afinal, sempre saberia onde encontrá-la.

Aelian, que também recusou uma cadeira no conselho, decidira morar nos Assentamentos junto com o Pequeno Tom. Ambos haviam encontrado uma família um no outro, e cuidavam da restauração do lugar, junto com Venoma, sua vizinha. Thrul e Bicofino eram mascotes de todos por ali, e a música havia se tornado uma constante na região. O humano só aceitara participar dos debates sobre o destino da Estátua. O Coração dela deveria ser de domínio do povo. Porém, era difícil destruir algo construído por anões, e talvez eles não quisessem. Algumas mudanças, no entanto, eram necessárias: como um grande sorriso em tinta eterna vermelha numa das faces, voltada para o monte Ahtul. Aelian estava cumprindo cada uma das suas promessas, incluindo a que fizera para Grork. Ele o visitaria com frequência, e conseguiria levar os outros gigantes sobreviventes para morar com o distante parente bicéfalo. Talvez aqueles fossem os últimos da espécie. Talvez encontrasse mais algum deles pelo mundo. De qualquer forma, Aelian faria o possível para que os gigantes tivessem dignidade outra vez.

Akari, agora dona de mais uma espada, costumava ficar até mais tarde na sua cadeira do conselho, sozinha. Tinha muito em que pensar. Aelian lhe entregara a arma de bom grado no seu primeiro encontro após a batalha. Akari já havia sido convidada algumas vezes para retornar à Untherak do norte. A questão dos salobros, diziam as cartas de Nadja, agora era discutida e compreendida. Sabiam que a narrativa da Centípede — ou dos Anciões, tanto faz — havia corrompido a dignidade de um povo, mas Akari sempre declinava dos convites com uma educação fria. Afinal, o centro do seu triângulo continha a sua Vingança, e não eliminara a hipótese completamente. Era muito cedo para perdoar toda a aura dourada da Una Bondosa, e, por baixo de sua camada democrática e prestativa, havia muito a ser considerado. Ali, na velha Untherak do sul, onde Akari não cobria mais as suas guelras, ela poderia planejar. Construir um exército. Despertar os que dormiam abaixo de Ebrizian e de todo o Caminho das Quedas, e trazer novamente a glória dos salobros para a superfície. Mas, inexplicavelmente, tinha admiração por aquele lugar. Havia aprendido a gostar dos outros... de algumas pessoas mais do que outras. Raazi estava sempre nos seus pensamentos, apesar de saber que os pensamentos dela andavam bastante ocupados. Mas Akari não tinha pressa. Salobros sabiam aguardar o quanto fosse necessário.

A Mácula de dentro das estruturas da cidade desaparecera. Secara em definitivo. Ninguém soube dizer o que aconteceu, ainda que houvessem palpites de Wora e Absinto. Aelian não sentiria falta do líquido. Apesar de carregar as cicatrizes para o restante da vida, elas não eram mais escuras como o piche. Os que haviam se viciado em carvão aos poucos se desvencilhavam do vício — não sem dificuldades, claro.

E todos concordaram em mudar o nome da cidade. Sugestões eram bem-vindas e, por algum tempo, o nome provisório foi Retomada. Aelian e Harun não haviam votado neste nome: achavam piegas, mas sabiam que num lugar onde todos tinham voz, coisas como aquela aconteceriam.

No entanto, meses mais tarde, algo mudara toda a opinião pública.

Os betouros agora voavam livremente por todo o lugar. Aelian gostava de voar com Thrul, lado a lado com Bicofino e *anins*, que se tornaram comuns por ali. Acompanhava os sinfos nos seus passeios aéreos, e foi num dia ensolarado que Peebo e Maud, voando pouco abaixo de Aelian, perceberam a mancha verde que começava a crescer em Untherak. As plantações, correndo para fora dos muros que as cercavam. As águas do rio Abissal clareando aos poucos, dia após dia. E as mudas que cresciam na aridez do Primeiro Bosque.

Eles sorriram um para o outro, emocionados. Quiseram voltar para dar a notícia aos outros sinfos, espalhando as boas-novas que estavam debaixo dos seus narizes o tempo todo.

Daquele dia em diante, da Era da Retomada, a cidade que era o recomeço de tudo passou a se chamar Raiz.

EPÍLOGO

Obviamente, Raiz não era desprovida de problemas. Afinal, era um novo começo, e começos precisavam de fundações. Cidadãos discordavam, discutiam e brigavam sobre novas ideias e direções, com a diferença de que discrepâncias não seriam resolvidas com uma botina de ferro esmagando uma cabeça.

Outra diferença era a possibilidade de viver, e não apenas sobreviver, ou reagir a um poder sufocante. Havia muito a ser feito, mas havia alegria durante e depois do trabalho. Havia calor, cores e formas, sem limitações ou regras para elas. Vivendo em meio à efervescência de um gigante organismo que se recuperava após mil anos de esterilidade, Aelian, Harun e Raazi podiam ser verdadeiros amigos, com um elo que jamais os desconectaria, mesmo que os ventos um dia mudassem e os levassem para direções opostas. Pouco tempo depois da Retomada, no ano em que Harun completaria um século de vida, ele e Cora tiveram uma nova filha: Topázio. Venoma e Aelian se tornaram padrinhos da nova integrante do clã Okodee, que tinha um dos pulmões mais fortes de Raiz. Seu choro podia ser ouvido de qualquer lugar da cidade, até mesmo dos Campos Vivos — onde Druk e Wora viviam, agora que o Portão Sul ficava permanentemente aberto para os Grandes Pântanos. Aelian também passava boas semanas por lá, acompanhado de Absinto. Usando uma das penas vermelha de Bicofino, foi lá que ele escreveu uma letra para a melodia de Ziggy. Ainda tinha vergonha de cantá-la, mas um dia conseguiria vencer esse sentimento. Provavelmente em alguma festa dos Assentamentos, com Raazi e os sinfos dançando a *kaita* em volta de uma fogueira, sem se preocuparem em esconder os seus costumes, a sua alegria.

E foi justamente após compor a letra para a canção de Ziggy que um dia Aelian disse para Tom que faria uma viagem. O garoto quis acompanhá-lo, mas o tio postiço insistiu que, daquela vez, viajaria sozinho. Não demoraria a voltar, e logo estariam juntos de novo. Não havia mais a necessidade de despedidas e nem de empréstimos de totens.

Aelian deixou Bicofino nos Campos Vivos com Druk. Não insistiria em levar seu amigo para um dos lugares que ele mais odiava. Mas Thrul o acompanhou, sem qualquer reclamação. Homem e betouro partiram, contornando a muralha ao sul repleta de hera, munido apenas de alaúde, ocarina, roupas quentes e uma adaga de osso, em caso de um ataque de estraga-sonos.

A escalada foi tranquila daquela vez. Os dias de subida foram calmos, silenciosos. A terra Raiz vista por cima proporcionava uma bela visão, apesar de ainda manter muito das estruturas da época anterior. Mas era uma grande promessa, com a mancha verde crescendo onde antes só havia fumaça, fuligem e desmatamento. Até mesmo a muralha, com seus portões abertos, tinha muitas cores.

Thrul parecia empolgado, mesmo que eles estivessem se aproximando do Cemitério de Gigantes e o frio se intensificasse. Aelian encontrou os ossos antigos, pensando em tantas coisas que haviam terminado. Tantas que haviam começado.

E em tantas outras que continuariam num ciclo eterno.

Aproximava-se do lugar onde havia realizado a Semeadura de Ziggy. Primeiro, achou que havia errado o caminho. Depois, escondeu-se, pois percebeu que havia movimento por ali. Imaginou que alguma parte dos fiéis de Proghon pudesse ter subido a montanha, refugiando-se na região dos ossos titânicos.

Mas havia árvores florescendo no meio do frio. E pequenas casas de madeira. E música.

Aelian se aproximou, segurando o seu alaúde, ao lado de Thrul. Não havia errado o caminho: ali era de fato o lugar onde havia depositado o corpo de Ziggy, sob uma chuva de asteroides. E em volta de uma fogueira, havia uma aldeia inteira de sinfos de cabelos e peles claras, quase iluminadas de tão brancas. Eles se levantaram ao ver o humano e o betouro. Aelian sorriu para eles, e mostrou o alaúde em uma das mãos, a ocarina em outra. Ele tocou a melodia, e Thrul vibrou as suas asas.

Os rostos se iluminaram. Com seus instrumentos, eles o acompanharam na melodia, que já conheciam desde o nascimento. Na verdade, também acharam o humano e o betouro bem familiares e os convidaram para se aproximar da fogueira.

Aelian reparou que todos tinham olhos de cores diferentes.

AGRADECIMENTOS

Muita coisa mudou radicalmente na minha cabeça, na minha vida e no mundo inteiro desde o primeiro livro da Ordem Vermelha, mas fico satisfeito por ter conseguido manter o plano inicial para concluir a jornada de Raazi, Aelian, Harun e Ziggy. Então, meu primeiro agradecimento vai a quem aguardou tanto o novo livro e voltou para Untherak comigo. Sei que esperar é difícil, mas escrever no Brasil também é — é como correr descalço uma maratona com barreiras. Então, *tamo junto*.

Obrigado a toda a equipe extremamente competente da Intrínseca, os da casa e os frilas, com quem felizmente já me acostumei a trabalhar. Eu não consigo imaginar um time mais organizado e criativo para participar de um projeto de deadline tão apertada (todos os meus trabalhos são assim, mas ninguém precisa saber disso). Valeu Luisa, Hedu, Talitha, Rachel, Rebeca, Alice, Suelen, Ulisses, Victor, Luíza e todos os que irão trabalhar comigo nos dias que se aproximam.

Também nunca conseguirei agradecer o suficiente à Ligia pela leitura atenta, pelo apoio e pelo carinho; aos apoiadores do meu financiamento coletivo recorrente; e a duas pessoas que estavam lá no início de tudo: Érico e Daniel, que fizeram parte da equipe inicial de criação da Ordem Vermelha.

Para fins de curiosidade, também não escutei power metal durante a escrita deste livro de fantasia. Ok, tive uma recaída de Blind Guardian em algum momento. Mas a playlist também teve toneladas de Hans Zimmer, os álbuns *Machine Messiah* e *Kairos*, do Sepultura, o álbum *Bloodmoon: I*, do Converge com a Chelsea Wolfe (essencial para as partes da Centípede e do Hierofante), o *Memórias do Fogo* do El Efecto e mais alguns covers absurdamente bons que Miley Cyrus fez com aquela voz de senhora fumante tão bonita.

Até breve, pessoal.

1ª edição	DEZEMBRO DE 2023
impressão	GEOGRÁFICA
papel de miolo	LUX CREAM 60 G/M²
papel de capa	CARTÃO SUPREMO ALTA ALVURA 250 G/M²
tipografia	NOCTURNE SERIF